PAGE TO SCREEN

스크린으로 옮겨진 마법의 세계

영화 〈해리 포터〉의 모든 것

PAGE TO SCREEN

스크린으로 옮겨진 마법의 세계

영화 〈해리 포터〉의 모든 것

00 문학수첩

CONTENTS

THE MAKING OF
Harry Potter
〈해리 포터〉 만들기

INTRODUCTION
- 들어가며 -

1997년 초만 해도 마법사 소년에 관한 J.K. 롤링의 전설적인 시리즈가 출판계에 전례 없는 대사건이 될 거라고 생각한 사람은 아무도 없었다. 사실, 이 시리즈의 첫 번째 책은 그해 말까지도 출간되지 못할 뻔했다. 하지만 이 특별한 이야기를 영화로 옮기려는 계획은 이미 뿌리를 내렸다.

데이비드 헤이먼은 당시 런던에 헤이데이 필름이라는 작은 영화사를 열었다. 이 회사는 데이비드 헤이먼과 기획부 직원 한 명(타냐 세거치언), 비서 한 명(니샤 파르티)으로 이루어져 있었다. 헤이먼은 책을 영화화하는 것을 사업의 주안점으로 삼기로 했는데, 그의 말에 따르면 가장 큰 이유는 단지 그가 독서를 좋아하기 때문이었다.

그래서 헤이먼과 관계자들은 영화화할 만한 재료를 찾아 수십 군데 출판사와 저작권사에 연락을 취했다. 1996년 말 즈음, 세거치언은 출판계 간행물의 어떤 기사에서 어린 마법사를 주인공으로 한 신인 작가의 미출간 도서에 관한 이야기를 우연히 접했다. 작가의 에이전시에 연락한 세거치언은 원고를 한 부 받았고, 즉시 그 원고를 헤이데이 팀이 아직 읽지 못한 채로 차곡차곡 쌓아둔 다른 원고들과 함께 후순위 원고 칸에 놔두었다.

헤이데이 팀은 금요일마다 책을 집으로 가져가 검토하고 그다음 주 월요일 아침에 토의했다. 1997년 초, 팀에서 가장 직급이 낮았기에 보통은 그리 중요하지 않은 투고 원고들을 맡았던 파르티는 주말에 읽으려고 후순위 칸에 놓여 있던, 재미있어 보이는 원고를 집어 들었다. 월요일 아침, 파르티가 머뭇거리며 매우 재미있었던 특정 원고 이야기를 하려고 손을 들었을 때만 해도 헤이먼은 회의적이었다. 듣자마자 '해리 포터와 마법사의 돌'이라는 제목이 "그렇게 좋은 제목 같지 않다"고 생각했던 헤이먼은 책 내용이 무엇에 관한 것인지 물었다. 파르티는 "마법사 학교에 가는 소년 얘기예요"라고 말했다. 헤이먼은 흥미를 느꼈다.

헤이먼은 그날 밤, 한두 페이지 읽어볼 생각으로 책을 읽기 시작했다. 그렇게 한 문단을 읽던 것이 한 페이지가 되고, 한 챕터가 됐다. 그러다가 새벽 3시, 책 한 권을 다 읽었을 때는 "사랑에 빠졌다"고 헤이먼은 말한다.

"저는 호그와트와 크게 다르지 않은 전통적인 영국 기숙학교에 다녔습니다. 그 학교에 마법은 없었지만요." 헤이먼은 말한다. "우리 모두 좋아하는 선생과 싫어하는 선생이 있었어요. 스네이프들과 덤블도어들, 맥고나걸들 말이죠. 우리 모두 헤르미온느나 론이나 해리 같은 아이들을 알고 있었어요. 그리고 제 생각에, 우리는 모두 조금쯤은 자기가 외톨이라고 느꼈을 거예요." 그는 말을 잇는다. "배경이 너무 익숙했고, 등장인물들 또한 익숙하지는 않더라도 공감대를 형성할 만했기에, 해리 포터 시리즈는 다른 세상의 환상적인 이야기에 그치지 않고 실제로 가능한 이야기처럼 느껴졌습니다. 이게 말이 되는지는 모르겠지만요."

헤이먼은 진심으로 책이 마음에 들었지만 "지금과 같은 의미를 지니게 될 줄은 전혀 몰랐다"고 인정한다. 그는 "가장 긍정적으로 봤을 때 1권은 그럭저럭 괜찮은, 중간 규모의 영국 영화가 될지도 모르겠다"고 생각했다. 그래도 이 프로젝트에 열정을 느꼈던 헤이먼은 어린 시절 친구(겸 헤이먼과 같은 영국인)로 로스앤젤레스의 워너브라더스사 임원이었던 라이어널 위

14쪽 왼쪽 위부터 시계방향으로 〈해리 포터와 마법사의 돌〉에서 해리(대니얼 래드클리프)는 부엉이들이 가져온 편지 세례를 받는다./〈해리 포터와 불사조 기사단〉에서 해리가 그 자신과 볼드모트가 관련된 예언을 듣고 있다./〈해리 포터와 비밀의 방〉에서 론(루퍼트 그린트, 왼쪽)과 해리는 날아다니는 포드 앵글리아를 타고 런던을 가로지른다./〈해리 포터와 불의 잔〉에서 트라이위저드 대회 세 번째 과제를 앞둔 해리와 매드아이 무디(브렌던 글리슨, 오른쪽)./〈해리 포터와 아즈카반의 죄수〉에서 헤르미온느(에마 왓슨, 왼쪽)와 론의 앞을 막아서는 스네이프(앨런 릭먼, 앞)./〈해리 포터와 불사조 기사단〉에서 마법 연습 중인 네빌(매슈 루이스, 왼쪽), 해리, 덤블도어의 군대 멤버들./〈해리 포터와 죽음의 성물 2부〉에서 그린고츠를 탈출하려는 헤르미온느, 해리, 론./〈해리 포터와 죽음의 성물 2부〉 볼드모트 역의 랠프 파인스.

15쪽 왼쪽 위부터 시계방향으로 호그와트 학생들. (왼쪽부터) 론, 지니, 해리, 네빌, 헤르미온느, 루나. 〈해리 포터와 불사조 기사단〉의 한 장면./〈해리 포터와 비밀의 방〉에서 덤블도어(리처드 해리스, 왼쪽)가 해리에게 불사조의 생애를 설명하고 있다./〈해리 포터와 아즈카반의 죄수〉에서 과거로 돌아가서 벅빅(가운데)과 함께 숨은 헤르미온느와 해리./〈해리 포터와 혼혈 왕자〉에서 볼드모트의 호크룩스를 찾아 나선 해리와 덤블도어(마이클 갬번, 오른쪽)./〈해리 포터와 죽음의 성물 1부〉에서 네빌이 헤르미온느, 론, 해리에게 술집 호그스 헤드를 호그와트를 연결하는 통로를 보여주고 있다./〈해리 포터와 혼혈 왕자〉에서 해리와 결투를 벌이는 드레이코(톰 펠턴)./〈해리 포터와 마법사의 돌〉에서 올리밴더(존 허트)가 내미는 마법 지팡이를 받는 해리./〈해리 포터와 죽음의 성물 2부〉에서 헤르미온느가 론을 보살피고 있다.

16쪽 〈해리 포터와 죽음의 성물 1부〉에서 그리몰드가에 도착한 해리, 론, 헤르미온느.

그럼에게 원고를 보여주었다.

　"어렸을 때부터 저와 데이비드는 영화 업계에서 일하는 꿈을 꿨습니다." 위그럼은 말한다. 두 친구는 영화 업계에서 각기 다른 길을 걸었으나, 운 좋게도 이번의 특별한 여정은 함께할 운명이었다. 헤이먼이 《해리 포터》를 발견했을 즈음 그의 제작사는 영화화 가능성이 있어 보이는 원작들을 가장 먼저 워너브라더스에 제공한다는 내용의 계약을 워너브라더스와 맺고 있었다.

　"[워너브라더스에] 데이비드가 가장 먼저 가져온 작품 중 하나가 《해리 포터와 마법사의 돌》이었습니다." 위그럼은 그렇게 회상한다. "'꼭 읽어봐야 해!'라고 하더군요. 그래서 읽어봤습니다. 무척 마음에 들었고요. 우리 둘 다 이 작품에 그토록 강한 반응을 보였던 건, 어렸을 때 즐겨 보러 가던 영화들이 떠올랐기 때문인 것 같습니다. 예를 들어서 〈치티치티 뱅뱅Chitty Chitty Bang Bang〉, 〈찰리와 초콜릿 공장Charlie And The Chocolate Factory〉, 〈오즈의 마법사The Wizard Of Oz〉 같은 영화들 말이죠. 영국에서는 크리스마스와 부활절마다 극장에서 상영해 주는 영화입니다. 소원이 이루어지는 이야기, 마법과 환상에 관한 이야기 말이에요. 이 책도 그런 이야기였습니다."

　그래서 위그럼은 주간 기획회의에서 동료들에게 "마법사 고등학교 같은 것"에 관한 책을 소개했다. 팀원들은 확실히 관심을 보였지만, 위그럼은 "너무 영국적인 이야기라는 점에 약간의 긴장"이 느껴졌던 것을 기억한다. "데이비드도, 저도 [호그와트 같은] 영국 학교에 다녔으니, 우리한테야 물론 아주 익숙한 이야기였습니다. 하지만 팀원들한테는 그렇지 않았죠. 게다가 아주 오랫동안 대규모 판타지 영화가 없었어요. 이런 장르는 유행에 뒤처진 것이었습니다. 그래서 약간 망설여졌어요."

　"하지만 결국은" 하고 위그럼은 회상한다. "[팀원들이] 잠깐 주저하다가 마침내 '돈이 너무 많이 들지만 않으면' 하고 말했던 게 기억나네요. 그래서 전 매우 흥분했습니다. 저는 신참 임원이어서 맡은 프로젝트가 별로 없었거든요. 물론, 데이비드도 저도 이게 어떤 결과로 이어질지는 몰랐습니다."

　계약을 마무리 짓기까지는 시간이 조금 걸렸고, 헤이먼과 위그럼이 책을 각색할 각본가를 찾기 시작한 것은 1998년 초에 이르러서였다. 책은 그즈음 영국에서 상당한 성공을 거두고 있었다. 하지만 미국에서는 이 책이 아직 잘 알려지지 않은 상품이었기에, 각본가를 찾는 작업은 대단히 어려웠다. 위그럼은 각색을 요청할 때마다 거절당했다고 회상한다. 답답해진 그는 헤이먼에게 아이디어를 구했다. "미국에서는 책이 9월에 나오잖아." 헤이먼이 말했다. "그때 어떻게 되나 보자."

　이 책《해리 포터와 마법사의 돌》이 미국에서 거둔 엄청난 성공은 적어도 각본가를 찾는 작업을 상당히 쉽게 만들어 주었다. "갑자기 모두가 전화를 걸더라니까요. 작가도, 감독도, 모두가요." 위그럼은 웃었다.

　결국 1권의 각본가로는 스티브 클로브스가 선택됐다. 클로브스는 〈해리 포터〉 팀의 말할 수 없이 귀중한 일원이 됐으며, 결과적으로 여덟 편의 영화 중 일곱 편의 각본을 썼다.

　〈해리 포터〉를 영화화하려는 계획에서 각본가를 선택하는 일은 위그럼과 헤이먼, 그리고 워너브라더스가 일찍 내려야 했던 중요한 결정 중 하나였다. 워너브라더스의 최고경영자이자 최고운영책임자인 앨런 혼은 이렇게 말한다. "〈해리 포터〉에 어떻게 접근해야 할지에 관해서 여러 결정을 내려야 했습니다. 각 권을 독립된 영화로 만들어야 하나? 한 가지 아이디어는, 각 권에서 가장 두드러지는 액션 부분에 집중해 앞의 세 권을 한 편의 영화로 만드는 것이었습니다. 애니메이션을 사용해야 하나? [1999년에] 관객들이 만족할 만한 마법을 표현할 수 있을 정도로 시각효과 기술이 발달했나? 돌이켜 보면, 그 모든 생각이 거의 멍청하게 느껴집니다. 하지만 당시에는 이런 내용을 두고 엄청나게 토론을 했어요."

　마찬가지로 격렬한 토론을 거친 사항은 이 시리즈 첫 편의 감독을 정하는 일이었다. 수백만 명의 독자가 이미 자세하게 상상을 등장인물과 장소에 생명을 불어넣고 마법사 세계를 화면에 표현하는 일을 기본적으로 떠맡을 사람이 바로 감독이었으니 말이다.

　"크리스 콜럼버스는 뻔한 선택이 아니었습니다." 혼은 말한다. "크리스 콜럼버스는 너무 '상업적'이라고들 생각했어요. 게다가 영국인이 아닌 건 확실했고요." 사실, 헤이먼과 워너브라더스는 수많은 감독들을 만나본 뒤에야 결정을 내렸다. 하지만 혼의 기억에 따르면 "결국은 크리스가 가장 설득력 있었습니다. 숙제를 제대로 했더라고요. 이 프로젝트에 믿을 수 없을 만큼 열정을 보였고, [우리는 그가] J.K. 롤링의 천재성을 충실히 영화화하기 위해 우리와 함께 일하리라는 걸 알았"다.

　"크리스를 선정하는 데는 앨런의 공이 컸습니다." 위그럼은 그렇게 기억한다. "우리가 제시한 다른 감독들에게도 감탄하기는 했지만, 앨런은 크리스가 이 계획에 가장 완벽하게 들어맞는 분위기를 가지고 있다고 느꼈어요. 결국 그게 맞는 결정이었죠. 크리스는 멋지게 해냈습니다."

　이 시리즈에는 네 명의 감독이 참여하게 된다. 크리스 콜럼버스가 첫 두 편을 감독했고, 알폰소 쿠아론이 3편, 마이크 뉴얼이 4편, 데이비드 예이츠가 뒤의 네 편을 감독했다. "모든 감독이 훌륭하게 해냈습니다." 혼은 말한다. "각자가 다양한 것들을 이 판에 들여왔죠. 시각적으로 충격적인 알폰소의 스타일에서부터 마이크가 영국에서 학교를 다닌 본인의 경험에 근거해 이야기에서 찾아낸 유머 감각, 데이비드가 너무도 매끄럽게 [마법사 세계에] 불어넣은 용기와 현실성까지 말이죠."

　혼은 말을 잇는다. "저는 시간이 지날수록 영화 시리즈가 발전하는 모습을 지켜보는 게 무척 즐거웠습니다. 특히 대니얼과 루퍼트, 에마가 배우로 성장하는 모습을 지켜보는 게 그랬죠. 사실, 감독들이 저에게 '최근작보다 더 나은 작품을 만드는 방법이 뭔가요?'라고 물을 때면 저는 그냥 '더 나은 배우를 쓰세요'라고 말합니다."

지나고 나서 보면 모든 게 뻔해 보이기 마련이다. 하지만 이 영화의 제작자들은 〈해리 포터〉 영화 팀을 꾸릴 때부터 몇 가지 대단히 훌륭한 결정을 내린 것이 확실해 보인다. 이들은 카메라 앞에 설 사람과, 카메라를 잡을 사람 모두를 잘 선택했다. 돌이켜 보면 위그럼이 가장 자랑스럽다고 말하는 결정 중 하나는 스튜어트 크레이그를 영화의 프로덕션 디자이너로 선택한 것이었다.

"세트장에 들를 때마다 '와' 소리가 저절로 나오는 순간이 있었어요. 자주 갔는데도 말이죠." 위그럼은 그렇게 회상한다. "세트장이 굉장히 거대하고 마법 같더군요." 위그럼과 크레이그는 얼마 전 다른 영화에 함께 참여한 터였고, 위그럼은 이때 크레이그에게 상당히 깊은 인상을 받았다. "저는 크레이그의 작품이 절묘하다고 생각했습니다. 사람이 아주 멋지기도 했고요. 〈해리 포터〉 [시리즈의 프로덕션 디자이너를 찾을] 때가 되니, 선택할 만한 사람은 사실 한 명밖에 없었어요." 위그럼은 씩 웃으며 이렇게 덧붙였다. "물론 크레이그가 이미 아카데미상을 세 차례 받았다는 사실도 도움이 됐죠."

"호그와트, 퀴디치, 해그리드의 오두막을 처음 봤을 때 같은 경험은 한 번도 해본 적이 없어요." 혼은 그렇게 기억한다. "그리고 J.K. 롤링, 제 가족과 함께 런던에서의 첫 상영회에 갔을 때는…… 포커를 치는데 풀하우스를 손에 든 것 같은 기분이었어요. 승리의 맛이 느껴지던데요. 저는 '승리는 우리 거야. 하지만 사람들은 아직 그걸 몰라. 나는 여기 앉아서 어떤 장면이 펼쳐지는 걸 보는 게 얼마나 멋진 경험일지 알고 있다'라고 생각했습니다. 그리고 전 지구상에서 가장 중요한 관객인 조앤이 기뻐한다면 저도 기쁠 거라는 걸 알고 있었습니다. 조앤도 기뻐하더군요."

프로덕션 디자이너부터 특수효과, 시각효과, 촬영, 의상 디자인, 연기에 이르기까지 영화 여덟 편의 모든 분야는 업계에서 가장 재능 있는 예술가들이 맡았다. 위그럼은 이렇게 말한다. "워너브라더스에 대해서 한 가지 인정해 줄 점은, 이 업계에 품질을 높이기 위해서 워너브라더스만큼 기꺼이 돈을 지불할 곳이 없다는 겁니다. 저는 앨런과 제프[제프 로비노프, 워너브라더스 픽처스 회장 겸 워너브라더스 엔터테인먼트 이사장]에게 굉장히 고맙습니다. 이들이 우리 결정을 지지해 주고 우리를 믿어줬거든요. 믿을 수 없을 만큼 후원을 아끼지 않았습니다."

위그럼도 런던의 영화제작자들을 똑같이 칭찬한다. "[워너브라더스와 영화제작자들 간에] 단 한 번도 창의적인 문제를 놓고 갈등이 벌어지지 않았습니다. 작은 의견조차 무시된 적이 없어요. 우리 관계는 엄청난 상호존중에 토대를 두고 있었습니다."

헤이먼은 말한다. "독립영화계에서 컸기 때문에, 저는 늘 제작사를 '반대편'으로 보라는 얘기를 들었습니다. 하지만 워너브라더스, 특히 앨런 혼은 제작 과정에서 정말로 동반자가 되어주었어요. 앨런의 지도에 따라 워너브라더스는 우리의 열정이나 J.K. 롤링의 소설에 관한 관심을 함께했고, 우리에게 필요한 자원과 도움을 제공했습니다. 그만큼 중요한 건, 이들이 우리가 하던 방식대로 영화를 만들 독립성을 줬다는 거예요."

물론 영화 〈해리 포터〉가 이룬 영화적 성취의 공은 궁극적으로 J.K. 롤링의 몫이다. "영화가 거둔 엄청난 성공은 J.K. 롤링의 천재성 덕분입니다." 위그럼은 말한다. "롤링의 이야기는 삶과 죽음, 사랑과 상실 같은 심오한 주제를 다루고 있지만 믿을 수 없을 만큼 쉽게 읽히죠."

혼은 이렇게 말한다. "이 책들은 황금과도 같아요. 대본을 받을 때마다 저는 다시 [원본이 되는] 책을 읽고, 다시 대본을 읽고, 다시 책을 읽었습니다. 그런 다음 의견이 생기면 전달했죠." (책이 영화화되는 많은 경우와는 달리) 왜 이야기에 중요한 변화가 없었느냐는 질문을 받을 때면 위그럼은 솔직하게 대답한다. "책이 이미 엄청난 인기를 끌고 있었기 때문에, 바꾸고 싶어도 원래 이야기에서 벗어날 수가 없었어요. 게다가 우리 자신이 이 이야기의 광팬이기도 했고요. 우리는 있는 그대로의 이야기가 좋았습니다. 데이비드와 저는 이 책을 찾아냈고, 이 책과 사랑에 빠졌으니까요."

"이렇게까지 책이 마음에 든다면, 이 책을 좋아하는 사람이 나뿐만은 아닐 거라고밖에 생각할 수 없었습니다." 헤이먼은 말한다. "J.K. 롤링의 책은 특별한 선물이었어요. 롤링은 대담한 상상력과 유머 감각으로 우리를 신비롭고도 마법적인 세상에 끌어들였고 우리 모두가 공감할 수 있는 생생한 등장인물들을 만들어 냈어요."

영화 〈해리 포터〉는 전 세계 수백만 명의 상상력을 사로잡았고, 이런 면에서는 부정할 수 없이 원작을 닮았다. 하지만 영화가 거둔 가장 큰 성공은 이 영화들이 관객에게 데이비드 헤이먼이 《해리 포터와 마법사의 돌》을 처음 읽은 날 밤의 느낌을 전달한 것처럼 보인다는 것이다. "책을 읽으니 마법 세계가 나 자신이 사는 세계와 연결된 것처럼 느껴졌어요. 하긴 누가 알겠습니까? 어쩌면, 정말 어쩌면, 저 바깥 어딘가에 호그와트 같은 곳이 있을지도 모르죠."

SETTING
the
SCENE
- 장면 설정 -

1년

간의 협상 끝에, 데이비드 헤이먼과 워너브라더스는 《해리 포터와 마법사의 돌*Harry Potter and the Philosopher's Stone*》, 그리고 이 시리즈의 후속권의 저작권을 획득했다. 시리즈 첫 권이 미국에 《해리 포터와 마법사의 돌*Harry Potter and the Sorcerer's Stone*》이라는 제목으로 출간된 바로 그날 계약이 마무리됐다.

아직 《해리 포터》 책이 이후의 경이로운 현상으로까지는 이어지지 않았을 때, 워너브라더스에서는 저작권 계약을 그저 재능 있는 신인 작가와의 전도유망한 거래*promising option deal*라고만 생각했다. 그러나 J.K. 롤링의 책은 영국에서 거둔 성공을 미국에서도 똑같이 거두었고, 결과적으로 《뉴욕타임스》 베스트셀러 목록 맨 꼭대기에 올랐다. 헤이데이 필름을 대행한 워너브라더스의 저작권 계약은 이 회사의 길고도 유명한 역사에서도 가장 영리한 결정 중 하나가 된다.

계약 문제가 정리된 뒤 마침내 제작자와 작가가 처음으로 만나게 됐다. 이 점심 식사에는 타냐 세거치언과 롤링의 에이전트인 크리스토퍼 리틀도 함께했다. 크리스토퍼는 몇 년 전 롤링의 첫 《해리 포터》 원고를 받았던 사람이다. 헤이먼은 롤링이 실제보다 좀 더 나이가 있고 좀 더 보수적일 거라고 상상했다. 그러나 곧 롤링이 "매우 재미있고 똑똑하며 다가가기 쉬운 사람"이라는 것을 알게 됐다. "게다가 롤링은 오늘까지도 바로 그런 모습입니다. 변한 건 거의 없어요."

회의는 수월하게 진행되었다. "제 생각에 롤링은 자기 책이 영화제작자들한테 그런 관심을 받을 거라고는 전혀 생각하지 못했던 것 같아요." 헤이먼은 말을 잇는다. "매우 신나 있었죠." 헤이먼은 롤링이 《해리 포터》 시리즈의 미래에 관한 전반적인 계획을 이야기한 적은 한 번도 없지만 "일곱 권을 쓰리라는 건 알고 있었다"고 말한다. "그래서 일곱 권 전체를 계약했습니다."

영화제작자들이 《해리 포터》 책을 너무 지역적이라고 보고 호그와트의 위치를 미국으로 바꿔야 한다고 생각한다는 소문이 돌기 시작하자 헤이먼은 롤링에게 그녀의 비전을 지키기 위해 할 수 있는 일은 뭐든 할 것이고 영국이라는 이 책의 뿌리를 보존할 거라는 확신을 심어주었다. "우리가 책에 충실할 거라는 점을 확실히 표현했습니다." 헤이먼은 말한다. 그리고 그는 이 약속을 지켰다.

• • • • • • • • • •

데이비드 헤이먼과 J.K. 롤링이 런던 웨스트엔드에서 만나던 그 시간에, 대니얼 제이콥 래드클리프는 이제 막 아홉 살이 되어 아역 배우로서 이력을 쌓기 시작한 터였다. 그는 앞으로의 인생을 함께하게 될 마법사 소년에 대해서는 조금밖에 알지 못했다.

"《해리 포터》에 대해서 처음 들었을 때의 일이 아주 선명하게 기억나요." 대니얼 래드클리프는 그렇게 회상한다. "램스게이트 바닷가에서였어요. 엄마가 책의 첫 권이 출간되고 나서 몇 달 뒤에 나온 신문 기사를 저한테 읽어주고 계셨죠. 기사에는 아이들이 이 뜻밖의 히트작에 미쳐 있다고 적혀 있었어요. 엄마가 그 기사를 읽어주는 동안, 저는 뭐랄까…… 음…… 별로 관심이 안 갔던 기억이 나요. 저는 책을 그다지 안 읽었거든요. 책 읽는 게 좀 어렵다고 느꼈어요. 결국 첫 번째 권을 받

20쪽 마법사 세계의 인기 만점 삼총사: 해리 포터 역의 대니얼 래드클리프(가운데), 론 위즐리 역의 루퍼트 그린트(왼쪽), 헤르미온느 그레인저 역의 에마 왓슨(오른쪽).

21

고 아빠가 저한테 읽어주셨죠. 그런 다음에는 2권을 읽어주셨고요. 그러고 나서는 더 이상 안 읽었어요. 왜 그랬는지는 모르겠지만."

데이비드 헤이먼과 마찬가지로 대니얼도 연극계 집안에서 태어났다. 부모님 두 분 다 배우로 사회생활을 시작했다. 어머니 마샤는 결국 캐스팅 에이전트가 되었고, 아버지 앨런은 성공한 연극 및 문학 에이전트가 되었다(그 자격으로 그는 이미 데이비드 헤이먼을 만난 적이 있었다). 그러니 런던 소재 학교에 다니던 다섯 살짜리 대니얼이 연기에 흥미를 보인 것도 놀라운 일은 아니었다. 3년쯤 뒤에 그는 찰스 디킨스의 연재소설 중 한 편을 각색한 새 TV 시리즈의 주인공 역할로 오디션에 참가했다.

"제가 〈데이비드 카퍼필드〉 오디션을 보게 된 건, 학교 성적이 엉망진창인 데다 그 시절에는 스포츠 실력도 별로였기 때문이에요." 대니얼은 이렇게 기억한다. "지금 제 에이전트인 수 래티머는 몇 년 전 우리 아빠랑 같이 연극 학교에 다닌 뒤로 아빠와 친구로 지냈어요. 그분이 말했어요. '저기, 지금 〈데이비드 카퍼필드〉 오디션을 한대. 댄을 참가시켜 보지 그래? 댄의 반에 있는 다른 아이들은 경험해 보지 못할 일일 테니까. 배역이야 따지 못하더라도 한번 보내봐.' 그래서 저는 제가 배역을 따낼 거라고 생각하는 사람은 아무도 없는 상태에서 오디션을 봤어요. 그리고 배역을 따냈죠. 저는 캐스팅하는 사람들이 처음으로 본 남자아이였던 게 분명해요. 그래서 저를 좋아했던 거죠."

대니얼은 카메라 앞에서 타고난 재능을 보였고, 데뷔작에 이어 〈테일러 오브 파나마The Tailor Of Panama〉(2001)를 통해 피어스 브로스넌의 상대역으로 영화계에도 데뷔했다. "엄청나게 재미있었어요. 대본은 한 번도 읽어본 적이 없었죠. 제 나이에 비해 너무 선정적이라 제 분량만 받았어요. 영화가 나왔을 때도 볼 수 없었고요. 사실, 저는 그 영화를 본 적이 없어요."

첫 영화의 사전 제작이 시작됐을 때 《해리 포터》 책 시리즈는 세계적으로 더 큰 성공을 거뒀고, 헤이먼은 영화를 제대로 만들어야 한다는 것을 알았다.

그는 J.K. 롤링의 소설 첫 번째 권을 각색할 시나리오 작가를 찾기 시작했다. 하지만 원작자에게 각색 작업을 제안한 적은 없었다. "조(J.K. 롤링—옮긴이)는 한 번도 흥미를 보이지 않았어요." 헤이먼은 말한다. "조는 책을 쓰고 싶어 했죠. 우린 그 얘기는 꺼내지도 않았어요."

헤이먼과 워너브라더스사는 처음에 영국 영화사상 가장 성공한 작품을 만들어 낸 팀을 기용하려 했다. 코미디 작가인 리처드 커티스와 영국의 선구적인 감독인 마이크 뉴얼이 그들이었다. 커티스는 인기 있는 TV 시리즈인 〈블랙 애더〉를 (오랜 시간 협업해 온 로언 앳킨슨과 함께) 만들었고, 뉴얼과 힘을 합쳐 영화제작에 뛰어들었을 때 만든 영화는 영국 로맨틱 코미디라는 장르 자체를 정의하게 된 1994년 작 〈네 번의 결혼식과 한 번의 장례식Four Weddings And A Funeral〉이었다. 커티스와 뉴얼 둘 다 헤이먼의 제안을 거절했으므로 헤이먼은 다른 곳을 찾아볼 수밖에 없었다.

헤이먼은 말한다. "처음에 우리는 그렇게 눈에 띄지 않았어요. 이 프로젝트에 대한 흥미를 자아내야만 했죠." 책의 초판본 몇 권이 예비 시나리오 작가들에게 보내졌다. 그들 모두가 제안을 거절했다. 물론, 헤이먼은 덧붙인다. "책이 점점 성공을 거둘수록 우리를 찾는 전화도 더 많아졌죠."

계획은 영화의 영국적인 성격을 유지하는 것이었지만, 결국 미국의 시나리오 작가들도 고려 대상이 되었다. 헤이먼의 설명대로 "이 이야기는 '대단한 오락거리'인데 '대단한 오락거리'를 쓰는 영국인 시나리오 작가들은 그리 많지 않았기" 때문이었다. 이 방면에 속하는 작가는 두 명으로 매우 빠르게 줄여졌다. 마이클 골든버그와 스티브 클로브스였다. 결국은 클로브스가 일을 맡게 됐다. (이후 10년 동안 클로브스는 책 일곱 권 중 여섯 권을 각색하게 된다. 그가 〈해리 포터와 불사조 기사단〉에서 손을 떼고 쉬고 있을 때 골든버그가 참여했다.)

클로브스를 헤이먼에게 추천한 사람은 크리에이티브 아티스트 에이전시의 젊은 에이전트 스콧 그린버그였다. 헤이먼은 이 제안이 훌륭하다고 생각했지만, 처음에는 클로브스 같은 사람이 이런 프로젝트에 관심이나 가질지 의문을 품었다. 클로브스는 1989년 작 〈사랑의 행로The Fabulous Baker Boys〉로 작가 겸 감독으로 입지를 다졌고, 그 뒤에는 평단의 찬사를 받은 대단히 어두운 작품인 〈악몽Flesh and Bone〉을 썼다. 그는 마이클 샤본의 《원더 보이즈Wonder Boys》도 각색했다. 상당히 인상적이

위 J. K. 롤링은 기차를 타고 있을 때 해리 포터 아이디어가 떠올랐다고 말한 적이 있다. 영화제작자들은 1930년대 기차를 사용해 호그와트 급행열차를 생생하게 재현했다.

아래 제작자 데이비드 헤이먼.

긴 했지만, 클로브스의 포트폴리오만 보고 그에게 최근 아동문학계에서 가장 큰 성공을 거둔 작품의 각색을 제안하기는 어려웠다.

하지만, 헤이먼은 회상한다. "스콧의 생각은 너무도 잘 맞았습니다. 정말이지 스티브는 제가 읽어봤던 그 어떤 시나리오 작가보다도 작가의 목소리를 잘 잡아냅니다. 마이클 샤본의 《원더 보이즈》를 각색한 시나리오를 읽어보면, 그 안에 샤본의 영혼이 녹아 있음을 알게 됩니다. 대본을 읽고 영화를 보면 꼭 샤본의 세상에 들어와 있는 것 같은 기분이 들죠. 《해리 포터와 마법사의 돌》을 비롯한 모든 책에서 제가 가장 마음에 들어 했던 부분은 조의 목소리였고, 어떤 식으로든 그 목소리를 영화에 녹여낼 수만 있다면 아주 멋질 거라고 생각했습니다. 스티브는 캐릭터를 잘 구현하는 사람이기도 합니다. 그 모든 마법과 액션, 판타지에도 불구하고 제 생각에 이 영화를 효과적으로 만드는 것은, 이 책들을 그토록 특별하게 만드는 것은 캐릭터예요. 우리는 스티브에게 책을 보냈고, 그가 수락하자 저는 놀랐으면서도 기뻤습니다. 그렇게 오랜 협업이 시작됐고 멋진 우정이 이어졌습니다."

헤이먼과 제작사 모두 J.K. 롤링이 그들의 선택을 불편해하지 않는 것이 필수적인 요소라고 생각했으므로, 롤링과 클로브스가 로스앤젤레스에서 만나도록 했다. "조는 스티브를 만나는 일에 꽤 긴장했어요. 조는 시나리오 작가가 핵심적인 존재라는 것을 알고 있었죠. 조의 책에 영화로서의 생명을 불어넣을 핵심적인 인물이 바로 스티브라는 사실을요. 조는 좋은 대본이 있어도 나쁜 영화가 나오는 건 가능하지만, 나쁜 대본을 가지고 좋은 영화를 찍는 건 불가능하다는 걸 알고 있었어요." 헤이먼은 그렇게 기억한다. 그러나 J.K. 롤링은 헤이먼, 클로브스, 그리고 워너브라더스사 이사인 라이어널 위그럼, 폴리 코헨, 로렌조 디 보나벤투라가 스튜디오의 구내식당에서 만나 점심을 함께하는 순간 걱정을 내려놓았다. "제 생각에는 조도 동족을 찾았다는 걸 알아챈 것 같아요."

1999년이 끝날 무렵 대본이 나왔을 때, 롤링의 소년 마법사는 지구상에서 가장 유명한 인물 중 한 명이 되어 있었다. 이제는 감독 찾기가 시작됐다.

"처음으로 관심을 보인 감독은 스티븐 스필버그였습니다." 헤이먼은 말한다. "우리가 가장 먼저 대본을 보낸 분이었죠. 저는 스필버그의 사무실로 가서 그분을 만났고 우리는 단둘이 1시간 반을 보냈습니다. 스필버그는 무척 품위 있었고 집중력도 강했어요. 정말로 흥미로운 아이디어들도 많이 가지고 있었죠. 그런 다음, 우리는 두 번째로 만났습니다. 이때는 삼자대면이었죠. 저와 조, 스필버그가 전화 통화를 했어요. 이때 스필버그가 자기 아이디어를 자세히 설명했습니다. 하지만 결국 스필버그는 꽤 오랫동안 작업해 온 다른 프로젝트에 참여하기로 했어요."

스필버그는 손을 뗐지만, 인상적인 감독들이 계속 흥미를 보였다. 제작자와 롤링이 처음에 가장 마음에 들어 했던 감독은 테리 길리엄이었다. 길리엄의 감수성과 놀라운 판타지 세상을 통해 보여줬던 그의 예전 시도들은 완벽한 짝으로 보였다. 드워프 도둑들의 시간여행 이야기인 〈시간 도둑들Time Bandits〉은 엄청난 수의 가족 단위 관객들을 끌어모았고, 반쯤은 오웰적인 세계에 대한 그의 디스토피아적 시각이 담긴 〈브라질Brazil〉은 전 세계 비평가들의 감탄을 자아냈다. "조와 저는 테리가 마음에 들었어요." 헤이먼은 기억한다. "테리의 유머 감각과 광기를 다루는 방식이 좋았죠. 하지만 솔직히 말해서 앨런 혼[대표 겸 최고운영책임자]과 로렌조, 제작사는 그때 이미 소중해져 있던 프로젝트를 테리처럼 예측 불가능한 사람에게 맡기는 걸 좀 불안하게 생각했습니다."

조너선 드미(《양들의 침묵The Silence Of The Lambs》)도 잠시 거론되었고, 브래드 실버링(《꼬마 유령 캐스퍼Casper》, 〈시티 오브 앤젤City Of Angels〉)도 그랬다. "브래드에게는 젊은이 특유의 원기 왕성함이 있었어요." 헤이먼은 말한다. "정말로 좋은 아이디어들을 가지고 있었죠. 열정이 넘쳤어요. 하지만 너무 흥미롭게도, 그의 아이디어는 우리가 원했던 것보다 약간 현실감이 떨어졌어요."

후보군에 오른 영국인 감독 중에는 앨런 파커가 있었다. 파커는 특별하고도 다양한 작품들을 연출해 왔다. 그는 어린이들과도 작업해 봤고(《벅시 말론Bugsy Malone》), 초자연적인 존재도 다뤄봤고(《앤젤 하트Angel Heart》), 긴박한 드라마와 폭넓은 코미디, 심지어 뮤지컬도 연출해 봤다. "나는 앨런의 영화를 무척 좋아합니다." 헤이먼은 말한다. "뛰어난 감독이에요. 아역 배우들을 정말 잘 다루고, 유머 감각과 모험을 이해하는 데다, 놀라울 정도로 유연하고 아주 많은 것들에 능숙하죠. 앨런은 훌륭한 영화를 만들었을 겁니다."

위 《해리 포터》의 작가 J.K. 롤링이 1999년 책 사인회에서 서명을 하고 있다.
아래 각본가 스티브 클로브스.

What you are about to read, is an interim version of the "Harry Potter and the Sorcerer's Stone" screenplay. This draft represents roughly 10 days of work. Although in this script is a big improvement from where we were, it's only 50% of where we want to be. Over the next few weeks, there are several areas of the script that still need to be addressed, amongst them, we want to focus on:

A stronger idea of jeopardy throughout the third act. Although this section of the script has improved, we need to raise the level of tension and suspense.

The Forbidden Forest sequence needs to be streamlined. Our original intent was to have Harry, Hermione and Ron enter the forest on their own, based on Harry's curiosity and fascination with the unicorn. J.K. Rowling felt that this idea compromised too much of Harry's character and hurt the potential excitement of seeing Harry and Malfoy alone in a perilous situation. Jo also felt that the idea of detention was important. We believe her instincts are correct, so we have edited the original version of this scene. It is much better, but we still feel there is more work to do.

The final confrontation between Harry and Quirrel/Voldemort needs to be more active and suspenseful. It is essentially the climax of the film and although it is better than it was, it can still be stronger.

The script is still long. There are more cuts to be made. And that will be a continuing process.

There needs to be a better integration and layering of many primary and secondary characters, that will help increase much of the film's humor and irony. Throughout each consecutive draft, we hope to include more humor throughout.

Nevertheless, this work in progress is very exciting, a real step forward and something we're all very proud of.

Enjoy.

Chris.   David.   Steve.

EXT. DESERTED COUNTRY LANE - GODRIC'S HOLLOW - NIGHT   1

Clouds scud across an icy blue moon. Wind rustles the hedgerows that border a deserted lane that runs to the top of a hill, where...

A HOODED MAN in a CLOAK stands motionless, only his back visible. As we draw closer, the lane drops away, revealing, in the valley below, a TINY VILLAGE. As the Hooded Man begins to move, there are no footsteps, only the faint SLITHERING of his cloak, dragging the ground.

EXT. GODRIC'S HOLLOW - MOMENTS LATER   2

In the garden of the first house, the Hooded Man passes a CREAKING TREE and a SIGNPOST: Godric's Hollow. Rounding a corner, he spies SHADOWS up ahead, fluttering like moths in the light that spills from a HOUSE: TEENAGERS in homemade Hallowe'en costumes. The face of a VAMPIRE pops over a fence.

                         VAMPIRE
              You're late, mate! We've drunk the lot,
              near enough--

The laughing boy stops, his painted face stricken as he peers into the darkness of the man's hood. He stands frozen, then a SHRILL VOICE calls from the brightly-lit HOUSE beyond.

                         SHRILL VOICE
              Brian! What you doing?

                         VAMPIRE
              Coming!

The young Vampire stumbles away, looking over his shoulder-- once--hurrying back to the MERRY VOICES of the yard.

EXT. FURTHER ALONG - GODRIC'S HOLLOW   3

The lane turns. Here, the windows are curtained, the gardens dark. The NOISE of the party plays only faintly on the chill night air. Mostly, it is the wind and the trailing cloak that are heard. Up ahead, is a COTTAGE, set some distance from its nearest neighbour, one downstairs window LIT.

EXT. GARDEN - COTTAGE - MOMENTS LATER   4

In the WINDOW a YOUNG WOMAN with long, auburn hair sits with a YOUNG BOY on her lap. The boy, in pyjamas, stares intently as--pop!--a PUFF of BRIGHT PINK SMOKE appears from behind an ARM CHAIR, curling wondrously into the form of a BAT. As the boy and his mother applaud, CAMERA PULLS BACK...

...revealing the Hooded Man, standing in the dark garden.

〈해리 포터와 마법사의 돌〉과 관련한 크리스 콜럼버스, 데이비드 헤이먼, 스티브 클로브스의 스크립트 메모(위)와 초기의 초안 첫 페이지(아래). 해리 부모님이 죽는 장면을 늘렸으며, 아기 해리가 엄마와 함께 있는 장면이 잠깐 등장한다.

그때 헤이먼은 크리스 콜럼버스를 만났다. "당시에는 스필버그 이후로 크리스만큼 관객과 깊이 교감하는 감독이 없었어요." 헤이먼은 말한다. "크리스에게 《해리 포터》 책 이야기를 꺼낸 순간 저는 그 이유를 알 수 있었죠. 그의 열의와 열정, 소재에 대한 이해에는 따라올 사람이 없더군요. 크리스는 등장인물과 그들의 여정에 너무도 몰입해 있었고, 스크린에서 이런 소재에 생명을 불어넣는 방법에 관해서도 환상적인 아이디어들을 가지고 있었습니다. 크리스와 《해리 포터》 이야기를 하는 건 무척 신나는 일이었어요."

콜럼버스는 겨우 마흔이 넘은 나이였지만, 이 프로젝트에 필요한 경험은 충분히 가지고 있었다. 그는 20대 초반에 대단히 창의적인 시나리오 작가로 입지를 다졌다. 콜럼버스는 1980년대 고전인 〈그렘린Gremlins〉, 〈구니스The Goonies〉, 〈피라미드의 공포Young Sherlock Holmes〉 같은 작품을 제작한 스티븐 스필버그 휘하에서 글을 썼다(〈피라미드의 공포〉에서는 영국 기숙학교 분위기가 많이 풍기는데, 이것이 호그와트라는 세계를 화면에 포착하는 데 무척 중요하다는 점이 드러난다). 연출로 방향을 전환한 콜럼버스는 역사상 가장 성공적인 코미디 영화 두 편, 즉 〈나 홀로 집에Home Alone〉와 〈나 홀로 집에 2Home Alone 2: Lost In New York〉를 통해 가족 단위 관객을 장악하는 능력을 보여주었다. 1980년대 청소년 영화의 아이콘 존 휴가 쓴 〈나 홀로 집에〉는 콜럼버스에게 전달되었고(그때까지 휴는 자신의 작품을 직접 연출하곤 했다), 콜럼버스는 이 프로젝트에 참여해 매컬리 컬킨을 어린이 스타로 만들어 놓았다. 콜럼버스는 〈미세스 다웃파이어Mrs. Doubtfire〉에서 로빈 윌리엄스의 성공적인 연기를 연출하기도 했다.

헤이먼이 말하듯 "크리스에게는 무기가 많았습니다. 여러 다양한 장르에서 성공을 거두었으니까요. 그리고 그 경험은 〈해리 포터〉를 연출하는 데 필수적이었습니다. 게다가 그는 아이들과 함께 작업하는 솜씨가 훌륭했어요. 크리스가 적절한 감독이라는 점은 분명"했다. 콜럼버스의 어린 딸 엘리너도 그렇게 생각했다. 엘리너는 《해리 포터》 시리즈를 탐독하고 있었으며, 아버지에게 이 시리즈를 끈질기게 추천해 왔다. 엘리너는 아빠가 이 일을 맡지 않으면 영원히 용서하지 않겠다고 했다.

"우리 딸 엘리너는 《마법사의 돌》이 환상적인 영화가 될 거라고 했습니다." 콜럼버스는 회상한다. "처음에는 그 책을 읽는 게 좀 망설여졌어요. 콘셉트가 별로 흥미롭지 않았거든요. 당시에는 그냥 어린이용 도서로만 느껴졌고, 제가 다음으로 하고 싶은 작업이라는 확신이 들지 않더군요. 하지만 책을 읽기 시작하자 즉시 소재에 빠져들었습니다. 에이전트에게 영화를 맡는 게 어떨지 물어보려고 전화를 걸자 제 앞으로 감독이 스티븐 스필버그를 포함해 스물다섯 명은 줄을 서 있을 거라고 하더군요. 그래서 생각했죠. '음, 이거 어렵겠는데.' 하지만 저는 이 책에 푹 빠져 있었습니다. 에이전트에게 워너브라더스사와 최대한 빨리 약속을 잡아달라고 했죠. 하지만 한 가지 조건이 있었습니다. 영화사에서 인터뷰하는 마지막 감독이 저여야 한다는 거였죠."

줄 맨 끝에 서겠다는 콜럼버스의 생각에는 그럴 만한 이유가 있었다. "마지막으로 인터뷰를 하고 싶은 마음은 배우들의 오디션을 본 데서 온 것 같아요. 어떤 이유에서인지 배우가 좋건 나쁘건 그저 그렇건, 그 방에 마지막으로 들어온 사람은 늘 기억에 남거든요. 그래서 최선을 다하자면, 맨 마지막에 인터뷰를 하는 게 이로울 거라고 생각했습니다." 콜럼버스는 설명한다.

마지막으로 인터뷰를 함으로써 콜럼버스에게는 소재를 깊이 있게 검토하고 영화 속에서 《해리 포터》의 세계를 발전시킬 때 어떤 접근법을 취해야 할지 생각을 좀 더 확장할 기회도 생겼다. 콜럼버스는 스티브 클로브스의 시나리오를 읽었지만, 전례 없는 단계로 나아가 12일 만에 시나리오를 다시 썼다. 소재를 더 잘 이해하기 위한 연습으로.

"저한테는 시나리오를 다시 쓰고 난 다음에 인터뷰를 하는 것이 중요한 일이었습니다." 콜럼버스는 말한다. "그냥 영화에 대한 제 시각이 어떤지 전달할 수 있기를 바랐어요. 할리우드에서는 누구도 돈을 받지 않는 한 시나리오를 다시 쓰지 않죠. 그래서 제가 시나리오를 다시 썼다고 말하니 놀라더군요. 저는 모든 페이지에 제 이름이 적혀 있는 대본을 받았습니다[할리우드에서 표준적으로 쓰이는 보안 조치죠]. 그래서 제 컴퓨터에 다시 대본을 입력한 다음, 제가 영화에서 보고 싶었던 시퀀스를 덧붙여야 했어요."

감독은 워너브라더스와 데이비드 헤이먼에게 깊은 인상을 준 게 분명했고, 이 프로젝트에 대한 그의 시각은 완벽하게 들어맞는 것으로 밝혀졌다.

콜럼버스는 롤링의 세계를 채울 알맞은 배우들을 찾고 마법에 생명을 불어넣어 줄 시각적 틀을 세우는 엄청난 책임을 떠맡은 사람이었다. "크리스가 아니었다면 오늘 이 자리에 있을 수 없었

을 겁니다." 헤이먼은 말한다.

첫 두 편 영화의 계약을 체결하면서, 콜럼버스는 《해리 포터》의 세계를 살아 숨 쉬게 만들 방법을 알고 있다고 확신했다. 하지만 영화제작에 들어가기 전에 콜럼버스는 J.K. 롤링을 만나야 했다. J.K. 롤링을 만난다는 생각에 조금은 겁이 났다. 콜럼버스는 기억한다. "일을 따내기는 했습니다만, 조와의 첫 만남이 잘못될 경우 제가 이 영화를 감독할 수 없다는 건 분명했습니다. 워너브라더스사와 데이비드 헤이먼은 제게 '들어가서 어떤 영화를 만들고 싶은지 설명해야 합니다'라고 말했어요."

그래서 콜럼버스와 헤이먼은 스코틀랜드로 갔다. 그곳에서 그들은 롤링이 첫 번째 책을 썼던 카페에서 그녀를 만났다. 첫 만남부터 롤링은 그의 자신감을 공유하는 것처럼 보였다. "우린 딱 맞았어요." 콜럼버스는 롤링을 만난 지 얼마 안 되어 그렇게 말했다. "저는 해리를 이해했고, 제 생각에는 조가 그 점에 반응한 것 같습니다."

그는 말을 잇는다. "2시간 정도 함께 앉아서 제가 만들고 싶은 영화를 설명했어요. 제가 말을 마치자 조가 말하더군요. '와, 그거 멋진데요. 제 책으로 만들고 싶은 영화가 바로 그런 영화예요.'"

롤링의 이야기가 가진 영국적 기원을 충실하게 지키는 것이 콜럼버스, 헤이먼, 클로브스, 롤링 사이에서 창의성의 기준이 되었다. 이것이 강력한 연대의 토대가 되고 훌륭한 동업자 관계를 제공했다. "전 최대한 신의를 지키는 것이 아주 중요하다고 생각했어요. 각각의 책을 영화로 만들되, 그 안의 세상을 쓰여 있는 그대로 살려내는 것 말이죠." 콜럼버스는 말한다. "그것이 동반자 관계가 되었습니다. 초기에는 우리 넷이 있었어요. 데이비드 헤이먼, 스티브 클로브스, 조 롤링, 그리고 저였죠. 함께 대본을 쓰면서 우리는 정말로 훌륭한 관계를 맺었어요. 우리는 끊임없이 대본 얘기를 했습니다. 우리가 만들고 싶은 영화에 대해서 이야기했어요. 그때까지 해본 작업 중에서 제가 가장 많은 공을 들일 수 있었던 창의력 넘치는 작업이었습니다."

영화감독이 정해지기 전부터 제작자들은 제작을 위한 물리적 본부가 마련되어야 한다고 생각했다. 그들은 영화제작을 영국에서만 하기로 결정했지만, 영국의 가장 유명한 영화 스튜디오인 파인우드 앤 셰퍼튼은 그들의 요구에 부응하지 못했다. 〈해리 포터〉 영화에는 더 넓은 공간과 기술

위 스코틀랜드에서 현지 촬영 중인 크리스 콜럼버스 감독.
아래 스튜어트 크레이그가 초기에 그린 금지된 숲 콘셉트 스케치.

팀이 마음대로 쓸 수 있는 장소가 필요했다. 〈해리 포터〉는 대규모 영화였으니 큰 집이 필요했다.

워너브라더스의 부사장이자 영국 제작 담당자인 로이 버튼은 헤이먼에게 런던 중심가에서 북쪽으로 29킬로미터 떨어진 곳에 있는 하트퍼드셔 지역의 비행장을 보여주었다. 롤스로이스 자동차 회사에서 이곳에 리브스덴 단지를 지어놓았는데, 그곳에는 활주로와 항공관제탑이 모두 갖춰져 있었다. 그들은 그 광활한 공간에서 제2차 세계대전 중 영국군에 핵심적인 역할을 했던 비행기 엔진을 만들었다. 하지만 1980년대에 이르자 이 산업은 사양길에 접어들었고, 리브스덴의 공장은 문을 닫았다. 그 바람에 152제곱킬로미터라는 엄청난 공간이 남았다. 아무도 쓰지 않은, 324제곱미터의 땅도 함께였다.

이 공간을 영화 스튜디오로 처음 활용한 작품은 〈007〉 시리즈였다. 이들은 1995년에 〈007 골든 아이Golden Eye〉를 이곳에서 촬영했다(이 영화에는 〈테일러 오브 파나마〉에서 대니얼 래드클리프의 상대역을 맡았던 피어스 브로스넌이 출연했다). 이후 이곳에서 촬영한 영화로는 〈스타워즈Star Wars〉, 〈배트맨Batman〉, 〈슬리피 할로우Sleepy Hollow〉가 있다. 하지만 결국 리브스덴은 〈해리 포터〉의 고향이 되었다. 이 대서사시의 촬영이 끝날 때까지.

사전 제작이 착착 진행되는 동안 영화제작자들은 캐스팅에 초점을 맞췄다. 데이비드 헤이먼과 캐스팅 디렉터인 수지 피기스는 몇 달 전부터 이 영화의 주연 배우들을 찾기 시작했지만(사실, 이들은 이미 수천 장의 지원서를 받았는데, 그중에는 에마 왓슨과 루퍼트 그린트가 신문광고를 보고 보낸 것도 있었다), 이제는 콜럼버스가 선장이 됐으니 배우를 찾는 열기도 한층 고조되었다.

에마 왓슨은 파리에서 태어나 다섯 살이 될 때까지 그곳에서 살았지만, 부모님이 이혼하면서 동생 알렉스, 어머니 재클린과 함께 옥스퍼드셔로 돌아왔다. "사실 제가 연기를 하게 된 건 시를 좋아하고 시 낭송을 하곤 했기 때문이에요." 에마는 회상한다. "저는 토론 팀에도 속해 있었고, 학교 연극에도 몇 번 나왔어요. 저는 언어와 수사를 사랑했고, 자리에서 일어나 관객 앞에서 공연하는 것도 무척 좋아했어요."

에마는 《해리 포터》 책에도 똑같이 매력을 느꼈다. "아빠를 만나는 주말이면 아빠가 잠자리에 들기 전에 《해리 포터》를 읽어주셨어요. 3권인가 4권부터는 제가 직접 읽기 시작했죠. 말 그대로 빨려들었어요. 다음에 무슨 일이 일어날지 알아야만 직성이 풀리고, 캐릭터들과 사랑에 빠지면서 나 자신과 동일시하게 되죠." 에마는 특히 헤르미온느 그레인저라는 인물과 자신을 동일시했다. 나중에 에마는 처음 몇 편의 영화를 찍는 동안 "제가 헤르미온느라는 캐릭터와 아무 공통점이 없다고 확신했어요. 특히 트위드 치마에 두꺼운 스타킹을 신고 다니는 게 그랬죠. 그 시절에는 괴짜로 산다는 게 그리 멋진 일이 아니었거든요. 하지만 나이가 들면서 우리가 얼마나 닮았는지 깨달았고, 헤르미온느와 비교하는 건 뭐든 칭찬이라는 걸 알게 됐"다.

에마가 《해리 포터》 책을 사랑한다는 것은, 연기에 대한 열정을 생각했을 때, 《마법사의 돌》을 영화로 만든다는 소식을 듣고 그녀가 "헤르미온느 역할을 너무도 간절하게 하고 싶었다"는 의미였다. "롤링은 참으로 멋진 세계를 만들어 냈어요." 아홉 살의 에마는 그 세계에 속하기로 마음먹었다.

빨간 머리의 루퍼트 알렉산더 로이드 그린트는 에마 왓슨보다 두 살이 많았으며 에마와 마찬가지로 학교 연극을 통해 배우로서의 경력을 쌓기 시작했다. 루퍼트는 다섯 남매의 맏이로서 에식스의 할로에서 태어났으나 어렸을 때 가족과 함께 하트퍼드셔로 이사했다.

"학교에 다닐 때 저는 늘 연극에 강한 흥미를 느꼈어요." 루퍼트는 회상한다. "학교 연극 오디션이란 오디션은 모두 보았고, 방과 후 연극 동아리에서도 활동했죠. 우린 팬터마임과 연극을 하곤 했어요. 하지만 연기를 직업으로 생각했던 적은 사실 없었어요. 제 첫 연극은 〈노아의 방주〉였죠. 아마 '물고기 3번' 역할이었을 거예요. 전 관객이 있다는 느낌이 좋았어요. 어렸을 때 자신감 넘치는 아이였던 적은 한 번도 없지만, 무대에 올라가면 다른 사람이 된 것 같은 기분이 들었어요." 루퍼트는 〈럼플스틸스킨〉에서 주인공을 맡게 되었고, 연기가 너무도 즐거웠기에 앞으로도 계속 연기를 해야겠다고 생각했다.

루퍼트는 여동생들이 《해리 포터》 시리즈를 읽기 시작했을 때 이 세계를 알게 되었다. BBC의 어린이용 주간 뉴스 〈뉴스라운드〉를 보던 중 영화가 제작된다는 소식을 들었을 때 그는 상당한 흥

위 하트포드셔. 리브스덴 스튜디오.
아래 호그와트에 있는 성 건축가 동상을 그린 더멋 파워의 콘셉트 스케치.

미를 느꼈다. 이 영화에 참여할 수 있을지도 모른다는 생각에 고무된 데다 친구들한테서 이미 그의 빨간 머리와 재미있는 성격이 론 위즐리 역에 딱 맞는다는 이야기를 들었기에, 루퍼트는 부모님에게 스튜디오에 연락하도록 허락해 달라고 했다.

일반적으로는 캐스팅 디렉터에게 사진과 자기소개서를 보내야 했다. 하지만 루퍼트에게는 더 야심 찬 계획이 있었다. 그는 연극부 선생님처럼 옷을 차려입고 직접 동영상을 찍어, 자신이 이 배역을 얼마나 간절히 원하는지 설명하기로 했다. 자기 장점을 건조하게 제시하는 대신, 그는 이 모든 말을 아직 시도해 보지 않은 랩 기술을 활용해 전하기로 했다. "저는 랩을 했어요. 그냥 저 자신과 〈해리 포터〉에 얼마나 참여하고 싶은지에 대한 기본적인 정보만 담고 있었지만요. 제가 하고 싶은 역할은 처음부터 론이었어요. 다른 사람이었던 적은 한 번도 없어요. 그리고 캐스팅 감독님들한테서 전화를 받게 됐죠."

랩을 하는 루퍼트의 모습이 그가 보낸 비디오를 본 모든 사람에게 어떤 울림을 주었다고 말할 수 있을 것이다.

에마와 루퍼트는 리브스덴으로, 그들의 결정적인 역할로 다가가는 단계를 한 발 한 발 밟아가고 있었고, 대니얼 래드클리프와 그의 부모님은 이미 이 배역이 대니얼과는 어울리지 않는다고 판단한 뒤였다. 그처럼 어린 아이에게는 너무도 큰 책임이라는 것이었다.

〈해리 포터와 마법사의 돌〉의 어린이 주연 세 명을 캐스팅하는 일에는 그해의 반 이상이 걸릴 터였다. 이 작업은 마지막 순간까지도 확정되지 않았다.

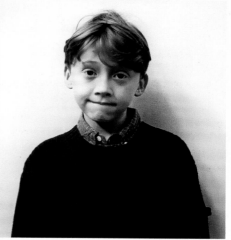

한편 리브스덴에서는 헤이먼과 콜럼버스가 열심히 일하고 있었다. 두 사람은 해리의 어린 시절의 발견들과 경험들이 믿음직스럽게 보일 수 있는 화면 속 세상을 만들어야 한다는 것을 알고 있었지만, 대체 어딜 가야 뱀이 말을 하거나 고블린들이 은행을 운영해도, 가장 인기 있는 스포츠가 빗자루를 타고 날아다니며 하는 것이어도 믿음을 줄 수 있을까? 아무리 마법 세상이라지만, 현실에 근거를 두어야 했다. 그래서 영화제작자들은 오스카상을 탄 프로덕션 디자이너 스튜어트 크레이그에게 연락했다. 크레이그가 영화의 미술 작업에 처음으로 참여했다.

스튜어트 크레이그는 건축을 무척 좋아해서 영화 프로덕션 디자인이라는 분야에 들어오게 되었다. 프로덕션 디자이너로서 그가 처음 참여한 영화는 존 허트가 주연을 맡고 데이비드 린치가 감독한 〈엘리펀트 맨The Elephant Man〉이었다. 그는 리처드 애튼버러와 협력해 제2차 세계대전을 배경으로 한 드라마 영화 〈머나먼 다리A Bridge Too Far〉와 〈간디Gandhi〉에 참여했는데, 크레이그는 이 작품으로 첫 아카데미상을 받았다. 둘의 동반자 관계는 〈자유의 절규Cry Freedom〉, 〈채플린Chaplin〉, 〈섀도우랜드Shadowlands〉를 비롯해 어니스트 헤밍웨이의 전기 영화 〈사랑과 전쟁In Love and War〉의 미술 작업으로까지 이어졌다. 크레이그는 사극과 현대극을 비롯한 다양한 영국 영화에 참여했다. 〈칼Cal〉에서는 IRA로 인해 분열을 겪고 있는 북아일랜드를, 〈그레이스토크Greystoke〉에서는 타잔의 영국 저택을, 〈미션The Mission〉에서는 남아메리카의 정글을 그려냈다. 이어 〈위험한 관계Dangerous Liaisons〉의 17세기 프랑스와 〈잉글리쉬 페이션트The English Patient〉의 낭만적인 풍경을 그려 오스카상을 두 번 더 받았다.

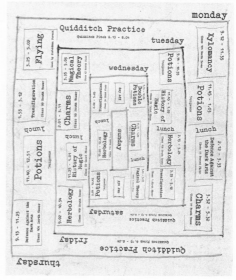

위와 중간 에마 왓슨과 루퍼트 그린트의 초기 참고용 사진. **아래** 루스 위닉이 그린 〈해리 포터와 마법사의 돌〉에 나오는 호그와트 수업 시간표.

"이 프로젝트에 관심이 있느냐는 전화를 받았어요." 크레이그가 말한다. "그때 저는 첫 손자의 침실을 장식하고 있었는데, 로스앤젤레스로 가서 크리스 콜럼버스와 데이비드 헤이먼을 만나라는 전화를 받은 거지요. 그래서 저는 밖으로 뛰어나가 《해리 포터》 책을 샀습니다. 우리 딸은 이 책에 대해 들어봤지만 저는 못 들어봤거든요. 저는 책을 들고 비행기에서 미친 듯이 읽었습니다." 캘리포니아에 착륙했을 때, 크레이그는 이 일이 딱 자신을 위한 것이라는 느낌을 받았다.

첫 인터뷰를 준비하는 동안에도 크레이그의 마음은 계획을 세우느라 바빴다. 첫 회의는 곧바로 성공을 거두었다. "스튜어트에게는 익숙한 것을 가져다가 조금 비틀어서, 직관적으로 알아볼 수 있으면서도 왠지 참신한 것으로 만드는 특별한 능력이 있었습니다." 헤이먼은 말한다. "예를 들어 다이애건 앨리는 처음 보면 언뜻 상점으로 가득한 흥미로운 자갈길로 보이죠. 하지만 잘 보면 그 안에 직각이 하나도 없다는 것을 알 수 있습니다." 콜럼버스와 헤이먼은 둘 다 호그와트와 그 주변 환경에 생명을 불어넣어 줄 딱 맞는 프로덕션 디자이너를 찾아냈다고 확신했다.

위 스튜어트 크레이그가 호그와트 복도에 걸린 본인 초상화 앞에 서 있다.
아래 크레이그가 처음 그린 호그와트 마법학교 스케치.

"상상할 수 있겠지만, 책은 디자인 면에서 잠재력으로 가득 차 있습니다." 크레이그가 말한다. 하지만 그는 이 엄청난 잠재력이 엄청난 질문들을 불러일으켰다고 회상한다. "어디서 촬영할까? 학교와 그 안의 공간을 실용적으로 만들 방법은 뭘까? 현지 촬영 분량은 얼마나 될까? 스튜디오에서 찍을 건 또 얼마나 되지? 이 모든 걸 찍으려면 비용은 얼마나 들까? 이 모든 질문이 맞물리며 점점 복잡해졌죠. 결국 우리는 책 속 세상을 거의 다 짓게 되었습니다." 크레이그는 말을 잇는다. "하지만 첫 영화가 나올 당시에는 그 모든 걸 지을 만한 여유도 없었고, 그렇게 하는 게 실용적이지도 않았어요. 그래서 현지 촬영을 할 만한 곳을 찾았죠. 호그와트의 바람직한 모습을 향해가는 길을 느낀 건 이처럼 현지 촬영을 할 만한 장소를 찾던 도중이었습니다."

호그와트를 시각적으로 재현하는 것은 첫 번째 영화의 필수 요소였다. 그곳이 주요 촬영지이자 《해리 포터》의 세계를 페이지에서 스크린으로 성공적으로 옮기는 데서 가장 중요한 일이었다. 초기 준비 단계에 크레이그는 작가를 직접 만나 이런 문제를 상의했다.

"늘 책의 정신에 충실하려고 노력해야 합니다." 크레이그는 말한다. "우린 확실히 그렇게 했어요. 초기에 우리는 J.K. 롤링과 문답 시간을 가졌습니다. 여러 번은 아니었죠. 하지만 롤링은 몇 가지 핵심적인 질문에 답해줄 수 있었어요. 저는 금지된 숲에 관해 궁금한 점이 아주 많았습니다. 위치는 어디고, 존재 의미는 무엇이고, 학교와는 어떤 관계를 맺고 있는지, 1학년들은 배를 타고 가고 다른 학생들은 전부 도로를 통해서 간다는 건 또 뭔지? 그랬더니 롤링이 첫 만남에서 작은 지도를 자연스럽게, 아주아주 빠르게 그려주더군요. 롤링은 확신에 차 있었습니다. 롤링의 머릿속에서는 모두 완성돼 있었어요. 그 작은 지도가 우리의 출발점이 됐습니다. 말 그대로 우리의 경전이었던 거죠. 책에는 자세한 내용이 아주 많이 나옵니다. 엄청나게 많이 나오죠. 그걸 영감의 원천으로 삼을 수 있었던 건 멋진 일이었어요. 하지만 우리는 한 번도 제약당한다는 느낌을 받지 않았습니다." 롤링이 서둘러 그린 스케치는 10년 뒤 영화 촬영 마지막 날까지 크레이그의 사무실 벽에 테이프로 붙어 있었다.

"저는 스튜어트 크레이그가 호그와트를 짓는 작업을 아주 진지하게 대하고 있으며, 이 일을 어마어마한 작업으로 생각한다는 사실을 알게 되었습니다." 콜럼버스는 말한다. "크레이그는 호그와트와 그 모든 방들을 처음부터 그 자리에 있었던 것처럼 만들어야만 했어요. 저는 크레이그가 그 일을 해낼 수 있으리라는 걸 알았습니다. 이런 장소들이 그저 진짜처럼 느껴지는 데서 그치지 않고, 언젠가 한번 가본 듯한 느낌을 줄 거라는 걸 말이죠.”

크레이그는 호그와트 성이 수백 년 동안 존재해 왔다고 생각하고 그 성을 디자인하기 시작했다. “호그와트가 상상할 수 있는 한 가장 오래된 교육 기관이어야 한다는 점은 금방 분명해졌습니다.” 크레이그는 말한다. “그리고 현실 세계에서 가장 오래된 그런 공간은 옥스퍼드와 케임브리지의 단과 대학 건물들이죠. 우리는 그곳에서부터 시작했지만 ‘이건 한계가 분명한 선택이야. 또 뭐가 있을까?’ 하고 생각했습니다. 글쎄요, 유럽의 거대한 대성당들도 나이가 비슷하죠. 그래서 대성당과 그 대학들이 〈해리 포터〉 세계와 우리가 지은 세트장에 영감을 불어넣어 주었습니다. 하지만 아시다시피, 현실 세계는 혼란스럽죠. 현실은 간단하고 명료하며 연극적인 해법으로 나아가는 데 도움이 되지 않습니다.”

크레이그는 ‘연극적인 해법’을 언급하면서, 이야기를 전달하는 데 도움이 되지 않는 것은 모조리 빼버릴 필요가 있다고 말한다. 연극적인 해법은 실제 장소보다 “단순하고 여유롭지만”, 깊이는 현실처럼 깊다. “우리는 아주 복잡한 호그와트의 개요부터 시작했습니다.” 그는 설명한다. “옥스퍼드의 크라이스트 처치, 더럼 대성당, 글로스터 대성당을 반영하고 있기에 극도로 복잡했죠.” 이런 다양한 원천은 한데 뒤섞여 있을 법한 하나의 공간을 이룬다.

크레이그는 현실 세계에서 얻은 영감의 “혼란스러움”에도 불구하고 옥스퍼드와 대성당들을 참조한 일이 호그와트를 알아볼 수 있게 만들고 신빙성을 높여주었다고 느낀다. 크레이그는 말한다. “마법은 일단 걸리기만 하면 변덕스럽거나 완전한 공상만으로 이루어져 있기보다 익숙하고 현실적인 것처럼 보이는 곳에서 탄생했기에 더 강해졌습니다. 저는 그 점이 우리에게 큰 도움이 되었다고 생각합니다. 그 덕에 마법이 유령, 마법 지팡이 효과, 움직이는 계단, 움직이는 초상화, 그 모든 것의 형태로 마침내 모습을 드러냈을 때 더 효과를 발휘했죠.”

크레이그는 크리스 콜럼버스가 응원해 준 것에 고마움을 표시했다. “콜럼버스에게 조가 그려준 호그와트를 보여줬더니 콜럼버스가 ‘더 크게 만드세요’라고 말했던 게 기억납니다. 저는 콜럼버스가 시리즈를 매우 훌륭하게 출범시켰고, 이 시리즈가 앞으로 나아가도록 제대로 추진력을 주었다고 생각합니다. 콜럼버스는 ‘시끄럽게, 크게 쓰고 크게 만들어라’라는 접근법을 가지고 있었어요. 우리는 굉장한 출발을 향해 가고 있었습니다.”

크레이그가 마법사 세계를 짓느라 바쁘던 그때, 헤이먼과 콜럼버스는 전 세계의 열혈 독자 수백만 명의 상상력 안으로 들어간 캐릭터들을 캐스팅하는, 점점 더 어려워지는 임무로 돌아왔다. 캐스팅 디렉터의 눈에는 대니얼과 루퍼트, 에마가 아직 그저 반짝이는 작은 빛이던 그 시절에 제작자와 감독은 ‘가장 큰’ 캐릭터부터 찾기로 했다.

첫 번째 영화가 나온 이후로 루비우스 해그리드 캐릭터가 스코틀랜드 배우인 로비 콜트레인을 염두에 두고 쓴 것이라는 소문이 돌았다. “아뇨, 그렇지 않습니다.” 콜트레인은 말한다. “제가 조 롤링과 이 문제에 대해서 이야기를 나눠봤어요. 롤링은 해그리드가 웨스트컨트리에서부터 알고 지냈던 폭주족을 토대로 한 인물이라고 말했습니다. 그 사람이 바에 들어오면 선술집에 있던 사람들이 성경에서처럼 홍해가 갈라지듯 갈라졌대요. 덩치도 크고 무시무시해서요. 그러면 그 사람은 자리에 앉아서 자기 정원 얘기, 피튜니아가 그해에는 잘 자라지 못했다느니 하는 얘기를 했다는군요. 진짜 신사였대요. 영화를 찍게 되었을 때는 롤링이 해그리드를 맡을 만한 사람이 저밖에 없다고 말하긴 했어요. 이 결정은 롤링이 내린 겁니다.”

전설적인 재즈 뮤지션 존 콜트레인에게서 예명을 가져온 콜트레인은 미술학교를 졸업했으나 빠르게 스탠드업 코미디와 연기 쪽으로 방향을 틀었다. 콜트레인이 처음으로 거둔 성공은 영국의 유명 스탠드업 코미디 팀인 코믹 스트립과 함께하면서부터였다. 콜트레인은 이어 TV에 도전했다. 코미디 프로그램인 〈알프레스코〉의 팀원으로 에마 톰슨과 함께 출연했던 것이다. 이들 2인조는 〈투티 프루티〉라는 뮤지컬 수상작에서 다시 뭉쳤다. 〈모나리자Mona Lisa〉, 〈헨리 5세Henry V〉(케네스 브래나가 국왕 역할을 맡은 가운데, 콜트레인은 폴스타프 역을 맡았다), 〈돈가방을 든 수녀Nuns On The Run〉 같은 영화가 뒤따라 나왔지만, 콜트레인을 진짜 스타로 만들어 준 것은 〈크래커Cracker〉에서 연기한 경찰 심리학자이자 프로파일러 피츠 역할이었다. 덕분에 콜트레인은 3년 연속 영국 영화 TV 예술

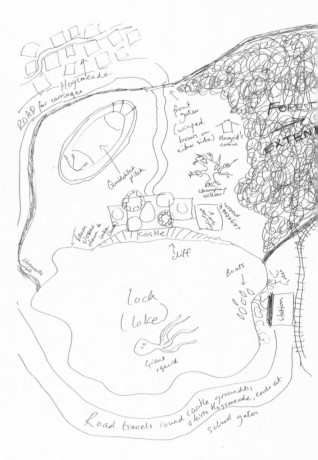

위 J.K. 롤링이 스튜어트 크레이그와 첫 미팅에서 그려준 호그와트 성과 내부 스케치.
아래 〈해리 포터와 마법사의 돌〉에 나오는 해그리드로 분장한 로비 콜트레인.

아카데미BAFTA에서 최우수 배우상을 받았다.

〈해리 포터〉 시리즈 첫 영화의 제작에 참여했던 수많은 사람이 그랬듯, 콜트레인의 자녀들이 한 몫했다. "'하실 거죠?' 애들은 그렇게 말했어요. '글쎄, 잘 모르겠구나.' 저는 그렇게 말했죠. 하지만 사실은 알고 있었어요. 그때는 3권이 나왔을 때인데, 책이 환상적이라고 생각했거든요."

콜트레인은 역할을 수락하자마자 롤링에게 연락했다. 그는 회상한다. "우리는 전화로 아주아주 오랫동안 대화를 나눴습니다. 저는 해그리드와 그의 배경 전체에 관해서 알고 싶었어요. 롤링은 사람들이 해그리드가 반만 거인이라는 점이나 해그리드의 엄마에 대해 알아서는 안 된다고 말해줬어요. 그게 연기하는 데 큰 도움이 됐습니다. 롤링은 해그리드에 대해 그야말로 모든 걸 알고 있었어요. 모든 캐릭터에 대해 그랬죠. 롤링은 그렇게 깊이 들어갈 수 있습니다. 솔직히 저도 질문 목록을 만들기는 했지만 롤링은 제가 물어봐야겠다는 생각조차 하지 못한 온갖 것들을 떠올렸어요."

그런 다음, 콜트레인은 친근한 거인의 목소리를 만들어 내는 작업에 착수했다. "완전히 방향을 잘못 잡았어요. 제가 무슨 이유에서인지 해그리드를 밥 호스킨스처럼 말하게 했다니까요." 배우인 밥 호스킨스는 잉글랜드 동부의 서퍽 출신이다. "그때 깨달았죠. 아니, 여긴 웨스트컨트리야. 데번 억양을 써야지. 내가 잘 아는 억양이기도 하잖아. 하지만 사실, 해그리드의 말투는 여러 억양을 섞은 겁니다. 어느 한 곳에서만 특별히 쓰는 억양이 아니에요."

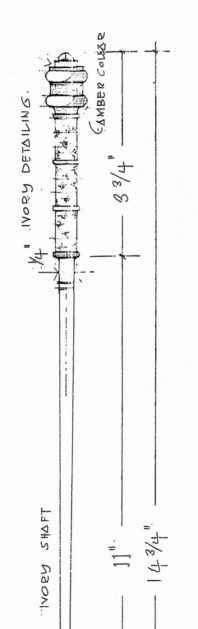

제작이 코앞으로 다가오자 스튜어트 크레이그는 세트 장식가인 스테퍼니 맥밀런을 데려왔다. 둘은 오랜 친구이자 동업자로 〈잉글리쉬 페이션트〉는 물론 리처드 애튼버러의 〈채플린〉과 〈사랑과 전쟁〉에서도 합을 맞췄다. 크레이그의 세트장을 꾸미고 장식하는 것이 맥밀런의 역할이었다. 그 말은, 식탁과 의자에서 부엉이 새장과 오래된 태피스트리에 이르기까지 모든 것을 어딘가에서 구해 오거나 만들어야 한다는 뜻이었다. 벽지, 장식품, 그릇 등의 세부적인 사항을 활용해 더즐리 가족이 사는 교외 주택의 억압적인 성격을 강조하는 데서부터 다이애건 앨리의 모든 상점 내부를 바닥에서 천장까지 만들어 낸다는 뜻이었다. 상상력 넘치고 수완 좋은 맥밀런은 물건들을 공들여서 처음부터 만들거나, 그렇지 않은 경우 전국의 경매장과 인테리어 가게를 뒤져서 찾아냈다.

새로운 학년을 시작하는 학생들이 모두 그렇듯 호그와트의 학생들에게도 새로운 책가방과 준비물이 필요했다. "우리는 호그와트 학생들에게 필요할 만한 기본적인 물품 세트를 만들었어요. 저울과 솥단지 세트 같은 것 말이죠. 그런 다음에는 모든 학생에게 그런 세트를 하나씩 만들어 줘야 했어요. 아마 40세트나 60세트쯤 만들었을 거예요." 맥밀런은 말한다. 하지만 학교의 기본 비품 중에는 이 교실에서 저 교실로 은밀하게 옮겨진 것들도 있었다. "우린 2인용 책상을 설계하고 그걸 18개 만들었어요. 첫 영화에서 대부분의 교실에는 똑같은 책상이 있죠. 그냥 이리저리 옮겼거든요."

맥밀런이 가장 좋아하는 소품 중 하나는 호그와트의 칠판이다. 이 칠판에는 진짜 발이 달려 있다. 배우와 스태프들에게는 롤링의 세계에 생명력을 불어넣는 역할을 했지만, 화면에서는 곧바로 눈에 띄지는 않는 수많은 세부 사항 중 하나다. "칠판은 축을 중심으로 회전해서, 한쪽은 칠판이고 다른 쪽은 널빤지가 있게 돼요. 하지만 이 칠판들에는 바닥까지 내려오는 다리가 달려 있고, 맨 아랫부분에는 나란히 놓여 있는 부츠가 있었죠. 그게 발이에요. 특별한 부분이죠."

맥밀런이 말을 잇는다. "확실히, 기차역 장면을 찍기 위해서 짐 가방도 필요했습니다. 호그와트나 아이들 이름 머리글자가 찍혀 있는 것으로요. 아이들에게는 반려동물이 있었으므로, 그 동물들을 넣을 우리도 만들거나 마련해야 했어요. 우리의 첫 구매 담당 조수는 매일 밖으로 나가서 다양한 형태의 우리를 찾아다녔습니다. 신나기는 했지만, 아주 바쁜 나날이었어요."

주역이 될 세 아이를 찾는 작업은 계속됐다. 캐스팅 디렉터인 수지 피기스와 재닛 허신슨은 해리, 론, 헤르미온느를 찾아 전국의 학교를 방문했다. 해그리드를 찾은 터라 헤이먼과 콜럼버스는 호그와트의 다른 교수진을 결정하는 쪽으로 관심을 돌렸다.

알버스 덤블도어 교수(엄청나게 비중이 크고 키가 굉장히 큰 마법사로, 오랫동안 호그와트 교장을 역임해 온 인물이다)를 캐스팅할 때, 제작자와 연출가는 〈해리 포터〉 영화 전편에서 따르게 된 어떤 양식을 만들었다. 어린이 주역들은 (처음에는) 무명 배우여야 했지만, 이들을 뒷받침해 줄 성인 배우는 연기 재능 면에서 가능한 한 최고로 높은 경지에 올라 있어야 한다는 것이었다. 이들은 덤블도어 역에 영국이 배출한 가장 위대한 영화배우 중 한 명인 리처드 해리스를 선택했다. 흥미롭게도 데이비드 헤이먼은 아일랜드 출신의 이 배우와 이미 아는 사이였다. "우리 아버지가 리처드의 에이전트였거든요." 헤이먼은 말한다. "리처드는 제 대부입니다. 언젠가 우리와 함께 산 적도 있어요. 우리는 무게감이 있고 두드러지는 배우를 원했습니다. 리처드는 힘이 있었고 왠지 위험한 느낌도 풍겼어요. 하지만 눈을 반짝일 때는 장난스러운 모습도 보였죠."

리처드 세인트 존 해리스는 아일랜드의 리머릭에서 태어나 런던 아카데미 오브 뮤직 앤드 드라마틱 아트에서 공부하기 위해 런던으로 이사했다. 해리스는 리처드 버튼, 올리버 리드, 피터 오툴 등과 같은 세대로, 이들은 영화배우는 최대한 배우로서의 삶을 살아가야 한다고 믿는 사람들이었다. 이들은 스크린에 보이는 작품에서만이 아니라 화면 바깥에서의 색다른 삶으로도 잘 알려져 있었다. 대니얼 래드클리프는 애정을 담아 자신이 가장 좋아하는 리처드 해리스의 일화를 전한다. "리처드가 아내분한테 '그냥 잠깐 나가려고'라고 말하더니 한 달 동안 돌아오지 않았대요. 돌아왔을 때 아내분이 무시무시한 표정으로 문을 열어줬는데, 리처드는 그냥 아내분을 보고 말했다죠. '왜 몸값을 내주지 않은 거야?' 이건 최고의 '핑계 대고 빠져나가기 대사'가 됐어요."

해리스는 〈던디 소령Major Dundee〉, 〈말이라 불린 사나이A Man Called Horse〉 등으로 성공을 거둔 메이저 영화배우였다. 그는 〈캐멀롯Camelot〉에서 아서 왕 역할을 맡아 노래 실력을 보여주었고, 〈맥아서 파크〉가 전 세계적 대형 히트를 치면서 팝 가수로서의 경력도 쌓았다. 해리스가 이력을 쌓는 속도는 세월이 지나면서 점점 느려졌지만, 클린트 이스트우드의 비가적 서부극 〈용서받지 못한 자Unforgiven〉와 그를 아일랜드로 돌아가게 한 1991년의 드라마 영화 〈더 필드The Field〉로 다시 활기를 띠게 되었다. 이 영화로 해리스는 두 번째로 오스카상 후보에 오른다.

"덤블도어 역할을 맡아달라는 부탁을 받긴 했지만 여러 가지 이유로 그 역할을 하지 않을 생각이었습니다." 해리스는 초기 인터뷰에서 그렇게 말했다. "그랬는데 손녀 엘리가 전화를 걸어서 '할아버지, 할아버지가 덤블도어 역할을 하지 않으면 다신 할아버지랑 말하지 않을 거예요!'라고 하더군요. 그래서 별 선택권이 없었습니다."

그가 말을 이었다. "제가 해본 역할 중에서 가장 어려운 역할이었다고 말하고 싶네요. 덤블도어의 존재감은 책 전체에 흘러넘칩니다. 덤블도어가 직접 등장하는 경우는 그렇게 많지 않아도 말이죠. 덤블도어는 이야기에서 아주 중요한 인물이었고, 저는 이 역할을 연기하기 위해 아름답게 쓰인 대화문에서 운율과 박자를 찾아내야 했어요."

해리스는 나중에 영화제작 현장의 분위기가 무척 즐거웠다고 회상했다. 특히 루퍼트 그린트와 처음 만났을 때가 그랬다고. "크리스 콜럼버스가 제게 스튜디오로 나와서 그 어린 배우를 만나보라고 했고, 저는 스튜디오에 나가 그 아이들과 대본 리딩을 했습니다. 제가 대본을 다 읽고 나니 론 위즐리 역할을 맡은 어린 소년이 저를 돌아보며 말하더군요. '해리스 선생님, 되게 잘 읽으시네요. 이 역할을 잘해내실 것 같아요!' 이 영화 곳곳에 그런 마법이 가득합니다."

위 1998년 당시 리처드 해리스.
아래 〈해리 포터와 마법사의 돌〉에서 덤블도어로 분장한 해리스가 버티 보트의 모든 맛이 나는 강낭콩 젤리를 먹어보고 있다.

배우 앨런 릭먼은 세베루스 스네이프 역할에 도전했을 때 해리 포터라는 소년 마법사를 잘 알고 있었다. "저야 대본을 읽기 전까지는 책을 읽지 않았지만, 《해리 포터》를 모를 수는 없죠. 제게는 그래도 조카들도 있고 아이가 있는 친구들도 많았습니다. 그 애들은 제가 이 배역을 맡는 것에 별로 신나 하지는 않았지만, 그래도 맡아야 한다고 우겼어요." 릭먼의 말을 들으니 이 문제에 관해 별다른 선택의 여지가 없었다는 리처드 해리스의 말이 떠오른다.

릭먼은 주로 런던의 연극 무대에서 명성을 쌓았다. 특히 〈위험한 관계〉에서 사악하고도 파괴적인 유혹자 발몽 역할을 맡아 성공을 거뒀다. 이 작품이 브로드웨이로 진출하자 그는 토니상 후보에 올랐다. 릭먼은 영화에서는 이 역할을 놓쳤지만, 그해 〈다이하드〉에서 브루스 윌리스의 상대역인 악당 한스 그루버 역에 캐스팅되었다. 그는 이 역할로 스타가 되었고, 계속해서 노팅엄의 보안

〈해리 포터와 마법사의 돌〉에서 퀴럴 교수 역을 맡은 이언 하트(위)와 맥고나걸 교수 역을 맡은 데임 매기 스미스.

관이나 라스푸틴 같은 음침한 악당 캐릭터를 연기했다. 점점 다재다능한 배우가 된 릭먼은 코미디(《갤럭시 퀘스트Galaxy Quest》), 로맨스(《센스 앤 센서빌리티Sense And Sensibility》, 〈진실하게, 미치도록, 깊이 Truly, Madly, Deeply》), 드라마 등 다양한 분야에서 능숙한 실력을 보였다.

빠르게 불어나고 있는 〈마법사의 돌〉 팀에 합류하라는 요청을 받았을 때 릭먼은 무척 관심을 보였다. 그는 롤링의 이야기를 고전적인 단어로 표현했다. "《해리 포터》는 스토리텔링의 몇 가지 규칙을 따르는 위대한 연극이나 소설과 같았습니다. 첫 페이지부터 마음을 빼앗겨서 계속 책장을 넘길 수밖에 없는 거지요. 모든 캐릭터에 몰입하게 되고, 다음에는 무슨 일이 일어날지 보고 싶어집니다. 간단한 법칙이지만, 이런 이야기를 만들어 내는 데는 위대한 재능이 필요합니다."

퀴럴 교수(이름을 말해서는 안 되는 그 사람과 직접적으로 연관된 캐릭터)로 뽑힌 배우는 이언 하트였다. 1964년 리버풀에서 태어난 하트는 이미 한 번도 아니고 두 번씩이나 비틀스의 존 레넌 역할을 맡아 찬사를 얻었다(1991년 작 〈아워스 앤 타임스The Hours and Times〉, 1994년 〈백비트Backbeat〉에서였다). 하트는 설명한다. "퀴럴은 좋은 직업을 가지고 있지만, 그 직업에 어울리지 않는 사람입니다. 신경증에 시달리는데, 어둠의 마법 방어법 교수가 되려면 인내심과 힘, 용기가 필요하죠." 하트는 퀴럴과 스네이프 교수의 갈등 장면을 연기하는 것도 재미있어했다. 그는 이 관계를 "연기하는 것이 매우 흥미로웠다"고 말한다. 특히 스네이프가 오래전부터 퀴럴의 자리를 원했고, 나중에 알게 되다시피 둘 다 겉으로 보이는 모습 그대로의 인물이 아니기 때문이다. 릭먼처럼 하트도 롤링의 글 때문에 이 역할에 매력을 느꼈다. "온갖 위대한 신화를 구성하는 요소가 전부 들어 있었어요. 선과 악, 아버지의 죽음에 대한 복수…… 이런 주제는 전부 아주 오래됐지만, 이런 방식으로 엮어놓으니 정말 재미있었죠. 이 이야기에는 아주 심각한 면도 있지만 훌륭한 개그도 들어 있었어요."

데임dame 매기 스미스는 대니얼 래드클리프가 어렸을 때 〈데이비드 카퍼필드〉에서 처음으로 그와 호흡을 맞췄다. 그녀는 늘 제작자들 사이에서 미네르바 맥고나걸 교수 역할을 맡아줄 배우로 첫손가락에 꼽혔는데, 우연히도 이미 이 시리즈의 팬이었다. "저는 《해리 포터》가 아이들을 위한 너무도 훌륭한 책이라고 생각했어요." 매기 스미스는 말한다. "제안이 왔을 때 저는 이 역할을 하면 환상적이겠다고 생각했죠. 저는 사람들이 이런 마법을 어떻게 실현할지 큰 관심을 갖고 있었어요."

길고도 다양한 연기 경력을 쌓아오는 동안 스미스는 여우주연상과 여우조연상을 모두 받는 드문 위업을 달성했다. 주연상은 1969년 〈미스 진 브로디의 전성기The Prime Of Miss Jean Brodie〉로, 조연상은 10년 뒤 〈캘리포니아의 다섯 부부California Suite〉에서 코미디 배우로 연기 변신을 시도하면서 받았다. 스미스는 기꺼이 마법사 모자와 로브를 걸쳤다. 촬영이 시작되자 그녀는 말했다. "사람들이 모르는 건 이런 역할이 그리 자주 나오지는 않는다는 거예요. 이 이야기는 어른들을 포함한 모두의 상상력을 사로잡았어요. 멋진 옷을 입고 마법사가 되어 돌아다닐 기회가 또 얼마나 있겠어요?"

〈마법사의 돌〉에 나오는 훌륭한 의상들은 대체로 의상 디자이너 주디애나 매커브스키의 작품이다. 매커브스키는 프랜시스 포드 코폴라(《병사의 낙원Gardens Of Stone》), 리들리 스콧(《화이트 스콜White Squall》), 샘 레이미(《퀵 앤 데드The Quick And The Dead》)는 물론 〈해리 포터〉 시리즈의 세 번째 영화에서 감독을 맡은 알폰소 쿠아론(《소공녀The Little Princess》) 감독을 위해서도 의상을 디자인한 경험이 있다. 그녀가 가장 처음 맡은 임무는 호그와트의 다양한 사람들에게 어울리는 모습을 찾는 것이었다.

매커브스키는 말한다. "가장 어려웠던 부분은 호그와트라는 세계와, 이 세계를 외부 세계와 다르게 만드는 것은 무엇인지 결정하는 일이었어요. 동시대를 배경으로 하지만, 이 시대에 속하지 않은 인물들이 나오는 책을 보면 어느 역사, 어느 시기든 끌어올 수 있죠. 하지만 아무 지침이 없는 상황에서 지난 500년 중 아무 시기나 참고하라고 하면 대체 어디서부터 시작해야 하는 거죠?"

그녀는 학생들의 교복부터 시작했다. 롤링의 원작에서는 구체적으로 묘사되지 않았던 부분이다. "저는 이 학교가 [유명한 영국 남자 사립학교인] 이튼과 비슷하다고 봤어요. 그래서 전통적인 교복으로 제대로 된 학교를 만들어 보기로 했죠. 하지만 호그와트는 마법사들의 세계였어요. 그래서 아이들에게는 다양한 기숙사를 뜻하는 다양한 색깔의 전통 영국 교복을 주고 어른들에게는 전통적인 가운을 주되, 이 의상들을 살짝 비틀었죠. 조의 글에도 설명이 나오긴 하지만, 저는 미국인이었기 때문에 제가 제대로 하고 있는지 확인하고 싶었어요. 예를 들어, 저는 후치 선생님을 일종의 체육

교사라고 생각했죠. 조는 그 생각이 맞다고 했고요. 목이 달랑달랑한 닉은 주름 목장식이 달린 옷에 타이츠를 입은 것으로 묘사되는데, 저는 그 모습이 엘리자베스 시대 스타일이라고 생각했어요."

해리의 의상이 가장 중요한 도전 과제였지만, 매커브스키는 해리가 더즐리 가족과 평생을 보냈기 때문에 더즐리가 물려준 옷을 입었을 거라고 빠르게 판단했다. 디자이너는 말한다. "처음에는 해리의 옷이 너무 크고 낡고 해졌다는 게 분명했어요. 하지만 우린 해리가 호그와트에 가고 나서도 그런 모습이기를 바라지 않았죠. 크리스 콜럼버스와 저는 모든 아이가 단순하고도 클래식한 옷을 입어야 한다고 생각했어요." 그 말은 로고가 들어간 티셔츠나 운동화 등(영화가 진행되면서 해리는 실제로 컨버스 올스타 운동화를 신게 됐지만) 현대 패션 냄새가 나는 것은 절대로 쓰면 안 된다는 의미였다. 이런 의상을 활용하면 유행이 바뀌면서 영화도 빨리 낡아버리기 때문이다. "이 영화는 해리 포터에 관한 것이지, 해리 포터의 옷에 관한 것은 아니었으니까요."

✦✦✦✦♣♣♣♣✦✦✦✦

해그리드를 스크린에 등장시키는 일은 거대한 문제가 되어가고 있었다. 로비 콜트레인 자신도 이미 덩치 큰 사람이 그보다도 큰 사람을 연기하는 데 따르는 물리적 문제들을 궁금하게 여겼다.

"저는 우아하거나 통제된 방식으로 움직이는 사람이 아니에요." 콜트레인은 인정한다. "그냥 휘적휘적 돌아다닐 뿐이죠. 그래서 저는 이렇게 생각했어요. 주변에 아이들이 잔뜩 있다면 어떻게 해야 할까?" 콜트레인은 "키가 2미터 60센티미터나 된다면 팔이 얼마나 거대할지" 생각했다. "아주 아주 조심하지 않으면 그냥 몸을 돌리는 것만으로도 몇몇 아이들을 쳐서 넘어뜨릴 수 있겠죠. 그러니 해그리드는 옆구리에 두 손을 바짝 붙이고 아주 천천히 걸어 다녔을 겁니다. 자기가 믿을 수 없을 만큼 큰 피해를 줄 수 있다는 걸 심각하게 의식하고 있었을 거예요."

인공 기관과 분장으로 루비우스 해그리드를 만들어 내는 작업은 베테랑 예술가인 닉 더드먼에게 맡겨졌다. 더드먼은 〈스타워즈: 제국의 역습The Empire Strikes Back〉에서 시작해 〈인디아나 존스Indiana Jones〉, 〈미이라The Mummy〉, 〈배트맨〉 등에서 작업을 이어왔다. 더드먼은 1989년 먼저 팀 버튼이 해석한 조커 역할에 맞도록 잭 니콜슨의 분장을 디자인했고, 16년 뒤에는 크리스토퍼 놀런의 〈배트맨 비긴스Batman Begins〉에 쓰일 배트슈트를 만들었다. 해그리드는 더드먼뿐만 아니라 영화제작에 참여한 모든 사람에게 애초부터 어려운 도전과제였다. 완벽한 거인 혼혈을 어떻게 만든다?

더드먼은 회상한다. "해그리드는 성인 남자 다섯을 합쳐놓은 것만큼 몸통이 넓고 손은 돌고래만 하다거나 거대한 조각상 같은 것에 비유됩니다. 처음에 우리는 그렇게 큰 인물을 만들어 낼 때의 실질적인 문제를 의논했어요. 책에서 괜찮은 것이 영화에서도 꼭 괜찮은 건 아니거든요. 몸통 폭이 1.5미터라면, 해그리드는 문을 지나갈 수 없었습니다." 더드먼은 처음에 디지털 작업을 통해 콜트레인을 영화에 넣어야겠다고 생각했다. 그것은 굉장히 까다롭고 돈이 많이 드는 작업이었다. "그래서 처음 만났을 때 제가 말했죠. '세트장에서 작업할 때의 실질적인 문제들 때문에 해그리드의 덩치가 그렇게까지 커질 수 없다면 실질적인 덩치로 합의를 보면 안 될까?'"

제작자들은 두 버전의 해그리드를 만들기로 했다. 다른 캐릭터들이 실제로 그의 허리 높이에 오는 와이드 숏의 '거인' 해그리드와, 크기를 줄인 소품을 가지고 세트장에서 촬영하게 될 콜트레인이 연기한 해그리드.

더드먼은 와이드 숏에 나올 '거인' 해그리드를 만들기 위해 안에 있는 사람의 덩치를 키워주는 슈트를 만들자고 제안했다. 안에 있는 사람은 '기증자donor'라고 불렸는데, 슈트는 팔꿈치, 무릎, 엉덩이 등의 모든 핵심 관절이 기증자보다 몇 센티미터씩 컸다. 그런 방법이 정말 통하겠느냐는 질문을 받았을 때 더드먼은 정직하게 대답했다. "모르겠네요. 한 번도 만들어 본 적이 없어서. 하지만 해볼 만한 가치는 있을 것 같아요." 크리스 콜럼버스는 더드먼에게 시도해 보는 것은 좋지만, 시험용 장치가 제대로 작동해야 본격적으로 작업을 시작하겠다고 말했다.

"기증자의 덩치가 등장인물의 덩치를 결정했습니다." 더드먼은 말한다. "그래서 우리는 찾을 수 있는 가장 덩치 큰 기증자를 찾아야 했어요."

완벽한 기증자는 마틴 베이필드라는 이름의, 키 208센티미터의 전직 럭비 선수 겸 경찰로 드러났다. "저는 대중 연설을 아주 많이 하는데, 그때도 런던에서 연설을 하고 있었습니다." 베이필드는 회상한다. "그런데 워너브라더스사의 관계자가 청중 가운데 있었어요. 워너브라더스사에서 다음

맨 위 지금은 많이 알려진 호그와트 문장(紋章)의 초기 스케치. 호그와트의 교훈인 "*Draco dormiens nunquan titillandus*"는 "잠자는 용을 간지럽히지 말라"는 뜻의 라틴어다.
중간과 아래 첫 영화 촬영 때 사용한 그리핀도르 교복 디자인.

날 저한테 전화를 걸어, '와서 해그리드의 신체 대역을 해보시는 건 어떤가요?'라고 물었습니다. 당연히 저는 그게 장난이라고 생각했어요. 저는 그 불쌍한 사람에게 전화로 험한 소리를 잔뜩 쏟아 놓았는데 그 사람은 진짜로 하는 말이라고 저를 설득했죠. 그래서 책을 읽기 시작했지만, 그냥 그 자리에 서 있어야 하는 건지 아니면 영화에 적극적으로 참여해야 하는 건지 몰랐어요. 알고 보니 저를 엄청나게 부려먹을 생각이더군요. 덕분에 무척 재미있었습니다."

더드먼은 베이필드의 해그리드 슈트를 만들기 위해 일단 베이필드와 콜트레인 두 사람의 전신 석고 틀을 만들었다. 그런 다음, 슈트 안 적당한 위치에 팔꿈치와 무릎 관절이 정렬되도록 베이필드의 틀에 콜트레인의 사진을 씌웠다. "그러니까, 크기가 커진 로비 콜트레인 모양의 슈트에 럭비 선수를 태운 거지요. 그 슈트에는 조각으로 만들어 붙인 더 커다란 손과 머리가 달려 있었고요. 당시에 머리는 그냥 정적인 얼굴이었지만, 눈구멍을 통해 밖을 볼 수 있었어요." 더드먼은 설명한다.

"개인적으로 이 방법이 통할 거라고는 별로 생각하지 않았습니다." 콜럼버스는 말한다. "우리는 마틴이 거대한 튜브에 들어가 해그리드의 의상 속에 완전히 파묻혔을 때부터 그가 뭘 볼 수나 있을지 무척 걱정했습니다. 시야가, 특히 주변 시야가 어떻게 될까 하는 걱정이었지요. 의상을 입고 걸어 다니다가 다치지는 않을까? 솔직히 말해서 아주 위험한 의상이었습니다."

베이필드는 이런 물리적인 난관을 극복했을 뿐 아니라 슈트에 콜트레인의 연기와 완벽하게 어울리는, 살아 숨 쉬는 해그리드의 생명을 불어넣는 일에도 성공했다. 더드먼은 말한다. "아무도 몰랐지만, 알고 보니 마틴은 훌륭한 배우이자 뛰어난 대역이었습니다."

콜트레인도 동의한다. "제가 해그리드로서 걸어 다니는 모습이 촬영됐어요. 마틴은 그 동영상을 보고 움직임을 완벽하게 학습했죠. 멀리서는 누가 누군지 알아볼 수 없을 정도였어요. 좀 무서운 일이었죠. '어쩌면 저 사람을 대신 쓸지도 모르겠는데' 하는 생각이 들었거든요. 어느 날은 매기 스미스가 저한테 그러더군요. '어제 마틴이 당신 대사를 연습하던데요. 끔찍할 정도로 잘하더라고요.' 절 놀리는 거였죠."

"이런 준비 작업을 보여줘야 할 날이 왔을 때 저는 겁에 질렸습니다." 더드먼은 생생하게 기억한다. "저는 모든 과정을 녹화했어요. 이 방법이 통한다면, 사람들의 반응을 보는 게 재미있을 거라고 생각했거든요. 로비는 턱수염을 달고 의상을 걸친 채 참석했습니다. 크리스 콜럼버스와 데이비드 헤이먼도 무대에 올라왔지요. 우리는 뒤에서, 어떤 풍경 너머에서 마틴을 의상에 집어넣고 있었어요. 제가 마틴에게 말했습니다. '자, 그냥 나가서 로비가 되세요. 아시겠죠? 하지만 부탁이니 연기를 해야 합니다. 그냥 서 있지는 말아요. 저 사람들한테 다가가서 밀어붙이세요. 캐릭터가 되라고요.' 마틴이 나왔고, 크리스 콜럼버스와 로비가 보인 반응은 신경질에 가까웠어요. 둘은 웃고 미소 지었어요. 도무지 믿지 못하겠다고 했습니다. 로비는 그때 광고를 몇 개 찍고 있었어요. 아마 바클레이스 은행 광고였던 것 같아요. '이제 우리 모두가 은행 지점장입니다'라는 캐치프레이즈가 나오는 광고였죠. 그런데 마틴이 다가가 그들을 내려다보고 서서는 로비의 목소리로 말했어요. '이제 우리 모두가 은행 지점장입니다.' 다들 자지러졌죠. 크리스 콜럼버스는 즉시 말했어요. '좋아요, 둘을 합쳐 봅시다. 밖으로 데리고 나가서 살펴보죠.' 반응이 너무 좋았어요. 저는 생각했죠. '우리가 해냈구나.'"

더드먼은 말을 잇는다. "그때는 꽤 기초적인 단계였지만, 저는 더 나아갈 수 있다고 생각했어요. 그래서 첫 영화를 찍는 동안, 움직임이 가능한 두 번째 머리를 실제로 만들었어요. 세 번째 머리를 만들었을 때쯤에는 그 머리에 대사에 따라 움직이는 입도 달려 있었죠. 마틴이 대사를 치면 입이 움직이는 거예요. 좀 더 비슷하게, 좀 더 오랫동안 속임수를 쓸 수 있었죠. 우리가 원하는 건 로비라는 인물과 로비의 얼굴이었기 때문에 한계가 있긴 했지만요. 하지만 놀라운 작업이었습니다. 첫 영화에서 해그리드가 눈밭에서 크리스마스트리를 끌고 오는 장면이 있는데 그건 전부 마틴이 한 거예요. 영화 마지막 장면에서 기차가 떠날 때 손을 흔드는 해그리드도 마틴이고요. 이 영화에는 마틴이 아주 많이 나옵니다."

영화가 진행되면서부터는 그린스크린을 배경으로 콜트레인을 촬영한 다음 그를 디지털로 삽입하는 것이 가능해졌고, 베이필드를 부려먹는 일은 적어졌다. "하지만 처음에는 그런 작업이 아주 매력적이었어요." 더드먼은 말한다. "제 생각에는 이 디지털 세상에서 우리가 아주 기초적이고 전통적인 연극의 기술을 활용하는 거니까요. 전 그런 일을 워낙 좋아했기 때문에 기뻤습니다. 만질 수 있는 이상한 것을 눈앞에 둔다는 건 매력적인 일이에요."

폴 캐틀링이 그린 해그리드의 콘셉트. 로비 콜트레인이 일찌 감치 해그리드 역에 캐스팅됐다는 것을 알 수 있다.

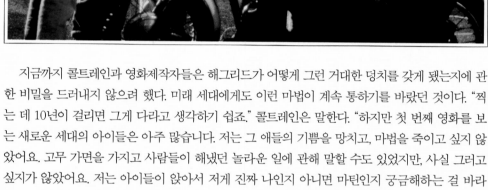

지금까지 콜트레인과 영화제작자들은 해그리드가 어떻게 그런 거대한 덩치를 갖게 됐는지에 관한 비밀을 드러내지 않으려 했다. 미래 세대에게도 이런 마법이 계속 통하기를 바랐던 것이다. "찍는 데 10년이 걸리면 그게 다라고 생각하기 쉽죠." 콜트레인은 말한다. "하지만 첫 번째 영화를 보는 새로운 세대의 아이들은 아주 많습니다. 저는 그 애들의 기쁨을 망치고, 마법을 죽이고 싶지 않았어요. 고무 가면을 가지고 사람들이 해냈던 놀라운 일에 관해 말할 수도 있었지만, 사실 그러고 싶지가 않았어요. 저는 아이들이 앉아서 저게 진짜 나인지 아니면 마틴인지 궁금해하는 걸 바라지 않았거든요. 제 생각엔 그게 몰입을 방해하는 것 같았어요."

우연히도 마틴은 어느 순간 그 자신의 얼굴로 화면에 등장한다. 그는 〈비밀의 방〉 회상 장면에서 어린 해그리드 역할을 했다. 그늘에 가려져 있기는 했지만, 적어도 슈트에 처박혀 있지는 않았다.

───────────────

거인이 만들어지고 마법의 건물들이 세워지고 핵심 등장인물들이 결정됐지만, 해리, 헤르미온느, 론을 찾는 작업은 아직 갈 길이 멀었다.

에마 왓슨과 루퍼트 그린트는 둘 다 캐스팅 과정을 시작했다. "우린 특정 캐릭터의 오디션을 보게 될 거라는 말을 듣지 못했어요. 하지만 저는 항상 제가 헤르미온느 역할의 오디션을 보게 될 거라는 걸 알고 있었죠." 에마는 말한다. "저는 헤르미온느에게 정말로 강하게 몰입했고 꼭 헤르미온느 역할을 하고 싶었어요. 아홉 살 때 저는 아주 의지가 굳은 아이였거든요."

하지만 대니얼 래드클리프는 아직 오디션을 보지 않고 있었다. "오디션을 보기 싫었던 건 아니었어요. 나중에 들은 얘기는, 크리스 콜럼버스 감독님이 〈데이비드 카퍼필드〉를 검토하고는 '최소한 아이를 보기라도 해야겠습니다'라고 말했다는군요. 하지만 아빠와 엄마는 그냥, '아뇨, 애 인생에 너무 큰 사건이에요'라고만 말했대요. 아무튼 저는 이런 대화가 오가고 있다는 걸 전혀 몰랐어요."

각 배역에 완벽하게 어울리는 배우를 찾는 것은 중요한 작업이었지만, 헤이먼은 삼총사를 적절하게 구성해야만 영화가 실제로 통하리라는 사실을 민감하게 의식하고 있었다. "우린 한 명씩 따로 캐스팅할 생각이 없었습니다." 그는 말한다. "처음부터 삼총사로 캐스팅한 거예요."

"저한테 가장 중요한 부분은 아이들 사이의 '케미'였습니다." 콜럼버스도 동의한다. "세 아이는 정말로 친구로서 잘 어울려야 했고, 전 세계 모든 아이들이 공감대를 형성할 수 있는 존재가 되어야 했어요. 반짝이는 연기 재능만이 아니라 카메라가 그 애들을 좋아한다는 그런 느낌도 필요했습니다. 아시잖아요, 그런 애들은 딱 보면 스타라는 걸 알 수 있습니다. 그게 어떤 자질인지 정의하기는 힘드네요. 캐스팅 작업에는 점점 많은 시간이 들어갔고, 일은 점점 어려워졌습니다. 우리는 TV 시리즈에서 연기를 한 수백 명의 아이들뿐만 아니라, 해리 포터가 되어 홈메이드 동영상을 찍어 보

위 왼쪽 데이비드 헤이먼(왼쪽 끝), 크리스 콜럼버스(왼쪽), 크리스 카레라스(가운데)가 프리빗가에 서 있다. 해그리드의 대역은 그레그 파월이다.
위 오른쪽 거인과 어린이의 체격 비교. 바닥에 앉은 카메라맨이 크리스 콜럼버스 감독이다.
아래 〈해리 포터와 마법사의 돌〉에서 해그리드로 분장한 마틴 베이필드가 기차역에서 해리에게 잘 가라며 손을 흔드는 모습.

드레이코 말포이 역의 톰 펠턴(위)과 지니 위즐리 역의 보니 라이트가 〈해리 포터와 마법사의 돌〉 촬영 대기 중 찍은 홍보용 사진.

낸 수천 명의 아이들도 살펴보았습니다."

오디션을 본 수많은 아이들 중에는 톰 펠턴도 있었다. 그는 어째서인지 세계를 정복하고 있던 소년 마법사에 대해 별로 들어본 적이 없었다. "초등학교 마지막 학년에 생활지도 선생님이 《해리 포터》를 하루에 한 챕터씩 읽어줬던 게 기억나요. 선생님은 아무리 잘 봐줘도 책을 지루하게 읽는 사람이어서 별로 제 관심을 끌지 못했어요." 톰은 말한다. 톰은 첫 매니저를 만나 첫 광고를 찍게 된 여덟 살이라는 성숙한 나이에 연기와 노래를 시작했다. 〈해리 포터〉 오디션을 본 대부분의 아역 배우들에 비하면 열한 살이라는 나이는 노련한 프로의 나이였다(그는 낚시를 무척 좋아했기 때문에 연기가 잘 안 풀리면 양식장 관리 쪽으로 진로를 바꿀 계획이었다고 했다).

오디션을 보러 왔을 때까지도 톰은 《해리 포터》의 세계에 대해 쓸 만한 지식을 별로 갖고 있지 않았다. "공개 오디션에 참석했더니 캐스팅 담당자들이 아이들을 쭉 줄 세워놓고서 책에 나오는 장면 중 영화에서 가장 보고 싶은 장면이 뭔지 한 명 한 명 물어봤어요. 제 앞에 두 명 정도가 남았을 때에야 저는 이놈의 책을 읽어본 적이 없어서 말할 장면도 없다는 걸 알게 됐죠. 제 옆에 어떤 열정 넘치는 꼬마가 있었는데, 걔가 그러더라고요. '아, 나는 그린고츠와 고블린들이 정말 보고 싶어요. 갈레온도 보고 싶고요.' 그래서 저는 그 녀석이 한 말을 그대로 따라 했어요. '아, 저는 그린고츠와 고블린들이 정말 보고 싶어요……'. 크리스 콜럼버스 감독님은 제가 아무 소리나 지껄이고 있다는 걸 바로 눈치챘죠. 그게 재미있었나 봐요. 그래서 콜럼버스 감독님의 캐스팅 후보자 명단에 제 얼굴을 새기게 된 거죠."

"우리가 살펴본 모든 배우 중에서 톰 펠턴이 가장 경험이 많아 보였습니다." 콜럼버스는 회상한다. "배우로서 정말 본능적이었고, 오래전부터 장면 전체를 연기할 수 있었어요. 우리는 만장일치로 톰이 드레이코가 말포이가 되어야 한다고 결정했습니다. 하지만 스크린 테스트 날에는 톰의 머리를 짙은 갈색으로 염색하고, 이마에 흉터를 그려넣었죠. 톰이 타고난 배우인 만큼 해리 포터 배역의 오디션도 봐야 한다고 생각했거든요."

톰은 최소 여섯 번 콜럼버스를 만났다. "결국 우리는 해리와 해그리드가 나오는 장면에서 무대에 올랐어요." 톰은 기억한다. "감독님이 해그리드 역할을 맡았죠. 제가 해리였고요." 그 장면에서 콜럼버스는 두 인물이 용의 알을 놓고 이야기하도록 했다. "달걀을 소품으로 사용했어요." 톰은 말을 이었다. "그러고는 장면이 반쯤 진행됐을 때 일부러 달걀을 떨어뜨려 깨뜨렸어요. 제 반응을 보려고요. 그걸 우습다고 생각하는지, 어쩌는지 보려고." 톰은 그때까지도 "이 이야기가 어떻게 돌아가는 건지 전혀 모르고 있었다"고 인정한다.

책을 읽어보지는 않았지만 톰은 영화에서 꼭 한 배역을 차지할 생각이었고, 드레이코는 물론 해리와 론 역할에도 도전했다("헤르미온느에도 도전했죠." 그는 농담을 던진다. "말 안 했나요?"). 여기에는 맡을 배역에 따라 '색깔'을 바꾸는 일이 필요했다. "처음 여섯 번의 오디션에서는 머리를 갈색으로 염색하고 해리 역할을 했어요. 그런 다음에는 아주 잠깐 빨간 머리로 염색하고 론으로 오디션을 봤죠."

콜럼버스는 톰에게서 확실히 무언가를 보았다. "감독님은 계속 이렇게 말했어요. '널 어딘가에는 쓰고 싶은데, 아직 어디에 넣어야 할지 모르겠다.' 그러더니 좀 딱하고 비웃기를 좋아하는 꼬마로 저를 써보더군요. 그 역할이 저한테 완벽하게 어울리는 것 같았어요."

매슈 루이스는 고향 리즈에서 리브스덴으로 와서 네빌 롱보텀 역을 맡았다. (매슈는 몰랐지만) 롤링의 첫 책에서 네빌은 마지막 이야기에서 핵심적이고도 영웅적인 역할을 하게 되는, 사면초가에 몰린 어린이다.

매슈는 다섯 살에 연기를 시작했고 《해리 포터》 시리즈는 아홉 살 때 책이 출간되자마자 읽기 시작했다. 열한 살 때 그는 영화 팀에 참여할 준비가 되어 있었고, 무척 그러고 싶어 했다. "저는 이 이야기를 엄청나게 좋아했어요." 매슈는 회상한다. "당시 아역 배우 소속사에 몸담고 있었고요. 엄마한테 '그 영화에 나오고 싶어'라고 말했던 게 기억나네요. 저는 《해리 포터》의 일부가 되고 싶었어요. 하지만 할리우드 영화의 캐스팅이 어떻게 이루어지는지는 전혀 몰랐죠. 알고 보니, 해리 포터를 찾는 게 워낙 엄청난 작업이라 전국에서 공개 오디션을 하고 있더군요. 그래서 제가 속해 있던 에이전시에서 저를 포함한 몇몇 아이들을 리즈의 퀸스 호텔로 보냈어요. 우리는 들어가면서 번호표 같은 걸 받았죠. 저는 723번이었던 것 같아요. 그게 줄 서는 순서가 됐죠. 그래서 우리는 네다섯 시간 동안 앉아 있었어요. 기다리고 또 기다렸죠." 모든 아이들에게 책에 나오는 해리의 대사

매슈 루이스(왼쪽)와 데번 머리가 풍선 인형을 갖고 놀며 시간을 보내고 있다.

한 문단이 주어졌다. "우리는 들어가서 카메라 앞에서 그 문단을 읽었어요. 2분도 채 걸리지 않았는데 끝나더군요. 그런 다음 집으로 갔어요."

매슈는 반년을 기다린 다음에야 새로운 소식을 들을 수 있었다. "저는 포기하고 있었어요. 뭐, '다음에 잘하면 되지' 하는 식으로 체념하고 있었죠. 엄마는 '걱정하지 마. 2편 〈비밀의 방〉에도 도전해 보자. 어쩌면 그때 할 수 있을지도 몰라'라고 계속 말했어요. 그런데 갑자기 전화가 오더니 리브스덴 스튜디오에 와서 감독을 만나 네빌 역할의 대본 리딩을 해줄 수 있겠느냐는 거예요. 황홀했죠."

매슈는 말을 잇는다. "그 시점에서는 아직도 몇몇 아이들이 네빌 역할에 도전하고 있었어요. 우리는 모두 크리스 콜럼버스 감독님을 만났고, 네빌이 해리와 맞서며 '내가 널 막을 거야'라고 말하는 장면을 연기했어요. 감독님이 해리 역할을 맡았죠."

2~3일 뒤, 매슈와 매슈의 가족이 거실에 앉아 있을 때 전화가 울렸다. 어머니 린다는 주방으로 가서 전화를 받았다. 어머니가 거실로 돌아온 순간, 매슈는 뭔가 중요한 전화였다는 것을 알았다. 린다가 너무 신이 나 있어서 매슈는 어머니가 하는 말을 알아듣기도 힘들었다. 그는 말한다. 마침내 "엄마가 두 손으로 엄지를 들어 보이더니 다시 주방으로 들어갔어요." 그때 그는 알았다. "저는 미쳐 날뛰었어요. 제 친구 앤서니가 집에 와 있었는데, 우리는 소파 위를 마구 뛰면서 거실을 엉망으로 만들었죠."

보니 라이트는 회상한다. "저는 아홉 살이었어요. 아직 《해리 포터》 시리즈를 읽을 단계는 아니었지만, 오빠가 그 책을 좋아했어요. 오빠는 늘 저를 보면 지니 위즐리가 생각난다고 했어요. 그때 영화제작 팀이 배우를 찾느라 여러 학교를 돌고 있다는 말을 들었고, 한번 도전해 봐야겠다고 생각했어요." 당시에 보니 라이트는 흔한 학교 연극에 출연해 봤을 뿐이었다. 하지만 보니의 어머니는 캐스팅 디렉터에게 연락하는 데 성공했고, 캐스팅 디렉터는 사진을 달라고 하면서 보니에게 자기소개와 함께 왜 영화에 출연하고 싶은지 말해줄 것을 부탁했다. "그런 다음에는 두 번 오디션을 봐야 했어요. 그다음에는 크리스 콜럼버스 감독님과 데이비드 헤이먼이 전화를 걸었죠. 제 생각에는 그 나이에 오디션이라는 게 어떻게 진행되는지 생각해 본 적도 없고 그게 얼마나 치열한 경쟁인지도 모르면 별 신경을 안 쓰게 되는 것 같아요. 저는 아등바등하는 성격도 아니었고 그렇게 경쟁심 있는 아이도 아니었거든요. 저는 '재미있겠네, 어떻게 되나 보자' 생각했어요."

하지만 캐스팅되었다는 소식을 듣고 보니 라이트가 보인 반응은 그렇게 태평하지 않았다. "우린 런던에 갔다가 지방에 있는 집으로 차를 타고 돌아가고 있었어요. 저는 뭔가 정말로 잘못됐다

대니얼 래드클리프와 루퍼트 그린트가 해리와 론으로 캐스팅됐다는 소식을 처음 들은 뒤 사진작가 테리 오닐과 그의 조수 앞에서 포즈를 취하고 있다.

고 생각했죠. 분위기가 진짜 이상했거든요. 그때, 사실은 출발하기 전에 소식을 들었던 부모님이 제가 배역을 따냈다고 말해줬어요. 자동차 창문 밖에 대고 소리를 질렀던 게 기억나요. 처음에 작은 배역을 맡았던 게 행운이었던 것 같아요. 너무도 엄청나고 신나는 경험이었거든요. 9와 4분의 3번 승강장에 첫발을 내디던 순간을 영영 잊지 못할 거예요. 저는 하루 종일 눈을 크게 뜨고 있었어요. 아마 영화에서도 그런 모습이었을 거예요."

때는 2000년 6월이었다. 두 달 반만 있으면 본 촬영이 시작될 예정이었다. 조연은 대부분 결정됐지만, 영화의 주인공 캐릭터는 아직 찾지 못했다. 스트레스가 엄청났다. 데이비드 헤이먼과 시나리오 작가 스티브 클로브스는 하룻저녁 쉬는 동안 극장에 가서 마리 존스의 수상작 연극 〈주머니 속의 돌〉을 보기로 했다. 바로 그날 밤, 매니저 앨런 래드클리프는 신인 배우인 자신의 아들과 함께 그 공연을 보러 가기로 되어 있었다.

"우린 극장으로 걸어 들어갔습니다." 헤이먼은 회상한다. "그런데 누가 제 이름을 불렀어요. 앨런 래드클리프였죠. 저는 그 사람을 매니저로 알고 있었습니다. 앨런은 저한테 자기 아내 마샤와 아들 대니얼을 소개해 줬어요. 저는 대니얼의 푸른 눈과 따뜻함에 즉시 놀랐습니다. 스티브와 저는 앞자리에 앉았는데, 저는 연극이 진행되는 내내 어깨 너머로 대니얼을 봤어요. 어린 몸에 깃들어 있는 그 성숙한 영혼에 사로잡혔죠. 연극이 끝났을 때 저는 무슨 내용인지 거의 기억도 안 난다는 걸 알게 됐어요. 저는 곧바로 앨런을 찾으려 했지만 그들은 가버리고 없었습니다. 다음 날 아침 9시에 저는 앨런에게 전화를 걸어 아들에 대해서 물어봤어요. 앨런은 이렇게 말했죠. '재미있있네요. 댄을 영화에 참여시키지 않을 생각이었지만, 당신을 만난 게 어떤 징조인지도 모르겠습니다.' 저는 댄을 리브스덴으로 데려와 크리스를 만나게 하는 게 어떠냐고 물어봤지만 앨런은 말했어요. '일단 댄과 차부터 한잔 해보시는 게 어때요?' 그래서 우리는 제 사무실에서 만난 다음 길 건너 카페로 가서 바깥 테이블에 앉았죠. 댄과 저, 댄의 엄마였습니다. 우리는 계속 수다를 떨고 또 떨었어요. 2시간 넘게 말이죠. 댄은 정말 사람을 기분 좋게 만들어 주는 아이더군요. 밝고 호기심 많고 상냥한 데다 예의도 발랐어요. 이건 중요한 자질이었습니다. 나중에 저는 다음 단계로 나아가 크리스 콜럼버스를 만나러 갈 준비가 되었느냐고 물었어요. 알고 보니 크리스는 〈데이비드 카퍼필드〉에서 댄을 보고 이미 댄에게 흥미를 가지고 있었더군요. 그런 다음 여정이 시작됐습니다. 사실 그렇게 긴 여정은 아니었어요. 그때는 6월이었고, 9월에는 촬영이 예정돼 있었거든요."

크리스 콜럼버스가 말한다. "저는 BBC 버전의 〈데이비드 카퍼필드〉를 봤어요. '한번 해보자, 대니얼 래드클리프라는 저 아이에게는 뭔가가 있어'라고 생각했죠. 그래서 우리 캐스팅 디렉터한테 이야기를 꺼냈더니 담당자가 이러더군요. '뭐, 저 애는 절대 얻지 못하실걸요. 저 애 부모님이 아이가 이 영화에 나오는 걸 원하지 않으세요. 무슨 이유에서인지는 모르지만 그 길은 가지 않겠다네요. 아이를 영화에 등장시키고 싶어 하지 않아요.' 저는 말했죠. '부모님을 설득해 보려는 노력이라도 해야죠. 그런 다음 아이를 영화에 출연시킬 수 있는지 알아봐요.' 디렉터는 말했어요. '절대 안 될 거예요.' 우리에게는 대니얼 래드클리프도 없었고, 대니얼 래드클리프를 얻을 확률도 없었어요."

콜럼버스는 설명한다. "그런 다음 이야기는 데이비드 헤이먼과 스티브 클로브스가 극장에 간 때로 이어지죠. 하지만 우리는 몇 달 동안이나 이 얘기를 하고 있었어요. 아이에게 그렇게 가까이 다가갈 수 있었던 건 그때가 처음이었어요. 데이비드는 대니얼과 대니얼의 아버지에게 와서 대본을 읽어보라고 설득했어요. 기본적으로는 그게 우리에게 기회가 된 겁니다."

콜럼버스는 말한다. "우린 댄의 아버지에게 이 영화를 만들 때 우리의 유일한 바람은 댄을 보호하는 것이라는 점을 분명히 밝혔습니다. 앨런은 이 점을 이해하자마자 댄을 영화제작에 참여시키고 싶어 한 것 같아요. 우리한테는 어렵지 않은 결정이었지만 래드클리프 부부의 걱정도 이해할 만한 게, 두 사람은 이 프로젝트가 어마어마한 규모로 진행된다는 걸 알고 있었거든요. 아이를 위해서 이런 결정을 가볍게 내리지 않겠다고 생각한 거지요."

이때 미래에 대니얼 래드클리프의 동료 스타가 될 아이들의 여정도 속도를 높이고 있었다. 특히 에마 왓슨은 론과 해리의 상대역을 몇 차례 연기하고 있었다. "저는 오디션을 아주 많이 봤어요." 에마는 기억한다. "엄청나게 많이요. 하지만 그건 발전하는 과정이었죠." 첫 오디션에서 에마는 톰 펠턴과 만났지만, 루퍼트 그린트나 대니얼 래드클리프는 만나지 못했다. 주변에는 여전히 다른 헤르미온느 후보들이 머물고 있었다. "스튜디오에서 다른 헤르미온느들을 봤어요. 끔찍한 일이었죠. 저는 그 여자애들 중 한 명을 알아봤는데, 그 애는 다른 영화에도 나온 적 있는 애였어요. '난 경험이 없는데. 난 한 번도 이런 일을 해본 적이 없어. 난 뽑히지 않을 거야. 자기가 뭘 하는지 알고 있는 아이를 뽑겠지'라는 생각이 들어서 그 점이 특히 심란하더라고요. 그 애를 봤을 때는 다 끝났다고 생각했어요."

하지만 제작사에서는 계속 에마를 원했고, 에마에게는 익혀야 할 예시 장면들이 주어졌다. "에마가 우리 사무실에서 대본 리딩을 하던 모습이 기억납니다." 콜럼버스는 말한다. "대단히 매력적이고 사랑스러웠어요. 우리는 '와, 이거 가능성 있겠는데'라고 생각했죠. 하지만 우리가 흥분한 건 에마의 스크린 테스트였어요. 에마는 스크린에서 뛰쳐나온 것만 같더군요. 경이로웠습니다. 에마에게는 헤르미온느 같은 유머 감각이 있었어요. 열 살짜리 아이치고는 아주 날카로웠죠. 에마는 출중했고, 카메라는 에마를 사랑했습니다. 우리는, 우리 모두는 만장일치로 에마가 헤르미온느라고 결정했어요."

헤이먼도 동의한다. "에마의 눈빛에서 무슨 일이 벌어지고 있는 것만 같았어요. 이면에 감춰진 약점을 가리기 위한 지성과 날카로움이 함께 있었죠."

에마는 회상한다. "오디션이 거의 끝나갈 때 저는 감독님과 데이비드를 만나서 여러 해리와 론들의 상대역을 해 봤어요. 당연하지만 우리 셋의 '케미'와 우리 셋이 함께 있을 때 어떻게 보이는지는 엄청나게 중요한 일이었죠. 그래서 그게 문제가 됐어요. 데이비드는 제가 상당히 일찍 캐스팅됐다고 말했어요. 아마 우리 셋 중 가장 먼저일 거라고요. 저는 제가 그렇게 일찍 뽑힌 줄 몰랐지만, 알았으면 좋았을 거예요. 그랬다면 잠 못 이룬 밤이 훨씬 줄어들었을 텐데요."

루퍼트도 제작자들에게 인상을 남겼다. "루퍼트는 정말로 재미있고 매력적인 영상을 제출했어요." 콜럼버스는 말한다. "루퍼트를 데려왔을 때 그 애가 아주 수줍음 많은 아이라는 것을 알게 됐죠. 하지만 루퍼트한테는 악동 같고 장난꾸러기 같은 면도 있었어요. 그리고 얼굴에는 수많은 감정이 풍부하게 드러났죠. 루퍼트는 유머 감각이 뛰어났지만, 진짜 '소울'이라고 할 만한 것도 있었어요. 루퍼트는 정말로 위즐리 집안 아이들 중 한 명인 것처럼 느껴졌고, 우리 모두 론이 된 루퍼트와 사랑에 빠졌어요." 에마와 비슷하게, 루퍼트의 경우에도 스크린 테스트가 결정적인 요소였다. "스크린에서 뛰쳐나온 것 같더군요." 콜럼버스는 말을 잇는다. "믿을 수 없을 만큼 훌륭했어요. 우리는 이번에도 만장일치로 '이 아이가 우리 영화에 나올 아이야'라고 말했습니다."

<u>**Character Heights**</u>

Character	Height
1. Harry Potter	4'10''
2. Ron Weasley	4'10''
3. Hermione Granger	4'7''
4. Hagrid the Giant	6'½''
5. Neville Longbottom, Gryffindor 1st Year	4'9''
6. Draco Malfoy, Slytherin 1st Year	4'10''
7. Crabbe, Slytherin 1st Year	5'½''
8. Goyle, Slytherin 1st Year	5'5''
9. Seamus Finnegan, Gryffindor 1st Year	4'3''
10. Dean Thomas, Griffindor 1st Year	4'10''
11. Professor McGonagall, Transfiguration	5'6''
12. Albus Dumbledore, Headmaster	6'1''
13. Fred Weasley, Gryffindor Beater	5'10''
14. George Weasley, Gryffindor Beater	5'10''
15. Percy Weasley, Gryffindor Prefect	5'6''
16. Uncle Vernon Dursley	6'0''
17. Aunt Petunia Dursley	5'9''
18. Dudley Dursley	4'11 ½''
19. Professor Quirrell, Defence Against Dark Arts	5'8''
20. Professor Snape, Potions	6'1''
21. Mr. Filch the Caretaker	5'10''
22. Madam Hooch, Flying Teacher & Referee	5'4''
23. Professor Flitwick, Charms	3'5''
24. Hannah Abbott, Hufflepuff 1st Year	
25. Susan Bones, Hufflepuff 1st Year	4'9''
26. Lee Jordan, Gryffindor Commentator	4'8''
27. Oliver Wood, Gryffindor Keeper	5'8 ½''
28. Angelina Johnson, Gryffindor Chaser	5'½''
29. Alicia Spinnet, Gryffindor Chaser	5'5 ½''
30. Katie Bell, Gryffindor Chaser	
31. Adrian Pucey, Slytherin Chaser	
32. Marcus Flint, Slytherin Captain & Chaser	
33. Terrence Higgs, Slytherin Seeker	
34. Voldemort	6'2 ½''
35. Lily Potter	
36. James Potter	
37. Baby Harry Potter	
38. Nearly Headless Nick, Gryffindor Ghost	6'5''
39. The Bloody Baron, Slytherin Ghost	
40. Fat Friar, Hufflepuff Ghost	
41. Peeves the Poltergeist	
42. Fat Woman Portrait	
43. Griphook the Goblin	2'7''
44. Goblin Guard	2'7''

〈해리 포터와 마법사의 돌〉 촬영 때 작성한 배우들의 키 목록으로, 촬영 시작 당시 대니얼 래드클리프, 에마 왓슨, 루퍼트 그린트와 다른 어린 배우들의 키가 아주 작았다는 사실을 알 수 있다.

대니얼 래드클리프는 마침내 해리 역할의 오디션을 보았다. "저는 마지막 순간까지 겨우 세 번인가 네 번 정도 오디션을 봤어요." 대니얼은 기억한다. "다른 날 제 오디션 비디오를 봤는데 재미있더라고요. 제 모습이 첫 영화에 나왔던 때와는 달랐거든요. 저는 꽤 산뜻해 보였고, 머리도 짧았어요. 전 아주 귀여웠어요. 하지만 제 생각에 저를 두드러지게 한 것은, 그러니까 제가 이 배역을 딸 수 있었던 이유는—저야 에마나 루퍼트에 비해 모든 면에서 뛰어난 배우는 아니니까요—아마 제가 이 모든 일에 자신감이 있고 별로 당황하지 않았다는 점일 거예요. 저는 한 번도 만나본 적 없는 미국인 감독과 함께 카메라 앞에 있다는 사실에 전혀 걱정하지 않는 것처럼 보였어요. 첫 번째 오디션은 감독님하고만 진행했고, 그다음에는 에마랑 다른 남자아이, 그다음에는 루퍼트, 에마와 함께 오디션을 봤죠. 아마 사람들은 '아, 이거 되겠는데, 저걸로 가야겠다'라고 생각했던 것 같아요."

데이비드 헤이먼은 기억을 떠올린다. "결국 우리는 모든 배역의 후보군을 몇 명으로 좁혔습니다. 우리는 그 애들을 서로 다른 그룹으로 나눴어요. 해리, 론, 헤르미온느의 적합한 조합을 찾으려는 거였죠. 그리고 이 조합은 해리로 시작해야 했습니다. 그때 일이 잘 기억나요. 우리는 파인우드에서 스크린 테스트 녹화본을 봤습니다. 좀 더 성실한 미국인 아이가 하나 있었고, 두어 명은 그 애한테 관심을 보였어요. 그때 제가 대니얼을 보여줬죠. 그 이후로 우리는 더 이상의 논의를 멈췄어요. 어쩌면 결정을 다음 날까지 미뤄야 할지도 모르겠다고 생각했죠. 크리스는 감독으로서 자기만의 절차를 밟아나가고 있었어요. 해리 역할의 아역 배우와 각 조합의 장점을 따져보면서 말이죠. 다음 날 아침, 크리스가 들어와서 댄의 테스트를 다시 보더니 말했어요. '댄으로 가죠.'"

크리스 콜럼버스 감독은 덧붙인다. "데이비드와 저는 뭔가에 사로잡힌 것처럼 보이는 아이를 원했습니다. 댄은 가장 날것의 연기를 통해서도 뭔가를 보여줬어요. 댄에게는 마법이, 내면적인 깊이가 있었고 다른 누구에게도 없는 어둠이 있었습니다. 댄에게서는 또래의 다른 아이들에게서 한 번도 본 적 없는 지혜와 지성이 느껴졌어요. 그걸로 됐습니다. 우리는 둘 다 흥미로운 뭔가를 봤어요. 우리는 댄이 카메라 앞에서 좀 더 편안하게 느낄 수만 있다면 정말로 특별한 무언가가 생겨날 거라고 느꼈죠."

대니얼과 루퍼트, 에마는 비밀 서약서에 서명하라는 요청을 받고 자신들이 목표를 거의 이루었다는 사실을 알았다. 〈해리 포터〉의 어린 영웅들은 곧 닥쳐올 대규모 기자회견을 통해 세계에 공개될 터였다.

리브스덴에 있는 데이비드 헤이먼의 사무실로 다시 불려갔을 때 에마와 루퍼트 둘 다 또 한 번 오디션을 보게 되려나 보다고 생각했다. 루퍼트는 심지어 그날 대사를 준비하기도 했다. "데이비드가 루퍼트랑 저를 사무실로 데려가서 우리가 배역을 따냈다고 말해줬어요." 에마는 설명한다. 루퍼트가 덧붙였다. "사실 미칠 것 같은 날이었어요. 언론 발표를 하고 대규모 사진 촬영을 했거든요. 우린 아무한테도 얘기하면 안 됐어요. 정말이지 좀 무서웠죠. 저는 제가 목표를 거의 이루었다는 걸 알았던 것 같아요. 그래도 정말 충격이었죠. 그날 오후에 우리는 댄을 만났어요."

에마가 말한다. "우리 뒤에 스크린을 세우더라고요. 그리핀도르 휴게실 배경이었죠. 그런 다음 우리는 사진을 찍었어요. 5분 뒤에 그 사진이 인터넷과 전 세계 모든 신문에 실렸어요. 아빠가 새엄마한테 전화를 걸어서 가방을 싸두라고 했어요. 우리 집 밖에 기자들이 와 있었거든요. 우리는 곧장 랜드마크 호텔로 이동했어요. 그렇게 느린 과정을 거쳐서 제가 배역을 따냈다는 말을 들은 순간은 대혼란이었어요. 무슨 일이 일어날 거라고는 생각했지만, 그게 다 무슨 의미인지는 전혀 몰랐거든요."

대니얼은 자신이 캐스팅됐다는 사실을 이미 알고 있었다. 전날 밤에 전화를 받았던 것이다. "전화가 울렸을 때 저는 목욕을 하고 있었어요." 대니얼은 그렇게 중요한 순간에 비누거품과 고무오리에 둘러싸여 있었던 걸 떠올리며 웃는다. "아빠가 활짝 웃으며 들어오시더니 제가 배역을 따냈다고 말했어요. 엄마는 이미 들어와 있었고요. 그날 밤에 결과를 알게 될 거라는 걸 아셨던 것 같아요. 멋진 순간이었죠. 그냥 너무 행복해서 울음을 터뜨렸던 것 같아요. 아마 그게 제 반응이었을 거예요. 물도 꽤 첨벙거렸겠죠." 대니얼은 그날 밤새 〈폴티 타워〉(머잖아 목이 달랑달랑한 닉이 될 존 클리스가 출연한 TV 시리즈)를 봐도 좋다는 허락을 받았다. "그게 제가 받은 상이었어요. 〈폴티 타워〉는 괜찮은 보상이었죠."

대니얼은 말을 잇는다. "그땐 제정신이 아니었어요. 우린 런던의 랜드마크 호텔로 가게 됐어요. 딱 맞는 이름이죠. 저랑 에마, 루퍼트는 거기서 며칠을 보냈어요. 둘째 날에 기자회견을 했고요. 에마와 루퍼트가 아주아주 친절했던 게 기억나요. 어떤 기자가 제가 책을 잘 모른다는 걸 알고서 '톰 마볼로 리들의 정체는 뭔가요?' 같은 질문을 던졌거든요. 저는 전혀 몰랐죠. 하지만 저는 에마와 루퍼트가 제 옆에서 답을 적은 종이를 테이블에 놓고 제 쪽으로 밀어주려 한다는 것도 알고 있었어요. 전 세계 기자들이 그걸 모르겠어요? 하지만 아주 즐겁고 멋진 날이었어요. 우리는 전날 테리 오닐과 사진 촬영을 했는데, 그분은 우리 셋에게 근사한 별명을 붙여줬어요. 저는 '안경 쓴 녀석'이었고, 에마는 '여자애'였고, 루퍼트는 '또 다른 녀석'이었어요. 그게 나빴다고 말하려는 게 아니라는 점을 밝혀둘게요. 솔직히, 저는 지금도 그 말이 아주 우습고 매력적이라고 생각해요. 당시에 우리는 아무것도 아니었거든요. 우리는 안경 낀 녀석, 여자애, 또 다른 녀석이었어요."

에마에게는 그 처음 며칠이 놀라운 경험이기도 했다. "신문에서 제가 헤르미온느 역할을 하기에는 너무 예쁘다는 말을 읽었어요. 일종의 우회적인 칭찬이었으니 그렇게 기분이 나쁘지는 않았죠. 하지만 모두 제가 멋지게 해낼 거라는 걸, 제가 뽑힌 게 옳은 선택이라는 걸 알아줬으면 좋겠다고 생각했어요."

대니얼은 언론의 영향력을 처음으로 겪었던 일을 회상한다. "제가 역할을 따내고, 책을 전부 읽지는 않았다는 점을 인정한 바로 다음 날쯤 신문에 큰 기사가 실렸어요. 어떤 남자아이가 '팬에게 기회를 줬어야 한다, 이 녀석에게는 자격이 없다'라는 내용의 편지를 보냈더군요. 별로 신경 쓰이지는 않았지만, 같은 반 친구들이 그 기사를 가지고 있었고 모두 그 얘기를 했던 게 기억나요. 저한테 늘 놀랍게 느껴진 건 바로 그런 거였어요. 당시 '세상에, 빠르다'라고 생각했던 게 기억나요. 파파라치와 언론은 너무 빠르게 이야기를 쏟아내요. 놀랍죠."

콜럼버스가 지적하듯, 제작사에서 내린 판단이 적합한 것이었는지에 관한 온갖 의문은 곧 사그라들었다. "우리는 조 롤링에게 대니얼의 스크린 테스트 사본을 보냈을 때 우리가 올바른 선택을 했다는 걸 진정 알았습니다. 롤링은 오래전에 잃어버린 아들을 다시 만난 기분이라고 했어요."

'안경 쓴 녀석', '여자애', '또 다른 녀석'이 캐스팅됨으로써 해리 포터와 친구들은 호그와트 1학년으로 입학할 준비를 마쳤다.

해리와 론으로 캐스팅됐다는 소식을 들은 뒤에 처음 가진 미팅에서 대니얼 래드클리프와 루퍼트 그린트가 함께 걷고 있다.

HARRY POTTER
and the
SORCERER'S STONE

- 해리 포터와 마법사의 돌 -

영화를 제작할 때는 장면들을 순서와 관계없이 찍는 경우가 많다. 〈해리 포터와 마법사의 돌〉 촬영 첫날은 마지막 장면으로 시작했다. "2000년 9월 9일, 노스요크셔의 고틀랜드였어요." 대니얼 래드클리프는 기억한다. "저와 루퍼트, 에마와 로비 콜트레인, 마틴 베이필드도 있었죠. 마틴도 해그리드였어요. 150명쯤 되는 엑스트라들도 있었고요. 큐시트에서 그걸 보니 좀

겁이 나더라고요. 하지만 그 점을 빼면 편안하고 멋진 날이었어요. 기자들은 어맨다 나이트가 제 분장을 해주는 사진을 두어 장 찍어갔죠."

처음에 제작자들은 책에서 아주 구체적으로 묘사된 캐릭터의 신체적 특징을 다시 만들어 내는 어려운 문제를 처리해야 했다. 특히 해리의 눈과 헤르미온느의 치아가 그랬다.

"조는 해리의 눈이 초록색이라고 했습니다." 데이비드 헤이먼은 말한다. "그래서 우린 댄이 파란색 눈을 초록색으로 바꾸도록 콘택트렌즈를 착용하기를 바랐어요. 첫날에 우리는 해리가 해그리드에게 손을 흔들어 작별인사를 하면서 호그와트를 떠나는 장면을 촬영했죠. 그런데 댄의 눈이 심하게 충혈되고 눈물이 정말 많이 나는 거예요. 그 장면에는 무척 잘 어울렸지만, 댄이 정말로 힘들어하고 있었습니다. 콘택트렌즈에 알레르기 반응을 보이는 것 같았어요. 댄은 정말 멋진 녀석입니다. 절대 불평하지 않았고, 병에 걸리거나 아파도 참고 촬영에 임했죠. 하지만 촬영 둘째 날에는 콘택트렌즈를 책임지고 있던 분이 댄이 정말로 콘택트렌즈에 심각한 반응을 보이고 있다고 확인해 줬어요. 그래서 렌즈를 뺐습니다. 그런 다음에는 댄의 눈 색깔을 디지털로 수정해 봤는데 인위적으로 보였어요. 관객들이 캐릭터에게 거리감을 느낄 것 같았죠. 그때부터 해리의 눈은 파란색이 됐습니다."

첫날 처리해야 하는 또 한 가지 사항은 헤르미온느의 치아 모양이었다. 곧 출간될 책에서는 헤르미온느의 뻐드렁니가 기억에 남는 캐릭터를 만들어 내는 핵심 요소였고, 제작진은 최대한 영화를 책과 가깝게 만들려고 노력하고 있었다. "우리에겐 헤르미온느에게 끼울 가짜 치아가 있었습니다." 크리스 콜럼버스는 설명한다. "좀 바보 같아 보이고 발음에도 영향을 줬지만, 촬영 첫날에 시험해 보기로 했습니다. 그날 찍은 장면, 그러니까 영화 마지막 장면에 나오는 헤르미온느를 보면 그 치아를 끼고 있어요. 아주아주 커다란 교정기를 끼고 있죠. 그런데 발진이 생기더라고요. 다음 날 즉시 가짜 치아를 빼게 했죠."

제작자들은 각 역할의 실제 신체적 특징도 다루어야 했다. 데이비드 헤이먼은 말한다. "댄은 처음에 몸이 허약했고 별로 힘이 없었어요. 크리스는 댄에게 스턴트 연기를 할 자신감을 불어넣는 것은 물론 신체적 능력을 더 키워주려면 댄에게 스턴트 팀을 붙여서 힘을 기르고 액션 연기를 할 때 더 영웅답게 보이도록 해야 한다고 생각했어요. 그래서 우리는 뛰어난 젊은 스턴트맨 데이비드 홈스를 데려와 댄의 트레이너 겸 스턴트 대역으로 삼았죠. 촬영을 시작했을 때 홈스는 겨우 열여섯 살인가 열일곱 살이었습니다. 덩치는 작았지만 탄탄하고 힘이 셌어요. 댄과 함께 일하기에는 완벽한 짝이었죠."

42쪽 노섬벌랜드 애니크 성에서 영화 촬영을 하던 초기의 대니얼 래드클리프. 슬레이트에 '해리 포터'라고 크게 쓰여 있다. 이후 영화 촬영이 진행되는 동안에는 보안 때문에 암호명을 대신 썼다.

위 해그리드 역의 로비 콜트레인의 대역인 마틴 베이필드 (가운데)가 애니크 성에서 에마 왓슨, 루퍼트 그린트, 대니얼 래드클리프와 함께 촬영하고 있다.
아래 《해리 포터와 마법사의 돌》 촬영 첫날의 콜 시트. 콜 시트에는 장면과 촬영 장소, 현장에 나와야 할 배역과 제작진 등 그날의 촬영을 위해 필요한 정보가 모두 담겨 있다.

촬영 초기의 그 나날은 래드클리프와 동료 스타들에게 호그와트를 넘어선 세상, 즉 영화제작이라는 마법을 이해하는 기회가 되었다. 크리스 콜럼버스는 회상한다. "촬영 첫날의 아이들이 기억납니다. 아이들은 완전히 얼이 빠져 있었어요. 도무지 조명에서 눈을 돌리지 못했고, 카메라에서 눈을 떼지도 못했죠. 자동차 헤드라이트 불빛으로 뛰어든 사슴 같았습니다. 모두가요. 그 자리에 있는 것이 너무 즐거워서 웃음을 멈추지 못하더군요. 귀엽기도 했지만, 아이들을 집중하게 하고 한 줄이라도 제대로 연기하게 만드는 일은 까다로웠습니다. 촬영 첫 몇 주 동안 그런 일이 일어나서, 저는 사실상 그 애들에게 영화 연기에 관한 강의를 해줘야 했어요."

영화제작이라는 세상을 알게 해준 특히 기억에 남는 경험은 로비 콜트레인과 마틴 베이필드라는, 지나치게 덩치가 큰 동료 스타들을 본 것이었다. "진짜 멋졌어요." 대니얼 래드클리프는 회상한다. "우리한테 머리에 달린 눈이랑 입을 작동시키게 해줬거든요. 당연히 로비의 머리가 아니라 마틴의 머리였죠. 제작진에게 저와 루퍼트, 에마를 찾은 게 행운이라면 마틴을 찾아낸 것도 엄청난 행운이었어요. 마틴의 연기 능력이 부족하다는 느낌은 전혀 안 들었거든요. 마틴은 아주, 아주 유능했어요."

마틴 베이필드에게 초반의 그 며칠은 가파른 학습곡선을 그린 나날이기도 했다. 안 그래도 무시할 수 없는 덩치를, 거인의 몸과 시야도 별로 확보되지 않는 고무 머리에 집어넣어야 했던 것이다. "저는 섬유 유리로 만든 두개골을 쓰고 있었고, 그 두개골에는 실리콘 피부와 털이 붙어 있었습니다." 베이필드는 말한다. "그래서 로비와 놀랄 만큼 닮아 보였어요. 하지만 저는 그 의상을 입었을 때 로비보다 덩치가 24퍼센트 컸죠. 그러니 엄청난 덩치가 세트장에 등장한 겁니다. 《비밀의 방》에서 저는 의상을 입을 때 배낭을 멨어요. 머리에 들어 있는 기계장치와 모터를 작동시키는 조종 장치가 잔뜩 들어 있는 배낭이었죠."

베이필드는 이런 형태의 해그리드를 만들어 낸 마법 생명체 제작 팀의 능력을 칭찬하면서도 자기 역할이 그리 편안한 배역은 아니었음을 재빨리 짚어낸다. "그 머리를 쓰고 있으면 시끄러워요. 게다가 덥죠. 엄청 덥습니다. 제가 알아낸 것은, 그냥 몸이 더워지게 놔둬야 한다는 거였어요. 가장 힘들었던 게 더워졌다가 몸이 식었다가 더워졌다가 다시 몸이 식는 거였죠. 덥고, 땀이 나고, 불편해질 거라는 걸 그냥 받아들여야 합니다." 베이필드는 가끔 '냉각 슈트'를 입을 수 있었다. 이

슈트는 근접 조명을 비롯한 여러 상황 때문에 꼭 써야만 하는 상황에서 얼음물을 흘려보내 주는 장치다. "하지만 어떨 때는 더워지고, 더워진 채로 있다가 사람들이 머리를 벗겨줘서 땀이 사방에 흘러넘치면 사과하는 수밖에 없었어요." 베이필드는 웃는다.

신체적 제약도 무척 괴로웠다. "시야가 심하게 제한됐습니다. 앞만 똑바로 볼 수밖에 없었어요. 주변 시야라는 게 없었죠. 물건이 어디 있는지 찾기보다는 그 위치를 기억해야 했어요." 베이필드는 말한다. "컵을 집어 들어야 한다면, 머리를 쓴 채로 컵의 위치를 볼 수가 없었죠. 대충 컵이 어디 있는지 생각해 내야 했어요. 그러면 종종 실수로 컵을 땅에 떨어뜨려 박살 내게 됩니다." 베이필드는 특정 장면에서의 이동 지점이 보일 정도로 머리를 숙일 수 없다는 것도 알게 됐다. 확실히, 베이필드는 세트장을 분석하고 여러 지점을 연결해야 했다. 예를 들어 창문에서 문까지 얼마큼 걸어가야 하는지 알아낸 다음 "창문과 문이 동시에 보일 때까지는 멈추지 않는다"라는 식으로 판단하곤 했다.

대니얼 래드클리프는 거인 친구의 두 가지 모습과 작업하는 것을 즐겼고, 이야기의 희극적이고 극적인 요소를 다루는 로비 콜트레인의 능력에 특히 감탄했다. "저는 일찍부터 로비가 장면에 접근하는 방식이 정말 흥미롭다는 걸 알았어요. 로비는 아무렇지도 않게 '이건 어때?' 하는 식으로 나왔죠. 하지만 로비의 '이건 어때?' 아이디어들은 보통 아주아주 재미있고 아주아주 훌륭했어요. 장면으로 깊이 파고들수록 로비는 거의 제안하는 것만으로 이런저런 아이디어들을 심었죠. 저는 그것이 계산된 행동일 거라고 생각하지 않아요. 그냥 로비가 그런 사람인 거예요." 대니얼은 말한다.

위 존 실 촬영감독이 애니크 성에서의 비행 수업 장면 촬영을 위해 빛을 점검하고 있다.
아래 크리스 콜럼버스 감독(가운데)이 애니크 성에서 세 아역 주인공과 함께 있다.

영화 〈해리 포터〉의 본부는 리브스덴 스튜디오가 될 예정이었지만, 〈해리 포터와 마법사의 돌〉을 촬영하던 초기에 배우들은 영국 전역으로 현지 촬영을 나가 마법학교의 환경과 비슷한 다양한 랜드마크를 방문했다. 요크셔무어의 기차역에서 촬영을 마친 뒤 제작진은 노섬벌랜드의 성으

위 네빌 롱보텀 역의 매슈 루이스가 비행 수업 장면에서 후치 선생 역의 조이 워너메이커(오른쪽)의 지도를 받고 있다. **아래** 해리 포터 역의 대니얼 래드클리프(왼쪽), 론 위즐리 역의 루퍼트 그린트(가운데), 헤르미온느 그레인저 역의 에마 왓슨이 호그와트 성의 움직이는 계단 위에 서 있다. 블루스크린을 배경으로 촬영하고 뒤에 움직이는 이미지를 덧입혔다.

로 이동했다. 애니크 성은 이미 엘리자베스 1세, 아이반호, 로빈 후드 같은 영화 속 인물들의 배경으로 쓰였으며 이제는 호그와트의 일부로 쓰일 차례였다. 특히 이 성은 1학년 비행 수업 장면에 등장했다.

어린 아역 배우들에게는 이때가 서로를 알아가고, 대규모 영화를 만드는 흥분 속으로 떠밀려 들어가는 동시에 집을 떠나는 경험에 익숙해지는 시간이었다. "우린 모두 방금 만난 사이였어요." 대니얼은 말한다. "그래서 아직 누가 누구랑 친한지 정해지지 않았죠. 저랑 루퍼트랑 에마는 처음부터 꽤 가까웠고 서로를 지켜줬지만요."

그렇기는 해도 대니얼 래드클리프는 불편하고 어색한 순간들을 기억한다. 어린 나이이긴 해도 자신에게 주어진 부담을 의식할 수밖에 없었던 것이다. 대니얼은 말한다. "누가 저한테 한 말 중에서 정말로 신경에 거슬렸던 건 하나밖에 기억나지 않아요. 〈빌리 엘리어트Billy Elliot〉가 나온 지 얼마 안 됐을 때인데, 출연진 중 한 명이랑 누군지 기억나지 않는 어떤 사람이 말했어요. '아, 방금 들었는데 우리 모두 〈해리 포터〉는 잊어버려야 한대. 〈빌리 엘리어트〉가 새로운 유행이라던데.' 그때 이렇게 생각했던 게 기억나요. '왜 나한테 그 말을 하는 거지? 난 오늘 촬영 둘째 날이라고! 대체 왜 나한테 그런 말을 하는 거야?' 지금은 그게 너무 멍청하고 사소한 일로 느껴질 뿐이에요. 하지만 열 살이나 열한 살 때는 이런저런 일에 불쾌감을 느끼기 마련이죠. 그러고 나서 되돌아보면 '세상에, 내가 무슨 짓을 한 거지? 대체 뭐 때문에 그런 일에 신경을 쓴 거야?'라고 생각하게 돼요."

애니크 성에서 대니얼이 경험한 어려움은 유명세만이 아니었다. "촬영 첫 2주 동안 제 몸에 심한 반점이 생겼어요. 끔찍한 반점이었죠."

그 문제를 처음으로 발견한 사람은 앨런 래드클리프였다. 반점은 해리의 안경이 얼굴에 닿는 부분에서 완벽한 원을 그리며 생겼다. "알고 보니 제가 니켈 알레르기였던 거예요." 대니얼은 말한다. "망상이 좀 있는 사람이라면, 해리의 안경 때문에 발진이 생긴 것을 나쁜 징조로 여길 수도 있었죠. 그때 저는 딱히 귀여운 아이가 아니었어요."

대니얼 래드클리프에게 애니크 성에서 찍은 초기 장면들은 기쁘게도 친숙한 얼굴과 연관되어 있다. 배우 조이 워너메이커는 TV 시리즈로 각색된 〈데이비드 카퍼필드〉에서 대니얼과 함께한 적이 있었고, 〈해리 포터〉라는 기나긴 이야기에서는 딱 한 번, 이곳 애니크 성에서 후치 선생님으로 출연해 1학년생들에게 비행을 가르쳐 주었다.

가장 먼저 하늘을 난 캐릭터는 네빌 롱보텀이었다. 매슈 루이스는 다리 사이에 정교한 벨트를 맸던 것을 기억한다. 그런 다음, 그는 동료 배우들 머리 위로 들어 올려졌다. 그렇게 재미있는 경험은 아니었다. "이상했어요." 매슈는 말한다. "일하러 왔는데 빗자루에 탄 채 땅 위로 들어 올려지는 건 진짜 이상한 일이었죠. 하지만 아주 멋진 일이기도 했어요. 저는 대본을 읽었기 때문에 무슨 일이 벌어질지 알고 있었지만, 당연히 전부 컴퓨터그래픽으로 처리될 거라고 생각했어요. 그런데 완전히 틀린 거예요!"

매슈 루이스는 말을 잇는다. "우린 실제로 날아오르기 전 땅에서 빗자루에 올라타는 첫 두 장면을 찍었어요. 그런 다음, 끝부분에 빗자루가 매달려 있는 커다란 크레인이 실린 트럭이 들어왔죠." 일단 매슈가 빗자루에 오르자 "사람들이 저를 들어 올리더니 차를 몰고 갔어요. 그리고 날아"올랐다.

매슈는 당시에 한 가지를 숨기고 있었다고 고백한다. "문제는 제가 높은 곳을 별로 좋아하지 않는다는 거예요. 하지만 저는 엄청난 아드레날린 중독자이기도 하거든요. 높은 곳이 싫다는 마음이 제가 높은 곳에 더 도전하도록 만들어요. 그래서 날아다니는 게 재미있었던 것 같아요." 그리 뛰어나지 않은 비행 실력 덕분에 네빌은 결국 호그와트 성 꼭대기의 조각상이 들고 있는 창끝에 걸리게 된다. 이 장면은 추락 방지용 매트를 깔아놓고 스튜디오에서 안전하게 촬영했다. "우린 '셋, 둘, 하나'를 외치고 떨어져야 했어요. 그럼 아래쪽의 추락 방지용 매트에 떨어졌죠. 저는 그 일을 여러 번 다시 해야 했어요. 그랬더니 돈을 주더라니까요. 끝내줬죠."

퀴디치를 물리적으로 구현하는 일에 비하면 비행 수업은 아무것도 아니었다. 퀴디치는 롤링이 퀘플, 블러저, 골든 스니치로 정교하게 만들어 놓은 스포츠다. 그때는 수백만 명의 독자가 각자의 머릿속에서 퀴디치 경기를 상상한 뒤였고, 영화는 그 생생한 상상력에 실망감을 안겨줄 수 없었다. 롤링이 그랬듯, 스튜어트 크레이그도 현실에서부터 시작했다.

"퀴디치는 경기장에서 하는 시합이 아닙니다." 크레이그는 설명한다. "공중에서 하는 시합이죠. 경기장은 사실 그냥 출발 지점, 활주로일 뿐이에요. 그렇다면 대부분의 스포츠 경기장에서처럼 관중이 땅에 있는데 경기는 공중에서 벌어지는 게 말이 될까요? 그러니까 탑은 실제로 움직임이 보이는 위치까지 관객들을 들어 올려 줄 당연한 방법이 됩니다. 그래서 경기장에 아주 독특한 모습을 부여한 2층의 관중석이 있는 거예요. 그걸 기본적인 아이디어로 잡아놓고 저는 퀴디치에 중세 마상 창 시합의 분위기를 곁들였어요. 문장이 들어간 알록달록한 현수막 같은 것들 말이죠. 그런 이면의 논리가 있기에 사람들이 그 모습을 받아들이고 믿는 겁니다. 인간이 정말로 날아다닐 수 있다는 사실을 받아들이기 시작하는 거죠."

의상 디자이너 주디애나 매커브스키에게 퀴디치 유니폼은 호그와트의 네 기숙사를 선보일 완벽한 기회였다. "색깔은 책에서 이미 지정해 주었지만 우린 여러 가지 다양한 형태를 시험해 봤어요. 이번에도 아이들 눈에 멋있게 보이되 현대적으로는 보이지 않았으면 했거든요." 매커브스키는 말한다. "우린 중세적인 복장에서 시작했지만, 결국 좀 더 스포티한 복장을 선택하게 됐어요. 의상에 패딩을 넣는 방법도 써봤는데, 이상해 보이더라고요. 너무 미식축구 유니폼처럼 보였어요. 패딩은 폴로와 크리켓에서 쓰는 패드를 합친 거였죠. 스웨터와 바지는 사실 19세기 복장에서 가져온 거고, 스웨터는 펜싱과 테니스에서 가져온 거예요."

빗자루 타기, 특히 퀴디치 장면을 제작할 때 현실적으로는 단합된 노력이 정말 많이 필요했다. 특수효과 감독인 존 리처드슨이 없었다면 이런 일은 아예 불가능했을 것이다. 존 리처드슨도 영화 한 편에만 참여하겠다고 계약했다가 결국 시리즈 전체 제작에 참여하게 된 스태프다. 리처드슨의 경력은 이전 30년 동안 제작된 수많은 주요 특수효과 영화를 아우른다. 여기에는 리처드 도너의 〈슈퍼맨Superman〉, 〈오멘The Omen〉, 〈에일리언Alien〉, 〈윌로우Willow〉 외에도 〈007〉의 수많은 시리즈가 포함된다.

빗자루 효과를 위해 리처드슨이 활용한 장치 중 하나는(이 장치는 시리즈 내내 다른 효과에도 다양하게 활용되었다) '왈도Waldo'라고 불리는 장치였다. 왈도는 장애인이 됐지만 인간의 손처럼 움직이는 원격 조종장치를 발명하고 사용하는, 로버트 A. 하인라인의 1942년 작 SF 단편소설에서 유래한 이름이다(이렇게 비약적인 허구의 이야기도 현실이 될 수 있다는 중요한 사례이기도 하다). 구체적으로 말해 왈도는 손에 들고 다니는 작은 복제품으로, 특수효과 조종 장치를 통해 그와 동일한 실물 크기의 장치를 조작할 수 있게 해준다. 컴퓨터와 유압기를 통해 간단한 손동작을 전달해 동작을 카메라에 담을 수 있도록 하는 것이다. "말 그대로, 우리가 인형을 태운 작은 빗자루에 무슨 짓을 하든 진짜 빗자루도 똑같이 움직였습니다." 리처드슨은 말한다. "업계에서는 오래전부터 쓰이던 장치예요."

또래 남자아이라면 누구나 그랬겠지만, 땅에서 몇 미터나 높이 올라가서 전설적인 스포츠 선수가 된다는 생각은 대니얼 래드클리프에게 매력적으로 느껴졌다. 공중에 떠 있을 때의 신체적 불편함과 마주하기 전까지는 그랬다. "저는 그 촬영을 기대하고 있었지만, 실은 썩 마음에 드는 일이 아니라는 걸 아주 빠르게 깨달았어요. 특히 아직 뭘 어떻게 해야 할지 고민하던 초반에는 한 번에 몇 시간씩 높이 떠 있는 게 정말로 힘들고 고통스러운 일이었거든요."

그럼 어린 대니얼은 얼마나 높이 날아오를 수 있었을까? "아마 2~3미터쯤 됐을 거예요. 제 사타구니 전체를 감싸는 벨트를 찼어요. 그런 다음 빗자루에 설치된 자전거 안장에 앉으면, 다리 사이로 끈이 올라와서 떨어지지 않도록 저를 안장에 붙들어 맸죠. 전 아무 데도 갈 수 없었어요. 그런 상태에서 사다리를 치우면 그냥 거기 매달리게 되는 거예요. 아무 데도 발을 딛지 않고 허리를 똑바로 세우고 앉거나 자전거 안장 위로 몸을 숙이면, 그 자세로 얼마나 오래 있어야 하는지와는 관계없이 아주아주 고통스러워져요. 남자는 특히 그렇죠. 여자한테도 그리 기분 좋은 경험은 아니겠지만요. 그래서 저는 빠르게 알아챘어요. 제 생각만큼 즐겁지는 않을 거라는 걸 말예요!"

맨 위와 중간 그리핀도르와 슬리데린 문장의 초기 그림. **아래** 대니얼 래드클리프가 스턴트 감독 그레그 파월의 지시를 받으며 빗자루 타는 장면을 연습하고 있다.

프로덕션 디자이너 스튜어트 크레이그는 퀴디치가 공중에서 하는 게임이므로 "탑이 설치돼 팬들이 움직임을 실제로 볼 수 있는 높이에 위치시켜야 했다"고 설명한다. 그는 "땅에서 경기를 보는 사람들을 위해" 더 낮은 테라스도 있다고 덧붙인다. "일등석은 경기가 펼쳐지는 높이에" 있다.

경기장을 설계할 때 이처럼 일반적으로 높게 만들기로 한 다음, 크레이그는 건축자재를 찾아 나섰다. "호그와트가 울창한 숲 옆에 있으니 경기장은 목재로 만들었습니다. 또 이 세계상에는 기술이 필요 없으므로 우리는 퀴디치에 중세 창 시합의 분위기를 더했어요. 관람탑은 기숙사 색깔로 감쌌고요." 크레이그는 말한다. 영화가 계속되면서 탑은 더 높아졌고 더 많은 것이 추가되었다. "덕분에 우리가 선수들 사이를 누비고 다닐 기회가 늘었습니다." 크레이그는 말한다. "속도감도 좋아졌죠. 가까운 곳에서 더 많은 것들이 획획 지나갔으니까요."

경기 중인 빗자루의 비행을 박진감 넘치게 묘사하는 데는 여러 단계의 작업이 필요했다. "일단, 컴퓨터로 움직임을 미리 그려봤습니다." 시각효과 감독인 로버트 레가토는 말한다. 컴퓨터로 작성한 스토리보드의 일종인 애니메틱스 덕분에 장면의 모든 요소를 독립적으로 만든 다음 마지막 장면 혹은 시퀀스에서 통합할 수 있었다. 배우들은 그린스크린을 배경으로 빗자루 장치에 올라타 촬영했다. 그런 다음 이 장면들이 생생한 배경과 합쳐졌다.

영화가 진행되면서 배우들이 자라자 빗자루 장치를 다시 디자인해야 했다. "해리가 날아다닐 수 있게 하려고 첫 번째 장치를 만들었을 때 해리는 45킬로그램쯤 나가는 어린아이였을 거예요." 특수효과 감독 존 리처드슨은 이렇게 회상한다. "마지막 퀴디치 시합 때는 말 그대로 성인 남자를 태워야 했습니다. 그 말은, 전혀 다른 기술적 요건이 있었다는 거지요."

뒤에 나온 영화들에서는 기술이 발전한 덕분에 더 훌륭한 스턴트 장면을 찍을 수 있었다. 격자 와이어 시스템 덕분에 더 많은 수평적, 수직적 움직임은 물론 한쪽으로 기울어진 움직임도 표현할 수 있었다. 덕분에 선수들의 모습은 더욱 자연스러워졌고, 선수들이 빗자루를 통제하고 있다는(혹은 통제하지 못한다는) 인상을 더욱 잘 전달할 수 있었다. 배우의 디지털 대역들도 발전해, 빗자루 장치로는 구현할 수 없는 동작들에 활용됐다.

프레디 스트로머(왼쪽), 대니얼 래드클리프(가운데), 보니 라이트(오른쪽)가 〈해리 포터와 혼혈 왕자〉 퀴디치 연습 경기 장면을 촬영하고 있다. 다행히 배우들은 바지 엉덩이 부분에 있는 패딩 덕분에 '액션' 지시가 떨어질 때까지 편안하게 기다릴 수 있었다.

맨 위 슬리데린의 블레이즈 자비니 역의 루이스 코디스가 디지털 모형에서 실제 퀴디치 선수로 바뀌는 장면. **중간** 애덤 브록뱅크가 그린 퀴디치 경기장 콘셉트 아트. **아래** 퀴디치 경기장의 초기
그림. 모든 관중이 선수들의 움직임을 잘 볼 수 있도록 설계되었다.

퀴디치 유니폼 영화 1, 2편에서는 퀴디치 팀들이 사립학교 느낌이 나는 모직 스웨터와 19세기풍 반바지, 긴 부츠와 기숙사 색깔로 된 후드 달린 로브로 이루어진 단순한 유니폼을 착용했다. 〈아즈카반의 죄수〉에서는 폭풍우 치는 날씨에도 견딜 수 있도록 유니폼이 변경되었다. 의상 디자이너 자니 트밈은 고글을 추가하고, 방수가 되는 나일론 천을 선택했다. 그러자 유니폼의 형태가 즉시 현대화되었다. 트밈은 줄무늬와 선수 등번호도 더 많이 넣었다. 그편이 현대의 스포츠 유니폼에 더 맞는다고 느꼈던 것이다. 〈혼혈 왕자〉에서는 퀴디치 선수 선발전과 훈련이 초점이었으므로 트밈은 더 단순하고 가벼운 복장을 디자인했다. 트밈의 설명에 따르면 '웜업 슈트 같은 것'이었다. 트밈은 선수 등번호도 표준화했다. "각 등번호는 선수의 포지션을 알려줍니다. 몰이꾼인지, 수색꾼인지, 파수꾼인지 말이죠. 선수 선발전에서는 원하는 포지션의 등번호를 달게 되죠." 패딩을 넣은 가죽 재질의 보호복과 어깨 보호구, 헬멧이 초반의 팔 보호대와 무릎 보호대에 추가되었다. 퀴디치가 점점 더 공격적으로 변하고, 선수들과 제작자들이 좀 더 노련해졌기 때문이었다.

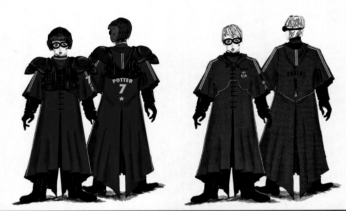

왼쪽 위부터 시계방향으로 〈해리 포터와 아즈카반의 죄수〉의 격렬한 퀴디치 시합에서 선수들이 착용한 고글 콘셉트 아트(애덤 브록뱅크 그림)./자니 트밈이 디자인하고 마우리시오 카네이로가 그린 그리핀도르(왼쪽)와 슬리데린 퀴디치 유니폼 디자인(〈해리 포터와 혼혈 왕자〉에 등장)./〈해리 포터와 비밀의 방〉에서 퀴디치 유니폼을 입고 포즈를 취하고 있는 대니얼 래드클리프(왼쪽, 해리)와 톰 펠턴(오른쪽, 드레이코)./코맥 매클래건 역의 프레디 스트로머가 퀴디치 유니폼을 입고 있는 모습.

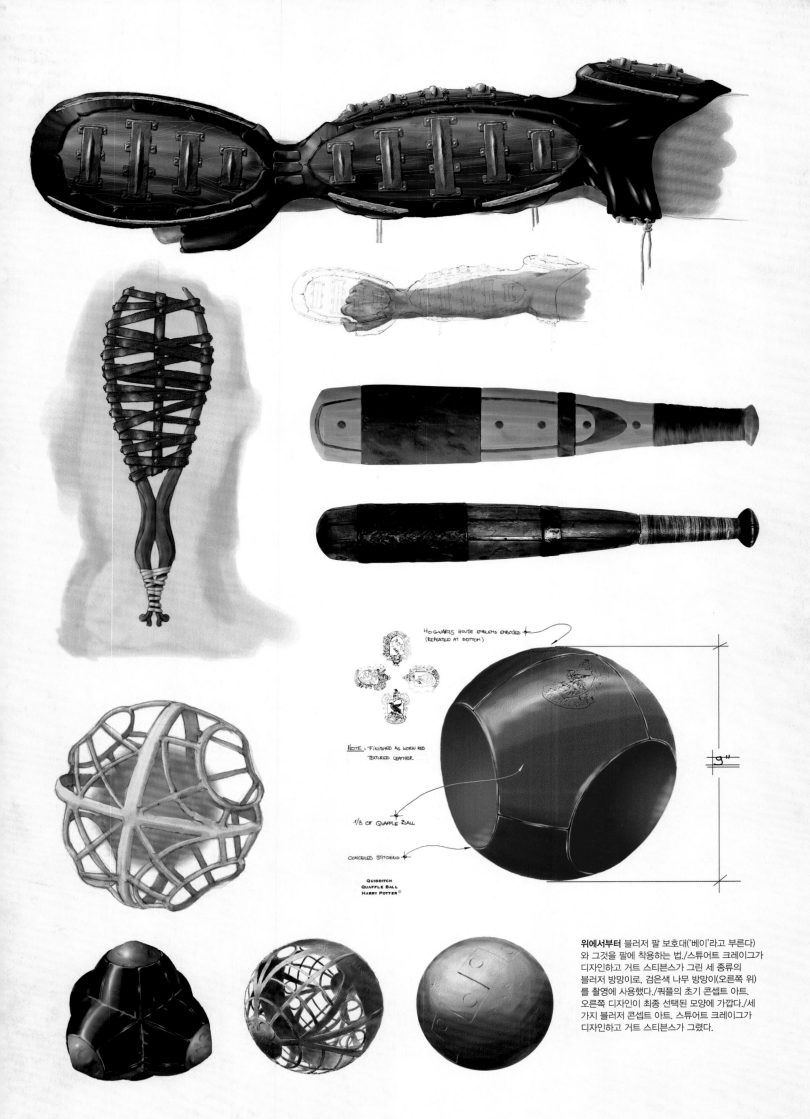

HOGWARTS HOUSE EMBLEMS EMBOSED
(REPEATED AT BOTTOM)

NOTE: FINISHED AS WORN RED
TEXTURED LEATHER

1/8 OF QUAFFLE BALL

CONCEALED STITCHING

9"

QUIDDITCH
QUAFFLE BALL
HARRY POTTER ©

위에서부터 블러저 팔 보호대('베이'라고 부른다)
와 그것을 팔에 착용하는 법./스튜어트 크레이그가
디자인하고 거트 스티븐스가 그린 세 종류의
블러저 방망이로, 검은색 나무 방망이(오른쪽 위)
를 촬영에 사용했다./쿼플의 초기 콘셉트 아트.
오른쪽 디자인이 최종 선택된 모양에 가깝다./세
가지 블러저 콘셉트 아트. 스튜어트 크레이그가
디자인하고 거트 스티븐스가 그렸다.

맨 위 대연회장에서 크리스 콜럼버스(오른쪽)가 대니얼 래드클리프에게 연기 주문을 하고 있다. 루퍼트 그린트(왼쪽)는 체스판을 들여다보고 있다.

중간 크리스 콜럼버스(오른쪽)와 제1조감독 크리스 카레라스(뒤)가 루퍼트 그린트(왼쪽), 에마 왓슨(가운데), 대니얼 래드클리프 등 세 어린 배우들과 함께 애니크 성 현지 촬영을 하고 있다.

아래 해리가 날아다니는 열쇠를 잡아야 하는 장면에서 크리스 콜럼버스(왼쪽)가 대니얼 래드클리프에게 빗자루를 부르는 방법을 알려주고 있다.

수많은 아역 배우들에게 와트포드 및 리브스덴의 호텔과 환경으로 거처를 옮기고 전국으로 현지 촬영을 나간 것은 집에서 나와 지내는 첫 경험이었다. 부모 중 한 사람, 혹은 부모 모두와 함께 다닌 배우들이 많았다. 그렇지 않은 배우에게는 세트장에 전담 보호자를 두었다. "저는 아빠랑 같이 다녔어요." 대니얼은 회상한다. "루퍼트도 아빠랑 같이 다녔고, 에마는 그때 네브라는 여자분이 보호자 역할을 해줬어요. 집 밖에서 지내는 건 신나는 일이었죠. 아빠랑 같이 뉴캐슬의 멋진 호텔에서 머무는 것도 즐거웠고요. 저한테는 딱히 문제가 아니었어요."

에마는 기억한다. "돌아보면, 어떻게 그럴 수 있었는지 모르겠어요. 우린 뉴캐슬로 4~5주간 현지 촬영을 떠났어요. 저는 처음으로 집이 아닌 곳에서 지내게 됐죠. 그렇게 오랫동안 가족과 떨어져 지낸 적은 한 번도 없었어요. 저는 비니 베이비스 인형이랑 끌어안을 수 있는 장난감들을 가지고 왔어요." 현지 촬영을 할 때 에마의 사교 생활에는 제약이 컸다. 친구들이 가족의 역할을 대신해 주어야 했다. "초창기에는 다른 여자애들이랑 많이 어울렸어요. 아니면 루퍼트랑 저녁마다 놀러 다녔죠. 하지만 늘 보호자가 같이 있었어요."

대니얼이 해리 포터로 성장한 뒤에도 간직하게 된 핵심적인 관계를 형성한 것도 이 초창기의 일이다.

"우리 모두는 그냥 촬영용 천막이나 탈의실에서 아주 오랫동안 어울렸어요." 대니얼은 회상한다. "그렇게 친구가 되었죠. 우린 모두 함께 놀고 즐겼어요. 즐거운 시간이었습니다. 우리의 '케미'도 점점 발전해 갔다고 생각해요."

이런 경험이 진짜 휴가 같았던 것은 아니다. 아이들이 영화를 찍느라 너무 바빠 학교에 갈 수 없을 때는 학교가 아이들을 찾아왔다. 학교 다닐 나이의 아동은 촬영장에서도 하루에 정해진 시간 동안만 일을 할 수 있고, 하루에 3시간씩 교육을 받아야 한다. 그래서 리브스덴 여러 곳에 교실이 설치되었고, 현지 촬영을 갈 때는 교사들이 따라갔다.

"꼭 해야 하는 일이었지만 정말 힘들었어요. 딴 데 정신이 팔려 있었던 데다 너무 흥분해 있었거든요." 에마는 일과 학업을 곡예하듯 병행한 일에 대해 이렇게 기억한다. "녹초가 되기도 했어요. 1시간 동안 촬영을 하고 나서 세트장에서 나왔을 때 절대 하고 싶지 않은 일이 있다면, 가만히 앉아서 수학 문제에 집중하는 것이거든요. 하지만 학교 공부는 제가 시종일관 제정신을 차리고 현실감을 잃지 않도록 도와줬던 것 같아요. 초기에 루퍼트랑 저는 같은 과외 선생님한테서 배웠어요. 루퍼트가 저보다 나이가 많았는데도요. 덕분에 공부가 재미있었고, 덜 외로웠어요."

다른 아역 배우들에게는 즐겁게 지낸다는 개념이 학교 공부라는 개념을 대체했다. "현실은 우리 모두가 교실에 앉아서 숙제를 해야 한다는 거였어요." 딘 토머스 역의 앨프리드 이넉은 얼굴에 지친 듯 미소를 지으며 회상한다. "네, 맞아요. 선생님들은 아주 좋았지만, 우리는 내내 말을 안 들었어요. 확신하는데, 선생님한테 우리는 엄청난 부담이었을 거예요."

로비 콜트레인은 말한다. "전 아이들이 불쌍했어요. 하지만 크리스 콜럼버스는 훌륭한 일을 한 거예요. 아이들과 함께 엄청나게 많은 일을 했으니까요. 크리스는 아이들을 편안하게 해주는 방법, 마음껏 최선을 다하게 하는 방법을 정말 잘 알고 있었어요. 거대한 촬영장에서 크리스가 아이들이 반응하도록 만드는 방식을 보면 무척 인상적이었죠."

콜럼버스가 아이들과 함께 작업한 비결은 그의 오른팔이라고 할 수 있는 제1조감독 크리스 카레라스였다. "카레라스 조감독님은 호루라기를 부는 사람이었어요." 톰 펠턴은 말한다. "말 그대로요. 조용히 하라고 호루라기를 불었죠. 하지만 모두가 조감독님을 존중했어요. 엔진오일 같은 사람이었죠. 크리스 콜럼버스 감독님은 기분 좋은 표정을 지으면서 아무도 스트레스를 받지 않도록 했어요. 영화를 찍는 것 같지가 않더라니까요. 노는 것 같았죠. 감독님은 점심시간에 농구를 했어요. 크리스마스에는 아이팟을 나눠줬고요. 덕분에 정말 재미있었어요."

물론 콜럼버스는 아역 배우들과 합이 잘 맞는 것으로 유명했다. "어떤 감독들은 아이들에게 도무지 인내심을 발휘하지 못하죠." 그는 아역 배우들과 일하는 법을 설명하며 이렇게 말한다. "아이가 등장하는 장면을 찍어야 하는 상황이 오면 그냥 입을 다물어 버려요. 그런 감독들은 아이를 다루는 데 필요한 시간을 쓰고 싶어 하지 않고, 아이들에게 말을 거는 방법도 모릅니다. 중요한 건 아이의 머릿속으로 들어가는 거죠. 하지만 핵심은 사실 인내심입니다. 아이 한 명 한 명과 시간을 보내고, 아이들이 재능을 꽃 피우는 데 도움을 주도록 충분한 관심을 쏟는 거죠. 아이들이 배우로서 성장할 뿐 아니라 훌륭한 행실을 보일 수 있도록 말입니다."

에마 왓슨도 동의한다. "감독님은 우리한테 무척 잘해줬어요. 정말 에너지가 넘치고 힘을 주는 분이에요. 저는 살면서 한 번도 카메라 앞에 서본 적이 없었고 제가 뭘 하고 있는 건지 전혀 몰랐어요. 루퍼트도 똑같았고요. 최소한 댄은 경험이라도 있었죠. 하지만 저는 신인들만 하는 실수를 저지르곤 했어요. 촬영 도중에 카메라 렌즈를 똑바로 쳐다본다든지 하는 식이었죠. 그럼 '컷!'이었어요. 저는 뭘 해야 할지 몰라서 초조했고 심하게 긴장했으면서도 정말 잘해내고 싶었어요. 하지만 감독님은 늘 긍정적이었고, 한 번도 우리 기분을 상하게 하지 않았어요."

머잖아 에마 왓슨은 과하게 열심히 하고 있는 것인지도 모른다고 지적받았다. "저는 제 대사를 외웠어요." 에마는 회상한다. "다른 배우들의 대사도 다 외웠어요. 감독님은 컷을 외쳐야만 했죠. 제가 촬영 도중에 미처 깨닫지 못한 채 댄과 루퍼트의 대사를 입 모양으로 말했거든요."

에마는 말을 잇는다. "우린 카메라 앞에 서본 게 처음이었을 뿐만 아니라, 시각효과도 고려해야 했어요. 크리스 카레라스 조감독님과 크리스 콜럼버스 감독님은 촬영 중에 뭘 찍으려는 건지 우리에게 설명해 줘야 했어요. 하지만 그 장면을 상상하고 시선을 적당한 곳에 두고 연기를 제대로 해내고 정확한 자리에 서는 것은 열 살짜리에게는 너무 부담스러운 일이었어요."

맨 위 도서관 세트장에 함께 있는 크리스 콜럼버스와 대니얼 래드클리프.
중간 〈해리 포터와 마법사의 돌〉 촬영 스크립트로 촬영한 날 쓴 메모가 적혀 있다.
아래 론 역의 루퍼트 그린트(왼쪽)가 투명 망토를 입은 해리가 받은 편지를 읽어주고 있다. 편지는 디지털 효과로 사라지게 된다.

에마는 결국 긴 촬영 시간에 부담을 느끼게 되었다. "제대로 해야 하는 일이 너무 많았고, 너무 시간이 걸렸어요. 굉장히 반복적인 작업이기도 했고요. 뭐랄까, 저는 집중력 지속 시간이 벼룩 정도밖에 안 되거든요. 저는 같은 장면을 계속 다시 찍는 게 아주 이상했고, 사실 그렇게 하는 이유를 이해할 수가 없었어요. 하지만 싫었던 건 아니에요. 저 자신이 자랑스러웠거든요. 저는 대사를 외웠고, 대사를 읊었어요. 제작진이 시켰다면 백번이라도 읊었을 거예요."

대니얼은 이 촬영 초반의 기억이 가장 소중하다. "영화에서 가장 귀여운 장면들은 애니크 성에서 찍은 거라고 생각해요. 거대한 곳이었거든요. 그 옆에 서 있으면 우린 정말로 조그마했어요. 저는 그 장면을 좋아해요. 로 앵글로 찍은, 빗자루가 제 손으로 날아오르고 제가 만족스럽게 살짝 미소 짓는 장면요. 전 그 장면이 정말 좋아요. 그 모든 것에 훌륭한 천진난만함이 깃들어 있어요."

배우들이 현지 촬영을 나가서 우정을 다지고 비행 방법을 배우고 있을 때, 스튜어트 크레이그는 리브스덴 스튜디오로 돌아와 해리 포터를 마법 세상으로 이끌 중요한 세트 두 곳을 짓고 있었다. 바로 다이애건 앨리와 그린고츠 은행이었다. 크레이그는 다이애건 앨리를 만들기 위해 건축 개념을 끌어다 일종의 무질서 속에 던져 넣고, 서로 겹쳐져 서 있는 것처럼 보이는 반쯤 무너져 내린 건물의 세계를 만들었다. 이 건물들은 빽빽하게 한데 뒤섞여 흥미로운 마법사 세계를 실현했다.

크레이그는 인정한다. "다이애건 앨리와 나중에 나오는 호그스미드의 경우, 저는 개인적으로 변덕스러움을 동원하는 건 나쁜 생각이었을 거라고 봅니다. 변덕이라는 말은 '뭐든 괜찮다'는 뜻을 담고 있다고 생각해요. 사물이 이런저런 형태나 방식으로 존재하는 건 이면에 어떤 논리나 목적이 있어서가 아니라는 의미죠. 이번 영화를 찍으면서 그런 방식으로 진행했다면 꽤 재앙에 가까운 결과가 나왔을 겁니다. 롤링은 다이애건 앨리를 채링크로스가에서 바로 떨어진 곳에 배치했습니다. 리키 콜드런이 채링크로스가에 있지요. 그곳을 지나면 다이애건 앨리가 나오는 겁니다. 채링크로스와 코번트가든의 그 구역은 딱히 흥미로운 곳이 아니지만, 소호의 일부 지역처럼 대단히 압축된 세상입니다. 17세기나 18세기에는 이곳이 어떤 모습이었을지 느끼게 되는 거죠. 우리가 시도한 것도 바로 그런 일이었습니다. 그 건물들은 폭이 아주 좁고 높습니다. 상점들은 딱 그 시절

위 해리 포터(대니얼 래드클리프)와 해그리드(마틴 베이필드)가 해리의 학용품을 사기 위해 다이애건 앨리를 찾은 장면. **아래** 다이애건 앨리 세트장을 만든 프로덕션 디자이너 스튜어트 크레이그와 세트 장식가 스테퍼니 맥밀런.

상점의 모습이죠. 창문과 밖으로 튀어나온 가판대가 중요합니다. 우리는 건축에서 너무 많은 일을 했기 때문에, 다이애건 앨리와 호그스미드에서는 불가능한 각도로 장난을 좀 쳤어요. 그런 각도를 조각적인 디자인의 일부로 만들었습니다. 건물이 기울어지고 중력에 거역하는 모습으로요."

세트 장식가 스테퍼니 맥밀런에게는 다이애건 앨리를 만든 일이 〈해리 포터〉에서 가장 자랑스러운 순간 중 하나다. 특히 작가가 확인할 겸 세트장을 직접 방문했을 때는 더 그랬다. "조 롤링이 영화 첫 편의 다이애건 앨리 세트를 찾아와 눈물을 머금고 가만히 서 있었다는 말을 들었어요. 책을 쓸 때 상상했던 그대로라서요. 그 정도면 특별한 일이라고 할 수 있을 것 같아요."

스튜어트 크레이그는 그린고츠 은행이 상당히 근엄한 모습이어야 한다고 생각했다. 수백 년 역사를 배경에 두고 있는 사업적 공간이기 때문이다. 그린고츠는 고블린들이 운영하기는 하지만 건축적으로 위엄 넘치는 존재감을 뿜는 금융기관이었다. "은행 로비는 양식상 늘 광택 있는 대리석과 얼룩무늬가 들어간 마호가니 나무를 잔뜩 써서 특유의 무겁고도 육중한 고전주의 분위기를 풍깁니다." 크레이그는 설명한다. "은행업이라는 게 다 그렇지요. 신뢰와 신용을 보여주려는 겁니다. 최근에 밝혀졌듯 그건 전부 환상이에요. 그러나 건축적으로는 그렇습니다." 예산은 풍족했지만, 여전히 제약은 있었다. 아무것도 없는 상황에서 그런 은행을 짓는 것은 돈이 무지무지 많이 드는 작업이 될 터였다. 그래서 현지 촬영을 하기로 결정했다. 크레이그는 런던에 있는 오스트레일리아 하우스에 고블린 은행원들을 배치하기로 했다. "그 건물에 사용된 건 아주 특별한 대리석입니다. 처음에는 그냥 아이디어로 시작했는데 정말 재미있었어요. 우리는 그 건물에 더 큰 상들리에들을 달고, 상상도 못할 만큼 번쩍거리는 대리석을 깔았습니다."

영화 시리즈에서 가장 많은 역할을 맡았던 연기자가 처음 나온 곳도 그린고츠였다. 신장 1미터 7센티미터의 워릭 데이비스는 이미 판타지 영화의 베테랑으로, 〈스타워즈〉 시리즈인 〈제다이의 귀환Return Of The Jedi〉에서 조지 루커스의 이웍, 위켓으로 경력을 쌓기 시작했다. 루커스는 〈윌로우〉의 주연으로 데이비스를 다시 선택했다. 그때부터 데이비스는 〈스타워즈〉 프리퀄에 요다로 등장했고, 〈은하수를 여행하는 히치하이커를 위한 안내서The Hitchhiker's Guide To The Galaxy〉에서는 편집광 안드로이드 마빈 역할을 맡았다(호그와트의 동료 교수인 앨런 릭먼이 목소리 연기를 맡았다). 또한 공포영화 시리즈인 〈레프리컨Leprechaun〉에서는 최소 여섯 가지 모습으로 매우 사악한 신화 속 아일랜드인을 연기했다. 따라서 데이비스는 〈해리 포터〉 시리즈를 위해 타고났다고 할 수 있는 사람이었으며, 결국 여러 역할을 맡게 되었다.

위 스튜어트 크레이그가 그린 다이애건 앨리 첫 스케치로, 가운데에 그린고츠가 보인다.
아래 의상 팀에서 참고용으로 찍은 플리트윅 교수 역 워릭 데이비스의 폴라로이드 사진. 〈해리 포터와 마법사의 돌〉에 나오는 대연회장에서 플리트윅 교수가 크리스마스트리를 꾸미는 장면을 촬영할 때 찍은 것이다. 플리트윅의 모습은 영화 촬영이 진행되면서 크게 달라졌다.

올리밴더로 분장한 존 허트(왼쪽)가 올리밴더의 지팡이 가게 세트장에서 크리스 콜럼버스와 이야기를 나누고 있다.

"영화 첫 편에서 저는 해리와 해그리드에게 포터 가족의 지하금고로 들어가는 열쇠를 달라고 하는 고블린 은행원이었습니다. 그다음에는 그립훅이라는 다른 고블린이 나오죠. 지하금고로 내려가는 고블린입니다. 사람들은 그것도 저라고 착각해요. 영화 첫 편에서 그립훅의 몸은 제 것이 아니었습니다. 목소리만 제 것이었죠." 데이비스는 말한다. 그립훅의 몸은 사실 마이크 마이어스의 〈오스틴 파워Austin Powers〉 시리즈의 아주 작은 미니미로 가장 잘 알려진 베른 트로이어가 연기했다. 하지만 데이비스는 결국 〈해리 포터〉 시리즈의 마지막 두 편에서 몸으로도 목소리로도 그립훅을 연기하게 되었다.

"저는 플리트윅 교수이기도 했습니다. 플리트윅은 일반 마법을 가르치죠." 데이비스는 말한다. "심하게 센 턱수염에 정수리 숱이 빠져가는, 나이 든 모습의 교수입니다. 말하자면 교수의 클리셰 같은 캐릭터지요."

다이애건 앨리에서 관객들은 존 허트를 지팡이 제작자 올리밴더로 소개받는다. 오스카상 후보에 올랐고 바프타상을 수상한 허트는 〈엘리펀트 맨〉에서 주연을 맡았으며, BBC의 유명 미니시리즈 〈나는 황제 클라우디우스다〉에서는 칼리굴라로 분했다. 〈에일리언〉, 〈인디아나 존스〉, 〈헬보이 Hellboy〉 등 대중적인 작품에도 출연했다. 허트는 나중에 영국 독립영화상의 〈리처드 해리스상〉을 두 번째로 수상하게 된다. 해리스 자신이 사후에 이 상을 받은 뒤로는 처음이었다(다른 수상자로는 〈해리 포터〉 동문인 데이비드 슐리스, 짐 브로드벤트, 헬레나 보넘 카터가 있다).

현지 촬영은 제작 과정의 첫 단계에서 중요한 부분이었다. 예를 들어, 해리가 자신이 뱀의 말을 할 줄 안다는 사실을 알게 되는 장면은 런던 동물원의 파충류관에서 촬영했다. 영국 전역의 학교 계단과 교실 들이 호그와트를 대신했다. 9와 4분의 3번 승강장은 킹스크로스역에 실제로 존재하지 않지만, 스튜어트 크레이그와 그의 팀원들은 그 역에서 완벽하게 들어맞는 장소를 찾아냈다. 4번 승강장과 5번 승강장 사이였다.

일부 장소들은 킹스크로스만큼 제작자들의 마음에 쏙 들지 않았다. 켄트의 캔터베리 대성당은 원래 호그와트 일부 구역으로 쓰일 만한 곳으로 보였다. 하지만 사전 제작 당시 교회에서는 이 곳을 영화 촬영 목적으로 사용하는 것을 공개적으로 거부했다. 책도, 영화도 이교도적인 신앙을

대연회장 세트장은 10년이 지나도 건재하다. 바닥을 요크스톤으로 깔았기 때문이다.

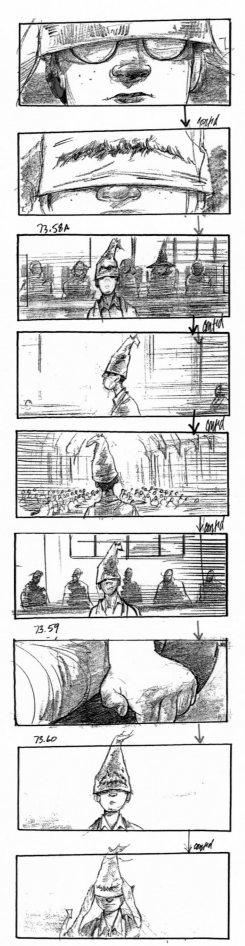

부추긴다는 이유에서였다. 이 일은 결국 전화위복이 되었다. 크레이그는 말한다. "배우들과 스태프들을 현지로 데려가는 것보다는 스튜디오에서 촬영하는 게 항상 더 쉬운 길이죠."

크레이그의 가장 중요하고 커다란 스튜디오 세트장 중 하나는 대연회장이었다. 학생들의 첫 학기가 시작될 때 열리는 기숙사 배정식의 배경으로 사용된 뒤로 대연회장은 친구들(그리고 적들)이 모이는 장소이자 온갖 연회가 열리는 곳, 결투 동아리 모임, 심지어 삶과 죽음이 걸린 전투의 장으로 활용되었다. 대연회장 자체가 롤링이 그린 세계의 한 캐릭터였고, 크레이그는 처음부터 이 사실을 알았다. 대연회장에는 컴퓨터그래픽 이미지가 일부 포함되었지만(양초, 호박, 눈송이가 저녁 식탁 위를 떠다니거나 천장이 하늘로 바뀔 수 있었다) 이곳의 특징을 결정한 것은 대연회장을 현실로 만들겠다는 크레이그의 바람이었다.

사실 데이비드 헤이먼에 따르면 제작자들은 대연회장에서 모든 것이 지나치게 현실적으로 변하는 순간들을 겪었다. "처음에는 기름과 심지가 들어 있는 플라스틱 관 형태의 양초 수백 개를 철사로 걸어서 위아래로 움직이며 떠 있는 것처럼 보이게 했습니다. 하지만 그때 양초 하나가 떨어졌고[열 때문에 철사가 끊어졌어요], 우리는 대연회장에 앉아 있는 어린이 400명의 목숨을 거는 건 현명하지 않은 일이라고 생각했죠. 그래서 양초는 치워버렸습니다. 나중에 디지털로 집어넣었죠."

다른 디자이너라면 대연회장 바닥 재료로 솜씨 좋게 칠한 나무를 선택했을지 모르지만, 스튜어트 크레이그는 디자인에 문자 그대로 돌을 사용했다. "바닥은 진짜입니다." 크레이그는 애정 어린 목소리로 떠올린다. "네, 맞아요. 상당한 논란이 있었습니다." 인위적으로 짓는다면 확실히 비용이 적게 들었겠지만(더 다양한 목적으로 쓸 수도 있었을 것이다. 필요하면 세트를 무너뜨리고 그 공간을 다른 장면에 활용할 수 있었을 테니까), 크레이그는 요크셔 진짜 석판을 스튜디오로 가져와 깔았다.

크레이그는 지금까지도 자신의 세트장을 자랑스럽게 여기는데, 여기에는 그럴 만한 이유가 있다. 이 세트장은 10년 정도 사용해도 끄떡없을 것이었다. "석재는 아주 매력적입니다. 사실 이 나라 곳곳에서 석재가 사용된 걸 볼 수 있죠. 제 생각에 요크셔 카운티의 석재는 이 나라 모든 도시의 도로를 포장하는 데 사용됐을 겁니다. 아마 전 세계 도시의 절반이 그럴 거예요. 영화제작의 전통은 모든 걸 가짜로 꾸며내는 것이지만, 가끔은 진짜를 살 만한 가치가 있습니다. 우리가 대연회장 바닥을 석고나 섬유 유리처럼 평소 쓰는 소재로 만들었다면 페인트가 닳아서 벗겨졌을 거예요. 결국은 좋은 판단이었습니다."

왼쪽 해리가 그리핀도르 기숙사에 배정되는 장면을 보여주는 스토리보드로 니컬러스 펠럼이 그렸다.
오른쪽 맥고나걸 교수(매기 스미스)가 해리(대니얼 래드클리프)의 기숙사 배정식을 준비하고 있다.

크레이그는 현지와 건축 중인 세트장을 오가면서 매우 커다란 세트장 모형 만드는 일을 감독하기도 했다. 크레이그가 디자인한 호그와트는 '거대한 물리적 미니어처'로 구현되었다. 이는 "그 위에서 영화를 찍도록 설계됐고, 셰퍼턴의 커다란 사운드스테이지 중 하나를 차지했다". 이 모형은 지름이 약 24미터였으며, 영화에서 호그와트가 등장하는 다양한 장면에 활용되었다.

영화의 배경은 계속해서 현지와 스튜디오 촬영장의 조합으로 이루어졌다. 〈마법사의 돌〉에서, 해리의 머글 거주지인 보수적인 마을 프리빗가의 외관은 실제로 존재하는 교외 마을에서 촬영되었다(영화가 계속되면서, 이 마을은 이후 스튜디오 옥외 촬영지에 다시 만들어졌다). 프리빗가 4번지의 그다지 고상하지 못한 내부 모습은 스튜디오에서 찍었다.

버넌과 피튜니아 더즐리는 영국의 베테랑 연극 및 영화 배우 리처드 그리피스와 피오나 쇼가 연기했다. 쇼가 너무도 정확하게 묘사하듯 "더즐리 가족은 속물근성, 야욕, 아들 더들리가 해리가 아니라는 처절한 실망감이라는 칼날 같은 상황에 놓여 있"다.

피오나 쇼는 오랫동안 무대에서 경력을 쌓았고, 그 결과 고전적인 드라마 배역에서 보여준 연기로 연달아 상을 받았다. 그녀는 영화계에서도 명성을 쌓았다.

"더즐리 부인은 사악한 계모를 대표합니다." 쇼는 말을 잇는다. "처음에는 마법사 캐릭터를 연기하고 싶었지만, 더즐리 가족이 사는 세상이 그 평범함 때문에 더욱 이국적이고 공포스러운 곳이라는 것을 알게 됐어요. 더즐리 부인은 분명히 온순하고 대단히 명망 있으며 교양 있는, 일종의 타고난 기사인 소년을 돌봐야 합니다. 반면 그녀의 아들은 버릇도 없고 가망도 없죠. 너무도 멋진 의붓아들이 있으면 내 아들의 실패가 더욱 두드러지죠."

쇼는 설명한다. "코미디는 늘 사람들의 실제 모습과 그들이 생각하는 자기 모습 사이에 간격이 있을 때 벌어집니다. 더즐리 가족은 처절할 만큼 평범해 보이고 싶어 하죠. 하지만 해리는 자신의 시각으로 이 사람들의 그 평범함이야말로 괴물 같다는 점을 보여줍니다." 그녀는 영화 속 남편도 면도칼처럼 예리하게 관찰한다. "리처드는 일류 배우이고, 덩치에 맞는 환상적인 연기를 펼칩니다. 저는 리처드가 연기한 뽀빠이의 올리브 오일 같은 존재였어요."

왕립 셰익스피어 극단의 일원으로 무대 위에서 이름을 알린 배우 리처드 그리피스는 머잖아 영화와 TV 양쪽으로 진출해서 영국에 수많은 마니아를 거느린 〈위드네일과 나Withnail And I〉의 악당 몬티 삼촌으로 성공을 거두었고, BBC의 장수 코미디 겸 드라마인 〈그림의 떡〉으로도 유명해졌다.

"와서 제작자들을 만나보라는 전화를 받기 전까지는 《해리 포터》 책을 잘 몰랐습니다. 하지만 전화를 받은 다음 책을 다 읽어보고 훌륭한 이야기라고 생각했어요." 리처드 그리피스는 말한다. 곧 그는 버넌 이모부 역할을 즐기게 되었다. "끔찍한 이모부와 전형적인 악당 사이에서 아주 아슬아슬한 줄타기를 해야 합니다. 버넌은 지나치게 사악한 인물이어서는 안 돼요. 그러니 버넌이 어떤 환경 출신인지 알아야 하죠. 버넌은 해리를 전혀 믿지 않고, 해리가 언제든 뭔가 이상한 짓을 할까봐 늘 전전긍긍합니다. 그게 버넌이 가장 두려워하는 일이에요. 버넌은 이웃들이 볼 수도 있는 이상한 일이 일어나는 걸 절대로 원하지 않습니다. 버넌은 사람들이 그에게 뭔가 문제가 있다고 생각할지 모른다는 두려움으로 움직입니다. 해리 포터를 돌보고 있다는 건 끔찍한 일이죠. 해리 포터는 전혀 평범하지 않으니까요. 더즐리 가족은 평범하고 평균적이며 정상적인 존재가 되고 싶어 하는데, 해리 포터는 이 모든 것의 가능성을 막아버립니다. 더즐리 가족한테는 끔찍한 일입니다."

더즐리 가족은 의상 디자이너 주디애나 매커브스키에게도 풍부한 영감의 원천이 되었다. "더즐리 가족에게 옷을 입히는 일이 가장 재미있었어요. 하지만 이 사람들을 만화 속 등장인물처럼 만들고 싶지는 않았죠." 매커브스키는 말한다. "사람들은 희화화되지 않을 때 더 무섭거든요. 피오나의 옷은 현실적이었어요. 20년쯤 유행에 뒤떨어지긴 했지만요. 리처드는 대단히 근엄하지만 단순한 정장을 입죠. 물론, 우린 더들리가 정말로 끔찍하게 보이기를 바랐어요. 해리 멜링은 착하게도 제가 그 끔찍한 스웨터를 입히도록 해주었어요."

대니얼 래드클리프는 곧 그를 사랑하지 않는 대체 가정의 이 배우들을 무척 존경하게 되었다.

위 〈해리 포터와 마법사의 돌〉에 나오는 프리빗가 4번지의 현지 촬영용 주택. 이후 리브스덴 스튜디오에 더즐리 집 세트장을 지었다.
아래 언짢은 표정의 더즐리 가족 홍보용 사진. (왼쪽부터 시계 방향으로) 버넌 이모부 역의 리처드 그리피스, 피튜니아 이모 역의 피오나 쇼, 더들리 역의 해리 멜링.

해리 포터와 마법사의 돌 59

"리처드 그리피스와 피오나 쇼는 해리 멜링과 저에게 정말로 많은 것들을 가르쳐 준 분들이에요." 대니얼은 털어놓는다. "제 생각엔 그런 티가 나는 것 같아요. 해리랑 저는 둘 다 결국 연극에 큰 관심을 갖게 됐는데, 두 분은 이 나라에서 가장 훌륭한 연극배우시니까요. 〈해리 포터〉 영화를 찍고 저는 리처드와 함께 연극 〈에쿠우스〉를 하게 되고 해리 멜링은 피오나와 〈억척어멈과 그 자식들〉을 하게 되었다는 사실이 흥미롭다고 생각해요."

대니얼은 말을 잇는다. "해리 멜링에 대해서도 높이 평가할 수밖에 없어요. 해리는 멋진 사람이고 정말로 뛰어난 배우예요. 마음이 넓고 친절하죠. 리처드와 피오나도 마찬가지고, 두 분 다 엄청나게 똑똑해요. 리처드만큼 온 세계를 아우르는 지식을 가진 사람은 찾기 힘들어요. 리처드나 스티븐 프라이 같은 박식한 사람들은 더 이상 나오지 않는 것 같네요. 리처드는 리허설을 하다가 농담을 던지고, 알렉산드로스 대왕에 대해서 설명해 준 다음에는 2진법을 설명해 줬어요. 놀라운 사람이죠."

대니얼은 그들의 지성을 칭찬하면서도 재빨리 짚어낸다. "두 분이 훌륭한 건 두 분 다 머리가 굉장히 좋지만 전혀 잘난 척하지 않는 데다 속물근성이 조금도 없기 때문이에요. 두 분은 알고 있는 내용을 기꺼이 나눠줘요. 그 얘기를 하고 싶어 하고, 상대방의 반응을 보고 싶어 해요. 그래서 두 분과 함께 찍는 장면들은 늘 정말정말 즐거웠어요."

책과 영화의 첫 편에서는 잠깐 나올 뿐이지만, 론의 가족인 위즐리 가족은 〈해리 포터〉 이야기에서 아주 중요한 인물들이 된다. 이 집안의 '가모장matriarch'을 캐스팅할 당시 제작진은 영국인들이 가장 사랑하는 배우인 줄리 월터스를 찾아내는 행운을 누렸다. 코미디에서도, 정극에서도 물 만난 연기를 보여준 줄리 월터스는 전문 배우의 삶을 스탠드업 코미디언으로 시작했다. 1980년대 초반에 월터스는 연극, TV, 영화계에서 선구적인 배우로 여겨졌으며 〈리타 길들이기Educating Rita〉(런던의 연극 무대에서 데뷔할 때 했던 배역을 맡았다)와 〈빌리 엘리어트〉로 오스카상 후보에 올랐다. 그 뒤에 월터스는 마법사이자 어머니이며 수상한 스웨터를 뜨는 여성, 몰리 위즐리 역할을 맡았다.

"다들 난리였어요. 특히 제 딸이 그랬죠." 줄리 월터스는 말한다. "그래서 저도 1권 《해리 포터와 마법사의 돌》을 읽고 이게 다 무슨 일인지 알아봐야 했어요. 책은 정말 재미있게 봤어요. 그 당시에는 영화 얘기가 전혀 없었어요. 그러다가 2000년에 위즐리 부인 역할을 제안받았죠. 당연히 제 딸은 흥분했어요."

줄리 월터스는 특히 위즐리 부인의 마법적이지 않은 측면에 매료되었다. "위즐리 부인은 참 상냥한 사람이에요. 여러 가지 측면에서 가장 현실적인 캐릭터이기도 하죠. 마법스러운 면을 잔뜩 가지고 있긴 하지만, 마법사라는 점을 생각하면 몰리에게는 어딘지 무척 현실적인 면이 있어요. 어쩌다 마법사가 되기는 했지만 몰리는 그 무엇보다도 어머니예요. 이 세상 온갖 선한 것을 지지하는 힘이기도 하죠. 간단히 말하면, 사랑 말이에요. 몰리 위즐리는 인류의 선함을 대표하는 인물입니다."

대니얼 래드클리프도 열광적으로 말한다. "영국 영화계를 탈탈 털어도 줄리 월터스에 대해서 나쁜 말을 할 사람은 한 명도 찾기 어려울 거예요. 줄리는 이런 사람이었으면 좋겠다 싶은 바로 그 사람입니다. 상냥하고, 기꺼이 시간을 내주고, 본래 모습을 간직하는 것만으로도 사람들에게 열정과 기쁨을 주죠. 열성적인 전문가이면서 사랑스러운 여성이니까요."

몰리 위즐리의 남편 아서는 〈해리 포터〉 영화 2편까지 출연하지 않지만, 그의 세 아들은 출연한다. 셋째 아들인 퍼시 위즐리 역할은 크리스 랭킨에게 주어졌고, 당시 열네 살이던 제임스와 올리버 펠프스가 프레드와 조지 위즐리로 캐스팅되었다. 버밍엄이 고향인 쌍둥이 형제는 연기 경험이 없었다. 이들은 어머니가 신문에서 기사를 본 뒤에 오디션을 보러 갔다. 형제의 어머니는 가족 중 누구도 오디션 같은 건 본 적이 없으니 "안 될 건 뭐야?"라고 생각했다고 한다(펠프스 형제에게는 오디션 자체보다 학교를 하루 쉰다는 게 더 매력적으로 다가왔다). 사실 형제는 이 과정에 대해 지나치게 무지해서, 오디션을 보러 온 다음에야 자기들처럼 똑같은 옷을 맞춰 입지 않은 쌍둥이가 몇 쌍 안 된다는 것을 알아차렸다. 형제는 길 건너 하우스 오브 프레이저 백화점으로 잽싸게 달려가 문제를 해결했다. "우리는 오디션을 보는 내내 그 똑같은 셔츠를 입고 있었어요." 제임스는 회상한다.

올리버가 말을 잇는다. "제가 기억하기로는 집으로 돌아오는 길에 펍에 들러서 저녁을 먹었을

킹스크로스역 장면. (왼쪽부터) 지니 위즐리 역의 보니 라이트, 몰리 위즐리 역의 줄리 월터스, 프레드와 조지 위즐리 역의 제임스 펠프스와 올리버 펠프스, 퍼시 위즐리 역의 크리스 랭킨.

의상 팀에서 각 장면 참고용으로 찍은 폴라로이드 사진들로, 일부는 세트장에서 가볍게 찍은 배우들의 모습이다. 첫 번째 줄(왼쪽에서 오른쪽으로): 피오나 쇼, 리처드 그리피스, 해리 멜링. 두 번째 줄: 대니얼 래드클리프, 에마 왓슨, 루퍼트 그린트. 세 번째 줄: 제이미 웨일럿, 톰 펠턴, 올리버 펠프스(앞)와 크리스 랭킨. 네 번째 줄: 이언 하트, 리처드 해리스, 데이비드 브래들리.

맨 위와 중간 헤르미온느(에마 왓슨, 왼쪽), 론(루퍼트 그린트, 가운데), 해리(대니얼 래드클리프)가 실물 크기의 마법 체스판에 올라가 있다.
아래 루퍼트 그린트가 나이트로 들어가는 장면을 촬영하고 있다.

거예요. 조용한 여름 저녁이었고, 우리는 배역을 따내면 어떨지 상상하면서 이야기했어요. 실제로 배역을 따내보니까 많이 다르더라고요. 그렇게 큰일일 줄은 몰랐거든요."

스크린 테스트를 보라는 연락을 받았을 때 형제는 해변에서 휴가를 즐기는 중이었다. 그리고 남은 휴가는 옷을 머리에 뒤집어쓴 채 보내야 했다. "태닝을 한 빨간 머리를 쓸 수는 없잖아요." 제임스는 설명한다.

형제는 캐스팅되자마자 학교 친구 몇 명에게 이 사실을 털어놓았다. 올리버는 원래 갈색 머리인 쌍둥이가 "어느 날 빨간 머리가 되어 나타날" 때까지는 아무도 그들의 말을 믿지 않았고, "그때가 되어서야 수많은 사람들이 우리 말을 믿기 시작했다"고 말한다.

제임스와 올리버 펠프스 형제는 리브스덴에 도착하자마자 모든 배우가 참석한 대본 리딩 현장 한복판에 내던져졌다. 형제는 배우 대부분을 그날 처음 봤다. "리딩에 꽤 겁을 먹었던 게 기억나네요. 그때 대사는 네다섯 줄밖에 없었는데도요." 올리버는 말한다. "배우들은커녕 학교에서도 사람들 앞에서 뭘 읽는 건 안 좋아하거든요. 하지만 우리 옆에는 릭 마얄이 앉아 있었어요. 영화 1편에서 피브스 역할로 캐스팅된 분이었죠[나중에 영화에서 편집되었다]. 그분이 긴장감을 완전히 풀어줬던 게 기억나요. 그저 수다를 떨면서 우리한테 농담을 건넸죠. 덕분에 정말로 마음이 가라앉았어요."

제임스가 말을 잇는다. "촬영 첫날에 우리는 요크셔무어에 있는 고틀랜드로 가야 했어요. 오랜 시간 운전한 끝에 마침내 도착했을 때, 제2조감독인 마이클 스티븐슨이 자동차 문을 열고 말했죠. '〈해리 포터〉에 온 것을 환영한다.' 그분은 영국 영화계의 전설 같은 사람이에요. 사실, 전 세계 영화계의 전설이라고 해야겠죠. 바로 그분이 직접 우산까지 들고 와서 우리를 환영해 준 게 기억나요."

새로운 어머니를 만나는 것도 쌍둥이에게는 기억에 남는 경험이었다. 올리버는 회상한다. "우린 킹스크로스역에 있었어요. 모두 호그와트 급행열차 옆에 서서 진행을 기다리고 있었죠. 그때 누군가 외치는 소리가 들리는 거예요. '내 아들들은 어디 있어!?' 줄리가 다가왔어요. 우리는 그때 줄리를 처음 만났죠. 우리 모두가 위즐리 가족에 썩 잘 어울릴 거라는 확신을 품었던 게 그때였던 것 같아요."

루퍼트 그린트는 쌍둥이의 동생 론으로 일찍부터 동료 배우들에게 깊은 인상을 남겼다. "루퍼트는 타고났어요." 대니얼은 말한다. "제 생각에 루퍼트는 연기에 대해서 생각조차 안 하는 것 같아요. 그냥 하는 거죠. 저는 어느 장면에 시간을 좀 들이기 전까지는 세트장에 들어설 때 자신감이나 편안함이 느껴지지 않거든요. 하지만 루퍼트한테는 아무 노력도 필요 없는 것 같아요. 그냥 대사를 외우고 하면 되는 문제랄까요. 하지만 당연히, 그보다는 훨씬 어려운 문제죠. 장면 속에서 자기 위치도 알아야 하고, 어디에서 나오는지도 알아야 하고, 어디로 가는지도 알아야 하니까요. 캐릭터가 지금 벌어지고 있는 모든 일에 대해 생각하고 느끼는 내용도 전부 알아야 하죠. 그걸 알면 다 된 거예요. 나머지는 저절로 따라 나와요."

루퍼트와 대니얼은 점점 끈끈한 사이가 됐다. 그래서 스크린에 비치는 둘의 우정도 더욱 믿을 만해졌다. 하지만 가끔은 둘이 조금 지나칠 만큼 재미있게 놀았다. 루퍼트는 말한다. "우리는 해리와 론이 처음으로 만나는 기차 객실 장면에서 서로의 맞은편에 앉아 있었는데, 도저히 한 번에 통과할 수가 없었어요. 계속 낄낄거렸거든요. 사실 둘이 함께 있으면 그 장면을 찍을 수가 없어서 따로 찍어야 했어요. 크리스 콜럼버스 감독님이 저를 촬영할 때는 해리 역할을 했고, 댄을 촬영할 때는 제 역할을 했어요."

콜럼버스는 회상한다. "아이들이 매일 배우로 성장하는 모습을 지켜보는 건 멋진 일이었습니다." 그는 영화 1편의 끝부분에서 거대한 체스판 장면을 찍는 루퍼트를 지켜보았던 일을 떠올린다. "특히 론이 게임을 끝내기 위해 스스로를 희생하는 장면에서 루퍼트의 발전한 모습을 볼 수 있었습니다. 저는 그 장면에서 보여준 루퍼트의 연기에 무척 감동했어요."

어린 스타들은 선배들에게서 아주 많은 것을 배웠다. 다만 너무 어린 나이 탓에, 그들 대부분은 주위에 모인 배우들이 얼마나 거물인지 몰랐다.

"저는 전혀 몰랐어요." 에마 왓슨은 회상한다. "저희 부모님은 딱히 연극을 좋아하는 분들이 아니거든요. 그렇다고 영화를 즐겨 보시는 것도 아니고요. 두 분은 학자, 변호사였어요. 책을 읽으셨죠. 저는 그때까지 살면서 아마 극장에 딱 한 번 가봤을 거예요. 매기 스미스나 앨런 릭먼 같은 이름은 사실 저한테 아무 의미가 없었어요."

그러나 대니얼 래드클리프는 장래희망으로 연기자를 고려하고 있었으며 최고라고 알고 있는 사람들에게서 배우고 싶었기에 더 노련한 동료 배우들을 유심히 지켜보았다. "로비에게서 많은 걸 배웠어요. 매기는 저한테 아주아주 잘해줬고요. 이언 하트는 언제나 훌륭했어요. 멋진 배우였고, 자기가 맡은 배역에 크게 기여했죠. 당시에 앨런 릭먼은 무서울 정도였어요. 물론, 리처드 해리스도 있죠. 리처드와는 아주아주 잘 지냈죠. 저를 보자마자 아주 좋아했고요."

제작이 마무리 단계에 접어들 즈음 감독 크리스 콜럼버스는 〈해리 포터와 마법사의 돌〉을 "여러 가지 이유로 내 경력의 정점"이라고 말했다. "특히 이토록 재능 넘치는 사람들과 함께 일했다는 점에서 그렇습니다. 그중에서도 스튜어트 크레이그와 [촬영 감독] 존 실은 겸손하고 영화제작에 대한 순수한 사랑을 이해하고 있습니다. 모든 장면에서 예상한 것을 100퍼센트 보게 되는 일은 정말 드물지만, 놀라울 만큼 창의적인 이 사람들과 함께라면 매번 그런 일이 벌어집니다. 저는 여태껏 작업했던 장소 가운데 가장 놀랍고 아름다운 곳에서 현지 촬영을 진행했고, 최고의 스태프들과 일했습니다. 여기가 아주 마음에 들어요!" 크리스 콜럼버스가 다음 영화도 찍을 계획이었으니 잘된 일이었다.

영화는 2001년 11월 4일 런던 레스터 광장에서 개봉했다. 아역 배우들에게는 이 영화를 세상에 공개한다는 것이 여러모로 그들 자신을 공개하는 일이나 마찬가지였다. 전략적으로 가끔 배포한 사진을 제외하면 대니얼과 루퍼트, 에마는 직전 해의 기자회견 이후로 대중에게 모습을 드러낸 적이 없었다. 레스터 광장에서 열린 초연회에서(이후 몇 주 동안 이들은 전 세계의 여러 초연회에 참석하게 된다) 이 배우들은 날개를 활짝 편 유명 인사로 소개되었다. 이들의 삶이 영영 달라진 것이다.

아역 배우들은 이런 대중 앞의 소개를 진지하게 받아들였다. 적절한 태도였다. 예를 들어 전 세계에 사진을 뿌리게 된 에마 왓슨에게는 드레스가 큰 문제였다. "저는 너무 신이 나서 엄마랑 같이 멋진 보라색 데님 드레스를 찾아냈어요. 저는 그 드레스가 너무 멋지다고 생각했죠. 작은 깃털 목도리도 달려 있었어요. 그리고 엄마는 저한테 아주 멋진 보라색 도마뱀 가죽 힐 부츠도 찾아주셨어요. 진짜 도마뱀 가죽은 아니었지만요. 너무 신났어요."

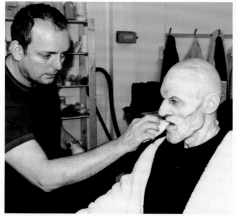

위 리처드 브레머(오른쪽)가 퀴럴의 터번에서 볼드모트가 나타나는 장면을 촬영하기 위해 특수분장 아티스트인 마크 쿨리어의 분장을 받고 있다. 최종적인 볼드모트의 얼굴은 시각효과로 달라졌다.
아래 헤르미온느(에마 왓슨)가 여자 화장실에서 트롤과 마주치는 장면. 트롤의 손은 특수분장효과 팀에서 만들었지만 트롤의 전신 모습은 시각효과로 처리했다.

위와 아래 사람들의 환호 속에서 열린 〈해리 포터와 마법사의 돌〉 런던 시사회.
위 (왼쪽부터) 루퍼트 그린트, J.K. 롤링, 대니얼 래드클리프, 에마 왓슨.
아래 제임스 펠프스와 올리버 펠프스.
65쪽 영화 첫 편을 위해 라비 밴설이 디자인한 마법사 모자들.

제임스와 올리버 펠프스는 처음으로 대중에게 공개되자 경이로움을 느꼈다. 그때는 머리카락이 원래 색깔로 돌아가 있었는데도 그날 밤 레스터 광장을 가득 채운 수천 명의 사람들은 즉시 두 사람을 알아보고 주위를 둘러쌌다. 다행히 올리버가 기억하는 대로라면, 둘에게는 현명한 조언을 해줄 노련한 프로가 있었다. "초연회 날 차에서 내릴 때만 해도 우리는 무슨 일이 벌어질지 몰랐어요. 당연히 공개적으로 모습을 드러내거나 한 적이 없었으니까요. 하지만 사람들은 우리가 프레드와 조지 쌍둥이라는 걸 금방 알아봤어요. 멋지더라고요. 처음으로 사람들이 우리에게 소리를 지르면서 사인을 해달라고 했어요. 약간 초현실적이었죠. 로비 콜트레인이 레스터 광장의 오데온 극장에서 말했던 게 기억나요. '이건 첫 차로 롤스로이스를 타는 거나 마찬가지야. 모든 영화가 이렇지는 않아.'"

"데이비드 헤이먼이 '대니얼 래드클리프'라는 사인을 'DJR' 같은 것으로 줄이는 방법을 심각하게 고민해 보라고 말했던 게 기억나요. 그러면 시간이 절약될 테니까요." 대니얼은 말한다. "물론 당시에는 딱히 '내가 사인을 하게 되겠구나'라는 생각은 하지 않았어요. 그런 생각은 별로 안 들더라고요. 생각을 했어야 했나 싶어요." 대니얼은 헤이먼의 충고에 귀 기울이지 않은 것을 후회할까? "'세상에, 그렇게 했어야 했는데' 싶은 순간들은 있었던 것 같아요. 초연회에 갔을 때 팔이 떨어질 것만 같았거든요. 제 사인은 그리 세련되지도 않았어요. 그냥 머리글자만 썼더라면 제 삐뚤빼뚤한 글씨를 아는 사람도 더 적었을 텐데요. 그건 분명 장점이 됐겠죠." 대니얼은 과거를 돌아보며 웃는다.

초연회에 맞춰 배우들이 점점 여행을 많이 다니게 되면서 매슈 루이스는 그가 참여하게 된 일의 어마어마한 규모에 점점 놀랐다. "큰일이라는 건 알고 있었지만, 영국 안에서만 그런 줄 알았어요. 엄청난 일이 될 거라는 건 알았지만 그런 엄청난 규모가 될 줄은 몰랐죠. 이 일의 여파가 어디까지 미치는지를 보는 것만으로도 정말 아찔했어요. 오스트레일리아와 뉴질랜드와 일본에서, 전 세계에서 사람들이 알아본다니 아주 신기한 일이에요."

대니얼 래드클리프는 세계의 언론과 팬들의 사랑을 자연스럽게 받아들였다. "우리는 모두 영화에, 영화를 만드는 데 초점을 맞추고 있었어요. 영화제작에 따르는 다른 일들, 예를 들면 초연회라든지 파티 같은 것들이 아니라요. 사실 그런 일은 하루가 마무리될 때는 터무니없어져 버리거든요. 재미있게 터무니없기는 하지만, 이 일을 하는 이유가 되지는 못해요. 제 말은, 초연회가 멋진 이유는 팬들을 만날 수 있기 때문이지, 무엇으로도 시끄러운 소음에 대비할 수는 없다는 거예요.

초연회에서는 언제든, 무슨 일이든 일어날 수 있다는 것도 대비할 수 없는 점이죠."

대니얼은 말을 잇는다. "언젠가 있었던 일이 기억나요. 제가 어느 장벽으로 걸어갔는데, 갑자기 장벽 전체가 넘어지면서 사람들이 앞으로 쏟아져 나오기 시작했어요. 그래서 스태프들이 저를 다른 길로 돌아가게 해야 했죠. 그러니까 초연회의 또 다른 측면은 거의 긴장감에 가까운 느낌이 난다는 거예요. 밖에 나가는 것만큼이나 '저기, 물러서세요, 물러서세요. 밀고 나오시면 다른 데로 갈 수밖에 없어요. 여러분한테 위험하단 말이에요'라고 계속 말하는 것도 중요하죠. 그런데 팬들한테는 제가 실제로 뭔가 빚지고 있는 게 맞거든요. 사람들이 저를 기다리잖아요. 몇 시간이나 비를 맞고 있기도 해요. 사인이든 악수든 사람들이 원하는 걸 당연히 해야죠. 멋진 일이에요. 한 명이라도 놓치면 끔찍한 기분이 들어요. '댄, 지금 극장에는 8,000명이 있어. 모두가 영화가 시작하기를 기다리며 자리에 앉아 있다고. 하지만 네가 들어오지 않아서 시작하지 못하고 있어. 이제 좀 가실까요, 선생님?'이라는 말에 누군가를 두고 돌아설 수밖에 없을 때는 끔찍한 기분이 드는 게 아니라 화가 나요."

에마에게도 이 일은 새로운 시야를 갖게 해주는 경험이었다. 영국에서 초연회가 열렸을 때 에마는 처음으로 팬들을 만났다. "기억이 흐릿해요. 약간 초현실적이랄까요. 그 사람들은 헤르미온느의 팬이었으니까, 그 사람들이 정말로 저한테 관심을 둔다는 생각은 잘 들지 않았어요. 당시에는 사람들이 제 이름도 몰랐거든요. 사람들이 저한테 사인해 달라고 하는 게 이상한 일처럼 생각됐어요. 영화가 3편인가 4편까지 나왔을 때만 해도 유명인이 되었다는 생각은 잘 들지 않았어요. 그때야 저는 사람들이 '에마'라고 소리치는 걸 들었고, 현실감이 느껴지기 시작했죠. 저 사람들이 내 이름을 아는구나, 하고요. 정말 이상한 일이에요."

어린 스타들은 사랑에 빠진 팬들을 상대하는 일 말고도 언론에 대응하는 방법을 배워야 했다.

"엄마, 아빠랑 같이 레스토랑에 갔을 때예요." 대니얼은 고백한다. "그때 제가 '첫 영화에 대한 리뷰가 나오면 좋은 얘기는 들려주실 거예요?'라고 물었죠. 아빠는 대답했어요. '아니, 나쁜 것도 안 보여줄 거다.' 아빠는 그랬죠. '좋은 리뷰를 읽을 거면 나쁜 리뷰도 읽어야 해. 그게 아니면 아예 읽지 말아야지.' 그래서 저는 아무것도 읽지 않는 편을 선택했어요. 좋은 리뷰만 읽을 수는 없어요. 그렇게 되면 자신에 대해서 엄청나게 과대평가하게 되니까요. 나쁜 리뷰를 읽게 되면, 좋은 리뷰가 10개고 나쁜 리뷰는 1개라 하더라도 나쁜 리뷰가 머릿속에 콱 박히게 돼요. 무의식적으로 이것저것을 바꾸고 자신의 본능을 재평가하게 되죠. 그건 쓰레기 같은 일이에요. 그건 본능이잖아요. 나 자신이란 말이에요. 본능을 양보하기 시작하면 문제가 생겨요. 비평을 읽는 일이 저한테 미쳤던 영향이 그 부분인 것 같아요."

루퍼트 그린트도 언론과 함께하는 공개된 삶에 적응해 가고 있었다. "저는 기사를 별로 안 읽었어요." 루퍼트는 회상한다. "하지만 밖에 나가면, 이게 정말 대단한 책이고 여파가 엄청나다는 걸 느끼게 됐죠. 모두가 론, 해리, 헤르미온느에 대해서 자신만의 생생한 이미지를 가지고 있었어요. 그럼 그 이미지에 맞추고 싶어져요. 사실 모두를 기쁘게 해주고 싶어지죠."

아마 작가 자신보다 기뻤던 사람은 아무도 없었을 것이다. J.K. 롤링은 초연회 날 기자들에게 말했다. "저는 크게 안심했습니다. 댄이 결정타였어요. 저는 그 아이의 얼굴이 마음에 들어요. 너무 사랑스럽죠. 영화를 보기 전에는 심하게 긴장했는데, 지금은 무척 기쁩니다."

이때쯤에는 《해리 포터》의 문학적 성공이 영화에도 전해지리라는 데 별 의심의 여지가 없었다. 〈해리 포터와 마법사의 돌〉이 미국에서 개봉된 주말에 흥행 성적이 그때까지의 다른 기록을 거의 2배로 따돌렸을 때는 남아 있던 의심마저 완전히 사라졌다.

영화 1편은 엄청난 결과로 이어졌지만, 이런 영광을 즐기며 쉴 시간은 누구에게도 없었다. 롤링의 책은 그 어느 때보다도 많이 팔려나갔고, 《해리 포터》 팬층은 점점 두터워지고 있었다. 어린 배우들의 팬층도 마찬가지였다.

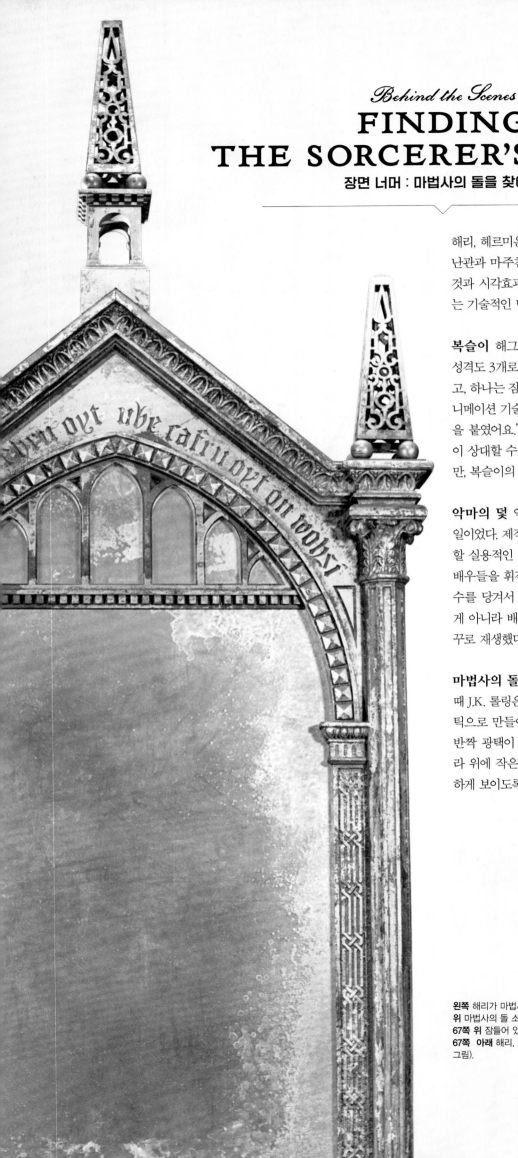

FINDING
THE SORCERER'S STONE

장면 너머 : 마법사의 돌을 찾아서

해리, 헤르미온느, 론은 마법사의 돌을 찾기 위해 극복해야 할 몇 가지 난관과 마주친다. 1편의 제작진에게는 이런 임무 하나하나가 현실적인 것과 시각효과 사이의 균형을 어떻게 잡아야 할지 생각하도록 요구하는 기술적인 난제였다.

복슬이 해그리드의 경비견 복슬이는 머리가 3개 달렸을 뿐만 아니라 성격도 3개로 구분된다. "머리 하나는 경계심이 강하고, 하나는 똑똑하고, 하나는 잠이 많습니다." 시각효과 감독 로버트 레가토는 말한다. "애니메이션 기술자들은 상황을 분명하게 하려고 머리 하나하나마다 이름을 붙였어요." 복슬이는 대체로 CG였지만, 클로즈업 장면에서 배우들이 상대할 수 있도록 거대한 발바닥은 실제로 만들었다. 불행한 일이지만, 복슬이의 침도 실제로 만든 것이다.

악마의 덫 악마의 덫을 CG로 만드는 작업은 비용이 너무 많이 드는 일이었다. 제작자들은 악마의 덫이 해리와 론과 헤르미온느를 에워싸게 할 실용적인 방법을 떠올려야 했다. 그래서 처음에는 거대한 촉수들이 배우들을 휘감았고, 보이지 않는 곳에서 인형을 조종하는 사람들이 촉수를 당겨서 떼어냈다. 그런 다음에는 덩굴이 배우들에게서 물러나는 게 아니라 배우들에게 접근하는 것처럼 보이도록 하기 위해 영화를 거꾸로 재생했다.

마법사의 돌 마법사의 돌이 어떤 모습이어야 하느냐는 질문을 받았을 때 J.K. 롤링은 "세공되지 않은 루비"라고 설명했다. 소품 보석은 플라스틱으로 만들어졌지만, 보석이라기보다는 커다란 사탕처럼 보였다. 반짝반짝 광택이 나는 최종 소품의 외관을 만들기 위해 제작자들은 카메라 위에 작은 불꽃을 놓고 보석을 촬영하는 방법을 써서 좀 더 반투명하게 보이도록 했다.

왼쪽 해리가 마법사의 돌을 들고 있는 모습이 비치는 소망의 거울.
위 마법사의 돌 소품.
67쪽 위 잠들어 있는 복슬이.
67쪽 아래 해리, 론, 헤르미온느가 악마의 덫에 붙잡힌 장면의 초기 콘셉트 아트(폴 캐틀링 그림).

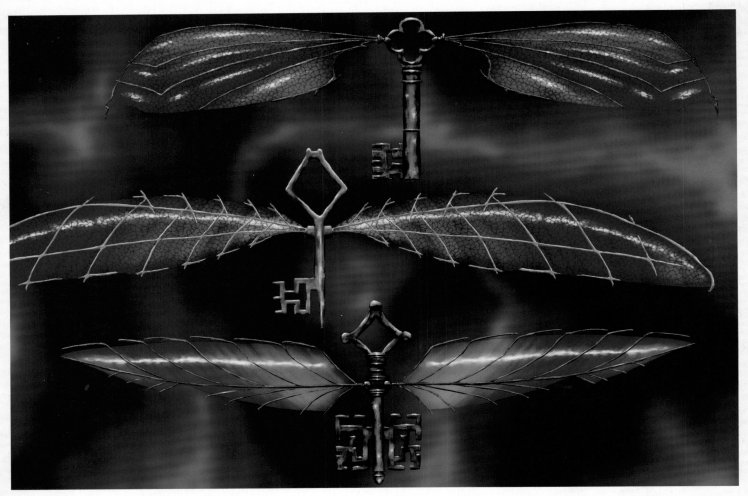

날개 달린 열쇠 날개 달린 열쇠의 디자인은 너무 아름다워서는 안 됐다. 그러면 열쇠들이 너무 순해 보일 테니까. "열쇠는 무섭고 거칠어야 했습니다." 레가토는 말한다. "하지만 너무 무섭거나 너무 거칠면 안 됐죠." 열쇠는 디지털로 만들어졌고, 그 움직임은 떼 지어 움직이는 새들이 푹 가라앉거나 방향을 바꾸는 모습을 본뜬 것이다.

마법사 체스 마지막 과제는 실물 크기의 마법사 체스였다. 크리스 콜럼버스 감독은 이 부분을 위해 CG 사용을 최대한 아끼고 싶어 했으므로, 존 리처드슨과 그의 특수효과 팀이 작업에 착수했다. 그들은 스튜어트 크레이그와 미술 팀에서 디자인한 32개의 체스 말들을 실물 크기의 찰흙 모형으로 만들었다. 그중 몇 개는 높이가 3미터를 훌쩍 넘었다. 그런 다음 주형을 만들고, 쓰임새에 따라 다양한 소재로 모양을 떠냈다. 무전으로 조종하는 이 말들은 체스판을 가로지르거나 서로 싸우거나 심지어 폭발하도록 할 수 있었다. 리처드슨은 말한다. "우린 말들을 앞으로 가게 하거나 멈출 수 있었습니다. 그런 다음 옆으로 움직여서 아주 깔끔하게 멈추도록 할 수도 있었죠." 불꽃을 활용해 체스 말들을 폭파하는 방식을 염려하는 사람들도 있었다. 특히 배우들이 너무 어렸기 때문에 더욱 그랬다. 그래서 리처드슨은 "매우 통제된 방식으로 체스 말들을 폭파하기 위해 안에 압축공기 장치를 설치했"다. 이 장면에서 유일한 디지털 효과는 폭발의 시각적 효과를 증폭하기 위해 추가한 먼지와 파편뿐이다.

68쪽 위 거트 스티븐스가 그린 날개 달린 열쇠의 콘셉트 아트.
아래 〈해리 포터와 마법사의 돌〉 미술 팀에서 그린 실물보다 큰 나이트, 폰, 룩, 킹, 퀸의 초기 콘셉트 아트. 각 소품의 디자인은 실제 촬영이 시작되기 전에 크게 달라졌다.
위 시릴 놈버그가 그린 거인 체스판 콘셉트 아트.

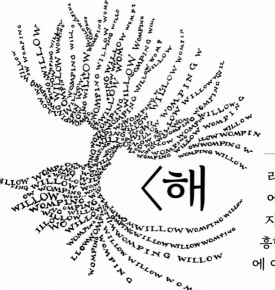

HARRY POTTER
and the
CHAMBER OF SECRETS
- 해리 포터와 비밀의 방 -

〈해리 포터와 비밀의 방〉은 공식적으로 1편의 초연회 날로부터 겨우 사흘 뒤에 촬영을 시작했다. 이는 무모하긴 하지만 근거 있는 워너브라더스사의 자신감을 보여주는 일이었다(〈마법사의 돌〉이 전 세계적으로 거둔 파격적인 흥행 성적을 보라). 하지만 일부 배우와 스태프 들에게 촬영은 사실 몇 주 전에 이미 시작되었다.

"워너브라더스는 2편의 개봉을 다음해 11월, 그러니까 1년 뒤로 잡아두었습니다." 데이비드 헤이먼은 말한다. "그 날짜에 맞추려고 우리는 〈마법사의 돌〉이 아직 마무리되지 않은 상태에서 〈비밀의 방〉 촬영을 시작했습니다. 크리스 콜럼버스의 수그러들지 않는 에너지와 엄청난 스트레스에 대처하는 그 능력이 고마울 뿐이죠. 크리스가 정말로 화내는 모습은 본 적이 없는 것 같습니다. 사실, 스튜디오에서 1편 초연회 날 아침에 예산 회의를 잡은 적이 있어요. 하지만 너무도 침착하고 긍정적이고 열정적인 크리스는 예산 회의에서 세트장으로, 편집실로, 〈비밀의 방〉에서 〈마법사의 돌〉로 바쁘게 뛰어다녔습니다."

이런 긍정적인 성격도 〈비밀의 방〉 촬영 초기에 어려움을 겪었다. "9·11 테러가 일어났을 때 우리는 모두 셰퍼턴 스튜디오에 있었어요." 대니얼이 말한다. "비극적인 일이었죠. 특히 그때는 더 그랬어요. 세트장에 미국 사람들이 아주 많았거든요. 어떤 사람들의 친지들은 그 비행기에 타기로 했는데 다행히도 타지 않았어요. 세트장에 있던 꽤 많은 사람들이 그 일로 큰 영향을 받았습니다. 다음 날 잠시 묵념하는 시간을 가졌어요. 사람들이 홍수처럼 눈물을 쏟았던 게 기억나요. 다른 곳에서도 그랬겠지만 그때는 역사적인 순간이었습니다."

콜럼버스도 그 영향에서 자유로울 수는 없었다. "그날은 제가 세트장에서 맞이했던 날 중 최악의 날이었습니다. 저는 맨해튼에서 17년을 살았어요. 제 아이들 중 셋이 뉴욕시에서 태어났어요. 그러니 뉴욕은 제게 제2의 고향이었어요. 커피 한잔 마시려고 세트장을 나서던 게 기억나는군요. 편집 팀 두어 명을 봤는데(2편을 찍는 동시에 1편 편집을 진행하고 있었거든요) 그 사람들이 '작은 비행기가 세계무역센터에 부딪힌 것 같대'라고 말했어요. 그래서 저는 일터로 돌아갔습니다. 그때 세트장의 누군가가 제게 말했어요. '그것보다 훨씬 큰 문제래요. 보셔야겠어요.' 그런 다음 우리는 촬영을 멈췄습니다. 빌딩이 무너져 내리고 있었어요. 다른 것은 흐릿하게만 기억납니다. 저는 가족들이 무사한지 전화를 걸었어요. 우린 런던에 살고 있었는데도요. 왜 그랬는지 모르겠습니다…… 세상이 미쳐 돌아가는 것 같았어요."

그 비극적인 날의 충격은 조금 시간이 지나서야 대니얼에게도 실감났다. 그때 대니얼과 그의 가족들은 미국 〈해리 포터〉 초연회에 참석하고자 뉴욕에 갔다. "엄마랑 아빠가 어느 가게에 들어갔는데, 가게를 보던 여자분이 말했어요. '아, 영국분이시네요. 왜 오셨어요?' '영화 초연회가 있어서요.' '무슨 영화요?' '아, 실은 우리 아들이 해리 포터 역할을 맡았거든요.' '아! 아드님하고 나머지 배우분들에게 9·11 직후인데도 초연회를 위해 여기까지 온 건 정말 멋진 일이라고 좀 전해주시겠어요? 정말 좋은 일이라고 생각해요.' 제 나이에도 제가 어딘가에 갔다는 것에 무슨 의미가 깃들어 있다는 사실은 완전히 새로운 개념이었어요. 제가 한 행동들이 갑자기 실제로 사람들에게 긍정적인 영향을 미치기 시작했다는 건 완전히 새롭고 정말로 멋진 일이었죠. 뭔가 중요한 일을 하는 것 같은 기분이었어요."

70쪽 대니얼 래드클리프(위)가 〈해리 포터와 비밀의 방〉 클라이맥스인 바실리스크와의 전투 장면 촬영을 준비하고 있다.

The Polyjuice potion.   "Make ~~bate~~
                                          Potente Potione"

Allows drinker to transform himself into
physical form of another - TEMPORALLY.

ingredients : 12 Lacewing flies. ✱
             1 oz. crude antimony (← Snape's ?)
             4 Leeches (unmacerated)
             16 scruples of fluxweed
             3 drachms of jabonised
                      Sal ammoniac
             Knotgrass blades - julienned.
          ✱ 1 pinch of powdered horn of Bicorn ??? !
                      (Snape orchached)
             filings & raspings of Saltpeter, Mercury,
                                              Mars.
          ⌒ Shredded skin of a Boomslang
             Extract of The Transfigured. To be.

Ingredients] Pick fluxweed at full moon. (©)

check cauldron   Distil in cauldron → for potency
✱ for lead poring   Mercurial water
          • Lacewings : 21 days stew ? ← so we have
                      in crude antimony   enough time ?

          ↓ Elixir is now Primum ens Molissa ?

          • sprinkle in powdered Bicorn.
          • suffuse Leeches with Saltpeter raspings. (on 14th hour)

CHECK - dosages :
             when ? how much ? how often ?

위 크리스 콜럼버스 감독이 어린 배우들에게 하울러 읽는
방법을 보여주고 있다.
아래 폴리주스 마법약 레시피. 영화에서 헤르미온느
그레인저는 이 레시피를 보고 신중하게 마법약을 만든다.

콜럼버스는 인정한다. "격렬한 시간이었습니다. 하지만 저는 두 번째 촬영을 할 정신적인 준비가 되어 있었어요. 미련을 두지 않기 위해서라도 영화를 꼭 한 편은 더 만들어야 한다는 걸 알고 있었던 것 같아요. 1편만 찍고 빠져나오는 건 너무 일렀을 겁니다. 저는 〈마법사의 돌〉에서 아주 많은 것을 배웠다고 느꼈고, 이 모든 지식을 2편으로 가져가고 싶은 마음에 흥분해 있었습니다."

하지만 감독은 이런 지식이 몇몇 실수를 통해 얻은 것임을 빠르게 인정한다. "우린 1편에서 실수를 했고, 2편에서는 그 실수를 만회했습니다. 정해진 시간에 영화를 개봉해야 한다는 어마어마한 스트레스에 시달리고 있었으니까요. 아이들은 크고 있었고 워너브라더스는 영화 일곱 편을 모두 같은 아이들과 찍고 싶어 했습니다. 그래서 특수효과가 많이 필요한 세트장을 먼저 지을 시간이 없었어요. 훌륭한 시각효과에는 시간이 필요합니다. 그래서 1편에는 그리 탐탁지 않은 시각효과가 일부 포함됐습니다. 앞으로도 마음에 들지는 않을 거예요. 그런 시각효과를 완벽하게 다듬을 시간이 없었으니까요. 2편에서는 중요한 시각효과 장면들을 먼저 만들기로 했습니다. 퀴디치 [경기장], 바실리스크가 나오는 모든 장면 같은 것 말이죠. 그렇게 하면 시각효과 팀에게 캐릭터를 디자인하거나 현실적으로 보이는 마법 생명체들을 만들 시간이 7~9개월 정도 더 생기니까요. 1편과 2편 사이에 아이들도 더 나은 배우가 된 만큼, 저도 시각효과와 연출의 중요한 측면에 관해 벼락 특강을 받았습니다."

하지만 전반적으로 콜럼버스는 빠듯한 일정과 두 영화 사이의 시간 부족이 결과적으로 좋은 일이었다고 생각한다. 덕분에 제작진은 초창기 스태프 대부분을 유지할 수 있었고, 어린 배우들은 당시 주변에서 일어나고 있던 엄청난 일에 압도당할 시간이 없었기 때문이다. "실은 아주 잘됐습니다. 우리 중 누구도 주저앉아서 1편의 성공에 대해 생각할 기회가 없었거든요." 콜럼버스는 말한다. "〈마법사의 돌〉은 금요일에 개봉했는데, 우리는 월요일에 〈비밀의 방〉을 찍으러 다시 돌아왔어요. 제 생각엔 그게 모두에게 좋았던 것 같습니다. 특히 아이들한테요. 그때쯤 우리는 사실 커다란 하나의 가족이 되어 있었고, 그 시기에 모두가 함께 있었다는 건 좋은 일이었어요."

이런 연속성의 이점에도 불구하고 콜럼버스는 롤링의 두 번째 이야기를 실현하기 위해 몇 가지 변화가 필요하다고 보았다. 감독은 말한다. "핵심은 이 이야기가 더 어둡고 재미있어야 하고, 원래의 스토리라인에 좀 더 초점을 두어야 한다는 점이었던 것 같습니다. 1편은 해리가 자기가 사실 마법사였다는 걸 깨닫는 이야기였어요. 초반 약 40분에 달하는 1막의 대부분은 전부 소개죠. 〈비밀의 방〉에서는 곧바로 스토리텔링을 시작할 수 있었습니다. 그게 중요한 점이었어요. 이 이야기는 해리라는 인물을 통해 관객을 새로운 곳으로 데려갑니다. 영화가 시작되자마자 이야기에 빨려들죠. 〈마법사의 돌〉에서 해리는 수동적인 인물이고, 우리는 해리의 눈을 통해 세상을 보고 싶어 합니다. 하지만 해리를 둘러싼 모든 사람이 너무도 다채롭고 현실과 동떨어져 있었죠. 해리는 사실 책임을

떠맡을 필요가 없었고, 영화의 3막에 이르기까지 별로 자기 의지대로 행동하지 않습니다. 〈비밀의 방〉에서는 처음부터 훨씬 자신감과 힘이 더해진 캐릭터의 자리에 서게 됩니다. 그리고 제 생각에는 대니얼 래드클리프가 그 도전을 잘 받아들여 배우로서 완전히 성숙해졌다고 생각해요. 대니얼은 가장 진정한 의미에서 리더가, 진짜 영웅이 되었습니다. 아마 약간은 우상이 되기도 했겠죠."

위 길더로이 록하트로 분장한 케네스 브래나의 화려한 초상화 중 하나.
아래 케네스 브래나(왼쪽), 크리스 콜럼버스(가운데), 루퍼트 그린트가 비밀의 방 앞에서 촬영을 준비하고 있다.

해리가 2학년이 됐을 때 호그와트에 들어온 캐릭터들 중에서 가장 눈에 띄는 사람은 아마도 화려한 베스트셀러 작가이자 유명 마법사인 길더로이 록하트일 것이다. 길더로이 록하트는 덤블도어 교수에 의해 새로운 어둠의 마법 방어법 교수가 된다. 이 배역을 맡을 사람으로, 크리스 콜럼버스가 감독한 〈나인 먼쓰Nine Months〉의 휴 그랜트를 비롯한 배우 몇 명이 거론되었다. 하지만 케네스 브래나가 오디션을 보러 왔을 때는 그가 바로 록하트라는 사실이 곧바로 분명해졌다. 데이비드 헤이먼은 회상한다. "완벽했습니다. 케네스는 뛰어난 배우예요. 그러면서도, 나르시시스트이자 어릿광대 역할을 하는 걸 불편해하지 않았어요. 연기는 과장됐지만 진정 진실을 담고 있었습니다."

에미상을 수상한 배우이자 연출가인 케네스 브래나는 1980년대 초반에 영국 연극계에 들어와 로열 셰익스피어 극단에서 빠르게 입지를 다진 뒤 자신만의 연극단인 르네상스 연극단을 만들었다. 브래나는 29세의 나이에 셰익스피어의 《헨리 5세》를 각색한 1989년 작품을 통해 배우이자 감독으로 오스카상 2개 부문 후보에 오르는 등 로렌스 올리비에의 업적을 밟고 있었다. 당시에 케네스 브래나는 에마 톰슨과 결혼한 사이이기도 했다. 덕분에 미래에 〈해리 포터〉 스타가 될 로비 콜트레인이나 이멜다 스탠턴, 그리고 에마 톰슨과 함께 톰슨의 이름을 딴 TV 코미디쇼에 합류하기도 했다. 감독이자 배우로 이룬 브래나의 영화 업적은 셰익스피어 작품과 〈피터의 친구들Peter's Friends〉, 〈프랑켄슈타인Frankenstein〉, 〈와일드 와일드 웨스트Wild Wild West〉처럼 다양한 작품을 통해 계속되었다.

콜럼버스는 브래나와 무척 일하고 싶어 했다. "다른 배우들도 살펴봤지만, 관객들이 배우의 연기보다는 유명인이라는 이름값에 관심을 둘까 봐 걱정됐습니다." 콜럼버스는 회상한다. "우리는 영국의 훌륭한 연극, 영화 배우들과 함께 작업하고자 하는 〈해리 포터〉 영화의 전통을 만들었습니다. 제게는 리처드 해리스나 매기 스미스, 앨런 릭먼과 같은 사람을 상대로 자신을 지킬 수 있는 젊은 배우를 찾는 것이 힘든 일이었죠. 그래서 케네스를 제외하면 록하트 역할을 맡아줄 다른 사람을 떠올리기 어려웠습니다. 케네스는 우리 시대의 가장 훌륭한 연극, 영화 배우이자 위대한 영화제작자니까요."

브래나 자신은 처음에 그만큼 확신이 없었다. "몹시 신경 쓰이더군요." 브래나는 설명한다. "하

지만 그건 단지 이 영화가 큰 기대를 받는 대규모 영화라는 사실을 알고 있기 때문이었습니다. 관객들이 이미 록하트라는 인물에 대해 무척 확고한 생각을 가지고 있기도 했고요. 책에서 록하트는 무척 화려하면서도 자기 자신에게 도취돼 있습니다. 우리는 관객에게 록하트가 했다고 말하는 모든 일을 실제로 했을 수도 있다는 확신을 주어야 했습니다. 록하트는 개연성 있는 인물이어야 했어요. 우리는 록하트의 의상과 외모를 만들어 가면서 무척 재미있는 시간을 보냈습니다. 길더로이는 꽤 멋쟁이예요." 브래너는 말을 잇는다. "그래서 록하트의 모든 의상을 멋쟁이의 옷으로 만들어야 했죠. 게다가 록하트는 공작처럼 뽐내며 걸어 다닙니다. 록하트는 허영심이 강하고 자기애에 취해 있으며 자신이 대단히 중요한 인물이라고 생각합니다. 그러니까 연기하기에는 맛깔 나는 캐릭터죠. 극히 짜증스러우면서도 매력적이에요. 모든 장면에서 각각 다른 의상을 입고 나오는 멋진 캐릭터이기도 합니다."

대니얼 래드클리프에게는 이것이 정말로 노련한 배우와 함께 일하며 배울 또 한 번의 기회였다. "케네스 브래너는 환상적이었어요. 록하트는 자기 사진을 수천 장이나 갖고 있는 자만심 강한 사람이고, 잘난 척하기 좋아하는 사기꾼이기도 해요. 여자애들은 록하트를 좋아하고, 남자애들은 뭔가 잘못됐다는 걸 알기 때문에 록하트를 싫어하죠. 반면 케네스 브래너는 세상에서 가장 친절한 사람이자 재밌는 사람이에요. 케네스는 저를 가르쳐 주곤 했어요." 대니얼은 말을 잇는다. "예를 들어서 울보 머틀이 나오는 화장실 장면을 찍기 직전에 케네스는 〈십이야Twelfth Night〉에 대해서, 또 비올라와 올리비아 캐릭터가 서로를 조금만 바꾼 인물에 가깝다는 점에 대해서 이야기해 주고는 했죠. 그 희곡의 줄거리를 저한테 설명해 줬어요. 엄청난 특권이었죠. 대단한 선생님이기도 했고요."

대니얼은 2편을 찍는 동안 웃을 일이 많았다고 기억한다. "그때가 루퍼트와 제가 가장 심하게 웃음 병에 걸린 때였어요." 대니얼은 말한다. "도저히 못 멈추겠더라고요. 한 번은 크리스 콜럼버스 감독님이 우리 중 한 명을 따로 데려가서 주의를 줘야 했어요. 그때 딱 한 번이었죠. 감독님이 데려간 애는 루퍼트였어요. 저는 아빠가 째려보고 있었거든요. 저한테는 그거면 늘 웃음을 멈추기에 충분했어요." 특히 한 장면에 예정보다 유독 많은 시간이 걸렸다. "우리가 웃었기 때문만은 아니에요." 대니얼은 말한다. "하지만 그것도 한 가지 이유였죠. 아마 12번, 13번 테이크쯤 되어서야 웃음을 멈췄을 거예요. 하지만 20번 테이크까지 찍어야 했죠. 감독님은 실제로 루퍼트를 따로 데려가서 주의를 줬어요. 분명히 말씀드리지만, 믿을 수 없을 만큼 스트레스가 심한 촬영을 2년 동안 하면서도 감독님은 한 번도 그런 적이 없었어요. 그날은 그만큼 심했던 거죠. 감독님은 루퍼트한테 소리치진 않았어요. 그냥 '루퍼트, 진짜 어떻게 좀 해봐'라고만 했어요."

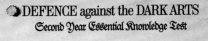

위 록하트가 어둠의 마법 방어법 첫날 수업에서 학생들에게 낸 시험문제. 이 문제들의 주인공은? 당연히 록하트다.
아래 녹턴 앨리 세트장에서 찍은 말포이 부자. 루시우스 역의 제이슨 아이작스(왼쪽)와 드레이코 역의 톰 펠턴.

콜럼버스는 다른 사람들을 괴롭히는 잔인한 인물 루시우스 말포이(드레이코 말포이의 아버지) 역할로 제이슨 아이작스를 선택했다. 아이작스는 SF영화 〈이벤트 호라이즌Event Horizon〉에서 냉혈한을 연기하고 〈패트리어트: 늪 속의 여우The Patriot〉에서 잔인한 성격의 영국 대령을 연기하며 영화계에서 명성을 쌓아왔다. 콜럼버스는 말포이 가문의 가부장으로 아이작스가 완벽하게 어울린다고 생각했다. 〈패트리어트〉를 보면서 제이슨이 그 영화에서 악역을 훌륭하게 소화했다고 생각했습니다." 콜럼버스는 말한다. "제이슨의 눈은 상대를 꿰뚫어 보는 듯했고 정말 소름 끼치는 방식으로 다른 세상에 속한 것 같았어요. 그래서 제이슨을 만나보고 생각했습니다. '이 사람이야.' 금발 가발을 쓰고 첫 며칠 동안 찍은 무편집 필름은 놀라웠어요. 완벽한 사람을 찾았다는 걸 알았습니다."

아이작스 자신은 "이 모든 놀라운 배우들과 함께 놀이터에서 신나게 놀아볼" 기회를 갖게 되어 기뻤다. "도착할 때까지는 뭘 해야 할지 몰랐어요. 마법사들에 관한 영화라는데, 저는 허리까지 내려오는 금발 가발을 쓰고 다니거나 뱀 머리 조각이 새겨진 지팡이를 들고 다니는 일이 별로 없거든요. 그래서 저는 신 흉내를 내고 싶다는 충동을 느꼈습니다. 그리스 원형극장에서처럼요. 하지만 크리스는 현실감의 수호자라고 할 만한 사람이고, 우리를 통제해야 할 때를 잘 알고 있습니다. 저한테는 그 점이 재미있었어요. 캐릭터를 최대한 기괴하게 그려내되, 어떻게든 현실감을 유지하는 것 말이죠. 루시우스는 아주 어두운 캐릭터이고, 철저하게 불쾌한 사람입니다. 그는 순

수 혈통을 믿고 있으며 우익의 칭송받지 못한 영웅입니다. 그렇게까지 편견을 갖기도 힘들죠. 제
가 연기했던 사람 중 가장 자신감 넘치는 인물이었고, 그 오만함과 가혹함은 분명 최고였습니다."

루시우스의 이야기 요소 중 핵심 한 가지는 아들 드레이코와의 관계 설정이었다. 아이작스는 자
신의 캐릭터를 통해 영화 속 아들의 행동에 동기와 설명을 모두 제공해야겠다고 생각했다. "저는
제 캐릭터가 반드시 드레이코를 괴롭혀야 한다고 느꼈습니다. 아이가 학교에서 그렇게까지 공격적
인 성향을 보이는 이유를 이해하고 싶었거든요. 집에서의 끔찍한 생활이 해명이 될 것 같더군요.
관객은 제가 드레이코를 무자비하게 괴롭히는 모습을 보게 됩니다. 그러면 드레이코가 다른 아이
들을 괴롭히는 거지요. 드레이코는 오래된 나무에서 떨어져 나온 작은 조각입니다."

톰 펠턴은 마침내 가족 중 한 명의 얼굴을 보게 되어 기뻤다. "제이슨이 우리 아빠 역할을 하게
됐다는 말을 들었을 때는 조금 기가 죽었어요. 하지만 제이슨은 제가 만났던 누구보다도 친절했
고, 우리는 호흡이 잘 맞았어요. 제이슨은 뛰어난 배우예요. 보통 배우들은 캐릭터에 몰입하기 위
해 약간의 시간을 달라고 해요. 하지만 제이슨은 장면을 촬영하기 직전까지 저한테 뭔가 이야기
를 해주었어요. '내가 그 영화에서 스코세이지 감독이랑 일을 하고 있었는데 말이야……' 그러다
가 '액션!' 소리가 나면 짜잔, 곧장 그 미친 사람으로 변하는 거예요. 루시퍼 그 자체였죠. 말도 안
되는 변신이었는데, 제이슨은 그 일을 순식간에 해냈어요. 지켜보는 저에게는 굉장한 일이었죠."

펠턴은 말을 잇는다. "저는 제이슨이 한 일을 모두 흡수해서 직접 보여주려고 노력했어요. 제이
슨은 편안하게 제게 다가와 '이렇게 해보는 건 어때?'라거나, '지금 하는 것도 괜찮은데, 저렇게 하
는 것도 생각해 봐'라고 말해주는 유일한 배우이기도 했어요. 어린 배우에게 그런 조언은 말할 수
없이 소중하죠. 돈 주고도 살 수 없는 경험이잖아요. 저는 그 점이 늘 고마워서 '저한테 와서 연
기 팁을 주는 걸 수줍어하거나 쓸데없는 충고라고 생각하지 말아 주세요. 저한테는 목숨만큼 소
중한 조언이니까요'라고 말했어요."

2편에서는 호그와트 직원이 두 명 더 늘어났다. 스프라우트 교수와 폼프리 선생이었다.

스프라우트 교수 역할에 캐스팅된 미리엄 마골리스는 〈블랙 애더〉나 〈흡혈 식물 대소동Little
Shop Of Horrors〉 같은 현대 배경 코미디와 문학적 고전을 각색한 작품을 통해 TV와 영화 모두에서
상당한 연기 솜씨를 선보였고 〈순수의 시대The Age Of Innocence〉로 바프타상을 수상했다. 〈꼬마 돼지
베이브Babe〉, 〈해피 피트Happy Feet〉, 〈제임스와 거대한 복숭아James And The Giant Peach〉 같은 애니메이
션 영화에서도 광범위한 목소리 연기를 펼쳤다.

위 크리스 콜럼버스(오른쪽)가 미리엄 마골리스(스프라우트
교수)에게 맨드레이크 뿌리를 뽑는 법을 보여주고 있다.
아래 리브스덴 스튜디오에 지은 마법 생명체 상점에 걸려
있는 맨드레이크들.

위 의상 디자이너 린디 헤밍이 케네스 브래나에게 록하트의
화려한 의상을 입혀주고 있다.
아래 애덤 브록뱅크가 그린 석화된 헤르미온느 그레인저
콘셉트 아트.

"면접을 보러 갔다가 배역을 따냈다는 소식에 하늘을 날아다니는 듯한 기분이 들었던 게 기억나요." 베테랑인 마골리스는 설명한다. "제가 주로 맡은 장면은 맨드레이크 뿌리를 다루는 것이었어요. 애니메트로닉스 기법으로 만들어진 장면이었죠. 저는 고무로 만들어진 게 분명한 무언가를 들고 있었어요. 움직이고 숨도 쉬고 진짜처럼 보이는 것이었죠. 〈해리 포터〉에서 연기한 건 너무도 보람찬 경험이었어요. 영화계 거대 조직의 일원이 되는 것 같은 기분이었거든요. 캐릭터들이 자신들의 인생으로 사람을 끌어당기죠. 이건 기나긴 영웅 이야기였어요. 어느 시대에나 해당하는 이야기였죠. 지금만 보고 말 이야기가 아니었어요."

제마 존스는 호그와트의 양호교사인 폼프리 선생 역할을 맡아달라는 요청을 받았을 때 《해리 포터》 책이나 영화 1편의 성공을 이미 잘 알고 있었다.

존스는 길고도 다양한 경력을 가지고 있었으며, 〈듀크 스트리트의 공작부인The Duchess of Duke Street〉으로 바프타상 후보에 올랐다. 〈센스 앤 센서빌리티〉에서는 에마 톰슨의 어머니이자 앨런 릭먼의 예비 장모로 함께 출연하기도 했다.

"이 모든 일에 참여할 수 있어서 짜릿했어요." 존스는 말한다. "물론, 제게 아주 큰 역할이 맡겨진 건 아니었죠." 그녀는 인정한다. "하지만 중요한 건 '양호교사'라는 폼프리 선생님의 상징적이고 사랑스러운 모습이었던 것 같아요. 폼프리 선생님은 누구나 쉽게 알아볼 수 있었죠."

〈비밀의 방〉을 찍을 때는 새로운 의상 디자이너가 들어왔다. 린디 헤밍은 제임스 본드와 라라 크로프트의 의상을 담당한 적이 있고, 마이크 리의 〈뒤죽박죽Topsy-Turvy〉으로 오스카상을 받았다. 헤밍이 맡은 첫 번째 임무 중 하나는 길더로이 록하트의 자의식에 어울리는 차림을 찾는 것이었다.

"록하트는 자만심으로 가득하고 허영심 넘치는 인물이에요. 록하트에게는 옷과 외모가 전부죠." 헤밍은 설명한다. "이 영화의 수많은 캐릭터들은 꽤 어둡거나 무채색의 눈에 띄지 않는 색깔 옷을 입죠. 하지만 록하트에게는 초록색, 파란색, 짙은 빨간색, 심지어 황금색 옷도 입힐 수 있었어요."

말할 것도 없이 케네스 브래나는 이런 선택에 즐거워했다. "크리스 콜럼버스와 린디는 록하트의 외모에 관해 아주 분명한 생각을 가지고 있었고, 그의 성격을 통해 영화에 색채를 도입하고 싶어 했습니다. 우리는 현대적 멋쟁이와 호그와트에 잘 어울릴 것 같은 사람의 혼종을 만들고 싶었어요."

아이잭스의 설명에 따르면, 루시우스의 외모를 만드는 것도 헤밍에겐 큰 도전이었다. "최초의 콘셉트는 제가 마법사 정부의 고위직인 만큼 가느다란 세로 줄무늬 정장을 입어야 한다는 것이었습니다. 하지만 제 느낌에 루시우스는 지방의 오래된 거대 저택에서 사는 귀족 같았어요. 전 재산이 유산으로 물려 내려온 것이기도 했고요. 전 의상이 그런 오래된 느낌을 반영하길 원했습니다. 모피를 입고, 괴상한 뱀 머리 지팡이를 들고 다니면서 자신이 매우 위엄 있고 우월하다고 느끼죠."

에마 왓슨에게는 〈해리 포터와 비밀의 방〉 촬영이 여러모로 〈해리 포터〉의 모험에서 가장 부담이 덜한 작업이었다. 이러나저러나, 이야기의 상당 부분에서 그녀는 석화되어 있었기 때문이다.

"좀 실망스러웠어요." 에마는 과거를 돌아보며 고백한다. "2편에는 사실 별로 안 나왔거든요." 그래도 닉 더드먼과 그의 팀원들이 에마의 주형과 조각상을 만들어 주기는 했다.

"전신 주형을 만드는 건 이상한 일이었어요. 하지만 주형을 만드는 내내 엄마가 제 손을 잡아 주셨죠. 저 자신을 본뜬 실물 크기의 모형을 보는 건 더 기괴하고 이상한 일이었어요. 엄마는 그걸 전혀 마음에 들어 하지 않으셨어요. 그런 것들은 무척 소름 끼치거든요."

대니얼 래드클리프는 말한다. "당연히 에마는 석화돼 있었어요. 제 생각에는 그래서 2편이 저와 루퍼트의 영화라고 여겨지는 것 같아요. 영화 끝부분에서 저와 루퍼트와 케네스가 비밀의 방에 다가가는 그 모든 내용은 정말정말 우스워요. 저와 루퍼트의 궁합이 점점 잘 맞아가는 것도 보이죠."

에마 왓슨은 기억한다. "우린 서로 장난을 잘 쳤어요. 하지만 어려운 일이었죠. 그때까지만 해도 여자애들은 쿨하지 못해, 여자애들은 별로야, 하고 남자애들은 '뭐, 남자잖아!' 하던 나이였으

해리(대니얼 래드클리프, 가운데)와 론(루퍼트 그린트, 오른쪽)이 맨드레이크 회복약으로 석화에서 깨어난 뒤 대연회장에 돌아온 헤르미온느(에마 왓슨)를 반갑게 맞이하고 있다.
에마는 모두가 보는 앞에서 대니얼을 끌어안아야 해서 정말 당황했다고 한다.

니까요. 댄과 루퍼트는 함께 있을 때 꽤 짓궂어졌어요. 전 그 둘보다 어리기도 했죠. 꽤 어렸어요. 그 나이에는 어떤 환경에서든 한두 살 차이가 위계질서에 아주 큰 영향을 미치잖아요."

에마는 2편 끝에서 대니얼을 끌어안아야 했던 일을 떠올린다. "그때 감독님한테 너무 화가 났어요. 어떻게 대연회장을 가로질러 달려가서 모두가 보는 앞에서 남자아이를 껴안으라고 할 수 있지? 전 그게 너무 창피한 일이라고 생각했어요. 사실 저는 대니얼을 너무 짧게 끌어안았어요. 팔이 댄의 목에 거의 닿지도 않았죠. 그런 다음에는 즉시 손을 놔버렸어요. 감독님은 카메라에 담길 정도로 시간을 늘리기 위해서 그 포옹 장면을 일시 정지해야만 했어요."

에마의 나이에는 아직 남자아이를 껴안는 것이 해괴한 행동이었지만, 다른 아이들에게는 이성을 끌어안는 것이 해보고 싶은 일이었다.

"이때 호르몬이 솟구쳤죠!" 대니얼은 첫눈에 반하던 10대 시절의 수많은 경험을 떠올리며 웃는다. "사실 저는 모두를 마음에 담아두고 있었어요. 어떤 여자 배우가 됐든, 영화 속 어느 순간에는 그 사람을 상상하고 있었죠." 대니얼은 그런 식으로 느꼈던 소년이 자신만은 아니라고 말한다. "말도 안 되는 일이었어요. 점점 더 심해지기만 했고."

에마 왓슨은 회상한다. "제가 톰 펠턴에게 푹 빠졌던 게 그때예요." 그녀는 감정을 숨기지 못했다고 말한다. "세상에, 모두가 알고 있더라고요. 모두가요. 톰도 분명 알았을 거예요."

"불쌍한 에마." 톰 펠턴은 그 말이 사실이라고 확인해 준다. "당연히 저도 알았죠. 뻔히 보이는데요, 뭐. 하지만 얘기하지는 않았어요."

대니얼도 동의한다. "모두가 알았어요. 하지만 확실히 말은 안 했죠."

대니얼은 동료 스타들이 그들의 호르몬이 솟구치는 것을 잘 숨겼다는 이야기로 화제를 돌린다. "루퍼트는 늘 놀라울 정도로 이런 일에서 발을 빼고 있었어요. 놀라울 정도로요. 대단한 거죠, 쉬운 일이 아닌데. 하지만 전 형편없었어요. 저는 어느 방을 한 번만 둘러보면 스무 번은 사랑에 빠질 수 있다고 늘 말하곤 했어요. 게다가 예쁜 여자애들이 엄청나게 많은 영화에서는 그런 일이 쉽게 일어나죠."

Behind the Scenes

BUILDING THE WHOMPING WILLOW

장면 너머 : 후려치는 버드나무

특수효과 감독 존 리처드슨은 설명한다. "〈해리 포터와 비밀의 방〉을 촬영하려고 후려치는 버드나무를 두 부분으로 만들었습니다. 하나는 자동차가 부딪치는 큰 줄기였습니다. 그건 유압식 동체 위에 만들어서, 닉 더드먼 팀이 고무로 만들어 준 나무로 둘러쌌어요. 자동차는 그 꼭대기에 끼워졌죠. 그 장치 전체가 아이들이 타고 있는 상태에서 흔들릴 예정이었습니다. 그런 다음 유압으로 작동하면서 구부러지고 비틀리는 버드나무의 팔을 만들었어요." 버드나무의 움직임은 전자식 작동기가 안에 들어 있는 나무의 미니어처로 조종했다. 이 장치들은 실물 크기 버드나무 안에 있는 장치에 신호를 전송해, 큰 나무가 모형이 요청한 모든 행동을 따라 하도록 했다. 왈도라고 불리는 이 장치는 할리우드에서 오래전부터 쓰인 것으로, 로버트 A. 하인라인이 쓴 1940년대의 SF 단편소설에 나오는 비슷한 기계의 설계자 이름에서 따온 것이다.

해리, 헤르미온느, 론이 (애니마구스 모습인) 시리우스 블랙을 쫓아 후려치는 버드나무로 향하는 〈아즈카반의 죄수〉 시퀀스에서, 영화제작자들은 먼저 그 모습을 컴퓨터로 시각화했다. 그런 다음 배우들이 벨트를 착용하고 동작 조종 장치에 몸을 연결한 후, 사전 시각화 때 대강 계획했던 움직임에 따라 이리저리 휘둘렀다. 이 장면을 추적해서 디지털 시스템에 집어넣은 다음, 후려치는 나뭇가지들을 CG 효과로 보정했다. '후려치기'가 너무 위험해지는 순간에는 디지털 스턴트 대역들이 배우들을 대신했다.

왼쪽 특수효과 감독 존 리처드슨이 대니얼 래드클리프와 루퍼트 그린트가 타고 있는 자동차를 이리저리 흔드는 데 사용한 후려치는 버드나무 장치 앞에 서 있다.
위 더멋 파워가 그린 포드 앵글리아와 후려치는 버드나무의 콘셉트 아트.

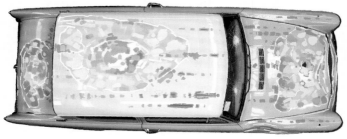

날아다니는 포드 앵글리아 '후려치기'를 당한 자동차는 옛 포드 앵글리아 모델로, 롤링이 학창 시절 친구인 숀의 첫 자동차에 바치는 헌사로서 선택한 것이다. 리처드슨과 그의 팀원들은 흔치 않은 모델을 여러 대 찾기 위해 전국을 뒤졌다. "자동차가 14대 정도 필요했습니다. 아이들이 처음 자동차를 훔쳐서 해리를 구해줄 때의 민트색에서부터, 나무에 부딪히고, 마지막으로는 금지된 숲에서 미쳐 날뛰는 다양한 단계에 사용해야 했으니까요." 리처드슨은 설명한다. "우리가 찾아낸 포드 앵글리아는 대부분 몰고 다닐 수 없는 상태였고 폐차장으로 향하던 중이었습니다. 그러니 빈티지 자동차를 망가뜨린 건 아니죠."

위 해리와 론이 호그와트에 도착했을 때 조종할 수 없게 된 포드 앵글리아가 후려치는 버드나무에 부딪히는 장면.
왼쪽 세 방향에서 본 모습을 그린 자동차 콘셉트 아트.
아래 실제 영화 촬영에 사용된 16대의 자동차 가운데 하나. 몇 대만이 깨끗한 모습을 유지했으며, 나머지는 두 동강 나거나 크레인에 매달려 있기도 했다.

루퍼트 그린트에게는 이성적인 접근으로 처리해야 하는 세트장 바깥의 또 다른 문제가 있었다. "촬영할 때는 사람들이 나를 안다는 사실을 잘 의식하지 않게 돼요. 정말 비눗방울에 들어가 있는 것 같거든요." 루퍼트는 이런 경험을 긍정적인 것으로 간직하는 데 도움이 된 사람이 있을 때는 그 사람에게 공을 돌린다. "그런 면에서는 가족의 역할이 컸어요. 제 생각에 가족들한테는 이 모든 게 완전히 낯선 세계였을 것 같아요. 매니저니, 촬영에 관련된 법적 문제니, 돈 문제니 하는 것들요. 모두에게 배움의 시간이었어요." 루퍼트는 5남매 중 첫째다. 아마 덕분에 서로를 응원해주는 위즐리 대가족의 막내아들 역할을 익히는 시간이 줄어들었을 것이다.

〈비밀의 방〉에서 우리는 위즐리 가족의 머글 마니아 아버지인 아서 위즐리를 만나게 된다. 마크 윌리엄스가 그 역할을 맡았다. 윌리엄스는 영국 방송계의 성실한 일꾼으로, 성공을 거둔 코미디 시리즈 〈패스트 쇼〉에서 맡은 역할이 가장 유명하다. 영화에서는 〈101마리 달마시안¹⁰¹ Dalmatians〉, 〈셰익스피어 인 러브Shakespeare in Love〉, 〈바로워즈The Borrowers〉(어린 톰 펠턴과 함께 출연했다)에서 활약했다. 윌리엄스는 이른 시기에 책을 읽고 〈해리 포터〉를 처음 알게 됐다.

영화 이야기가 나오기 전부터 윌리엄스는 매니저에게 "라디오에서 이 책을 좀 읽어달라는 사람이 없는지" 물었다. 그런 사람은 없었지만, 영화 촬영이 시작되자 그는 "책을 읽으면 읽을수록 위즐리 씨 역할을 해야겠다"는 생각이 들었다고 회상한다. "그게 저한테 딱 맞는 역할이었어요. 크리스 콜럼버스도 그게 좋은 생각이라고 여겼죠. 저는 아서를 어떻게 연기해야 할지 알고 있었어요. 그 열정과 약간의 천진난만함, 결혼에 대한 생각이나 사람들을 지키려는 성향을 어떻게 처리해야 할지 알았죠. 아서는 그냥, 어느 면에서 아주 선량한 사람이에요." 윌리엄스는 마법 정부에서 아서가 맡은 역할이 결국 그에게 매우 위험한 일이 된다 해도 그는 큰 그림을 보는 인물이므로 떠나지 않는다는 점을 지적한다. 윌리엄스에 따르면 아서는 "그 자리에 머무는 것이 모두에게 훨씬 더 도움이 되는 일"이라는 것을 알았다.

윌리엄스는 너무도 존경했던 배우들과 함께하게 되어 특히 기뻤다. "아첨하려는 게 아니라, 제가 가장 좋아하는 배우 대부분이 영화에 나왔다고 해도 과언이 아니에요. 매기, 앨런, 리처드 그리피스, 피오나 쇼……." 줄리 월터스의 상대역을 맡은 것도 좋았다. "줄리는 아주 멋진 사람입니다."

대니얼 래드클리프는 말한다. "마크는 매력적인 분이에요. 정말로 똑똑하고, 추상적인 주제에도 꽤 관심이 많아요. 저는 그런 얘기를 잘 모르는데, 마크는 엄청나게 많이 알죠. 특히 역사에 관해서 많이 알아요."

콜럼버스는 보니 라이트를 위즐리 집안의 유일한 딸로 캐스팅할 때 특별히 신경을 썼다. 그 캐릭터에게 더 큰 역할이 맡겨질 예정이라는 것을 알았기 때문이다. "우리는 조 롤링에게서 1편 초기부터 몇 가지 비밀을 들었습니다." 감독은 말한다. "그래서 캐릭터들이 앞으로 어떻게 될지 알

위 위즐리네 집에 있는 시계. 시곗바늘 9개 모두가 각각 식구들이 있는 곳을 가리키고 있다.
오른쪽 위즐리네 집 버로의 거실 모습.

고 있었죠. 연기력이 제한된 사람이나, 화면에서 그렇게 멋져 보이지 않는 사람은 쓰고 싶지 않았어요. 그 캐릭터들이 큰 역할로 다시 나타나리라는 걸 알고 있었으니까요. 우리는 몇몇 캐릭터에 대해 수많은 사람들이 모르는 정보를 꽤 많이 가지고 있었고, 지니라는 캐릭터가 밟아갈 길에 대해서도 약간 알고 있었어요. 그래서 보니를 캐스팅하는 데 엄청나게 많은 시간을 들였죠. 저는 보니가 댄과 무척 잘 어울릴 거라고 느꼈습니다. 둘이 연인이 된 모습을 그려볼 수 있었어요. 하지만 우리는 비밀을 지키기로 했기 때문에 아무 내색도 하지 않도록 주의해야 했죠."

보니 자신도 지니와 해리의 관계가 급발전하게 된다는 사실을 알고 있었다. 그 시점에서는 지니가 해리라는 소년 마법사에게 홀딱 반한 것이 더 진지한 감정으로 발전하게 될 줄 전혀 몰랐지만 말이다. "지니가 처음부터 해리를 좋아했다는 건 분명했어요. 지니가 해리를 보고 긴장해서 도망치는 2편에서부터 말예요. 하지만 솔직히, 둘이 끝내 함께하게 될 거라는 건 몰랐어요."

위즐리 가족의 비뚜름하지만 편안한 집 버로는 그곳에 사는 가족만큼이나 독특해야 했다.

"버로는 특별한 건물이긴 하지만, 특정한 논리와 어느 수준의 현실성에 근거를 두고 있습니다." 스튜어트 크레이그는 설명한다. 제작진은 그 건물이 이미 존재하는 것처럼 접근했다. "책에 돼지우리라는 얘기가 나와요. 그래서 튜더 시대의 건축물로 보일 법한 아주 단순한 정사각형 단층 건물에 돼지우리를 덧붙였죠. 그게 전체 건물의 토대가 되었습니다. 그때부터는 아서 위즐리가 그 집을 지었다고 추정하고 작업을 진행했습니다. 아서는 머글과 관련된 모든 것에 큰 흥미를 느끼는데다, 머글 냉장고와 라디오 같은 것을 모아놓은 말도 안 되는 수집품을 가지고 있으니 어디서 건져온 건축자재로 집을 지었을 법했죠. 머글한테서 건져온 것이라고 해야 할까요. 그래서 버로는 정신 나간 마법사의 집이면서도, 매우 현실적이고 알아볼 수 있는 기성 제품들로 만들어졌습니다."

버로는 도싯의 체실 비치 바로 안쪽에 있는 아름다운 습지대 한가운데에 배치되었다. "덕분에 외진 느낌이 생겼습니다. 세상의 나머지 사람들에게는 보이지 않는 마법사의 집이라면 그 느낌이 필수적이라고 생각했죠." 크레이그는 말을 잇는다. "그 집을 배치할 가장 좋은 장소는 평평한 땅이었습니다. 그러면 이 집만이 화면에 잡히는 유일한 수직적 구조물이 되니까요."

위즐리네 집 안에 쓰인 인테리어 요소 중 하나는 가족 모두의 얼굴을 보여주는 시계다. 이 시계는 가족들이 집에 있든 학교에 있든, 좀 더 나쁜 처지에 있든 그 위치를 추적한다. "영화 전체에서 제가 가장 좋아했던 소품이에요." 대니얼 래드클리프는 열정적으로 말한다. "가족들이 어디에 있는지, 가족들한테 무슨 일이 일어나고 있는지 보여주죠. 치명적으로 위험한 상황에 처해 있더라도요."

마크 윌리엄스도 이 시계를 무척 좋아했다. 사실, 그는 버로를 가득 채운 소품 전체를 좋아했다. "우린 소품 팀에게 최악의 배우였어요. 최악까진 아니었지만, 늘 소품을 가지고 놀았죠." 윌리엄스는 끊임없이 "소품 가지고 놀지 마세요!"라는 말을 들었다. 하지만 그에게는 다행하게도, 아서의 집 중에서도 헛간에서는 얼마든지 소품들을 만지작거리고 놀 수 있었다.

위 왼쪽 (왼쪽부터) 해리(대니얼 래드클리프), 위즐리 씨 (마크 윌리엄스), 지니(보니 라이트), 프레드와 조지(제임스와 올리버 펠프스), 퍼시(크리스 랭킨)가 플루 가루를 사용하려 하고 있다.
위 오른쪽 버로 벽에 걸려 있는 그림은 위즐리네 아이들이 그릴 예정이었다. 실제로는 대부분 해리 포터 미술 팀 스태프들의 자식들이 그린 것이다.
아래 〈해리 포터〉 영화 동물 조련사 게리 게로와 쥐 스캐버스.

거대 거미 아라고그가 나오는 금지된 숲 장면은 오늘날까지도 이 가족 영화 시리즈에서 가장 무서운 순간 중 하나로 남아 있다.

스튜어트 크레이그는 말한다. "처음에는 실제 숲에서 촬영을 시작했습니다. 비용도 덜 들고 편리한 방법이었으니까요. 하지만 우리는 숲으로 깊이 들어갈수록 모든 것이 더 커지고, 연극적이고, 소름 끼치고, 무섭게 변하기를 바랐습니다. 금지된 숲도 현실에 기반을 둔 한편 과장됐죠. 따라서 나무의 형태, 뿌리들, 심지어 거미의 신체 구조까지 무척 현실적이었지만 크기만은 엄청나게 과장됐습니다. 현실적인 것에서부터 키워나가라는 철학에도 맞는 방법이었습니다. 사실 우리는 그 원칙을 철저히 지켰어요. 숲은 비교적 알아볼 수 있는 형태여야 했습니다. 겉으로 보기에는 평범하지만, 더 깊이 들어갈수록 커지고 위협적으로 변하는 거죠. 안개와 함께 수수께끼도 짙어만 갑니다."

닉 더드먼은 2편을 특히 좋아한다고 인정한다. "한 가지 이유는 아라고그를 만들어야 했기 때문이에요." 이번에도 그는 거대한 거미를 좀 더 실용적인 방법으로 처리하는 개념을 제작자들에게 설명하게 되었다. 더드먼과 그의 팀이 (스튜어트 크레이그나 존 리처드슨 같은 사람의 도움으로) 폭 5미터짜리 괴물을 실제로 만들어 낼 수 있다고 확신하는 상황에서, 거미를 CG로 만드는 데 수백만 달러를 들일 필요가 있을까? 제작자들은 그 생각을 마음에 들어 했지만, 그런 일을 실행에 옮길 수 있으리라고 확신하지만은 않았다. 해그리드의 이중 슈트 때처럼 '진짜' 아라고그가 본격적으로 만들어지기 전에 제작진을 먼저 설득해야 했다.

"우린 아라고그로 할 수 있는 일을 극한까지 밀어붙였습니다. 구멍에서 기어 나와 말을 걸 수 있는, 사방 5미터까지 뻗치는 다리가 8개나 달린 거대한 거미를 만들었죠." 더드먼은 말한다. "우린 아라고그를 만들었고, 성공했습니다. 제작진은 아라고그를 마음에 들어 했어요. 그런 규모의 애니메트로닉스에 참여해 본 적은 없었는데 무척 즐겁더군요. 하지만 계속 이런 생각이 들었습니다. '난 분장사인데!'"

더드먼은 자신의 특기가 이런 거대한 생물을 물리적으로 만들어 내는 것이 아니라, 주변 팀원들을 이끄는 데 있었음을 빠르게 지적한다. "저는 '이런 식으로 만들어야겠네요'라고 말하지 않았습니다. 저는 그런 말을 할 사람이 아니었어요. '제 생각에는 거미가 이런 일을 할 수 있어야 할 것 같아요. 저런 모양이어야 할 테고요. 거미의 움직임은 콘셉트에 근거를 두고 있어야 합니다'라고 말했습니다. 그러다가 우리 팀의 핵심 애니메트로닉스 기술자들이 '음, 그렇게 하려면 이게 최선이에요'라고 말하면, 그렇게 했습니다. 그 사람들은 진짜 전문가였고, 아무 제약 없이 작업했어요. 자신들이 가장 잘하는 일을 가장 잘하는 방식으로 할 수 있었습니다."

최초의 대략적인 축소 모형은 미술 팀에서 만들었고, 마법 생명체 효과를 담당하고 있던 게리 폴라드가 그린 스케치 모형과 하워드 스윈델의 여러 그림을 통해 콘셉트를 다듬었다. 스튜어트 크레이그와 콘셉트 디자이너들이 아라고그의 초기 디자인을 담당하긴 했지만, 스튜어트는 그저 더드먼의 수많은 조언자 중 한 명이었을 뿐이다.

"팀을 찾아오는 사람이 있으면 그 사람들 말에 귀 기울여야 한다는 걸 알게 됐어요." 더드먼은 말한다. "애들이 거미를 보고 '와아, 저거 무섭다'라고 말하면, 정답을 향해 가고 있다는 걸 알 수 있죠. 누가 그 거미를 보고 웃는다면? 그때는 무서워하라고 만들어 놓은 걸 왜 어린애가 우습다고 생각하는지 알아봐야 했어요. 웃기라고 만들어 놨는데 아이들이 들어와서 거부감을 느끼면, 왜 거부감을 느끼는지 알아봐야 했죠. 문제는 캐릭터예요. 기계를 걱정할 일이 아니죠. 걱정해야 하는 건 캐릭터입니다."

마법 생명체를 만들어 낸 더드먼의 기질은 〈해리 포터〉 영화 시리즈 전체에 스며 있는 협동 정신을 적절히 포착한다. 이 영화에서는 기술 팀과 스태프들이 해리의 세상을 현실로 만들기 위해 한데 섞였다. "세트장에 들어갈 때쯤 되면 그 생명체는 엄청나게 많은 사람들 손을 거쳐 디자인된 다음이었어요. 모두가 기여했죠. 어떤 생명체가 현실적으로 보이고 현실적으로 행동한다면, 바로 그 때문이에요. 단 한 사람의 생각만 부여한 게 아니기 때문이죠."

모두의 노력은 확실히 보람 있었다. 루퍼트 그린트는 거대한 아라고그를 처음으로 대면했을 때 겁에 질렸다.

"끝내줬어요." 대니얼은 웃는다. "루퍼트가 거미들을 보고 진짜로 겁에 질렸거든요. 루퍼트는 거미가 보이면 〈톰과 제리〉에 나오는 가정부랑 똑같아져요. 거미가 얼마나 크든 언제나 의자에 올라가거든요. 루퍼트는 거미 공포증을 간신히 극복하긴 했죠." 대니얼은 인정한다. "아라고그가 아주 멋지

82쪽 위에서부터 시계방향으로 제작진이 금지된 숲에서 해리와 론이 거대 거미와 마주치는 장면을 촬영하기 위해 실물 크기의 아라고그 새끼들을 배치하고 있다./특수분장효과 팀이 아라고그 애니메트로닉스의 눈을 조정하고 있다./ 클로즈업 장면 촬영을 위해 세트장에 설치된 아라고그./실물 크기 아라고그의 긴 다리를 정밀하게 만들고 있다.
위 금지된 숲에서 거대 거미에게 붙잡힌 론(루퍼트 그린트)이 "거미를 따라가라"고 한 해그리드의 조언을 의심하는 모습.

다는 점이 약간 도움이 됐어요. '와, 저거 끝내준다!'라고 생각하면 실제로 겁먹을 수가 없으니까요."

왕립 셰익스피어 극단의 베테랑 줄리언 글로버의 위압적인 목소리도 거대 거미에게 소름 끼치는 느낌을 더해주었다. "그분이 실제로 세트장에 나오진 않았어요. 하지만 더빙된 목소리가 있었죠." 대니얼은 설명한다. "그걸 코앞에 있는 거미와 결합하니까 상당히 무섭더라고요."

아라고그의 둥지에 있던 수많은 새끼들이 머리 위에서 내려와 해리와 론을 추격하는 장면은 시각효과를 활용해 만들었다. "첫 두 편에서 가장 훌륭한 특수효과 장면은 그 장면이라고 생각해요." 대니얼은 말한다. "우리가 거미들을 따라서 거미 소굴로 들어가는데 거미들이 발 근처에서 잔뜩 기어 다니는 모습이야말로 영화에서 가장 소름 끼치는 장면이라고 생각했던 게 기억나네요. 지금도 그 장면의 특수효과가 대단히 훌륭하다고 생각해요."

대니얼은 금지된 숲 장면의 특수효과가 전부 아라고그만큼 거대하거나 위압적이지는 않았지만, 간단하게만 보이는 특수효과조차 나름대로 만들기 까다로운 점이 있었다고 지적한다. "특히 첫 두 편에서는 금지된 숲에서 등불이나 불이 켜진 마법 지팡이를 들고 있을 때 진짜 전등을 들고 다닐 수가 없었어요. 다들 아시겠지만, 영화 속 불꽃은 240와트짜리 전구의 전력을 소진해 버리거든요. 대신 저는 광원에 전력을 공급해 줄 배터리를 메고 있었어요. 첫 두 편에서 그런 장면을 찍고 나면 거의 팔을 들 수도 없었죠. 로브 안에 마법 지팡이 장치를 차고 있었는데, 그게 거의 자동차 배터리만큼 크거든요. 그런데 겉으로 보기엔 참 사소한 특수효과죠. 제가 영화 산업을 좋아하는 게 그래서예요. 실생활에서는 아무렇지도 않게 일어나는 일을 재현하기 위해 엄청난 노력이 들어간다는 점요. 영화 업계에는 아이러니가 참 많아요. 특히 마음에 들었던 아이러니는 금지된 숲 세트장에 가서 봤을 때 나무가 모두 석고로 만들어져 있던 거였어요. 게다가 세트장 바닥은 분명 전부 나무로 만들어졌죠. 저는 그 자리에 서서 생각했어요. '이건 뭔가 잘못됐어.'"

롤링의 세계가 책을 통해 펴져 나가고 있었던 만큼 스튜어트 크레이그가 덤블도어 교수의 복잡한 연구실, 길더로이 록하트의 교실, 녹턴 앨리를 비롯한 새로운 기적들을 만들어 낼 기회도 늘어나고 있었다. 하지만 그중에서도 영화의 제목이기도 한 '비밀의 방'을 만드는 것이 가장 어려운 일이었다. 76×36미터의 이 세트장은 지금까지도 〈해리 포터〉 시리즈에서 그가 만들었던 세트장 가운데 가장 거대한 세트로 남아 있다.

롤링의 책은 비밀의 방을 거대한 동굴 같은 공간이라고 묘사한다. 하지만 리브스덴에서 가장 높은 무대조차 높이가 겨우 85미터밖에 되지 않는다는 현실을 마주한 크레이그에게는 비밀의 방을 짓는 일이 고도의 창의성을 발휘할 기회였다. "저는 세트를 아래쪽으로 지어서 이 문제를 해결할 수 있을 것 같았습니다. 적어도 착시 효과로 깊이를 만들어 낼 수는 있었죠." 크레이그는 말한다. "비밀의 방은 높이가 수백 미터나 되지만 물에 잠겨 있다는 데서 얻은 아이디어였습니다. 그러니까 살라자르 슬리데린의 동상 꼭대기만 보여주되 뱀의 몸통은 물속에 잠겨 있다고 생각하게 하는 거죠. 실제로는 수심이 겨우 1미터밖에 되지 않았습니다. 깊이감을 주기 위해 물을 검게 물들였죠."

해리가 바실리스크 송곳니로 일기장을 찔렀을 때 톰 리들이 사라지는 장면을 묘사한 더멋 파워의 콘셉트 아트.

해리는 이곳에서 지니를 구하고 바실리스크와 전투를 벌인다. 바실리스크는 콘셉트 미술가인 밥 블리스가 디자인하고, 지미 미첼을 비롯해 샌프란시스코에 본사를 둔 시각효과 회사 인더스트리얼 라이트 앤 매직이 만들었다. 제작진은 마법 생명체가 움직인다면, 시각효과로 그것을 훨씬 믿음직스럽게 만들 수 있다는 데 동의했다. 하지만 크리스 콜럼버스는 대니얼이 살라자르 슬리데린의 돌 조각상 위에서 바실리스크와 싸울 때 뭔가 현실적인 것을 상대하기를 바랐다.

닉 더드먼은 7.5미터 길이의 머리를 만들어, 대니얼이 그 무시무시한 마법 생명체를 실제로 상대할 수 있도록 했다. "'댄이 바실리스크의 입천장을 칼로 찌를 때 쓸 뭔가가 필요해요. 그 장면에 삽입할 입을 만들 수 있을까요?'라더군요. 그걸 중심으로 CG 처리를 하겠다는 것이었습니다." 더드먼은 설명한다. "당시에는 굉장히 많은 CG 작업을 하고 있었어요. 실제 소품과 CG를 반반씩 섞은 특수효과가 엄청나게 많았습니다. 제가 그랬어요. 뭐, 이빨과 입안을 다 만들어야 한다면 아예 머리를 만드는 게 어떨까요? 그러면 클로즈업으로 찍되 잇몸 같은 것에 전부 색칠을 하는 방법으로 CG 장면을 하나 절약할 수 있잖아요. CG 장면은 하나에 10만 달러짜리도 있었어요. 그 당시에는 특히 그랬죠. 그러니까 한 장면을 아끼고 3만 달러만 쓸 수 있다면 해볼 만한 일이었어요."

위에서부터 시계방향으로 애니메트로닉스 뱀에 바실리스크 피부를 씌우는 장면./
촬영에 앞서 실물 크기의 바실리스크에 거품을 입히고 있다./바실리스크의 모습은
시각효과로 더 그럴듯해졌다./바실리스크의 어마어마한 입속을 만드는 작업.

프로덕션 디자이너 스튜어트 크레이그는 비밀의 방을 '슬리데린의 사원'이라고 표현한다. 호그와트 지하에 위치한 비밀의 방을 시각화하기 위해, 크레이그와 그의 팀원들은 먼저 런던의 하수도를 찾아갔다. 덕분에 빅토리아 시대의 석재 터널 사례를 보고 영감을 얻을 수 있었다. 하지만 호그와트는 영국에 있긴 해도 잉글랜드 지방에 있는 것은 아니었다. "그러니까 당연히 우리는 석재가 스코틀랜드산 화강암처럼 보이도록 했습니다." 크레이그는 설명한다. "바위 표면에 대한 감을 잡으려고 몇 차례 스코틀랜드로 출장을 떠났고, 그 바위들로 주형을 만들었어요. 크고 자연스러운 바위 절벽이었죠. 그 절벽을 잘라 여러 개의 석재 벽돌을 만든 다음 그걸 쌓아서 석조 벽을 지었습니다." 이런 합성 석재로 만들어진 비밀의 방은 워낙 거대해서(76×36) 대연회장조차 작아 보일 정도였다.

바실리스크의 둥지로 통하는 문이 있는 살라자르 슬리데린의 거대한 머리는 먼저 앤드루 홀더가 폴리스타이렌(스티로폼—옮긴이)으로 만들었다. 자물쇠를 이루고 있는 뱀 일곱 마리로 장식된 원형 문은 디지털 효과로 만들어 낸 것이 아니라 실제로 작동하는 기계장치였다. "아주 복잡하고 영리한 공학적 물건이었습니다." 크레이그는 회상한다. 마크 불리모어가 이 복잡한 기계를 고안했다. 그린고츠에 있는 해리와 레스트레인지의 지하금고 문도 그의 작품이다.

위 앤드루 윌리엄슨이 그린 비밀의 방 입구 콘셉트 아트. **아래 왼쪽부터** 비밀의 방에 있는 지니(보니 라이트, 왼쪽)와 해리(대니얼 래드클리프)./조각가 브린 코트, 앤드루 홀더, 로이 로저스가 살라자르 슬리데린 조각상 앞에 서 있다./비밀의 방에 놓일 실물 크기의 조각. **87쪽** 해리가 비밀의 방에 들어가는 장면과 비밀의 방 안에 있는 해리의 콘셉트 아트로 앤드루 윌리엄슨이 그렸다.

대니얼은 의식적으로든 무의식적으로든, 대단히 경험 많은 선배 스타들에게서 최대한 많은 것을 흡수하며 연기자로 성장하고 있었던 만큼 이처럼 거대한 규모로 이루어지는 영화제작의 기술적 측면에도 점차 친숙해졌고 더 큰 흥미를 느끼고 있었다. 배경 대신 그린스크린을 두고 연기하는 것에서부터 바실리스크 같은 애니메트로닉스 생명체를 상대로 연기하는 것, 혹은 직접 스턴트 연기를 하는 것까지 말이다. 이런 스턴트 연기는 비밀의 방에 있는 거대 조각상의 머리를 넘고 기어오르고 돌아가는 것일 수도 있고, 드레이코 말포이와 결투를 하는 것일 수도 있었다.

"와이어를 달고 살라자르 슬리데린의 바위 얼굴을 기어올라 갔던 게 기억나요. 그때까지는 그게 제가 해본 가장 큰 규모의 스턴트 연기였어요." 대니얼은 말한다. "높이 올라가야 했죠. 무척 재미있었어요. 얼굴은 걸어 다니기 쉽게 디자인됐어요. 주름을 몇 개 더 넣어서 제가 발을 디딜 수 있게 했죠. 2편에서는 엄청나게 많은 스턴트 연기를 했어요. 말포이와의 결투 장면도 그중 하나죠. 기본적으로는 제 몸 앞쪽으로 내려와서 가슴과 배를 지나 사타구니를 (조심스럽게) 감고서 등을 타고 올라가는 와이어가 있었어요. 거기에 벨트를 거는 곳이 있었죠. 그래서 와이어를 당기면, 제가 빙글빙글 돌면서 젖혀졌어요. 하지만 정말 괜찮았어요. 진짜로요. 그냥 되더라고요. 가끔은 그런 식으로 스턴트를 해야 해요. 그 방법이 통하니까, 그냥 하는 거죠. 겨우 두 번 만에 성공했던 것 같아요."

뛰어다니고 괴수들과 싸우고 표적을 맞히고 카메라 위치를 알아두는 이 모든 과정을 통해, 해리 포터로 지낸 나머지 영화 인생 내내 대니얼의 머리에 새겨질 한 마디가 떠올랐다. "크리스 콜럼버스 감독님이 저한테 외치곤 하던 말이죠. '빨리빨리. 그래, 한 번 더 해보자! 댄! 기억해, 눈을 휘둥그렇게 떠야지, 겁에 질린 것처럼!' 감독님은 그렇게 소리 지르곤 했어요. 그게 주의 사항이었죠. 그래서 '눈을 휘둥그렇게, 겁에 질린 것처럼'이라는 말이 세트장에 있는 우리에게는 캐치프레이즈가 됐어요. 지금까지도 말이죠. 하루를 마무리할 때가 가까워지고 제가 뭔가 멋지고 미묘한 연기를 하려고 하면, 다른 누군가가 이렇게 말하곤 했어요. '댄, 제발 부탁이야. 집에 좀 가자. 눈을 휘둥그렇게, 겁에 질린 것처럼. 그냥 그렇게 하고 끝내버려.'"

〈해리 포터〉 시리즈 2편에 처음으로 등장한 새로운 캐릭터 중에서 가장 중요한 인물은 이미 독자들에게서 굳건한 사랑을 받고 있었던 존재로, 관객들에게 반드시 동일한 효과를 일으키는 방식으로 스크린에 들어와야 했다. 집요정 도비는 이야기 초반에 등장해서 해리의 침실 가구에 머리를 처박으며 소년 마법사가 호그와트로 돌아가지 못하게 막으려 한다. 도비를 세트장에서 작동할 수 있는 인형으로 만들어 배우들이 연기하기 쉽도록 하자는 이야기도 있었지만, 머잖아 도비를 이 시리즈 처음으로 완전히 컴퓨터그래픽으로만 만들어진 주요 캐릭터로 삼자는 결정이 내려졌다. 그래서 대니얼 래드클리프는 막대기에 꽂아놓은 테니스공을 상대로 연기하게 되었고(이런 장치는 CG 캐릭터를 뜻하는 영화계의 표준으로, 배우들이 캐릭터의 위치에 집중하고 애니메이션 기술자들이 장면 내 어디에 캐릭터를 배치해야 할지 시각적으로 확인할 수 있게 해준다) 이 핵심적인 생명체에게 존재감을 불어넣는 일은 시각효과 전문 팀에게 맡겨졌다.

"저는 도비를 관객들이 사랑에 빠질 만한 CG 캐릭터로 만들고 싶었습니다." 콜럼버스는 말한다. "우리는 아주 현실적으로 느껴지는, 어디에든 존재할 수 있는 새로운 캐릭터를 만드는 작업에 착수했어요."

영국의 유명 배우 토비 존스가 도비의 목소리를 맡았다. 나머지는 지미 미첼이 이끄는 시각효과 팀이 제공했다. 미첼은 말한다. "도비는 해리나 론이나 록하트처럼 특색 있는 캐릭터입니다. 크리스는 다른 배우들의 연기를 지도하듯이, 각 장면에 나오는 도비의 연기를 지도하고 싶어 했어요."

"우리는 실물 도비를 만드는 일에 관해 의논했습니다." 콜럼버스는 집요정의 발전 과정을 설명하며 이렇게 말했다. "그리고 만들었어요. 눈높이나 오버 더 숄더 숏으로 찍어야 하는 장면에 필요했으니까요. 그 도비는 지금도 샌프란시스코에 있는 제 사무실에 앉아 있습니다. 저 대신 사무실을 지켜주죠. 하지만 도비는 처음부터 CG 캐릭터가 될 예정이었고, 저는 그 결과물이 자랑스럽습니다."

크리스 콜럼버스 감독은 롤링의 상상력을 한 번이 아니라 두 번이나 영화로 만들었다. 그는 전 세계 수백만 명의 팬들을 위해 시각적 세계를 만들고 〈해리 포터〉 영화의 캐릭터들을 캐스팅했다. 그러고 나서 콜럼버스는 두 편의 영화를 찍었으니 이제는 감독으로서 다음 작업으로 넘어가야 할 때가 왔다고 생각했다.

"처음에는 일곱 편을 다 찍으려고 했습니다. 머릿속에서 완전히 이 작업에 몰두해 있었어요." 콜럼버스는 1편을 찍는 데 80~90일이 걸릴 거라고 생각했지만, 실제로는 150일이 걸렸다. "그때까지만 해도 저는 순진하게 '뭐, 나는 강하니까 감당할 수 있어'라고 생각했죠. 그렇게 2편 촬영을 시작했는데, 절반쯤 갔을 때 약간 기진맥진한 느낌이 들더라고요. 일곱 편을 다 찍는다면 제 자식 넷이 자라는 모습을 볼 수 없으리라는 것도 깨달았습니다. 제가 7편을 다 찍기 전에 대학생이 되겠더군요. 개인적으로 저는 가족에게 좀 시간을 내야겠다고 느꼈습니다. 신체적으로도 3편을 감독할 수 없다는 걸 깨달았고요."

콜럼버스가 이 사실을 처음으로 알린 사람은 데이비드 헤이먼과 스티브 클로브스였다. 클로브스는 〈해리 포터와 아즈카반의 죄수〉 대본을 거의 다 쓴 상태로, 일단 한번 읽어본 다음에 사표를 내든지 말든지 하라고 했다. 콜럼버스는 이미 마음을 먹었기 때문에 거절하고 이렇게 말했다. "그럴 수는 없죠. 대본이 나빠서 이렇게 됐다고 생각하게 만들고 싶지 않아요." 콜럼버스는 J.K. 롤링에게도 소식을 전했고, 그다음에는 대니얼과 에마, 루퍼트에게 말했다. "그때 우리는 영원히 함께 할 거라고 막연하게 생각하고 있었어요. 그래서 이야기를 나누기가 힘들었습니다." 콜럼버스는 모두에게 개별적으로 소식을 전했다.

〈해리 포터와 비밀의 방〉 제작이 마무리되고 또 한 번 전 세계 초연회가 예정되었을 때는 콜럼버스 외에도 다음 모험에 돌아오지 않을 사람들이 생겼다.

〈해리 포터와 비밀의 방〉이 2002년 11월 3일 전 세계에서 초연되기 딱 1주일 전, 배우이자 자타 공인의 말썽쟁이였던 리처드 해리스가 72세의 나이로 세상을 떠났다. 대니얼 래드클리프의 말마따나 "끔찍한" 일이었다.

위 애니메트로닉스 폭스. 너무나 진짜 같아서 세트장에 있는 많은 사람들이 속았다.
오른쪽 해리(대니얼 래드클리프, 왼쪽)와 덤블도어(리처드 해리스)가 덤블도어의 연구실에서 대화하는 모습을 폭스가 바라보고 있다.

대니얼은 촬영 마지막 나날에 리처드 해리스와 있었던 어느 특별한 일을 애정을 담아 기억한다. "가장 놀라운 순간 중 하나는 리처드가 불사조 폭스에게 다가가면서 그게 진짜 새라고 생각하던 순간이었어요. 정말 100퍼센트 믿더라고요. 물론 애니메트로닉스 기술자들이 밖에 있었고 폭스 안에 카메라를 설치해 두었기 때문에 리처드가 그 새한테 말을 거는 걸 볼 수 있었죠. 기술자들은 천연덕스럽게 새를 작동시키기 시작했어요. 그러자 아무도 리처드에게 '그게 로봇이라는 거 알잖아요. 진짜가 아니에요'라고 말하고 싶어 하지 않는 상황이 됐어요. 아주 귀엽고 재미있는 순간이었어요. 아무튼 리처드는 놀라운 사람이었어요. 경이로웠죠. 제가 리처드에게서 배운 것 중에서 가장 중요한 건 절대로, 절대로 유머 감각을 잃어서는 안 된다는 거였을 거예요."

2편 편집 당시 데이비드 헤이먼은 병원에 있는 리처드를 만나러 갔다. "정말 상태가 안 좋았어요. 리처드는 목소리가 잔뜩 쉰 데다 여위어 있었죠." 헤이먼은 말한다. "하지만 여전히 유머 감각을 가지고 있었어요. 여전히 사나운 모습도 보였고요. 리처드는 이렇게 말하더군요. '감히 내 역에 다른 사람 캐스팅하지 마.' 정말로 그렇게 해야만 할 줄은 꿈에도 몰랐습니다."

SC. 40
RON

SC. 65 — HARRY
REF.

135
Lucius Malfoy

SC. 45 DRACO

GINNY SC. 71
D12

SC. 40

P. McGONAGALL
SC. 108 D14

SC. 33/34 — REF.
THEY START THE CAR

SC. 67 — HARRY
SLING DETAIL

KNOT

SC. 40
HARRY

SC. 130
Z 20

SC. 78 Hermione

촬영 도중 쉬는 시간에 찍은 폴라로이드 사진들. 첫 번째 줄(왼쪽에서 오른쪽으로): 루퍼트 그린트, 대니얼 래드클리프, 제이슨 아이작스. 두 번째 줄: 톰 펠턴, 보니 라이트, 에마 왓슨. 세 번째 줄: 매기 스미스, 루퍼트 그린트(왼쪽)와 대니얼 래드클리프, 팔걸이 붕대를 한 대니얼(퀴디치 시합 이후). 네 번째 줄: 대니얼 래드클리프, 케네스 브래너, 에마 왓슨과 루퍼트 그린트.

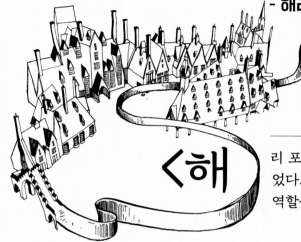

HARRY POTTER
and the
PRISONER OF AZKABAN
- 해리 포터와 아즈카반의 죄수 -

〈해리 포터와 아즈카반의 죄수〉를 제작할 당시에는 영화에 큰 변화가 있었다. 완전히 새로운 감독을 고용하고, 시리즈 전체에서 매우 중요한 역할을 했던 사랑받는 배우 리처드 해리스를 잃은 것이다.

크리스 콜럼버스는 감독 자리에서 물러났지만, 1492 픽처스의 동업자인 마크 래드클리프와 함께 다음 〈해리 포터〉 영화에 제작자로 참여하기로 했다. "데이비드 헤이먼, 데이비드 배런, 마크 래드클리프는 물론 저까지 우리 모두는 아직 그 자리에 있었습니다." 콜럼버스는 말한다.

"우리는 크리스가 영화의 첫 두 편을 맡아줄 거라는 걸 알고 있었어요." 데이비드 헤이먼은 말한다. "하지만 일정이 도저히 견딜 수 없을 정도였죠. 1편을 편집하는 도중에 2편 사전 제작을 시작했어요. 크리스는 제가 아는 누구보다도 많은 에너지를 가진 사람이었지만 기진맥진하고 말았어요. 아마 전에는 그런 기분을 느껴보지 못했을 테죠. 게다가 감독을 계속 맡는다면 맏딸인 엘리너의 학교생활에 변화가 생기는 상황이었어요. 교육상 중요한 시기였는데 말이죠. 크리스에게 3편도 감독하고 싶은지 묻자, 크리스는 아니라고 말했습니다. 그는 〈해리 포터〉의 세상을 만들고 배우들을 선택했어요. 아직도 그 세상에 몰입해 있죠. 크리스에게는 이 영화에 대한 열정이 있었습니다. 하지만 더는 이어나갈 수 없다고 느낀 거예요."

당시에는 멕시코 출신의 작가 겸 감독인 알폰소 쿠아론이 얼마 전 〈이투마마Y tu mamá también〉로 아카데미 각본상 후보에 오른 터였다. 이 영화는 〈해리 포터〉의 가족 친화적인 세계와는 멀리 떨어져 있는 것으로 보이는, 충격적일 만큼 성숙한 성장 로드무비다. "하지만 알폰소 쿠아론의 작품에는 그를 〈아즈카반의 죄수〉를 감독할 만한 완벽한 인물로 생각하게 할 만한 점이 아주 많았습니다." 데이비드 헤이먼은 말한다. "〈이투마마〉는 10대로 지내는 마지막 순간들에 관한 이야기입니다. 〈아즈카반의 죄수〉는 청소년이 되어 처음으로 분노하게 된 얘기고요. 알폰소는 10대들이 보이는 행동의 미묘한 특성들을 정말로 잘 알고 있었습니다. 프랜시스 호지슨 버넷의 소설을 아름답고 감동적으로 각색한 〈소공녀〉를 감독하기도 했죠. 이 작품에서 그는 환상과 현실의 혼입에 대한 훌륭한 이해도와 충격적인 시각적 감수성을 보여주었습니다. 조 롤링이 그 영화를 무척 좋아했다는 것도 이점이었죠. 알폰소 쿠아론은 선각자 같은 감독이었습니다. 겉으로 보기에는 그를 선택한 것이 의외일지 모르지만, 우리는 그가 해리의 이야기를 더 밀고 나아갈 이상적인 사람이라고 느꼈습니다."

쿠아론은 인정한다. "처음에 연락을 받았을 때 저는 〈해리 포터〉와 친숙하지 않았습니다. 영화를 보지도 않았고 책을 읽어본 적도 없었죠. 저는 스페인어로 된 아주 작은 저예산 영화를 막 마친 터였고, 대규모 시각효과가 들어가는 영화를 맡겠다는 생각조차 하지 않았어요. 그래서 전부 거절했죠. 그때 친한 친구이자 감독인 기예르모 델 토로와 통화를 하게 됐어요. 기예르모에게 제작사에서 책을 보냈는데 잘 모르겠다고 하니까, 기예르모가 그러더군요. '너 미쳤구나. 그 책 읽어보긴 했어?' 제가 읽어본 적 없다고 하니까 기예르모가 그러더라고요. '바보같이 굴지 마. 당장 읽어.' 1권을 읽고 나서 전 그 세계관 전체와 사랑에 빠졌습니다. 뿐만 아니라 지금껏 나온 세 권 중에서 《아즈카반의 죄수》가 가장 마음에 들었어요. 그래서 기예르모에게 전화를 걸어서 말했죠. '네 말이 맞아. 이거 끝내준다. 엄청난 잠재력이 있어.'"

롤링의 작품은 쿠아론을 정말로 흥분시켰다. "제가 정말로 놀란 것 중 하나는 J.K. 롤링이 만들어 낸 세상은 판타지지만, 모든 것이 현실 세계와 관련되어 있다는 점이었습니다. 롤링이 만들어 낸 감정적 세계는 무척 정직합니다. 저는 두 청소년이 성인이 되는 이야기를 다룬 영화를 막 마무리한 상태였습니다. 〈아즈카반의 죄수〉에서는 등장인물들이 어린 시절에

92쪽 왼쪽부터 에마 왓슨, 루퍼트 그린트, 대니얼 래드클리프, 알폰소 쿠아론 감독이 스코틀랜드 글렌코에서 현지 촬영을 하고 있다.

서 청소년기로 넘어가죠. 해리는 자기 정체성을 어쩔 수 없이 받아들이게 된 아이입니다. 아이들은 모두 어른으로서의 자기 정체성을 찾고 창조하려고 해요. 〈아즈카반의 죄수〉는 아이들의 통과의례와 그들이 전형적인 '아버지 유형' 인물들에게 어떻게 대처하느냐에 관한 이야기입니다. 실제로 〈아즈카반의 죄수〉에서는 아버지형 인물이 이야기를 끌어가죠. 그래서 그 주제에 집중했습니다."

쿠아론은 이야기의 이면에 흐르는 정치적 맥락에도 감탄했다. "J.K. 롤링이 만든 세상은 현실 세계와 아주 깊은 관련이 있습니다. 롤링은 나약하고 부패한 정치인들이 더 큰 권력에 조종당하는 사회정치적 세상을 참고합니다. 이런 주제의 반향은 롤링이 캐릭터들에 대해 취하는 견실한 접근법과 짝을 이루어 제가 이 작품에 큰 열정을 품도록 만들었습니다."

영화제작자로서 높은 성취를 이룬 쿠아론이 이처럼 중요한 프로젝트를 맡으면서 아무 의구심도 품지 않은 건 아니다. 쿠아론은 존경하는 전임 감독의 발자취를 따라가면서도 감독으로서 자신만의 시각을 부여할 방법을 고민했다. 이번에도 그는 동료 감독 기예르모와 상의했다.

쿠아론은 말한다. "시리즈의 세 번째에 해당하는 영화를 어떻게 찍어야 하느냐고 물어봤죠. 기예르모의 조언은 아주 겸손한 방식으로 이야기에 다가가라는 것이었습니다. 자의식을 소재에 완전히 넘겨주고, 아주 순수한 무언가가 쏟아져 나오도록 놔두라는 거였어요. 그러면 마법적인 연금술이 일어날 수 있고, 그로써 가장 개인적인 영화를 만들 수 있다는 거였죠. 그런 일이 실제로 일어난 것 같습니다. 저는 늘 책을 따랐지만, 동시에 대단히 개인적인 무언가를 하고 있었어요."

쿠아론은 이 일의 규모를 잘 알고 있었다. 그는 특수효과, 새로운 촬영지, 새로운 배우들과 관련된 문제를 처리해야 했다. 하지만 그는 이런 노력을 함께해 준 새로운 파트너들에게 고마움을 전한다.

"저는 처음부터 이미 작동하고 있는 기계를 사용하는 호사를 누렸습니다." 쿠아론은 말을 잇는다. "이 정도 규모의 영화를 만들 수 있는 세상이 이미 통째로 존재하고 있었어요. 데이비드 헤이먼은 큰 힘이 되어주었고, 제가 참여한 것을 무척 신나는 일로 여겼습니다. 크리스도 무척 너그럽게 저를 도와주었어요. 저는 대단히 창의적인 환경에 참여했고, 그곳에서는 모두가 〈해리 포터〉에 열정을 보였습니다."

🏃🏃🏃

쿠아론이 맞닥뜨린 첫 번째 도전 과제는 전설적인 리처드 해리스의 사망에 이어 새로운 알버스 덤블도어를 찾는 일이었다.

쿠아론은 설명한다. "제가 영화 작업에 착수한 지 얼마 안 돼서 벌어진 일입니다. 저는 리처드 해리스를 만나는 영광을 누리지 못했습니다. 스튜디오에 있는 방에 짐을 풀고 사람들과 스태프들을 만나려 하고 있었는데 슬픈 소식이 들려왔어요. 제작 과정 전체에 큰 타격이었다는 건 짐작하실 수 있을 겁니다. 특히 데이비드 헤이먼에게는 충격적인 일이었어요. 해리스는 헤이먼의 대부이기도 하니까요. 기나긴 애도가 이어졌습니다. 매니지먼트사에 덤블도어 역할을 맡아줄 만한 배우가 있는지 물어봤는데, 데이비드가 화를 내면서 이 문제는 한동안 꺼내지 말자고 했던 게 기억나네요. 데이비드는 아직 준비가 되어 있지 않았습니다. 저는 그 점을 존중했고, 또 존경했어요."

결국은 결정을 내려야만 했다. 쿠아론은 회상한다. "우린 마이클 갬번에게 마음이 기울고 있었습니다. 저한테는 그게 꿈의 실현이었죠. 그가 수락했을 때 저는 무척 기뻤습니다."

덤블도어에 대한 쿠아론의 해석에는 '어떤 파격'이 포함되어 있었다. "마이클과 저는 덤블도어를 턱수염을 길게 기르고 긴 가운을 입고 다니는 사람이라고 말했습니다. 덤블도어는 꼭 대담하고 위엄 있는 사람만은 아니었어요. 덤블도어는 파격적이고, 약간은 초라해 보이거나 다른 데 정신이 팔려 있는 것처럼 보일 수도 있습니다. 하지만 사실은 그가 모든 것을 완벽히 통제하고 있죠. 그래서 마이클 갬번이라면 환상적으로 해낼 거라고 생각한 겁니다."

쿠아론은 마이클이 덤블도어라는 캐릭터에 그가 바라는 '파격'을 불어넣을 뿐만 아니라 갬번의 신체적 특징이 덤블도어가 지닌 강한 힘을 표현할 거라고 봤다. 감독은 말한다. "저는 마이클의 길디긴 손을 좋아합니다. 마이클은 그 누구보다 아름답고 긴 손, 세상에서 가장 긴 손가락을 가졌어요. 마이클이 팔을 들고 손을 움직이면 강한 통솔력이 느껴집니다. 아주 멋져요."

갬번은 연극 무대와 TV, 영화에서 오랫동안 경력을 쌓아왔다. 이 중에는 〈슬리피 할로우〉, 〈도브The Wings of the Dove〉, 〈자유시대Mobsters〉, 〈고스포드 파크Gosford Park〉에서 맡았던 역할도 포함된다. 갬번이 받은 수많은 바프타상 중에는 BBC의 〈노래하는 탐정The Singing Detective〉에서 맡았던 필립

자니 트밈이 디자인하고 로랑 귄치가 그린 덤블도어 의상 중 하나로 〈해리 포터와 아즈카반의 죄수〉 촬영용이다. 가볍고 하늘거리는 천으로 만들어져 걸리적거리지 않는다.

말로 역할로 받은 것도 있다. 그는 TV에 쥘 메그레 반장으로 출연하기도 했는데, 이 역할은 리처드 해리스도 맡았던 적이 있는 배역이다. 다른 영화계의 전설 숀 코너리 대신 제임스 본드 역할을 해달라는 연락을 받은 적도 있다. "사실입니다." 갬번은 회상한다. "대략 열 명쯤 되는 다른 배우들과 함께 제임스 본드에 도전했어요. 제작자이자 저를 인터뷰했던 해리 브로콜리한테서 '모델을 썼다가 데었다'는 얘기를 들었죠. 브로콜리가 한 말 그대로입니다." (브로콜리가 말한 '모델'은 1969년 작 〈007과 여왕〉에 단 한 번 출연해 숀 코너리의 역할을 대신했던 조지 라젠비였다.)

갬번은 자신의 철학에 맞게 덤블도어 역할을 망설임 없이 받아들였다. "글쎄요, 전 그냥 〈해리 포터〉라…… 좋은데?'라고 생각했습니다." 그는 말한다. "일이 엄청 많을 테고 앞으로 몇 년은 더 촬영이 진행될 테니까요. 어느 배우라도 그랬겠지만 저는 '오예'라고 말했습니다. 배역을 맡을 때 제 처음 느낌은 친구들 모두에게 말해서 질투하게 만들겠다는 거였습니다. 돌아다니면서 모두에게 말하는 거죠. 그러고 나면 실제로 그 일을 해야 한다는 게 실감 납니다."

위 알폰소 쿠아론(왼쪽)과 알버스 덤블도어 역으로 새로 캐스팅된 마이클 갬번.
아래 덤블도어(마이클 갬번)가 호그와트 학생들 앞에서 연설하고 있다.

흥미롭게도 갬번은 다른 배우와 깊이 동일시됐던 역할을 맡는 데 꺼림칙함을 느끼지 않았다. 그는 이 경험을 연극 무대에서 겪었던 일과 같은 것으로 보았다. "연극배우가 되려면 다른 사람들의 역할을 물려받거나, 앞서 그 역할을 해본 사람이 400명은 더 있는 상황에서 리어왕 같은 역할을 해야 합니다." 갬번은 말한다. "새로운 연극을 하는 행운을 누리지 못하는 한 모든 캐릭터는 전에 누군가가 연기했던 거죠. 그러니까 다른 사람이 했던 역할을 맡는 건 흔한 일입니다."

하지만 갬번은 해리스의 연기 중 한 가지 요소를 그대로 유지했다. 해리스도 갬번처럼 아일랜드 출신이었으므로 "약간 아일랜드 억양을 담아" 말했다. 갬번은 그 목소리가 "트리니티 칼리지에서 쓸 법한 더블린 상류층의 목소리"였다고 회상한다. (갬번이 쿠아론에게 이 억양에 대해 어떻게 생각하느냐고 묻자 멕시코 출신 감독은 이렇게 반응했다. "무슨 억양이라고요?")

쿠아론은 처음 갬번을 만났을 때 그저 이 역할을 맡고 싶은지 물었다. 갬번은 그렇다고 말했다. 갬번은 말한다. "그래서 세트장에 나타났어요. 계단을 올라가야 했죠. 그래서 달려 올라갔습니다. 그랬더니 분장해 주는 여성분이 '아니에요, 그분은 뛰지 않아요'라더군요. 제가 '뭐라고요?' 했더니 '리처드라면 계단을 뛰어 올라가지 않을 거라고요'래요. 저는 '뛰어 올라가고 싶은데요'라고 했죠. 가운을 걷고 뛰어 올라갈 거라고 했죠. 실제로 그렇게 했어요. 알폰소는 문제 삼지 않았어요."

갬번은 책을 한 권도 읽지 않고 자기만의 연기를 이어나갔다. 그는 말한다. "책을 읽고 '아, 책에 나왔던 내 장면이 편집됐구나'라고 생각하면 좀 비참해질 수 있어요. 그건 중요한 게 아닙니다. 대본으로 받은 걸 읽어야죠. 제가 맡은 배역은 그냥 엄마 아빠한테서 물려받은 아일랜드 억양을 쓰면서 좀 더 밝은 색깔의 옷을 입고 다니며 대본에 적혀 있는 존재가 된 저 자신일 뿐이에요."

위 호그와트 급행열차의 알폰소 쿠아론(오른쪽)과 대니얼 래드클리프.
아래 세트장에서 에마 왓슨이 쿠아론에게 우스꽝스러운 모습으로 머리를 묶어줬다. 촬영감독 마이클 세리신(왼쪽)이 두 사람을 바라보고 있다.

돌아온 배우들은 리처드 해리스를 잃은 슬픔을 쉽게 가누진 못했지만 곧바로 갬번을 마음에 들어 했다. "사실 좀 충격이었어요." 루퍼트 그린트는 해리스가 세상을 떠난 일을 이렇게 회상한다. "리처드는 세트장에서 엄청난 존재감을 뿜었거든요. 그분이 근처에 있으면 꼭 알게 됐어요. 저는 그분이 아픈 것도 몰랐어요. 하지만 마이클은 우리와 정말 잘 어울렸어요."

루퍼트는 새로운 감독에게 적응하는 것이 더 큰 변화라고 느꼈다. 루퍼트는 말한다. "크리스 콜럼버스 감독님이 3편을 맡지 않게 됐다는 걸 알았을 때는 좀 무서웠어요. 처음부터 우리와 함께한 사람이니까요. 〈마법사의 돌〉이 제 첫 영화였으니, 크리스 콜럼버스 감독님과의 관계는 꽤 개인적인 것이었어요. 정말 이상한 기분이었어요. 감독님한테 작별 인사를 하고 새로운 사람을 만난다니."

대니얼 래드클리프는 새로운 감독과 작업한 경험을 다르게 보았다. "새 감독님이 왔으니 좀 위축되지 않느냐고들 묻더군요. 안 그랬어요. 실제로 촬영을 시작하기 전에 쿠아론 감독님과 연습할 시간이 아주 많아서, 우리가 그분을 잘 알 수 있었기 때문이에요. 덕분에 저는 크리스 콜럼버스 감독님한테서 배운 것을 연습할 기회도 얻었죠. 멋진 기회였어요. 콜럼버스 감독님은 어마어마한 에너지와 열정의 소유자였어요. 처음 두 편의 영화에 필요했던 게 바로 그거였죠. 우리 모두가 아직 자리 잡지 못하고 있었거든요. 우리가 처음 두 작품에 참여했는데 감독이 끔찍했다면, 우리 중 누구도 다시는 연기를 하지 않았을 거예요." 대니얼은 웃는다. "하지만 알폰소 쿠아론 감독님은 함께 일하기에 멋진 사람이었어요. 제 생각에는 이때가 이게 무척 진지한 일이라는 걸 처음으로 깨달은 때거든요. 우리 모두에게는 쿠아론 감독님과 함께 일하는 것이 큰 진전이었어요."

〈해리 포터〉 3편에서는 시리우스 블랙과 리머스 루핀을 비롯한 새 캐릭터들과 디멘터나 히포그리프 같은 새로운 마법 생명체들, 해리의 개인적 역사와 그의 부모님이 맞이한 운명에 대한 자세한 내용이 나왔다.

새로운 감독으로서는 아주 많은 것을 고려해야 했던 셈이다. 하지만 쿠아론은 온몸을 던져 이 도전을 받아들였다.

감독은 말한다. "저는 원작을 존중해야 했습니다. 책은 이미 수백만 명의 사람들에게 큰 사랑을 받고 있었어요. 그러니 그 점이 가장 중요했습니다. 둘째, 영화의 연속성을 존중해야 했죠. 영화도 대단히 인기가 많았고 성공적이었으니까요. 저는 확실히 편안하게 느껴지는 배우들을 그대로 물려받았고, 새로운 캐릭터들을 선택할 때도 개입했습니다. 이미 훌륭한 출연진에 누군가를 추가한다는 건 특권이었어요. 그러니 제게는 이 작업이 이미 작동하고 있는 것에 양보하는 한편, 저만의 접근법을 도입하는 데 솔직해지는 이 두 가지 일을 결합하는 것이었습니다. 제가 도전하고 바꿀 수 있는 것과 전적으로 존중하고 건드리지 말아야 할 것 사이에서 균형을 잡는 게 늘 중요했어요."

하지만 쿠아론은 앞으로의 영화에 선례를 남길 3편을 찍기 전 한 가지 중요한 결정을 내렸다. "저는 아주 강하게 느꼈습니다." 쿠아론은 말한다. "3편이 오직 해리의 관점에서만 전달되어야 한다고 말이죠. 저는 해리가 보거나 느낄 수 없는 것은 아무것도 보고 싶지 않았습니다. 시점에 관해서, 그러니까 카메라가 오직 한 캐릭터의 눈을 통해서만 봐야 한다고 말하는 게 아니에요." 그는 말을 잇는다. "이야기의 핵심이 캐릭터의 점점 깊어지는 의식과 감정을 중심으로 발전해야 한다는 뜻이죠. 대니얼처럼 이야기 전체를 끌고 나갈 수 있는 배우가 없었다면 재앙이 됐을 겁니다."

데이비드 헤이먼은 쿠아론의 접근법을 지지했다. "이 거대한 책을 합리적인 길이의 영화로 압축하기 위해서 몇 가지 변화를 주어야 한다는 건 분명했습니다. 책은 점점 더 길어지고 복잡해져 갔어요. 우리는 영화에 뭘 들여오고, 뭘 남겨둘지 결정해야 했습니다. 알폰소는 〈아즈카반의 죄수〉의 이야기를 해리의 모험에 특히 중요한 요소들에 집중하자는 중요한 결정을 내렸습니다. 이 결정이 〈아즈카반의 죄수〉의 영화적 구조를 만들어 줬죠. 알폰소의 선택은 이번 영화만이 아니라 이후의 영화들에도 중요한 것이었습니다."

또한 쿠아론은 영화에 매우 구체적인 모습을 부여하고 싶어 했다. 롤링의 책에서 드러나는 좀 더 어두운 분위기에 대한 반응으로, 그는 영화의 색채를 비슷하게 조정하기로 했다. 콜럼버스의 첫 두 영화가 띠고 있던 밝은 색조는 사라졌다. 쿠아론은 짙은 파란색과 회색으로 영화를 채색하며, 이 새롭고도 어두운 접근법을 강화할 수 있도록 화면의 채도를 떨어뜨렸다.

"저는 〈해리 포터〉의 세계를 앞선 두 영화에는 존재하지 않는 공간으로도 가져가 보고 싶었습

위에서부터 아서 위즐리 역의 마크 윌리엄스, 리머스 루핀 역의 데이비드 슐리스, 나이트 버스 운전사 어니 역의 지미 가드너의 폴라로이드 사진.

니다." 쿠아론은 말한다. "크리스는 이미 이 시리즈를 위한 세상을 만들어 내는 놀라운 작업을 해 냈고, 크리스가 그토록 멋진 결정을 내렸다는 게 우리에게는 큰 행운이었습니다. 크리스는 놀랄 만한 배우들을 모아두었어요. 하지만 크리스가 했던 가장 중요한 결정 중 하나는 아마도 프로덕 션 디자이너인 스튜어트 크레이그를 뽑은 것일 겁니다. 저는 스튜어트가 훌륭한 전통 미술 디자 이너에 속하는 마지막 인물이라고 생각합니다. 스튜어트는 제가 언제나 함께 일해보고 싶었던 신 화적인 디자이너였어요." 그래서 크레이그는 세 번째 영화를 찍으러 돌아오게 되었다. 롤링의 상상 력과 새 감독의 시각이 새로운 기회를 꽤 많이 제공했다는 점이 도움이 됐다.

쿠아론과 크레이그는 호그와트의 외관을 현지 촬영하기로 결정하는 것으로 협력을 시작했다. 쿠아론은 말한다. "우리는 호그와트를 특별한 지리적 장소에 두고 자연으로 그 성을 둘러싸고 싶 었습니다. 호그와트는 스코틀랜드 하일랜드 지방에 있고, 그래야만 합니다. 런던 외곽 지역에서 발 견되는 평평함이 아니라 언덕의 느낌이 필요해요. 우리는 3주 동안 스코틀랜드를 돌아다니며 성 주변의 환경을 카메라에 담았습니다. 이건 중요한 작업이었어요. 스튜어트 크레이그가 애를 많이 썼습니다. 대단히 훌륭한 촬영지들을 찾아냈어요."

맨 위 해리(대니얼 래드클리프, 왼쪽), 헤르미온느(에마 왓슨), 론(루퍼트 그린트)이 〈해리 포터와 아즈카반의 죄수〉 촬영을 위해 호그와트 성과 해그리드 오두막 사이에 만든 돌기둥 앞에 서 있다. 이 돌기둥은 호그와트 교정을 채우기 위해 만든 것이다.
중간 제작자 데이비드 헤이먼(왼쪽)과 마크 래드클리프가 돌기둥 골조 앞에 서 있다.
아래 스튜어트 크레이그가 그린 돌기둥 콘셉트 아트.

크레이그가 덧붙인다. "우리는 주요 촬영 팀을 스코틀랜드로 데려가 처음으로 대규모 촬영을 했습니다. 그곳 산기슭에 해그리드의 오두막을 지었어요. 벽빅, 호박밭, 타임 터너와 관련된 그 모 든 일이 글렌코의 한 지역을 중심으로 진행되게 됐죠. 오두막과 금지된 숲을 학교의 나머지 부분 과 연결하는 나무다리도 지었습니다."

새 감독은 호그와트가 지리적으로 정확히 어떻게 배치되어 있는지도 알고 싶어 했다. 쿠아론 은 회상한다. "초반에 스튜어트와 대화를 나눌 때 제가 말했죠. '당신이 이 멋진 세계를 이미 만 들어 놨으니, 저는 그 세계를 이해하고 싶습니다. 저는 그 세계가 현실감을 가진, 실제로 존재하는 독립체이기를 바랍니다. 그냥 이런저런 세트장을 모아놓은 곳이 아니라 정리된 느낌을 띠는 것 말 이에요. 살아 있는 장소, 사람이 안에서 살아가는 장소라는 느낌이 들도록 말이죠."

쿠아론은 '공간에 대한 지리학적 유창함'을 원했다. 쿠아론은 설명한다. "사람의 위치에는 논리 적인 이유가 있고, 어느 장소로 가기 위해서 어느 경로를 따라가야 하는지 알 수 있다는 의미입니 다. 그래서 우리는 공간을 연결하는 데서부터 시작했어요. 보시다시피 대연회장이 있고, 대연회장 바로 앞에서는 계단까지 이어지는 복도가 보입니다. 그 계단을 올라 그리핀도르 기숙사까지 가는 거죠. 아니면 나무다리를 건너서, 거대한 돌기둥들로 이루어진 작은 정원으로 나갈 수 있습니다. 그 돌기둥들을 지나 특정한 오솔길을 따라가면 해그리드의 오두막이 나오죠. 이야기의 많은 부분 이 그곳에서 진행됩니다. 그러니까 해리, 헤르미온느, 론이 성에서 걸어 나와 해그리드의 오두막으 로 가는 것을 보면, 그 애들이 어떻게 거기에 갔는지 알 수 있어야 해요. 제 가설은 공간의 지리와 깊이 연관될수록 해리의 경험에서도 더 큰 진정성이 느껴지리라는 것이었습니다."

"이어지는 7년 동안 호그와트에서 일어날 모든 일을 알고 호그와트를 설계했다면 참 좋았을 거 예요." 스튜어트 크레이그는 인정한다. "하지만 어쩌면 우리에게 변화가 강요되고 새 책이 나올 때 마다 놀라운 일들이 벌어진다는 사실이 생명력과 생생함을 불어넣어 줬는지도 모르겠습니다. 우 리는 단 한 번도 긴장을 풀고 일종의 반복적인 편안함에 안주하지 않았어요."

쿠아론과 크레이그는 영화의 몇몇 시각적 측면에 관해서는 계속해서 J.K. 롤링의 의견에 기댔다.

"조는 우리의 선택과 결정에 무척 너그러웠습니다. 캐릭터에 대해서나 영화의 시각적 측면에 대해서나 말이죠." 감독은 말한다. "롤링은 이 세계를 너무도 자세히 알고 있었어요. 대단한 일입니다."

어느 시점에서 영화제작자들은 해리와 헤르미온느가 벅빅을 구하려던 중 마법 정부 총리인 코닐리어스 퍼지가 도착하자 해그리드의 오두막 근처에 있는 작은 묘지에 숨는 장면을 넣었다는 계획을 세웠다. 하지만 롤링은 묘지가 다른 곳에 있다고 조언했다. 쿠아론은 말한다. "롤링이 그런 말을 하면 그게 경솔하게 하는 얘기가 아니라는 걸 바로 알게 됩니다. 왜냐하면, 예를 들어 네 번째 이야기에서 묘지가 중요한 역할을 하고 롤링이 말하는 그곳에 있어야만 하니까요. 그렇지 않으면 묘지는 그 이야기 구조의 일부와 모순됩니다."

쿠아론에 따르면, 그가 해그리드의 오두막 근처에 켈트족의 거대 암석 비슷한 무언가를 두겠다는 아이디어를 떠올렸을 때 롤링이 이렇게 말했다고 한다. "아, 완벽하겠네요." 쿠아론은 덧붙인다. "저는 계속 롤링과 연락하면서 '그럼, 대연회장에서 나가면 계단으로 이어지는 이 복도를 따라갈 수 있나요?'라고 물었습니다. 그러면 롤링은 '네, 아귀가 딱 맞아요. 괜찮아요'라고 말하곤 했죠. 캐릭터들에 대해서도 마찬가지였습니다." 감독은 말을 잇는다. "우리가 어느 캐릭터에 관한 글을 쓰거나 뭔가를 시각적으로 디자인하기 시작하면, 롤링이 그래도 되거나 안 되는 이유에 대해서 놀라운 주장을 내놓았습니다. 가능성이나 변화에 대해 롤링과 얼마든지 이야기할 수 있었어요. 가끔은 '정말 재미있겠네요'라거나 '아주 좋을 것 같아요. 책을 쓰면서는 그런 생각을 해본 적이 없는데, 훌륭한걸요. 그렇게 해주세요'라고 말했습니다. 어떨 때는 '그렇게는 안 하시는 게 좋겠어요. 그렇게 하면 6권에서 큰 모순이 생기거든요'라고 말하곤 했죠."

해리의 경험에 초점을 두고 〈아즈카반의 죄수〉를 만든다는 말은 책의 일부 요소가 영화에는 나오지 않는다는 뜻이었다. "크리스 콜럼버스는 처음 두 편의 영화를 제대로 출범시켰습니다. 참 좋은 시작이었죠. 그리고 영화의 콘셉트 전체에 정말로 활기를 불어넣었어요." 스튜어트 크레이그는 말한다. "그런 다음, 알폰소는 더욱 음악적이고 시적인 영화를 만들었죠. 3편 이후로는 영화에 어떤 순간을 담을지 선택하는 문제에서 좀 더 큰 자유를 누리게 됐다고 할 수 있습니다."

하지만 닉 더드먼은 쿠아론이 정말로 이상한 순간을 선택한 것처럼 보였던 일을 기억한다. "어느 회의에서 우리는 디멘터들이 기차에 타는 장면의 스토리보드를 살펴보고 있었어요." 그는 말한다. "놀랍고도 초현실적인 스토리보드가 있더군요. 기차에서 찍는 장면이었는데, 하늘에는 눈알이 가득했어요. 눈알이 아래로 떨어지고 있었죠. 저는 '와, 이거 이상한데'라고 생각했어요. 이 영화에서는 훨씬 더 난해한 걸 하게 되겠구나 싶었죠."

실은 억양 때문에 감독의 말이 잘못 전달된 것이었다. 더드먼은 말을 잇는다. "알폰소는 회의에 들어와서 말했습니다. '이 그림은 뭐죠? 왜 눈이 잔뜩 있어요?' 그랬더니 스튜어트가 그러더군요. '스토리보드 미술가와 회의를 했는데 감독님이 빗방울이 눈eyes으로 변했으면 좋겠다고 했다면서요.' 그랬더니 알폰소가 그러더라고요. '아니, 얼음ice으로 변했으면 좋겠다고 했죠. 눈요. 아이스.'"

위 더멋 파워가 그린 벅빅 콘셉트 아트.
아래 디멘터들이 호그와트 급행열차를 둘러싸면서 유리창에 성에가 끼는 것을 보고 놀라는 해리(대니얼 래드클리프)와 헤르미온느(에마 왓슨)와 론(루퍼트 그린트).

AUNT MARGE
장면 너머 : 마지 고모

닉 더드먼은 말한다. "저는 마지 고모가 변신한 것이 끝내주는 일이었다고 생각해요. 케이블을 지운 것 말고는 그 장면에 CG 작업을 전혀 하지 않았어요. 그 장면에서 보이는 모든 건 세트장에서 카메라를 두고 찍은 겁니다." 마지 고모가 '부풀어 오르는' 장면은 〈아즈카반의 죄수〉 감독인 알폰소 쿠아론과 분장 팀의 대화에서 시작됐다. "우리는 그 과정에 몇 단계가 필요할지 고민했어요." 더드먼은 설명한다. "마지 고모는 네 단계의 서로 다른 분장을 거쳐서 점점 커졌습니다. 하지만 실제로 부풀어 오르는 옷은 두 벌만 만들었어요. 호스로 공기를 집어넣은 거죠. 바람을 넣는 장갑과 따로 떼어낼 수 있는 바람 넣는 다리도 있었어요. 그

모든 게 컴퓨터로 조종하는 압축공기 장치로 부풀어 오르기 시작했죠. 손은 순서와는 상관없이 모든 관절을 부풀릴 수 있었어요." 배우 팸 페리스와 그녀의 대역은 배우를 들어 올려 문 너머로 내팽개친 다음 정원 위로 떠오르게 할 수 있는 와이어 장치에 매달렸다. 독립된 장치가 배우의 몸을 빙빙 돌렸다. "그런 걸 견디려면 인내심이 아주 많아야 해요. 팸 페리스는 그야말로 놀라웠죠." 더드먼은 찬사를 보낸다.

의상 팀에서는 마지 고모가 입을 서로 다른 크기와 모양의 트위드 정장을 38벌이나 만들었다. "영국 취향인가 봐요." 자니 트빔은 웃는다. "마지막 옷은 사실상 엄청나게 큰 트위드 공이었어요."

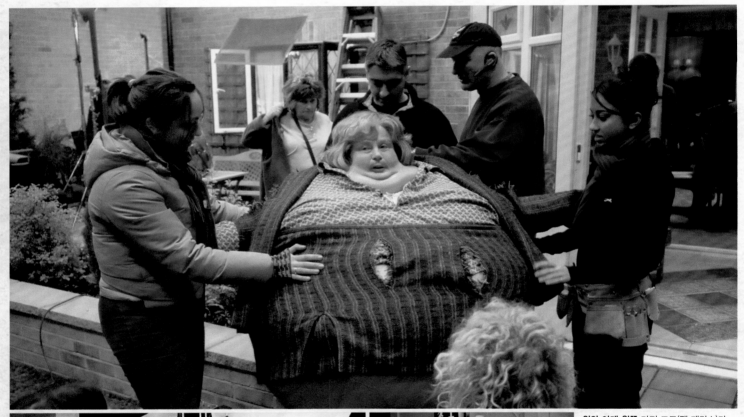

위와 아래 왼쪽 마지 고모(팸 페리스)가 부풀어 올라 날아가는 장면은 배우에게 2개의 풍선 옷을 입히고 여러 줄의 케이블을 사용해서 연출한 복잡하지만 재미있는 장면이다.
아래 오른쪽 의상 디자이너 자니 트빔이 "커다란 트위드 공"이라고 부른 의상 중 하나.

마지의 얼굴이 부풀어 오르는 장면
(위)과, 날아가는 마지를 붙잡는 버넌
이모부(오른쪽)를 그린 더멋 파워의
콘셉트 아트.

(왼쪽부터) 호그스미드 마을 세트장에 있는 알폰소 쿠아론, 루퍼트 그린트, 대니얼 래드클리프, 에마 왓슨.

촬영 전에 쿠아론은 어린 배우들이 각자의 캐릭터를 얼마나 잘 알고 있는지 알고 싶었다. 그래서 학교에 다닐 만한 나이의 배우들에게 숙제를 내주었다.

"제가 에마, 대니얼, 루퍼트와 함께한 첫 번째 활동은 에세이를 쓰게 하는 거였어요." 쿠아론은 말한다. "각자가 맡은 캐릭터의 자서전을 써달라고 했죠. 1인칭 시점으로, 태어난 순간부터 시작해서 마법 세계를 알게 된 순간까지 적어줬으면 했어요. 캐릭터의 감정적 경험을 포함해서요."

에마 왓슨은 숙제를 열심히 했다. 주제가 떠오를 때마다 숙제의 페이지 수가 늘어가는 것 같긴 했지만. "저는 헤르미온느에 대해 했던 모든 생각을 적고, 제 생각을 뒷받침할 만한 인용문을 찾아 책을 살펴보는 게 정말 좋았어요." 에마는 말한다. "감독님이 우리에게 지적이고 개인적인 방식으로 각자의 배역에 접근하라고 요청했던 것도 좋았고요. 제가 하려는 말을 듣고 싶어 했다니 정말 고마웠어요."

대니얼 래드클리프도 그 활동이 도움이 되었다는 사실을 인정한다. "저는 그 순간이 이제 우리 스스로 결정을 내릴 시점이 됐다는 걸 깨달을 때라는 생각도 들어요. 감독님은 우리에게 감정을 숟갈로 떠먹여 주지 않을 작정이었어요. 우리가 직접 그 감정을 발견하기를 바랐죠. 1편을 찍을 때는 그 순간에 어떤 감정을 느껴야 하는지 누가 말해줘야 했어요. 알폰소 쿠아론 감독님이 합류했을 때는 우리 모두가 약간 더 나이를 먹은 상태였고, 연기와 관련된 이런 선택을 슬슬 시작해야 했죠."

루퍼트에 대해서 쿠아론은 이렇게 회상한다. "루퍼트는 에세이를 제출하지 않았습니다. 왜 안 했느냐고 물어보니까 그러더군요. '전 론이잖아요. 론은 숙제 안 할걸요.' 그래서 제가 그랬죠. '그래, 네 캐릭터를 잘 이해하고 있구나.' 〈아즈카반의 죄수〉에서 우리가 했던 가장 중요한 연기 과제가 그거였습니다." 쿠아론은 말을 잇는다. "아이들이 그 에세이에 적은 것이 촬영의 나머지 과정에서 아이들이 붙들고 있어야 할 기둥이 될 거라는 점이 명백했거든요. 아이들이 매우 용감했다고밖에 할 수 없습니다."

쿠아론은 배우들이 성장하고 있다는 것을 알았으며, 어린 스타들의 자질에 감명받았다. "제게는 두 가지 놀라운 이점이 있었습니다." 그는 말한다. "첫째, 아이들은 영화를 만든다는 게 무엇인지에 관해서 이미 훈련을 거친 상태였어요. 그 말은 아이들이 스케줄과 촬영할 때 서야 하는 위치를 알고 있고, 이 모든 것의 기술적 요소를 알고 있다는 뜻이었죠. 하지만 이제 아이들은 스스로를 배우로서 진지하게 생각하고 싶어 했습니다. 그건 무척 감동적인 일이었고, 아이들이 크게 도약하고 싶어 한다는 건 매우 분명했어요. 게다가 아이들은 세상에 대해 강한 의견을 갖게 되는 나이에 가까워지고 있었습니다. 당연히 감독한테도 나름의 아이디어가 있죠. 하지만 배우가 캐릭터의 입장에서 그 아이디어에 문제를 제기하는 건 정말로 멋진 일입니다. 그런데 아이들이 그런 일을 하기 시작했어요. 이 모든 일에 그런 에너지를 쏟아붓는 것은 대단한 일이었습니다."

쿠아론은 질문을 던지고 아이디어를 내라고 배우들을 격려했다. "감독은 감독으로서 어떤 역할을 할지 분명하게 제시해야 합니다." 쿠아론은 설명한다. "하지만 그다음에는 배우들에게 물어야죠. '너라면 어떻게 할 것 같아? 에마로서가 아니라 헤르미온느로서 말이야. 좋아, 보여줘. 네가 나한테 보여준 걸 가지고 한번 놀아보자.'"

에마는 쿠아론의 접근법이 자신에게 큰 영향을 미쳤다고 생각한다. 자신의 캐릭터와 연기에 늘 질문을 던져야 한다는 생각은 정말이지 그녀가 배우로서 성장하도록 해주었다.

"저는 감독님이 너무 좋았어요." 에마는 말한다. "저를 진짜 어른처럼 대해줬거든요. 함께하기에 무척 즐거운 감독님이에요. 정말로 비전이 있는 분이죠. 저는 우리가 정말로 신나고, 어둡고, 색다른 무언가를 하고 있다고 느꼈어요. 무척 자랑스러웠죠. 감독님은 저를 정말로 믿는 것 같았고, 저는 그 점이 진짜로 고마웠어요."

다른 보상도 있었다. 에마가 한때 좋아했던 톰 펠턴에 대한 답답한 감정을 일부 털어낼 수 있었던 것이다. "제가 말포이를 때려야 했거든요. 무지 재미있더라고요." 에마는 말한다. "제가 톰 펠턴한테 홀딱 반해 있던 시절이었어요. 유일한 문제는 톰 펠턴만 보면 웃음이 난다는 거였죠. 제가 너무 부끄러워하고 킥킥대서 촬영을 여러 번 다시 해야 했어요."

에마는 영화가 헤르미온느가 한 인간으로서 어떻게 변해가는지를 보여준다는 데 동의한다. "헤르미온느는 훨씬 더 복잡한 인물이에요." 에마는 말한다. "예민하고 약한 부분과 강한 부분을 모두 보게 되죠. 제 생각에는 오늘까지도 3편이 제 마음속에서는 가장 소중한 영화인 것 같아요. 저한테는 아주 의미가 컸어요."

한편 쿠아론은 의상을 통해 캐릭터들이 좀 더 현대적으로 느껴지도록 했다. 앞선 영화에서는 학생들 대부분이 교복과 로브를 입고 다녔다. 〈아즈카반의 죄수〉에서는 변화가 일어났다. 어린 캐릭터들은 각자의 성격과 성숙함을 더 많이 반영할 수 있도록 평범한 일상복을 입고 나타났다. 또한 교복도 각자의 개성에 맞게 조금씩 고쳐 입을 수 있었다. 루퍼트 그린트는 회상한다. "감독님은 온갖 방법으로 우릴 부추겼어요. 교복이라든지, 교복을 입는 방법이라든지 하는 문제까지요. 셔츠를 넣고 싶은지 빼고 싶은지, 넥타이는 어떻게 매고 싶은지, 그런 사소한 문제들 말예요."

쿠아론은 새로운 의상의 제작 방향을 결정하는 데 도움을 줄 사람으로 디자이너 자니 트윔을 선택했다. 트윔은 〈갱스터 넘버원Gangster No. 1〉, 코미디 〈하이힐 크라임High Heels And Low Lifes〉 등 수많

위 드레이코(톰 펠턴)가 헤르미온느한테 얻어맞기 전에 겁먹은 모습. **아래** 퀴디치 장면을 시각효과로 구현했기 때문에, 〈해리 포터〉의 배우들은 존재하지 않는 선수들을 향해 환호성을 지르는 일에 익숙해졌다. 블루스크린은 관중석을 경기장의 적당한 높이에 디지털로 배치하기 위해 설치한 것이다.

위 의상 디자이너 자니 트밈이 〈해리 포터와 아즈카반의 죄수〉 촬영 때 론, 헤르미온느, 해리 용으로 고른 색상은 이후 시리즈에도 계속 사용됐다.
아래 〈해리 포터와 죽음의 성물 2부〉에 나오는 세 사람의 의상 색상도 비슷하다.

은 저예산 독립영화와 아카데미 수상작인 네덜란드 영화 〈캐릭터Character〉에서 의상 디자이너로 일한 경험이 있었다. 트밈에게는 그녀만의 강력한 의견이 몇 가지 있었다.

"저는 앞의 두 편에 훌륭한 요소가 있었다고 생각해요. 매력적인 영화였어요." 트밈은 말한다. "하지만 알폰소와 처음 만났을 때 그분도 저처럼 영화를 좀 더 어둡고 현대적으로 만들어야 한다고 생각하는 걸 보고 정말 기뻤어요."

트밈에게 이런 시각적 재발명은 매우 직설적으로 이루어졌다. 트밈은 말한다. "우리는 아이들에게 그냥 10대 옷을 입혔어요. 훨씬 더 도시적이게 만들었죠. 디킨스의 〈크리스마스 캐럴〉 대신 거리에서 영감을 얻었어요. 모두에게 19세기 옷을 입힐 필요는 없잖아요. 그건 마법사 영화에 나오는 코스튬 같아요. 저는 마법사들이 오늘날에도 존재한다고 생각해요. 자기들만의 문화가 있겠죠, 다른 세상에 속해 있으니까요. 모두가 부유하고 벨벳을 걸칠 필요는 없어요. 어둡거나, 청바지를 입고 다닐 수도 있죠. 우리가 보여주고 싶었던 건 그런 거예요."

하지만 디자이너는 아이들을 현대적으로 보이게 하는 것이 패션이나 유행을 따르는 것과는 달랐다는 사실을 빠르게 지적한다.

"세상엔 유행도 있고 유행과는 상관없는 멋도 있어요." 트밈은 말한다. "현대적으로 보일 수도 있고, 멋지게 보일 수도 있죠. 저는 저라도 5년 동안 입고 싶을 만한 걸 찾아보려 했어요. 그 아이들이, 특히 자신만의 문제를 가지고 있고 해결해야 할 임무도 있는 그 아이들이 탑샵(영국 패션 브랜드의 하나—옮긴이)의 유행을 따르느라 바쁘게 지낼 거라는 생각은 들지 않았어요. 그 애들은 상당히 폐쇄된 사회에 살면서 다른 일로 바쁘게 지내죠. 그러니 유행이 아닌 패션을 선택해야 했어요."

마이클 갬번도 영화에 쓰인 트밈의 새 디자인을 높이 평가한다. 특히 트밈의 의상 덕분에 덤블도어가 됐을 때 더 부드럽게 움직일 수 있었기 때문이다. "저는 손톱을 붙였습니다." 갬번은 말한다. "훌륭한 의상도 생겼죠. 비단으로 꽤 가볍게 만든 옷이었어요. 듣자니 리처드는 엄청나게 크고 무거운 로브를 입었다더군요. 자니라는 총명한 분이 제가 입는 온갖 가벼운 옷을 디자인했습니다. 저는 무거운 옷은 한 번도 걸치지 않았어요." (덕분에 호그와트 계단을 더 쉽게 달려 올라갈 수 있었다!)

트밈은 주인공 개개인의 색감에 초점을 맞췄다고 말한다. 트밈은 설명한다. "저는 늘 형태보다 색채를 먼저 생각해요. 항상요. 영화를 보는 사람들에게 가장 먼저 영향을 미치는 것이 색깔이라고 생각하거든요. 사람들은 형태를 인지하기 전에 색깔을 느끼죠. 처음 해리에 대해서 생각했을 때 저는 그 애를 무법자로 봤어요. 해리는 어디에도 소속되지 않는 아이예요. 제임스 딘이 생각났죠. 저는 '이 아이는 외로운 아이야'라고 생각했어요. 그래서 아주 약한 색깔을 줬어요. 회색, 흰색, 검은색 같은 것요. 아시겠지만 어딘가에 속하지 못하면, 자기 본연의 모습으로 지내는 것이 편안하지 않으면 밝은 색을 입고 싶지 않거든요."

론의 주요 색깔은 초록색과 오렌지색이었다. "론은 이미 자리 잡은 캐릭터였어요. 아주 예술적이며 수공예를 좋아하는 가족이 있고, 엄마가 직접 옷을 만들어 줬죠. 다행히 론이 좀 더 나이가 든 뒤에는 더 이상 그러지 않았지만요. 하지만 론에게는 여전히 그런 스타일이 남아 있어요. 그래서 늘 오렌지색, 갈색, 초록색 같은 색깔을 썼죠. 그게 위즐리 가족의 색깔이니까요. 게다가 엄마가 뜨개질하는 걸 좋아해서, 론의 스웨터는 전설이 됐어요. 삼총사 중 여자였으니 헤르미온느한테는 색깔을 좀 주기로 했어요. 이 삼총사에게도 어떤 균형이 필요하니까요. 그래서 따뜻한 색깔을 줬어요. 핑크도 좋고요. 하지만 빨간색은 절대 쓰지 않았죠. 그 색깔은 론한테 있었으니까. 저는 헤르미온느에게 핑크, 베이지, 가끔은 파란색을 줬어요. 헤르미온느는 다른 둘보다 늘 조금 더 세련된 모습이었답니다. 에마한테는 그런 옷이 아름답게 잘 어울려요."

❉❉❉❉❉❉❉❉❉❉❉❉❉❉❉❉❉

새로운 〈해리 포터〉 영화에는 항상 수많은 마법 생명체와 환상적 요소들이 들어간다. 쿠아론 본인은 늘 시각효과에 기대기보다는 실제적인 저차원 기술을 사용하고 싶어 했다. "저차원 기술에는 어떤 매력이 있습니다." 쿠아론은 말한다. "뭔가가 디지털이 아닌 실재로 이루어졌다는 걸 알

새로운 의상 디자이너 자니 트밈(두 번째 줄 오른쪽)은 학생들에게 이전 영화에서 사용한 의상보다 현대적인 도시풍의 의상을 입혔다. 교복을 수선했으며(맨 위) 남자 배우들은 셔츠 아랫자락을 꺼내거나 넥타이를 다양한 형태로 매는 등 개성에 맞게 입도록 했다. (두 번째 줄 왼쪽 사진, 왼쪽부터). 앨프리드 이녁(딘), 매슈 루이스(네빌), 데번 머리(셰이머스), 루퍼트 그린트(론). 청소년 배우들은 머글 의상을 자주 입기도 했다(세 번째 줄 왼쪽과 오른쪽).

게 되면 그만큼 더 현실감이 생기거든요."

예컨대 나이트 버스는 런던의 2층 버스에 3층을 용접으로 이어 붙이고 보라색으로 칠해서 만들었다. 쿠아론의 제2제작진 감독 피터 맥도널드는 이 버스를 런던 거리에 옮겨놓고, 속도감을 주는 영화계의 아주 오래된 기술을 이용해 촬영했다. 구체적으로 말해서 제작자들은 '언더크랭크'라는 촬영기법을 통해 버스가 빠르게 움직이는 효과를 연출했다. 그 말은 버스는 보통 또는 약간 빠른 속도로 이동하되 주변의 자동차들은 달팽이처럼 움직이는 장면을 찍었다는 뜻이다. 그러는 내내 카메라 안의 필름은 결과적으로 스크린으로 재생했을 때의 속도보다 더 천천히 돌렸다. 정상 속도로 재생하면, 버스는 다른 자동차들을 비집고 날아가는 것처럼 보인다.

쿠아론은 마지 고모가 부풀어 오르는 장면도 CG를 극히 일부만 사용해서 찍자고 고집했다. 닉 더드먼은 심하게 놀랐다. "쿠아론이 제게 그러더군요. '마지 고모 장면은 실제로 찍고 싶어요.'" 더드먼은 회상한다. "대본을 읽어보고 나서 제가 딱 한 장면 디지털로 찍겠구나 싶었던 게 그 장면이었는데 말이죠." 더드먼은 감독에게 그 장면을 실사로 찍으려면 준비 시간이 필요하기 때문에 촬영하기 한참 전부터 쿠아론이 원하는 것을 정확히 알아야만 한다고 말했다. "우린 특별한 각도에서 특별한 렌즈를 사용해 특별한 촬영을 하기 위해 매우 특별하고 복잡한 것들을 만들어야 했어요. 그런데 쿠아론은 도저히 마음을 바꾸지 못하더군요." 더드먼은 말한다. "마지 고모 장면에 대해서는 마음을 바꿀 생각이 없더라고요. 자기 말을 지켰어요." 배우들과 카메라, 조명 팀, 스턴트 연기자, 분장 팀, 특수효과 팀이 모두 협력해서 마지 고모가 둥실둥실 떠올라 프리빗가를 벗어나는 장면을 만들어 냈다. "이 장면 전체에서 유일한 디지털 작업은 호스와 케이블을 지우고 합성하는 것뿐이었어요." 더드먼은 말한다.

물론 이야기의 특정 요소들(디멘터 같은)은 제작자들이 아무리 열심히 노력하더라도 CG를 사용하지 않고는 그럴싸하게 묘사할 수 없었다. 하지만 CG가 사실상 아즈카반의 무시무시한 간수들을 만들어 내기 위해 처음으로 제시된 방법이라고는 해도, 감독은 다른 선택 사항을 배제하고 싶어 하지 않았다. 팀원들은 6개월의 절반 이상을 인형 등 다른 기술을 시험하며 보냈지만, 인형이 산들바람에 실려 날아다니게 하면 적절한 효과가 나지 않았다.

쿠아론은 말한다. "저는 사물이 현실적인 방식으로 반응하는 걸 봐야 했습니다. 디멘터를 만들기 전에 보아야 한다는 점을 고집했어요. 우리가 이야기하는 건 책에서 펄럭거리는 누더기 등등을 갖추고 있다고 묘사되는 마법 생명체였고, 저는 그런 일이 어떻게 벌어지는지 봐야만 했습니다."

국제적으로 유명한 인형 제작자 배질 트위스트가 샌프란시스코에서 불려왔다. 트위스트는 그가 수조 안에서 조작하는 동안 슬로모션으로 촬영할 디멘터 인형을 만들었다. 그런 다음 필름을 거꾸로 재생해 이 생명체에게 다른 세상에서 온 것처럼 움직이는 느낌을 주었다. 이 모습은 감독이 찾던 바로 그것이었지만, 디멘터가 나오는 모든 장면을 물속에서 찍는 건 현실적으로 불가능했다. 하지만 이 모든 게 헛수고는 아니었다. 결국 CG 팀이 이 디지털 생명체의 움직임을 트위스트가 수중에서 보여준 모습을 본떠서 만들었기 때문이다.

세 번째 영화에서 중요한 또 다른 생명체는 히포그리프 벅빅이었다.

"벅빅은 가장 복잡한 요소 중 하나였습니다. 우리 캐릭터들과 아주 많은 교감을 하니까요." 쿠아론은 말한다. "일단은 이 생명체가 어떻게 움직이는지, 어떻게 해야 이 생명체에게 중량감을 줄 수 있는지 결정해야 했죠. 중요한 요소들을 정하고 난 다음에는 생명체를 애니메이션으로 구현하는 게 더 중요한 문제가 됐어요. 이번에도 우리는 현실적인 것을 만들고자 했습니다."

처음에는 마법 생명체 효과 팀에서 부드러운 움직임을 가능하게 해줄 애퀴트론(수영장 청소에 주로 사용하는 로봇으로, 영화제작을 위해 원래 용도와는 다르게 쓰였다—옮긴이)을 사용해 실물 크기의 벅빅을 만들었다. 이 벅빅은 진짜 새의 깃털로 덮여 있었다. 기계와 틀을 감싸고 있는 그물에 깃털을 하나하나 꿰맨 것이었다. 하지만 결국 벅빅의 움직임 대부분은 팀 버크와 로저 가이엇을 비롯한 그들의 시각효과 팀에서 만들었다.

"정말로 현실적이에요." 쿠아론은 웃는다. "유심히 보면, 벅빅이 방목장에 있는 장면에서 실제로 벅빅의 똥도 볼 수 있습니다. 벅빅의 똥이라니! 대단한 건 아니죠. 그냥 벅빅이 하는 현실적인 일일 뿐입니다."

위 자니 트밈이 디자인하고 로랑 귄치가 그린 나이트 버스 차장 유니폼 콘셉트 아트.
아래 스튜어트 크레이그가 그린 나이트 버스.

알폰소 쿠아론(왼쪽)과 대니얼 래드클리프가 나이트 버스 앞에서 이야기하고 있다.

위 왼쪽 호그스미드 세트장에 붙어 있는 수배 포스터. 그린스크린은 소리를 지르는 시리우스 블랙의 동영상을 넣을 자리다.

위 오른쪽 악쓰는 오두막에 있는 루핀 교수(데이비드 슐리스, 오른쪽)가 시리우스 블랙(게리 올드먼)과 오랜 친구 사이임을 밝히고 있다.

아래 알폰소 쿠아론이 대니얼 래드클리프, 게리 올드먼과 장면에 대해 논의하고 있다.

시리즈의 3편은 해리와 관객들에게 해리를 그의 과거와 연결해 주고 가끔은 그의 미래를 지원하겠다고 약속하는 수많은 어른들을 보여주었다.

쿠아론은 나중에 해리의 대부였다는 게 밝혀지는 아즈카반의 탈옥수, 시리우스 블랙으로 게리 올드먼을 캐스팅했다.

"영화 전반부의 악당은 시리우스 블랙입니다." 감독은 말한다. "그러다가 시리우스 블랙이 사실 처음부터 착한 놈이었다는 것을 알게 되면서 반전이 일어나죠. 그냥 착한 놈이 아니라, 해리에게 새로운 아버지가 되어주려고 합니다. 그래서 우리는 두 가지 서로 다른 역할을 할 수 있을 뿐만 아니라, 서로 다른 역할 사이의 변화까지도 연기할 수 있는 배우가 필요했어요. 위험해 보이지만, 해리를 향한 따뜻한 마음과 애정을 담아낼 수 있는 배우가 필요했죠. 저는 즉시 게리 올드먼을 선택했습니다."

올드먼은 〈시드와 낸시Sid And Nancy〉에서 문제아 록 가수 시드 비셔스 역할로 지울 수 없는 족적을 남겼다. 또한 죽지 않는 자(〈드라큘라Dracula〉), 영웅(〈다크 나이트The Dark Knight〉의 제임스 고든 형사), 악당(〈에어포스 원Air Force One〉)은 물론 도저히 설명할 수 없는 존재(〈제5원소The Fifth Element〉)를 연기해 왔다. 하지만 올드먼은 사실 시리우스 블랙 역할에 약간 불안을 느꼈다. 쿠아론은 회상한다. "올드먼이 제게 그러더군요. '전 가면을 쓰는 게 익숙한데요. 저는 늘 다양한 캐릭터의 가면을 써왔어요. 늘 독특한 억양을 사용했고요. 시리우스 블랙은 있는 그대로예요. 그의 목소리가 제 목소리죠. 저는 제 억양을 가지고 연기하게 됐어요. 제 실제 외모와 시리우스 블랙의 모습이 크게 다르지 않습니다.' 올드먼은 감정적으로 자신과 가까운 무언가를 다루고 있었어요. 아마 자기 자식들과의 관계 때문에 그랬을 거예요. 해리와의 관계에서 그런 가공되지 않은 모습이 드러납니다."

올드먼은 영화 마지막 부분에서야 드러나는 캐릭터의 완전한 변화를 영화 첫 장면에서부터 그럴싸하게 만들어 줄 수 있도록 연기할 방법을 알아내야만 했다. "이런 일에는 다른 기술이 필요한 것 같아요." 올드먼은 말한다. "특히 책을 토대로 영화를 만들 때는 말이죠. 슬프게도 이런 과정에서 미묘한 느낌과 캐릭터의 상당 부분을 잃게 되거든요. 숨은 맥락을 모두 보여줄 만큼 시간이 많지 않으니까요. 모두가 악쓰는 오두막에서 만나는 마지막 순간까지 관객들은 제가 해리를 쫓고 있다고 생각해야 해요. 저는 그게 아니라는 걸 알지만, 관객들은 그렇다고 생각하도록 연기해야 하죠."

대니얼 래드클리프는 게리 올드먼이 세트장에 도착하기 한참 전부터 그의 팬이었다. "저는 게리 올드먼이 아주 놀라운 배우라고 생각해요." 래드클리프는 찬사를 보낸다. "그분이 해낸 다양한 일들을 생각하면 감동적이에요. 그분을 만나기 전에 저는 정말로 위압감을 느낄 거라 생각하고 긴장했어요. 진짜로 무서운 느낌이 들 줄 알았죠. 하지만 그렇지 않았어요. 그분은 정말로 친절하고 멋진 사람이었으니까요. 그 옆에서 저는 완전히 긴장이 풀렸어요."

올드먼도 둘의 협업 관계에서 보람을 느꼈다. 올드먼은 말한다. "저는 댄을 비롯한 아이들 모두가 제법 전문적이고 집중력이 높았다고 생각해요. 댄은 정말로 성숙했고, 아주 훌륭한 배우로 성장하고 있었습니다. 전에는 안 그랬다는 뜻은 아니지만요. 댄은 규율이 잡혀 있었고, 학교 과제가 아니라도 맡겨진 과제를 충실히 해냈습니다. 분명 학교 숙제도 잘할 거예요. 아무튼 배우로서 요구되는 것에 관한 과제는 확실히 해냅니다."

쿠아론 감독은 대니얼 래드클리프와 게리 올드먼의 관계가 해리와 시리우스의 관계를 반영한다고 보았다. "그건 배우로서 대니얼의 삶에서 놀라운 전환점이었습니다." 쿠아론은 열정적으로 말한다. "저는 얼마 지나지 않아 대니얼이 생생하지만 다른 방식으로 살아 있는 모습을 볼 수 있었어요. 갑자기 대니얼 안에 생생하게 살아 있는 감정의 핵이 들어 있게 됐습니다. 처음에는 대니얼이 너무 겁을 먹어서 게리와 함께 나오는 장면을 찍지 못했어요. 너무 불안했죠. 대니얼은 속으로 '난 엉망진창이야, 이 사람을 좀 봐'라고 생각했죠. 그래서 제가 댄에게 말했습니다. '게리는 어떻게 자기 대사를 전하고 네 말에 귀를 기울여야 하나 걱정하고 있어. 그냥 해버려.' 그 순간부터는 제가 촬영을 준비하거나 카메라로 기술적 문제를 처리하고 있을 때 게리와 대니얼이 멀찍이서 함께 걸어가며 둘이서만 장면을 연습하는 모습을 볼 수 있었어요. 그때가 대니얼이 다른 방식으로 연기에 접근하기 시작한 시점인 것 같습니다."

해리에게 영향을 끼친 또 하나의 새로운 인물, 리머스 루핀 교수도 영화 초반에서 보이는 것과는 정체가 다르다. 영화에서 그는 처음에 온순한 성격에 재능이 뛰어난 교수처럼 보인다. 그러다가 늑대로 변하는 것이다.

루핀을 표현하기 위해 쿠아론은 데이비드 슐리스를 선택했다. 슐리스는 루핀 이전의 어둠의 마법 방어법 선생, 퀴럴 교수 역할에 지원한 적이 있었다.

"데이비드에게는 어떤 복잡한 특징들이 있습니다." 쿠아론은 말한다. "과거에 그는 여러 다양한 캐릭터를 연기했습니다. 그중에는 아주 어두운 곳까지 들어가는 대단히 극단적인 캐릭터도 있었죠. 하지만 그러는 동안에도 그는 늘 관객과의 연결을 잃지 않았습니다. 관객들은 늘 그를 느꼈어요."

슐리스는 상을 여러 번 받았고 마이크 리의 참혹한 영화 〈네이키드Naked〉로 스타의 반열에 올랐다. 이어 〈티벳에서의 7년Seven Years In Tibet〉에서는 브래드 피트와, 〈토탈 이클립스Total Eclipse〉에서는 리어나도 디캐프리오와 함께 연기했다. 소설 원작의 악명 높은 각색 작품 〈닥터 모로의 DNAThe Island Of Dr. Moreau〉에서 말런 브랜도의 상대역으로 세계적 찬사를 받은 것은 말할 것도 없다.

"아이들은 루핀을 무척 좋아합니다. 그렇게 어려운 일은 아니죠. 학교에 별로 훌륭하지 않은 선생들이 꽤 많으니까요." 슐리스는 웃는다. "저는 루핀이 소개되는 방식이 약간 모호했다는 점이 마음에 들었습니다. 시리우스 블랙과 마찬가지로 루핀에 대해서도 좀 불길하다고 의심할 수 있죠. 하지만 곧 그가 정직하다는 걸 알게 됩니다. 그가 늑대인간이라는 사실을 모른다는 점만 빼면 말이죠. 물론, 그건 루핀이 어쩔 수 없는 부분입니다. 인간의 모습으로 돌아오면, 그는 다시 그 믿지 않는 루핀이 됩니다. 루핀은 삼촌 같은 캐릭터예요. 딱 맞는 유형이죠." 슐리스는 말을 잇는다. "하지만 그에게는 어두운 비밀이 있습니다. 루핀은 해리와 부모님을 이어주는 연결고리 중 시리우스 블랙, 스네이프와 함께 아직까지 살아남은 사람 중 한 명이기도 합니다. 저는 해리와 루핀의 관계가 [루핀과] 해리 부모의 관계에 많은 부분 근거하고 있다고 생각합니다. 그런 면에서 루핀은 해리에게 큰 위안이 되죠. 이런 사실 대부분이 드러나는 다리 위 장면이 있습니다. 전 루핀이 해리에게 부모님이 어떤 사람이었는지 설명하는 그 장면이 꽤 감동적이라고 생각해요. 루핀은 해리에게 부모님에 관한 기억을 직접적으로 전해줄 수 있는 몇 안 되는 사람 중 한 명입니다."

슐리스에게는 루핀 역할의 가장 좋은 점 중 하나가 화면에서 늑대인간으로 변신하는 것이었다.

'사람에서 늑대로' 변하는 과정은 촬영 전에 이루어진 경우가 많았다. 많은 사람이 존 랜디스와 분장사 릭 베이커의 역작 〈런던의 늑대인간An American Werewolf In London〉을 참조했다고 보았다.

"처음에는 죽마를 타고 늑대인간 옷을 걸친 사람들을 시험해 봤습니다." 닉 더드먼은 완벽한 짐승을 만들기 위해 했던 수많은 시도를 돌아보며 설명한다. "하지만 그 늑대인간들은, 믿을 수 없을 만큼 연기를 잘하는 사람들인데도 세트장에 들여놓자마자 알폰소가 원하는 수준에 이르지 못했어요. 죽마를 타고 분장의 제약까지 감당하자니 자연스럽게 연기하기가 너무 어려웠던 거죠. 그래서 늑대인간은 대체로 디지털 캐릭터가 되었습니다. 하지만 변신 자체는 실제로 촬영한 거예요. 우리는 발이 신발을 뚫고 나오는 장면을 퀵 숏으로 담았고, 수많은 풍선과 주머니로 부풀어

아즈카반 감옥을 그린 앤드루 윌리엄슨(위)과 스튜어트 크레이그(아래)의 콘셉트 아트. 교도소의 최종 모습은 이와 다르다.

위 에마 왓슨과 대니얼 래드클리프가 후려치는 버드나무 근처에서 촬영하는 모습.
아래 〈해리 포터와 아즈카반의 죄수〉에 새로 등장한 세트 중 하나인 다리 위에서 루핀(데이비드 슐리스)이 해리(대니얼 래드클리프)에게 자신의 과거에 대해 말하고 있다.

오르고 변화하는 복장을 걸친 데이비드의 모습을 촬영했습니다. 데이비드 슐리스는 훌륭했어요. 아주 불편한 작업이었을 텐데 말이죠. 원한다면 이 장면이 〈런던의 늑대인간〉에 바치는 우리의 작은 헌사라고 해도 좋습니다."

슐리스는 변신을 몸으로 표현하기 위해 안무가와 협업했고, 늑대인간 분장을 포함한 다양한 신체 효과를 받아들였다. "그 장면을 나흘인가 닷새에 걸쳐 촬영했어요." 슐리스는 기억한다. "완전 분장을 하고 겨우 하루를 보냈는데 이 캐릭터가 완전한 CG 생명체가 되었죠. 그러니까 어느 단계까지만 저인 거예요. 그래도 멋졌어요. 전에는 그런 규모로 인공 기관을 사용해 본 적이 한 번도 없거든요. 나 자신이 변신해 6시간 만에 알아보지도 못할 존재가 되는 모습을 지켜본다는 건 신나면서도 놀랍도록 환상적인 일이었습니다."

쿠아론은 자신이 원하는 변신 모습에 대해 매우 구체적인 아이디어를 가지고 있었다. "루핀 교수는 끔찍한 병을 감추고 있는, 아이들이 가장 좋아하는 삼촌 같은 인물입니다. 우린 늑대인간이 아파 보이기를 원했어요. 건강하고 강한 늑대인간은 바라지 않았습니다. 늑대인간이 된다는 것이 다른 사람에게도 분명히 위험한 일이지만, 루핀에게도 비극이라는 점을 보여주고 싶었어요. 그러니까 우리가 해리와 루핀 사이에 설정한 관계는 절대로 늑대인간과 놀러 다니는 어린아이의 관계가 아니었습니다. 그 관계는 가장 좋아하는, 병을 앓고 있는 삼촌과 놀러 다니는 아이의 관계였어요."

쿠아론이 설명하듯, 이런 은유는 늑대인간을 디자인하는 데도 영향을 미쳤다. "영화에 출연했던 모든 위대한 늑대인간들의 참고 자료, 특히 사람이 늑대인간으로 변하는 상징적인 장면이 담겨 있는 〈런던의 늑대인간〉을 살펴보고 난 뒤, 우리는 그 콘셉트에 도전장을 내밀어야 했습니다. 그 한 가지 방법은 털 없는 늑대인간을 만드는 것이었어요. 영화제작자들은 늘 사람에게 털을 붙여서 늑대인간을 만듭니다. 하지만 털이 빠지는 것이 늑대인간에게는 질병이라는 생각에 잘 들어맞았습니다."

3편에서 우리는 시리우스, 리머스, 그리고 해리의 아버지인 제임스가 호그와트 시절에 가까이 어울리던 사총사, '도둑들Marauders'이었다는 사실을 알게 된다. 이 무리에 속해 있던 네 번째 사람은 피터 페티그루로, 티모시 스폴이 연기했다.

〈해리 포터〉에 출연하기 전까지 스폴의 경력에는, 엄청난 성공을 거둔 TV 코미디 〈또 만나요,

페트!)로 스타가 된 일에서부터 마이크 리 감독의 수많은 영화에서 높은 평가를 받은 연기, 또 〈록스타Rock Star〉, 〈뒤죽박죽〉, 〈바닐라 스카이Vanilla Sky〉처럼 다양한 영화에서 가장 즐겨 찾는 할리우드 배우가 된 일까지가 포함된다.

스폴은 상대를 봐주는 일이 없다. 사실 그는 자신이 맡은 그리 명예롭지 않은 캐릭터를 연기하기를 즐겼다. 스폴은 말한다. "아시겠지만 페티그루는 주변을 맴도는 약한 녀석입니다. 무리의 주변부에 있는 놈이죠. 다른 사람들이 페티그루를 참아주는 이유는 불쌍하기 때문입니다. 그리고 역사상 수많은 약한 녀석들이 그랬듯, 페티그루는 결국 가장 큰 골칫거리가 되죠. 그는 시리우스 블랙이 자기 대신 비난받도록 내버려 둡니다. 우리 페티그루 씨는 언제든지 자기 한 몸을 지킬 준비가 되어 있는 아주 약삭빠르고 겁 많고 나약하고 남을 음해하는 뻔뻔한 거짓말쟁이 캐릭터거든요. 그 점만 빼면 아주 멋진 녀석입니다. 보시다시피 꽤 잘생기기도 했고요. 페티그루는 어떤 면에서 역겹기도 하지만, 한편으로는 이상하게도 묘한 공감을 불러일으켜요. '구제불능'답게 그런 마지못한 동정심을 자극합니다. 혐오스럽기도 하고, 끔찍한 방식으로 감동적이기도 하죠. 하지만 페티그루는 살아남기 위해서라면 얼마든지 몸을 낮추고 나약함이라는 전문성을 활용해 사람들에게 호소할 인간입니다. 아시다시피, 정말로 쥐새끼 같은 녀석이에요." 스폴은 웃으며 말을 마친다.

페티그루가 오랜 세월 동안 쥐라는 애니마구스의 형태를 유지해 왔기에 영화제작자들은 그가 어쩔 수 없이 인간의 모습으로 돌아왔을 때에도 쥐 같은 특징들을 유지하도록 했다.

쿠아론은 설명한다. "지난 12년 동안 쥐로 지낸 사람입니다. 그러니 여전히 쥐처럼 굴어야죠. 환상적인 건 티모시가 그 일을 해낸 방식이었습니다. 귀를 좀 더 뾰족하게 만들고 귀에서 털이 자

왼쪽 에마 왓슨과 대니얼 래드클리프가 후려치는 버드나무의 기계 가지에 매달려 있다. 나무의 나머지 부분은 디지털로 채웠다. **오른쪽** 드레이코(톰 펠턴)가 《괴물들에 관한 괴물 책》을 들고 있다.

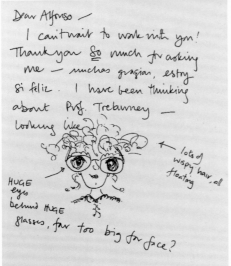

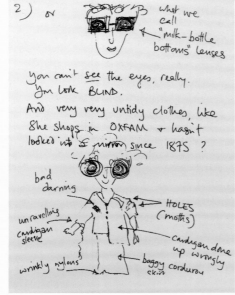

배우 에마 톰슨이 알폰소 쿠아론에게 자신이 맡은 트릴로니 교수(맨 위)에 대한 아이디어와 스케치를 담아 보낸 편지로, 자니 트밈은 이 의견을 받아들여 의상을 만들었다.

라게 했거든요. 또 저는 말했죠. '코에서도 털이 아주 많이 삐져나오게 하고, 앞니 2개를 크게 만들어 붙이죠. 손 관절 같은 데도 털을 붙이고요.' 지금도 생각하면 아주아주 소름이 끼칩니다."

스폴은 말한다. "제작진은 아주 이른 시기부터 이 캐릭터의 겉모습을 만들어야 했어요. 아마 캐스팅 전부터였을 거예요. 그들은 신화적 인물을 만들어 내는 데 뛰어난 전문가일 뿐만 아니라 인간이 다른 동물의 특징을 갖고 있는 것처럼 보이게 만드는 솜씨도 훌륭합니다. 어떤 식으로든 선을 넘기가 쉬웠을 텐데 말예요. 저는 그 캐릭터를 뒤집어쓰는 순간부터 어떻게 연기해야 하나 하는 의구심이 전부 사라진다는 점이 멋지다고 생각합니다. 그런 식으로 하나가 되는 거죠."

〈아즈카반의 죄수〉 팀에는 여자 배우 세 사람도 새로 추가되었다. 〈앱솔루틀리 패벌러스: 더 무비Absolutely Fabulous: The Movie〉와 〈디블리의 신부The Vicar of Dibley〉에 출연했던 던 프렌치가 그리핀도르 탑 입구를 지키는 그림 속 2차원 캐릭터, 뚱뚱한 귀부인을 맡아 학생들에게 '놀라운 목소리'를 억지로 들려주었다. 스리 브룸스틱스의 주인 로즈메르타 씨는 줄리 크리스티가 연기했다. 〈달링Darling〉으로 오스카상과 바프타상을 받은 그녀는 〈닥터 지바고Doctor Zhivago〉, 〈성난 군중으로부터 멀리Far From The Madding Crowd〉, 〈맥케이브와 밀러 부인McCabe and Mrs. Miller〉 등에서 영화사상 가장 훌륭한 배역을 연기한 바 있다.

여러 차례 상을 받은 배우 에마 톰슨도 괴짜 점술 선생 시빌 트릴로니 역할을 맡았다. 톰슨이 처음으로 받은 아카데미상은 〈하워즈 엔드Howards End〉로 받은 여우주연상으로, 이 영화에는 〈해리 포터〉에 출연한 배우인 헬레나 보넘 카터도 함께 출연했다. 두 번째로 받은 상은 〈센스 앤 센서빌리티〉의 대본으로 받은 각본상이었다(이 영화로 톰슨은 바프타상 여우주연상을 받기도 했다). 이 영화에는 〈해리 포터〉의 동료 앨런 릭먼, 제마 존스, 이멜다 스탠턴, 로버트 하디(마법 정부 총리 코닐리어스 퍼지), 엘리자베스 스프릭스(처음의 뚱뚱한 귀부인)도 출연했다. 케네스 브래나와 결혼한 톰슨은 빌 나이, 릭먼과 함께 〈러브 액츄얼리Love Actually〉에도 출연했으며, 작가이자 배우로서 인기 있는 어린이 책 《내니 맥피》를 영화화하기도 했다.

"저는 트릴로니가 무지막지하게 웃길 거라고 생각했어요. 왜 그랬는지는 잘 모르겠지만요." 톰슨은 생각에 잠긴다. "그 배역을 받자마자 제게는 오랫동안 거울을 본 적이 없거나 화장을 하지 않거나 그냥 아무것도 보지 못하는, 헝클어진 머리카락의 어떤 인물이 보였어요. 항상 뭔가의 너머를 보고 있다면, 바로 앞에 있는 건 못 볼 거라는 생각이 들었죠. 그리고 자신을 보지 않는다면, 보지 못한다면, 약간 헝클어진 모습일 게 틀림없다고 생각했어요. 눈이 엄청나게 커야 한다는 것도 바로 알았죠. 머리카락은 정수리 부분에 폭탄을 맞은 것처럼 보이고, 아주아주 오랫동안 빗지 않은 게 틀림없어요. 그 안에 다람쥐가 몇 마리 둥지를 틀었을지도 몰라요."

톰슨은 트릴로니가 겉보기에는 약하고 정신 사나운 성격으로 보일지 몰라도 진정한 재능을 가지고 있다고 본다. "하지만 그 재능을 뭐랄까, 좀 부풀려야죠. 실제보다 더 큰 재능인 것처럼 보이게 해야 해요." 톰슨은 말한다.

헤르미온느와 트릴로니는 영화에서 충돌하지만, 에마 왓슨은 에마 톰슨의 엄청난 팬이다. "함께 작업하는 게 정말 신났어요." 에마 왓슨은 존경심을 담아 말한다. "에마 톰슨은 대단히 창의적이고 재미있는 사람이었고, 그분이 저를 장면을 발전시키는 데 끼워줘서 우쭐하기도 했어요. '우리가 대사를 이렇게 치면 어떨 것 같아?'라거나 '이렇게 해보면 좋지 않을까?'라는 식으로 묻곤 했죠." 둘 중 어린 에마는 톰슨이 감독에서 보조 스태프에 이르기까지 세트장에서 일하는 모두에게 보여주었던 친절함을 특별히 언급한다. "그분은 무척 친절했어요. 저도 연기를 계속한다면, 그분을 닮은 배우가 되고 싶어요." 에마 왓슨은 말한다. "멋진 분이에요."

에마 톰슨도 에마 왓슨을 비롯해 그녀의 교실에 들어온 배우들이 트릴로니와 함께 작업해 준 것이 훌륭하고도 친절한 일이었다고 칭찬하는 것으로 화답한다. 트릴로니는, 톰슨의 말대로 "뱀이 잔뜩 든 양동이처럼 미친 사람"이니까 말이다.

모든 영화 촬영의 마무리는 작별 인사로 이어진다. 하지만 크리스 콜럼버스에게는 3편 영화의 끝이 그의 경력에서 가장 중요한 부분 중 하나가 끝난다는 것을 의미했다. 콜럼버스는 〈해리 포터〉 영화에 더 이상 참여하지 않기로 했다. 〈아즈카반의 죄수〉의 마지막 장면이 마무리되기 며칠 전, 콜럼버스는 제작자로서 영화계의 아이들에게 작별 인사를 해야 했다.

"그때 저는, 이제는 떠나게 됐으니 세 아이가 세트장에 있는 걸 보는 건 지금이 마지막이라는 걸 깨달았어요." 콜럼버스는 말한다. "우린 4년을 함께 보냈는데, 이젠 제가 그 아이들에게 작별 인사를 해야 했어요. 저한테는 무척 우울한 순간이었습니다. 그러면서도 한편으로는 아이들이 정말로 훌륭한 배우가 되었다는 느낌이 들었어요. 아이들은 영화 업계에서 잘해나갈 테고, 눈앞에 멋진 삶이 펼쳐져 있었죠. 하지만 저는 그 애들을 무척 그리워하게 될 터였습니다. 저는 아이들의 성장기에 그 애들과 함께했어요. 아이들이 처음으로 세트장에 발을 들여놓은 그때 말입니다. 그러니까 모든 것에 조금씩은 참여했다는 느낌이 들죠. 저는 아버지 같은 존재였습니다. 감독이었던 건 분명하고요. 어떤 면에서는 그 아이들의 선생님이기도 했습니다. 무척 슬픈 날이었어요."

크리스 콜럼버스는 실제로 이젠 10대로 자란 아역 배우들에게 아버지 같은 존재였고, 그와의 이별은 그들 모두의 삶에 전환점이 되었다. 〈아즈카반의 죄수〉가 시리즈 전체에 일으킨 변화는 이뿐만이 아니었다. 해리의 여행을 화면에 담는 영화적 접근이 밝은 데서 어두운 쪽으로 바뀌었고, 〈아즈카반의 죄수〉의 서사 중심과 관련된 선택들이 이후의 영화에 중요한 영향을 미치게 되었으니 말이다.

다음으로 각색될 롤링의 책은 그때까지 나온 책 중 가장 긴 편으로, 앞으로 닥쳐올 일의 위험을 강조하고 중심인물들 사이의 관계와 로맨스를 발전시키며 볼드모트에게 생명을 주는 내용이었다. 이로써 해리의 여행은 개인적인 것에서 서사적인 것으로 확대된다.

위 (왼쪽부터) 루퍼트 그린트, 에마 왓슨, 대니얼 래드클리프가 비 오는 날의 스코틀랜드 현지 촬영 도중 추위와 비를 피하고 있다.
아래 그리핀도르 탑의 뚱뚱한 귀부인 역 던 프렌치와 알폰소 쿠아론.

MODEL LOCATIONS
장면 너머 : 모형이 된 촬영지

배경을 촬영하기 위해 실물 크기의 세트장 말고도 굉장히 정교한 미니어처 모형들이 만들어졌다. 그런 다음 이 모형들은 실제 연기와 합성되어 최종 장면으로 탄생했다.

〈해리 포터〉 영화의 축소 모형 중 가장 인상적이었던 것은 당연히 24:1로 축소한 호그와트 성이다. 시네사이트의 특수 모형 팀은 스튜어트 크레이그와 미술 팀의 지휘에 따라 무척 정교한 호그와트 미니어처를 만들었다.

유약을 칠한 호그와트 모형의 창문에는 철창까지 달려 있었고, 문에는 전부 경첩이 있었다. 천문탑의 천체관측기와 망원경은 사소한 사항까지 복제됐고, 지붕 끄트머리의 작은 천사상도 마찬가지였다. 부엉이장에도 작은 새들을 선별해 넣었다. 하지만 이 축소 모형은 낮에만 감상할 수 있도록 만든 것이 아니었다. "모형 전체에 전기가 연결되어 있어서 밤에는 불이 켜집니다." 미술 감독 게리 톰킨스가 말한다. "통로에는 작은 횃불까지 있어요. 그중에는 불처럼 깜빡거리도록 광섬유로 만든 것도 있습니다."

거의 지름 25미터에 달하는 호그와트 모형은 이야기가 진행되면서 성안의 새로운 장소들이 드러남에 따라 영화 내내 점점 커지고 변화했다. "〈아즈카반의 죄수〉에서 시리우스 블랙이 숨어 있었던 호그와트 탑은 그 영화만을 위해서 만들었다가 다음 영화에서는 사라졌습니다." 스튜어트 크레이그는 인정한다. "천문탑은 줄곧 있었지만, 〈해리 포터와 혼혈 왕자〉에서 천문탑으로 쓰기 전까지는 딱히 용도가 정해지지 않았고요."

비교적 작고 덜 정교한 호그와트 모형도 특정 시퀀스를 만들어 내기 위해 촬영에 필요했다. 톰킨스는 회상한다. "〈비밀의 방〉에 나오는 어떤 장면에서는 온실 꼭대기가 나옵니다. 그래서 호그와트 성을 24:1 비율로 크게 찍는 데서 시작해, 10:1 비율의 온실로 들어가서 그 천장을 지나 탁 트인 하늘로 올라갑니다. 그런 다음 실물 크기의 세트장으로 들어가는 거죠. 그러면 스프라우트 교수가 맨드레이크를 뽑는 모습을 보게 됩니다. 여러 가지 크기의 모형들을 합성하고, CG를 듬뿍 끼얹은 장면이에요. 그 모든 것이 매끄럽게 이어지죠."

영화에서 호그와트 다음으로 정교하게 만들어진 모형은 호그스미드 마을이다. 이 마을은 〈아즈카반의 죄수〉에 처음 등장한다. 일단 모형 제작자들은 호그스미드 외관 세트장을 위해 만들었던 건물 몇 채의 실물을 복제한 다음 나머지 마을 풍경을 채워 넣었다. 모든 상점에 세트장의 해당 상점에서 본뜬 적당한 상품이 입혀졌다. "우리는 모형에 들어 있는 것의 90퍼센트를 제작했습니다." 톰킨스는 말한다. "그래서 허니듀크스 과자 가게의 창문에는 엄청나게 많은 유리병과 과자가 놓여 있고, 포타주의 솥단지 가게 바깥에는 솥이 잔뜩 쌓여 있죠. 스핀위치의 스포츠 장비 가게를 위해 작은 빗자루들을 만들었고, 스크리븐샤프트의 깃펜 가게를 위해서는 정말정말 작은 깃펜들을 만들었습니다. 인형의 집에서 물건을 가져다 써도 됐을 거라고 생각하시겠지만, 부엉이 새장이나 솥단지는 찾을 수 있는 게 별로 없거든요!"

114쪽 호그와트 성 모형을 만드는 작업.
위 왼쪽부터 시계방향으로 작업의 첫 단계인 하얀 마분지로 만든 성 모형./마분지 모형에 시각효과를 덧입힌 모습으로 두 번째 단계다./〈해리 포터와 마법사의 돌〉에 사용된 호그와트 성 모형으로 야간 장면을 위해 전체에 불을 켰다./부엉이장에 있는 작은 부엉이들의 근접 사진./대연회장 출입문으로, 크기 비교를 위해 펜을 놓아두었다./성의 여러 탑 지붕의 세부 장식./축소 모형 담당 존 로저스가 커다란 부엉이장 모형을 만들고 있다.

소금 눈 〈해리 포터〉 시리즈에서 인기 있는 계절은 겨울이었다. 게리 톰킨스는 말한다. "제 생각에 거의 모든 영화에 호그와트의 겨울 풍경이 나왔던 것 같아요." 물론 호그스미드는 언제나 가벼운 눈가루에 덮여 있는 모습이다. 그 말은 영화제작자들이 두 주요 모형 촬영지에서 눈을 모방할 방법을 찾아내야 했다는 뜻이다.

이들이 선택한 가짜 눈은 눈꽃 소금이었다. "보통 생선이나 튀김에 뿌려 먹는 소금은 건조하고 가루가 곱습니다." 톰킨스는 말한다. "하지만 눈꽃 소금은 눈처럼 뭉치죠. 밟으면 방금 내린 눈처럼 뽀드득 소리까지 나요. 모형에 소금을 뿌리기 위해 이동식 크레인에 올라가야 했습니다. 케이크에 설탕을 뿌릴 때처럼 소금을 체에 걸러 뿌렸죠." 24:1 크기의 호그와트 모형을 소금으로 덮는 데는 약 1주일이 걸렸고, 그걸 다 치우는 데는 2주일이 걸렸다. "아주 조심스럽게 빗자루로 쓸어내고 청소기를 돌려야 해요." 톰킨스는 설명한다. "아시겠지만, 부식성이 강하거든요."

116쪽, 위 왼쪽부터 시계방향으로 호그스미드 모형은 이처럼 근접 촬영을 해도 극도로 사실적이다./가로등./크기 비교를 위해 1파운드짜리 동전을 옆에 놓아둔 허니듀크스의 과자들, 다양한 크기의 새장, 스크리블러스 필기 도구점의 각종 필기구, 맥하벨록 상점의 마법사 모자 등의 창문 장식들./눈 내린 거리 장면을 위해 눈으로 뒤덮기 전 돌로 된 호그스미드 건물들./호그스미드 마을의 마분지 모형.
위와 아래 호그와트와 호그스미드 모형에 눈이 내린 모습을 만들기 위해 크레인을 이용해 마무리 작업을 하고 있다.

HARRY POTTER
and the
GOBLET OF FIRE
- 해리 포터와 불의 잔 -

이비드 헤이먼은 몇 년 전 〈해리 포터와 마법사의 돌〉 감독을 맡아달라고 마이크 뉴얼에게 연락한 적이 있다. "저는 그 아이디어에 큰 매력을 느꼈습니다. 책 1권이 제가 읽었던 그 어떤 어린이 소설보다도 멋지게 시작된다고 생각했어요. 끔찍한 가족에게 완전히 무시당하면서 억압받고 계단 밑 벽장에 살 수밖에 없는 아이라는 아이디어는 말 그대로 훌륭했습니다."

하지만 당시 뉴얼은 다른 영화(〈에어 콘트롤Pushing Tin〉)를 만들고 있었다. "감독으로 살면서 내린 가장 재앙에 가까운 결정이었죠." 뉴얼은 회상한다. "저는 아쉬워하며 말했습니다. '데이비드, 그 작품은 제가 맡을 수 없을 것 같네요.'"

다행히도 4편을 위해 다시 연락했을 때는 뉴얼에게 시간이 있었다.

마이크 뉴얼은 TV 드라마에서부터 경력을 쌓기 시작해, 높은 평가를 받는 〈낯선 사람과 춤을Dance With A Stranger〉이라는 작품으로 영화계에 진출했다. 이 영화에는 미란다 리처드슨이 나온다. 뉴얼에게 가장 큰 돌파구는 1994년 작 〈네 번의 결혼식과 한 번의 장례식〉을 통해 찾아왔다. 그는 이 영화로 바프타상의 데이비드 린 감독상을 받았다. 이제는 그가 〈해리 포터〉 영화의 감독을 맡을 첫 영국인이 될 차례였다.

"제가 개인적으로 이 이야기가 재미있다고 생각했던 이유 두 가지는, 물론 다른 이유도 많았습니다만, 이 이야기가 학교를 배경으로 삼고 있는 데다 아주아주 웃기다는 점이었습니다." 뉴얼은 말한다. "저도 학창 시절이 있었으니까, 아이들이 일종의 무정부주의자라는 걸 기억하고 있습니다. 아이들은 끊임없이 권위의 한계를 쿡쿡 찔러보지요. 놀랄 만큼 창의적이고, 매우 파괴적인 데다, 무척 시건방집니다."

〈해리 포터와 불의 잔〉은 그때까지 J.K. 롤링의 시리즈에서 가장 긴 책이었으므로 영화제작자들은 영화 역시 팬들이 보기에도 소설을 충실하게 반영하고 몰입감을 일으키는 동시에, 합리적인 상영 시간을 지켜야만 했다. "저는 책에 영화 두 편을 만들 만한 내용content은 들어 있어도, 두 편을 만들 만한 이야기story는 들어 있지 않다고 생각했습니다. 4권을 움직이는 큰 줄기의 이야기는 한 편으로 만들어도 충분했어요." 뉴얼은 말한다.

여러 가지 면에서, 해리의 시점에 초점을 맞추겠다는 전작의 감독 알폰소 쿠아론의 결정은 4권의 번안 과정에 자유를 주었다. 4권 역시 스티브 클로브스가 각색을 맡았다.

뉴얼은 클로브스와 가까운 협력 관계를 쌓았다. "스티브와 저는 정말 잘 맞았습니다." 뉴얼은 열정적으로 말한다. "저는 스티브가 무척 좋았어요. 스티브도 마찬가지였을 거라고 생각합니다. 우리는 매우 잘 어울렸습니다. 저는 스티브의 글을 절대적으로 마음에 들어 했어요. 스티브는 제가 가장 좋아하는 영화 중 하나인 〈사랑의 행로〉를 쓴 사람이기도 했습니다. 그래서 저는 클로브스와 함께 뛰어놀 준비가 되어 있었죠."

롤링의 책에는 뉴얼이 매력적으로 느낀 또 한 가지 측면이 있었다. "이 책은 훌륭한 스릴러였습니다. 자신이 위험에 빠져 있는 줄 모르다가, 그 사실을 알게 되자 이유를 짐작하지 못하는 한 사람의 이야기죠. 앨프리드 히치콕의 〈북북서로 진로를 돌려라North by Northwest〉와 같은 음모 스릴러입니다. 그 영화에서도 캐리 그랜트가 자신이 왜 추격당하는지 전혀 모르면서 점점 더 심각한 문제에 빠져듭니다. 저는 바로 그런 스릴러를 만들고 싶었어요. 저는 이 책에 제가 그때까지 읽은 롤링의 책 어느 편보다도 날카롭고 강한 스토리가 들어 있다고 생각했습니다." 뉴얼은 말을 잇는다. "그 이야기가 주축이 되어야 했어요. 용이니 뭐니 하는 온갖 멋진 것들도 나오지만 그건 케이크의 장식 같은 거고요, 영화를 만드는 데 필요한 크고 멋진 비계 구조물은 아닙니다. 책에는 그런 비계 구조물이 있었어요."

118쪽 대니얼 래드클리프가 유럽 최대의 수조에서 트라이위저드 대회 두 번째 과제를 수행하는 장면을 촬영하면서 '아센디오' 주문을 외치고 있다. 스쿠버 장비를 착용한 제작진이 카메라가 돌아가지 않을 때 산소를 공급하려고 물속에서 대기하고 있다.

"마이크 뉴얼 감독님은 이 영화가 결국 스릴러라고 생각한다면서 〈북북서로 진로를 돌려라〉 같은 고전을 이야기했어요." 대니얼 래드클리프가 덧붙인다. "해리가 처음으로 덤블도어를, 트라이위저드 대회에 떠밀려 들어간 자신을 막아서거나 지켜줄 힘이 없는 노인으로 보게 되면서 해리의 세상은 완전히 흔들리죠. 뭔가가 해리를 잡으려고 하는데, 덤블도어는 그걸 어떻게 처리해야 할지 몰라요. 우리는 호그와트가 예전과는 달리 안전한 곳이 아니라는 사실을 알게 됩니다. 해리는 목숨이 위태로워지고, 그 누구에게도 조언을 구할 수 없어요."

마이클 갬번은 교장의 다른 면을 보여줄 기회를 즐겼다. "덤블도어는 통제력을 잃고 겁에 질려 있습니다." 갬번은 말한다. "결국은 자세를 가다듬지만 무척 당황하고, 해리와 관객은 덤블도어를 처음으로 완벽하지 않은 사람으로 보게 되죠. 그건 아주 불안한 일입니다."

〈불의 잔〉에서는 해리의 세상이 한층 어두운 곳으로 변하고 볼드모트의 위협이 더욱 현실적으로 다가오지만, 뉴얼은 이야기에 어느 정도 밝은 부분을 유지하기로 결정했다.

"이 이야기는 성장해 가는 어린이들에 관한 것이므로, 아이들의 인지능력도 늘 변화하고 있습니다." 뉴얼은 설명한다. "아이들은 인생의 다른 측면을 보고 어른이 되는 방법을 배워가죠. 이 영화 전체의 희극성에도 큰 도움이 되는 점입니다."

헤이먼은 설명한다. "마이크는 [미국 사립학교와 비슷한] 영국 공립학교에 다녔습니다. 어느 면에서 그는 전문가로서의 자신을 공립학교 출신 소년인 자신과 결합합니다. 배우들과 스태프들에게서 엄청난 존경을 받는 동시에, 기숙사 생활에 전적으로 공감하고, 이런 기관에서 종종 발견되는 어린 시절 특유의 반항심을 꿰뚫어 보기도 하죠. 게다가 유머 감각도 뛰어나고요."

헤이먼은 말을 잇는다. "하지만 뉴얼이 발리우드 영화를 만들고 싶다고 했을 때는 좀 긴장했어요. 저는 발리우드 영화를 좋아하지만, 제가 상상했던 건 그게 아니었거든요. 돌이켜보면 뉴얼의 말이 무슨 뜻인지 알 것 같습니다. 노래나 춤이 나오는 건 아니지만, 전체 시리즈에서 〈불의 잔〉은 가장 색채가 많이 쓰인 영화입니다. 10대의 사랑과 화려한 크리스마스 무도회, 연극적인 퀴디치 월드컵, 트라이위저드 대회라는 구경거리가 나오죠."

뉴얼은 영화 속 마법사 세계를 처음 만든 사람들의 중요한 공헌을 서둘러 짚어낸다.

"크리스가 처음 두 영화를 맡았죠." 뉴얼은 말한다. "이 영화의 숨겨진 영웅이 바로 크리스입니다. 크리스 이전에는 아무도 마법 지팡이가 어떻게 생겼는지 몰랐고, 마법이 어떤 모습으로 펼쳐질지 몰랐어요. 교복이 어떻게 생겼는지도 몰랐고, 그놈의 퀴디치를 어떻게 하는 건지도 몰랐죠. 크

위 (왼쪽부터) 루퍼트 그린트, 마이크 뉴얼 감독, 앨런 릭먼, 대니얼 래드클리프가 촬영 도중 웃음을 터뜨리고 있다.
아래 덤블도어 교수(마이클 갬번)가 진지한 표정으로 해리(대니얼 래드클리프)에게 해리가 최초의 네 번째 트라이위저드 대표 선수라고 말하고 있다.

리스와 스튜어트를 비롯한 모든 관계자가 이 모든 세상을 영화에 적합하게 해석한 다음 우리에게 물려줬습니다. 우리는 작은 조각들을 다시 만들어 내고 새로운 것들을 떠올리긴 했지만, 크리스 콜럼버스가 이미 그 엄청나게 넓은 땅을 갈아둔 셈이었어요."

〈불의 잔〉의 제작을 시작하기 전에 뉴얼은 전임자인 알폰소 쿠아론을 만났다. "쿠아론은 3편의 40분가량을 이미 편집해 둔 상태였어요. 저한테 보고 싶은지 묻더군요." 뉴얼은 말한다. "아주 너그러운 일이었죠. 그런 초반 편집본은 매우 개인적인 것이라, 방어적인 느낌이 들기 마련이거든요." 뉴얼은 깜짝 놀랐다. "쿠아론이 제가 하고 싶었던 모든 것을 이미 해두었더군요."

뉴얼은 해리의 열한 살, 열두 살 시절을 다룬 첫 두 편을 떠올리면서 말한다. "이때는 아직도 햇빛이 쨍쨍한 경이로운 어린 시절입니다. 그래서 첫 두 영화도 그런 모습이죠. 알폰소는 자라서 열세 살이 된 해리를 보여줍니다. 4편에서 해리는 열네 살이고, 세상에 대한 그의 이해는 훨씬 더 성장하게 됩니다. 더욱 어두워지고, 더 많은 걱정을 하게 되죠. 해리의 어깨에는 많은 짐이 지워져 있습니다. 저는 성인이 되어가는 이 위대한 단계를 만들어 낼 사람이 저라고 생각했어요. 그런데 아니더군요. 그 일은 알폰소가 이미 해두었습니다. 그래서 저는 저만의 표시 같은 것이 필요했습니다. 그 이야기를 다시 발명해야 했어요."

마이크 뉴얼의 설명에 따르면 영화에서 '그만의 표시'는 '악당과 영웅의 관계에 관련된 것'이어야 했다.

한편으로 뉴얼은 균형점도 찾아야 했다. "액션 장면만 연속으로 찍는 게 아니라, 청소년기의 감정에, 자신은 죽을 수밖에 없는 인간이며 누군가가 자신을 잡으려 한다는 것을 깨달은 그 아이의 머리와 자아에 무슨 일이 일어나는지를 보여줘야 한다는 사실을 끊임없이 떠올려야 했습니다." 뉴얼은 설명한다. "그에게는 친구들이 필요하고 주변 사람들과의 관계가 필요하죠. 불안과 약점이 드러나는 순간이 보여야 했습니다."

어린 배우는 새로운 감독을 정말로 좋아하고 존경했다. "마이크 뉴얼 감독님은 영국인이에요. 아주아주 영국인답죠. 심지어 매일 조끼를 입고 다닌다니까요." 대니얼 래드클리프는 말한다. "감독님은 엄청난 존경심을 끌어내고 대단한 존재감을 풍기지만, 영국식 유머를 완벽하게 이해하고 있고 공립학교의 청소년으로 지내는 것이 어떤지 잘 알고 있어요."

에마 왓슨도 같은 생각이다. 에마는 말한다. "마이크 뉴얼 감독님은 영국인 그 자체였어요. 그분과 같이 일하는 건 무척 신나는 일이었죠. 마음이 넓은 분이에요."

위 장면 사이에 이야기를 나누고 있는 마이크 뉴얼(오른쪽)과 에마 왓슨.
아래 위즐리 가족과 디고리 가족이 포트키를 사용해 퀴디치 월드컵 장소로 이동하는 장면을 촬영하는 동안 그레그 파월이 대니얼 래드클리프(앞)가 와이어에 매달려 공중을 날아가는 장면을 지도해 주고 있다.

톰 펠턴이 덧붙인다. "감독님은 목청이 컸어요. 큼직한 모자에 큼직한 목도리를 두르고 다녔죠. 그분이 세트장에 올라오면 저 사람이 감독이라는 걸 바로 알 수 있었어요."

루퍼트 그린트는 새 감독을 다양한 자질이 완벽하게 혼합된 사람으로 보았다. "감독님은 정말로 현실적인 한편, 우리가 캐릭터에 나름의 의견을 더할 수 있도록 해줘요." 동시에 이렇게 지적한다. "완전히 미친 사람이고, 함께 일하기에 정말 재미있는 분이에요."

프레드와 조지 역을 맡은 제임스와 올리버 펠프스는 다른 배우들보다도 마이크 뉴얼 감독과 '직접적인' 경험을 함께 쌓을 기회가 많았다. 촬영 초반에 위즐리 쌍둥이는 서로 싸워야만 했다(불의 잔을 속이려고, 덤블도어가 그어놓은 나이 제한선을 넘으려다 실패하고 그 결과 길고 흰 턱수염이 난 다음에).

"우리가 가짜 수염을 붙이고 있을 때 감독님이 다가왔어요." 제임스는 설명한다. "그러더니 말하더군요. '너희 둘, 영화에서 싸워본 적 있니?'" 쌍둥이가 그런 적 없다고 말하자 뉴얼은 그들에게 무대에서 싸우라고 말했다. 제임스가 말한다. "그래서 우린 바닥을 굴러다니기 시작했어요. 그랬더니 감독님이 '아니, 아니, 아니야'라더군요."

뉴얼은 웃는다. "엄청나게 큰 싸움이 벌어졌어야 하는데, 둘은 뭐랄까, 가망이 없었어요. 그래서 싸움이 어떤 건지 직접 보여주기로 했죠. '나랑 싸워볼 사람?' 둘 중 한 명이 손을 들고 앞으로 나왔어요. 둘 중 누구였는지는 기억이 안 나네요. 둘을 구분해 본 적이 없어서. 우리는 서로에게 덤벼들어서 바닥에 쓰러졌고, 구르고 발길질을 하고 깨물고 주먹을 날렸어요."

지원자는 올리버였다. "감독님은 몸집이 커요." 그는 웃는다. "제임스는 그냥 그 자리에 서서 소리치기만 했죠. '반격해! 왜 반격을 안 하는 거야?' 그래서 제가 감독님을 내팽개쳤어요."

뉴얼이 말을 잇는다. "그때 저는 왼쪽 옆구리에 찌르는 듯한 통증을 느꼈어요. 갈비뼈가 부러진 거예요. 저는 절뚝거리면서 빠져나와야 했어요."

부상에도 불구하고 감독은 이때의 교감을 승리로 여겼다. "그 일의 멋진 점은 제가 400명의 아이들 앞에서 스스로 완전한 바보가 됐다는 겁니다. 덕분에 아부 점수를 많이 땄죠. 애들이 그 뒤로는 절대로 저를 존경하지 않았거든요." 뉴얼은 웃는다. "저는 그놈의 끔찍한 '선생님sir' 소리를 듣지 않을 수 있었어요." 뉴얼은 어린 배우들이 자신을 그렇게 부르길 바라지 않았다. "저는 '감독 선생님'이 되고 싶지 않았어요. 선생님이 되고 싶지 않았는걸요. 저는 권위 있는 사람이 되고 싶지

위 노화약을 먹고 덤블도어의 나이 제한선을 넘으려다가 실패해서 우스꽝스러운 모습이 되어버린 프레드 위즐리와 조지 위즐리(제임스와 올리버 펠프스). **아래** 마이크 뉴얼이 이고르 카르카로프 역의 프레드라그 벨라츠(오른쪽)에게 연기 지도를 하고 있다. 죽음을 먹는 자 재판에서 카르카로프가 바티 크라우치 2세를 위즌가모트에 고발하는 이 장면은 해리가 펜시브에서 목격하는 장면이다.

않았습니다. 저는 아이들이 본능적으로 반응하기를 바랐어요. 하지만 언행이나 행실을 신경 쓰다 보면 그런 일은 불가능하죠. 그 모든 소동을 거치고 나서 아이들은 절 그냥 '또라이'라고 생각했습니다. 덕분에 아이들에게서 자제하는 태도가 사라졌어요. 이후 몇 달 동안은 무진장 아팠지만 이 방법은 통했고 모두가 긴장을 푸는 데 도움이 되었습니다."

〈해리 포터와 불의 잔〉에서는 보바통 마법학교의 프랑스 여학생들과 헌걸찬 덤스트랭 마법학교의 불가리아 남학생들이 트라이위저드 대회에 참가하러 도착하면서 관객들이 처음으로 호그와트가 아닌 마법학교를 엿보게 된다.

프랑스 마법학교의 거인 교장, 올랭프 막심 역할로 캐스팅된 사람은 영국의 베테랑 배우 프랜시스 드 라 투르였다("제 이름이 프랑스식인 건 그냥 우연이에요"라고 드 라 투르는 덧붙인다).

드 라 투르는 로열 셰익스피어 극단의 일원으로 연극계에서 자리 잡은 뒤, 코미디와 정극 분야 모두에서 성공적인 TV 경력을 쌓기 시작했다. 정통 시트콤 〈라이징 댐프〉의 약간 억압된 노처녀 존스 씨 역할로 잘 알려져 있으며, 리처드 그리피스(〈해리 포터〉 영화의 버넌 이모부 역)와 함께 출연했던 〈히스토리 보이스The History Boys〉에서 맡은 역할로 바프타 영화상 후보에 올랐다.

"저는 마이크 뉴얼을 만나서 다른 배역의 오디션을 봤어요." 드 라 투르는 회상한다. "하지만 결국은 막심 교장 역할을 맡게 됐죠. 정말 재미있을 것 같았어요." 실제로는 그녀가 상상했던 것보다 훨씬 재미있었다. "도무지 정색할 수가 없네요." 그녀는 촬영 도중에 말했다. "모두가 너무 재미있어서 우린 많이 웃어요. 앨런 릭먼은 웃지 않으려 하지만요. 그 사람 캐릭터가 웃지 않으니까."

코미디와 함께 약간의 로맨스도 찾아온다. 막심 교장이 루비우스 해그리드라는 사람의 눈에 들어온 것이다. "거인 혼혈에게는 로맨스가 좀 까다로워요." 로비 콜트레인은 말한다. "그래서 해그리드는 보바통 사람들이 도착하고 자기보다 키 큰 사람을 보게 되자 자신의 행운을 믿을 수 없었죠."

드 라 투르는 말한다. "막심 교장은 거인이라는 점을 진지하게 부정해요. 자기는 그냥 '골격이

위 해그리드 역의 로비 콜트레인(가운데)과 올랭프 막심 교장 역의 프랜시스 드 라 투르가 마이크 뉴얼의 지도를 받으며 크리스마스 무도회에서 춤추는 장면을 촬영하고 있다. 막심이 해그리드보다 크기 때문에, 드 라 투르가 원형 단 위에 올라서서 카메라 높이에 맞췄다.
아래 키가 큰 막심 교장 분장을 한 대역 이언 화이트가 멋들어지게 대연회장으로 걸어 들어오는 보바통 여학생들을 뒤따르고 있다.

클 뿐'이라고 하죠. 하지만 문화적 차이라든가, 해그리드의 소박한 매력에 비해 막심은 너무 세련되고 이국적이라는 점에도 불구하고 해그리드에 대한 감정은 진심이에요. 로맨스는 확실히 꽃피게 됩니다."

프랑스 출신 배우 클레망스 포에지는 보바통의 트라이위저드 대표 선수 플뢰르 들라쿠르로 캐스팅됐다. 포에지는 프랑스에서 연기를 해왔을 뿐 아니라 영국의 미니시리즈 〈화약, 반역, 그리고 음모〉에서 스코틀랜드 여왕 메리 역할을 맡아 막 수상한 터였다. 이미 《해리 포터》 책을 탐독하기도 했다. "엄마 때문이었어요." 포에지는 고백한다. "엄마가 프랑스에서 문학 선생님을 하시거든요. 엄마는 《해리 포터》 시리즈가 지금 같은 대작이 되기 전부터 그 책들을 알고 계셨고, '꼭 읽어 봐'라고 계속 말씀하셨어요. 일단 읽기 시작했더니 멈출 수가 없더라고요."

플뢰르 역할을 맡게 되어 기쁘기는 했지만, 포에지는 조금 거리감이 느껴지는 이 캐릭터에 딱히 흥미를 가진 것은 아니었다. "저는 플뢰르를 고등학교 시절에 제가 싫어했던 여자애들 같은 인물로 봤거든요." 그녀는 웃는다. "모든 걸 완벽하게 하고, 같은 공간에 있는 다른 사람들을 절대로 돌아보지 않는 애들 말이에요. 플뢰르는 프랑스인에 대한 고정관념을 모두 담고 있었어요. 플뢰르 자체는 클리셰가 아니지만, 프랑스 여자라면 이렇겠거니 싶은 사람이죠."

뉴얼은 덧붙인다. "저는 파리에 가서 클레망스라는 멋진 배우를 만났습니다. 클레망스는 아주 아주 세련된 사람이었어요. 의상 디자이너가 보바통 학생들에게 입힐 세련된 여성용 치마를 만들어 두었는데, 그렇게 마음을 설레게 하는 옷은 본 적이 없었습니다. 그 치마를 입은 클레망스의 모습은 예술 그 차제였어요."

트라이위저드 대회에 참여한 세 번째 마법학교인 덤스트랭의 교장 이고르 카르카로프는 프레드라그 벨라츠가 슬라브 특유의 강렬함을 담아 연기했다. 캐스팅 디렉터 메리 셀웨이는 벨라츠가 BBC 드라마 〈전사들〉에서 보여준 모습에 감명받아 그가 이고르 카르카로프 역할에 완벽하게 어울릴 거라고 생각했다. 이고르 카르카로프는 바티 크라우치 2세를 위즌가모트에 넘긴 전직 죽음을 먹는 자다.

"저는 이고르 카르카로프가 안타까운 캐릭터라고 생각했습니다." 벨라츠는 말한다. "겉모습도 그렇고, 그 오만함도 그렇고요. 그는 성공한 사람이었지만, 지금은 망한 상태입니다. 그는 꼭대기에 올라가려 하지만 제 생각에는 그런 일은 더 이상 불가능하다는 걸 아는 것 같아요."

덤스트랭의 트라이위저드 대표인 퀴디치 선수 빅토르 크룸은 불가리아의 젊은 배우 스타니슬라브 이아네브스키가 맡았다. 그는 런던에서 공부하던 중 발탁됐다. 가족 중에 배우들이 있긴 했지만 그는 배우가 아니었고, 자신이 캐스팅된 것을 "진짜 동화 같은 일"이라고 말한다.

"하루는 등록할 시간에 늦어서 학교를 가로질러 달리며 앞의 친구에게 소리치고 있었어요." 이아네브스키는 기억한다. "그때 캐스팅 디렉터 피오나 위어도 복도를 걷고 있었죠. 그분이 제 목소리를 듣고 연극과 선생님에게 제가 오디션을 봤으면 좋겠다고 했어요." 이아네브스키는 오디션을 봤고 두 번째 오디션에 참여하라는 요청을 받았으나 그 시간에 시험이 예정되어 있었다. "그래서 저는 별로 기대하지 않았어요."

위어는 이아네브스키를 끈질기게 설득했고, 결국 이 젊은이는 퀴디치 영웅이 되어 헤르미온느 그레인저의 마음을 얻으려고 경쟁하게 되었다.

호그와트 트라이위저드 대표 선수 중 한 명은 후플푸프의 말쑥한 학생 세드릭 디고리로, 이 역할은 로버트 패틴슨이 맡았다. 당시에 비교적 무명이었던 패틴슨은 머잖아 전 세계에서 가장 잘 알려진 젊은 영국인 배우라는 타이틀을 놓고 대니얼 래드클리프와 경쟁하게 된다. 놀라운 인기를 얻은 〈트와일라잇Twilight〉 시리즈에서 고녀에 빠진 뱀파이어 남자 주인공 에드워드 컬렌 역할을 맡으며 순식간에 슈퍼스타가 되었기 때문이다.

"세드릭은 트라이위저드 대회의 공식 호그와트 대표 선수예요." 패틴슨은 설명한다. "열일곱 살이고, 반장이고, 정정당당하게 규칙을 지키는 신사죠. 처음에는 모두가 세드릭을 응원하는데, 그러던 중에 해리를 보호해 주게 돼요. 경쟁 관계에 있긴 하지만 결국은 뭐가 우선인지 바로잡습니다."

뉴얼은 그를 캐스팅한 이유를 이렇게 설명한다. "저는 궁극의 전투기 조종사를 원했습니다. 저는 세드릭이 죽는다는 걸 알고 있었고, 그가 죽으면서 이야기에 아주 중요한 역할을 하게 된다는 것도 알고 있었어요. 저는 세드릭이 누가 봐도 희생적인 인물이 되기를 바랐습니다. 이상화된 제1차 세계대전의 장교 같은 인물요. 그건 분명 로버트가 할 수 있는 일이었죠. 로버트는 훌륭한 외모

맨 위 보바통 대표 선수 플뢰르 들라쿠르 역의 클레망스 포에지.
중간 덤스트랭 대표 선수 빅토르 크룸(스타니슬라브 이아네브스키, 왼쪽)과 이고르 카르카로프 교장(프레드라그 벨라츠).
아래 호그와트 대표 선수 세드릭 디고리 역의 로버트 패틴슨과 그의 크리스마스 댄스 파트너 초 챙(케이티 렁).

에, 우아한 파멸의 느낌을 풍기거든요."

4편은 팬들에게 어린 해리의 인생 첫사랑이 될 소녀인 초 챙도 소개했다. 스코틀랜드에서 태어난 중국계 배우 케이티 렁은 그때까지 학교 연극에도 참여해 본 적이 없었으나 아버지의 설득에 초 챙 역할의 공개 오디션에 응했다. 줄을 선 아이들의 숫자(5,000명이었다)라든가 안에 들어가기까지만도 시간이 무척 오래 걸릴 거라는 사실에 충격을 받은 케이티는 하마터면 그 기회를 날려 버릴 뻔했다. 다행히 그녀는 떠나지 않기로 했고, 겨우 몇 주 만에 해리의 마음을 처음으로 훔친 예쁘장한 래번클로 학생 역할을 따냈다.

초기 영화와 책 1, 2권만 알고 있던 렁은 처음에 자신이 연기하게 될 배역이 얼마나 큰 역인지 몰랐다. "오디션을 보러 갈 때만 해도 저는 초 챙이 해리의 첫사랑일 줄 몰랐어요. 그래서 별로 대단한 일은 아니라고 생각했죠. 배역을 딴 다음에는 생각이 달라졌지만요!"

지난 몇 년 동안 그래왔듯이 호그와트는 새 어둠의 마법 방어법 교사를 찾았다. 이번에는 전직 오러인 매드아이, 앨러스터 무디가 그 과목을 담당하게 됐다. 그는 눈과 다리가 하나씩 없고, 양심도 좀 없는 사람이다. 부분적으로는 무디가 사실상 진짜 무디가 아니기 때문일지도 모른다. 뉴얼이 말하듯 무디는 "한 배우가 연기하지만 그 안에 다른 배우가 들어 있기도 한 캐릭터"다. 데이비드 테넌트가 연기한 바티 크라우치 2세가 폴리주스 마법약을 마시고 무디로 위장한 사실을 이야기하는 것이다. 4편 대부분의 상영 시간 동안 관객이 보게 되는 무디는 바로 그다.

매드아이 무디로 선택된 아일랜드 출신 배우 브렌던 글리슨은 늦깎이 연예인으로, 교사 생활을 하다가 배우가 되기로 마음먹었다. 흥미롭게도 글리슨은 〈더 필드The Field〉에서 리처드 해리스의 상대역으로 데뷔했으며, 〈테일러 오브 파나마〉에 대니얼 래드클리프와 함께 출연했고, 아일랜드의 판타지 영화 〈오씨Into The West〉에서 마이크 뉴얼 감독과 함께 일하기도 했다.

"우리는 전에 함께 일해본 적이 있습니다." 뉴얼은 회상한다. "제가 더블린까지 날아가서 글리슨을 설득했죠. 제 생각에는 글리슨도 반쯤은 결정을 내렸던 것 같습니다. 글리슨은 자기가 맡을 캐릭터를 잘 모르지만, 아들들이 《해리 포터》 책을 안다고 했어요. 지나가는 말로 아들들에게 매드아이 무디라는 캐릭터 얘기를 하러 누가 온다고 했다는군요. 글리슨이 듣기에는 그 이름이 좀 이상했어요." 글리슨은 아들들이 역할을 수락하되 "제대로 하라"고 조언했다고 말한다.

글리슨은 말한다. "무디 캐릭터를 연기하면서 마음에 들었던 점은 예전의 제 선생님들이 몇 명 떠올랐다는 겁니다. 모진 사랑이라는 접근법과 짝을 이뤄서요. 무디는 성인식을 몸으로 체험하는 사람, 걸어 다니는 통과의례입니다. 무디는 어린 남녀에게 그들이 무엇에 맞서야 하는지 보여주고 싶어 합니다. 다시 말해, 사방에 존재하는 악에 맞서야 한다는 거죠. 무디는 아이들을 신중히 다뤄야 한다는 말을 믿지 않습니다. 그렇게 하면 아이들이 현실 세계로 나아갈 준비를 할 수 없을 테니까요. 무디는 지팡이를 든 총잡이입니다. 전투로 입은 부상이나 흉터를 보면 알 수 있듯 끔찍한 외상을 겪은 게 분명해요. 그는 돌아올 수 없는 지점을 넘었고, 망상에 빠지기 일보 직전입니다."

의상 디자이너 자니 트밈도 글리슨의 총잡이 비유에 공감했다. "저는 이탈리아에서 제작된 서부극들에서 영감을 얻었어요." 트밈은 말한다. "무디는 코트를 입고 살아요. 코트 한 벌만 있을 뿐 집은 없죠. 그러니까 모든 소지품이 그 코트 안에 들어 있는 거예요."

〈불의 잔〉 관객들에게 소개된 또 다른 새 캐릭터는 《예언자일보》의 교활한 기자 리타 스키터다. 그녀는 늘 기삿거리를 얻으려고 혈안이기에 당연히 해리를 쫓고 있다.

마이크 뉴얼은 재빨리 이 역할에 미란다 리처드슨을 선택했다. 〈낯선 사람과 춤을〉에서 함께 일했던 경험을 이야기하면서 "내가 미란다를 발명했고, 미란다가 나를 발명했다"는 이 한 마디로. 리처드슨은 그 이후로도 정극과 코미디 양쪽에서 경력을 쌓았고 영국 TV의 〈블랙애더 2〉에서 얼빠진 엘리자베스 1세를 연기해 엄청난 관객을 끌어들였다. 〈슬리피 할로우〉와 〈앱솔루틀리 패벌러스: 더 무비〉 등 다양한 프로젝트에서 연기했으며 오스카상 후보에 두 차례 오르기도 했다.

미란다 리처드슨의 설명에 따르면 그녀가 이 역할에 접근한 방법은 황색 언론이 가진 최악의 요소들을 모두 끌어안는 것이었다. "리타는 사람들이 듣고 싶어 하는 이야기나 계속 읽고 싶어 할 만한 것을 쓰죠. 조명을 받을 만한 추잡스러운 소문이 있으면 그 소문을 기사로 써버려요. 영웅을 찾아다니면서도 얻은 것에는 꽤 실망감을 느끼죠. 세드릭이 될까? 당연히 보잘것없는 해리

맨 위 자니 트밈이 디자인하고 마우리시오 카네이로가 그린 매드아이 무디 의상의 하나.
중간 자니 트밈이 디자인하고 마우리시오 카네이로가 그린 리타 스키터의 의상. 이 비늘 의상은 용을 상대하는 첫 번째 과제 때 입은 것이다.
아래 리타 스키터 역의 미란다 리처드슨과 무디 역의 브렌던 글리슨이 함께 촬영하고 있다. 두 사람은 마이크 뉴얼 감독이 감독한 다른 영화에 출연한 적이 있다.

해리가 금지된 숲에서 처음 목격하고 뒤에 트라이위저드 대회 첫 과제에서 만나는 헝가리 혼테일의 몸속에는 〈해리 포터와 비밀의 방〉에서 사용한 바실리스크가 들어 있다. 이 용은 일어섰을 때 어깨높이가 2미터를 넘고 날개 길이는 쫙 폈을 때 20미터가 넘는다. 이 용의 모습은 모든 장면에서 컴퓨터그래픽으로 처리했다.

는 아니겠지!"

미란다 리처드슨과 뉴얼은 리타의 겉모습에 대해 오랫동안 의논했다. "책에서는 금니 3개가 있다고 묘사되는데, 저도 마이크도 그렇게 하면 리타가 다가가기 어려운 인물이 될 거라고 생각했어요." 미란다는 말한다. "리타는 기삿거리를 얻으려고 최대한 가짜 매력을 발휘하는 인물이에요. 그래서 다이아몬드로 타협을 봤죠. 그리고 모든 장면에서 각기 다른 옷을 걸치고 다른 헤어스타일을 하고 나와요. 리타 생각에는 옷 잘 입는 사람이 자기뿐이죠."

트밈은 말한다. "리타에게 옷을 입히는 건 꿈같은 일이었어요. 저는 1980년대에서 영감을 얻었어요. 그 시절 옷은 색채가 강하고 매우 각진 느낌이죠. 하지만 동시에, 리타는 늘 상황에 맞는 옷을 입어요. 용과의 결투를 추적할 때 리타의 옷에는 비늘이 달려 있어요. 리타의 의상 중에 독성이 있을 듯한, 거부감 드는 녹색 옷이 있는 것도 우연은 아니에요."

트밈이 말하는 결투란 트라이위저드 대회의 첫 번째 과제다. 이때 대표 선수들은 각자 보호본능이 몹시 강하고 위험한 용에게서 황금 알을 훔쳐야 한다.

용을 만드는 것이 매일 있는 일은 아니다. 영화계라는 마법의 세상에서도 마찬가지다. 〈불의 잔〉을 위해 제작자들은 용 두 마리를 만들어야 했다. 첫 번째 용은 해그리드가 해리에게 첫 번째 과제 내용을 알려주려고 하는 숲 장면에 등장한다. 특수분장효과 팀 감독 닉 더드먼과 특수효과 감독 존 리처드슨은 완전히 진짜처럼 보이는 것을 만들고 싶었다. 스튜어트 크레이그의 미술 팀에서 헝가리 혼테일이라는 이 괴수의 디자인을 맡았다. 그런 다음에는 "닉 더드먼이 용을 만들었다"는 것이 존 리처드슨의 말이다. "우린 용이 불을 뿜도록 했고, 앞뒤로 흔들리는 철창을 만들어서 용이 그 안에 앉아 있게 했습니다."

멋지고도 실속 있는 결정으로, 〈비밀의 방〉에서 쓰였던 바실리스크를 가져다가 재구성해서 단순한 인형 비슷한 것으로 바꾸었다. "우리는 사람들이 날개 뒤에 숨어 있게 했어요." 더드먼은 설명한다. "하지만 정말로 통한 방법은 존 리처드슨이 그 안에 화염방사기를 설치한 것이었죠. 우리는 밤에 숲으로 나갔어요." 더드먼은 말을 잇는다. "제 눈앞에서 용이 철창을 뒤흔들며 불을 뿜고 있더군요. 그래서 정말 끝내준다고 생각했죠. 이래서 이 영화에 참여한 거였어요."

두 번째 용은 트라이위저드 과제에 나온 것으로, 100퍼센트 CG로 만들었다. "최근에는 영화에 용이 많이 나와요." 시각효과 감독 지미 미첼은 말한다. "그래서, 용이 신화 속 생명체이긴 해도 우리 목표는 어느 정도 현실감을 주는 거였죠. 스튜어트 크레이그와 저는 용의 발이 4개여야 하는지, 아니면 날개가 있고 발은 2개여야 하는지 의논했습니다. 우리는 용들이 공룡과 무척 관련이 깊은 만큼 박쥐 날개를 단 맹금류처럼 움직이게 하기로 결정했어요. 그런 다음 노화시키고 날개를 찢어서 꽤 오래 산 것 같은 느낌을 줬죠."

뉴얼은 말한다. "혼테일을 디자인하는 데는 많은 의논이 필요했고, 세부 사항도 많았습니다. 영화가 시작하지도 않았는데 용의 이빨이나 주둥이 가시가 싸우다 부러지면 어떻게 되겠느냐는 얘기를 한 번만 더 하게 되면 비명이라도 지를 것 같았어요. 데이비드 헤이먼이 했던 말이 기억나는군요. '그게, 이 방어용 가시 말이에요. 이 가시들은 전부 구부러지거나 부러지거나 일부가 떨어져 있어야 해요. 이 녀석은 평생 격렬한 싸움을 거쳐 왔다고요.' 아주 예리한 제작자의 조언이긴 했지만, 결국 저는 한계에 다다라서 말했습니다. '부러진 가시 얘기는 더 이상 듣고 싶지 않습니다!'"

더드먼과 리처드슨, 미첼은 다양한 형태로 용에게 생명을 부여했다. 이제는 실제로 결투를 벌일 장소가 필요했다.

"우리는 〈해리 포터〉 영화 전 시리즈를 스코틀랜드를 배경으로 찍었습니다." 스튜어트 크레이그는 다시 한번 현실 세계에 결투 장소를 배치한 경위에 대해 말한다. "그래서 스코틀랜드가 배경이 됐죠. 다만 실제 결투 장소는 리브스덴 스튜디오에서 두 부분으로 나뉘어 제작됐습니다. 첫 번째는 바위를 조각한 결투장 자체였죠. 그건 거대한 조각상이나 채석장처럼 보였습니다. 그런 다음, 그 세트장이 관중으로 가득한 투우장이라도 되는 것처럼 관중들을 집어넣었어요. 〈해리 포터〉 영화를 위해 지었던 세트장 중에서도 가장 큰 규모에 속하죠. 용과 싸울 때는 공간이 필요하니까요. 또 우리는 추격전을 결투장 안으로만 한정하지 않았습니다. 스코틀랜드 하일랜드라는 장엄한 배경을 실제로 활용하기로 했죠."

잘 알려지지 않은 사실은 결투장에 다른 용이 한 마리 더 있었다는 것이다. 다름 아닌 테니스공을 든 마이크 뉴얼이었다. 뉴얼은 설명한다. "테니스공은 기다란 장대 끝에 매달려 있었고, 아이들은 모두 그 테니스공을 쫓아다녀야 했어요. 그래야 모두의 고개가 동시에 돌아갈 테니까요. 저는 세트장 한쪽에 서 있었고, 제1조감독은 또 다른 구석에서 시끄러운 메가폰을 들고 무슨 일이 벌어지고 있는지 설명해 줬습니다. 저는 용 울음 소리도 냈어요. 제법 훌륭했죠." 뉴얼은 장난스럽게 말한다.

하지만 관중석에서 용의 전투를 지켜보는 일은 공중에 떠서 용과 싸우는 일보다는 좀 쉬운 편이다.

"용과의 전투에는 몸을 많이 써야 했어요. 어려웠죠. 가끔은 무섭기도 했어요." 대니얼 래드클리프는 회상한다. "제가 지붕으로 떨어지는 스턴트 연기가 하나 있었는데, 그때 저는 말 그대로 발목이 걸려서 공중 12미터 높이에 대롱대롱 매달려 있었어요. 갑자기 몸이 툭 떨어지더니 머리부터 땅으로 곤두박질치더라고요. 우리 스턴트 팀 실력이 워낙 뛰어났으니 안전하다는 건 알고 있었죠. 하지만 아주 잠깐은 눈앞에서 지난 삶이 보이더라니까요!"

자니 트밈은 해리가 용의 숨결에 그을렸을 때도 일관적인 모습을 유지하도록 단순한 실질적 문제를 처리해야 했다. "사람들이 모르는 건, 해리에게 의상이 한 벌만 있었던 게 아니라는 거예요. 해리의 대역과 스턴트 대역들이 있었죠. 그러니 의상도 여러 벌 있어야 했어요." 트밈은 설명한다. "우리는 용과 싸울 때 입을 다섯 단계의 의상을 준비했어요. 해리가 처음 결투장에 들어갈 때 입을 깨끗한 옷에서부터 그 장면 마지막에 입을 완전히 망가진 옷까지 말예요. 그러니까 다 합치면, 용과 싸우는 장면에서 해리 한 명에게 입힐 의상이 30~40벌 정도 필요했다는 거예요. 우린 사포, 라이터 등 생각나는 모든 물건을 가지고 의상을 망가뜨릴 사람들을 고용했어요. 찢고, 그을린 자국을 만들고, 해리가 용과 싸운 것처럼 보이기 위해서 말이죠."

대회의 첫 과제도 힘들긴 했지만 다음 과제에 비하면 아무것도 아니었다. 두 번째 과제는 물속에서 치르게 된다. 해리와 다른 대표 선수들은 빼앗긴 무언가를 되찾아야 하는데, 이번에 그 '빼앗긴 무언가'란 그들이 소중하게 여기는 사람이다. 해리의 가장 친한 친구인 론, 빅토르 크룸과 세드릭 디고리의 크리스마스 무도회 상대인 헤르미온느와 초, 그리고 플뢰르 들라쿠르의 동생 가브리엘이 그들이다. 하지만 물속에서도 작동하는 마법 생명체를 어떻게 만들어야 하는지, 추후 세부 사항과 시각효과를 추가할 때 필요한 블루스크린과 그린스크린은 어떻게 집어넣어야 할지, 배우들의 안전은 어떻게 보장할지 등의 기본적인 문제들을 해결하기 전에, 영화제작자들은 유럽에

위 마우리시오 카네이로가 스케치하고 자니 트밈이 디자인한 해리의 트라이위저드 대표 선수 의상. 용과 싸울 때 입은 이 의상은 원래 깨끗했지만, 해리가 헝가리 혼테일의 위협을 받으면서 찢어지고 해졌다.
아래 대니얼 래드클리프가 트라이위저드 대회 첫 번째 과제를 수행하는 장면을 촬영하면서 호그와트 성 지붕에 매달려 있다. 대니얼은 안전조치가 취해지긴 했지만 스턴트 장면이 불안했다고 거리낌 없이 밝혔다.

맨 위 대니얼 래드클리프(왼쪽)가 두 번째 과제를 수행해야 하는 물속 장면을 촬영하고 있다. 대니얼은 촬영에 앞서 6개월 동안 수영장에서 스쿠버 장비 훈련을 받은 뒤 거대 수조에서 촬영했다.
중간 수중 장면이 전개되는 동안 배우가 연기 지시를 받는 과정을 제작진이 지켜보고 있다.
아래 대형 수조를 위에서 본 모습. 물 표면이 깨끗하게 유지되도록 했으며, 떨어지는 물건을 건져내기 위해 물속에 거름망을 설치했다.

서 가장 큰 수조를 만들어야 했다.

존 리처드슨은 수중 작업에 대해서 잘 알고 있었다. 〈타이타닉 인양Raise the Titanic〉의 특수효과를 담당했기 때문이다. 수조를 만드는 임무는 리처드슨에게 주어졌다. 수조는 다 만드는 데 석 달이 걸렸고, 크기는 18×6×6미터였다.

"그렇게 큰 수조를 만들려고 꽤 열심히 로비를 펼쳤던 기억이 나요. 다들 제가 미쳤다고 생각했죠." 리처드슨은 회상한다. "하지만 영화가 끝날 때쯤 다들 제게 와서 제 생각이 맞았다고 말해줬어요. 좋았죠. 대니얼, 스타니슬라브, 로버트, 클레망스와 스턴트 팀, 다이빙 팀, 촬영 팀, 배경 조명이 들어오는 커다란 블루스크린에 카메라 장비까지 다 들어가게 했을 때는 왜 그렇게 큰 수조가 필요했는지 누구나 알 수 있었거든요."

대니얼 래드클리프는 이 장면을 준비하기 위해 거의 6개월간 스쿠버다이빙 훈련을 받았다. 스턴트 감독 그레그 파월은 대니얼이 얼마나 많은 것에 맞서 싸워야 했는지 지적한다. "댄은 나중에 컴퓨터로 추가될 신화 속 바다 생물들에게 반응하면서 대사를 읊고 연기를 해야 했을 뿐만 아니라 아가미에 물갈퀴까지 달고 있었어요. 이 모든 일을 수심 6미터 공간에서, 공기가 다 닳기 전에 해야 했어요. 공기가 다 떨어지면 댄은 침착하게 스턴트 팀원 중 한 명에게 들어와서 산소마스크를 다시 씌워달라고 신호해야 했죠."

대니얼은 영화를 찍기 전에 수영을 별로 잘하지 못했다고 고백했다. "하지만 다행히 잠수해서 수영하는 게 비교적 쉽다는 걸 알게 됐어요. 저는 수영장에서 연습을 시작해서 점점 더 깊은 수조로 들어갔고, 마침내 큰 수조에 들어갈 준비가 됐어요. 가장 힘들었던 부분은 다이빙의 기술적인 측면과 연기를 결합하는 것이었어요. 저는 해리에게 아가미가 있으니, 실제로 해리가 숨을 쉬는 건 아니라는 점을 기억해야 했어요. 공기 방울을 하나라도 내보내지 않으려고 무척 조심해야 했죠."

물속에 갇힌 대표 선수들과 캐릭터들은 그럴싸하게 보여야 했다. 닉 더드먼은 설명한다. "두 가지 문제가 있었습니다. 하나는 대표 선수들이 찾아야 하는 '트로피'였어요. 우리는 아주 이른 시기에 헤르미온느, 론, 가브리엘, 초의 인형을 만들어야겠다고 결정했습니다. 바닥에 실제로 사람을 묶어둬야 하는데 그런 일에 배우들을 쓰고 싶을 리가 없잖아요. 우리는 안에 펌프가 들어 있어서 물을 안으로 집어넣었다가 뺐다가 할 수 있는 애니메트로닉스 인형을 만들었습니다. 덕분에 인형은 잠들어 있는 것처럼 조금씩 움직였죠."

다른 문제는 대니얼이 착용해야 하는 인공 기관이었다. "댄에게 아가미를 붙여야 했어요." 더드먼은 말을 잇는다. "물갈퀴가 달린 손과 발도 붙여야 했고요. 아가미는 물속에서 아주 부드럽게 움직일 수 있도록 안에 작은 공단 조각이 들어간, 아주 섬세한 인공 기관입니다. 물갈퀴가 달린 발은 실제로 오리발이나 지느러미처럼 작용해야 했어요. 댄이 물을 가르고 앞으로 나아갈 수 있어야 했으니까요. 우린 결국 점점 가늘어져서 댄의 발목에 연결되는, 안쪽은 반쯤 딱딱하고 바깥쪽은 부드럽고 유연한 지느러미를 만들었습니다. 그런 다음 댄의 발목과 발꿈치를 컴퓨터로 지웠어요."

물갈퀴 달린 손은 더 어려웠다. 인공 기관 때문에 대니얼의 손가락이 너무 뚱뚱하게 보이거나 헤엄치는 와중에 떨어졌던 것이다.

더드먼은 우연히 답을 찾아냈던 일을 회상한다. "미술 마감 팀의 한 여자분이 어느 날 타이츠를 세탁하고 있었어요. 그분은 팔에 타이츠를 끼운 채 손을 물속으로 뻗고 있었죠. 우리는 물속에서는 손에 씌워놓은 타이츠가 보이지 않는다는 걸 알게 됐습니다." 더드먼은 말한다. 그래서 팀원들은 말 그대로 손에 타이츠를 씌우고, 손가락 사이사이에 풀을 발랐다. 그런 다음 나일론 소재를 두 겹으로 붙여서 물갈퀴를 만들었다. "사실상 우리는 대니얼이 낄 수 있는 물갈퀴 장갑을 만든 셈입니다." 더드먼은 말을 잇는다. "타이츠 소재는 댄의 팔 위로 옷 속까지 당겨 올려야 했어요. 나일론과 피부의 경계선이 보이면 안 되니까요. 저는 이 방법이 제가 접한 가장 영리한 연극적 속임수였다고 생각합니다."

두 번째 과제의 환경 전체는 미술 팀에서 디자인한 다음 지미 미첼과 시각효과 팀이 구현한 것이다. 스튜어트 크레이그는 물속 장면의 환경을 만들기 위해 파도 위에서부터 시작했다. "우리는 선수들이 뛰어내리는 빅토리아풍 부두 구조물에서부터 시작했습니다." 크레이그는 말한다. "그런 다음, 선수들은 식물과 바위와 생명체로 가득한 호수의 탁한 물속으로 들어가게 되죠. 이런 생명체들은 누구에게도 발견되거나 방해받지 않고 스코틀랜드 호수 깊은 곳에서 수백 년씩 존재해 왔을 법한 것들입니다." 그런 생명체에는 그린딜로도 포함된다. 영화에서 이들은 문어나 오징어를 팔, 눈, 치아 등 인간적인 요소와 뒤섞은 것으로 해석되었다. 그리고 인어들도 있다.

"스튜어트와 저는 우리 영화에 나오는 인어들이 물고기 꼬리를 단 사람처럼 보이길 바라지 않는다는 점을 분명히 밝혔습니다." 지미 미첼은 설명한다. "그래서 일부러 인어의 꼬리를 위아래가 아니라 좌우로 움직이게 디자인했죠. 또 이 생명체를 인간에게는 불가능할 만큼 길게 만들고, 해파리 촉수처럼 생긴 머리카락을 붙였습니다."

위 대니얼 래드클리프가 지느러미 역할을 하는 물갈퀴를 신고 있다. **아래** 대니얼이 루퍼트 그린트의 실물을 본떠 만든 인형과 함께 촬영하고 있다. 잠수함처럼 위아래로 움직일 수 있도록 이 인형들에는 밸러스트가 설치되었다. 이 사진에서 대니얼은 손에 물갈퀴 장갑을 끼고 있지만 화면에서는 보이지 않는다.

THE SECOND TASK

장면 너머 : 두 번째 과제

〈불의 잔〉에서 물속에서의 두 번째 과제 장면을 촬영하기 위한 아이디어 중 한 가지는 물속으로 들어가지 않는 것이었다. 제작자들은 이런 장면들의 일부 시험 촬영을 '건조하게', 배우들을 거꾸로 매달아 놓고 진행했다. 하지만 이런 시도를 하고 나서는 이 장면들을 어쨌든 물속에서 찍어야겠다고 판단했다. 특수효과 감독 존 리처드슨이 촬영에 적합한 수조를 만드는 임무를 맡았다.

리처드슨은 설명한다. "처리해야 할 주요 문제는 세 가지였습니다. 물을 맑게 하기 위해 수조를 계속 여과하고, 안으로 들어가는 모든 것을 통제하고, 배우들이 추위에 떨지 않도록 온도를 적절하게 유지해야 했죠." 또한 리처드슨과 그의 팀원들은 배우들이 눈을 뜨고 있을 수 있도록 만들어야 했다. 물속 박테리아를 99퍼센트 제거하는 자외선 정화 시스템이 설치되어 화학약품은 최소한으로만 쓸 수 있도록 했다. 여과 시스템은 수조 속 약 200만 리터의 물을 90분마다 회전시켜 물을 수정처럼 맑게 유지했다(최종 촬영본의 탁한 느낌은 이후에 입힌 디지털 효과의 결과다).

특수효과 팀은 카메라 기술자들이 사용할 수중 궤도와 다이빙실도 설치했다. "아이들은 장면 사이사이에 깨끗한 공기가 들어 있는 이 '다이빙 벨' 안에 들어가 숨을 쉴 수 있었습니다." 리처드슨은 말한다. "안에는 카메라와 쌍방향 마이크도 설치되어 있어서 감독과 이야기하거나 다른 배우들을 지켜볼 수도 있었죠."

각 테이크 사이의 연속성을 유지하는 것이 분장 팀에는 어마어마한 난제였다. 분장효과 중 공을 들여야 하는 것들이 있었을 뿐 아니라, 물리적으로 힘겨운 수중 촬영을 하는 동안 분장이 지워지거나 씻겨나가곤 했기 때문이었다. "댄은 아가미와 용에게서 입은 부상, 어깨의 흉터를 달았어요. 물론 유명한 번개 흉터도 있고요. 하필 그 자리가 다이빙 마스크가 닿는 자리였어요." 메이크업 팀장 어맨다 나이트는 회상한다. "우리는 흉터를 계속 다시 그려야 했어요."

촬영 중에 배우들은 신체 윤곽선이 편집 과정에서 쉽게 지워질 수 있도록 블루스크린 의상을 입은 다이버 군단과 함께했다. "그 사람들을 '파란 악당들'이라고 불렀죠." 이 장면을 감독했던 제2제작진 감독 피터 맥도널드는 말한다.

위 대니얼 래드클리프가 와이어에 매달려 물 밖으로 솟아오르고 있다.
아래 빅토르 크룸이 상어 머리를 가진 몸으로 변신하는 장면을 그린 이언 매케이그의 콘셉트 아트.

위에서부터 **시계방향으로** 해리가 친구들이 갇혀 있는 물속 폐허를 향해 헤엄쳐 가는 장면을 그린 애덤 브록뱅크의 콘셉트 아트./더멋 파워가 그린 초기 콘셉트 아트에는 해리의 아가미가 비늘 모양으로 그려져 있다./대니얼 래드클리프는 특히 물속 장면을 촬영하는 동안 이마의 번개 모양 흉터 분장을 계속 고쳐야 했다./애덤 브록뱅크가 그린 물속에 붙잡혀 있는 사람들 콘셉트 아트./론이 물속에서 구조를 기다리는 동안 입고 있는 잠수복과 호흡용 마스크 초기 콘셉트 아트로 더멋 파워가 그렸다.

〈해리 포터와 불의 잔〉은 정말이지 시각적으로 뛰어난 영화였지만, 그 중심에는 성장과 사랑, 그 과정에서 발전하고 변화하는 관계에 관한 보편적인 이야기가 있었다. 해리는 오랫동안 이어오는 우정을 다시 생각하게 된다(이는 결국 그런 연대를 더욱 강화한다).

〈불의 잔〉에서는 해리와 론의 관계에 첫 균열이 발생한다. 론이 가장 친한 친구가 트라이위저드 대회에 참가하려고 불의 잔에 이름으로 넣었다고 공개적으로 비난했을 때 둘의 사이는 나빠진다.

"다른 영화에서 우리는 아주 탄탄한 관계를 맺고 있었어요." 루퍼트 그린트는 말한다. "이제 와서 이런 식으로 다투는 건 꽤 좋은 일이에요. 제 생각에 이런 사건은 사실 학교에서 벌어지는 10대 특유의 순간들을 반영하는 것 같아요. 친구가 늘 관심의 중심에 있었으니 이젠 질릴 만도 한 거죠. 론이 이제야 막 깨닫기 시작한 일종의 질투심이 발동한 거예요."

"론과 해리는 심하게 싸워요." 말을 받은 대니얼은 다른 시각에서 이야기한다. "부분적으로는 자기 의지와 상관없이 대회에 참가하게 된 것에 답답함을 느꼈기 때문이고, 부분적으로는 그냥 둘이 10대이기 때문이에요. 해리는 그가 시합에 참가하려고 일을 꾸며냈다고 믿는 모두의 비난에 대처하고 있을 뿐만 아니라, 자기 이름이 거기 들어가 있는 진짜 이유가 뭔지 두려워해요. 알고 보면 그 모든 게 너무 지나친 부담이죠. 해리와 론의 다툼은 이 점을 보여주고 있어요."

론과 해리의 관계가 조금 틀어졌다면, 론과 헤르미온느의 관계는 엄청나게 틀어진다. 배우의 실제 삶이 작품을 닮는 건지, 루퍼트는 론이 꽤 오래전부터 헤르미온느를 좋아했다는 사실을 깨닫지 못했다.

"이전 영화에서 저는 둘 사이에 뭔가 화학작용이 있다는 것조차 몰랐어요." 루퍼트는 인정한다. "하지만 둘 사이에 뭔가 자라나고 있었던 건 분명하죠. 이제 둘은 그 사실을 받아들여야 해요. 헤르미온느가 빅토르와 함께 크리스마스 무도회에 나타난 일이 론에게는 더 이상 참아줄 수 없는 한계였던 거예요. 결국 론은 헤르미온느한테 감정이 있다는 걸 깨닫죠."

에마 왓슨도 인정한다. "네. 론과 헤르미온느의 이야기는 그렇게 시작돼요." 하지만 에마는 그보다 이른 시기에 이미 씨앗이 뿌려지고 있다는 걸 알았다고 말한다. 얼마나 일찍 알았을까? "아주 많은 사람들이 알기 전부터요." 에마는 웃는다(대니얼 래드클리프는 3편에서부터 알았다고 한다).

"전 늘 헤르미온느와 론에 대해서 알고 있었어요." 에마는 고백한다. "오래전부터요. 왠지는 모르겠지만 그냥 알았어요. 저도 남자애들과 그런 관계가 있었나 봐요. 헤르미온느를 위해 전 그 관계를 인정했어요. 제가 보기에 둘은 음과 양 같은 관계거든요. 두 마음이 합쳐서 하나가 된다는 진정한 의미가 이런 것 아닐까요? 둘은 서로 균형이 맞아요. 서로에게 너무 안 어울리지만, 그만큼 잘 어울리죠."

진정한 사랑의 길은 절대로 평탄하지 않다. 그러므로 론이 둘러둘러 자신의 감정을 이해해 가는 동안, 헤르미온느는 강하고 과묵한 빅토르 크룸의 관심을 받는다.

한편, 해리는 이성 문제에서 비참하게 실패한다. "해리한테서 늘 마음에 들었던 것 중 하나는 여자애들한테는 아무 쓸모가 없는 영웅이라는 점이었어요. 딱하게도." 대니얼은 웃는다. "해리는 여자애들 앞에서 어떻게 행동해야 할지 전혀 몰라요. 초 챙과 서로 좋아하게 되지만, 부엉이장에서 우연히 만나서 크리스마스 무도회에 같이 가자고 할 때는 거의 소리치다시피 하고 초 챙이 거절하자 완전히 낙담하죠. 도저히 감을 못 잡는 거예요."

해리, 론, 헤르미온느의 호그와트 4학년 시절의 이 낭만적 혼란을 더욱 심화한 사건은 크리스마스 무도회로, 이는 트라이위저드 대회에 참가한 세 학교 학생들을 위한 우아한 행사였다.

"스튜어트와 제가 대연회장으로 걸어 들어가 이곳을 어떻게 마법 파티에 어울리는 공간으로 바꿔놓을 수 있을지 고민했던 기억이 나네요." 스테퍼니 맥밀런은 회상한다. "우리는 '뭐, 커튼을 달아서 분위기를 좀 부드럽게 하면 되겠네. 은색이 조금 들어간 태피스트리를 벽에 걸어도 될 테고'라고 생각했어요."

'은색 조금'은 점점 큰일이 되었다. "결국 모든 게 은색이 됐거든요." 맥밀런은 말을 잇는다. "커튼으로는 흘러내리는 것처럼 보이는 은색 천을 선택했죠. 대연회장 측면 창문에 걸 커튼 열여섯 세트를 만들고, 꽃다발과 길게 늘어진 아주 정교한 장식이 달린, 끝에 설치할 커튼도 하나 더 만들기로 했어요. 그런 다음엔 말했죠. '태피스트리는 잊자. 벽에도 천을 붙이면 어떨까?' 그래서 휘장 팀이 말 그대로 대연회장의 돌이란 돌은 그 흐르는 듯한 은색 천으로 덮어버렸어요. 그런 다음에는 창문의 중간 문설주가 너무 이상해 보인다고 생각했어요. 돌벽은 진공 성형한 다음 은색으로 칠한 플라스틱으로 덮었어요. 가고일도 은색이 됐고요. 모든 게 은색이었어요."

호그와트 기숙사 식탁은 지름 4미터짜리 원탁들로 바뀌었다. 인도에서 제작된 250개의 십자다리 의자들도 은색으로 칠한 다음 은빛이 도는 벨벳으로 감쌌다. "탄력이 붙었달까요." 맥밀런은 미소 짓는다.

"군사작전처럼 진행해야 했어요." 맥밀런은 회상한다. "휘장 팀 사람들이 이동식 크레인을 타고 맨 위에서부터 시작해서 아래로 내려온 뒤 그다음으로 넘어가는 식으로 작업하고 있었거든요. 그러면 공사 팀이 뒤따라가면서 문설주 은도금 작업을 했어요. 정말 호흡이 착착 맞았죠. 시

위 에마 왓슨과 스타니슬라브 이아네브스키(가운데)가 크리스마스 무도회 장면을 세팅하는 마이크 뉴얼의 설명을 듣고 있다. **아래** 대연회장이 크리스마스 무도회를 위한 은빛 겨울 왕국으로 변신했다.

간에 딱 맞춰 해냈어요."

행사를 위해 공간을 장식해야 했던 것만큼, 학생들과 선생들도 차려 입어야 했다. 그래서 자니 트밈은 300벌이 넘는 의상을 디자인해야 했다. 100명이 넘는 사람들이 추가로 고용되어 여학생들이 입을 무도회 의상을 만들고 장식했다. 트밈에 따르면 남학생들은 "하얀색이나 검은색 넥타이에 멋진 조끼"를 갖춘 전통적 디너 재킷을 입었다. "슬리데린 학생들은 하얀색 넥타이를 맸어요. 자기들을 '고급'이라고 생각하니까요. 해리는 아주 고전적인 검은색 조끼를 입었죠."

루퍼트 그린트가 덧붙인다. "제 옷은 끔찍해요. 분홍색 레이스랑 꽃투성이라고요. 론은 처음 그 옷을 보고 지니 건 줄 알아요. 하지만 사실 그 옷을 입는 건 꽤 재미있었어요. 70년대 옷 같았거든요. 너무 끔찍해서 마음에 들었어요."

가장 중요한 의상이자 이 무도회의 핵심적인 '비밀'은 헤르미온느 그레인저의 것이었다. 헤르미온느의 등장과 멋진 무도회 의상은 그녀가 소녀에서 여성이 되었음을 알렸고, 어색한 옷을 입은 론 위즐리에게 날카로운 경종을 울렸다.

"헤르미온느의 드레스는 정말로 특별해야 했어요." 트밈은 말한다. "12미터짜리 시폰을 포함해 이 드레스 한 벌을 만드는 데만 석 달이 걸렸어요. 저는 꼭 동화에 나올 것만 같은 드레스를 만들고 싶었죠. 헤르미온느가 무도회장에 들어왔을 때 모든 아이들이 정말로 숨을 들이켜도록 만들 만한 옷 말이에요."

뉴얼은 말한다. "그 장면은 제가 에마를 너무도 좋아하는 이유 중 하나입니다. 에마는 찬란한 의상을 입고 나와서 자신이 누구인지, 또 무엇인지에 관해 초조해해야만 했어요. 소녀가 아니라 젊은 여성으로서 걸어야 했죠. 그 변화가 눈에 보입니다."

에마는 회상한다. "학교 공부를 영화 촬영과 병행하기 힘들어지기 시작한 게 그때였어요. 슬슬 피곤해지기 시작했던 걸로 기억해요. 제가 짊어지고 있는 짐의 무게를 처음으로 실감했죠. 크리스마스 무도회의 스트레스처럼요. 저는 아예 처음부터 손으로 만든 실크 드레스를 가지고 있었는데, 그 옷은 믿을 수 없을 만큼 비쌌어요. 전에는 한 번도 아름답게 보일 필요가 없었고, 그때는 피부가 참 안 좋았는데 그 점도 도움이 안 됐어요. 영화를 찍으면서 무척 신나고 놀라운 시간이기는 했지만, 감정적으로는 정말 롤러코스터를 탄 것 같았어요."

에마가 위에서 언급된 아름다운 드레스를 입고 빠르게 계단을 미끄러져 내려왔을 때 이런 압박감이 드러났다 해도 무리는 아니었을 것이다. 다행히 드레스와 에마 둘 다 망가지지 않았다.

에마는 어린 배우들이 견뎌야만 했던 춤 수업을 즐겼다. "여자애들은 춤을 무척 기대했고, 남자애들은 춤 수업에 엄청 긴장하면서 남자애들답게 굴었어요. 저는 춤추는 걸 무척 좋아하고, 왈츠 배우는 게 정말 즐거웠어요. 하지만 감독님은 우리가 완벽한 춤꾼이 되는 건 바라지 않았어요. 우리가 뭘 하고 있는지 정확히 모르는 것처럼 보이기를 바랐고, 내내 우리 발을 지켜보고 있었죠."

맨 위 플뢰르 들라쿠르(클레망스 포에지)와 로저 데이비스(헨리 로이드 휴)가 크리스마스 무도회에서 함께 춤추고 있다.
중간 미네르바 맥고나걸 교수(매기 스미스)가 그다지 배울 마음이 없는 론(루퍼트 그린트)에게 다가오는 크리스마스 무도회에서 제대로 춤추는 법을 가르쳐 주고 있다.
아래 정장 로브를 입은 해리(대니얼 래드클리프).

덕분에 대니얼 래드클리프의 삶은 확실히 편안해졌다. 대니얼은 빡빡한 촬영 일정 탓에 춤 수업에 여러 번 참가할 수 없었다.

대니얼은 용들과 싸우고 물속에서 익사할 뻔했으면서도, 춤을 춰야 한다는 생각에는 "혼이 빠질 것만 같았다"고 말하며 웃는다. "부모님은 두 분 다 춤을 무척 잘 추시지만, 저는 그런 재능을 물려받지 못했나 봐요. 다른 애들은 스텝을 배울 시간이 4주쯤 있었는데, 저는 다른 장면들을 촬영하느라 너무 바빠서 말 그대로 나흘밖에 배우지 못했어요. 그러니 그 장면을 찍은 것만도 다행이죠."

"저도 수업을 받지 않고 도망칠 수 있었어요." 루퍼트가 뻐기듯 말한다. "론은 무도회 내내 꽤 형편없는 모습을 보이거든요. 하지만 맥고나걸 교수님이랑은 잠깐 춤을 췄어요. 잊을 수 없는 순간이죠."

맨 위 크리스마스 무도회 세트장의 루퍼트 그린트(왼쪽), 제작자 데이비드 헤이먼(가운데), 에마 왓슨.
중간 플리트윅 교수 역의 워릭 데이비스가 크리스마스 무도회에서 호그와트 오케스트라를 지휘하는 방법에 대해 감독 마이크 뉴얼(오른쪽)과 상의하고 있다.
아래 프로덕션 디자이너 스튜어트 크레이그(왼쪽)와, 크리스마스 무도회에 초청된 록 밴드의 리드 싱어 마이런 웨그테일 역을 맡은 자비스 코커.

뉴얼은 무도회에 쓰일 음악을 고를 때 본인의 대학 시절과 그가 참가했던 무도회들을 떠올렸다. 뉴얼은 말한다. "매년 형식을 갖춘 춤을 추는 멋들어진 무도회가 열렸습니다. 그런 무도회가 끝나면, 우린 머리를 풀어 헤치고 엄청나게 놀았죠. 저는 우리의 무도회를 통해 10대들이 미쳐 날뛰는 진짜 느낌을 재현하고 싶었어요."

무도회의 비교적 공식적인 시작에는 플리트윅 교수가 지휘하는 오케스트라가 참여했지만, 이후 학생들과 선생들은 마법사 록밴드의 음악에 맞춰 힘차게 춤을 춘다. 음악감독 맷 비파는 영국 밴드 펄프의 전 리더 자비스 코커에게 밴드를 꾸리도록 하자는 아이디어를 냈다. 이 박식한 음악가는 라디오헤드의 드러머 필 셀웨이와 기타리스트 조니 그린우드, 펄프의 베이시스트 스티브 매키, 올 시잉 아이에서 리듬 기타를 치는 제이슨 버클을 끌어들였고 애드 엔 투 엑스의 스티븐 클레이턴에게 키보드와 백파이프를 맡겼다.

이렇게 모인 음악가들은 〈마법은 통한다 Magic Works〉와 불후의 명곡 〈히포그리프로 간다 Do the Hippogriff〉 같은 독창적인 노래로 대연회장을 뒤흔들었다. 그 스타일은 코커가 설명하는 것처럼 "자비의 성모 동정 수녀회와 시스터 슬레지를 섞어놓은 것 같았"다.

"우린 밴드와 함께 정말로 행사 분위기를 내고 싶었습니다." 스튜어트 크레이그가 덧붙인다. "그래서 무대 뒤에 스피커 벽을 설치했죠. 하지만 물론 호그와트에는 전기가 없으니 스피커는 증기로 작동시켰습니다."

헤이먼은 말한다. "라디오헤드와 펄프가 대연회장에 들어오는 일이 자주 있는 건 아니죠. 모든 배우들과 스태프들에게 한 해를 마무리할 훌륭한 분위기가 만들어졌습니다."

스튜어트 크레이그와 스테퍼니 맥밀런은 대연회장을 직접 디자인하고 장식했지만, 그곳이 사실 파티를 열기에 썩 좋은 장소는 아니라는 데 의견을 모았다. "대연회장은 좀 둔탁한 환경입니다. 석재가 엄청나게 사용됐죠." 크레이그는 설명한다. "색깔도 대부분 갈색이고, 아주 단단하죠. 천장과 떠다니는 양초들을 제외하면 그렇게 축제 분위기가 나지도 않습니다. 그래서 우리는 대연회장에 축제 분위기를 낼 방법을 간절하게 찾았습니다." 맥밀런은 대연회장을 은색으로 칠하자고 제안했지만 "은색 페인트는 밋밋하고 단조로운 데다 충분히 빛을 반사하지 않는다"는 것이 크레이그의 대답이었다. "페인트를 칠해도 돌처럼 보일 거예요. 그냥 은색 돌처럼 보이는 거죠." 맥밀런은 《아즈카반의 죄수》에서 트릴로니 교수의 점술 교실 벽에 천을 늘어뜨렸던 것을 기억해 냈다. "제가 정말로 값이 싼 은색 루렉스 천을 찾아냈어요." 맥밀런은 회상한다. "우리

는 그걸 사방에 붙이기로 했죠. 그런 다음, 같은 천으로 만든 커튼도 달 수 있겠다고 생각했어요. 곧 모든 것이 은색으로 변했어요. 크리스마스 트리, 기둥, 창문 문설주. 모든 것이요."

은색을 제외하면 겨울 무도회 장식에서 가장 두드러지는 특징은 얼음 전시물이었다. 크레이그와 맥밀런은 얼음 조각을 배치하고, 은색 탁자 위나 초를 넣는 그릇 안에 얼음덩어리를 넣고 싶어 했다. "'얼음'은 맑은 합성수지로 만들었어요." 피에르 보해나는 말한다. "그런 다음 멋진 건물 모형을 위에 얹었죠. 부스러지거나 깨지거나 질척해진 얼음을 만들 수 있는 밀랍 수지가 있어요." 투명한 수지에 불을 밝히는 작업은 극히 까다로웠다. "그 위에 흰색 조명을 두면 굴절 때문에 색깔이 분홍색으로 변해요." 보해나는 경고한다. 서늘한 푸른빛으로 만들기 위해 젤 필터가 사용됐다.

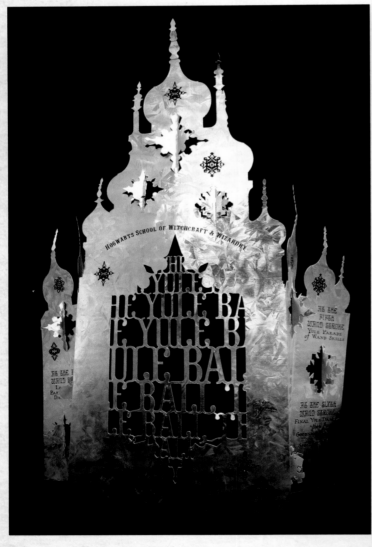

왼쪽 레이저 커팅 기법으로 제작한 크리스마스 무도회 프로그램. 미라포라 미나와 에두아르도 리마가 디자인했다. **오른쪽 위** 횃불 그릇에 담아놓은 얼음과 은색 천으로 뒤덮인 대연회장 벽의 자세한 모습. **오른쪽 아래** 브라이턴의 로열 파빌리온을 본떠 합성수지로 만든 정교한 얼음 조각. 다행히 음식도 진짜가 아니었으므로 차갑게 유지할 필요가 없었다. **137쪽** 크리스마스 무도회의 반짝이는 배경을 보여주는 애덤 브록뱅크의 콘셉트 아트. 크리스마스트리 세 그루도 포함되어 있다.

마법사 정장 자니 트밈을 비롯한 의상 팀은 헤르미온느의 놀랄 만큼 아름다운 드레스를 만드는 것 말고도, 크리스마스 무도회의 청소년 참가자들에게 어울리는 정장을 수백 벌이나 만들어야 했다. 트밈은 모든 캐릭터에게 맞춤형 의상을 만들어 주기로 마음먹음으로써 이 일을 두 배는 어렵게 만들었다. "저는 의상으로 캐릭터의 성격을 보여주고 싶었어요." 트밈은 말한다. "특히 캐릭터들이 이제 10대가 되어서 패션 취향을 드러낼 기회가 생겼으니까요." 하지만 의상 디자이너는 검은 넥타이를 착용하고 참석하는 이 행사가 마법사 세계에서 열린다는 점을 거듭 떠올려야만 했다. "남자아이들의 정장 로브를 디자인할 때는 '턱시도'를 떠올릴 법하죠. 하지만 이 세계에서 정장 로브라는 게 정말 뭘까요?" 호그와트의 남학생들은 '이브닝 파티용' 로브를 입었다. 넥타이에 흰 셔츠, 검은색 혹은 무늬가 들어간 조끼를 걸친 것이다. 론 위즐리만이 예외였다. 트밈은 론이 입었던 것이 "어디서 찾은 오래된 카펫 천"이었다는 사실을 고백한다. 그 옷은 트위드 조끼와 "펼치

면 수천 평은 될" 레이스로 강조되었다. 트밈은 빅토르 크룸을 위해 "커다란 은색 쬠쇠가 달린 동유럽식 교복을 선택하고, 한쪽 어깨에 안감에 모피가 들어간 망토를 걸치도록" 했다. 트밈은 말한다. "빅토르 크룸이 춤추는 모습을 위에서 보면 아주 멋져요."

보바통의 여학생들은 "단합된 느낌을 주기 위해" 다양한 톤의 회색 드레스를 입었다. 트밈은 초 챙에게 중국식 의복에서 영감을 얻은 드레스를 만들어 입혔다. 만다린 칼라가 달려 있고, 길게 늘어진 소매에는 꽃이 수놓인 디자인이었다. 파틸 쌍둥이는 서로를 비추는 듯한 분홍색과 오렌지색 사리를 입었다. 지니의 드레스에는 어린 나이를 고려해, 피터 팬 칼라를 달고 파스텔톤의 단순한 주름을 잡아주었다.

맨 위 앤드루 윌리엄슨이 그린 세 번째 과제의 미로 콘셉트
아트.
중간 세드릭 디고리(로버트 패틴슨)가 미로를 나아가고 있다.
아래 빅토르 크룸(스타니슬라브 이아네브스키)이
트라이위저드 대회의 세 번째 과제를 수행하고 있다.

축제가 끝난 뒤, 이제는 트라이위저드 대회의 세 번째이자 마지막 과제인 미로 탐험을 시작할 차
례였다. 이 과제는 친구를 잃고 이름을 말해서는 안 되는 그 사람이 나타나는 결과로 이어진다.

스튜어트 크레이그는 말한다. "미로를 만들려고 스코틀랜드 글렌 네비스로 향했습니다. 하일랜
드의 윌리엄 요새 근처죠. 그 멋진 계곡의 장관 속에 서서 우리는 자문했습니다. '이걸 어떻게 하
지? 미로가 어디 있지? 미로는 대체 어떤 공간으로 이루어져 있는 거야?' 미로의 핵심은 중심점을
찾는 겁니다. 그 과정이 의도적으로 어렵게 되어 있죠. 그럼 최대한 어렵게 만들어 보자. 계곡 전체
를 미로로 채워보자. 이번에도 연극적 과장이 우리의 무기가 되는 상황이었습니다."

CG의 마법 덕분에 미로가 지평선이 있는 곳까지 펼쳐지고 덩굴이 살아난다 해도, 존 리처드슨
은 움직이는 형상과 벽 들을 가지고 미로의 물리적 현실을 만들어 내야만 했다.

"미로에는 미로 자체의 성격이 있습니다. 미로는 캐릭터들을 추격하고, 그들을 뭉개려는 것처럼
움직여야 하죠." 리처드슨은 말한다. 그의 팀은 높이 7.5미터, 길이 12미터짜리 유압식 벽을 만들
었다. 이 벽들은 따로따로 움직일 수 있고 기울어질 수도 있었으며, 배우를 향해 간격을 좁힐 수도
있었다. "안전이 중요한 문제였습니다. 우리는 사고가 일어나지 않도록 수많은 이중 안전장치를 설
치했습니다. 그래도 배우들의 얼굴에 떠오른 공포심을 보면 진심이라는 생각이 들 때가 많지요."

플뢰르와 빅토르가 과제에서 탈락한 뒤 해리와 세드릭은 함께 미로 중심으로 향한다. 호그와
트의 두 학생은 훌륭한 스포츠맨십 덕분에 트라이위저드 우승컵을 동시에 잡을 수 있게 된다. 그
런데 알고 보니 그 우승컵은 볼드모트 경과 대면하게 되는 묘지로 그들을 옮겨놓을 포트키였다.

"볼드모트를 제대로 찾는 것은 아주 중요한 일이었습니다." 마이크 뉴얼은 말한다. "볼드모트
를 연기할 수 있는 배우는 아주 많았어요. 제가 가장 원했던 사람은 랠프 파인스지만, 파인스는
잘 모르겠다고 하더군요. 그는 물었습니다. '제가 가면 영화를 좀 보여주시겠어요? 수락이든 거절
이든 하기 전에 어떤 영화에 참여해 달라고 하시는 건지 보고 싶은데요.' 그때 우리는 촬영을 절
반쯤 진행한 상태였습니다."

랠프 파인스는 이미 〈잉글리쉬 페이션트〉의 방황하는 낭만적 인간은 물론 바프타 수상에 빛
나는 〈쉰들러 리스트Schindler's List〉에서의 역할로 영화계에서 악당으로 이름을 떨쳤다. 두 역할 모
두 그가 오스카상 후보에 오르는 결과로 이어졌다.

"마이크 뉴얼이 연락했을 때 저는 《해리 포터》의 세계에 대해 잘 몰랐습니다." 파인스는 회상한
다. "하지만 조카들에게 대체 그 사람이 누군지 대략적으로 들었고, 볼드모트가 최고의 악당 역할
일지도 모른다는 사실을 빠르게 깨달았죠. 그때 마이크가 볼드모트의 외모 시안을 보여줬어요. 그
놀라운 이미지를 보기 전까지만 해도 저는 이런저런 이유로 제가 이 역할을 맡고 싶은지 확신하지
못하고 있었습니다. 제작진은 제 사진을 찍어가서 무시무시하고 파충류처럼 생긴 생명체로 바꿔놓
았더군요. 전 그게 정말 즐거웠습니다. 거의 그때 이 역할을 맡으면 좋겠다고 생각했던 것 같아요."

파인스는 "사람들이 악의 화신이라고 부르는" 캐릭터를 연기하는 어려움도 알고 있었다. "저는
그런 역할을 연기하는 건 불가능하다고 봅니다. 배우들에게는 선이니 악이니 하는 이름표가 아
무 쓸모가 없어요. 저는 마이크에게, 볼드모트한테도 인간적인 면모를 부여해야 한다고 말했습니

다. 저는 볼드모트가 정말로 깊이 있게, 인간적으로 사악해지기를 바랐어요. 그냥 악의 관념을 표현하는 게 아니라요. 두려움, 좌절감, 불행에서 그런 결과가 나오기를 바랐죠. 볼드모트는 사랑받지 못한 아이입니다. 증오와 분노, 질투가 잘 자라는 토양이죠. 책에는 사랑이 볼드모트에게 거부감을 준다는 생각이 자세히 적혀 있습니다. 볼드모트가 사랑에 속았기에, 사랑이 그에게는 경멸하고 파괴해야 할 무언가가 됐다는 생각을 떨칠 수가 없어요. 저한테는 그 모든 게 이해됐습니다."

닉 더드먼과 그의 팀원들이 불려와 사악한 어둠의 왕을 물리적으로 구현하는 데 도움을 주었다. 그들은 영감을 얻기 위해 책을 살펴보았다. 책에서 볼드모트는 뱀 같은 얼굴에 빨간 눈을 가진 것으로 그려진다.

몇 차례 실험을 해본 그들은 첫 번째 분장을 시작했다. 에어브러시를 활용한 이 분장은 창백하고 거의 투명하게 보이는, 핏줄이 불거진 피부를 만들기 위한 것이었다. 완벽했다. "그때 우리는 이 작업이 며칠이나 걸릴 거라는 걸 깨달았습니다. 그건 악몽이었죠." 더드먼은 말한다.

분장 팀에서 더드먼과 함께 일했던 마크 쿨리어가 그 문제를 해결했다. "쿨리어는 인형에 에어브러시로 디자인을 그린 다음, 그 그림을 부분부분 종이에 옮겨 전사할 수 있는 문신으로 만들자는 아이디어를 내놨습니다. 그렇게 하면 문신이 볼드모트의 머리 전체에 줄을 맞춰 연결될 테니까요. 여기에는 두 가지 의미가 있었습니다. 첫째, 분장에 필요한 시간이 절반으로 줄어듭니다. 둘째, 연속성이 완벽하게 갖춰집니다. 그리고 사실, 문신 소재가 실제로 파인스의 피부 질감을 약간 바꿔서, 건강하지 않고 축축하게 보이도록 만들 수 있습니다. 훌륭한 생각이었죠."

파인스의 눈을 빨갛게 만들기 위해 콘택트렌즈를 끼우는 방법은 쓰지 말자는 결정도 내려졌다. "우리는 랠프의 눈을 진짜로 느끼고 그 눈빛에 들어가고 싶었습니다." 헤이먼은 말한다. "볼드모트의 내면 깊숙한 곳으로 파고들고 싶었지요. 빨간 눈을 쓰면, 그 눈 뒤에 아무 감정이 없다는 사실보다는 빨간 색깔에 더 주의하게 됩니다."

데이비드 배런과 마이크 뉴얼은 뱀 같은 얼굴을 만드는 일이 기술적으로 너무 어려울까 봐 걱정했지만, 데이비드 헤이먼은 이야기에서 그 얼굴이 중요하다는 주장을 굳게 지켰다. 처음에는 배우가 효과 팀의 도움 없이 연기를 해야 한다는 단호한 입장이었던 뉴얼도 뜻을 굽히지 않은 헤이먼의 공로를 온전히 인정한다.

"데이비드 헤이먼과 저는 코를 놓고 싸웠습니다. 진짜로 싸웠어요. 분쟁을 일으킨 건 아니지만, 정말로 철학적인 격론을 벌였습니다. 저는 계속 말했어요. '코를 망쳐놓으면 연기도 망치게 됩니다.

위 앤드루 윌리엄슨이 그린 미로의 콘셉트 아트. 관중석도 보인다. **아래** 덤블도어 교수(마이클 갬번)가 트라이위저드 대회의 마지막 과제를 보기 위해 모인 관중을 마주하고 있다.

그놈의 코만 보일 거라고요. 코는 놔둬요. 연기하게 하라고요.' 데이비드는 계속 말했죠. '아니, 책에 그렇다고 나오잖아요. 볼드모트는 볼드모트 특유의 외모를 하고 있어야 해요.' 우린 여러 번 시험해 보고, 이 문제로 서로에게 여러 번 불평했어요. 저는 그런 문제에서 몹시 고집스럽습니다. 그리고 보시면 알겠지만, 늘 맞지는 않지요."

헤이먼이 이겨서, 닉 더드먼은 시각효과 팀에게 디지털로 수정한 파인스의 얼굴을 만들어 검토할 수 있게 해달라고 말했다. 영화제작자들은 그 얼굴이 완벽해 보인다고 생각했다. 이제는 그 얼굴을 영화에 쓸 수 있도록 다시 만들어 내기만 하면 됐다.

결국 CG를 이용해 효과를 주었다. "인공 기관을 활용해서 찍을 수도 있는지 묻더군요." 더드먼은 말한다. "하지만 제가 안 된다고 했어요. 코를 납작하게 만든 다음 장치를 끼울 수 있나요? 저는 한번 보게 만들어 줄 수는 있지만, 그 방법도 통하지 않으리라는 걸 알고 있었어요. 제가 보여주니까 제작진도 자기들이 원하는 건 그게 아니라고 하더군요. 디지털로 해야만 했습니다. 재미있는 건, 그런다고 파인스의 연기가 손상되지는 않는다는 점이었어요. CG는 우리가 두려워했던 것과 달리 파인스의 얼굴을 가리지 않았습니다."

제작자들은 볼드모트의 외형에 관해 의견 일치를 봤으나 파인스도 이 결정을 지지하는지 확인해야 했다. "우린 배우의 얼굴에서 일부를 제거하겠다는 얘기를 하는 것이었습니다." 더드먼은 말한다. "배우한테 물어보지도 않고 할 수 있는 일은 아니죠."

다행히 파인스 역시 그 방법이 좋겠다고 동의했다. "볼드모트는 배우의 얼굴을 가리고 싶다는 충동을 느끼기 쉬운 역할이었습니다." 파인스는 말한다. 그는 인공 기관이 "그 모든 걸 끼우고 있을 때 표정을 가릴까 봐" 걱정하고 있었다. "유일하게 뭘 붙인 건 눈썹을 가리기 위해서였어요. 하지만 입이나 목 주변에는 아무것도 착용하지 않았기 때문에 얼굴 근육이 당기는 일은 없었습니다. 저는 외모가 아니라 에너지와 연기를 통해 일을 해내고 싶었어요. 그건 그렇고, 다들 볼드모트의 모습을 꽤 좋아하는 것 같았어요. 단순하면서도 강하잖아요."

파인스는 말을 잇는다. "조카들은 세트장에 와서 볼드모트를 보고 싶어 안달이었어요. 랠프 삼촌이 볼드모트가 된 모습을요. 하지만 아이들은 저를 알아보지 못했습니다. 저는 머리카락도, 눈썹도 없었고, 구역질 나는 끔찍한 치아와 창백하고 가느다랗고 아주 긴 손톱이 달린 손을 하고 있었으니까요."

외모가 완성됐으니 어둠의 왕에게 생명을 불어넣는 일은 이제 파인스에게 맡겨졌다.

"이렇게 우리는 볼드모트를 소개하게 됐습니다." 파인스는 설명한다. "볼드모트는 일종의 배아였습니다. 태아 같은 존재였죠. 신체적 힘을 모두 잃고 이 순간만을 위해 세력을 모아왔죠. 마이크는 볼드모트가 이 몸에 새로 들어왔으니 그 몸을 시험해 보려 할 거라는 훌륭한 아이디어를 냈습니다. 우리는 볼드모트가 자기 머리를 만져보고 얼굴을 더듬어 보는 모습, 그의 눈이 번적 뜨이는 모습을 보게 됩니다. 그가 처음으로 이 몸 전체를 시험해 보는 모습을 보게 되죠. 근육이 어떻게 움직일지, 다시 걷는다는 건 어떤 느낌일지 느껴보는 것처럼 말입니다."

볼드모트의 의상은 캐릭터의 신체적 '재탄생'을 가능하게 해주어야 했다.

파인스는 회상한다. "처음에 저는 크고 두껍고 검은 묵직한 뭔가를 받았어요. 그 옷은 전혀 통하지 않았죠. 볼드모트가 입는 것은 뭐든 헐렁하고 얇아야 한다는 아이디어가 나왔어요. 우리는 후보를 줄여나간 끝에 결국 볼드모트의 몸 주변에서 하늘거리는, 아주 가벼운 실크 소재를 선택했습니다. 저는 옷이 허리춤까지 트여 있으면 좋겠다고 제안했지만, 그렇게 하니 솔직히 좀 우스꽝스럽더군요. 그래서 그 아이디어는 버렸습니다. 가슴 아래는 거의 보이지 않지만, 볼드모트의 전신 모습을 보면 그의 몸을 가볍게 감싸고 있는 것이 그 검은색의 흘러내리는 듯한, 거의 피부 같은 옷이라는 걸 알 수 있습니다. 그리고 볼드모트가 신발을 신는다는 건 그냥 어색하게 느껴졌어요. 볼드모트는 방금 솥에서 나온 상황입니다. 그러니 그냥 맨발이죠. 마이크는 이런 말도 했습니다. '나한테 너무 섬세하게 굴지 말아요. 광기 어린 순간들을 보여달라고요.' 마이크는 볼드모트의 예상치 못한 기분 변화를 탐구하고 싶어 했습니다. 우리가 진정한 폭력적인 분노와 폭발적인 격정의 순간을 경험하기를 원했죠. 볼드모트가 언제 변할지, 무슨 짓을 저지를지는 사실 알기 어렵습니다. 그러니 해리에게 분노가 튀는 순간들은 있었어도, 볼드모트가 상냥한 사람처럼 느껴지는 다른 순간들도 있었죠. 부드럽고 매끈한 것 이면에서 위험이 느껴집니다."

정신병적으로 볼드모트를 추종하는 피터 페티그루 역할을 맡은 티모시 스폴은 묘지 장면에서

142쪽, 왼쪽 위에서부터 시계방향으로 볼드모트(랠프 파인스)가 죽음의 천사 조각상으로 해리(대니얼 래드클리프)를 잡아놓고 있다. 파인스의 얼굴에 찍힌 파란 점은 디지털 효과로 화면에 나오는 얼굴을 바꾸기 위해 표시한 지점이다./피터 페티그루(티모시 스폴)가 힘을 되찾기 전의 볼드모트 경을 안고 있다./배경 아티스트들이 묘지 세트 작업을 마무리하고 있다./마이크 뉴얼 감독이 후드를 쓴 죽음을 먹는 자들과 촬영 중간 이야기를 나누고 있다. 위 파인스(왼쪽)가 뉴얼과 뭔가를 의논하고 있다.

그런 균형을 성공적으로 보여준 파인스의 연기를 보았다. "아시다시피 악마는 온갖 속임수를 쓰지요." 스폴은 말한다. "랠프가 해낸 일이 놀랍지는 않았어요. 워낙 뛰어난 배우니까요. 랠프는 매력적이면서도 사악한 역할을 동시에 할 수 있죠. 둘을 구분하는 선은 아주 가늘어요. 랠프는 그 역할을 너무도 제대로 해내기 때문에 매력적인 동시에 공포스럽죠."

사실, 헤이먼은 이렇게 회상한다. "대니얼 래드클리프와 랠프 파인스는 촬영 내내 서로 한 마디도 하지 않았습니다. 캐릭터 사이의 적의를 유지하고 싶어 했거든요. 하지만 랠프는 아주 너그러운 배우였습니다. 해리가 볼드모트의 함정에 빠져 묘지에서 죽음의 천사상에 붙들리고, 어둠의 왕이 해리를 괴롭히는 장면이 있어요. 랠프는 카메라에 들어오지 않고 댄은 붙잡힌 상황에서, 랠프는 댄에게 다가가 큰 소리로 욕을 해댔습니다. 댄을 최대한 화나게 하려는 거였죠. 짜릿했어요."

하지만 결국은 파인스도 인정한다. "해리 포터에게 정말로 끔찍하게 구는 건 어려운 일이었습니다. 모두가 해리 포터를 사랑하니까요."

마이크 뉴얼은 영화가 완성된 뒤 시카고에서 열린 초기 시사회에 참석했던 일을 생생히 기억한다. 그때 "관객들은 시사회에 갈 때 무엇을 보게 될지 모르고 갔습니다. 그렇지 않으면 진짜 관객 반응을 읽어낼 수 없으니까요. 시사회가 시작할 때 상영 감독[시사회에서 영화 상영을 총괄하는 사람]이 말했습니다. '와주셔서 감사합니다, 여러분. 오늘 오후에 보게 될 영화는 〈해리 포터〉 4편입니다.' 아이들이 완전히 미쳐 날뛰더군요. 시사회 리뷰는 아주 좋았어요. 다행이었죠. 우린 이미 작업을 마쳤으니까요."

하지만 뉴얼도 불가리아 초연회에는 대비할 수 없었다. 이 초연회는 스타니슬라브 이아네브스키(빅토르 크룸)의 고향에서 열렸다. "우릴 위해서 특별한 행사를 해주었습니다." 뉴얼 감독은 회상한다. "거리 전체를 통행금지하고, 경찰차가 경광등을 번쩍이며 우리를 영화관으로 데려다주었어요. 교차로가 나올 때마다 급정거해서 차량 통행을 막았죠. 그러면 우리는 왕족이라도 된 것처럼 유유히 나아갈 수 있었습니다. 그러면서 극장에 도착했는데, 당연한 이야기지만 스타니슬라브가 화면에 나올 때마다 관객의 엄청난 갈채로 소리가 들리지 않았어요. 나올 때마다요. 와, 멋지더군요."

〈해리 포터와 불의 잔〉은 2005년에 개봉한 전 세계 영화 중에서 가장 많은 관객을 동원하는 기록을 세웠다.

〈해리 포터〉의 여정이 절반쯤 진행됐을 때 합류한 마이크 뉴얼은 이 시리즈에서 당시 기준으로 가장 규모가 컸던 영화를 감독함으로써 시리즈를 새로운 높이로 끌어올렸다. 새로운 마법학교며 캐릭터들로 시각적 규모나 마법사 세계가 더 넓어졌다는 측면에서만이 아니라, 중심 캐릭터들을 성년기로 한 발짝 더 이끌고 죽음의 개념을 (단순한 기억이 아닌) 매우 분명한 현실로 바꾸어 놓은 점, 그리고 무엇보다도 어둠의 왕이 가하는 궁극적 위협을 뚜렷한 인간 형태로 바꿔놓았다는 점에서도 그랬다. 볼드모트는 돌아왔고, 마법사 세계는 영원히 달라졌다.

144쪽 해리와 볼드모트 경의 싸움이 벌어지는 묘지의 죽음의 천사 조각상을 그린 이언 매케이그의 콘셉트 스케치.
위 로버트 패틴슨(오른쪽)이 세드릭이 죽는 장면을 촬영하기 전에 분장을 고치고 있다.

실물 주형은 배우에게 부착할 인공 기관을 만들거나 스턴트 대역이 쓸 가면을 만들 때, 혹은 애니메트로닉스를 만들 때 사용된다. 〈해리 포터〉 영화 시리즈의 특이한 점은 각 편의 제작을 시작할 때마다 새로운 실물 주형들을 만들어야 했다는 것이다. 여러 주요 배우의 체격이 매년 현저하게 달라졌기 때문이다.

닉 더드먼과 분장효과 팀원들은 실물 주형을 만들기 위해 치아 모형을 만드는 데 쓰는 알긴산염을 썼다. 알긴산염은 물과 섞으면 몇 분 뒤 고무처럼 단단해지는 가루다. 팀원들은 주형을 뜨는 동안 배우의 머리에 플라스틱 모자를 씌워서 머리카락을 보호하고, 알긴산염을 배우의 몸에 발랐다. 이때 알긴산염이 굳는 동안 숨 쉬는 구멍이 유지되도록 했다. 닉 더드먼은 설명한다. "다 굳으면 기본적으로 알긴산염을 뜯어내고 배우를 꺼낸 다음 안을 석고로 채웁니다. 석고만큼 좋은 게 없어요. 석고는 말도 안 되게 세부적인 것까지 복제해 내거든요." 실물 주형은 〈해리 포터와 비밀의 방〉에서 석화된 학생들 모형을 만들거나 〈불의 잔〉에서 물속 '보물'을 만드는 데 쓰였다. 〈불의 잔〉의 경우 3주 동안 수조 안에 있어야 했던 인형들이 자연스럽게 떠다니며 호흡하는 것처럼 보여야 했다. "우리는 인형 안에 부유 탱크를 넣었습니다. 잠수함처럼 말이죠. 그러면 그 탱크 안에 공기를 집어넣거나 빼서 위아래로 움직이게 할 수 있습니다." 더드먼은 말한다. "수조의 물을 그 몸 안으로 집어넣기도 했죠. 그러면 몸이 움직이되, 물이 천천히 흐르는 만큼 움직임이 부드럽고 자연스러워 보입니다."

실물 주형은 〈혼혈 왕자〉에서 공중에 떠 있는 케이티 벨이나 〈죽음의 성물 1부〉에서 채러티 버비지 교수를 만드는 데도 쓰였다. 채러티의 인형에는 몸이 휘어지고 얼굴이 고통에 일그러질 수 있도록 기계장치를 달았다.

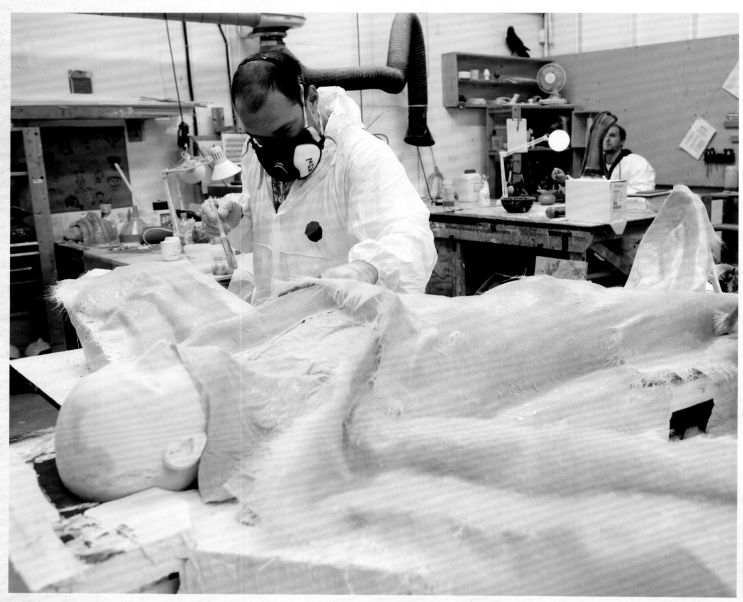

위 전신 모형의 제작 초기 단계. **147쪽** 〈해리 포터와 불의 잔〉에 나오는 두 번째 과제 장면에서 물속에 띄워두기 위해 만든 루퍼트 그린트(위 왼쪽)와 에마 왓슨(위 오른쪽)의 전신 모형. 〈해리 포터와 죽음의 성물〉에 사용될, 각각 다른 크기의 대니얼 래드클리프 전신 모형이 나란히 누워 있다(아래).

HARRY POTTER
and the
ORDER OF THE PHOENIX
- 해리 포터와 불사조 기사단 -

해리 포터의 5학년 시절에는 학생들의 의리가 시험받고, 그들은 그로록 어린 나이에는 잘 요구되지 않는 높은 수준의 헌신을 요구하는 갈등에서 어쩔 수 없이 어느 한쪽을 선택하게 된다.

그만큼 특별한 수준의 헌신이 어린 배우들에게도 요구되었다. 대니얼 래드클리프, 루퍼트 그린트, 에마 왓슨은 자신들이 연기하는 캐릭터에 비해 빠르게 자라고 있었다. 아홉 살, 열 살, 열한 살이라는 어린 나이에 배우로 계약을 맺었지만 현실에서 그들은 이제 성인이 되어가고 있었다.

세 명의 어린 주인공들은 모두 자신들이 영화에서 해낸 작업에 크나큰 자긍심을 느꼈고, 관객들은 그들을 사랑했다. 대니얼 래드클리프는 해리 포터라는 역할을 맡은 것이 엄청난 특권이었으며 이 캐릭터와 시리즈의 팬들에게 의리 같은 것을 느낀다고 말했다. 루퍼트 그린트도 론 위즐리 역할을 똑같이 자랑스럽게 여겼으며 나머지 영화에서도 계속 연기하기를 기대했다. 하지만 에마 왓슨은 영화 작업에 대한 동료 스타들의 감정에 공감하면서도 이 작업이 자신의 학업을 비롯한 인생에 끼치는 영향을 약간 걱정하고 있었다. "저는 제가 유명해졌다는 것을 의식하고 있었고, 그게 제 인생과 자유에 어떤 영향을 미치는지도 알고 있었어요. 계속하고 싶었지만, 그런 결정에는 결과가 따를 거라는 걸 알았죠."

데이비드 헤이먼은 에마의 고민을 회상한다. "에마에게는 돌아오겠다는 결정을 내리기가 다른 배우들에 비해 늘 어려운 일이었습니다." 헤이먼은 말한다. "학교가 중요했죠. 에마는 평범함과 친구들을 그리워했고 하키를 하고 싶어 했습니다. 보통 아이라면 누렸을 테지만 에마는 누릴 수 없었던 모든 것을 말이죠. 우리는 최대한 에마를 도우려고 했습니다. 친구들이 찾아왔고, 춤 수업을 비롯한 과외활동을 제공했죠. 하지만 에마는 늘 다른 아이들보다 이 일을 어려워했던 것 같아요."

에마는 결국 헤르미온느로 남기로 했고, 덕분에 팬들과 제작자들 모두 안도의 한숨을 쉬었다.

세 주인공이 공식적으로 참여한 상황에서 새로운 인물이 감독의 의자를 채우러 왔다. 그럼, 데이비드 예이츠는 누굴까? 그가 〈해리 포터〉 시리즈 5편을 감독할 인물로 밝혀졌을 때 수많은 사람이 이 질문을 던졌다. 그의 전임자들은 모두 영화계에서 걸출하고 저명한 경력을 자랑했지만, 예이츠는 8년 전 소규모 영화를 한 편 감독했을 뿐이었다. 예이츠는 TV에서 정치극인 〈스테이트 오브 플레이〉(이 시리즈는 나중에 러셀 크로와 벤 애플렉이 나오는 영화로 제작되었다)와 인신매매를 당한 여성들을 다룬 감정적으로 노골적인 작품 〈섹스 트래픽〉 등 상도 받고 평단에서도 높은 평가를 받은 프로그램을 만들었다. 두 프로젝트 모두 예이츠가 〈해리 포터〉 시리즈에 가장 어울리는 감독으로 뽑힌 이유는 아닌 듯했지만, 데이비드 헤이먼의 생각은 달랐다.

롤링의 이야기는 단순화한 정치적 논설이 아니었다. 이 이야기 속 정치는 주인공들의 감정적 성장과 끈끈하게 연결되어 있었다. "데이비드 예이츠는 인간에 대한 감각이 매우 뛰어난 사람이었고, 영화제작에도 엄청난 에너지를 쏟았습니다." 헤이먼은 말한다. "정치적 주제를 재미있는 방식으로 다루는 데도 자신감을 보였고요."

헤이먼은 《불사조 기사단》 이야기를 1939년 독일에서 일어난 일과 비교한다. "이 세계는 전쟁 직전의 세계입니다. 은밀

148쪽 해리와 덤블도어의 군대가 마법 정부에 도착하는 장면. (왼쪽부터) 헤르미온느(에마 왓슨), 네빌(매슈 루이스), 해리(대니얼 래드클리프), 루나(이반나 린치), 지니(보니 라이트), 론(루퍼트 그린트).

위 현지 촬영차 버킹엄셔 버넘 비치스에 온 제작자 데이비드 배런(왼쪽)과 데이비드 헤이먼(가운데), 감독 데이비드 예이츠.
아래 해리가 더들리 일당에게 괴롭힘을 당하는 첫 장면 스토리보드. 짐 코니시가 그렸다.

한 회합이 일어나고 있었어요. 사람들은 전투에 대비해 훈련하고 있었죠. 호그와트와 마법사 세계의 정치가 작동하면서 영화의 이면에 맥락을 빌려줍니다. 우리는 [예이츠가] 그 점을 훌륭하게 처리할 수 있을 거라고 생각했어요."

하지만 당시에 예이츠 자신은 자신이 이 일을 맡을 적당한 사람인지 확신하지 못했다.

"한번 와서 얘기해 보자고 하더군요." 결국 해리를 영광스러운 결말까지 이끌어 가게 된 감독은 회상한다. "아마 그때의 인터뷰가 제가 한 것 중 최악의 인터뷰였을 겁니다. 제가 일을 맡게 된 건 언제나 제가 해온 작품들 덕분이었어요. 인터뷰 실력으로 일을 따내야 했다면 아마 지금까지도 실업자였을 겁니다. 저는 데이비드 헤이먼에게 계획을 이야기하러 갔습니다. 15분쯤 이야기하고 나서는 포기하고 말했죠. '데이비드, 이건 안 되겠습니다. 갈게요.' 저는 떠났지만, 약 10분 뒤 헤이먼이 전화를 걸어서 아주 친절하게 이야기했습니다. '잘 들어요. 다음 주에 스튜디오 사람들을 만나게 될 텐데, 그냥 이 점과 이 점에만 집중하고 긴장을 푸는 게 좋겠습니다.' 저는 '세상에, 나한테 이 영화를 맡기고 싶은 생각이 없었다면 이런 식으로 응원해 주지는 않을 텐데'라고 생각했습니다."

데이비드 예이츠는 헤이먼과 함께 워너브라더스사의 제작 담당자 제프 로비노프와 대표 라이어널 위그럼을 만났다. 예이츠는 회상한다. "저는 그 사람들에게 프레젠테이션을 하려고 긴 연설을 준비했습니다. 자리에 앉아서 '제프'라고 막 입을 열었는데 제프가 그러더군요. '긴장하지 마세요. 일은 따냈습니다. 아무 말도 할 필요 없어요.' 그냥 그런 식이었습니다. 아마 영화가 5편이나 나왔으니 의외의 선택을 하고 싶었던 것 같아요. 감정과 정치를 영화에 들여올 사람을 원하기도 했고요. 3편에는 훌륭한 감독 알폰소가, 4편에는 영화에 대한 접근법이 아주 멋진 마이크 뉴얼이 있었습니다. 저는 짜릿했죠. 이렇게 큰 영화를 맡아달라는 말을 들었을 때는 다른 사람들처럼 놀랐습니다."

축하하는 의미로 '횃불을 전달하는' 행사가 열렸다. 이때 마이크 뉴얼은 데이비드 예이츠를 선술집으로 불러냈다. "뉴얼은 무척 매력적이고, 정말로 친절했습니다." 예이츠는 말한다. 두 감독은 함께 술을 마셨고, 뉴얼은 예이츠에게 이 영화에서는 무엇이든 해도 된다고 말했다. "큰 영화니까요." 데이비드 예이츠는 말을 잇는다. "뉴얼은 제작 팀의 일원으로 계속 함께하면 좋을 사람들을 짚어주기도 했어요. 무척 고마웠습니다. 시간을 내서 그런 말을 해준 건 아주 너그러운 일이었어요. 알폰소와도 전화로 잠시 통화했습니다. 알폰소도 똑같이 유쾌한 사람이었어요. 알폰소는 기본적으로 제가 이 일을 즐기게 될 거라고 말했습니다. 실은 그게 다였어요. 그런 다음, 저는 작업에 착수했습니다."

예이츠는 《불사조 기사단》에 점점 더 깊이 파고들면서 마법 정부가 권력을 남용하는 행태가 드러나는 과정, 덤블도어와 해리 모두를 무력화시키려는 정부의 시도, 《예언자일보》가 선전 선동 매체로 변하는 과정 등 책의 정치적 기반을 대략적으로 그렸다. 그는 마법사 세계가 머글 세상과 충돌하기 시작하는 모습을 포착했으며, 볼드모트가 곧 돌아온다는 대단히 현실적인 위협에 당면했을 때 덤블도어의 군대라는 형태로 반란을 일으키는 것이 호그와트 학생들에게는 유일한 선택이었음도 보여주었다.

제작자들은 5편에 합류한 새로운 각본가도 환영했다. "제 생각에는 스티브 클로브스가 4편을 무척 힘들다고 생각했던 것 같아요." 데이비드 헤이먼은 말한다. "게다가 당시에는 〈해리 포터〉 시리즈에 7~8년째 매달려 있기도 했고요. 스티브는 휴식이 필요하다고 느꼈습니다. 우리는 클로브스에게 여러 차례 부탁했지만, 클로브스는 잠깐 쉬면서 우리가 함께하던 다른 프로젝트 〈한밤중에 개에게 일어난 의문의 사건〉을 작업하기로 했어요."

그래서 마이클 골든버그의 재능을 빌리기로 했다. 그는 헤이먼이 〈해리 포터〉의 첫 대본을 맡길까 고민했던 사람이다.

"데이비드 예이츠는 늘 이 영화를 소문자 'p'로 쓰는 정치적political 영화라고 했어요." 골든버그는 말한다. "이 영화는 역사 속에서 반복되는 상황에 대한 이야기였죠. 권력 남용이나 시민들이 그 권력 때문에 어쩔 수 없이 반격해야만 할 때 무슨 일이 일어나는지에 관한 이야기요. 지나치게 정치적인 훈계에는 아무도 관심이 없습니다. 이건 그냥 이야기의 맥락일 뿐이에요. 이 영화는 권력이 집중되고 인간의 본성이 균형점을 회복하기 위해 맞받아치는 상황에 관한 겁니다." 골든버그가 각본을 쓰는 동안 미국 정치 지형의 균형점도 빠르게 변하고 있었다. 골든버그는 당시 그의 조국에서 벌어지는 일을 의식하고 있었다는 사실을 부정하지 않는다. "하지만 그런 상황은 그저 이야기에 부수적인 것이었어요. 세계에서 일어나는 일에 대해서는 저도 개인적, 감정적인 반응을 보이죠. 하지만 그건 단지 작품을 강화할 뿐이라고 생각합니다. 그런 상황 덕분에 작품이 더욱 현실감을 띠게 되죠. 더욱 구체적인 것이 되고요. 모든 글이 그렇습니다. 글은 의식적으로든 무의식적으로든 개인의 경험에 영향을 받으니까요."

골든버그의 목표 중 하나는 마법 정부 총리인 코닐리어스 퍼지를 포함한 모든 주자를 인간화하는 것이었다. 해리는 불사조 기사단에게 구조된 다음 퍼지가 언론, 특히 《예언자일보》를 정부 차원에서 통제했다는 사실을 알게 된다. 리머스 루핀은 그런 퍼지의 행동을 "겁에 질려선 이성을 잃고…… 그런 무서운 자가 돌아왔단 사실을 어떻게 해서든 부정하려는 거"라고 설명한다.

"퍼지는 볼드모트가 돌아왔다는 사실을 부정하려 합니다." 골든버그는 말한다. "저는 퍼지한테도 나름의 이유를 주고 싶었어요. 제 생각에는 책에 나온 것보다 한 발 더 나아간 것 같습니다. 퍼지는 대단히 인간적인 반응을 보입니다. 그는 볼드모트가 돌아왔을지 모른다는 생각에 완전히 질려서 그냥 멈춰버립니다. 불행하게도 그 때문에 시리우스 블랙을 포함한 꽤 많은 사람들이 큰 대가를 치르죠. 영화에서의 행위는 퍼지가 진실을 인정하고, 무작정 부정하는 상태에서 깨어나도록 하기 위한 겁니다."

데이비드 예이츠는 작업을 시작할 준비가 되어 있었지만, 배우들과 스태프들에게 그가 세트장에 온다는 사실은 일종의 변화였다.

"감독님이 저를 괜찮다고 생각할지 아닐지에 대해서 불안해한 건 그때가 처음이었어요." 에마 왓슨은 기억한다. 에마는 예이츠를 전임자인 마이크 뉴얼과 비교하며 이렇게 말한다. "마이크 뉴얼 감독님은 생각이 늘 드러나는 사람이었거든요. 굉장히 외향적이고 목소리가 큰 분이었죠. 하지만 데이비드 예이츠 감독님은 조용한 편이었어요. 감독님이 무슨 생각을 하는지 늘 알 수 있는 건 아니었기 때문에 편안해질 때까지 시간이 좀 걸렸죠. 저는 예전부터 책 내용을 속속들이 알고 있었어요." 에마는 말을 잇는다. "제 캐릭터를 완전히 파악하고 있었고, 《해리 포터》 세계에 대해서도 엄청난 지식을 갖고 있었어요. 저는 데이비드 예이츠 감독님에게 휴대용 안내서 같은 존재였고, 그 역할이 정말 즐거웠어요. 덕분에 감독님과의 관계도 역동적일 수 있었죠. 이번만큼은 제

위 해리(대니얼 래드클리프)가 마법 사용이 금지된 어린 나이에 호그와트 밖에서 마법을 썼다는 이유로 마법 정부에서 재판을 받고 있다.
아래 코닐리어스 퍼지(로버트 하디) 총리의 커다란 현수막이 마법 정부 세트장에 걸려 있다.

위 왼쪽 해리(대니얼 래드클리프)와 시리우스(게리 올드먼)가 그리몰드가에 있는 블랙 가문의 가계도 태피스트리 앞에서 서로를 안고 있고 헤르미온느(에마 왓슨)가 두 사람을 바라보고 있다.
위 오른쪽 루퍼트 그린트(왼쪽)와 에마 왓슨(가운데)이 버킹엄셔의 블랙파크 컨트리파크에서 데이비드 예이츠에게 연기 지도를 받고 있다.
아래 리브스덴 스튜디오 옥외에 짓고 있는 그리몰드가 세트장.

가 할 말이 더 많은 쪽이었으니까요."

루퍼트 그린트는 예이츠가 쿠아론이 그랬듯 에세이를 제출하라고 하지 않은 것에 마음을 놓았을지 모르지만, 그렇다고 할 일이 없는 것은 아니었다. "데이비드 예이츠 감독님, 저, 댄, 에마는 몇 번 회의를 했어요." 루퍼트는 말한다. "감독님과 1 대 1 면담도 몇 번 했고요. 대본을 살펴보면서 얘기했죠." 루퍼트는 스타일과 연출 방식에 변화가 일어난 것도 민감하게 의식했다. "감독님은 말을 부드럽게 하고, 대화하기 편한 상대예요. 이렇게까지 자리를 잘 잡고 있는 프로젝트에 합류한 사람이 저였다면, 새로운 학교에 가는 것처럼 기가 죽었을 텐데요."

당시에 톰 펠턴은 연기를 계속할지 말지 고민하고 있었다. 그는 "사실은 필요한 만큼 열정이 없었다"고 기억한다. 예이츠의 열의와 응원만이 "거의 유일하게 영화제작에 대한 열정을 굳혀줬다"고 톰은 말한다.

매슈 루이스는 데이비드 예이츠와 〈마법사의 돌〉, 〈비밀의 방〉의 감독이었던 크리스 콜럼버스의 귀한 유사성을 지적했다. "뭔가가 잘 돌아가지 않고 있을 때 감독으로 있는 것이야말로 가장 스트레스가 심한 일일 거예요. 날씨가 안 좋아서 촬영을 하지 못하거나, 누가 촬영장에 나타나지 않을 때도요." 매슈는 말한다. "데이비드 예이츠 감독님과 크리스 콜럼버스 감독님은 둘 다 아무리 좌절감을 느끼더라도 그 감정을 안에 품고 있었어요. 두 분의 가장 큰 공통점은 무한한 인내심이에요."

대니얼 래드클리프는 예이츠의 연출 스타일에서 두드러지는 가치를 발견했다. "그야말로 훌륭한 지시를 해주세요." 대니얼은 말한다. "간단하지만 훌륭하죠. 적당히 넘어가는 법이 없고, 늘 세세한 내용과 미묘한 차이를 끝까지 밀어붙입니다. 저는 바로 그런 게 필요하다고 느꼈어요. 예이츠 감독님은 솔직해요. '이것보다는 잘할 수 있을 것 같은데'라고 말하곤 했죠. 그것도 자주요. 정말로 매력적인 분이고 뛰어난 감독님입니다."

제작자 데이비드 헤이먼도 같은 의견이다. 그는 예이츠가 어린 배우들과 함께 작업한 방식을 높이 평가했다. "예이츠는 배우들을 동등한 상대로 대우합니다." 헤이먼은 말한다. "아이들은 자라고 있었고, 그 어느 때보다도 많은 기여를 할 수 있었어요. 캐릭터를 더 잘 이해하고 있었죠. 인생 경험도 더 쌓았고요. 영화 네 편에서 감독 세 명과 호흡을 맞췄습니다. 저는 아이들이 이 모든 것을 통해 영화에도, 일에도 기여한다고 생각해요. 데이비드는 늘 아이들에게 아이디어를 구했고, 제 생각에는 아이들이 전에는 해본 적 없는 방식으로 자신의 일부를 배역에 들여오도록 했습니다. 우리에게는 무척 신나는 일이었죠. 모든 장면 하나하나, 모든 순간 하나하나가 캐릭터가 어떻게 느끼는지, 장면과 캐릭터의 핵심적 감정은 무엇인지에 관한 겁니다. 데이비드는 감정을 이해해요. 그런 감수성을 이 영화에도 들여왔죠. 이 영화에는 볼거리가 많습니다. 하지만 볼거리가 가장 큰 효과를 발휘하는 건 감정적 중심에 바탕을 두고 있을 때입니다."

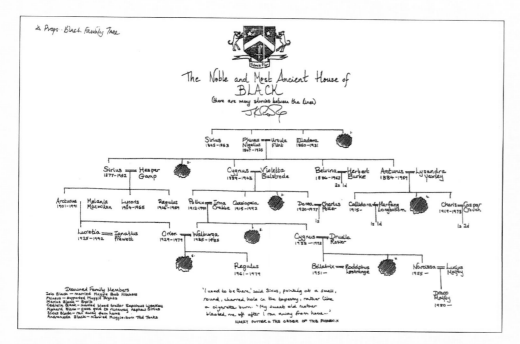

이야기의 시작 부분에서 불사조 기사단(볼드모트의 공포정치 아래서 그와 맞서기 위해 덤블도어가 만든 비밀 조직)은 해리를 그리몰드가 12번지에 있는 본부로 휙 옮겨놓는다. "원래 우리는 캠던에 있는 어느 거리에서 촬영을 하려고 했어요." 데이비드 헤이먼은 말한다. "하지만 결국 밤에 현지 촬영을 하는 데 따르는 비용이나 유연하게 대처하기 어렵다는 점 때문에 그럴 수 없었죠. 그래서 야외 세트장에 그리몰드가를 짓기로 했습니다." 그리몰드가는 스튜어트 크레이그에 의해 런던에 있는 전형적인 18세기 조지 왕조 시대 거리의 일부처럼 지어졌다. 단, 집 전체가 양쪽의 건물 사이에 숨겨져 있다는 점을 고려해, 좀 더 강조되고 폭이 좁은 모습으로 지었다. 디자이너는 설명한다. "우리는 각 방을 이상하게 왜곡된 모습으로 만들어서 건물 내부에도 이런 점을 반영하고자 했습니다. 높이나 폭에서 모든 것이 과장된, 굉장히 압축된 복도를 지었어요. 기대한 대로 조지 왕조 시대 건물의 세부적인 모습을 부여하기는 했지만, 그런 부분은 놀랄 만큼 약화되었습니다."

저택에는 블랙 가문의 역사 전체를 보여주는 태피스트리가 있다. 이 태피스트리는 책에 간단하게만 언급되지만, 영화에서는 완전하게 만들어야 했다. 데이비드 헤이먼은 J.K. 롤링에게 전화를 걸어 블랙 가계도의 자세한 내용을 물었다. 롤링은 15분 만에 팩스로 완전한 블랙 가계도를 보내주었다. 가계도에는 다섯 세대를 거슬러 올라가는 75명의 이름이 적혀 있었는데, 이름마다 생일과 사망일, 결혼과 관련된 자세한 내용, 가문의 문장과 신조까지가 완벽하게 갖춰져 있었다.

영화제작 과정에서 롤링의 직접적인 의견 제시는 디자인 요소만이 아니라 대본에도 말할 수 없이 중요했다. 골든버그의 각본에 그리몰드가의 불만투성이 집요정 크리처가 등장하지 않자 롤링은 크리처를 꼭 넣어야 한다고 말했다. 나중에 크리처가 중요한 역할을 하게 되기 때문이었다.

"실은 초고를 쓸 때는 크리처를 몇 번 포함했어요." 마이클 골든버그는 말한다. "하지만 대본 분량을 줄이는 과정에서 크리처를 빼기로 했죠. 조는 그 초고를 읽더니 전화를 걸어서 우리한테 알려주더군요. 그러니까 제가 해야 할 작업은 이미 써놓은 원고에서 삭제한 부분을 다시 가져오는 쉬운 일이었어요. 개인적으로는 크리처가 돌아와서 기뻤습니다."

골든버그는 크리처가 시리우스의 일면을 드러내는 데도 도움을 주었다고 느꼈다. "둘의 상호 작용은 시리우스의 어린 시절에 대해 많은 것을 전해줍니다. 시리우스가 크리처의 무례함에 화를 낼 때, '크리처는 내가 어렸을 때도 심보가 고약했어, 적어도 나한텐'이라고 말하는 걸 보면, 꼭 어린 시리우스를 보는 것 같고 이 집에서 성장한다는 게 시리우스에게 어떤 의미였을지 알 것 같은 기분이 듭니다."

불사조 기사단 선발대가 해리를 프리빗가에서 블랙 가문의 집으로 호위해 갈 때 우리는 기사단의 몇몇 단원들을 만나게 된다. 시리우스와 오촌지간인 님파도라 통스는 메타모르프마구스(마음대로 모습을 바꿀 수 있는 마법사)이며 님파도라라는 이름을 무척 싫어한다. 그녀는 오직 '통스'라는 이름으로만 불린다. 통스 역을 맡은 나탈리아 테나는 연극과 TV, 〈미세스 헨더슨 프리젠츠Mrs Henderson Presents〉, 〈어바웃 어 보이About A Boy〉 등 몇 편의 영화에 출연한 바 있다. 테나는 매니

위 데이비드 헤이먼이 블랙 가문의 태피스트리에 대해 묻자 J.K. 롤링이 즉시 팩스로 보내준 가계도.
아래 롭 블리스가 그린 크리처 콘셉트 아트.

저가 오디션에 보냈을 때만 해도 《해리 포터》 책이나 영화를 잘 알지 못했다고 회상한다. "'머글이 뭐지?'라고 생각했던 기억이 나네요."

테나는 《해리 포터》에 대해 아는 게 거의 없었지만, 마법사와 빗자루는 원래 좋아했다. "여섯 살 때까지 저는 마법사 세 명이 저를 집 앞 계단에 놓고 갔다고 믿었어요. 열여덟 살 생일에는 엄마가 빗자루를 주셨죠. 그런 걸 보면 이 역할을 맡게 된 게 운명이었는지도 몰라요." 테나는 영화 속 캐릭터와 공통점이 한 가지 더 있다. "저는 열세 살 때부터 지금까지 머리카락을 빨간색, 파란색, 초록색 등 온갖 색깔로 염색했어요. 저는 머리카락이 정말 기분을 반영한다고 생각하거든요."

오러 킹슬리 샤클볼트 역할을 맡은 조지 해리스는 로렌스 올리비에 경, 리들리 스콧(《블랙 호크 다운Black Hawk Down》), 스티븐 스필버그(《레이더스Raiders Of The Lost Ark》) 등 다양한 사람들과 함께 일했으며, 국립극장에서 마이클 갬번과 호흡을 맞춘 적도 있다. 기사단에서 샤클볼트는 강하지만 과묵한 사람으로 비칠지 모른다. 그러나 그의 의상에서는 색채와 멋에 대한 안목이 드러난다. 해리스의 말마따나 그가 쓰고 다니는 모자는 머리를 따뜻하게 해주기 위해서만 쓰는 것이 아니다. "제 생각에 킹슬리 샤클볼트는 아주 '쿨한' 머리를 가지고 있는 것 같습니다. 비유적으로 하는 말이에요. 하지만 내면의 열기가 빠져나가게 두면 힘도 빠져나가는 것 같았습니다." 해리스는 샤클볼트에게 그 모자가 말 그대로 "모든 것의 뚜껑을 닫아두는" 한 가지 방법이라고 느꼈다.

기사단의 또 다른 단원은 해리에게 새로운 사람이었다. 해리는 작년에 만났다고 생각하긴 했지만. 〈불의 잔〉에서 매드아이 무디는 사실 감금된 상태로, 데이비드 테넌트가 연기한 바티 크라우치 2세는 폴리주스 마법약을 사용해 무디의 신분을 도용했다.

데니얼 래드클리프와 데이비드 예이츠는 4편에서 나왔던 가짜 무디와의 관계, 그리고 진짜 매드아이와의 관계의 차이점을 어떻게 그릴지 의논했다. 데니얼은 회상한다. "우리는 이 관계를 둘이 암묵적으로 이해한 것으로 치자고 했어요. 둘이서 '작년에 있었던 일에 대해서는 말하지 않는 게 좋겠다'라고 이야기한 것처럼요. 해리는 무디를 안다고 생각하지만, 이제 막 진짜 무디에 대해서 알아가기 시작했을 뿐이에요. 그러니까 아주 이상한 상황이죠." 데니얼은 관객이 이전 영화들을 토대로 둘의 관계를 어느 정도 이해하고 있다는 것도 알았다. "우리는 그 관계를 아주 자세히 다루지 않았지만, 아주 많은 분이 4편을 봤기 때문에 둘의 과거를 알고 있을 거라고 생각했어요."

데니얼은 기사단이 전쟁 위기 상황에 만들어졌던 실제 지하 조직을 반영하는 방식에 대해서도 고민했다. 데니얼은 말한다. "기사단은 프랑스 레지스탕스와 비슷해요. 기사단의 존재를 알게 된 것이 해리에게 큰 영향을 미치죠. 물론, 첫 번째 이유는 해리가 볼드모트와 싸우기 위해 자기가 할 수 있는 일은 뭐든지 하고 싶어 하기 때문이에요." 데니얼은 해리에게 더 개인적인 동기가 있

위 (왼쪽부터) 브렌던 글리슨(매드아이 무디), 데이비드 슐리스(리머스 루핀), 조지 해리스(킹슬리 샤클볼트), 나탈리아 테나(통스)가 마법 정부 베일의 방 전투 장면을 촬영하고 있다.
아래 자니 트밈이 디자인하고 마우리시오 카네이로가 그린 킹슬리 샤클볼트의 의상 스케치.

다는 점도 지적한다. "이 조직은 해리의 부모님이 시리우스나 루핀을 비롯해 해리가 소중하게 여기는 모든 사람들과 함께 만든 단체예요. 해리는 부모님의 복수를 하는 동시에 두 분을 닮고 싶어 하죠. 기사단은 해리에게 이 모든 것을 의미해요."

마이클 골든버그는 설명한다. "해리가 가진 동기의 또 다른 핵심은 그가 경험하는 끔찍한 불의에 대한 분노입니다. 눈앞에서 훌륭한 인품의 친구가 죽어가는 것을 보고 그 모든 비극을 경험한 다음, 돌아와서 불신과 부정에 직면하고 가까운 사람들에게 배척당한다는 것은 견디기 힘든 고통이죠. 해리가 화를 내는 건 정당합니다."

해리의 분노는 그가 처음으로 불사조 기사단의 청소년 버전, 덤블도어의 군대를 만드는 일에 동의하는 이유이기도 하다.

"해리는 사람들이 볼드모트가 돌아왔다는 사실을 믿는지 안 믿는지는 중요한 문제가 아니라는 걸 알고 있어요." 대니얼은 말한다. "전쟁이 다가오고 있고, 정부가 그들에게 스스로를 보호할 방법을 가르쳐 주지 않는다면 그들에게는 아무 희망이 없죠. 그래서 해리는 이런 방식으로 반격하는 거예요. 처음에 D.A.를 만들자고 해리를 설득한 사람은 헤르미온느지만, 해리는 자기가 가르치는 일을 좋아한다는 걸 알게 되죠. 해리는 군중 속에서도 너무 외로운 사람이에요. 하지만 D.A. 수업에서 친구들을 가르치면서는 자기 문제에 대해 생각하지 않아도 됩니다."

데이비드 헤이먼은 덧붙인다. "특히 이번 이야기에서 해리는 약간 아웃사이더가 된 것 같고 사람들이 그를 신뢰하거나 믿지 않는다고 느낍니다. 어디에도 속하지 못하는 것처럼 느끼죠. 궁극적으로는 자신이 속할 곳이 있다는 걸 알게 되지만요. 해리는 어딘가에 소속되어 있을 뿐만 아니라, 다른 학생들에게 스스로를 지킬 방법을 가르쳐 달라는 요청까지 받게 됩니다. 정말로 강력하고 아름다운 순간이죠. 수많은 아이들이 그렇듯 외롭고 약간 고립된 느낌을 받고 있던 평범한 열다섯 살 소년이 어느 단체의 일원이 될 뿐 아니라 그 단체의 지도자가 된다니 말입니다."

관객들은 이 단체의 또 다른 특별한 아웃사이더, '루니Loony('괴짜', '별종'이라는 뜻─옮긴이)' 루나 러브굿을 금방 받아들였다.

"저는 온갖 '소녀스러운' 책들을 읽고 있었고, 안경 낀 남자아이가 나오는 책은 읽고 싶지 않았어요." 루나라는 굉장히 독특한 캐릭터를 연기한 이반나 린치는 회상한다. "하지만 엄마가 《해리 포터》를 읽어보라고 권하시더라고요. 그때가 여덟 살 때였을 거예요." 일단 읽기 시작한 이반나는 푹 빠지고 말았다. 이반나는 말한다. "저는 해리한테 마법의 힘이 있다는 게 좋아요. 하지만 사실 그건 재능 같은 것일 뿐이죠. 해리는 누군가는 음악을 잘하고 누군가는 스포츠를 잘하는 것처럼 마법을 잘해요. 그 점을 빼면 정말 평범하죠."

이반나 린치는 《해리 포터》 책을 무척 좋아하고 영화도 좋아하지만, 무엇보다도 루나 러브굿이라는 캐릭터에게 빠져들었다.

"그냥 홀딱 반했어요." 이반나는 말한다. "거의 집착이 생기더라니까요. 저만큼 루나를 이해할 사람은 아무도 없다는 식으로요. 많은 사람들은 루나가 괴짜라서 좋아하죠. 하지만 저는 루나가 지혜롭다는 점이 마음에 들어요. 그 무엇도 루나에게 큰 영향을 미칠 수 없다는 점이요. 루나는

위 장사에 재능이 있는 위즐리 쌍둥이 제임스와 올리버 펠프스가 대니얼 래드클리프에게 자신들의 상품을 자랑하는 장면을 준비하고 있다.
아래 데이비드 예이츠가 필요의 방에서 덤블도어 군대와 함께 있다.

절대 무엇에도 놀라지 않아요. 자기 자신으로 이 세상에 존재하는 걸 편하게 느끼니까요. 결코 자신을 바꾸려 들지 않죠. 대부분의 사람들은 자기가 잘 적응하고 있는지 확신하지 못하는 단계들을 거치지만, 루나는 절대로 그러지 않아요. 기자들은 모든 영화마다 '맡으신 캐릭터는 어떻게 변하나요? 이번에는 어떻게 변했죠?'라고 물어봐요. 핵심은 이거예요, 루나는 변하지 않는다는 것. 루나는 자기가 누구인지 알고 있어요. 조금은 성장하고 새로운 경험을 할지는 모르지만 본질적으로는 늘 같아요."

루나 역할을 맡을 배우를 찾는 과정은 〈해리 포터〉 시리즈만큼이나 환상적인 스토리였다. "우린 이미 수천 명의 여자아이들을 봤습니다. 배우들도 살펴봤고 학교를 돌아다니기도 했죠." 데이비드 헤이먼은 회상한다. "후보를 셋까지 줄인 다음, 그 애들을 불러와 촬영하게 했어요. 우리는 루나를 연기할 사람이 있기는 한데 완벽하지는 않다는 걸 알고 있었죠. 루나 그 자체인 사람은 없었어요." 그래서 제작진은 공개 오디션을 진행하기로 했다. 신문에 광고가 실렸고, BBC 어린이 프로그램인 〈뉴스라운드〉에서도 공고했다. "2,000~3,000명이 올 거라고 생각했어요. 하지만 실제로는 15,000명의 10대 소녀들이 나타났죠. 10대 소녀만이 아니었어요. 40대 여성들도 있었다니까요!"

이반나 린치는 공개 오디션 소식을 듣고 부모님에게 오디션에 참가해도 되느냐고 물었다. 어머니는 처음에 이 생각을 그리 탐탁지 않게 여겼지만, 아버지는 딸이 시도조차 해보지 않으면 가족 모두가 후회하게 될 거라고 느꼈다. 이반나와 아버지는 더블린 남쪽에 있는 집을 떠나 비행기를 타고 오디션 전날 밤 런던으로 향했다. 그들은 다음 날 아침 8시 정각에 웨스트민스터에 있는 오디션장에 도착했다. 그곳에는 수백 명의 지망생(일부는 전날 밤 오디션장 밖에서 야영했다)이 있었고, 두 사람은 4시간을 기다려야 했다.

"한 번에 50명 정도를 불러들이더군요." 이반나는 회상한다. "그 아이들을 줄 세워놓고 '앞으로 나와서 이름과 어디에서 왔는지를 말해주세요'라고 했어요. 저는 정말 긴장했죠. 연기 실력으로 평가받는 게 아니었으니까요. 그냥 외모가 관건이었어요." 이반나는 이 첫 번째 관문을 통과하고 다음 방으로 보내졌다. 그곳에서는 해리와 루나가 등장하는 몇 장면의 대본을 받고 훑어보았다.

"그 방에는 열 명 정도가 있었어요." 이반나는 기억한다. "그중 몇 명은 제가 대본 읽는 소리를 듣더니 '너 진짜 루나 같다'고 말했어요." 이반나는 여전히 긴장하고 있었지만 몇 번 더 대본을 읽었고, 카메라 테스트를 받은 다음 캐스팅 담당자인 피오나 위어에게 보내졌다.

위어와 팀원들은 후보를 100~200명으로 줄인 다음, 다시 카메라에 담을 사람들을 추렸다. 이반나는 그중 한 명이었다.

위어는 그들에게 연기를 시키지 않았다. 후보들은 그냥 자신에 대해서 이야기했다. 헤이먼은 말한다. "이반나는 그렇게 긴장을 했는데도 그냥 루나였어요. 본인도 그 사실을 알고 있었고요. 이반나는 말했습니다. '저한테 배역을 주지 않으면 여러분 손해예요.' 제가 말을 좀 바꾼 겁니다. 이반나의 말에는 전혀 자만심이 담겨 있지 않았어요. 그냥 자기가 어울린다는 걸 알고 있었을 뿐이죠. 조는 이반나가 배역을 따냈다는 걸 알고 놀랐습니다. 이반나는 예전에 조에게 편지를 보낸 적이 있었고, 조는 둘이서 주고받은 편지를 기억하고 있었거든요. 그래서 이반나가 캐스팅됐다는 말에 정말로 즐거워하더군요."

데이비드 예이츠는 말한다. "피오나가 저한테 녹화본을 보내줬어요. 테이프를 보니, 루나가 있더군요."

의상 디자이너 자니 트밈은 즉시 이반나의 팬이 되었다. "우리는 이반나를 아주 예술적으로 공들였어요. 사실, 이반나는 직접 보석류를 만들죠. 루나가 순무 모양 귀고리를 달고 다니는 것으로 나와서 제가 빨간 귀고리를 몇 개 만들었는데, 이반나가 이러더군요. '아뇨, 오렌지색이어야 해요.' 이반나는 그만큼 책을 잘 알고 있었어요. 영화에서 이반나가 하고 나오는 귀고리는 사실 이반나가 직접 만든 것이나 다름없어요. 네, 오렌지색입니다."

데이비드 예이츠 감독이 덧붙인다. "이반나는 기쁨을 주는 사람이고, 저는 이반나를 아주 좋아합니다. 너무나 멋진 독특함을 가지고 있어요. 〈해리 포터〉 캐스팅의 특징 중 하나는 캐스팅된 수많은 아이들이 연기 실력보다는 그 아이들의 분위기와 감수성 때문에 뽑혔다는 겁니다. 캐스팅을 할 때는 늘 감수성을 찾게 되죠. 이반나에게는 정말, 정말, 정말로 매력적인 본질적 분위기가 있었습니다."

156쪽 이반나 린치는 루나 러브굿 역으로 합류했을 당시 이미 〈해리 포터〉의 열성 팬이었다.
(왼쪽부터 시계방향으로) 해리와 함께 세스트럴을 마주치는 장면 촬영을 앞두고 머리와 분장을 손질하고 있다./버킹엄셔 버넘 비치스에서 데이비드 예이츠와 뭔가를 의논하고 있다./세스트럴 마차에서 《이러쿵저러쿵》을 읽고 있다./필요의 방 세트장에서 마법 지팡이를 가지고 놀고 있다.
위 래번클로의 초 챙(케이티 렁, 왼쪽)과 루나 러브굿(이반나 린치).
아래 (왼쪽부터) 지니 위즐리(보니 라이트), 파드마 파틸(아프샨 아자드), 파르바티 파틸(셰파디 초두리), 루나 러브굿(이반나 린치).

하지만 해리에게는 불행하게도, '매력적'이라는 단어는 그가 호그와트 5학년이 되었을 때 새로 온 어둠의 마법 방어법 선생에게는 해당되지 않았다.

이멜다 스탠턴이 훌륭하게 그려낸 해리의 새로운 천적 덜로리스 엄브리지는 마법 정부 총리에 의해 호그와트에 부임한다. 일단 학교에 입성한 엄브리지는 교칙을 연달아 발표하며 재빨리 덤블도어의 자리를 흔들기 시작한다. 한편, 엄브리지는 온갖 분홍색에 대한 애정을 드러낸다.

동료 호그와트 교수를 연기했던 에마 톰슨, 케네스 브래나(시빌 트릴로니, 길더로이 록하트)와 동시대 배우인 스탠턴은(이들은 브래나가 감독한 〈피터의 친구들〉에 함께 출연했다) 〈센스 앤 센서빌리티〉, 〈내니 맥피Nanny McPhee〉 같은 영화에서 톰슨과 함께 작업했으며, 〈노래하는 탐정〉에서는 마이클 갬번과 호흡을 맞췄다. 대니얼 래드클리프와 함께 〈데이비드 카퍼필드〉에 출연하기도 했다. 스탠턴은 캐스팅되기 전에 마이크 리의 정극 〈베라 드레이크Vera Drake〉에서 보여준 연기로 아카데미상 후보에 올랐다.

"이멜다에게는 놀랄 만큼 뛰어난 코미디 감각이 있습니다. 딱 맞는 순간에 엄브리지를 엄브리지답게 연기하는 놀라운 일을 해냈죠." 예이츠는 열정적으로 말한다. "이멜다의 캐릭터는 〈치티치티 뱅뱅〉에 나오는 어린이 납치범과 비슷합니다. 우리는 모두 권위주의적이고 억압적이며 엄격한, 엄브리지와 비슷한 선생님들을 알고 있죠. 이 모든 것이 분홍색 치마에 깃들어 있어요."

많은 성인 배우들이 그랬듯 스탠턴도 자식들을 통해 《해리 포터》의 세계를 알게 되었다. "1권은 정말 단숨에 읽게 되더군요." 스탠턴은 회상한다. "제 딸이 매일 밤 '싫어, 싫어, 싫어. 한 챕터만 더 읽어주세요, 한 챕터만요'라고 말했던 게 언제까지나 기억날 거예요." 스탠턴은 책을 읽는 아이들이 해리와 함께 성장하고 있다는 사실에 고마움을 느꼈다. "《해리 포터》는 아이들이 언제까지나 똑같은 모습으로, 수많은 피터 팬들처럼 남아 있는 동화가 아니에요. 캐릭터들이 성장하죠. 마법 세계와 현실 세계를 훌륭하게 결합한 작품이기도 하고요."

스탠턴은 친구에게서 그녀에게 딱 맞는 역할이 있다는 말을 들었을 때 아직 5권을 읽지 못한 상태였다. 엄브리지 역할에 어울린다는 말이 딱히 기분 좋은 말은 아니었을지도 모르지만.

"그 말을 듣고 책을 봤는데, '키가 작고 뚱뚱하고 못생긴, 두꺼비 같은 여자'라고 되어 있었어요. 참 고맙네요. 네, 진짜로 고마워요. 저는 그런 연기를 어떻게 해야 할지 몰랐어요. 말 그대로 두꺼비처럼 생겼나? 인공 기관을 써야 하나? 다행히 그건 아니었죠. 하지만 훌륭한 악당, 맛깔나는 악당을 연기하는 건 멋진 일이에요. 엄브리지는 검은 옷만 입고 다니는 사람보다 훨씬 무시무시하죠."

스탠턴은 재빨리 자신의 캐릭터가 현실 세계의 누군가를 본뜬 것이 아니라고 지적한다. "제가 겪은 선생님 중에 엄브리지 같은 인물이 있었는지 사람들이 물어보더군요." 스탠턴은 말한다. "그럼 저는 아니라고 대답했죠. 그런 경험을 한 사람은 롤링 씨인 것 같은데요. 어쩌면 롤링 씨한테는 그런 선생님이 있었을지도 모르겠네요."

이렇게 특수효과가 많이 들어가는 영화에 참여하는 경험은 스탠턴에게 새로운 것이었다. 하지만 그녀는 특수효과에 자신의 캐릭터가 묻히는 일은 없게 할 작정이었다. "저는 〈해리 포터〉에 참여하면 전부 특수효과와 관련될 거라고 생각했지만 아주 훌륭한 배역을 맡게 됐어요. 크레인에 대롱대롱 매달리는 걸 훨씬 넘어서는 배역이었죠. 조금은 그렇게 매달리기도 했지만, 많이는 아니었어요. 데이비드 예이츠는 엄브리지를 극도로 현실적이고 아주 불안한 인물로 만드는 데 큰 관심을 뒀어요. 그놈의 크레인에 매달려 있는 캐릭터에게 무슨 일이 일어나는지 정말 걱정되지 않는다면 특수효과는 아무런 의미도 없습니다."

의상 디자이너 자니 트밈에게 엄브리지는 소극적인 톤을 가져다 아주 잔인한 캐릭터에게 어울리도록 만들 기회였다.

"엄브리지는 책에서 분홍색으로 묘사돼요. 저는 그게 아주 멋진 일이라고 생각했어요. 다른 사람은 모두 검은색인데 엄브리지만 분홍색이잖아요." 트밈은 설명한다. "하지만 저는 다양한 분홍색을 활용했어요. 밝은 분홍, 부드러운 분홍, 짙은 분홍, 후쿠시아 분홍…… 엄브리지의 기분에 따라 달라지는 색깔들이죠. 엄브리지는 파란색이 많이 섞인 차가운 분홍색 옷을 입었어요. 그러다가 점점 더 강해지기 시작하면 훨씬 더 선명하고 진한 분홍색을 입었죠. 엄브리지는 이야기가 진행될수록 분홍색으로 변해가요. 엄브리지가 완전히 미쳐버리는 마지막 장면에서는 의상이 연분홍색 중에서 가장 짙은 색이 되어 있죠."

스탠턴은 설명한다. "책에서는 엄브리지가 머리에 나비 장식을 달고 어린애처럼 굴어요. 하지

자니 트밈이 디자인하고 마우리시오 카네이로가 그린 그림들로, 영화 촬영이 진행되면서 엄브리지의 의상은 갈수록 더 짙은 분홍색으로 바뀌었다. 트밈은 모든 의상을 고양이 모양 보석으로 장식했다.

만 제작진은 다른 길을 가기로 했죠. 의논 과정에서 저는 엄브리지에게 일종의 아우라가 있었으면 좋겠다고 말했어요." 스탠턴은 이 캐릭터가 "딱딱하게" 느껴지지 않고 "그녀가 입는 옷에 질척거리는 느낌이 있었으면" 좋겠다고도 말했다. "엄브리지는 부드럽고 애정이 넘치고 다가가기 쉬운 사람으로 보여야 했어요. 당연히 실제로는 그렇지 않지만요."

이미 수많은 배우들과 친해졌지만, 스탠턴은 자신이 최고의 동료들과 함께하고 있음을 잊지 않았다. "늘 '나는 이 모든 최고들과 함께 최고의 일을 하고 있어'라는 생각을 하게 돼요. 무엇도 차선이 될 수는 없죠. 그래서 늘 노력하게 되는 거예요." 스탠턴은 마이클 갬번, 매기 스미스, 에마 톰슨 같은 프로들과 일하는 것을 테니스 경기에 비유한다. "저도 실력을 키워야죠." 그녀는 말한다.

매년 어둠의 마법 방어법 교수가 새로 들어왔으므로 그들이 가르치는 공간도 새로운 선생의 성격을 반영해야 했다. 퀴리누스 퀴럴은 어둡고 지하 감옥 같은, 복잡한 교실에서 수업했다. 길더로이 록하트의 교실도 붐비긴 했지만, 그건 록하트 본인의 사진 때문이었다. 루핀과 무디의 교실 장식도 교과과정에 대한 그들의 독특한 접근법에 어울렸다.

"하지만 엄브리지 교수는 아예 수업을 안 합니다." 스튜어트 크레이그는 말한다. "그래서 교실에 다른 소품을 전혀 두지 않았어요. 엄브리지는 기본적으로 책을 가지고 가르칩니다. 아이들이 마법을 배우는 걸 정말로 바라지는 않거든요. 그래서 우리는 마법적으로 책상에 내려오는 책들만 두고 장식품은 전혀 두지 않았어요. 그냥 방만 있었죠. 그러다가 계단을 올라 뒤쪽에 있는 엄브리지의 연구실에 들어가면 방 전체가 분홍색으로 칠해져 있는 겁니다. 헐벗은 교실과 대조되어 상당히 잘 통한 방법이었어요."

덤블도어의 연구실이 가끔 움직이는 호그와트 전 교장들의 초상화로 가득하듯, 엄브리지의 연구실은 고양이 같은 것들이 그려진 200개 이상의 사기그릇으로 장식되어 있다. 제작진은 접시의 움직이는 그림들을 만들어 내기 위해 고양이 40마리를 데려다가 이틀 내내 촬영했다. 일부는 영화 데뷔를 기념하기 위해 특별히 손으로 뜨개질한 옷을 걸치고 있기도 했다.

"엄브리지 연구실의 가구로는 일부러 프랑스 루이 왕조 시대 양식을 선택했습니다." 크레이그는 말을 잇는다. "엄브리지가 그렇듯 루이식 가구는 가짜이고 보이는 것과는 다르죠. 동시에 날카로우면서도 곡선이 아주 많이 들어간 스타일입니다. 이것도 엄브리지와 똑같죠."

위 엄브리지 교수 역의 이멜다 스탠턴이 그롭, 켄타우로스와 마주치는 장면을 촬영하고 있다.
아래 스탠턴과 데이비드 예이츠가 이야기를 나누고 있다. 스탠턴이 생각하기에 예이츠는 엄브리지가 정말 위협적이지만 우스꽝스러운 악당은 아니어야 한다고 보았다.

호그와트에 있는 덜로리스 엄브리지의 연구실에 쓰인 천박한 분홍색은 과거 어둠의 마법 방어법 교수들이 썼던 연구실의 초록색, 파란색, 보라색이 띠고 있던 어두운 색조와 심한 대조를 이룬다. 엄브리지의 독특한 스타일은 연구실의 분홍색 돌벽을 뒤덮은, 고양이 그림이 들어간 장식용 접시로 더욱 두드러진다.

"처음에는 접시 크기를 점점 작아지게 배치하려고 했습니다." 세트장 장식가 스테퍼니 맥밀런은 말한다. "제일 큰 접시를 맨 꼭대기에 두는 거죠." 그다음 미술 팀이 접시의 경계선을 처리할 방법을 찾았고, 실제 접시의 최종 디자인에 나타나는 화려한 꽃무늬 테두리 장식을 쓰게 되었다. 일단 액자를 마련한 뒤에는 두 가지 중요한 작업으로, 골라 쓸 고양이 초상화를 여러 장 만들어 냈다. 첫 번째 작업은 스틸 사진을 찍는 것이었다. 이 방법으로 수많은 접시에 그림을 넣을 수 있었다. 이런 접시에는 고양이가 '어디론가 가버린' 것도 몇 개 포함된다. 하지만 대부분의 경우에 접시들은 움직이는 고양이의 스틸 사진을 보여준다. 이런 사진들은 두 번째 작업 팀이 고양이 40마리와 셀 수 없이 많은 소품을 활용해 100컷 이상 찍은 것들 중에서 고른 것이다. "우리는 두 번째 작업 팀과 함께 하루 종일 멋진 시간을 보냈어요." 맥밀런은 말한다. "뜨개질한 모직 카디건, 재킷, 목깃을 두른 새끼 고양이들을 촬영했죠. 모래성과 조개껍데기가 있는 '바닷가'에서 찍은 것도 있고, 당연한 얘기지만 마법사 모자를 쓰고 텅 빈 솥단지에 앉아 있는 고양이들도 있었어요." 다른 소품으로는 수정구슬, 미니 오토바이, 금붕어 어항, 손수레 등이 있었다. 촬영된 고양이들은 이후 CG로 접시에 들어갔다.

위 엄브리지의 고양이 접시는 해티 스토리가 디지털로 만들었다. 촬영하는 동안에는 블루스크린으로 덮여 있었으며 촬영이 끝난 뒤 움직이는 고양이와 새끼 고양이 영상을 넣었다.
161쪽 접시 견본. 모두 40마리의 고양이 모델이 있었다.

VPH Limited
Harry Potter And The Order Of The Phoenix
Callsheet 1

Production Office
Leavesden Studios

전편에서도 그랬지만, 해리의 이야기에 새로 추가된 모든 요소가 인간의 형태를 띤 건 아니었다. 이런 요소에 생명을 불어넣기 위해 반드시 배우가 필요했던 것도 아니다. 오랫동안 충실히 일해온 해그리드는, 그리 총명하지 않고 어딘지 서툰 거인 동생 그룹이라는 형제를 얻는 보상을 받는다. 5미터에 이르는 그룹의 모습은 전부 CG로 만든 것이다. 데이비드 헤이먼은 그룹을 "정말로 천진난만하지만, 약간 주의력 결핍 장애가 있는" 존재라고 표현한다.

키 5미터의 캐릭터를 세트장에 물리적으로 구현하는 것이 불가능하다는 사실은 금방 분명해졌지만, 닉 더드먼과 그의 팀원들은 배우들이 연기할 수 있는 실물 크기의 머리를 만들었다. 배우 토니 모즐리가 그룹의 CG 토대가 될 연기를 하기 위해 불려왔다(그는 〈코로네이션 스트리트〉를 비롯한 TV 작품과 〈슬리피 할로우〉 등의 영화에 더해, 주의력 결핍 장애가 있는 아이들과 폭넓은 작업을 함께해 왔다). 그런 다음에는 시각효과 감독 팀 버크와 그의 팀원들이 당시 사용할 수 있었던 대단히 정교한 동작 및 표정 감지 기술을 활용해 모즐리의 연기를 재현했다.

예이츠는 설명한다. "최종 캐릭터는 시각효과로 만든 것이지만 저는 관객들이 캐릭터를 보고 토니의 눈을 알아보기를 바랐습니다."

데이비드 헤이먼은 설명한다. "그룹이 나오는 장면은 우리가 처음에 찍은 장면 중 하나입니다. 일정에 따르면 그렇게 할 수밖에 없었어요. 그러니까 데이비드[예이츠]는 사실 시각효과로 불세례를 받은 셈이죠."

처음으로 영화에 등장한 생명체는(그것도 선택받은 몇 명에게만 보이는 것이지만) 세스트럴들이었다. 이들은 처음에 루나와 해리에게만 보인다. 루나의 설명대로 "죽음을 목격한 사람에게만 보이기" 때문이다. 당시에 대니얼은 세스트럴을 이렇게 묘사했다. "세계 종말을 상상하실 수 있다면, 세스트럴은 요한계시록에 나오는 네 명의 기사가 타고 다닐 법한 말이에요."

제작자들은 세스트럴의 키와 날개 길이를 의논하고, 세스트럴이 날아갈 때는 캐릭터들이 그 위에 어떻게 앉을 수 있을지에 대해서도 이야기했다. 더드먼은 말한다. "뭔가의 날개 길이가 9미터라고 말하는 건 아주 쉬운 일입니다. 하지만 그 진짜 의미는 뭘까요? 그런 날개를 가진 존재는 환경에 어떻게 적응할까요? 나뭇가지에 부딪히지 않을까요? 해리 옆에 서 있으면 어떻게 보일까요?"

그래서 닉 더드먼과 팀원들은 실물 크기의 합성수지 모형을 만들었다.

"세스트럴을 색칠하는 일은 아주 재미있었습니다." 더드먼은 말한다. "검은색 동물인데 밤에 보이니까요. 검은색을 배경으로 검은색을 칠하는 방법과 질감에 대해서 수많은 토론이 이어졌습니다." 세스트럴의 반투명한 날개와 얼룩덜룩한 가죽이 이 동물의 전체적인 검은색 때문에 보이지 않게 되는 일이 없도록 무척 주의를 기울여야 했다.

"세스트럴은 크고 검은색이고 비쩍 말랐어요. 정말 큰 날개를 가지고 있고요." 이반나 린치는 말한다. "게다가 착한 동물이에요. 뭐, 모든 세스트럴이 그런지는 모르겠지만 해그리드가 키우는 세스트럴들은 그래요. 해그리드가 길들여 놨거든요."

제작자들은 실제로 장면들을 추가로 촬영하지 않고도 줄거리를 진행하는 데 도움이 되는 배경 정보를 제공할 창의적인 방법들을 찾아내려고 애쓰는 경우가 많다. J.K. 롤링이 책에서 신문과 편지를 통해 비슷한 정보들을 제공했듯, 시나리오 작가 마이클 골든버그도 영화에서 비슷한 방식으로 이런 정보를 제공하는 것을 편하게 생각했다.

골든버그는 말한다. "책에서 언론은 하나의 캐릭터입니다. 《예언자일보》는 퍼지가 여론을 형성하고 학교에서 해리와 덤블도어에 대한 사람들의 의견을 유도하기 위해 사용하는 힘이죠." 그래서 제작자들은 신문이 빠르게 돌아가는 고전적인 영화적 방법을 사용했다. 이 신문들은 점점 느리게 회전하다가 헤드라인을 보여주며 관객에게 중요한 정보를 전달한다. "저는 이것이 《예언자일보》를 활용하는 독특한 영화적 기법이면서 엄청나게 많은 정보를 전달하는 우아한 방법이라고 생각했습니다. 이 방법은 호그와트의 이야기를, 바깥 세계에서 볼드모트와 관련해 어떤 일이 벌어지는지에 관한 더 큰 이야기와 연결해 주죠. 우리는 늘 그 점을 앞세우고 싶었습니다."

예를 들어 벨라트릭스가 탈옥한 뒤에는 《예언자일보》에 '아즈카반에서 대규모 탈옥'이라는 제목의 기사가 실린다. 그런 다음 카메라는 신문 1면을 '통과해' 마법 정부 총리인 퍼지가 이 상황과

맨 위 토니 모즐리가 그룹의 움직임을 구성하는 동작을 촬영하고 있다. 들고 있는 인형이 인간의 크기가 된다.
중간 그룹이 처음 등장하는 장면의 콜 시트.
아래 해리(대니얼 래드클리프)가 볼드모트가 돌아왔다는 거짓말을 했다며 그를 비난하는 《예언자일보》 기사를 읽고 있다.

관련해 인터뷰하는 사진을 보여준다. 카메라는 다양한 페이지를 획획 넘기고 지나가면서 다른 헤드라인도 보여준다. '정부, 마법 생명체들을 화나게 하다'(이 기사는 엄브리지와 마법 생명체들이 마주치는 상황을 예견하고 있다), '시리우스 블랙 수배', '위기의 연속', '디멘터들을 감시하다' 등등. 그런 다음 카메라는 벨라트릭스가 갇혀서 움직이는 사진을 보여준 뒤 마지막으로 '현실'로 돌아와 네빌이 대연회장에서 이 기사들을 읽고 있는 모습을 보여준다.

골든버그는 이런 미디어 몽타주가 "재미있는 1940년대 스타일의 영화 전통"이라고 느꼈다. "기술적으로도 신문을 획획 훑고 지나가 다음 장면으로 들어갈 수 있다는 건 너무 구미가 당겨서 그냥 지나치기 어려운 방법입니다."

〈불사조 기사단〉의 두 장면이 《해리 포터》의 열성 팬들 사이에 논쟁을 일으켰다. 첫 번째 장면은 스리피스 정장을 입고 승강장에 나타난 어둠의 왕의 모습이다. 이 모습이 볼드모트 캐릭터와 전혀 맞지 않는다고 느낀 팬들이 많았다. 감독과 제작자는 볼드모트가 실제로 승강장에 있었는지 없었는지에 관해 상반된 주장을 내놓는다.

예이츠는 이 장면을 만든 이유에 대해 이렇게 설명한다. "저는 볼드모트가 해리를 괴롭히는 모습, 해리에게 '네가 어디 있든 나는 너를 찾을 수 있어. 이 머글들은 모두 내가 얼마나 위험한지 모르지. 하지만 나는 여기 있어. 날 봐'라고 말하는 모습을 보면 재미있을 거라고 생각했습니다. 그게 해리가 맞닥뜨릴 예기치 못한, 새로운 위협이라고 생각했죠. 어떤 사람들은 그 장면을 애매하다고 생각한다는 걸 알고 있습니다. 하지만 저는 그 장면이 쓸모 있다고 생각했어요. 볼드모트가 비마법사들의 세계에도 존재할 수 있고 실제로도 존재한다는 점을 입증하기 위해서요. 조도 흔쾌히 받아들였습니다. 그래서 넣었어요."

데이비드 헤이먼은 반대편에 선다. "그 장면은 전부 해리의 머릿속에서 일어난 일입니다. 볼드모트가 해리에게 혼란을 일으킨다는 점과 둘 사이의 연결을 강조하려고 집어넣은 거예요. 처음에는 볼드모트가, 그다음에는 해리가 고개를 옆으로 기울이는 장면을 보면 이 점이 확인됩니다."

의상 디자이너 자니 트밈에게도 나름의 의견이 있다. "저는 볼드모트가 로브를 입고서는 그 승강장 어디에도 있을 수 없다고 생각했어요. 그런 짓을 하기에는 너무 머리가 좋잖아요. 하지만 정장을 입는다면 볼드모트일 수도 있죠. 킹스크로스에 가려면 볼드모트도 주변 사람들처럼 옷을 입었어야 할 거예요. 하지만 해리의 상상 속에서 일어난 일일 수도 있죠. 아니면 볼드모트처럼 생긴 다른 사람일 수도 있고요. 이야기의 그 시점에서는 그게 볼드모트인지 아닌지 알 수가 없어요. 지금도 그게 볼드모트인지 아닌지 모르죠. 관객이 계속 추측하도록 넣은 장면 같아요."

한편, 사이가 멀어진 사촌 벨라트릭스 레스트레인지(시리즈에 새로 합류한 헬레나 보넘 카터가 연기했다)가 시리우스 블랙을 살해한 장면은 수많은 팬들에게 너무 짧아서 김이 새는 장면이라고 여겨졌다. 데이비드 예이츠도 그런 생각을 완전히 이해한다.

왼쪽 해리가 기차역 승강장에서 볼드모트를 보는 장면을 촬영하고 있는 대니얼 래드클리프.
오른쪽 〈해리 포터와 불사조 기사단〉에서 가장 논란이 많았던 의상이 볼드모트가 입고 있던 이 정장이다. 해리의 머릿속에 떠오르는 장면들에 잠깐 보인 장면이다. 자니 트밈이 디자인하고 마우리시오 카네이로가 그렸다.

왼쪽 해리(대니얼 래드클리프)와 그의 첫사랑 초 챙(케이티 렁)이 필요의 방에서 키스하고 있다.
오른쪽 데이비드 예이츠(오른쪽)가 대니얼 래드클리프 (왼쪽)에게 해리가 호그와트 급행열차를 타기 전 시리우스와 작별하는 장면의 연기 지도를 하고 있다.

"저도 시나리오 속 캐릭터로서의 시리우스와 더 많은 시간을 보내고 관계를 쌓아갔다면 아주 좋았을 거라고 생각합니다." 감독은 말한다. "각색하는 과정에서 몇 가지 오판을 했던 것 같아요. 마이클 골든버그는 멋진 작업을 해냈습니다. 하지만 각색을 하다 보면 너무 많은 것을 욱여넣으려는 시도를 하게 돼요. 제가 그 장면이나 그 장면에서 해낸 저 자신의 작업에서 마음에 들었던 부분은 그 장면이 해리의 대부가 사망한 사실 자체만큼이나 해리의 상실감을 다뤘다는 점입니다. 제가 이 영화에서 특히 자랑스러워하는 부분은 대니얼이 그 장면을 연기한 방식이에요. 그 순간 해리가 슬퍼하다가, 이에 대한 반응으로 분노를 터뜨리며 벨라트릭스의 목숨을 빼앗고 싶다는 충동을 느끼는 장면요. 어떤 면에서는 이 장면 때문에 대가를 치른 겁니다. 이런 식으로 균형을 맞추게 된 거죠. 영화에서 이 캐릭터의 죽음에 충분한 시간을 쓰지 않아서 그러시나요? 시리우스 블랙은 두 차례 짧게 등장했습니다. 아무것도 없는 상태에서 대본을 쓰고 충실하게 따라야 할 책이 없다면, 책 속에는 없는 둘의 관계를 다룬 장면들을 엄청나게 찍으면서 영화 상영 시간의 절반을 쓸 수도 있을 겁니다. 그러면 시리우스와 해리에 관한 영화가 되겠죠. 하지만 우리에겐 그럴 재료가 없었습니다. 그래서 정말로 힘이 있다고 여겨지는 한 가지 요소에 집중하게 되죠. 그리고 그 힘은 아버지 같은 인물을 빼앗긴 소년에게서 나옵니다. 소년의 분노와, 그럼에도 어둠이 아닌 빛을 선택하겠다는 그 결단에서 힘이 나오는 겁니다. 해리는 빛을 선택합니다. 제게는 그 장면이 감동적이고도 강력했으며, 우리의 강점에도 맞는 장면이었습니다."

대니얼은 말한다. "시리우스의 죽음은 해리를 파괴하고 해리에게 두 가지를 보여줘요. 첫째, 해리는 시리우스가 죽은 것에 어느 정도 죄책감을 느껴요. 좀 더 신경을 쓰고 스네이프한테서 더 적극적으로 배웠다면, 자기 정신을 노리는 볼드모트의 시도를 차단할 수 있었을 테니까요. 그랬다면 정부로 유인당하지 않았겠죠. 둘째, 시리우스의 죽음은 해리에게 그 자신의 훨씬 어두운 부분을 보여줍니다. 시리우스가 죽은 다음 해리는 오직 벨라트릭스에 대한 증오심으로만 가득 차거든요. 누군가를 확실히 죽일 수 있는 자신의 한 모습을 보게 돼요. 저는 그게 자각이라는 무시무시한 순간이라고 생각합니다. 어느 나이에든 그렇겠지만, 해리처럼 어릴 때는 특히 무서운 경험이죠."

이야기의 또 다른 측면도 온갖 논의를 불러일으킬 수 있었지만, 다행히 그런 일은 벌어지지 않았다. 책을 읽은 수많은 독자들이 이미 예상하고 있었기 때문이다. 문제의 장면은 해리의 첫 키스 신이었다. 해리가 관심을 둔 상대인 초 챙을 연기한 케이티 렁은 이미 열여덟 살이었고, 이 장면이 인생 첫 키스는 아니었지만 영화에서 키스하는 건 확실히 다른 경험이었다고 인정한다.

"정해진 날짜가 있었어요." 케이티 렁은 회상한다. 그러나 "댄이 그 시기에 아팠어요. 그래서 그 장면 촬영은 몇 주 뒤로 미뤄졌죠." 긴장감은 높아져만 갔다. "각오하고 준비했는데 그 일이 벌어지지 않아서 다시 기다리게 되는 거예요. 그냥 빨리 해서 치워버리고 싶은데." 결국은 그날이 찾아왔고, 케이티 렁의 말에 따르면 무사히 지나갔다. "저는 사실 그 촬영이 낭만적일 거라고 생각하지는 않았어요. 모든 스태프가 지켜보고 있으니까요." 그녀는 말한다. 화면 속 해리와 초 챙과는 달리 현실에서는 별다른 로맨스가 없었다. "아주 기술적이었어요. 키스하는 분위기를 만들려고 하는데, 감독님이 '아니, 고개를 돌려야지' 하는 거예요. 너무 이상했죠."

모두가 케이티 렁에게 던진 화제의 질문은 당연하게도 대니얼이 키스를 잘 하느냐는 것이었다.

케이티 렁은 대답한다. "네, 당연하죠. 댄은 신사예요. 제가 정말 편안하게 느끼도록 해줬어요. 분명 댄도 저만큼 긴장했을 거예요. 확실히 저는 그날 제정신이 아니었어요. 우린 그 장면을 촬영하기 전에 농담을 해보려고 했어요. '양치는 했어?' 하는 식으로요. 정말 바보 같고 어색했죠."

데이비드 헤이먼도 말한다. "저도 바보 같은 소리라는 건 압니다. 하지만 수많은 스태프에게는 그날이 감동적인 날이었어요. 우리는 댄을 열 살 때부터 알았습니다. 그런데 이제는 그 녀석이 영화에서 첫 키스를 하고 있는 거예요. 일종의 획기적인 사건이었죠. 알아요, 바보 같다는 거. 하지만 저는 그렇게 느꼈습니다."

〈해리 포터와 불사조 기사단〉은 키스가 아니라 전투로 마무리된다. 해리, 론, 헤르미온느는 시리우스 블랙을 위협하는 볼드모트의 가짜 환상에 유인당해 지니, 네빌, 루나와 함께 마법 정부의 미스터리부로 향한다. 그들은 미스터리부에 있는 예언의 방에서 시리우스가 아니라 죽음을 먹는 자들을 보게 된다. 루시우스 말포이와 벨라트릭스 레스트레인지를 포함한 이들은 어둠의 왕을 위해 아주 특별한 임무를 수행하는 중이다.

"전투 시퀀스를 쌓아가는 것이 무엇보다도 어려운 일이었습니다." 마이클 골든버그는 설명한다. "책에서는 특출한 액션과 마법, 위험이 수백 페이지나 나와요. 이 장면의 핵심적인 부분을 걸러내는 건 어려운 일이었습니다. 우리는 수십 가지 다른 버전을 시도해 봤는데, 마지막으로 결정한 장면은 무척 적나라하면서도 흥분되는 장면이었어요. 교실에서 싸움 연습을 하는 것과 실제로 목숨 걸고 싸우는 것에는 차이가 있습니다. 그 어떤 연습으로도 친구가 살해당하는 모습을 지켜보는 데 대비할 수는 없죠."

예언의 방은 스튜어트 크레이그에게도, 〈해리 포터〉 영화에도 새로운 것이었다. 크레이그는 이 업계에서 오랫동안 일하며 눈앞에서 자신의 그림이 실물이 되고 배우들이 들어가 살 수 있는 공간으로 만들어지는 모습을 보는 데 익숙해졌다. 하지만 처음으로, 이번에는 그의 세트장이 완전히 CG로 구현되었다. 그게 아니라면 수정구슬 15,000개를 유리로 만들어야 했을 것이다.

크레이그는 회상한다. "우린 예언의 방을 실제로 만들려고 했습니다. 잠깐 동안은 수정구슬과 그 내용물, 그리고 그것들을 어떻게 하면 진정 신비롭게 만들 수 있을지 실험했고 조금은 성공도 거뒀습니다. 우리는 15,000개의 수정구슬을 실제로 만들어 유리 선반에 올려놓으려고 했죠. 전체가 거미줄과 먼지로 뒤덮인 수정궁이 될 예정이었습니다. 그때 우리는 시험을 해보고, 이 선반들이 박살 날 경우 교체하고 구슬들을 다시 설치하는 데 몇 주나 걸리리라는 걸 알았습니다. 데이비드 예이츠는 이곳을 우리 영화 최초 완전히 CG로 이뤄진 환경으로 만들기로 했죠. 디자인 과정은 똑같았습니다. 늘 그랬듯 스케치를 합니다. 차이라면 그걸 공사 팀에 넘겨주는 대신 시각효과 팀에 넘겨줬다는 것뿐이죠. 아무튼 스케치와 최종 작업물의 연결을 유지하는 건 좋은 일입니다. 처음 아이디어가 나오고, 진행되고, 실제 세트장이 지어지는 내내 말이죠. 저는 그 과정에 참여하는 것을 점점 더 즐기게 됐습니다."

죽음을 먹는 자들과 덤블도어의 군대에 속한 여섯 명의 어린 학생들의 충돌은 결과적으로 예언의 방에서 베일의 방으로 자리를 옮겨 진행된다. 베일의 방에서는 불사조 기사단이 가담하면서, 오랫동안 연습해 온 사람들과 최근에야 훈련받은 사람들 사이에 현란한 마법 지팡이 전투가 펼쳐진다.

마법 정부 중앙 홀 세트를 짓는 세 과정. (위에서부터) 마분지 모형, 골조 작업, 마감 작업.

"우린 호그와트에서 사람들이 마법 지팡이 훈련을 받는 모습을 봐왔습니다." 제이슨 아이작스는 말한다. "〈불의 잔〉 끝에서 볼드모트와 해리가 싸우는 장면도 봤죠. 하지만 올림픽 수준의 닌자 지팡이술을 보게 된 건 이 장면이 처음입니다. 우리는 지팡이에 쓸 수 있는 신체적 언어를 개발했습니다. 그건 펜싱도, 찌르기도 아니고 춤도 아닙니다. 하지만 지팡이의 움직임에는 문법이 있어요. 우리에게는 훌륭한 무술감독과 안무가가 있었고, 이분들은 오직 지팡이 주문만을 위한 움직임들을 발명했습니다."

"예전 영화에서는 마법이 나올 때 '그냥 주문이나 외워서 해버려' 하는 식이었죠." 대니얼 래드 클리프는 말한다. "우리도 〈해리 포터〉 영화에서 어느 정도로는 그렇게 했어요. 하지만 5편에서는 데이비드 예이츠 감독님이 실제로 아주 수준 높은 마법사들이 주문을 거는 방식과 어린 마법사, 초보 마법사가 마법을 거는 방식에 차이를 두려고 했죠. 저는 이런 구분이 안무에 의해서 이루어 졌다고 생각합니다. 당연히 주문의 이면에 있는 의도나 실제로 얼마나 주문을 걸고 싶은지도 중 요하겠지만, 동작도 중요하죠. 해보니 재미있기도 했지만, 저는 좀 어렵더라고요. 결국은 요령을 깨 우친 것 같지만요. 그런 거면 좋겠네요!"

모든 마법사가 이 동작에 자신의 스타일을 가미했다. 킹슬리 샤클볼트 역의 조지 해리스는 의 상이야 화려할지 몰라도 결투 동작은 그렇지 않다고 확인해 주었다. "사실 샤클볼트는 꽤 직설적 입니다. 상당히 빠르고, 무척 효율적으로 움직이는 경향이 있죠."

제이슨 아이작스는 루시우스와 시리우스의 결투에서 개인의 스타일이 가장 두드러지게 나타 났다고 생각한다. "제가 게리와 싸울 때 좋았던 점 한 가지는 게리에게 아즈카반의 영향을 받은, 거리 싸움 스타일이 배어 있었다는 겁니다. 저는 매우 전통적이고 격식을 차렸죠. 일종의 공립학 교[미국의 사립학교] 펜싱 스타일이랄까요. 이런 대조를 지켜보는 것이 이 장면에서 가장 재미있 는 부분 중 하나입니다. 저는 꼭 배질 래스본/에롤 플린 스타일의 뭔가를 하는 것 같은 기분이었 어요. 서로 결투하는 두 전문가가 아니라, 해묵은 원수가 된 것 같았죠."

나탈리아 테나는 자신들이 받은 훈련이 결국 춤과 펜싱 기술의 혼합으로 나타났다는 점을 높 이 평가하면서도 예기치 못한 또 한 가지 결과를 지적한다. "평소 쓰지 않던 근육을 쓰면 어떤 일 이 일어나는지 아세요? 첫째 날이 지나고 자고 일어났더니, 와아, 팔이 정말 아프더라고요."

벨라트릭스가 마침내 베일의 방에서 싸우던 중 사촌 시리우스를 죽이자 해리의 마음속에서 는 뭔가가 변한다.

"해리한테는 항상 걱정이 있었어요." 대니얼은 설명한다. "기숙사 배정 모자가 1학년 때 해리를 슬리데린에 배정하려고 한 이후로, 자신에게 악의 씨앗이 들어 있을지 모른다고 걱정해 온 거죠. 해리는 자신과 볼드모트가 연결되어 있다는 걸 알고 있어요. 그래서 이런 사악한 생각도 다른 사 람들보다 자기 내면에서 더 강할 거라고 생각하는 거죠. 시리우스가 살해당했을 때 해리는 벨라 트릭스에 대한 증오심에 사로잡혀 그녀를 죽이고 싶어 해요. 그런 복수심에 굴복한다면, 해리는 볼드모트처럼 될 현실적인 위험에 놓이는 거였죠."

해리는 마법 정부 안을 뛰어다니며 벨라트릭스를 추격한다. 덤블도어와 볼드모트가 둘에게 합 류한다. 이어지는 싸움은 지금까지 〈해리 포터〉의 역사에서 가장 큰 전투였다.

예언의 방에서는 CG 팀에게 한 수 양보하고 말았지만, 스튜어트 크레이그는 당시까지만 해도 가장 거대했던 〈해리 포터〉 세트장을 짓게 되었다. 마법 정부의 중앙 홀이 바로 그곳이었다. 완성 하고 나니 이 세트장은 가로 35미터, 세로 60미터, 높이 9미터가 넘었다.

크레이그는 말한다. "당연히 중앙 홀에는 마법사들이 이동하는 데 사용하는 벽난로가 있었습니 다. 이 벽난로는 책에 아주 많이 나오죠. 그리고 엄청난 관료주의가 작동한다는 표시도 있었어 요. 우리는 책에서 가져온 중심적인 아이디어에 더해, 지하에 대규모 건물을 만들게 된 논리가 무 엇일지 고민했습니다." 크레이그와 그의 팀원들은 영감을 얻기 위해 처음으로 살펴봐야 할 곳이 런던 지하철임을 깨달았다. 그들은 런던 지하철에서 가장 오래된 노선인 메트로폴리탄 선으로 갔 다. 그곳에서 이들은 최초의 설계자들이 고전적 모티프를 선택하고 도자기 타일을 활용해 진짜 건축물을 만들었다는 사실을 알게 되었다. "도자기 타일을 안쪽에 덧붙인 이런 터널의 훌륭한 점 은 장식적이고, 사실상 수명에 제한이 없으며, 물과 공기가 드나들 작은 구멍조차 없다는 점입니 다. 말 그대로 젖지를 않아요. 현실적인 논리와 신빙성이 있는 구조물이죠. 그래서 우리는 그 아이 디어를 가져다 쓰기로 했습니다. 장식적으로도 좋은 장치였어요. 전에는 한 번도 써본 적이 없는 소재였죠. 우리는 3,000장의 고광택 타일을 만들었습니다. 그래서 중앙 홀은 아주 짙은 초록색 과 짙은 빨간색에 황금색 잎사귀가 들어간 모습이 되었습니다. 그리고 보스트윅 스타일 문이 달 린 엘리베이터도 있죠. 저는 이런 엘리베이터들이 미국 엘리베이터처럼 보인다고 늘 생각했습니다. 대단히 1920년대식이죠. 소련 스타일의 거대한 퍼지 초상화가 그 모든 것 위에 걸려 있었고요."

마이클 골든버그는 전투 장면을 쓸 때 이런 디자인이나 마법 정부의 속성에서 영감을 얻을 수

위 앤드루 윌슨이 그린 예언의 방 예언의 콘셉트 아트.
아래 제이슨 아이작스(왼쪽)와 대니얼 래드클리프가 해리가 루시우스 말포이에게 자신이 관련된 예언을 넘겨주는 장면을 촬영하고 있다.

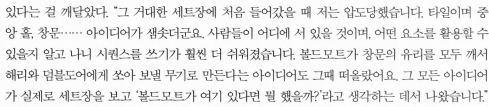

있다는 걸 깨달았다. "그 거대한 세트장에 처음 들어갔을 때 저는 압도당했습니다. 타일이며 중앙 홀, 창문…… 아이디어가 샘솟더군요. 사람들이 어디에 서 있을 것이며, 어떤 요소를 활용할 수 있을지 알고 나니 시퀀스를 쓰기가 훨씬 더 쉬워졌습니다. 볼드모트가 창문의 유리를 모두 깨서 해리와 덤블도어에게 쏘아 보낼 무기로 만든다는 아이디어도 그때 떠올랐어요. 그 모든 아이디어가 실제로 세트장을 보고 '볼드모트가 여기 있다면 뭘 했을까?'라고 생각하는 데서 나왔습니다."

데이비드 예이츠는 육체를 얻은 볼드모트와 호그와트의 교장 덤블도어가 벌이는 전투를 최대한 적나라하게 보여주어야만 했다. 그는 관객을 액션에 몰입시키기 위해 핸드헬드 카메라를 사용했다.

"데이비드가 영감 넘치는 아이디어를 떠올렸어요." 시각효과 감독 팀 버크는 설명한다. "모든 것이 불이나 물, 흙, 혹은 이 경우처럼 모래 같은 원소에 근거하도록 하면 전투에 좀 더 신빙성이 생기고, 전투가 더욱 현실적이고 위험하게 느껴질 거라는 생각이었죠. 우리는 덤블도어를 산 채로 삼키려 드는 약 2미터짜리 불의 뱀을 만들었습니다. 하지만 덤블도어는 그에 대한 반응으로 볼드모트를 삼켜버리는 거대한 물의 장막을 만들어 내죠. 그다음에는 볼드모트가 중앙 홀의 창문을 모조리 깨뜨려서 쏟아지는 유리로 덤블도어를 겨눕니다. 마치 투창이 소나기처럼 쏟아지는 것 같죠. 덤블도어는 그 유리를 모래로 바꿔버립니다. 이런 식으로 모든 것이 4원소에 근거를 두고 논리적으로 전개됩니다. 덕분에 장면에 더욱 신빙성이 생기죠."

예이츠는 말한다. "결국 덤블도어와 볼드모트 사이에 펼쳐지는 이 어마어마한 전투를 볼 때 관객은 다섯 편 이야기의 절정을 보게 되는 겁니다. 우리에게는 관객들이 이 장면을 선과 악 사이에 벌어지는 가장 극적인 전투로 느끼게 해줄 의무가 있었습니다."

전 세계 관객들의 반응은 영화제작에 참여한 모든 사람이 예이츠의 목표를 이루어 줬음을 보여주었다. 〈해리 포터와 불사조 기사단〉은 2007년 6월 28일 세상에 공개되었다. 이번 초연회는 일본에서 열렸다. 마지막 세 편이 개봉하기 전까지는 이 영화가 〈마법사의 돌〉 이후로 가장 많은 관객을 동원한 영화가 되었다.

하지만 볼드모트와 덤블도어의 전투는 그저 앞으로 다가올 전쟁의 맛보기일 뿐이었다. 이제는 전선이 더욱 선명하게 그어졌고, 동맹들은 점점 강화되었다. 해리 포터의 호그와트 6학년 시절은 그 어느 때보다 많은 것을 얻고 또 잃는 시간이 될 터였다.

위 왼쪽 랠프 파인스(왼쪽)와 마이클 갬번이 마법 정부 세트장에서 촬영 중간 이야기를 나누고 있다.
위 오른쪽 시리우스(게리 올드먼, 왼쪽)와 벨라트릭스(헬레나 보넘 카터)가 베일의 방에서 싸우고 있다.
중간 벨라트릭스(헬레나 보넘 카터)가 미스터리부에서 네빌(매슈 루이스)을 위협하고 있다.
아래 중앙 홀 세트장의 마이클 갬번(왼쪽), 제1조감독 클리프 래닝(가운데), 헬레나 보넘 카터.

Behind the Scenes
BATTLE AT THE MINISTRY
장면 너머 : 마법 정부에서의 전투

〈해리 포터와 불사조 기사단〉 끝부분에 나오는 덤블도어와 볼드모트의 클라이맥스 전투는 시각효과의 한계에 도전한 장면이었다. 전설적인 불과 물 원소에 결정적으로 사진과 같은 현실성을 부여하려면 새로운 소프트웨어를 개발해야 했다.

"전투의 첫 부분을 만들 때는 〈불의 잔〉에서 벌어진 해리와 볼드모트의 지팡이 대 지팡이 결투를 참고했습니다." 시각효과 감독 팀 버크는 말한다. "우린 녹은 용암 같은 물질이 뚝뚝 떨어지는, 그때와 유사한 플라스마 같은 에너지의 이동을 활용했어요. 하지만 이번에 볼드모트는 불 원소를 18미터 길이의 뱀의 형태로 소환하죠. 덤블도어는 그걸 피한 다음, 분수의 물을 활용해 볼드모트를 가둡니다."

볼드모트를 이런 물의 구체 안에 가두려면 효과 팀의 도움이 필요했다. 특수효과 감독 존 리처드슨은 랠프 파인스를 공중에 붙들어 두기 위해 그린스크린을 활용한 빗자루 장치를 고쳤다. 리처드슨에게는 중앙 홀에 있는 유리창 250개를 박살 내는 임무도 맡겨졌다. 볼드모트는 덤블도어의 주문에서 풀려 나오자마자 이 유리들을 부순다. "첫 촬영에서 단번에 성공해야 했습니다." 리처드슨은 말한다. "성공해서 다행이죠." 실제의 폭발 효과와 그 결과로 생겨난 잔해는 마법 정부를 엉망진창으로 만들었다. 세트장을 다시 지어 새로 치장하려면 이것들을 서둘러 치워야 했다. 촬영 일정을 잡을 때 자주 일어나는 일이지만, 부수는 장면을 먼저 촬영했고 그 뒤에 중앙 홀이 아직 멀쩡한 장면 시작 부분이 촬영되었다.

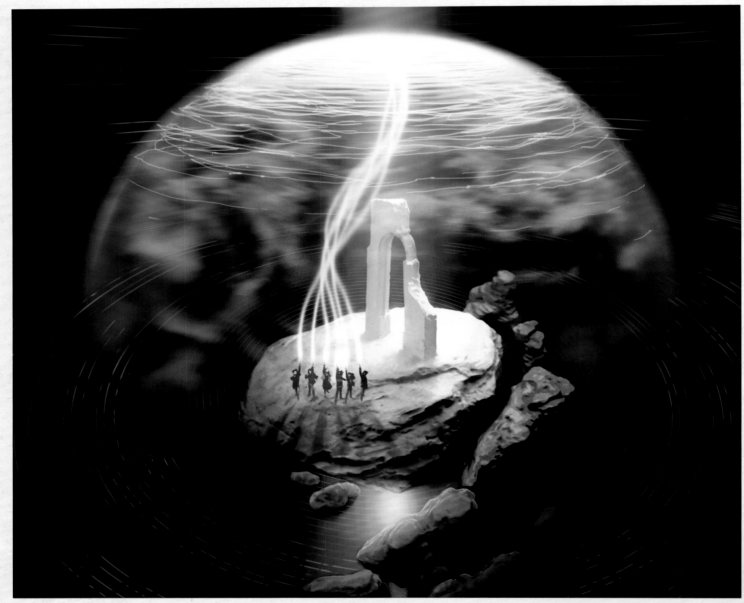

애덤 브록뱅크가 그린, 베일의 방에서 펼쳐진 패트로누스 방어막 콘셉트 아트. **169쪽 위에서부터 시계방향으로** 덤블도어(마이클 갬번, 가운데)와 볼드모트(랠프 파인스)의 전투 장면에서는 유리창이 깨지면서 극적인 효과를 더했다./롭 블리스가 그린 마법으로 소환한 바다뱀의 콘셉트 아트./애덤 브록뱅크가 그린, 마법으로 소환한 불타는 뱀의 콘셉트 아트.

HARRY POTTER
and the
HALF-BLOOD PRINCE
- 해리 포터와 혼혈 왕자 -

〈해리 포터와 혼혈 왕자〉에서는 인생과 사랑이 변화하지만, 또 많은 것들은 그대로 남아 있다. 물론 죽음과 운명, 가끔은 첫 키스도 있지만, 연속성도 있는 것이다. 남아서 다음 영화를 찍어달라는 부탁을 받았던 감독 데이비드 예이츠만이 아니다.

대니얼 래드클리프는 말한다. "데이비드 예이츠 감독님은 진짜 열정을 가지고 있어요. 정말 좋은 일이죠. 지금도 같은 에너지, 같은 생기를 가지고 있는 데다 함께 일하기 즐거운 분이에요. 감독님과 함께 5편을 촬영한 건 제 인생 최고의 경험이었어요."

예이츠도 이런 제안이 할리우드에서 그리 자주 맞닥뜨리는 기회가 아니라는 것을 알고 있었다. "저는 훌륭한 사람들과 함께 엄청난 대작 영화를 만들고 있었어요." 감독은 말한다. "머릿속에 떠오르는 건 사실상 전부 할 수 있었죠. 제 생각이지만, 대작 영화를 만들면 다음에는 더 잘하고 싶어지는 것 같아요." 〈해리 포터와 혼혈 왕자〉는 예이츠 감독에게 그럴 기회를 주었다.

"저는 어느 정도 자유가 있다는 사실이 마음에 들었어요." 데이비드 예이츠는 말을 잇는다. "뭔가 반대가 있다면……스튜디오든, 특히 제작자든 반대를 하기 마련이죠. 그건 항상 대단히 긍정적이고 정중하게 다른 시각을 표현하는 방식이었어요. 하지만 저는 제작사에서 늘 제가 원하는 것을 할 수 있도록 편하게 움직일 공간을 주었다고 생각해요. 그런 만큼 지내기에 정말 좋은 공간이었죠. 게다가 사람들이 영화를 보고 싶어 했어요. 그건 드문 일이에요. 만드는 영화마다 관객이 들지는 절대 알 수 없거든요. 또 제가 〈해리 포터〉 시리즈에서 마음에 들었던 부분은 이 작품이 문화적 풍경에서 대단히 주목할 만한 자리를 차지하고 있다는 점이었어요. 저는 제가 어느 장면을 찍다가 모니터에서 떨어져 나오면, 엑스트라나 스태프 일부가 모니터 주위에 모인다는 걸 알고 있었어요. 그 사람들은 영화를 보고 싶었던 거예요. 영화계에서는 드문 일이죠. 이 작품에는 감독보다도, 제작사보다도, 우리 모두가 하는 일을 합친 것보다도 커다란 어떤 마법이 있었어요. 그게 〈해리 포터〉였습니다."

이 작품은 정말 〈해리 포터〉였다. 그러나 인물 해리 포터는 변하고 있었다. 이제 볼드모트가 권세를 얻는 상황은 피할 수 없었다. 그자의 추종자인 죽음의 먹는 자들이 런던의 밀레니엄 다리를 파괴하며 머글 세상에 접근하는 것으로 영화가 시작될 정도였다. 책에서는 머글 총리와 코닐리우스 퍼지 사이에 살짝 언급되는 정도로만 나오는 이 장면이 예이츠와 그의 스태프들에게는 불길하고도 흥분되는 시퀀스를 만들 기회가 되었다.

마법사 세계에서는 긴장감이 계속 고조되고, 해리는 볼드모트의 어두운 과거나 어둠의 왕과 자신의 연결에 대해 더 많은 것을 알게 된다. 소년 마법사에게도, 어린 시절부터 그 소년 마법사를 연기해 온 배우 대니얼 래드클리프에게도 이 점은 중요한 발전이었다.

대니얼은 말한다. "저한테는 늘 이 영화들이 순수함을 잃어가는 것에 관한 이야기였어요. 해리가 마법사들의 세계에 들어왔을 때만 해도 모든 것은 놀랍고 휘황찬란하고 순수했죠. 하지만 영화가 진행되면서 그런 모습은 완전히 해체되고 해리는 마법사들의 세계에 전에 살았던 세계만큼 많은, 어쩌면 그보다도 더 많은 문제들이 도사리고 있다는 걸 알게 돼요."

170쪽 마이클 갬번이 천문탑 세트장에 서 있다.

Quality	Wool Check		
Width	150		
Metres	25 m.		
Shade			
	'Empire' 25/m.		
Quality	Silk Moire Offwhite.		
Width	112 cm.		
Metres	23.2 m.		
Shade			
	Broadwide Silk & 35/m.		
Quality	Brown brocade.		
Width	130.		
Metres		1M/ grain 6-10	
Shade			
	Broadwide silk.		
Quality			
Width	140.		
Metres			
Shade			
	Broadwide silk		
Quality	velvet croco print		
Width			
Metres	12.80.		
Shade			
	Berwick St cloth shop.		
Quality	Wool. check.		
Width	150		
Metres	8 m.		
Shade			
	Cloth House. (98)		

디자이너 자니 트밈은 슬러그혼 교수의 의상을 디자인할 때 깔끔한 고급 옷이 시간이 지나면서 낡았다는 설정을 염두에 두었다. 회중시계 줄과 트위드 옷감처럼 신사다운 복장에 떨어지기 직전의 덜렁거리는 단추 등을 덧붙여서 해진 것을 표현했다.

호그와트 교장으로 돌아온 마이클 갬번이 덧붙인다. "이 영화에서 해리와 덤블도어의 관계는 학생과 교장의 관계를 넘어섭니다. 해리가 학생에서 지적인 젊은이로 성장한 만큼 둘의 관계도 가까운 친구 비슷한 사이로 성장하죠."

제작자 데이비드 헤이먼은 설명한다. "우리가 이 영화에서 보게 되는 것은 덤블도어가 중요한 역할을 떠맡을 수 있도록 해리를 준비시키는 모습입니다. 과거에도 봤듯이 덤블도어는 해리에게 아버지 같은 존재지만, 해리는 더 이상 이야기가 시작될 때의 어린아이가 아니죠. 해리는 청년이고, 덤블도어도 좀 더 동등한 입장에서 그를 대우합니다."

롤링의 책에서와 마찬가지로 영화에서도 새로운 캐릭터들이 소개되었다. 이는 롤링의 이야기가 결말로 빠르게 치달아가고 있었음에도 그녀의 세계가 계속해서 확대되고 있다는 점을 보여주는 것이었다. 이번에 새로 소개된 캐릭터로는 새로운 학생들, 새로운 늑대인간들, 새로운 연애 대상, 열한 살과 열여섯 살의 톰 리들, 그리고 새로운 마법약 교수가 있다.

마법약 교수 호러스 슬러그혼은 버들리 배버튼이라는 마을에서, 도둑이 털어간 듯한 집에 살고 있다. 관객과 처음 만났을 때 그는 안락의자로 위장하고 있다. 짐 브로드벤트 같은 배우가 등장하기에는 독특한 방법이다.

수많은 영화에 출연해 익숙한 배우인 브로드벤트는 테리 길리엄(《시간 도둑들》, 〈브라질〉), 마이크 리(〈뒤죽박죽〉), 스티븐 스필버그(〈인디아나 존스: 크리스탈 해골의 왕국〉) 등의 감독들과 꾸준히 작업해 국제적 명성을 얻었다. 브로드벤트는 〈물랑루즈Moulin Rouge〉로 바프타상을 받고 〈아이리스Iris〉에서 데임 주디 덴치의 상대역으로 골든글로브상과 오스카상을 모두 받기 전에 이미 우디 앨런이나 〈해리 포터〉 동창생인 마이크 뉴얼과 작업한 적이 있었다.

우리는 덤블도어가 은퇴한 슬러그혼을 마법약 교수로 호그와트에 돌아오도록 구슬릴 때 그를 처음 만나게 된다. 덤블도어는 슬러그혼 교수의 허영심에 호소하기 위해 해리를 데려간다.

"슬러그혼은 출세주의자입니다." 제작 책임자 데이비드 배런은 설명한다. "그는 가장 뛰어난 사람들과 알고 지내며, 말하는 중간중간 마법사 세계의 유명인들 이름을 끼워 넣을 수 있다는 걸 무척 즐거워합니다. 호그와트 교수로 재직하던 시절 수많은 유명인들이 자신의 교실을 거쳐갔고, 지금도 그 학생들에게 전화를 걸 수 있다는 점을 대단히 자랑스럽게 생각하죠."

짐 브로드벤트는 슬러그혼을 "직업에 대해 열정적이며 마법약 교수로서 놀랄 만큼 박식한" 사람이라고 설명한다. "슬러그혼은 최고지요. 하지만 결함도 있습니다. 슬러그혼의 과거에는 지금까지도 그를 무겁게 짓누르는 어두운 비밀이 있어요. 그는 이 비밀을 드러내지 않으려고 무진 애를 써왔습니다. 여기에 해리 포터가 개입하게 됩니다. 해리는 슬러그혼을 호그와트로 돌아오게 하려는 미끼입니다."

데이비드 헤이먼은 덧붙인다. "슬러그혼은 사람들이 자기를 받아주기를 바랍니다. 사랑받고 싶어 해요. 하지만 유명인에게 지나치게 집착하는 경향이 있죠. 짐은 만화 캐릭터처럼 굴지 않고도 이런 역할을 소화합니다. 그의 연기에는 크나큰 진실이 깃들어 있습니다. 짐은 매우 웃길 수 있고, 매우 감동적일 수도 있습니다. 매우 극적일 수도 있고요. 슬러그혼의 비밀은 여러 해 동안 짊어지고 온 부담입니다. 우리는 짐이 내면적으로 그런 모습을 연기할 거라고 느꼈습니다. 우리가 원하는 건 표면의 무언가가 아니었습니다. 우리가 원하는 건 그의 연기에 영향을 주는, 캐릭터 안에 묻혀 있는 무언가였죠."

세트 장식가 스테퍼니 맥밀런은 안락의자를 사람으로 바꾸라는 드문 도전에 맞닥뜨렸다. "우린 의상 팀과 함께 작업했어요. 의자를 슬러그혼의 연보라색 잠옷과 같은 천으로 씌워야 했거든요."

그 방에서 변하는 것은 슬러그혼만이 아니다. 그는 방 전체를 폐허로 바꿔놓고, 덤블도어는 해리와 함께 떠나기 전에 그곳을 원래대로 돌려놓아야만 한다. 실제로는 시각효과가 이런 일을 해냈다. 팀 버크와 그의 팀원들은 모든 물체의 디지털 모형을 만든 다음 그것들을 원래 자리로 돌려놓았다.

덤블도어가 해리에게 톰 리들에 대한 슬러그혼의 중요한 기억을 훔치게 하고 싶어 한다는 걸 모르기에, 마법약 선생은 봉급 인상과 더 큰 연구실을 준다는 조건을 걸고 호그와트로 돌아오기로 한다. 스튜어트 크레이그와 그의 팀원들이 움직일 차례였다.

크레이그는 말한다. "그게 지시 사항이었습니다. 슬러그혼에게 아주 넓은 연구실을 주라는 거요. 우리는 슬러그혼에게 벽난로와 산 경치가 보이는 멋진 테라스를 주었습니다. 그 방이 부터 나고, 극적이고, 캐릭터에게 어울리도록 연극적인 성격을 띠길 원했습니다."

슬러그혼의 연구실 세트장은 이전에 〈불사조 기사단〉에서 필요의 방으로 쓰였다. 스튜어트 크레이그는 이 세트장을 〈비밀의 방〉에 나왔던 트로피 전시실로도 기억한다. "우리는 재활용도 하고 개조도 합니다. 그러면 다른 세트장이 탄생하는 거죠. 그 세트장은 오랫동안 훌륭하게 유용한 삶을 살아왔습니다. 아무튼 지금도 그 자리에 있고요."

스테퍼니 맥밀런이 말을 받는다. "우리는 예전 세트장을 빅토리아 양식이 두드러지는 공간으로 바꿨어요. 슬러그혼처럼 무척 젠체하는 공간이기도 했죠. 짙은 갈색의 휘장과 비단으로 돌벽을 덮었고, 커다란 갈색 가죽 체스터필드 소파, 커다란 식탁도 하나 놓았어요. 슬러그혼은 늘 손님을 접대하니까요. 한쪽 구석에는 피아노를, 다른 쪽 구석에는 책상을 두었죠. 영화가 진행되면서는 슬러그혼의 예전 연구실 회상 장면을 연출해야 했는데, 그 연구실은 크기가 훨씬 작고 상당히 비좁은 곳이었어요. 창문 없는 지하 감옥 같았죠. 슬러그혼의 새 연구실을 큰 파티가 열리는 공간으로 바꿔놓아야 했을 때도 있어요. 그러니까 이 캐릭터 하나를 위해 머글 집의 인테리어와 외관, 슬러그혼의 원래 연구실, 새 연구실, 파티 장면까지 꾸며야 했던 거예요. 짐 브로드벤트가 자기 세트장들을 정말로 마음에 들어한다는 건 알겠더군요. 저는 짐이 처음 자기 연구실에 들어왔을 때를 봤어요. 사방을 둘러보면서 그 모든 것을 마음에 새기고 있더군요."

맨 위 (왼쪽부터) 데이비드 예이츠 감독, 루퍼트 그린트, 에마 왓슨, 대니얼 래드클리프, 짐 브로드벤트가 스리 브룸스틱스에서 촬영하고 있다.
중간 슬러그혼 교수 연구실. 장식 있는 기둥, 그랜드피아노, 커다란 창문으로 꾸몄다.
아래 슬러그혼 연구실 천장 아치 아래 추가된 기둥의 건축 디자인. 이곳을 필요의 방 세트로 꾸밀 때는 아치 밑에 트로피 캐비닛을 두었다.

슬러그혼은 의상 디자이너 자니 트밈이 가장 좋아하는 인물이기도 했다. "슬러그혼은 좋은 와인과 좋은 음식, 좋은 사람들, 그리고 물론 좋은 옷을 좋아하는 약간 별난 영국 신사예요. 우린 슬러그혼에게 커다란 패턴이 들어간 트위드 정장과 작은 나비넥타이를 줬어요. 크리스마스 파티에 입고 간 벨루어 정장도 있고요. 정말 위엄 있어 보이죠. 동시에, 슬러그혼은 꽤 오랫동안 일을 하지 않았기 때문에 옷도 좀 낡았어요. 아름답긴 하지만, 느슨해진 단추 같은 것들이 있는 거죠. 옷 안감에 패딩도 넣어야 했어요. 캐릭터가 실제의 짐보다 훨씬 둥글둥글했거든요. 처음 의상을 입어보러 왔을 때 짐은 짐 브로드벤트로 들어왔다가 슬러그혼 교수가 되어서 나갔어요."

Behind the Scenes
AN ARMCHAIR PROFESSOR
장면 너머 : 안락의자 교수

덤블도어와 해리가 슬러그혼을 만났을 때, 슬러그혼은 연보라색 줄무늬가 들어간 안락의자로 위장하고 있었다. 과거의 호그와트 마법약 교수이자 앞으로도 같은 역할을 맡게 될 슬러그혼은 자신이 발각되었다는 사실을 빠르게 인정하고 평소의 모습으로 돌아온다. 이런 화면상의 변신을 실현하는 데는 의상, 세트 장식, 특수효과, 시각효과 팀의 협업이 필요했다.

이 장면을 계획하는 것은 슬러그혼의 잠옷 소재를 구하는 데서부터 시작됐다. "저는 슬러그혼의 옷에서부터 출발해야 한다는 걸 알고 있었어요. 하지만 의자 커버처럼 생긴 것을 찾아봐야 했죠." 의상 디자이너 자니 트밈은 말한다. "알맞은 디자인과 천을 찾아서 슬러그혼과 의자를 모두 덮을 수 있을 만큼 샀죠. 그런 다음에는 슬러그혼의 잠옷 상의는 물론 의자에서도 가두리 장식으로 쓸 수 있을 만한 끈을 찾았어요." 세트 장식가 스테퍼니 맥밀런은 세트장 색채를 잠옷 소재와 비슷하게 구성한 다음, 방을 상호 보완적인 파스텔톤으로 꾸몄다.

특수효과 감독 팀 버크는 실제의 변신을 설명한다. "우리는 이 효과를 내는 최고의 방법은 짐 브로드벤트에게 안락의자 같은 자세를 취할 수 있도록 해주는 보조 장치에 앉으라고 하는 것이라고 생각했습니다. 그래서 의자 보조 장치를 만들었죠. 거의 시소처럼 생겨서, 짐이 두 팔을 쫙 펼치고 우리가 만든 안락의자와 같은 모양으로 앉을 수 있는 장치였어요. 우리는 촬영 중 적절한 순간에 짐을 들어 올렸고, 짐은 '몸을 흔들어' 빠져나왔습니다. 그런 다음 짐의 연기 동작으로부터 안락의자가 그의 잠옷으로 변해가는 모습을 애니메이션으로 만들었어요."

위 왼쪽부터 시계방향으로 '슬러그혼 안락의자' 소품 사진./슬러그혼이 변신하는 모습을 구현한 시각효과 스틸 사진 2장./자니 트밈이 디자인하고 마우리시오 카네이로가 그린 슬러그혼의 연보랏빛 줄무늬 의상 일러스트.
175쪽 애덤 브록뱅크가 그린, 안락의자가 슬러그혼 교수로 변하는 모습의 콘셉트 아트.

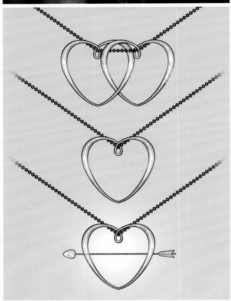

위 라벤더 브라운을 연기한 제시 케이브.
아래 라벤더가 론에게 준 '애정' 목걸이의 콘셉트 아트로 애덤 브록뱅크가 그렸다.

호그와트에 새로 온 사람은 슬러그혼만이 아니었다. 학생 중에도 새로운 얼굴이 있었는데, 그중에서도 특별했던 한 사람은 영화상에서 론 위즐리의 첫사랑이 되었다.

라벤더 브라운은 그렇게 어린 소녀치고 엄청난 존재감을 가진 존재다. 간단히 말하면, 라벤더는 자신이 원하는 것이 무엇인지 알고 다른 모든 사람에게 매우 공개적으로 그 사실을 알린다. 특히 론을 쫓아다니는 일에 관해서는 그렇다. 루퍼트 그린트는 라벤더의 가차 없는 사랑과 퀴디치에서 거둔 성공을 볼 때 6학년인 론에게는 꽤 즐거운 한 해였다고 생각한다.

"마침내 여자 친구가 생기죠." 루퍼트는 말한다. "이번만큼은 론도 즐거운 한 해를 보냈다고 생각해요. 보통 론은 학교에서 늘 조금 겁을 먹고 있고 스트레스에 시달리죠." 다만 그도 이 사실은 인정한다. "약간 자기 생각에만 빠져 있어서 그래요."

제시 케이브는 자신이 맡은 캐릭터와 똑같은 단호함을 보이며 7,000명의 다른 지망생들을 물리치고 모두가 탐내는 라벤더 역할을 따냈다.

"저는 책을 읽기 전에 영화 1편을 봤어요. 그때가 열두 살쯤이었죠." 제시는 《해리 포터》를 처음 알게 된 경위에 대해 회상한다. "저희 집은 꽤 대가족인데, 모두가 그 영화를 같이 보러 갔어요. 그 영화가 딱 마음에 들어서 책을 바로 읽기 시작했던 게 기억나요. 저는 그 책들과 함께 성장했어요. 그리고 연기를 시작했을 때는, 일찍부터 이 영화의 오디션을 봤죠. 약간 초현실적이었어요. 그러니까 기본적으로 《해리 포터》는 제 성장 과정 전체를 함께했던 거예요."

제시는 연극계에서 일하기 시작했을 때 열여덟 살이었다. 처음에는 무대 뒤에서 무대 감독으로 일했지만, 자신이 하고 싶은 일은 연기라는 것을 깨달았다. 머잖아 제시는 직접 매니저를 구했고, 매니저는 그녀를 이런저런 오디션에 보내기 시작했다.

"그전 주에는 오렌지주스인가 소파 광고의 오디션을 봤어요." 제시는 회상한다. "그때 사람들이 그러더군요. '네가 라벤더 브라운 오디션을 보게 됐어.' 저는 겨우 한 달 전쯤에 《혼혈 왕자》를 다 읽었기 때문에 저한테 어떻게 이런 일이 일어날 수 있는지 정말 묘했어요. 바로 생각했죠. '아, 세상에. 그래, 내가 딱이야.' 책을 읽어서 그렇게 생각한 게 아니에요. 저는 라벤더를 전혀 좋아하지 않았고, 짜증 나는 캐릭터라고 생각했어요. 하지만 그 배역에 지원하는 순간 라벤더는 연기하기에 너무 재미있는 캐릭터가 될 거라는 생각이 들었죠. 저는 딱 맞는 시간에, 딱 맞는 사람으로 그 자리에 갔던 것 같아요. 그냥 운이 좋았어요."

첫 번째 오디션에서 깊은 인상을 남긴 제시는 계속해서 몇 번의 오디션을 더 거쳐 마침내 루퍼트 그린트와 카메라 테스트를 받게 되었다. 데이비드 헤이먼은 말한다. "예이츠는 둘에게 라벤더와 론이 앉아 있고, 라벤더가 론의 관심을 끌려고 하는 장면을 연기하게 했어요. 예이츠는 계속 그 장면을 돌려보면서 둘에게 연기를 반복하게 했죠. 그럴 때마다 느낌이 달라지더군요. 웃기고, 더 웃기고, 더더 웃기고. 둘은 정말로 잘 어울렸습니다."

제시는 말한다. "루퍼트는 정말 멋진 사람이에요. 코미디 감각도 정말 뛰어나서, 그 반응을 보는 것도 재미있었어요. 라벤더는 상당히 거칠고 애정이 넘치면서, 한편으로는 느끼하기도 해요. 몇 가지 부분에서는 제가 좀 지나쳤지만, 사실은 그런 것들이 잘 통해서 영화에 나오게 된 거예요."

루퍼트는 오디션 과정에 참여한 것이 무척 이상했다고 기억한다. 제시의 말처럼 즐겁긴 했지만, 단 한 가지 아쉬운 점이라면? "우린 키스도 안 하고 아무것도 안 했어요. 기대했는데."

제시는 벌써 몇 년이나 함께해 온 팀에 합류하는 것이 약간은 겁나는 경험이었다고 고백한다. "무서웠어요. 배우로 어떤 일을 맡게 되면, 모두가 처음이기 때문에 다들 동등한 처지라고 느껴요. 하지만 이번 프로젝트에는 다른 사람들끼리 공유하는 기억이 있는데, 저는 그 일부가 아니었어요. 새로운 사람이 되어서 들어가니 약간 거리감이 느껴지더라고요. 아웃사이더가 된 느낌이 들 수밖에 없죠. 그렇긴 해도 모두가 반갑게 맞아주었고 무척 친절했어요."

《혼혈 왕자》의 구조를 이루는 선과 악 사이의 더 큰 갈등에 대해, 호그와트의 동시대 청소년들은 자신들만의 복잡한 딜레마를 마주하고 있었다. 본격적인 10대가 되었기에 더욱 그랬다.

데이비드 헤이먼은 말한다. "5편에서 우리는 아주 힘겨운 인생의 단계에 접어든 해리를 보았습니다. 해리는 고군분투하고 있었고, 괴로워하고 있었으며, 자기 자신에 대해 엄청난 의구심을 품고 있었어요. 그건 열다섯 살짜리 캐릭터에게 아주 진실한 모습일 수 있습니다. 그런데 이제 해리는 한 살을 더 먹었고, 호그와트의 분위기에서는 로맨스가 느껴집니다. 그 자체가 일련의 문제와 내면적 갈등을 일으키죠."

녹턴 앨리에 있는 론(루퍼트 그린트)과 헤르미온느(에마 왓슨). 녹색 부분은 마법사 세계 최악의 현상수배범의 마법 사진으로 채워질 예정이다.

"우리는 처음으로 해리가 지니 위즐리에게 감정을 품고 있다는 걸 알게 됩니다. 지니는 딘 토머스와 사귀고 있어요." 데이비드 배런은 설명한다. "라벤더 브라운에게 홀딱 빠져 있는 지니의 오빠 론은 걱정하지만 말이죠. 이 때문에 남몰래 론을 좋아하는 헤르미온느는 옆에서 질투하며 지켜보다가 코맥 매클래건과 만납니다. 코맥을 도저히 견딜 수 없는데도 론의 질투심을 자극하기 위해서 말이죠. 평범한 10대의 삶이란 이런 겁니다."

헤르미온느는 론이 엉뚱한 여자를 골라서 기분이 썩 좋지 않지만, 에마 왓슨은 자기 캐릭터의 다른 면을 연기할 기회를 갖게 되어 기뻤다. "이 캐릭터들은 보통 악과 싸우는 등의 거대한 문제를 마주하고 있어요." 에마는 말한다. "그래서 이 캐릭터들이 10대일 뿐이라는 걸 잊기가 쉽죠. 저한테는 이번 영화가 다른 영화들보다 더 로맨틱 코미디처럼 느껴졌어요. 캐릭터들이 첫사랑, 질투, 불안, 연애와 관련되는 온갖 평범한 것들에 대처해 나가는 모습을 보게 되니까요."

대니얼은 5편에서 보여준 화면상의 첫 키스로 친구들에게 꽤 놀림을 받았다. 6편은 루퍼트의 차례였다. 대니얼은 상황이 역전된 것을 보고 기분이 좋았다. 제시 케이브는 대니얼이 그날 세트장에 나와 1점을 따내던 걸 기억한다. "자기가 왔다고 알리더라고요." 제시는 회상한다.

루퍼트는 말한다. "사람으로 가득 찬 방에서 첫 키스를 하려니까 창피하더라고요. 댄이랑은 달랐어요. 댄은 필요의 방에서 단둘이 있었잖아요."

하지만 루퍼트는 이 도전에 당당히 맞섰다. "우리 키스 장면은 퀴디치 경기 뒤에 나와요. 그래서 온갖 애들이 환성을 질러대죠. 거기다가 저는 무슨 상자 같은 것 위에 서 있어요. 도움이 안 되죠. 우린 둘 다 긴장했어요. 하지만 몇 번 찍고 나니 괜찮더라고요." 루퍼트는 6~7번만 촬영하면 됐다고 기억한다. "꽤 빨리 끝났지만 재미있었어요. 일은 제시가 거의 다 한 것 같아요. 론은 약간 놀라서 키스를 받는 입장이었거든요."

한편 에마 왓슨은 자신의 캐릭터만을 걱정하고 있었다. "헤르미온느는 라벤더를 너무 싫어해요." 에마는 말한다. "라벤더가 론과 함께 있다는 것도 충분한 이유가 되겠지만, 제 생각에 헤르미온느가 라벤더를 싫어하는 가장 큰 이유는 라벤더가 모든 면에서 자기랑은 정반대이기 때문일 거예요. 헤르미온느는 라벤더를 쓸데없이 낄낄거리는 멍청이에, '소녀스럽기만' 한 관심종자라고 생각해요. 그걸 견딜 수가 없죠. 헤르미온느는 강하고 똑똑해요. 그게 남자애들한테 위협적으로 보일 수 있죠. 저는 헤르미온느가 화장을 하거나 머리를 만지는 방법을 모를 거라고 생각해요. 그러니 라벤더 같은 여자애와 그런 분야에서 경쟁하기는 어렵겠죠."

이 영화에서 마음의 문제를 다뤄야 했던 캐릭터는 론만이 아니다. 대니얼은 설명한다. "해리는

지니에게 강렬한 감정을 느껴요. 하지만 동시에, 지니의 오빠는 해리의 가장 친한 친구이기도 하죠. 해리는 그 우정을 위험에 빠뜨리고 싶어 하지 않아요. 하지만 정말, 진짜로 지니와 키스하고 싶어 하죠. 그러니 약간 딜레마가 있는 거예요. 진심이 담겨 있는 한편으로 재미있는 스토리 라인이에요. 론의 사랑 이야기처럼 웃기지는 않지만 꽤 달달하다고 생각해요."

루퍼트는 말한다. "론이 자기 여동생을 얼마나 지키려고 하는지 보이실 거예요. 저도 여동생이 있어서 몰입하기가 쉬웠어요."

보니 라이트는 영화상의 오빠가 보호자 같은 모습을 보였다는 점에 동의하지만, 론의 반응에 담긴 다른 측면도 알아본다. 보니의 설명에 따르면, 라벤더가 론을 표적으로 삼기 전에 "론은 연애를 해본 적이 한 번도 없고 지니는 딘 토머스와, 그다음에는 해리와 사"귄다. "론은 그런 의미에서 약간 질투를 느껴요. 자기가 지니보다 나이가 더 많으니 모든 걸 먼저 경험해야 한다는 거죠."

대니얼 래드클리프와 키스한 보니 라이트의 경험은 케이티 렁의 경험과 정반대로 보일 수 있다. "사실, 그 장면은 제가 아무 준비 없이 찍은 첫 장면이에요." 보니는 말한다. "다 끝날 때까지는 어떻게 될지 모르니 대비하기도 어렵잖아요. 처음이 가장 힘들겠지만, 그때만 지나면 이상하게도 키스 장면은 다른 장면과 똑같은 것이 돼요."

보니 라이트는 〈해리 포터〉 팬들이 질투심을 느끼고 반발할 거라고는 전혀 생각하지 않는다. "제 생각에는 관객들도 마지막에 어떻게 될지 당연히 알고 있어서 이 관계를 받아들이는 편일 것 같아요." 보니는 설명한다. "그리고 이 영화에서는 둘의 관계가 해리와 초 챙의 관계와는 많이 다르다는 걸 알 수 있어요. 지니는 확실히 초 챙보다 해리에 대해 많이 알고 있죠. 열한 살 때부터 알고 지냈으니까요." 결정타가 이루어진 건 민달팽이 클럽 저녁 식사 자리에서였다. 이때 지니는 딘과 싸우고 늦게 도착한다. 해리는 지니가 자리에 앉자 자연스럽게 일어서면서 자기도 모르게 감정을 드러낸다. "제 생각에 해리는 지니를 얼마나 좋아하는지 정말로 깨닫지는 못한 것 같아요. 해리한테는 그게 놀라운 일이었을 거예요." 보니는 말한다.

위 버로 앞에서의 촬영 중 줄리엣 맥길(왼쪽)과 라이언 뉴베리가 보니 라이트와 대니얼 래드클리프(지니와 해리 역)의 대역을 하고 있다.
아래 보니 라이트와 대니얼 래드클리프가 같은 장면을 촬영하고 있다.

해리가 6학년이 됐을 때 호그와트에서 빠진 사람은 위즐리 가족의 쌍둥이 형제, 프레드와 조지다. 이 둘은 엄브리지가 있던 시기에 학교를 떠나 위즐리 형제의 위대하고 위험한 장난감 가게를 열었다. 이 가게는 죽음을 먹는 자들이 다이애건 앨리를 파괴한 다음에 살아남은 유일한 가게로 보인다. 올리버 펠프스가 설명하듯 "쌍둥이는 까불거리기만 하는 아이에서 한 발 더 나아"간다. 제임스 펠프스는 덧붙인다. "이젠 머리까지 쓰죠."

제임스는 말을 잇는다. "확실히 그 둘은 학교라는 틀에 잘 맞는 학생은 아닌 것 같아요. 늘 장난을 쳐댔죠. 그러다가 둘은 이런 점을 재미로만이 아니라 돈 버는 수단으로도 이용할 수 있다는 걸 깨달았어요. 사람들은 쌍둥이가 그냥 장난을 친다고 생각하지만, 둘은 꽤 세상 물정에 밝아요. 이제는 제대로 물 만난 거죠. 프레드와 조지에게 이 일이 정말 좋은 또 다른 이유는 둘이 늘 '위즐리 표' 옷을 입고 다녔기 때문이에요. 모든 것이 물려받은 것이거나 완전히 낡아빠진 것들이었죠. 이제 우리는 꽤 세련되고 멋지다고요."

런던의 재봉사가 그들의 세련된 정장을 만들어 주었다. 올리버는 이 정장에 대해 이렇게 말한다. "그 옷에는 셔츠, 정장 세트, 조끼, 모든 게 포함돼 있었어요. 조끼 안에는 배터리가 들어가는 작은 비밀 주머니가 있었는데, 우린 그걸로 넥타이가 번쩍거리도록 조종했죠." 올리버는 의상 외에도 가게 자체에 대해 열변을 쏟아놓는다. "가게는 주황색이에요. 가게 안의 모든 것도 쌍둥이의 밝은 주황색 머리카락을 본뜬 것이고요. 끝내줬어요."

〈혼혈 왕자〉를 촬영하는 동안 제임스 펠프스는 프레드 위즐리 역할을 했을 뿐 아니라 이 영화의 조감독 역할도 이중으로 맡아 스태프들을 도왔다. 다른 배우들 때문에 힘들었을까?

"전 계속 차를 타달라고 했어요." 매슈 루이스는 웃는다. "마지못해 타주더라고요." 이 모든 장난을(제임스는 이런 장난을 많이 당했다) 차치하면 "제임스는 아주 예의 바른 사람"이다. "무척 진지하고요. 저는 그 점을 많이 존경해요. 하지만 제임스는 지금도 웃으며 농담을 하고 있어요."

위 민달팽이 클럽 회원 후보자들이 슬러그혼의 저녁 파티 장면을 촬영하고 있다. **중간** 지니(보니 라이트)와 해리(대니얼 래드클리프)가 필요의 방에서 서로에게 끌리는 장면. **아래** 데이비드 예이츠(왼쪽), 제임스와 올리버 펠프스가 위즐리 형제의 위대하고 위험한 장난감 가게 세트장에 있다.

THE SLUG CLUB CHRISTMAS PARTY

장면 너머 : 민달팽이 클럽의 크리스마스 파티

슬러그혼 교수가 크리스마스 파티를 열면서 그의 연구실은 더 밝은 색으로 변한다. 여기에는 이 계절에 전통적으로 쓰이는 빨간색과 초록색도 포함되어 있다. 하지만 슬러그혼이 하는 일 가운데 정확히 전통적인 것은 없으므로, 장식에도 결정적으로 아시아의 느낌이 들어갔다. "여러 팀이 서로에게 영향을 준 경우입니다." 스튜어트 크레이그는 말한다. "자니 트밈이 슬러그혼이 파티에서 입을 법한 의상을 보여줬는데, 은색 술이 달려 있었어요. 그 옷이 파티 장식과 중국 스타일 등불을 보완해 주었죠. 둘 다 약간 괴상했거든요." 방에는 크레이그가 "마법처럼 투명하다"고 표현한 천을 걸었다. "그 천은 거의 숏 실크 같은 광택이 났어요. 훌륭한 시각적 가능성을 보여주었죠. 특히 헤르미온느가 커튼 뒤에 숨을 때 말입니다."

의상 디자이너 자니 트밈은 지니 위즐리의 복장으로 "중세 느낌이 나고 약간은 낭만적이지만, 여전히 위즐리 가족 옷 스타일을 벗어나지 않는" 드레스를 골랐다. 헤르미온느에게는 "좀 더 사교계에 데뷔할 때 입고 나갈 만한, 지니의 드레스와는 대조적인 색깔의 드레스"를 입히고 싶었다고 한다. 하지만 루나 러브굿의 드레스만큼 이 크리스마스 파티에 잘 어울리는 드레스는 없었다. "루나는 루나예요." 트밈은 웃는다. "루나는 크리스마스트리처럼 생긴 드레스를 입죠. 그것도 반짝거리는 걸요. 말도 안 되지만, 그게 루나예요." 이반나는 여러 층으로 이루어진 드레스를 장식하기 위해 은색 슬리퍼와 은색 보석류를 착용했다. 그중에는 이반나가 직접 만든 구슬 팔찌도 포함되어 있었는데 이 팔찌에는 루나의 패트로누스인 산토끼가 달랑거리고 있다.

슬러그혼 교수 파티에 차려진 먹음직스러운 전채 요리들. 코맥 매클래건에게 불운을 안겨준 '용 고기 미트볼'이 포함돼 있다.
181쪽 우아한 파티 장식으로 사용한, 분재에 매달린 중국풍 조명.

좋은 옷감으로 만든, 술이 달린 슬러그혼의 의상(왼쪽, 위 왼쪽과 위 오른쪽)은 파티 장식에 영감을 주었다. 지니 위즐리(아래 오른쪽)와 쌍둥이 여학생이 입은 뾰족뾰족한 녹색 의상 (위 왼쪽과 설명 위)도 두드러진다.

183쪽 루나의 파티 앙상블은 의상 디자이너 자니 트밈이 영화 전체 시리즈에서 가장 좋아하는 의상 가운데 하나다. 의상 그림은 모두 자니 트밈의 디자인을 바탕으로 마우리시오 카네이로가 그린 것이다.

위 드레이코 말포이가 해리와 맞대결 중 공격을 당하는 욕실 전투 신은 톰 펠턴이 특히 힘들다고 생각한 장면이었다. 데이비드 예이츠(오른쪽)와 함께 찍은 사진이다.
아래 의상 책임자 닐 머피(오른쪽)가 섹툼셈프라 저주를 당한 톰 펠턴에게 물을 뿌리는 동안 수석 헤어디자이너 리사 톰블린이 배우의 머리를 손질하고 있다.

호그와트 학생 한 명만은 키스라든가 풋사랑의 가벼운 분위기를 나누지 못했다. 드레이코 말포이는 학교 활동과는 거리를 두면서 어둠의 왕이 맡긴 일을 준비했다. 어둠의 왕은 드레이코에게 알버스 덤블도어를 죽여서 그 자신과 말포이 가문의 충성심을 증명하라고 했다.

톰 펠턴은 드레이코가 느끼게 된 부담감에 대해 말한다. "드레이코는 해리의 성공이나 마법 솜씨에 심한 질투심을 느껴요. 제 생각엔 말포이가 6편에서 행동에 나서서 '좋아, 내가 나쁜 놈들의 해리가 되겠어. 나는 나쁜 놈들의 선택받은 아이가 되고 싶어'라고 말하게 되는 것 같아요. 이 말에는 호소력이 있죠. 하지만 말포이는 손에 총을 쥐고 나서야 방아쇠를 당기고 싶지 않다는 걸 깨닫습니다."

톰이 표현하고자 했던 중요한 요소 중 하나는 드레이코가 한편으로는 어쩔 수 없이 이런 처지에 빠졌다는 것이었다. 그 이유는 상당 부분 말포이 가족 때문이다. "저는 드레이코를 앞으로 나아가게 하는 것의 많은 부분은 아버지가 그를 지켜보고 있다는 생각 그 자체라고 봐요." 톰은 말한다. "더 중요한 건, 드레이코가 성공하면 드레이코의 아버지가 매우 자랑스러워할 뿐만 아니라, 아즈카반에서도 풀려나고 가족과 다시 함께할 수 있다는 점이죠. 드레이코가 해내지 못하면 아버지는 죽게 돼요. 이런 상황은 누구에게나 끔찍하죠."

톰은 이 영화가 드레이코만이 아니라 배우인 자신에게도 큰 도약이었음을 인정한다.

톰은 말한다. "저한테는 좋은 일이에요. 저는 드레이코가 6편의 메시지를 전하기 위해 앞의 5편에서 일부러 1차원적으로 그려졌다고 봐요. 6편에서는 드레이코가 효과적으로 변신하죠. 첫 다섯 편은 그렇게 어렵지 않았어요. 뭐랄까, '구석에 서서 못되게 째려보고, 이런 식으로 대사를 친 다음 사라져' 하는 식이었어요. 하지만 6편에는 저 자신을 집어넣을 공간이 좀 더 있었죠. 그래서 처음에는 무척 긴장했어요. 6편 촬영을 시작하기 전에 감독님이 전화했던 건 영영 잊지 못할 거예요. 감독님은 그냥 이렇게 말했어요. '자, 영화가 끝날 때쯤 너에 대한 공감을 조금이라도 얻을 수 있다면, 우린 할 일을 제대로 한 셈이야.' 감독님이 그렇게 말하다니 제가 듣기엔 꼭 음악 같았어요."

덕분에 톰은 드레이코의 캐릭터 이면에 깔려 있는 성격을 처음으로 탐구할 기회도 갖게 되었다. "사실 남을 괴롭히는 사람들은 대부분 겁쟁이예요." 톰은 설명한다. "드레이코는 확실히 겁쟁이고요. 어느 모로 보나 용감하지 않은 게 확실하죠. 드레이코는 졸개들을 거느리고 다녀야만 하고, 그 애들이 없으면 소리를 지르면서 도망쳐요. 1편의 첫째 날부터 그런 짓을 하죠. 제 생각에 드레이코는 질투심 많은 일진 캐릭터에 가까운 것 같아요. '너한테는 내가 가지고 싶은 뭔가가 있으니까, 그걸 너한테 불리하게 쓰겠어' 하는 식이죠. 하지만 이 영화에서 드레이코는, 제 생각에는 우리 모두가 살면서 어느 순간에는 마주하게 될 마음 깊은 곳의 의문과 대면할 기회를 누려요. '이게 도덕적으로 맞는 일인가?'라는 질문이죠. '정말 이게 내가 하고 싶은 일인가? 아니면 사람들이 나한테 이래라저래라 하는 건가?' 드레이코는 손가락을 방아쇠에 걸고 있는 그 마지막 순간에 이르러서야 끝까지 가지 않을 거라는 걸 깨닫죠. 그게 제 생각이에요."

데이비드 헤이먼은 말한다. "지금까지 말포이는 주인공을 돋보이게 하는 못된 조연이었죠. 약간 바보 같기도 했고요. 드레이코가 진짜 위협이 될 거라고는 결코 생각하지 못했을 겁니다." 이제 드레이코는 최후의 임무를 준비하고 있다. "하지만 맡겨진 임무 때문에 고생하고 있죠. 우리는 그 불편함을 보여줍니다. 처음에 드레이코는 그 임무로 힘을 얻는 것처럼 보여요. 하지만 일종의 건방지고 자만심 가득한 겉모습 뒤에는, 약하고 무너지기 쉬운 사람이 있습니다. 드레이코는 사실 자기가 하는 일이 그렇게 편안하지 않아요. 데이비드와 톰도 거기서부터 작업을 시작했습니다."

헤이먼도 남을 괴롭히는 사람들이 사악하기보다는 불안한 경우가 많다는 톰의 의견에 동의한다. "말포이는 자기 의심에 빠져 있는 허약한 아이입니다. 해야 할 일을 하고 있지만, 그 일에 대해서 양가적인 감정을 품고 있죠. 톰은 정말로 뛰어난 솜씨로 그 일을 해냈습니다."

캐릭터에 대한 톰 펠턴의 새로운 접근은 자니 트밈이 드레이코에게 부여한 새로운 겉모습과도 어울렸다. 트밈은 드레이코에게 일부러 아버지 루시우스의 모습을 반영했다.

"드레이코는 교복을 벗고 대신 검은 정장을 입었어요. 드레이코가 자기는 호그와트에서 나갈 거라고 생각한다는 점을 정말로 보여주고 싶었죠."

헬렌 매크로리가 나르시사 말포이로 캐스팅되었다. 매크로리는 셰익스피어 연극의 여자 주인공과 《안나 카레니나》의 주역을 비롯해 영화, TV, 연극 무대에서 인상적인 경력을 쌓아왔다.

"이야기가 시작할 때 나르시사의 남편은 감옥에 있고, 아들은 점점 아버지가 얽혀 있는 세계

위 나르시사 말포이가 남편의 재판 때 입었던 의상 스케치로 영화에는 《예언자일보》 사진에 등장한다. 자니 트밈이 디자인하고 마우리시오 카네이로가 그렸다.
아래 헬렌 매크로리(나르시사)가 《예언자일보》 동영상을 촬영하고 있다.

로 들어가고 있어요. 죽음을 먹는 자들과 볼드모트에 대한 충성으로 이루어진 어두운 세계 말이죠." 매크로리는 그렇게 말하며, 자신의 캐릭터에게 정말로 다른 두 가지 측면이 있다고 인정한다. "나르시사의 갈등은 어머니로 사는 것과, 볼드모트와 그가 대표하는 대의명분의 지지자로 사는 것 사이에서 일어납니다. 나르시사의 아들 드레이코는 믿을 수 없을 만큼 위험한 임무를 맡았고, 나르시사는 드레이코가 그 일을 해낼 수 없을 거라고 생각해요. 그래서 사실상 자신이 진짜 대의라 믿는 것을 배신하고 아들의 안전을 지키려 하죠. 그러니 나르시사는 자기 자신보다 아이들을 중요하게 생각하는 사람입니다. 악당일지는 몰라도 좋은 엄마예요."

자니 트밈과 매크로리는 나르시사의 까다로운 성미를 화면에서 표현하기 위해 힘을 모았다. 매크로리는 말한다. "제가 영화에서 입는 옷들에는 맞춤 제작과 세세한 작업이 많이 필요했어요. 이런 옷들은 늘 나르시사의 가문에서 한동안 가지고 있었던 옷이라는 느낌이 들죠. 오랜 재산의 느낌이 납니다. 새로 번 돈으로 산 옷이 아니에요. 거리를 걸어가면, 그 거리와 자기가 다니는 모든 거리의 주인이 된 것 같은 여자가 보입니다."

나르시사의 헤어스타일도 그녀의 가문과 연관되어 있다. "제작진은 자연스러운 갈색 머리를 원했어요. 제가 그렇죠. 헬레나가 짙은 갈색 머리로 벨라트릭스를 연기했으니까요." 하지만 마법사 세계의 두 명문가에 속해 있는 인물로서(검은 머리의 블랙 가문과 흰 금발의 말포이 가문) 나르시사는 둘 모두의 특징을 반영하기로 했다. 나르시사의 정수리는 흑갈색이지만, 나머지 부분은 금발이다. 매크로리는 말한다. "저는 그 헤어스타일이 상당히 특이하다고 생각해요. 마법사들의 세계에 들어왔다고 볼 수도 있겠지만, 그냥 기괴하기만 한 게 아니라 무척 우아하고 세련되기도 하죠."

데이비드 예이츠는 나르시사의 두 가지 측면 모두를 즐겁게 탐구했다. 그는 설명한다. "나르시사는 매우 비극적인 인물입니다. 아들이 볼드모트가 내린 임무에 이용당하는 걸 간절하게 막고 싶어 하거든요. 처음에 우리는 비를 맞고 있는 나르시사를 보게 됩니다. 나르시사는 상당히 무너져 내린 모습이죠. 결국은 자식을 잃을지도 모른다는 걸 알고 있기 때문입니다." 예이츠는 나르시사를 그녀의 언니와 완벽한 한 쌍이라고 여긴다. 둘은 마치 어둠과 빛 같다. "뭐, 어둠과 그리 밝지 않은 빛이라고 해야 할까요." 예이츠는 웃는다.

동생을 감시하는 사람은 시리우스와 사이가 멀어진 사촌이자 볼드모트의 충성스러운 추종자인 벨라트릭스 레스트레인지로, 헬레나 보넘 카터가 연기했다. 그녀는 〈불사조 기사단〉을 통해 아즈카반 탈옥수로서 처음 스크린에 모습을 드러냈다.

헬레나 보넘 카터는 10대에 영국 영화계 요주의 스타가 되었다. 처음에 전형적인 영국 미인으로 자리 잡은 그녀는 〈전망 좋은 방A Room With A View〉과 〈도브〉 같은 시대극에서 사랑스러운 연인으로 등장했다. 이 다재다능한 배우는 〈파이트 클럽Fight Club〉 같은 영화에서 훨씬 현대적인 인물로 재탄생한 뒤 선구자적인 감독 팀 버튼과 〈혹성 탈출Planet Of The Apes〉, 〈스위니 토드: 어느 잔혹한 이발사 이야기Sweeney Todd〉, 〈이상한 나라의 앨리스Alice In Wonderland〉 같은 영화를 통해 영화상에서나 현실에서나 오랜 관계를 맺었다. 최근에 보넘 카터는 〈킹스 스피치The King's Speech〉에서 엘리자베스 역할을 맡아 아카데미 여우조연상을 받았다.

보넘 카터는 벨라트릭스를 통해 치명적일 뿐 아니라 망상증에 빠진 미치광이이기도 한 캐릭터를 연기할 기회를 얻었다.

그녀는 설명한다. "벨라트릭스는 한때 아름답고 화려했죠. 하지만 감옥에 갇히면서 한창때를 지났어요. 자신은 이 사실을 잘 모르고, 아직도 자기가 멋지다고 생각하지만요. 벨라트릭스는 코르셋을 꽉 조여 가슴을 부각하고 있어요. 가슴도 출연진 명단에 올라가야 할 정도로요. 그런데 지금은, 벨라트릭스야 본인이 아름답다고 생각할지 모르지만 그녀의 치아와 손톱, 잔뜩 엉킨 머리는 끔찍하기만 하죠." 보넘 카터는 벨라트릭스가 지금은 좀 깨끗해졌고 "망토도 새로 생긴 데다 립스틱을 바르고 속눈썹도 붙일 수 있어서" 다행이라고 생각한다.

보넘 카터는 캐릭터의 파괴적인 취향을 재미있게 생각하며, 이런 성향이 나름대로 심리 치료 효과를 한다고 본다. "벨라트릭스는 그야말로 미쳤어요. 벨라트릭스에게 '적당히'라는 건 없죠. 바로 그 점 때문에 벨라트릭스를 연기하는 게 무척 재미있어요." 그녀는 말한다.

톰 펠턴은 '벨라 이모'가 들어와 스크린상의 가족이 늘어난 것을 즐거워했다. "벨라트릭스는 자기만의 세상에서 살고 있어요." 톰은 말한다. "그 무엇에도, 그 누구에게도 영향받지 않는 사람을 본다는 건 참 멋진 일이에요. 헬레나는 자기가 누구인지 완벽하게 알고 있어요. 확실히, 특별한 재

위 벨라트릭스 레스트레인지의 의상 스케치로 자니 트밈이 디자인하고 마우리시오 카네이로가 그렸다.
아래 벨라트릭스 역의 헬레나 보넘 카터.

능을 가진 분이죠. 부드럽고 상냥하고 장난스러운 분이에요. 하지만 카메라가 돌아가기 시작하면 악마 같은 사이코로 변하죠. 그걸 보는 건 멋진 일이기도 하지만 무섭기도 해요."

보넘 카터는 세트장으로 돌아온 일에 대해 말한다. "보통 촬영이 끝난 다음에는 사람들을 다시 만날 일이 없어요. 저는 매년 같은 사람들을 보는 그 연속성이 마음에 들었어요. 기괴한 방식이지만 실제로 학교로 돌아오는 것 같은 느낌도 들었죠. 모두가 약간씩 나이가 드는 거예요. 애들은 자라고. 그 아이들은 훨씬 더 성숙해지고 있죠. 그래서 정말 재미있었어요."

드레이코 말포이는 개인적으로 존재의 위기를 겪고 있었지만, 그의 패거리는 어둠의 왕을 향한 충성에 흔들림이 없었다. 특히 벨라트릭스의 새로운 아군, 늑대인간 펜리르 그레이백이 그랬다. 죽음을 먹는 자들이 영화 내내 흔적을 남기고 다니는 가운데, 펜리르 그레이백은 다이애건 앨리를 파괴하는 데 힘을 보태라는 임무를 받는다. 닉 더드먼의 매우 효과적인 그레이백 분장에 깔려 있던 생각은 변신 중인 늑대인간의 모습을 포착해 그 상태의 반인반수의 모습으로 유지하는 것이었다.

더드먼의 정교한 분장 뒤에는 격투기 선수 데이브 르게노가 있다. "제작진은 제 상체와 머리 전체를 본떴습니다. 폐소공포증이 일어날 것 같더군요." 과거 〈스내치Snatch〉나 〈배트맨 비긴즈Batman Begins〉 등의 영화에서 작은 역할을 맡았던 그는 말한다. "아마 20분쯤 걸렸을 텐데, 몸을 완전히 남의 손에 맡겨놓고 있을 때는 그게 긴 시간처럼 느껴집니다. 입이든 눈이든 완전히 가려져 있죠. 그러니까 눈도 안 보이고 귀도 안 들리는 셈입니다. 14킬로그램의 석고가 온몸을 감싸고 있고요. 제작진은 그 주형을 가지고 인공 기관을 만든 다음 털을 박아 넣었습니다. 그 작업에 몇 주가 걸렸죠. 수고스러운 작업입니다. 그런 다음 분장 팀이 와서 인공 기관을 붙이죠. 거기에 2시간 30분이 걸립니다."

가슴 인공 기관은 재활용할 수 있었기에 하나만 만들면 됐지만, 얼굴은 딱 한 번밖에 쓸 수 없었다. 그레이백은 30일 동안 촬영에 참여했으므로, 촬영 일정을 전부 소화할 수 있을 만큼 충분한 수의 얼굴이 만들어졌다. 일부가 손상될 경우를 대비해 여벌도 만들었다.

인공 기관의 첫 번째 버전을 살펴보았을 때 르게노는 "제작진 중 한 명이 '코가 너무 크지 않아요?'라고 물었던" 것을 기억한다. "그런데 그건 사실 제 코였어요. 제작진에서 문제 삼은 부분은 그것밖에 없었고, 그거야 어쩔 방법이 없었죠."

르게노에게 《해리 포터》를 알려준 사람은 그의 딸이었다. "《해리 포터》는 아주 오래전부터 우리와 함께해 온 것 같습니다. 제가 어렸을 때도 있었던 것 같아요. 당연히 그렇지 않지만." 르게노는 말한다. "그러나 《해리 포터》는 이제 영국 문화의 일부가 되었습니다. 그래서 저는 이 영화 시리즈를 전부 알고 있었어요. 캐릭터에 대해서는 잘 몰랐지만요. 사실은 이 촬영에 참여하기 전까지는 영화를 한 편도 보지 않았어요. 참여한 다음에는 영화를 보고 책도 읽었죠."

르게노는 배우들, 특히 10대 배우들과의 만남을 어렵지 않게 받아들였다. "만나보니 다들 자라 있더군요. 저는 긴장하지 않았습니다. 그 애들이 제 딸 친구처럼 느껴졌어요. 꼭 이미 아는 사람들 같더군요. 유일하게 걱정했던 건 톰 펠턴입니다. 톰과 찍어야 할 장면이 아주 많았는데, 그 아이가 영화에서처럼 정직하지 못하고 남이나 괴롭히는 녀석일 줄 알았거든요. 하지만 그렇지 않았어요. 저는 톰과 무척 잘 지냈습니다." 르게노는 말한다. 얼마나 잘 지냈느냐 하면, 둘은 곧 함께 음악을 하게 되었다. "제가 완전 분장을 하고 트레일러에 앉아 있었던 게 기억납니다. 저는 하모니카 하네스를 착용하고 톰 펠턴과 함께 레너드 스키너드의 노래를 연주하고 있었어요. 이상한 소리로 들릴 겁니다. 제가 드레이코 말포이와 함께 앉아서 듀엣으로 노래를 부르니요. 가끔 전 분장한 상태라는 걸 잊어버리고, 그게 얼마나 가관일지 생각하지도 못합니다. 나중이 되어서야 얼마나 해괴하게 보였을지 생각하게 되는 거지요."

영화 내내 덤블도어는 해리가 다가오는 전투에 대비할 수 있도록 그를 일부러 고안한 기억들에 노출시킨다. 이런 중요한 기억 중에는 관객에게 볼드모트의 예전 모습을 보여주는 것도 있다. 처음에

관객은 보육원에서 그를 만나게 되는데, 이때의 연기는 랠프 파인스의 조카인 히어로 파인스티핀이 맡았다. 당시 겨우 열 살이었던 히어로는 어린 톰 리들을 제대로 이해하고 있었다.

"톰은 어둡고 음침한 아이예요." 히어로는 설명한다. "특별한 능력을 가지고 있어서 자기한테 못되게 구는 사람은 누구나 해칠 수 있죠. 톰 리들은 보육원에 친구가 한 명도 없어요. 무척 슬픈 일이에요."

혈연관계를 차치하더라도 예이츠 감독은 리들 가문의 가장 어린 일원을 캐스팅할 수 있어서 매우 기뻤다. 그는 히어로가 "만나고 싶었던 아이 중 가장 귀여운 아이"라고 말한다. "연출 의도를 정말 잘 따르더군요. 그 아이가 상당한 카리스마를 지니고 있어서 어렵지 않았습니다. 그냥 어떤 감정을 끄고 아주 가만히, 아주 침착하게 있으라고 부탁하기만 하면 됐어요."

덤블도어는 해리에게 열여섯 살 때의 리들에 대한 기억도 보여준다. 이번에는 프랭크 딜레인이 연기를 맡았다. 배우인 부모님을 둔 딜레인은 어린 시절에 아버지의 영화에 단역으로 출연했지만, 그 이후로는 연기한 적이 없었다. 아버지의 매니저가 그에게 이 배역의 공개 오디션에 참여해 보라고 권했다. 몇 차례의 오디션과 한 차례의 카메라 테스트를 거친 뒤, 10대 시절의 볼드모트가 캐스팅되었다.

프랭크 딜레인은 말한다. "톰은 무척 매력적이지만 사람을 조종하려는 성향도 아주 강해요. 그가 슬러그혼과 맺는 관계는 약간 뒤죽박죽이죠. 학생과 선생의 관계에서는 선생이 권위를 가진 인물이어야 해요. 하지만 우리가 보는 장면에서는 상대를 조종하는 사람이 톰으로 보입니다."

대니얼 래드클리프의 파란색 눈은 소설 속 해리의 눈처럼 초록색으로 바뀌지 않았지만, 프랭크 딜레인은 짙은 갈색 눈을 랠프 파인스의 푸른 눈에 맞게 바꿔주는 콘택트렌즈를 착용했다. "저는 꽤 가무잡잡한 편이기 때문에 제작진에서 하얗게 만드는 분장도 많이 해줬어요. 가발도 썼고요. 그래도 치아는 제 거예요!"

덤블도어가 드러내는 모든 기억은 어린 마법사 해리에게 심대한 영향을 미친다. 예이츠는 설명한다. "해리라는 캐릭터에 대해 제가 알아낸 가장 매력적인 사실 중 하나는 덤블도어를 위해 일하기 시작했을 때부터 어떤 목표를 갖게 되었다는 겁니다. 해리는 교수 중 한 명인 슬러그혼을 상대로 작업을 시작하죠. 정보를 얻기 위해 슬러그혼을 조종하기 시작합니다. 해리는 더 큰 게임의 말이 되기 시작해요. 비극적인 일이지만, 마지막 영화에서 해리는 어떤 면에서 자신이 매우 심하게 체스 말의 처지로 전락했다는 사실을 알게 됩니다."

캐릭터에게 가해진 이런 새로운 압박은 배우 대니얼 래드클리프에게도 영향을 미쳤다. "전에는 사실 그런 문제로 신경 쓴 적이 한 번도 없었어요." 대니얼은 설명한다. "저야 재미있기만 했죠. 연

맨 위 마이클 갬번(왼쪽)과 어린 시절의 톰 리들 역을 맡은 히어로 파인스티핀(랠프 파인스의 조카).
중간 톰 리들이 어릴 때 살았던 머글 보육원 기숙사 세트장. 영화 최종 편집본에는 등장하지 않는다.
아래 영화 속 톰 리들의 보육원 침실에 그려진 그림들.

기도 잘하고 있었고, 그게 전부였어요. '이걸 잘해내려면 정말 노력해야겠구나'라고 생각하게 된 건 이번 영화가 처음이에요. 저는 예전 어느 때보다 심한 압박감을 느꼈습니다."

톰 펠턴도 이 영화에서 캐릭터가 극적으로 변화하는 만큼 연기에 신경을 썼다. 그러나 그는 가장 까다로운 연기를 한 뒤 한 통의 편지를 통해 응원을 받는다. "그때 저는 예전에 함께 살았던 친구 집에 있었어요." 톰은 회상한다. "친구가 그러더군요. '아, 너한테 편지가 왔더라. 웬 여자분이 영화에 대해서 뭐라고 하던데. 영화가 정말 좋았고, 자기는 무척 재미있게 봤대. 조라는 사람이던데.' 전 그 편지에 대해 별생각을 하지 않았어요. 그냥 어찌어찌 흘러들어 온 팬레터라고 생각했죠. 그때 봤어요. 그 편지는 뒷면에 문장이 찍혀 있고 마법사들과 부엉이가 그려져 있는 벨벳 봉투에 들어 있었죠. 그걸 보자마자 J.K. 롤링이 보낸 편지라는 걸 알 수 있었어요. 저는 세 데이비드[감독인 데이비드 예이츠와 제작자 데이비드 헤이먼, 데이비드 배런을 말한다]의 축복은 이미 받고 있었고, 배우로서는 그걸로도 충분했어요. 하지만 J.K. 롤링에게서 긍정적 평가를 듣는다는 건 정말 놀라운 일이었죠. 저는 그 편지를 액자에 넣어서 벽에 걸어놨어요. 조는 칭찬을 많이 해줬습니다. 무척 기쁘다고, 제 캐릭터 덕분에 덤블도어를 죽이기 직전의 장면이 생생해진 것 같다고 했어요. 그야말로 우쭐해지더군요. 정신이 나갈 것 같았어요. 저는 펜과 노트패드를 얼른 꺼내서 조에게 답장을 썼습니다."

J.K. 롤링이 〈혼혈 왕자〉에 대해 한 말은 그게 전부가 아니었다. 단, 이번에 한 말은 배우의 연기에 관한 것이 아니었다.

데이비드 배런은 그와 데이비드 헤이먼 모두가 덤블도어가 게이라는 사실을 알게 됐던 순간을 기억한다. 모든 배우가 6편의 대본 리딩을 하던 중이었고, 그 자리에는 J.K. 롤링도 있었다.

"영화 앞부분에서 덤블도어는 해리를 만나기 위해 기차역 승강장에서 기다리고 있습니다. 게시판에 걸려 있는 향수 광고 모델을 보고 있지요. 그런데 대본에 덤블도어가 '아하, 비단실 같은 머리카락이로군. 딱 저런 여자아이를 알았었는데'라고 말하는 장면이 있었어요. 조는 데이비드 헤이먼에게 허리를 숙이더니 속삭였습니다. '덤블도어는 저런 말을 하지 않을 거예요. 덤블도어는 게이거든요.' 그러자 데이비드가 제 옆구리를 쿡 찌르더니 말했습니다. '알고 있었어요?' 그런 식으로 처음 알게 된 겁니다. 제 생각에는 책을 읽는다고 해도 '아, 덤블도어는 게이구나'라거나 '덤블도어는 게이가 아니야'라는 생각을 전혀 하지 않게 되는 것 같아요. 그래서 이 점이 영화에 영향을 미치지는 않았습니다."

마이클 갬번은 대부분의 연출 의도와 마찬가지로 이 소식을 받아들였다. 아무렇지 않게. 갬번은 말한다. "J.K. 롤링은 제게 카드를 하나 써줬습니다. '아우팅시켜서 미안해요. 하지만 덤블도어가 정말 멋진 의상을 입는다는 생각이 드는걸요'라더군요."

덤블도어가 슬러그혼을 호그와트로 다시 데려온 이유는 해리가 마법약 교수의 기억을 되찾으면서 드러난다. 이 기억에는 세상에서 가장 사악한 마법, 즉 호크룩스를 만드는 법에 관한 톰 리들의 질문이 담겨 있다. 덤블도어와 해리는 볼드모트의 쪼개진 영혼을 담고 있는 호크룩스를 찾아나선 끝에 바닷가의 한 동굴에 이른다.

스튜어트 크레이그는 기억한다. "촬영 장소를 물색하던 중 우리는 아일랜드 서부의 모허 절벽을 발견하자마자 동굴 입구로 쓰면 정말 멋지겠다고 생각했습니다." 동굴 내부는 광활해야 했으므로, 실제로 그 동굴을 지을 방법은 없었다. 크레이그는 말을 잇는다. "해리와 덤블도어가 처음 도착하는 지점을 제외하면, 또 동굴 안에서 일어나는 모든 사건의 배경이 되는 섬들을 제외하면, 세트장은 완전히 컴퓨터로 만든 가상의 장소입니다. 직전 영화에서 처음으로 완전한 가상 세트장을 활용했기에 이번 세트장에는 좀 더 자신감 있게 접근했죠."

바닷가 동굴의 한가운데에서 호크룩스를 지키고 있는 것은, 죽음을 연상시키는 무시무시한 존재 인페리우스다. 이들은 볼드모트가 자기 마음대로 부려먹기 위해 되살려낸 인간의 시체다. 영화제작자들은 물속에서 일어나 해리와 덤블도어를 공격할 인페리우스를 잔뜩 만들어야 했다.

맨 위 마이클 갬번(오른쪽)이 그린스크린 앞을 걸으며 덤블도어가 톰 리들과 처음 만났을 때를 회상하는 펜시브 기억 장면을 촬영하고 있다. 현장 감독 스티브 핀치가 앞에서 보조 조명을 들고 갬번의 앞을 걸어가고 있다.
중간과 아래 소품 제작자 토비 혹스(왼쪽)와 빅토리아 헤이스(오른쪽)가 기억이 담긴 병을 만들어 캐비닛에 설치하고 있다.

데이비드 예이츠는 인페리우스가 깡마른 해골 모습이기를 원했지만, 그들이 특히 좀비처럼 보이는 건 바라지 않았다. 시각효과 감독인 팀 알렉산더는 회상한다. "데이비드는 관객들이 인페리우스를 가엾게 여기기를 바랐습니다. 볼드모트의 희생자들이니까요."

콘셉트 미술가 롭 블리스는 물에 잠긴 시체 사진을 활용해 인페리우스를 디자인했다. 그런 다음에는 닉 더드먼의 팀이 블리스의 콘셉트를 기본으로 축소 모형(작은 규모의 3D 모형)을 제작했다. 더드먼은 말한다. "우리 팀의 핵심 조각가 줄리언 머리는 개인적으로 온갖 창의적인 참고 자료를 찾아 순례를 떠났습니다. 단테의 《신곡》에 나오는 지옥과 《실낙원》 등의 지옥 비슷한 곳에 사는 생명체들을 묘사한 모든 것을 찾아 나섰죠."

더드먼은 말을 잇는다. "가장 중요한 건 인페리우스에게 있는, 연민을 자아내는 힘이었습니다. 줄리언은 진흙에서 감정을 뽑아내는 솜씨가 탁월합니다. 조각에 영혼을 집어넣죠. 바로 그런 게 필요했습니다."

예이츠가 축소 모형을 승인하자 모형은 스캔을 통해 컴퓨터에 입력되었고 애니메이션 작업이 시작됐다. 예이츠는 모션캡처 기술을 활용해 물에서 나오는 것처럼 움직이는 배우들을 촬영하고, 이런 움직임을 애니메이션 효과와 결합하여 현실적이지만 괴로워하는 듯한, 인페리우스의 인간 같은 움직임을 만들어 냈다. 결과물은 그야말로 소름 끼친다.

인페리우스를 마주한 다음에는 해리도 덤블도어도 훨씬 개인적인 방식으로 문자 그대로의 죽음과 마주해야 했다. 덤블도어가 살해당하기 때문이다.

"영화가 끝날 때 해리는 덤블도어의 죽음에 대처해야 합니다." 데이비드 헤이먼은 말한다. "물론 대단히 가슴 아픈 장면이죠. 덤블도어는 해리와 6년 동안 함께해 온 사람이니까요. 덤블도어는 더즐리 가족과의 단조롭고 고된 일상에서 해리를 구해준 사람입니다. 해리가 정말로 자기 집이라고 여길 수 있었던 첫 번째 장소, 호그와트로 그를 데려온 사람이죠. 또한 덤블도어는 해리를 신뢰하고 이끌어 준 사람, 해리에게는 존재하지 않는 아버지가 되어준 사람입니다. 무척 감정을 자극하는 장면이에요."

헤이먼은 대니얼과 마이클 갬번의 관계가 스크린 속 캐릭터들의 관계를 일부 반영한다고 빠르게 지적한다. 그는 말한다. "둘은 3편 이후로 함께 작업해 왔습니다. 마이클은 아주 멋진 방식으로 불경해요. 훌륭한 이야기들을 잔뜩 가지고 있죠. 그리고 댄은 끝없이 궁금해합니다. 댄은 마이클과 함께 일하면서 엄청나게 많은 것들을 배웠습니다. 마이클은 뛰어난 배우면서도 아주 너그럽고, 영화에서처럼 자신의 경험을 댄과 기꺼이 나누려 했거든요."

대니얼 래드클리프는 덤블도어의 죽음이 해리라는 캐릭터에게 감정적인 영향은 물론 실제적인 영향도 끼쳤다는 것을 알고 있다. "저는 덤블도어의 죽음이 해리에게 미친 영향은, 다가올 과제에 정말로 집중하도록 해리를 단련한 것이라고 생각해요." 대니얼은 말한다. "전에 해리는 명령을 받고 움직이는 병사였어요. 이제는 달라지는 거죠. 이제는 해리가 계획을 세워야 하는 사람이된 거예요. 저는 덤블도어의 죽음이 해리에게 집중력을 주고, 볼드모트를 찾는 데 더 전념하도록했다고 생각해요."

놀라운 일도 아니지만, 대니얼에게 덤블도어의 죽음을 맞닥뜨리는 건 연기하기 힘든 장면이었다. "솔직히 말하면 지금도 제가 잘해냈는지 모르겠어요. 이 단계에서는 이미 몇몇 캐릭터가 죽는 걸 봤기 때문에 더 어려웠어요. 어떻게 해야 다른 연기를 보여줄 수 있을까 싶었죠. 어떻게 해야 〈해리 포터〉 영화에서 또 죽는 사람이 나왔다는 식으로 받아들이지 않게 할 수 있을까? 그게어려운 점이었어요. 확실히 까다로운 연기였죠."

갬번은 덤블도어 역할을 맡기로 하면서 시리즈가 끝날 때까지 함께하기를 기대했다. 좋은 배우들이 모두 그렇듯, 갬번은 안정성 있는 직장을 좋아했다. 그래서 미리 책을 읽지 않은 그에게 덤블도어의 죽음은 충격 비슷하게 다가왔다.

그는 회상한다. "전 생각했습니다. 아니, 세상에. 이제 어떻게 되는 거지? 하지만 제작진은 제가돌아올 거라고 하더군요. 무슨 이상한 유령 같은 게 되어서요. 저는 이번 영화에서 죽은 것이 무척 슬픕니다. 하지만 덤블도어는 이런저런 방식으로 영화 전편에 끼어 들어가죠."

〈해리 포터〉 6편은 여러모로 극적인 피날레를 준비하며, 세 명의 주인공이 지평선을, 그 너머의 세상을 바라보는 장면으로 마무리된다. 이들은 교장이자 그들의 보호자였던 인물을 진짜로잃어버렸기에 자신들의 세상이 앞으로는 절대로 전과 같지 않으리라는 것을 알고 있다. 우울한순간이었고, 데이비드 예이츠는 이 장면이 열린 결말처럼 느껴져서 관객들을 만족시키지 못하는게 아니라 "더 많은 이야기를 들으러 돌아오고 싶다는" 느낌을 전해주는 장면이 되기를 바랐다.

〈해리 포터와 혼혈 왕자〉가 엄청난 세계적 히트작이 된 것을 보면 관객들도 똑같은 생각이었던 게 분명하다. 관객들이 원했던 "더 많은 이야기"는 모두의 기대를 두 배 이상으로 충족시켰다.

190쪽 위 후반 작업을 통해 검은색으로 바뀌게 될 녹색 장갑을 낀 마이클 갬번과 데이비드 예이츠.
190쪽 아래 덤블도어와 해리가 호크룩스 로켓을 찾을 때 탔던 배의 뱃머리 콘셉트 아트. 롭 블리스가 그렸다.
위 애덤 브록뱅크가 그린 덤블도어 장례식 콘셉트 아트로 실제로는 촬영되지 않았다.

ILLUMINATING THE INFERI
장면 너머 : 인페리우스에게 빛을

제작진은 마법에 걸린 인페리우스가 또 하나의 전형적인 영화 속 괴물이 되지 않기를 바랐다. 결국 인페리우스들은 두려움만이 아니라 연민을 자아내도록 디자인되었다. 인페리우스는 100퍼센트 CG로 만들어질 예정이었으므로 인페리우스의 전신 크기 모형이 만들어진 다음 스캔되었다. 시각효과 감독 팀 알렉산더는 스캔한 모형에 컴퓨터로 색을 입힌 다음 질감을 더해서 적당한 정도의 '통통함'을 주었다고 말한다. 동시에 디지털 '뼈대'를 인페리우스 안에 집어넣어 그들을 움직일 수 있도록 했다.

데이비드 예이츠 감독은 인페리우스의 움직임을 결정하기 위해 남녀 댄서들을 모아, 물에서 나와 해리를 붙잡으려는 인페리우스를 연기하도록 했다. 이런 안무 장면은 모션캡처 기술로 촬영되었고, 그 결과로 얻은

동영상이 컴퓨터 애니메이션과 결합되어 최종적인 장면이 만들어졌다. "인페리우스가 신음하거나 두 팔을 뻗지 않도록 한 덕분에 이들은 좀비와 달라졌습니다." 알렉산더는 설명한다. "우리는 인페리우스들이 물에서 나올 때 좀 더 우아하게 움직이기를 바랐어요."

인페리우스는 육지와 물속에서 모두 등장하는데, 둘의 차이는 시각효과 팀에게 어려운 과제를 던져주었다. 이 장면을 비추는 깜빡이는 햇불 때문에 더 그랬다. "물속 세계를 구현하기 어려웠던 이유는 인페리우스의 숫자가 너무 많고, 이들이 햇불에서 나오는 불빛과도 상호작용해야 했기 때문입니다." 알렉산더는 말한다. 애니메이터들은 결국 비디오 게임 기술을 활용해 새로운 시각효과 기술을 개발했다.

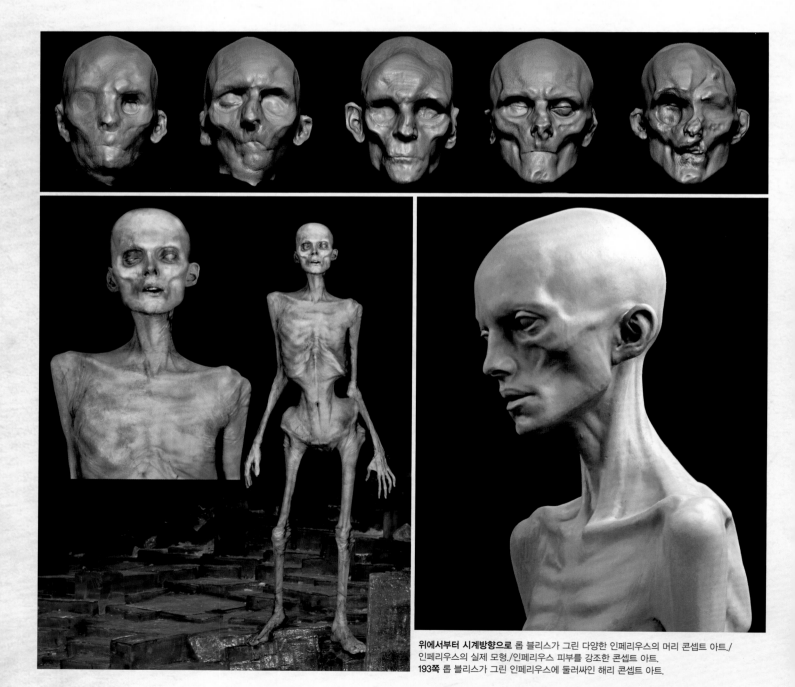

위에서부터 시계방향으로 롭 블리스가 그린 다양한 인페리우스의 머리 콘셉트 아트./ 인페리우스의 실제 모형./인페리우스 피부를 강조한 콘셉트 아트. **193쪽** 롭 블리스가 그린 인페리우스에 둘러싸인 해리 콘셉트 아트.

HARRY POTTER
and the
DEATHLY HALLOWS
- 해리 포터와 죽음의 성물 -

07년 7월 21일 《해리 포터와 죽음의 성물》이 출간되었을 때 영화제작자들은 굉장히 어려운 과제에 직면하게 되었다. 이 어마어마한 규모의 책을(시리즈 전체의 마지막을) 영화 한 편에 욱여넣을 수 있을 것인가? 한때 《해리 포터와 불의 잔》을 두 편의 영화로 쪼개는 방법을 고려하긴 했지만, 이들은 이야기의 필수적 요소에 초점을 맞추면 해리의 호그와트 4학년 시절을 한 편의 영화로 스크린에 성공적으로 옮길 수 있다는 것을 깨달았다.

하지만 《해리 포터와 죽음의 성물》은 복잡하게 얽혀 있는 이야기 속 요소들을 전부 해결하는 데 반드시 필요한 엄청난 내용을 담고 있었다.

데이비드 배런은 말한다. "결코 쉬운 결정이 아니었습니다. 《죽음의 성물》을 처음 읽고 우리는 모두 '세상에, 이거 엄청나게 규모가 큰 책이잖아'라고 생각했습니다." 제작자 라이어널 위그럼이 책을 두 편의 영화로 쪼개자고 제안했을 때 데이비드 헤이먼은 망설였다.

"처음에는 그런 결정을 지지하지 않았습니다. 우린 《해리 포터》 책을 한 번도 쪼개지 않았으니까요." 헤이먼은 말한다. 하지만 이야기를 한 편의 영화에 욱여넣으면 상영 시간이 5~6시간이 되리라는 점은 점점 분명해졌다. 헤이먼은 설명한다. "이 내용을 2시간 반~3시간짜리 영화에 욱여넣는다는 건 너무 많은 것을 빠뜨려서 이번 영화 한 편만이 아니라 이야기 전체를 손상시킨다는 뜻이었습니다. 마지막 책에 너무도 많은 정보가 담겨 있었어요. 너무 많은 일들이 감정적으로도, 또 실제적으로도 해결됐죠. 그걸 빠뜨린다는 건 결론이 결코 만족스럽지 않을 거라는 뜻이었습니다."

데이비드 예이츠 감독은 그것이 한 편이 아니라 두 편의 영화에 더 노력을 쏟아야 한다는 뜻임을 알고 있었지만, 제작사의 의견이 맞는 선택이라는 데 동의했다. 예이츠는 말한다. "저한테는 큰 고민거리가 아니었어요. 기본적으로 데이비드 헤이먼과 데이비드 배런은 '영화를 두 편으로 나눠서 찍어야 할 것 같은데 어떻게 생각해요?'라고 물었습니다. 저는 스티브 클로브스가 제7권을 영화 두 편으로 만들어야 한다고 말한 것을 알고 있었고, 스티브의 본능을 신뢰했습니다. 스티브가 책을 한 편의 대본에 욱여넣는 경우 문제가 생길 거라고 생각한다면, 저 역시 문제가 생길 거라고 봤죠."

사실 "이런 일이 벌어지던 중 어느 한순간에는" 하고 배런은 회상한다. "스티브 클로브스가 말했습니다. '솔직히, 이건 거의 세 편의 영화로 찍어야 해요.' 우리는 그런 일만은 피하려고 노력했어요. 당연한 얘기지만, 분명 어떤 사람들은 '아, 워너브라더스가 마지막 순간까지 뽑아먹으려고 하는군'이라고 말할 테니까요. 전혀 그런 문제가 아니었습니다. 워너브라더스는 우리에게 '뭐든 여러분이 창의적으로 맞는 방향이라고 결정하면 우린 그 결정을 따르겠습니다'라고 말했어요."

결국 제작자들은 책이 두 편의 영화로 제작되어야 한다고 판단했다. 그런 다음 그들은 영화를 동시에 촬영해야 한다고 빠르게 결정 내렸다. 이는 거의 18개월 동안 촬영이 끊이지 않는 최초의 〈해리 포터〉 일정으로 이어졌다.

"배우 전체가 확실히 참여하도록 할 방법은 그것뿐이었습니다." 배런은 설명한다. "이렇게까지 긴 일정에 모두를 참여하게 만드는 건 힘든 일이지만, '자, 일단 한 편을 찍고 개봉한 다음에 돌아와서 한 편을 더 찍읍시다'라고 말했다면 아예 불가능한 일이 됐을 거예요."

동시에 영화 두 편을 찍는다는 계획에도 감독은 별로 당황하지 않는 듯했다.

"두 가지가 정말 도움이 됐습니다." 당시에 예이츠는 설명했다. "첫째는 제가 이 시리즈의 영화를 두 편 만들어 봤다는 겁니다. 그래서 시스템이 갖춰져 있었고, 저는 〈해리 포터〉의 세상을 이루는 메커니즘을 잘 이해하고 있었어요. 둘째, 저한

194쪽 루퍼트 그린트(왼쪽)와 에마 왓슨이 시리즈의 극적인 결말 부분인 호그와트 전투 장면을 촬영하고 있다.

맨 위 데이비드 예이츠가 '마법은 힘이다' 조각상 앞에 서 있다. 마법 정부가 죽음을 먹는 자들에게 장악된 뒤 마법 형제의 분수는 이 조각상으로 바뀌었다.
중간 벨라트릭스가 도비를 죽인 단검 소품 사진.
아래 해티 스토리가 그린 도비의 묘비명 그림.

테는 멋진 스태프들과 팀이 있었습니다. 그렇다고 또 이런 식으로 일하고 싶은 건 아니에요. 이렇게 일하려면 두뇌를 세 방향으로 쪼개 써야 하거든요. 예를 들어서, 하루 안에 어느 세트장에서는 로비 콜트레인과 제법 중요한 감정적 장면을 찍습니다. 로비와 함께 있으면서 그를 이끌어 주고 싶죠. 하지만 다른 세트장에서는 엑스트라 200명이 나오는 대규모 장면이 진행됩니다. 그건 또 다른 한 편에 쓸 장면이에요. 그리고 다른 촬영지의 물탱크에서는 제1조감독 제이미 크리스토퍼가 물속 장면을 촬영하기 위해 모든 걸 준비하고 있습니다. 그러니 모든 상황에 불쑥불쑥 나타나 주의를 기울이고 해야만 하는 일을 한 다음, 뛰쳐나가서 다음 상황으로 들어가야 하는 거예요. 이상한 데다 평범하지 않은 작업 방식이었습니다. 그래도 통했죠."

클로브스가 영화 두 편의 시나리오를 모두 썼고 영화 두 편을 동시에 촬영하기로 했다는 사실에도 불구하고 제작자들은 1부가 끝나는 지점을 이야기 속 어느 부분으로 잡아야 할지 아직 결정하지 못했다. 사실, 두 영화 사이의 분기점은 몇 차례 앞뒤로 조정됐다.

헤이먼은 설명한다. "원래 끝은 지금 1부가 끝나는 부분과 비슷했습니다. 도비가 죽는 시점 즈음이죠. 그런 다음에는 1부가 아슬아슬한 장면에서 끝나야 한다고 판단하고, 끝나는 시점을 옮겼습니다. 쏘기 마법으로 위장한 해리가 인간 사냥꾼들에게 붙잡혀 말포이 저택으로 끌려가고, 죽음을 먹는 자들이 진짜 해리를 정말로 잡았다는 걸 알게 되는 장면이었습니다. 우리는 4편, 5편, 6편이 죽음으로 끝났다는 점을 의식하고 있었기에 똑같은 장면을 반복하고 싶지 않았습니다. 데이비드 예이츠는 첫 번째 컷을 보더니, 결말이 좋긴 하지만 감정적인 해소가 일어나진 않는 것 같다고 했습니다. 뭔가가 아직 진행 중이었지만, 우리는 그래도 영화에 '결말'이 있었으면 했죠. 더 긴 이야기의 1부일 뿐이라도 말입니다. 데이비드 예이츠는 도비를 묻고 해리가 무슨 일이 있어도 포기하지 않고 어둠의 왕을 물리치겠다고 결심하는 데서 1부를 마무리하기로 했습니다. 관객들은 도비를 정말 좋아했습니다." 데이비드 헤이먼은 말을 잇는다. "그런데 책에서는 도비가 이 시점에서 이미 몇 차례 출연했지만, 영화에서는 도비와 시간을 보낸 것이 꽤 오래전이었어요. 우리는 관객이 도비에게 관심을 쏟고, 도비의 죽음이 큰 반향을 남기기를 원했습니다. 그래서 책과 달리 도비는 크리처가 먼덩거스 플레처를 그리몰드가로 데려올 때 함께 옵니다. 말포이 저택에서 해리 일행을 구출할 때도 도비의 분량을 조금 더 넣었죠. 벨라트릭스 레스트레인지가 던진 칼이 보이기 직전에 말입니다. 도비를 〈죽음의 성물 2부〉 첫 장면에서 죽게 한다면 그 순간의 감정적 무게가 줄어들겠죠. 1부에서 도비를 보고 나서 8개월이라는 간극이 생길 테니까요."

데이비드 예이츠는 삼총사가 도비를 셸 코티지 앞에 묻는 감정적인 장면을 찍었던 일을 떠올린다. "해리, 헤르미온느, 론은 땅을 거의 쥐어뜯고 있어요." 감독은 말한다. "이 세 아이가 실제로 뭔가를 묻는 건 이때가 처음입니다. 저는 이 장면 전체를 핸드헬드 카메라로 찍었어요. '좋아, 이 장면을 찍으려면 넌 여기 있어야 하고, 저 장면을 찍어야 하니까 넌 저쪽에 있어야 해'라고 말하지 않고 그냥 아이들이 알아서 장면 속으로 찾아 들어가게 했죠. 말로 하는 지시는 하나도 하지 않았습니다. 죽은 자를 묻고 추모하는 것은 인간의 보편적인 경험이지만, 이 상징적인 캐릭터 셋이 첫 무덤을 파는 모습을 지켜보니 무척 감동적이었습니다."

데이비드 예이츠는 영화의 마지막 '비트beat'를 떠올렸다. 헤이먼은 그 장면을 "볼드모트가 덤블도어의 무덤을 모독하고 딱총나무 지팡이를 가져가는 모습"이었다고 말한다. "이렇게 하면 긴장감도 고조되죠. '볼드모트가 마법사 세계에서 가장 강력한 지팡이를 손에 넣었어. 주인공들이 난처해졌다고. 무슨 일이 일어나는 거지?' 하지만 이 장면은 이야기 속에서 도비로 인해 일어난 감정을 해결하도록 도와주기도 합니다."

예이츠는 1부와 2부가 매우 다른 영화라는 것도 알게 되었다. 아주 단순히 표현하면, 1부는 일종의 로드무비였다. 이야기가 진행되는 동안 대부분의 시간을 호그와트를 뒤로하고 멀리 떠난 곳에서 보내게 되기 때문이다. 반면 2부는 전면적인 전쟁 영화가 되어 학교로 돌아오게 된다.

"각각의 영화가 다르게 느껴집니다." 감독은 말한다. "1부를 찍을 때는 핸드헬드 카메라와 사실주의적 기법의 카메라 워크를 사용했는데 그건 영화가 전반적으로 훨씬 자연주의적으로 느껴졌다는 뜻입니다. 아이들이 실제 세상에 나와 있으니까요. 그들은 안전한 곳, 호그와트라는 '섬'에서 멀리 떠나와 있었기에 훨씬 더 약해져 있었고, 어떤 면에서는 순진해져 있었습니다. 흥미로운 일이죠. 2부는 좀 더 오페라풍입니다. 대규모 전투와 거창하고 극적인 클라이맥스가 있으니까요. 호그와트로 돌아오기도 합니다. 호그와트는 늘 규모를 감지하게 하죠. 저는 각각의 영화가 정말

HERE
LIES
DOBBY
A
FREE ELF

위 루나(이반나 린치)가 큰 부상을 입은 집요정 도비를 안고 있는 해리(대니얼 래드클리프)를 위로하고 있다.
아래 헤르미온느(에마 왓슨, 왼쪽), 론(루퍼트 그린트, 가운데), 해리(대니얼 래드클리프)가 말포이 저택을 가까스로 탈출한 뒤 셸 코티지에 도착하는 장면. 셸 코티지 외관 세트는 웨일스 펨브룩셔에 있는 프레시워터 웨스트 비치 현지 촬영장에 만들었다.

위 왼쪽 2009년 8월 24일 리브스덴에서 '일곱 명의 해리 포터' 장면을 촬영하던 중 스물한 번째 생일을 맞은 루퍼트 그린트가 축하를 받고 있다.

위 오른쪽 (왼쪽부터) 루이스 르귄 들라크루아(에마 왓슨 매니저), 에마 왓슨, 새러 매케나(루퍼트 그린트 매니저), 제3조감독 아일린 입, 루퍼트 그린트가 프레시워터 웨스트 비치에서 찍은 사진.

아래 차냐 버튼(왼쪽 끝), 마이클 베렌트(왼쪽), 대니얼 래드클리프가 2010년 4월 15일 스무 번째 생일을 맞은 에마 왓슨에게 깜짝 케이크 선물을 전달하고 있다.

로 신났습니다. 하나는 좀 더 서사적이었고, 다른 하나는 삼총사의 관계의 인간적인 면모들을 들여다보는 좀 더 미묘한 영화였죠."

마지막 두 편의 영화를 찍는 동안 배우들과 스태프들은 전반적 경험에 대해 회상했다.

"우린 10년 이상 함께 일해왔고, 그 시간 동안 진짜 가족이 됐습니다." 데이비드 헤이먼은 말한다. "끝이 다가올수록 모두가 가족이 곧 각자의 길로 흩어지게 된다는 사실을 의식했던 것 같아요."

젊은 세 주인공에게는 〈해리 포터〉 영화의 마지막 두 편을 촬영하는 것이 한 시대의 끝을 의미할 뿐 아니라 여러 가지 면에서 어린 시절의 끝을 나타내기도 했다.

"지금은 전혀 실감이 나지 않아요." 힘들게 촬영하던 어느 순간에 대니얼 래드클리프는 말했다. "아마 마지막 순간까지 그렇겠죠."

대니얼은 말을 잇는다. "그냥 마음속 한구석에서는 저 사람을 다시 볼 수 없을지도 모른다는 생각이 드는 거죠. 이 영화에 함께한 사람 중 누구에게라도 그런 일이 일어나면 슬플 거예요. 감정적으로 힘들겠죠. 특히 저는요. 제 메이크업 담당자인 리사 톰블린은 2편부터 합류해서 3편과 4편을 건너뛰고 5편에 참여했어요. 그런 다음 6편에서는 헤어스타일 팀장을 맡았고, 이제는 7편의 팀장을 맡게 됐죠. 제 헤어 스타일리스트인 어맨다 나이트는 1편부터 메이크업 팀 팀장을 맡았어요. 리사는 저한테 누나 같은 사람이고, 어맨다는 저한테 엄마 같은 사람이에요[이는 둘의 나이 차이를 전혀 반영하지 않은 말이었다]. 그분들과 저만이 아니라, 세트장에 있는 모든 사람들 사이에는 배려와 사랑과 감정이 가득해요."

윌 스테글은 촬영 내내 의상 팀에서 일했다. 그는 대니얼과 루퍼트의 의상 담당자일 뿐 아니라 세트장에서 대니얼의 가장 친한 친구였다.

"차 타고 집에 가는 날에는 분명 눈물을 흘리게 될 거예요." 스테글은 본 촬영 마지막 날에 용기를 내서 말했다. "저는 2000년 8월부터 여기에 있었어요. 댄이 열한 살이 된 지 얼마 안 됐을 때였을 거예요. 루퍼트는 열한 살인가 열두 살이었고요. 길고도 긴 여정이었고, 제 자식이 생기기 전에 그 아이들을 돌본 건 훌륭한 교훈이 됐어요. 저는 이 영화를 찍기 시작할 때 싱글이었는데, 지금은 결혼해서 아이를 셋이나 두고 있습니다! 우린 정말 멋진 가족이에요. 모두가 계속 그 말을 할걸요." 스테글은 말을 잇는다. "외부 사람들이야 '아, 그만 좀 해!'라고 하겠지만, 그게 사실입니다. 우린 이제 정말로 한 가족이고, 각자의 길을 가야 한다니 슬퍼요. 댄과 저는 다시 함께 일하게 되겠지만요."

루퍼트 그린트에게는 이런 끝이 당황스러웠다. "정말 이상하죠." 그는 고백한다. "어떻게 정말로 끝이 날지 그려지지 않아요. 여기에 매일 오지 않는다니 상상이 안 된다고요. 적응하는 데 시간이 걸릴 거예요. 여길 무척 그리워하게 되겠죠. 두 번째 고향 같은 곳이 됐으니까요. 저는 사실 집보다도 여기서 더 오랜 시간을 보냈어요. 좀 무섭네요."

에마 왓슨도 시리즈의 끝이 보이자 감정이 북받쳤다. 에마는 말한다. "사실 전 외면하고 있어요. 이해가 잘 안 돼요. 누가 '에마, 끝났어. 이게 전부야. 넌 끝이라고. 더는 네가 필요하지 않아'라고 말해주기 전까지는 믿지 못할 것 같아요."

대니얼은 특히 해리가 더즐리 가족과 마지막 작별 인사를 하는 장면을 찍을 때 너무 감정이 동요해서 놀랐다. 대니얼은 회상한다. "그 장면은 이 영화에서 리처드 그리피스, 피오나 쇼, 해리 멜링의 마지막 장면이었어요. 영화 첫 편부터 함께해 온 사람들에게 작별 인사를 해야 하는 것도 그때가 처음이었죠. 그래서 그 장면은 특별한 의미를 띤 장면이 됐어요."

더즐리 가족이 떠난 뒤 영화는 막간의 희극을 보여준다. "기사단이 해리를 구하겠다고 프리빗가의 문을 부수고 들어오죠." 대니얼은 말을 잇는다. "《매그니피센트 7The Magnificent Seven》이랑 비슷해요. 언덕을 넘어서 기사단이 다가오는 것 같죠. 그런 다음 이 기사단은 '일곱 명의 해리 포터'로 바뀌어요. 이 장면에서는 플뢰르, 헤르미온느, 론, 위즐리 쌍둥이, 먼덩거스 플레처가 모두 폴리주스 마법약을 마시고 저로 변신하죠. 그 말은 제가 저를 흉내 내는 이 모든 캐릭터를 흉내 내야 했다는 뜻이에요."

대니얼은 자신을 포함한 각 캐릭터가 나오는 장면을 찍어야 했다. "한 장면을 여러 번 재촬영한 걸로는 제가 신기록을 세웠을 거예요. 그 모든 장면을 한 장면으로 치거든요. 제가 그 캐릭터 중 한 명으로 나오는 장면을 찍은 다음, 카메라는 정확히 같은 장소에 서 있고 제가 다른 캐릭터로 나오는 장면을 찍는 거예요. 마지막으로 그 장면들을 서로 겹치는 거죠. 그 장면에 나오는 사람이 플뢰르든 먼덩거스든 저는 그 모든 장면을 통과했어요. 그 장면만 아마 95번은 찍었을걸요. 기나긴 하루였어요! 저한테 가장 기분 좋았던 일은 플뢰르의 의상을 입었을 때 제 모습이 아주 근사해 보였다는 거예요." 대니얼은 웃는다. "글램록 비슷한 느낌이 나던데요. 적어도 제 머릿속에서는 그랬어요. 세트장에 있던 모두가 제 비위를 맞춰주느라 그렇게 말했고요."

'해리' 일곱 명이 탈출을 위해 기사단의 다른 단원과 짝을 지을 때 진짜 해리는 해그리드와 함께하게 된다. 로비 콜트레인의 말을 빌리면 그 이유는 이러하다. "16년 전 갓난아기인 널 여기 데려왔는데, 이젠 널 데리고 떠나는구나."

해리와 해그리드는 거인 혼혈인 해그리드가 해리를 프리빗가로 데려왔을 때 탔던 것을 개조한 오토바이를 타고 떠난다. 이번에 해리는 사이드카에 탄다. 대니얼은 말한다. "세상에 로비 콜트레인만큼 제가 사이드카에 타고 따라가고 싶은 사람은 아무도 없어요. 우리는 그 오토바이를 타고 3미터도 못 갔지만, 그 3미터는 제가 여태 경험해 본 어느 때보다도 즐거웠어요. 아침에 그렇게 출근하면 좋겠더라고요. 무척 위험하겠지만요. 워너브라더스에서는 어떻게 생각할지 모르겠네요, 보험 면에서."

관객들은 더즐리 가족의 집을 마지막으로 둘러본 뒤 처음으로 헤르미온느의 집을 찾아간다. 이 장면은 영화를 위해 특별히 새롭게 쓰였다.

"스티브 클로브스가 그 장면을 써서 정말 기뻤어요." 에마는 말한다. "저는 그 장면이 헤르미온느와 론이 해리를 위해서, 셋의 우정을 위해서, 해리가 하는 일을 위해서 얼마나 큰 희생을 했는지를 잘 보여준다고 생각해요. 관객들은 이 장면을 통해 헤르미온느와 헤르미온느의 개인적 이야기에 공감할 거예요. 영화의 첫 장면에서부터 그토록 약해져 있는 헤르미온느를 보게 되니까요. 헤르미온느는 몹시 어려운 결정을 해야 해요. 헤르미온느는 해리 편에 서면 주변 사람들을 위험에 빠뜨린다는 걸 알고 있죠. 그 사람들을 지켜야 한다는 것도 알고요. 헤르미온느가 그렇게 할 수 있는 유일한 방법은 그 사람들과 자신의 관계를 끊어버리는 것뿐이에요. 헤르미온느는 부모님이 자신에 대한 모든 기억을 잊게 하는데, 그건 비극이죠. 하지만 헤르미온느는 무척 용감하고 의리가 있어서, 자기가 올바른 일을 해야만 한다는 걸 알고 있어요."

에마 왓슨은 헤르미온느에 대해 잘 알고 있었던 만큼 스테퍼니 맥밀런에게도 헤르미온느의 방 장식에 관해 조언해 줄 수 있었다. "헤르미온느의 방에 들어갔는데 너무 소녀 취향으로 보였던 게 기억나요. 저는 당시에 너무 오랫동안 헤르미온느 역할을 해왔기 때문에, 헤르미온느라면 무엇을 좋아하고 원할지 본능적으로 알 것 같았어요. 헤르미온느는 엄청난 독서가예요. '책을 더 두면 어떨까요?' 하고 물었죠. 사방에 책이 있어야 했어요."

위에서부터 제3조감독 아일린 입(오른쪽)이 프리빗가 야외 세트장에서 스턴트 감독 그레그 파월을 끌어안고 있다./ 해그리드의 오토바이를 타고 있는 로비 콜트레인./ 《해리 포터와 죽음의 성물 1부》는 헤르미온느가 부모님에게 망각 마법을 거는 장면에서 시작됐다./사진(어린 시절의 에마 왓슨과 부모 역의 미첼 페얼리, 이언 켈리를 합성했다)은 헤르미온느의 마법을 극적으로 시각화해 보여준다. 그레인저 가족의 사진이 짧은 시간 화면에 나타날 때마다 사진 속 헤르미온느가 지워진다.

HARRY TIMES SEVEN
장면 너머 : 일곱 명의 해리

〈해리 포터와 죽음의 성물 1부〉에 쓰인 가장 복잡한 효과는, 날아다니는 마법 생명체나 뭔가가 박살 나는 폭발 장면이 아니었다. 그저 해리 포터가 나온 장면이다. 단, 그가 일곱 명 나왔다. 실제 촬영본을 겹치고 컴퓨터 합성 액션을 함께 구성함으로써 이 놀랍고도 재미있는 복제가 가능했다.

영화제작진은 기사단의 여섯 단원이 폴리주스 마법약을 마시고 해리로 변하는 장면을 만들기 위해 모바 컨투어 리얼리티 캡처 시스템Mova Contour Reality Capture system을 사용했다. 먼저 각 배우의 얼굴에 자외선 페인트를 얇게 한 겹 바른다. 육안으로는 보이지 않지만, 모바 카메라는 그 페인트를 인지한 다음 각 배우에게만 독특하게 나타나는 아주 세밀한 얼굴 특징이나 움직임을 포착할 수 있다. 그다음에는 이런 장면들을 결합해 디지털 합성본을 만드는데, 결국 이 합성본은 완성되는 즉시 배우의 머리를 대체하게 된다. "완전히 CG로 만든 클로즈업 캐릭터들이에요. 실제의 연기로 움직이는 캐릭터이긴 하지만요." 시각효과 감독 팀 버크는 설명한다.

하지만 해리가 다른 '해리들'과 교감하지 않았다면 이 장면은 완성되지 않았을 것이다. 이런 희극적인 장면을 만들기 위해 대니얼 래드클리프는 각 캐릭터의 옷을 입고 연기를 따라 했다. "대니얼은 각 배우의 행동을 연구하고 그 행동을 흉내 냈습니다." 팀 버크는 말한다. "대니얼이 얼마나 세밀한 부분까지 따라 했는지 알면 놀라실 거예요. 이건 대니얼이 다른 배우들을 무척 잘 알고 있다는 증거였죠. 한 번 통과하려면 최소 열 번은 같은 장면을 찍어야 했습니다. 결국 각 장면마다 최대 70번까지 찍게 됐어요." 세트장에 특별히 정해둔 구역에서 촬영된 이 조그만 장면들은 컴퓨터를 통해 겹겹이 포개졌다. 그런 다음, 실제 연기한 시간을 기준으로 적절한 CG 진행 속도를 맞췄다. 이로써 마침내 최종 장면이 탄생했다.

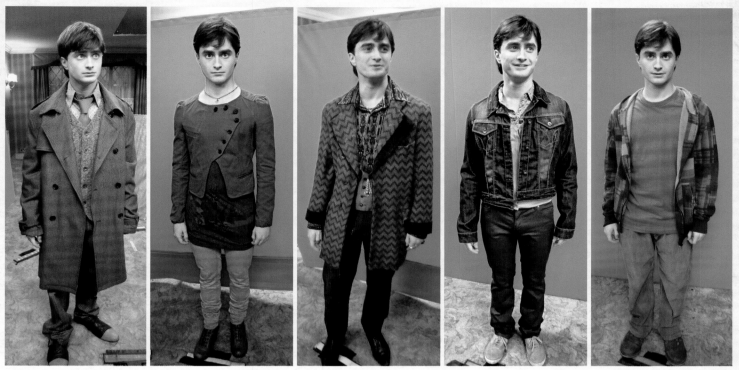

위 대니얼 래드클리프가 폴리주스 마법약을 마신 프레드, 플뢰르, 먼덩거스, 헤르미온느, 론(왼쪽부터)의 포즈를 취하고 있다. 이 장면의 복잡한 연출을 돕고자 바닥 카펫에 색색의 테이프를 붙였다.
아래 일곱 명의 해리 포터가 프리빗가에서 탈출하는 장면을 그린 앤드루 윌리엄슨의 콘셉트 아트.

위 왼쪽 빌과 플뢰르의 결혼식을 위해 만든 천막 촬영 장면.
위 오른쪽 앤드루 윌리엄슨이 그린 콘셉트 아트.
아래 막심 교장과 루비우스 해그리드의 대역인 이언 화이트
(왼쪽)와 마틴 베이필드(오른쪽)가 촬영 도중 가짜 머리를
벗고 이야기를 나누고 있다.

영화는 해리와 친구들이 헤어짐과 상실을 경험하는 데서부터 시작하지만 곧장 방향을 틀어 빌 위즐리와 플뢰르 들라쿠르의 결혼식이라는, 축제 분위기가 물씬 풍기는 장면을 보여준다.

스튜어트 크레이그와 팀원들에게 그 말은 거대한 천막을 디자인해야 한다는 뜻이었다. 아서, 프레드, 론 위즐리가 마법으로 세운 이 천막은 머잖아 죽음을 먹는 자들의 공격으로 부서진다.

크레이그는 설명한다. "우리는 프랑스 분위기를 가미하는 것을 주제와 방향으로 삼아야 한다고 판단했습니다. 플뢰르의 부모님이 결혼식 비용을 댔다고 상상했거든요. 그래서 천막에 매우 프랑스적인 분위기를 곁들였죠. 이 천막은 대단히 장식적이고 우아하며 세련됐습니다. 위즐리 가족 분위기와는 거리가 멀죠."

스테퍼니 맥밀런은 설명한다. "세트를 꾸미기 위해 처음으로 찾아낸 것은 검은색 가짜 대나무 의자였어요. 마법사들에게 어울릴 것 같더라고요." 맥밀런은 춤출 공간을 만들기 위해 원탁을 골랐다. 이 원탁에는 프랑스 스타일 테두리 장식이 달린 비단을 씌웠는데, 이 비단은 휘장에도 쓰였다. "여기에 실크스크린 기법을 사용하면 잉크가 비단을 뚫고 번져요. 그러니까 사실상 양면 효과가 나는 거죠. 그건 밖에서도, 안에서도 촬영할 수 있다는 뜻이고요."

도널 글리슨은 매드아이 무디 역을 맡은 아버지 브렌던 글리슨을 뒤따라 플뢰르 들라쿠르의 신랑 빌 위즐리 역으로 영화에 참여했다.

글리슨은 이전에 〈아즈카반의 죄수〉에서 나이트 버스의 차장 스탠 션파이크를 뽑는 오디션을 봤지만 뽑히지 않았다. 그는 매니저에게 위즐리 가족 중 누구라도 영화에 나오는지 지켜봐 달라고 부탁했다. "빌이든 찰리든, 한번 도전해 볼 가치가 있다고 생각했어요. 저는 펠프스 쌍둥이나 루퍼트와 조금 닮았으니까요. 그 친구들한테는 안된 일이지만." 거의 포기하고 있었는데 빌이 영화 마지막 두 편에 나왔다. "4편이나 5편에는 나오지 않아서 정말 실망했어요. 6권에 빌의 중요한 순간이 나오는데, 영화에는 그 이야기도 안 나오죠. 그때 딱 한 편, 제가 매니저에게 물어보지 않았던 영화에서 제작진이 연락을 줬어요. 오디션을 볼 때까지 2주쯤 불안하게 보냈지만, 들어가서 데이비드 예이츠 감독님을 만났죠. 감독님은 저를 안심시켜 주었고, 저는 배역을 따냈어요."

공교롭게도 빌과 플뢰르 역할을 한 배우들은 세트장에서 약간의 '역할 전도'를 경험했다. "원래 이야기에서는 플뢰르가 새로운 가족에게 합류하는 거예요." 도널 글리슨은 말한다. "하지만 클레망스는 《불의 잔》에 참여해서 이미 모두를 알고 있었어요. 새로운 가족이 되는 건 저였죠. 물론 저야 그 사람들이 누군지 알고 있었어요. 그 사람들이 저를 몰랐던 거죠. 뻔한 말이지만, 그래도 사실이에요. 그 사람들은 전부 가족 같았어요. 그 이상 저를 반갑게 맞아줄 수 없었죠. 그 가족의 일원이 된다는 건 정말 멋진 일이었어요."

마법 정부 총리 루퍼스 스크림저는 위즐리 집안의 결혼식 직전에 알버스 덤블도어가 해리, 헤르미온느, 론에게 남긴 물건들을 가져온다.

사자 같은 인상의 스크림저는 빌 나이가 연기했다. 그는 데이비드 예이츠가 감독한 〈스테이트 오브 플레이〉에서 보여준 연기로 바프타상을 받았다. 빌 나이는 영화계에서도 독특한 성취를 이루었다고 할 수 있는데, 세 가지 중요한 영화 시리즈에서 언데드 생명체를 연기했기 때문이다. 그는 〈새벽의 황당한 저주Shaun Of The Dead〉에서 좀비를, 〈언더 월드Underworld〉와 〈언더월드 2: 에볼루션 Underworld: Evolution〉에서 뱀파이어를, 〈캐리비안의 해적Pirates of the Caribbean〉 두 편에서는 영원히 세상을 떠도는 자 데비 존스를 연기했다. 〈러브 액츄얼리〉로 두 번째 바프타상을 받기도 했다. 이처럼 찬란한 족적을 남겼는데도 〈해리 포터〉 시리즈는 빌 나이에게 '놓쳐버린 영화'가 되어가고 있었다.

"친구들은 오랫동안 '왜 넌 〈해리 포터〉에 나오지 않는 거야?'라고 물었습니다." 빌 나이는 말한다. "그 질문에 적절히 대답할 말이 없었어요. 우연히도 저는 데이비드 예이츠가 〈해리 포터〉를 맡게 됐을 때 함께 일하고 있었습니다. 그때 저는 더 이상은 특정한 나이의 영국 배우 중에서 〈해리 포터〉에 나오지 않는 유일한 배우가 되고 싶지 않다고 농담했죠."

하지만 빌 나이는 신임 마법 정부 총리로 선택되기까지 5년을 더 기다려야 했다. 스크림저는 가장 위험한 시대에 마법사 세계를 이끈다. 빌 나이는 말한다. "루퍼스 스크림저는 이제야 정치인의 꼴을 갖추게 된 행동파입니다. 저는 스크림저를 새로운 역할을 맡게 된 군인으로 봅니다. 하지만 새로운 역할에 딱 맞는 사람은 아닐 수 있죠." 예이츠도 빌 나이의 해석에 동의했다. 배우는 이런 해석이 "완고하고 권위적이긴 하지만 마음속 어딘가에 선한 의도를 가지고 있는 사람의 미묘한 균형을 표현하는 것"이었다고 말을 잇는다. "스크림저는 세상을 안전하게 만들 방법을 찾으려고 했습니다."

스크림저는 영화 첫 장면에서 연설을 한다. "모두에게 국가가 그들을 지켜줄 만큼 강하다고 안심시켜 주려는 거죠." 빌 나이는 설명한다. "데이비드와 저 둘 다 이 연설에서 처칠의 연설과 비슷한 맛이 나야 한다는 걸 알고 있었어요. 2차 세계대전 중 영국 총리였던 윈스턴 처칠이 영국인들을 안심시키기 위해 했을 법한 연설이어야 했죠."

나이는 자신의 캐릭터에 큰 존경심을 품고 있다. 그는 이렇게 설명한다. "스크림저에 대해서 놀라운 사실을 한 가지 꼽자면, 그가 고문을 받으면서도 정보를 누설하지 않다가 죽는다는 점입니다. 무척 드물고, 엄청난 용기가 필요한 행동이죠."

새로 합류한 또 다른 배우는 루나의 아버지 제노필리우스 역할을 맡은 웨일스 배우 리스 이반스였다. 〈노팅힐Notting Hill〉에서 휴 그랜트의 굉장히 웨일스스러운 룸메이트를 연기했던 그 배우다. 그는 이 역으로 바프타상 후보에 올랐다. 이후 이반스는 TV 드라마 〈낫 온리 벗 올웨이즈〉에서 코미디의 상징과도 같은 인물 피터 쿡을 연기해 에미상 후보에 오르고 바프타상을 받았다.

예이츠는 열변을 토한다. "그야말로 대단한 사람이에요. 리스와 이반나가 말하는 방식에는 어떤 멜로디 비슷한 박자가 있어요. 리스는 그야말로 특별하고, 무척 따뜻하고, 굉장히 웃긴 사람이에요. 상당한 괴짜이기도 하죠. 그 모든 것이 합쳐져서 리스를 제노필리우스 역할에 정말로 잘 어울리게 만듭니다. 신체적으로도 리스는 그 두드러지는, 길게 늘어난 것 같은 모습을 가지고 있죠."

데이비드 헤이먼도 덧붙인다. "리스 이반스는 제노필리우스 역할에 굉장히 잘 어울리는 배우입니다. 이반나는 자신의 캐릭터에 무척 색다르고 독특하게 접근했습니다. 그래서 우리에게는 이반나의 별난 모습을 그대로 비춰줄 만한 사람이 필요했어요. 리스의 이름이 나왔을 때는 바로 그가 이 역할을 맡아야 한다는 점이 분명했습니다. 리스를 보고 난 다음에는 다른 사람이 그 역할을 맡는 건 상상도 할 수 없었어요."

이반나 린치도 영화 속 아버지의 캐스팅에 똑같이 기뻐했다. 그녀는 말한다. "끝내주는 분이에요. 제작진에서 사람을 찾느라 애를 먹는다는 얘기를 들었어요. 그 사람들이 리스를 찾아냈을 때 제가 처음으로 보인 반응은 '그분 좀 젊지 않아요?'였어요. 하지만 지금은 완벽하다고 생각해요. 리스는 무척 느긋하고 태평한 분이에요. 약간 터무니없기도 하죠. 사람들이 뭐라고 생각하든 별로 신경 쓰지 않아요. 저는 세트장에 들어갈 때면 의상과 헤어스타일 때문에 약간 아웃사이더가 된 것 같은 기분이 들어요. 다른 애들은 모두 교복을 입고 있으니까요. 하지만 리스가 오니까, 리스가 노란 로브를 걸치고 있으니까, 우리 외톨이들은 함께가 됐죠. 우리는 가족이었어요."

리스와 몇 장면을 함께 찍은 에마 왓슨은 말한다. "전 리스가 참 좋았어요. 리스 때문에 웃음을 참을 수가 없었죠. 사실 저는 촬영하다가 웃는 일이 별로 없었는데, 리스와 함께 촬영한 이틀인가 사흘은 정말 힘들었어요. 그냥 정신을 못 차리겠더라고요. 다행히, 리스는 정말 친절한 사람인 데다 인내심도 많아요. 그 모든 일을 꽤 재미있다고 생각하더군요. 사실 리스는 저한테 '키득'이라는

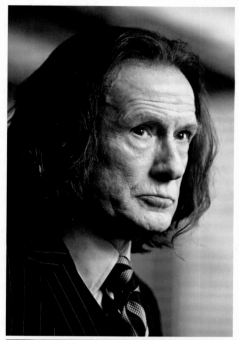

맨 위 루퍼스 스크림저 마법 정부 총리 역의 빌 나이.
중간 데이비드 예이츠(오른쪽)가 영화에서 딸과 아버지로 나오는 이반나 린치(왼쪽)와 리스 이반스(가운데)에게 연기 지도를 하고 있다.
아래 정교한 결혼식 케이크 설계도로 에마 베인이 그렸다.

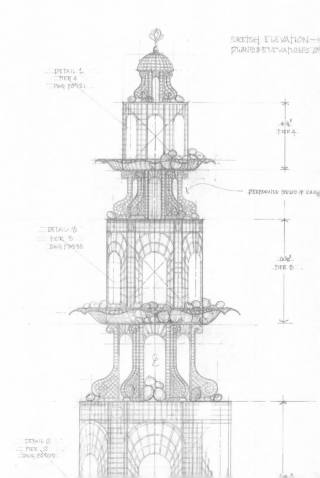

위 대니얼 래드클리프(왼쪽), 에마 왓슨(가운데), 루퍼트 그린트가 런던 피카딜리 서커스에서 현지 촬영 중이다. 스테디캠 카메라맨 앨프 트러모틴이 앞에 있고 그의 뒤에서 촬영 팀원 로버트 디블이 초점을 맞추고 있다. **아래** 해리(대니얼 래드클리프, 앞)가 (소피 톰슨이 연기한 마팔다 홉커크로 변장한) 헤르미온느(왼쪽), (스테판 로드리가 연기한 레지 캐터몰로 변장한) 론(오른쪽), 레지의 부인 메리(케이프 플리트우드, 가운데)와 함께 디멘터를 피해 엘리베이터를 타고 마법 정부를 탈출하고 있다.

별명을 붙여줬어요. 제가 도저히 웃음을 참지 못해서요." 에마는 리스와 함께 찍은 장면 때문에 처음으로 '레드카드'를 받았다(축구에서 레드카드를 받는 건 사실상 퇴장을 의미한다).

"너무 짜증 났어요." 에마는 말한다. "저는 레드카드를 받은 적이 한 번도 없었단 말이에요. 저는, 뭐랄까, 선생님의 애완동물 같은 거였다고요. 예의 바르고 얌전했어요." 하지만 에마는 레드카드를 우아하게 받아들였다. "레드카드가 아예 없으면 좀 소름 끼치니까, 뭐 됐어요."

🏇🏇🏇

죽음을 먹는 자들이 버로를 공격하면서 결혼식의 기쁨은 짧게 끝나버린다. 해리, 헤르미온느, 론은 순간이동을 해서 피커딜리 서커스 거리 한복판에 들어서게 된다. 대니얼 래드클리프는 이 장면을 촬영한 것이 "멋지고도" "기괴한" 경험이었다고 말한다.

"제 생각에는 우리 영화가 〈런던의 늑대인간〉 이후로는 처음으로 피커딜리 서커스를 폐쇄하고 촬영한 영화였을 거예요. 〈런던의 늑대인간〉은 30년 전 영화고요." 대니얼은 말한다. "우리는 섀프츠베리 거리에 300명과 함께 서 있었어요. 그 사람들은 꿈쩍도 하지 않고 서 있다가 감독님이 '액션'이라고 외치자 모두 움직이기 시작했죠. 그런 상황에 참여하게 된 건 큰 특권이었어요. 루퍼트랑 에마랑 저는 그 장면을 준비한 엄청난 수의 사람들에게 사인을 해줬어요. 경찰관들을 포함해서 아주 많은 사람들이 있었죠. 정말 고마웠어요."

이 장면은 무척 추운 밤에 촬영되었는데, 다행히 대니얼과 루퍼트는 의상 안에 보온성 있는 옷을 받쳐 입을 수 있었다. 하지만 숨이 멎을 듯 아름다운 빨간색 드레스를 입었던 에마는 그럴 수 없었다. "루퍼트와 저는 몸을 제대로 따뜻하게 감싸고 있었는데, 에마는 무슨 빨갛고 조그만 옷을 입고 있었어요." 대니얼은 말을 잇는다. "저야 여자가 아니니까 그게 어떤 느낌인지 모르지만, 새벽 3시에 추워서 덜덜 떠는 게 엄청나게 유쾌할 것 같지는 않네요. 저는 에마가 좀 불쌍했어요. 하지만 이 영화에서 얼어 죽을 것처럼 춥게 보낸 시간은 셋이 얼추 균형이 맞아요. 우리 셋이 대략 비슷한 시간을 보냈을 거예요. 루퍼트는 아닐지도 모르겠네요. 걘 좀 예민하게 굴 수도 있어요. 2편 거의 대부분을 물에 흠뻑 젖어서 촬영했으니까요."

런던에 있는 동안 삼총사는 그리몰드가 12번지에 숨어 지내며 집요정 도비와 크리처를 만난다. 두 집요정은 각각 토비 존스와 사이먼 맥버니가 목소리 연기를 맡았다. "토니와 사이먼은 훌륭한 작업을 해냈습니다." 데이비드 헤이먼은 회상한다. 영화에 모습이 등장하지는 않지만, 둘은 정교한 모션캡처 기술을 활용해 "세트장에서 그 장면 전체를 연기했"다. 그다음에는 애니메이터와 배우들의 눈높이를 적절히 맞추기 위해 작은 사람들이 역할을 맡아서 장면을 다시 촬영했다. 이후 시각효과 감독 크리스천 맨즈와 프레임스토어사의 애니메이터들이 이들의 연기를 참조하고 키프레임 애니메이션을 활용해 집요정들을 만들어 냈다.

감독과 시각효과 팀은 관객들이 도비와도, 심지어 크리처와도 더 깊은 감정적 연결을 경험해야 한다고 느꼈으므로 집요정들의 모습을 캐릭터와 더 깊은 친밀함을 담을 수 있도록 수정했다. 이들은 몇 년이 지난 만큼 집요정들의 이목구비를 좀 더 부드럽게 만들고 나이 들게 함으로써 '인간화'했다. 크리처는 코의 크기를 줄이고 귀털을 다듬는 분장을 했고, 도비는 팔이 짧아지고 목의 주름이 펴졌다. 눈도 덜 접시처럼 보이도록 모양을 바꿨다.

도비가 죽는 장면에서는 도비의 모습에 특별히 신경을 썼다. 이 핵심적인 순간에 도비의 피부는 천천히 창백해지면서 잿빛으로 변한다. 도비의 눈은 촉촉해 보인다. "너무도 중요한 장면이라서 아주 작은 세부사항 하나하나까지 완벽해야 했습니다." 크리스천 맨즈는 말한다.

👥 🏛 👥 👥 🎋

〈죽음의 성물〉에는 폴리주스 마법약이 이전 영화들을 모두 합친 것보다 많이 나온다. 이 마법약이 처음 등장하는 가장 극적인 장면은 진짜 해리를 런던에서 데려가기 위해 여섯 명의 '해리들'이 나타나는 장면이다. 나중에 해리, 론, 헤르미온느는 나머지 호크룩스 중 첫 번째가 마법 정부에 있다는 것을 알고 폴리주스 마법약을 다시 사용한다.

"마법 정부에서 찍은 폴리주스 마법약 장면은 흥미로웠어요." 루퍼트 그린트는 말한다. "먼저 우리는 각 장면에 나오는 캐릭터를 연기했어요. 우리 역할을 연기할 배우들이 우리가 움직이는 모

위 버로 장면을 촬영하는 동안 루퍼트 그린트가 사진을 찍기 위해 포즈를 취하고 있다.
아래 루퍼트가 론이 '분할된' 모습을 분장하고 있다.

습이나 우리가 말하는 방식을 지켜보고 있었죠. 그런 다음, 그분들이 다음 장면에서 우리를 흉내 냈어요. 누가 나인 척하는 걸 보니 정말 이상했다니까요!" 루퍼트는 레지 캐터몰로 위장한 론 위즐리 역을 맡은 스테판 로드리가 그 일을 훌륭하게 해냈다고 말한다.

"우리 모두가 참여해서 사실상 그분들을 감독하는 건 정말 재미있는 일이었어요. 우리는 캐릭터들을 잘 알고 있었으니까요." 에마는 회상한다. 에마는 헤르미온느의 다른 모습인 마팔다 홉커크 역할을 맡은 소피 톰슨과 호흡을 맞췄다. "데이비드 예이츠 감독님은 배우란 모두 성공하지 못한 감독이라고 말해요. 댄한테서는 진짜 그런 면이 보이더라고요. 자기 역할을 맡은 배우한테 정말로 지시를 잘하던걸요"(그 배우는 앨버트 런콘 역할을 맡은 데이비드 오하라였다).

소피 톰슨은 마팔다 홉커크라는 역할로 언니 에마 톰슨을 따라 〈해리 포터〉 영화의 세계에 들어왔지만, 둘이 같이 찍은 장면은 하나도 없었다. 소피 톰슨은 스티븐 손드하임의 뮤지컬 〈숲속으로〉를 통해 로렌스 올리비에 여우주연상을 받았다. TV 시리즈인 〈이스트엔더스〉는 물론 〈네 번의 결혼식과 한 번의 장례식〉, 〈고스포드 파크〉, 〈먹고 기도하고 사랑하라Eat Pray Love〉에도 출연했다.

소피 톰슨은 말한다. "신체 스캐닝을 하는 무슨 흔들거리는 걸 했어요. 〈치티치티 뱅뱅〉에 나오는 트룰리 스크럼셔스가 태엽 인형 역할을 했을 때처럼요. 나무 바퀴 위에 사람을 세워놓고 몸을 구석구석 촬영하는 거죠. 얼굴은 어떤 상자 안에 들어 있어요. 꼭 치과에 온 것 같더라고요."

캐릭터 연기 중 가장 흥미로웠던 사례 하나는 헤르미온느가 그린고츠에 있는 레스트레인지의 지하 금고로 들어가려고 폴리주스 마법약을 사용해서 벨라트릭스로 변신할 때였다. 데이비드 예이츠는 말한다. "1부 말미에 벨라트릭스가 말포이 저택에서 헤르미온느를 고문하는 장면에서 벨라트릭스의 머리카락이 한 가닥 떨어집니다. 머리카락은 아주 부드럽게 떨어지고, 카메라는 그것을 좇아 헤르미온느에게까지 미끄러져 내려옵니다. 헤르미온느는 바닥에 누워서 그 머리카락을 보죠. 그게 전부입니다. 2부가 시작할 때는 헤르미온느가 아직 그 머리카락을 갖고 있고, 그걸 사용해서 폴리주스 마법약을 만들 수 있다는 걸 알게 됩니다. 그렇게 헤르미온느는 벨라트릭스가 되죠."

에마 왓슨이 은행 장면에서 연기를 펼치는 동안 헬레나 보넘 카터는 그녀의 움직임을 관찰하고 그녀의 연기를 따라 하기 위해 메모를 했다. 데이비드 헤이먼은 말한다. "훌륭한 건, 헬레나가 에마의 연기를 재현했을 뿐만 아니라 벨라트릭스의 몸을 갖게 된 헤르미온느가 얼마나 불편했을지까지 표현했다는 겁니다. 난생처음으로 5인치짜리 하이힐을 신었기 때문만이 아니라, 신체적으로나 심리적으로나 둘이 전혀 다른 사람이기 때문이죠. 헬레나의 걸음걸이에서 어색함이 보입니다. 자신의 사이즈에 맞지 않는 무언가에 몸을 끼워 맞추려는 동작이죠. 덕분에 묘한 긴장감과 약간의 유머 감각이 더해집니다."

맨 위 데이비드 예이츠(왼쪽)가 프로덕션 디자이너 스튜어트 크레이그와 의논하고 있다.
중간과 아래 〈해리 포터와 죽음의 성물 2부〉에서 헤르미온느는 (폴리주스 마법약을 마시고) 벨라트릭스 레스트레인지로 변신한다. 이를 위해 헬레나 보넘 카터(중간, 오른쪽)는 최대한 에마 왓슨을 모방해야 했다. 헤르미온느가 자기 모습으로 되돌아온 장면에서 에마가 헬레나 보넘 카터의 의상을 입고 있다(아래). 이때 흠뻑 젖은 모습을 찍기 위해 에마에게 스프레이를 뿌리려 했다.
위 오른쪽 펨브룩셔 프레시워터 웨스트 비치에서 현지 촬영 중인 제작진.

해리와 친구들은 길을 나서면서 그들을 품어주는 학교와 그들을 지켜주는 동지들의 집을 떠나게 된다. 이는 스튜어트 크레이그와 그의 팀원들에게 전에는 보이지 않았던 마법사 세계의 여러 부분을 보여줄 새로운 기회를 만들어 주었고, 배우들에게는 캐릭터의 숨겨진 측면을 탐구할 기회가 되었다.

"제 역할은 엄청나게 변했습니다." 스튜어트 크레이그는 회상한다. "앞선 모든 영화에서는 더즐리 가족의 집을 제외하면 대체로 호그와트나 마법 세계에 머물렀지요. 〈죽음의 성물 1부〉에서는 완전히 호그와트를 벗어나 현실 세계에 들어섭니다."

하지만 해리, 헤르미온느, 론이 도망치는 동안 야영을 하는 현실 세계는 크레이그와 그의 동료 세트 장식가인 스테퍼니 맥밀런에게 마법적인 아이디어를 다시 떠올리게 해주었다. 그것은 바로 놀라울 정도로 넉넉한 텐트의 내부였다.

스테퍼니 맥밀런의 설명대로, 〈불의 잔〉 퀴디치 월드컵에서 보았듯 "작은 텐트에 들어가면 훨씬 더 큰 텐트가 나"온다. "[〈죽음의 성물〉에서] 우리는 같은 아이디어를 또 사용했어요. 스코틀랜드 등지에서 현지 촬영한 작은 텐트에 들어가면, 몇 채의 서로 다른 텐트를 합쳐놓은 훨씬 큰 공간이 나오는 거죠. 천장 높이가 5미터나 되고, 이층침대에, 다른 물건들도 여기저기 놓여 있는 텐트 말이에요."

텐트는 안에서 지내는 사람들이 그들을 찾아 나선 죽음을 먹는 자들에게 들키지 않도록 주문과 마법으로 그들을 보호한다. 하지만 볼드모트 경의 호크룩스로부터는 보호해 줄 수 없다. 이 호크룩스는 해리 일행이 되찾은 슬리데린의 로켓으로, 때때로 그 로켓을 목에 걸고 있는 사람에게 해로운 영향을 끼치며 론이 가장 친한 친구들과 싸우고 그들을 버리는 중요한 순간까지 만들어 낸다.

"제 생각에 론이 느낀 좌절감은 진짜예요." 루퍼트 그린트는 말한다. "하지만 호크룩스가 미친 영향 때문에 더 심해지긴 했겠죠. 우린 사실 우리가 뭘 하러 다니는 건지 몰라요. 해리만 믿고 있을 뿐이죠. 그런데 해리는 우리한테 어떤 답도 들려줄 수 없어요. 론은 해리가 정말로 그렇게 대단한지 확신하지 못하게 돼요."

에마도 자기 입장의 이야기를 전한다. "1부에서 론은 일을 망쳐요." 그녀는 웃는다. "이번에도 질투심을 느껴서 헤르미온느를 저버리고, 헤르미온느가 해리와 사랑에 빠졌다고 생각하죠. 정말 말도 안 되는 소리예요."

"헤르미온느는 비위 맞추기가 아주 까다로워요." 루퍼트도 같은 생각이다. "워낙 잘났으니까요. 헤르미온느는 늘 준비되어 있고, 늘 정돈되어 있죠. 매우 영리해요. 보통 몇 발짝 앞서고 있고, 가엾은 론은 헤르미온느를 따라잡을 수가 없어요. 헤르미온느는 말다툼이 일어날 때 론의 편을 충분히 들어주지 않아요. 전 론이 해리한테 정말로 화가 난 건 아니라고 생각해요. 그냥 압박감 때문이죠. 가족이 위험에 처해 있고, 호크룩스가 어디에 있는지, 어떻게 그걸 파괴해야 하는지 모르니까요. 제 생각에 론은 목에 걸고 다니던 사악한 로켓의 영향을 받는 동시에 그냥 길을

위 왼쪽 론이 친구들을 두고 떠나자 해리(대니얼 래드클리프)가 헤르미온느(에마 왓슨)와 춤을 추며 위로해 주고 있다.
위 오른쪽 버킹엄셔 버넘 비치에서의 현지 촬영 중 에마 왓슨과 데이비드 예이츠(오른쪽).
아래 론이 호크룩스 로켓 때문에 해리와 헤르미온느가 키스하는 환상을 보고 나서 극도의 불안감에 맞서 싸우는 장면을 그린 스티븐 포리스트스미스의 스토리보드.

대니얼 래드클리프(왼쪽)가 파인우드 스튜디오에 만든 얼어붙은 호수 세트에서 해리가 얼음 아래 그리핀도르의 검을 발견하고 꺼내려는 장면을 촬영하고 있다. 이 호수 세트는 딘 숲을 재현한 것이다.

잃는 것 같아요."

론이 떠난 동안 해리와 헤르미온느는 계속 도망치고, 보호 마법을 건 텐트에서 지내며, 잠깐이지만 주변의 광기와 멀어져 평온한 시간을 보낸다. 이 짧은 순간에 딱 한 번 그들은 평범한 청소년이 된다. 더는 어깨에 세계의 짐을 짊어지지 않고 그냥 춤을 춘다. 감독과 배우들은 모두 이 장면을 조화롭게 보여주기 위해 무진 애를 썼다.

"모든 감정적 긴장, 두 청소년 사이의 모든 성적 긴장이 나타나야 했어요." 데이비드 예이츠 감독은 말한다. "가끔 중요한 건 말로 표현되는 것이 아니라 표현되지 않는 것이에요. 그게 정말로 강한 거죠."

에마 왓슨이 말을 잇는다. "감독님이 음악을 골랐어요. 닉 케이브의 그 노래는 왠지 귀에 맴돌아서, 저로서는 감독님이 무엇을 전달하려고 하는지 이해하기가 쉬웠어요. 딱 보면 헤르미온느와 해리의 우정이 이해되는 게 참 좋아요. 참으로 많은 음모가 있고 너무도 많은 일이 벌어지고 있어서 이런 상황은 정말 드물어요. 그 장면을 연기할 때는 특별한 느낌이 들었어요. 헤르미온느는 이야기 내내 힘이 되어주는 사람이었어요. 세 사람을 단합시켰죠. 그래서 론이 떠나자 그야말로 무너져 내려요. 엄청난 충격을 받죠. 이런 일이 벌어진 데는 해리의 잘못도 어느 정도 있기 때문에 약간 긴장감이 돌아요. 그래서 해리는 무척 다정하게도 헤르미온느를 달래 춤을 추면서 기운을 북돋워 주려 해요."

에마는 대니얼과 이 장면을 찍는 것이 쉬웠다고 인정한다. 〈비밀의 방〉 마지막 장면에서 그를 마지못해 끌어안았던 시절보다는 둘이 서로를 훨씬 편안하게 느끼게 되었기 때문이다. 에마는 말한다. "우리는 그냥 빈둥거리고, 헤르미온느와 해리가 어색한 만큼 어색하게 굴면서 즐겼어요. 우정에는 언제나 이 단계를 한 발 더 발전시킬 수 있을지 궁금해지는 단계가 있죠. 해리와 헤르미온느는 호그와트 1학년 때부터 친구로 지냈으니, 론이 사라진 지금은 무언가 일어날지도 모른다는 생각도 들 법해요. 그런 상황에서 멀어지는 건 헤르미온느예요. 헤르미온느는 자기가 론을 좋아한다는 걸 알고 있고, 자신의 마음에 충실하게 행동하는 법을 아주 잘 알고 있거든요. 음악이 멈추자마자 마법은 깨지고, 둘은 다시 외딴곳에 돌아와 있어요. 정말이지 멋진 탈출의 기회이자 무척 사랑스러운 순간이죠."

하지만 이 순간은 세 주인공이 견뎌야 할 진정한 압박감과 다가오는 공포의 예감에서 잠시 벗어난 것에 불과하다. 론은 당연히 돌아와서, 가장 친한 친구이자 이제야 자기가 사랑하는 줄 알게 된 어린 여자 친구의 곁을 지킨다.

하지만 해리를 구하고 그리핀도르의 검이라고 생각되는 것을 발견했어도 론은 쉽게 마음을 놓

지 못한다. "당연히 헤르미온느는 저한테 심하게 화가 났어요." 루퍼트는 말을 잇는다. "하지만 론은 다른 사람이 됐다고요. 헤르미온느가 자기한테 얼마나 중요한 사람인지, 자기가 실은 헤르미온느를 얼마나 신경 쓰는지 알게 됐어요."

🌲🌲🌲🌲🌲🌲🌲🌲🌲🌲🌲🌲🌲🌲🌲

론과 헤르미온느는 마침내 〈죽음의 성물 2부〉에서 서로에게 마음을 연다. 이때 삼총사는 다시 헤어지지만, 이번에는 의도적이었다. 해리가 나머지 호크룩스를 찾아다니는 동안 론과 헤르미온느는 호크룩스를 파괴할 바실리스크의 송곳니를 구하러 비밀의 방으로 향한다. 이때 그들의 관계는 새로운 차원으로 발전한다. "밖에서는 전투가 한창입니다." 데이비드 헤이먼은 설명한다. "하지만 임무에 성공한 다음, 론과 헤르미온느가 단둘이 있는 순간이 옵니다. 둘은 서로를 끌어안습니다. 처음으로 키스하죠. 우리는 그동안 내내 둘이 함께하기를 간절히 바랐는데, 이제야 그 바람이 이루어지는 겁니다."

에마 왓슨과 루퍼트 그린트는 어렸을 때부터 서로를 알고 지냈기에, 현실에서 둘의 관계는 오누이와 비슷했다. 루퍼트는 말한다. "생각만 해도 끔찍했어요. 둘 중 누구도 그 순간을 기대하지 않았어요. 서로를 너무 오래 알고 지냈으니까요. 그냥 뭔가가 잘못된 느낌이었어요."

에마도 그와 같은 생각이다. "루퍼트랑 저는 그 장면에 진심이 담기지 않을까 봐 긴장했어요. 둘 다 그 장면을 후딱 끝내버리고 싶은 마음뿐이었거든요. 하지만 그 장면은 10년 동안 쌓인 긴장감과 호르몬과 '케미' 등 모든 것을 한순간에 쏟아넣은 장면이었어요. 훌륭하게 해내야 했어요."

〈죽음의 성물 1부〉가 절정으로 치달아 갈 때 해리, 론, 헤르미온느는 인간 사냥꾼들에게 발각되고 탈출하기 위해 발버둥친다. 이 장면을 촬영하는 동안 세 배우는 그 어느 때보다도 달리기와 뜀박질을 많이 했다. 서로 진지하게 경쟁하기도 했다.

"솔직히 전 운동을 별로 안 해요." 루퍼트 그린트는 말한다. "건강하지 않았다고는 할 수 없지만, 우리는 매일, 하루 종일, 한 달 내내 뛰어다녔어요. 속도도 정말 빨랐죠. 통나무도 뛰어넘고 울퉁불퉁한 땅을 가로질렀어요." 루퍼트는 어느 순간 "카메라를 오토바이에 설치하고 우리를 따라왔다"고 덧붙인다. "확실히 더 무섭더라고요."

에마가 말을 잇는다. "우린 사실상 하루 종일 뛰어다녔어요. 저는 기진맥진했죠. 그때 근육이 꽤 단련됐을걸요."

맨 위 데이비드 예이츠(왼쪽), 에마 왓슨(가운데), 루퍼트 그린트(오른쪽)가 모두가 기대하던 론과 헤르미온느 키스 장면을 돌려보고 있다. 제1조감독 제이미 크리스토퍼가 에마 오른쪽 뒤에 서 있다. 에마와 예이츠 사이 뒤쪽에 서 있는 사람은 루퍼트의 대역 앤서니 나이트다.
중간 비밀의 방에서 서로를 껴안고 있는 헤르미온느와 론.
아래 대니얼 래드클리프가 인간 사냥꾼들에게서 벗어나기 위해 도망치는 장면을 연습 중이다.

위 그립훅 역의 워릭 데이비스와 데이비드 예이츠 감독이 레스트레인지의 금고 안에 서 있다.
아래 그린고츠 은행 세트장에 있는 거대한 샹들리에 중 하나. 샹들리에 하나에 25,000개의 크리스털이 달려 있다.

대니얼은 기억한다. "언젠가는 제가 통나무를 뛰어넘어야 했어요. 원래 저는 그 나무로 달려가서 한 발로 나무에 뛰어오른 다음 뛰어내렸죠. 하지만 한 번은 촬영 중에 약간 건방진 마음이 드는 거예요. '그냥 뛰어넘어 보지 뭐'라고 생각했어요. 당연한 얘기지만, 통나무를 뛰어넘으면서 너무 속도를 높이는 바람에 착지하자마자 굴렀어요. 그래도 간신히 일어나 계속 달렸죠. 무척 기분이 좋았어요. 스턴트 연기를 몇 년 동안 했잖아요. 그런 본능이 몸에 밴 거죠."

스턴트 감독 그레그 파월은 인간 사냥꾼 연기를 하는 스턴트맨들에게 어느 순간 속도를 늦추라고 말했다. 표적을 따라잡을까 봐 걱정했던 것이다. 하지만 알고 보니 대니얼과 루퍼트, 에마가 너무 빨라서, 오히려 스턴트맨들의 속도를 높여야 했다. 대니얼의 말은 다르다. "그레그가 그런 말을 하다니 과찬인데요. 스턴트 팀원들은 아무 때나 편안하게 우리를 추월할 수 있다고요."

대니얼과 에마가 누가 더 빠른지 말다툼을 했을 때, 에마는 "데이비드 예이츠 감독님이 우리를 떼어놓아야만 했어요"라고 기억한다. "감독님은 말했죠. '이 장면은 너희 둘 중 누가 더 빨리 달릴 수 있는지를 가리려는 게 아니라 영화에 집어넣으려고 찍는 거라는 것만 알아줬으면 한다'고 말했어요. 우리는 고개를 푹 숙이고 서로 떨어졌죠. 너무 창피하더라고요. 하지만 저는 남자애들과 정말 치열하게 붙었어요. 정말로요."

데이비드 헤이먼은 말한다. "에마는 운동에 재능이 있습니다. 댄과 루퍼트도 재능을 타고나긴 했죠. 하지만 다음번 액션 히어로로는 자기가 될 거라고 상상하는 사람은 에마가 아닐까 싶어요."

가장 빠른 사람이 누구였느냐는 질문을 받자 모든 배우가 돌아가면서 (겸손 따위는 집어치우고) 자기가 가장 빨랐다고 주장했다.

"전 제가 그렇게 빨리 뛰는지도 몰랐어요." 루퍼트는 말한다. "전 그냥 댄이랑 에마를 따라잡으려고 했을 뿐이에요. 하지만 사람들이 저한테 조금만 속도를 늦추라고 하더라니까요. 제가 에마를 이기고 있었거든요."

대니얼은 말한다. "루퍼트를 바보 취급 하려는 건 아니에요. 애가 동작이 빠르니까. 하지만 에마랑 저는 둘 다 아주 빠르게 달릴 수 있어요."

누가 가장 빠른지 결판을 내줄 사람은 아마 그레그 파월일 것이다. 승자는? "에마요."

"그레그가 그랬다고요?" 대니얼이 묻는다. "'에마를 이길 수 있을까?'라는 질문은 떠올린 적도 없는데요. 다음번 초연회 때 레드카펫에서 한번 겨뤄보죠."

해리의 마지막 모험을 위해 스튜어트 크레이그와 그의 팀원들은 이전 영화 때 지었거나 지정해 둔 세트장 및 촬영지를 다시 방문했다. 그중에는 그린고츠도 있었다. 마지막 영화에서 해리와 론, 그리고 벨라트릭스로 위장한 헤르미온느는 고블린 그립훅을 따라 호크룩스일지도 모르는 물건을 찾아서 레스트레인지의 지하 금고에 간다. 크레이그는 말한다. "이들은 특별한 수레를 탑니다. 우리가 이 영화 시리즈 내내 정립해 왔던 대로라면, 마법 세계에 기술은 사실상 존재하지 않습니다. 이 세계에서 가장 최신 기술은 호그와트 급행열차예요. 1930년대 기차로 추정됩니다. 이 수레는 19세기 기술의 하나고요. 일행은 동굴을 지나서 화강암을, 그다음에는 석회석을 그다음에는 종유석 구조물들을 지납니다." 폭포를 지난 뒤, 금고로 가는 이들의 여정은 금고를 지키는 20미터짜리 용에게 가로막힌다. 용은 둥글게 늘어서 있는 기둥들 사이에 갇혀 있다. 크레이그는 말한다. "용의 우리는 사실상 금고로 이어지는 복도를 지키고 있습니다. 용 우리는 복도 및 보물이 들어 있는 금고로 이어지는 마법의 문으로 구성되어 있고, 금고는 별도의 세트장에 만들어져 있습니다. 일행은 금고 안에 들어가자마자 보물에 마법이 걸려 있다는 걸 알게 됩니다. 보물은 만질 때마다 극도로 뜨거워져서 화상을 입힐 뿐 아니라 복제되죠. 증식합니다. 일행은 사실상 그 보물들 안에 빠져 죽는 것이나 마찬가지입니다. 용이 우리의 세 영웅을 등에 태우고 탈출합니다. 우리를 부수고 나와서 수백 미터 위의 천장을 뚫고 은행 로비를 박살 내고 나가죠. 샹들리에, 책상, 기둥 들이 넘어집니다. 용은 돔으로 된 유리 천장을 부수고 나가서 다이애건 앨리의 건물들 위를 날아, 결국은 런던의 건물들 위까지 오게 됩니다."

이 장면이 펼쳐지는 동안 근사한 은행은 상당한 손상을 입었다. 크레이그는 설명한다. "모든 걸 박살 내고 파괴했기 때문에 우리에게는 원래의 촬영지인 오스트레일리아 하우스로 돌아가는 대신 세트장을 짓는 것이 무척 합리적인 일이었습니다."

스튜어트 크레이그는 세트장 설계가 경이롭고 정교해야 할 뿐 아니라 배우들의 이동에도 도움을 주어야 한다는 사실을 늘 염두에 둔다. "제 인생의 지난 10년을 돌아보면, 만족감을 느꼈던 순간들을 자연스럽게 골라내게 됩니다. 특히 스네이프가 죽는 장면을 연기한 뒤에 앨런 릭먼이 저에게 뭔가 말을 건넨 순간이 있어요. 저는 주변의 물을 의식할 수 있도록 보트 창고를 유리로 만들도록 설계했습니다. 그렇게 하면 학교도 의식할 수 있었죠. 그때 호그와트는 전투로 높이 불타오르고 있었어요. 그때의 불길이 유리창으로 들어왔습니다. 그래서 그곳은 죽기에 무척 분위기 있고 낭만적이 곳이 됐습니다. 앨런 릭먼이 죽는 장면은 참으로 감명 깊죠. 대단한 사람입니다. 릭먼이 제게 그러더군요. '세트를 이렇게 만들어 줘서 고맙습니다. 도움이 됐어요.' 영화에서는 이런 일이 잘 일어나지 않아요. 앨런 릭먼이 그런 말을 하다니 흐뭇했습니다."

맨 위 루퍼트 그린트(왼쪽), 에마 왓슨(가운데), 대니얼 래드클리프가 그린고츠에서 탈출한 뒤의 모습.
중간 해리의 어머니 릴리(엘리 다시앨턴, 왼쪽)와 친구 스네이프(베네딕트 클라크)의 어린 시절 회상 장면.
아래 볼드모트(랠프 파인스, 왼쪽)와 스네이프(앨런 릭먼)가 호그와트 보트 창고에 있는 장면. 보트 창고 세트는 스네이프가 비극적으로 죽는 장면을 촬영하기 위해 만든 것이다.

THE GOBLINS OF GRINGOTTS

장면 너머 : 그린고츠의 고블린들

해리가 그린고츠를 처음 찾아간 것은 〈마법사의 돌〉에서였다. 이때 해리는 인생 첫 마법 생명체인 마법사 은행의 주인들을 보게 된다. "고블린은 만들기 어려웠습니다." 특수분장효과 팀 닉 더드먼은 말한다. "일단, 모든 뻔한 접근과 거리를 둬야 했어요. 둘째로, 당시의 기술 수준은 우리에게 전혀 도움이 되지 않았습니다. 마지막으로, 고블린이 너무 많았어요!" 문제 해결은 일단 모든 고블린이 비슷하게 생기지 않았다는 판단에서 시작됐다. 더드먼은 말한다. "우리는 콘셉트 미술을 보고 고블린의 가장 중요한 특징이 성격이라는 걸 알게 됐습니다. 그래서 흥미로운 캐릭터를 만든 다음 그걸 '고블린화'하기로 했어요. 인간에게 정해진 외모가 없듯 고블린들에게도 하나의 정해진 모습은 없다는 생각을 유지했습니다."

〈마법사의 돌〉에서 고블린의 인공 귀, 턱, 코는 실리콘으로 만들어졌다. 당시 실리콘은 더드먼에게 "뭔가 부족한" 소재였다. 더드먼은 회상한

다. "그때 저는 실리콘의 효과를 완전히 확신하지 못했지만, 그 정도 위험은 감수해 볼 만한 것 같았어요. 그때 이후로 실리콘은 엄청나게 발전했죠. 현대의 실리콘은 제가 여태 만져본 것 중 인간의 피부에 가장 가까운 소재입니다. 살과 똑같이 움직이고 감촉도 똑같아요. 풀로 붙이고 나면, 실제로 체온에 가깝게 온도가 올라갑니다."

〈죽음의 성물 2부〉에서 다시 그린고츠를 방문해야 할 때가 오자 마법 생명체 공장이 마련되어, 털을 꿰매 넣고 손과 얼굴에 색을 입히는 조립라인이 만들어졌다. 머리 선은 머리카락을 한 가닥 한 가닥 심어서 만들었는데, 더드먼은 지금까지도 이것이 현실감을 높이는 최선의 방법이라고 생각한다. 고블린들의 눈썹에는 특별한 주의가 필요했다. "눈썹을 미리 말아놨어요." 더드먼은 설명한다. "그리고 또 한 가닥씩 붙였죠. 그 캐릭터를 하루 중 언제 찍더라도 눈썹 위치가 달라지지 않도록 늘 같은 각도로 붙였습니다."

위 〈해리 포터와 마법사의 돌〉에 나오는 고블린 머리들. **아래** 폴 캐틀링이 그린 고블린의 콘셉트 아트로 이 역시 〈해리 포터와 마법사의 돌〉에서 쓰려고 만들었다.

맨 위 왼쪽 고블린 분장에 몇 시간씩 걸렸기 때문에 배우들은 점심 식사를 하는 동안에도 고블린 분장을 하고 있어야 했다. **중간** 고블린 분장이 진행 중인 분장실 사진으로, 그린고츠 직원들이 대거 나오는 장면 촬영에 든 작업이 엄청났다는 사실을 알 수 있다. **오른쪽과 아래** 세트장에서 찍은 고블린들의 모습으로 섬세한 분장이 돋보인다.

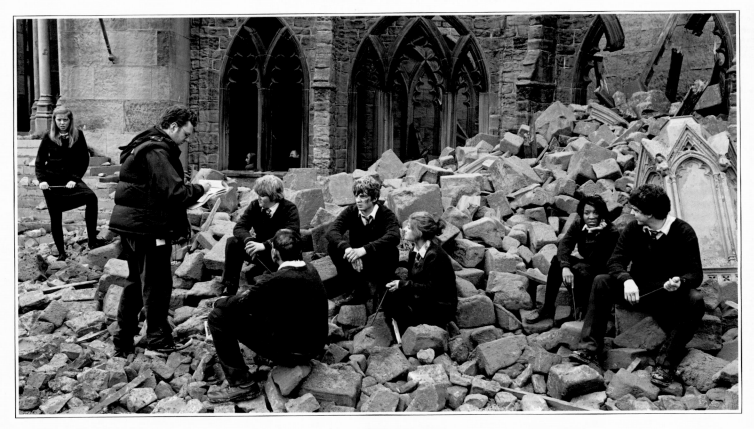

위 촬영 도중 호그와트 학생들이 세트 제작 보조 개러스 루이스의 지시를 받고 있다.
아래 전투 장면 촬영에 앞서 세워둔 호그와트의 돌 기사들(가운데)과 전투 이후 부서진 모습들(아래).

마지막 영화가 막바지로 향하면서 해리는 자신의 세계가 파괴된 것을 보게 된다. 호그와트는 선과 악 사이에 벌어진 최후의 전투에서 전쟁터가 되어, 지금까지 해리의 진정한 가정이었던 곳이 파괴되고 만다.

〈해리 포터와 마법사의 돌〉에서 스튜어트 크레이그는 호그와트의 기적을 현실로 만드는 임무를 받았다. 이제는 〈죽음의 성물 2부〉의 마지막 전투를 위해 학교를 파괴하는 것이 그의 임무가 되었다. 그는 설명한다. "하지만 완성된 건축물을 지을 때만큼 신중하게 파괴된 건축물을 설계해야 합니다. 실루엣과 형태, 조각이 멋지게 보여야 하니까요."

물론 이 모든 것을 조합하는 데는 어려움이 따랐다. "배우들의 일정이 있었기 때문에 우리는 사실 파괴 장면을 찍는 것으로 촬영을 마무리하지 않았습니다." 크레이그는 설명한다. "우리는 대연회장과 현관홀, 교내 시설들을 조금씩 부수었다가 다시 지어야 했어요. '폐허' 장면을 가장 먼저 찍었고, 성이 완전한 모습으로 나오는 장면이 마지막이죠. 그러니까 이 완전하고도 아름다운 세트장을 가져다가 부수는 것 같은 느낌이 들진 않았어요. 그런 식으로 하는 게 아니거든요. 부수는 게 먼저였어요."

스테퍼니 맥밀런은 자신이 장식했고 실현하는 데 도움을 주었던 학교를 파괴한 것이 매우 중요한 순간이라는 걸 알게 되었다. 성을 부수는 모습을 지켜보던 맥밀런은 〈해리 포터〉에 쏟은 지난 10년을 돌아보고 10년 전만 해도 자신이 그저 한 편의 영화에만 참여하려 했을 뿐, 이 시리즈가 자신의 직업 인생을 지배하게 될 줄은 몰랐다는 사실을 떠올렸다.

"우리 모두가 계속해서 다음 편 영화를 찍게 될지가 확실하지는 않았어요." 스테퍼니 맥밀런은 회상한다. "하지만 첫 번째 영화를 마쳤을 때 스튜어트가 해준 고전적인 한 마디는 이거였어요. '엄청난 대서사시였죠? 저런 영화가 또 있었습니까?' 미친 소리 같았지만, 10년이 지났는데 지금도 우린 여기에 있네요. 매번 새로운 시나리오가 나올 때마다 사람들의 상상력을 사로잡을 새로운 세트와 장소들은 충분했어요. 마무리를 하게 된 지금, 이번 영화를 촬영하는 동시에 앞으로 지어야 할 세트 10개에 대해 의논하고 있지 않으니까 이상한 기분이 들어요. 우리는 데이비드와 늘 그 이야기를 하곤 했는데, 이젠 더 이상 그럴 필요가 없으니까요. 모든 게 완전히 끝나면 정말 이상할 거예요."

호그와트(를 비롯한 많은 것들)에 대항한 공격을 이끈 사람은 인간 사냥꾼 스캐비어 역할을 맡은 배우 닉 모런이었다. 모런은 가이 리치가 만든 해당 장르 최초의 영화라고 할 수 있는 런던의 범죄극 〈록 스탁 앤 투 스모킹 배럴즈Lock, Stock And Two Smoking Barrels〉에서 주인공 중 한 명을 맡아 배우로서 이름을 떨쳤다. 그런 다음 그는 시나리오 작가이자 연출가로 변신해, 유명한 영국의 음반 제작자 조 믹에 관한 이야기인 연극 〈텔스타〉를 맡았다.

이제 그는 언덕 아래로 돌진하게 되었다. "8분의 1페이지쯤 읽으면 '이건 아무것도 아니네' 싶죠." 모런은 웃는다. "하지만 이 장면의 규모는 상상을 초월합니다. 제작진은 호그와트를 공격하는 엑스트라 1,000명 앞에서 저와 함께 언덕을 달려 내려가며 2주를 보냈어요. 처음 대본을 읽었을 때는 그린스크린을 놓고 이 장면을 CG로 만들 줄 알았죠. 저 혼자 고함을 지르며 언덕을 달려 내려가고, 뒤에 군대가 있을 줄 알았어요. 하지만 이 장면은 실사입니다. 모두들 피가 끓어오르는 건 전투 장면에 들어와 있기 때문이에요. 확실히 날것 그대로의 장면입니다. 너무도 많은 사람들이 고함치고 비명을 지르고 목청을 다해 소리 지르며 언덕을 달려 내려왔으니까요."

돌아온 배우들에게는 마지막 전투를 위해 리브스덴을 다시 방문하는 일이 달콤쌉쌀한 경험이었다. 〈해리 포터〉 시리즈의 마지막이 코앞으로 다가왔음을 깨달은 것이다.

클레망스 포에지는 전투에 잠깐밖에 참가하지 않지만("저는 별로 하는 일이 없어요. 마법 지팡이나 좀 흔들죠. 그게 다예요.") 리브스덴에 돌아와 편안한 마음이었다. "같은 장소, 같은 냄새였어요. 아침엔 모든 것이 똑같았죠." 그녀는 말을 잇는다. "돌아올 수 있다는 것이 그냥 너무나 좋게 느껴졌어요. 다 찍고 나면 잠깐 돌아와서 그 사람들과 다시 일하고 싶은 느낌이 드는 영화들이 많은데, 실제로 그럴 수 있어서 좋았죠."

제시 케이브도 돌아오게 되어 기뻤다. 라벤더 브라운이 마지막 영화에서 살아남지 못한다는 걸 알고 있었는데도 그랬다. "라벤더는 별로 운이 좋지 않아요." 이건 절제된 표현이다. "훌륭한 결말에 이르지 못하죠. 펜리르 그레이백에게 잡아먹히거든요."

제시는 라벤더가 죽는 장면을 떠올린다. 이 장면은 며칠 밤에 걸쳐서 찍었다. "저는 정말 무섭게 생긴, 아주 놀라운 인공 흉터를 붙였어요. 제가 정말 물어뜯겨 죽은 것처럼 보였죠." 하지만 제시는 "분장이라는, 영화제작의 전혀 다른 측면을 보게 되어" 즐거웠다고 말한다.

올리버와 제임스 펠프스도 〈해리 포터〉 영화가 끝나간다는 데 슬퍼했지만, 이들은 최소한 한 가지를 기대할 수 있었다. 드디어 헤어스타일을 직접 결정할 수 있게 된 것이다. 지난 10년 동안 둘은 머리카락을 자르고 염색하고 위즐리 가족다운 모습으로 다듬어야 했다.

"촬영을 시작하고 나서 4~5년 동안 우린 그냥 빨간 머리였어요." 제임스는 설명한다. "그리고 나서 4편이 마무리된 다음에는 머리를 자르기로 했어요. 그러니까 우리 머리카락이 어깨까지 내

왼쪽 헬레나 보넘 카터(오른쪽)와 헬렌 매크로리(가운데)가 해그리드 가짜 머리 옆에서 이야기를 나누고 있다.
위 스튜어트 크레이그와 시각효과 감독 존 모핏이 전투로 파괴되는 성 일부를 재현한 마분지 모형을 내려다보고 있다.
아래 올리버 펠프스와 영화에서 동생으로 나오는 보니 라이트가 촬영 도중 담소하고 있다.

맨 위 루나 러브굿 역의 이반나 린치.
중간 데임 매기 스미스와 데이비드 브래들리가 세트장에서 대화를 나누고 있다.
아래 몰리 위즐리(줄리 월터스)가 벨라트릭스 레스트레인지와 결투를 벌이려 하고 있다.

려왔다가 나중에는 정말 짧은 검은색이 된 거죠. 친구 중 절반은 우리를 못 알아봤고, 저는 사람들이 아주 많은 부분을 머리카락으로 알아본다는 걸 깨닫고 놀랐죠."

제임스는 〈해리 포터〉 영화를 찍으며 보낸 시간 중 이런 점만큼은 절대 그리워하지 않을 생각이다. "누가 '토요일에 뭐 해?'라고 묻는데 '아, 뿌리염색'이라고 말하는 게 딱히 멋져 보이진 않거든요. 더는 안 그래도 된다니 즐겁네요!"

프레드 위즐리는 전투가 벌어지던 중 어느 충격적인 순간에 목숨을 잃는다. 이 때문에 올리버는 영화가 시작되고 처음으로 쌍둥이 형제 없이 화면에 남았다. "〈죽음의 성물〉에서는 프레드가 죽어서 제임스가 촬영장에 나오지 않은 날이 몇 주 돼요. 아주 이상했죠. 여기에 와 있는데 주변에 늘 있던 제임스가 없다는 게."

호그와트를 지키기 위한 전투 중 위즐리 가족의 대표격인 몰리는 싸움 실력을 증명할 기회를 얻는다. "아이들을 지킨다는 건 어머니의 엄청난 책무죠. 몰리가 하려는 것도 바로 그런 거예요." 줄리 월터스는 설명한다. "사실 몰리는 모두에게 맹렬한 보호 본능을 느껴요. 엄청난 힘과 맞서죠. 몰리가 벨라트릭스를 죽인 건 잘된 일이에요. 사실, 그건 몰리가 해야만 하는 일이었어요. 그 둘은 각각 선과 악의 화신 같은 사람들이니까요. 그런 만큼 저도 몰리가 그 일을 해낸 게 기뻐요. 몰리의 날이었죠."

월터스는 영화 속 가족을 그리워하게 되리라는 걸 알고 있다. "저는 마크 [윌리엄스]를 사랑해요." 그녀는 웃는다. "정말로 그 사람이랑 결혼한 것 같다니까요. 우리는 아빠, 엄마라고 불렸어요. 전에는 '아빠 어딨어?'라고 소리쳐야 했어요. 마크는 저를 웃게 만들고, 엄청나게 재미있기도 해요. 좋은 사람이에요. 모두가요."

톰 펠턴은 그가 사귄 친구들을 소중히 여기며, 동료 배우들에게서 받은 응원과 영감을 고마워한다. 톰은 영화를 찍는 내내, 고맙게도 함께 일하게 된 배우들의 역량을 크게 의식했다. "예를 들어서 저는 다섯 명의 배우와 한 장면을 찍게 됐는데 어느 순간 문득 그중 세 사람이 기사 작위를 받았다는 걸 깨닫는 등의 일이 늘 환상적이었다고 느꼈어요. 방 안에 다섯 명밖에 없는데 그중 두 명은 기사이고, 한 명은 데임인 거죠. 믿을 수가 없다니까요. 저는 자주 제 살을 꼬집으면서 '캐릭터를 망가뜨리면 안 되지. 네가 지금 있는 곳, 너와 함께 있는 사람들 때문에 야단법석을 떨지 말란 말이야'라고 생각해야 했어요. 하지만 배우 입장에서 그보다 좋은 경험은 꿈도 꿀 수 없죠."

이반나 린치는 말한다. "몇 주 전에 저는 문득 끝이 다가오고 있다는 게 실감 났어요. 〈죽음의 성물〉에서 필요의 방 장면을 찍고 있을 때였어요." 그때는 이반나가 〈불사조 기사단〉을 다시 본 지 얼마 안 됐을 때였다. "[그 영화는] 필요의 방이 아직 새롭게 느껴질 때 그곳에 있는 우리의 모습을 보여줬어요. 제가 처음 촬영한 장면이었죠. 저는 너무 긴장했고, 제가 하는 모든 일을 의식하고 있었어요. 모두가 자신을 지키는 방법을 배우던 필요의 방에서 〈해리 포터〉 영화를 시작했는데, 이제는 모두가 자라 온갖 경험을 거쳐서 그 자리에 와 있고 이 장면이 제 마지막 장면이 된다니 정말 상징적으로 느껴졌죠. 그런 다음 우리는 그 방을 나서요. 나가서 나쁜 놈들과 싸우려는 거죠. 정말 흥분되더라고요. 〈해리 포터〉를 끝내고 있다니. 저는 〈해리 포터〉와 함께 자랐고, 영화를 통해 아주 많은 걸 배웠고, 아주 많은 사람을 만났어요. 그런데 이제는 떠나는 거예요."

호그와트가 무너져 내리면서 해리의 같은 기숙사 친구인 셰이머스 피니건과 네빌 롱보텀은 그 어느 때보다 적극적으로 액션에 참여한다. 셰이머스 역할을 맡은 데번 머리는 마지막 공격 덕분에 폭발을 좋아하는 캐릭터의 성향을 드러낼 수 있었다. 데번은 설명한다. "〈마법사의 돌〉에서 셰이머스는 깃털을 날아오르게 하려다가 폭발을 일으켜요. 나중에는 물을 럼주로 바꾸려다가 똑같은 일을 저지르죠. 마법약을 만들다가도 다양한 사고가 났고요. 마지막 전투에서는 맥고나걸 교수님이 네빌과 저에게 가서 나무다리를 막으라고 해요. 그래서 우리는 덤블도어의 군대 몇 명을 모아서 가죠. 그 다리를 폭파할 계획이었거든요. 그제야 셰이머스는 어떤 힘을 보여줘요. 셰이머스야말로 모두에게 다리를 폭파하려면 뭘 해야 하는지 말해줄 수 있는 사람이거든요."

네빌도 두각을 드러낸다. 데이비드 헤이먼은 말한다. "영화가 거의 끝날 때쯤 어느 장면에서 네빌은 엄청난 수의 죽음을 먹는 자들 앞에 섭니다. 네빌은 매우 자신감 있고 용기로 가득하죠. 호그와트 앞에 방어막을 만들어 놓았거든요. 그런데 방패가 사라집니다. 호그와트는 사실상 패배한 것으로 보여요. 볼드모트를 무찌를 유일한 수단인 해리도 죽었다고 여겨지죠. 갑자기 네빌은 믿을 수 없을 만큼 겁에 질립니다. 하지만 그런 다음, 오직 네빌만이 일어서서 볼드모트를 대적합니다. 우리는 이 약자에게, 이 아웃사이더에게 큰 자긍심을 느끼죠."

데이비드 예이츠가 말을 잇는다. "네빌은 멍들어 있고 망가진 상태입니다. 하지만 끝장을 볼 생각이죠. 그 점에는 뭔가 경이로운 면이 있습니다. 네빌은 온몸이 피투성이에 엉망진창이 된 채로 절뚝거리며 앞으로 나아가, 자신들은 포기하지 않을 것이라고 연설을 합니다. 이건 사실상 자살이죠. 네빌은 미친 게 분명합니다. 다들 네빌이 죽임을 당할 걸 알고 있어요. 매슈는 이 연기를 정말정말 잘해냈습니다."

롤링의 이야기가 진행될수록 점점 더 두각을 드러낸 캐릭터인 네빌을 맡았던 매슈 루이스에게 호그와트 전투는 마침내 네빌에 대한 해석을 발전시키고 궁극적으로는 이 캐릭터를 더 잘 이해할 기회를 주었다. "처음 네빌에게는 두 가지 모습이 있어요. 마법을 딱히 잘하지 못하기 때문에 우스꽝스럽죠. 엄청나게 괴롭힘을 당하긴 해요. 그 방식이 우스운 경우가 많긴 하지만요." 매슈는 말한다. "그리고 네빌은 수줍음이 많아요. 교실에서 별로 말하고 싶어 하지 않고, 혼자서 끙끙 앓는 경우도 많죠. 하지만 우리는 사실 네빌의 부모님에 관한 이야기를 듣기 전까지 그 이유를 이해하지 못해요. 훌륭했던 점은, 이 모든 일을 겪으면서 네빌이 점점 더 강해졌다는 거예요. 아무리 단점이 많다 해도, 네빌은 해냈어요. 그런 발전을 연기하는 건 정말로 멋진 일이었어요."

매슈 루이스는 영화가 시작할 때부터 네빌을 연기해 왔기에 이 캐릭터에 자기 본래 모습이 조금이지만 분명히 들어가 있다고 느낀다. "자신의 일부가 캐릭터에 들어가게 돼요. 거꾸로도 마찬가지고요. 제가 꼭 네빌처럼 늘 서툴고 건망증이 심했던 것 같다니까요. 그게 네빌을 연기하다가 생긴 성격인지, 그냥 제 모습인지 모르겠어요. 하지만 마지막 몇 년 동안 네빌이 보여준 배짱과 용기는, 제가 연기하면서 저한테도 있었으면 좋겠다고 생각한 특징이에요. 저도 네빌처럼 이 세상의 악에 맞서 싸울 수 있었으면 좋겠어요."

매슈는 네빌 캐릭터에게서 용기를 얻었다는 팬들의 편지를 자주 받는다. "그분들은 괴롭힘을 당했어요. 네빌의 고군분투와 성공을 지켜보는 것이 그분들에게는 인간적으로 성숙하는 데 도움이 됐대요. 배우에게는 그게 가장 감동적인 일이에요. 저는 그분들이 해낼 수 있었다면, 뭐, 저도 할 수 있을 거라고 생각해요. 저도 아마 네빌처럼 용감해질 수 있을 거예요. 그러니까 네빌 안에 매슈 루이스가 들어 있는 만큼, 네빌의 일부도 결국 매슈 루이스 안에 들어온 것 같아요."

위 호그스 헤드에서 호그와트 성으로 이어지는 통로 안에 있는 네빌 롱보텀(매슈 루이스).
아래 매슈(왼쪽)가 내기니를 토막 내는 영웅적인 장면을 찍기에 앞서 스턴트 감독 그레그 파월에게서 검 쓰는 법을 배우고 있다.

THE BATTLE OF HOGWARTS

장면 너머 : 호그와트 전투

호그와트를 디자인한 스튜어트 크레이그는 영화 마지막 편을 위해 이 성을 무너뜨려야 했다. 크레이그는 설명한다. "하지만 건물을 짓든 부수든 윤곽은 단단해 보여야 합니다. 우리는 호그와트를 시각적으로 상징적인 건물로 다듬기 위해 여러 해를 보냈어요. 그래서 이 성을 폐허가 된 건물로 재설계해야 했죠. 원래의 디자인을 그냥 조금씩 부수고 여기저기 구멍을 뚫는 것으로는 안 됐습니다." 호그와트 전투 도중 타격을 입는 구역인 대연회장, 교정, 지붕, 성벽은 흩어진 돌과 그을린 기둥들 사이에서도 알아볼 수 있어야 한다. "학교 건물 앞 폐허가 된 교정에서 볼드모트와 해리가 마지막으로 대결하는 장면에서는 기본적으로 두 사람의 등 뒤로 해가 떠오르고 성벽 너머로 연기가 보입니다. 이 장면은 감정적으로 매우 효과적이죠." 크레이그는 말한다. "무척 어렵긴 했지만 즐거운 작업이었습니다."

실제 영화 제작 방식에 따라, 호그와트의 전투와 파괴 장면은 부서지지 않은 학교를 배경으로 한 장면들보다 앞서 찍는 것으로 일정을 잡았다. 이 말은 소품 팀 감독인 배리 윌킨슨과 그의 팀원들이, 성이 포위당했을 때 그곳에 흩어져 있던 잔해 하나하나를 만들었다가, 세트가 원래의 모습으로 복원될 때 그것들을 다 치워야 했다는 뜻이다. 윌킨슨은 파괴된 성에 관해 설명한다. "바위를 트럭에 잔뜩 실어 와서 쏟아놓는 작업이 아니었어요. 소재는 가벼워야 했습니다. 배우들이 그 위로 떨어지고, 달려가 부딪힐 예정이었으니 정말로 울퉁불퉁한 바위를 둘 수는 없었어요." 따라서 돌무더기는 하나하나, 부드러운 폴리스타이렌을 사용해 만들었다.

시각효과 팀에서는 파괴된 호그와트 성을 찍은 장면만 있을 때의 한계를 극복하기 위해서 2008년 가상의 학교를 만드는 작업에 착수했다. "우리는 책 마지막 권에서 어떤 일이 벌어지는지 알고 있었기에 이 일에 뛰어들기로 했습니다." 시각효과 감독 팀 버크는 말한다. "첫 번째 영화 이후로 발전해 온 모형을 살펴보았습니다. 건물의 모든 면에 질감을 주고 내부를 만들어서 창문 너머를 볼 수 있도록 한 다음, 파괴된 학교를 만들었어요. 완전한 실물 크기의 호그와트밖에 없었기에, 우리는 그냥 성을 찍고 그 화면에 담긴 것에만 묶여 있어야 했죠. 하지만 데이비드 예이츠는 계속해서 장면의 흐름과 구조를 발전시켰고, 우리는 빠르게 변화를 주거나 새로운 콘셉트와 아이디어를 시각화할 수 있었어요. 우리에게는 무엇이든 할 수 있는 아주 훌륭한 디지털 미니어처가 있었습니다."

왼쪽 조 마스덴(왼쪽)과 수니타 파마(오른쪽)가 무너진 잔해에 묻힌 거인의 손을 가다듬고 있다. 이 손은 폴리스타이렌으로 만든 것이다. **오른쪽** 에스테반 멘도사(왼쪽)와 조 스콧(오른쪽)이 촬영을 위해 아라고그의 새끼 한 마리를 가져다 놓고 있다. **219쪽 위** 호그와트 세트장. 촬영 도중 참여한 배우들의 일정에 맞추기 위해 여러 번 지었다가 부수길 반복했다. **219쪽 아래** 학생들과 죽음을 먹는 자들이 교정에서 대치하고 있다.

위 왼쪽 거인과 인간이 교정에서 이어지는 길목에 서 있는 장면을 묘사한 마분지 모형. 위 오른쪽 성의 대리석 계단이 부서진 모습. 아래 전투로 부서진 대연회장에 사상자들을 위한 들것이 놓여 있다. 221쪽 위 앤드루 윌리엄슨이 그린 호그와트 전투 장면 콘셉트 아트. 221쪽 아래 전투에서 승리한 뒤 헤르미온느, 해리, 론이 함께 있는 모습의 콘셉트 아트로 앤드루 윌리엄슨이 그렸다. 222쪽 앤드루 윌리엄슨이 그린 불타는 호그와트 성 콘셉트 아트(위)와 불이 꺼진 뒤 성의 모습(아래).

위 대니얼 래드클리프(왼쪽)와 랠프 파인스가 해리와 볼드모트의 마지막 대결 장면을 찍고 있다.
아래 랠프 파인스가 휴식 시간에 세트장에서 잡지를 읽고 있다.

해리와 볼드모트가 대결을 펼치는 클라이맥스 장면을 화면으로 옮기는 과정에서 데이비드 예이츠 감독은 이 장면을 시각적으로 기억에 남는 경험으로 만들고 싶었다. 결국 이 장면을 찍는 데 몇 주가 걸렸다.

"책에서도 아주 멋지게 작동하는 장면이었습니다." 예이츠는 설명한다. "하지만 저는 이 장면을 아주 큰 전투로 발전시키고 싶었어요. 이 장면을 보기 위해서 꽤 오랫동안 기다려 왔다는 생각이 들었거든요." 싸움은 확장되어 "최소한 해리와 볼드모트에게는 이 장면이 피날레처럼 느껴졌"다. "해리와 볼드모트가 학교 전체를 뛰어다니고 결투를 벌인 다음, 함께 난간에서 떨어지게 했습니다. 서로 엉키도록 말이죠. 잠깐이지만 둘은 서로가 되었습니다."

하지만 이 엄청난 장면은 그저 영화의 특수효과로 점철된 장면이 아니다. 예이츠는 이런 해석적인 움직임이, 소설 전체에서 주제를 통해 탐구되었던 것을 시각적으로 확실히 재현한 것이라고 말한다. 예이츠는 사례를 들어 설명한다. "저는 볼드모트가 죽음을 두려워한다는 걸 알고 해리가 그를 계단에서 끌어당기는 이 순간을 원했습니다. 해리는 볼드모트의 목을 잡고 말하죠. '자, 같이 끝내버리자.' 이것이 둘의 가장 큰 차이입니다. 해리는 죽는 걸 두려워하지 않는다는 점 말이죠."

책과 다른 장면으로 해리와 스네이프가 전교생 앞에서 대면하는 장면도 있다. 데이비드 헤이먼은 말한다. "스네이프는 전교생을 소집합니다. 해리 포터가 호그스미드에서 발견되었고, 누구든 해리와 연락하고 있는 사람이 있다면, 앞으로 나서지 않을 경우 곤란한 상황을 겪게 될 거라고 말하죠. 그때 이미 호그와트로 숨어 들어왔던 해리가 앞으로 나서서 스네이프와 마주합니다. 너무도 오랫동안 욕하고 미워했던 그 남자를 말입니다." 이때 맥고나걸이 해리를 옆으로 밀치고 스네이프와 마법 지팡이 대결을 벌인다. 스네이프는 재빨리 검은 연기구름을 일으키며 사라진다. "이렇게 해서 호그와트는 다시 한번 착한 편의 손에 들어갑니다. 멋진 장면이죠. 하지만 기쁨은 잠시 뿐입니다. 그때 볼드모트가 추종자들을 대거 거느리고 도착하니까요."

또 다른 변화는 해리, 론, 헤르미온느가 마지막 선물 같은 순간에 함께하는 장면에서 일어났다. "죽은 사람들, 다친 사람들이 있지만 세 사람은 미래가 있다는 걸 알고 있습니다." 헤이먼은 말한다. 삼총사는 다시 뭉치고, 망가진 다리로 향한다. "해리는 마법사의 돌과 딱총나무 지팡이를 가지고 있습니다. 투명 망토는 처음부터 가지고 있었고요. 해리는 세 가지 죽음의 성물을 가지고

있습니다. 궁극의 힘을 가질 수도 있었어요. 하지만 해리는 그걸 원하지 않습니다. 사실 이런 힘은 덤블도어가 열망하던 것이죠. 덤블도어가 얻으려고 애쓰던 것입니다. 하지만 해리는 그런 책임을 지고 싶어 하지 않습니다. 그래서 지팡이를 부러뜨려 던져버립니다." 데이비드 헤이먼은 책과 달라진 이 장면을 J.K. 롤링과 의논했다. "롤링은 이 장면이 패권을 가질 가능성을 포기하는 해리의 모습을 완벽하게 표현했다고 말했습니다. 이 장면은 해리의 궁극적 겸손함을 말해줍니다."

위 에마 왓슨(왼쪽)과 루퍼트 그린트가 필요의 방에서 빠르게 달리는 장면을 찍고 있다.
아래 카메라와 마이크, 슬레이트로 둘러싸인 대니얼 래드클리프. 슬레이트마다 카메라가 지정돼 있다.

〈죽음의 성물〉의 본 촬영이 마무리에 접어들었을 무렵, 세 명의 데이비드(헤이먼, 배런, 예이츠)는 영화와 관련한 새로운 고민거리에 부닥쳤다. 그건 3D 영화의 제작 가능성이었다.

스튜디오들은 점점 커지는 DVD, 블루레이 시장과 해적판 영화의 다운로드가 늘어나고 있다는 점을 고려해, 과거를 돌아보며 미끼 차원에서 3D를 부활시켰다. 1950년대와 달리 최근의 3D 영화는 훨씬 더 혁신적이고 기술적으로도 정교한 디지털 수준에 이르러 있었다. 스튜디오와 배급사 들이 관객에게 오직 영화관에서만 즐길 수 있는 경험을 제공하려는 생각에 이런 형식을 좀 더 내세울 마음을 먹게 된 것은, 〈해리 포터와 죽음의 성물〉이 제작되던 당시에 개봉한 제임스 캐머런 감독의 획기적인 영화 〈아바타Avatar〉 때문이었다. 그 결과 사람들은 〈해리 포터와 죽음의 성물〉 1, 2부도 3D화할 거라고 생각했다. 처음에는 영화의 제작자들도 살짝 미심쩍어하면서도 이런 의견에 동의했다.

특히 예이츠는 그런 발언을 하고 얼마 지나지 않아 의구심을 표현했다. "저는 3D 기술이 제대로 통하지 않을 경우 오히려 관객을 영화 밖으로 밀어낸다고 생각합니다. 영화가 사람을 끌어당기게 하는 대신, 영화한테 폭격을 받은 것처럼 느끼게 되니까요. 저는 관객이 이야기 속으로, 혹은 영화 속 세상이나 캐릭터들의 내면으로 끌려 들어가지 못하게 막는 일은 하고 싶지 않습니다." 감독은 예술적인 관점에서 3D에 흥미를 느낀다는 사실을 인정했지만, 그 기술은 액션을 강화할 때 도움이 될 거라고 느껴지는 두세 장면에만 미묘하게 사용하고 싶었다.

해리 역 대니얼 래드클리프(앞)가 누워 있고 뒤쪽에서 촬영이
진행되고 있다. 해리가 볼드모트에게 살해당한 직후의
장면이다.

제작자 데이비드 배런은 결정이 내려질 당시에는 사실 영화를 3D로 찍기엔 너무 늦었다고 설
명한다. 다만 3D 효과를 편집 과정에서 추가할 수는 있었다. "3D 기술을 사용한 다른 영화를 통
해 이 기술에 사용할 만한 가치가 있다는 점이 증명되었을 즈음에 우리는 촬영을 3분의 2가량
마친 상태였습니다. 당시에는 무슨 계획을 세워야 할지 몰랐기 때문에 그냥 2D 영화로 촬영했어
요. 제 생각에 모든 것이 화면에서 튀어나오는 듯하다는 구식 개념은 그 내용이 굉장히 많이 바
뀐 것 같습니다. 이제 그 말은 화면에서 일어나는 사건에 살아 있는, 숨 쉬는 듯한 깊이를 주는 문
제가 되었죠."

하지만 〈죽음의 성물 1부〉가 개봉하기까지 두 달도 채 남지 않은 시점에, 헤이먼과 예이츠, 배
런은 최초 개봉하는 영화에 3D 효과를 입히지 않겠다고 발표했다. 자신들에게 주어진 제한된 시
간 안에서 영화의 품질을 기대만큼 올릴 수 없었기 때문이다. 이미 3D 효과를 덧붙였다고 자랑
한 대규모 마케팅과 3D를 사용하지 않은 결과 흥행 성적이 저조할 가능성에도 불구하고 워너브
라더스사는 상업적이기보다 예술적인 이런 결정을 전적으로 지지했다.

데이비드 예이츠가 마지막 영화와 관련해서 했던 가장 큰 걱정은 마지막 장면에 관한 것이었다.
롤링의 책은 19년 뒤의 미래로 빠르게 나아가고, 해리와 지니, 론과 헤르미온느, 드레이코와 그의
아내는 9와 4분의 3번 승강장에서 자식들을 호그와트에 보낸다.

"이야기가 종결되었다는 느낌이 들 겁니다." 데이비드 예이츠는 마지막 장면에 대해 이렇게 말
한다. "모든 것이 킹스크로스에서의 첫 순간으로 돌아가죠. 영화와 책을 정말로 사랑하는 사람들
은 이 장면을 감동적이라고 느낄 겁니다. 그중에는 어린 시절부터 이 책을 읽어왔던 사람들도 있
을 테니까요. 제가 《해리 포터》를 대단히 특별한 작품이라고 생각하는 이유가 그겁니다. 《해리 포
터》는 그 많은 어린이들의 삶에 실제로 영향을 끼쳤기에 사람들을 움직일 힘을 가지고 있습니다."

배우들에게 마지막 장면을 촬영하는 일은 미래의 자신을 본다는 뜻이었다. 그리고 예이츠에게
는 〈해리 포터〉를 대표하게 된 한 가지 질문을 다시 한번 마주한다는 뜻이었다. 그 질문이란, 이때

영화에 사용할 효과를 실제로 구현할 것인지 CG로 구현일 것인지에 관한 질문이다.

예이츠는 분장을 활용해 효과를 내기로 결정했다. 이 효과는 '서른여덟 살의 해리'를 실제로 서른여덟 살인 대역 옆에 등장시키는 방법으로 실험했다. 이렇게 하면 분장 팀이 둘을 비교하면서 실제 작업을 할 수 있었다. 예이츠는 말한다. "당연한 얘기지만 서른여덟 살짜리라고 다 똑같이 생긴 건 아닙니다. 어떤 사람들은 동안으로 타고났고, 어떤 사람들은 더 빨리 나이가 드니까요. 선을 넘는 건 분명 위험한 일이었죠." 예이츠는 분장만큼 중요한 것이 캐릭터들이 움직이는 방식이라고 생각했다. 이런 움직임은 캐릭터들이 이 시점까지 살면서 경험한 것을 토대로 해야 했다. "삶의 경험은 사람을 만들고 변화시킵니다. 그게 연기에도 반영되어야 했죠."

〈해리 포터〉 촬영을 시작했을 때 아홉 살이었던 보니 라이트에게 화면에서의 작별 인사는 어쩔 수 없이 동료 배우들과의 작별 인사로 다가왔다. "진짜 끝은 우리 모두에게 무척 어려운 사건이에요. 코앞에 닥쳐왔다 하더라도요." 보니는 말한다. "하지만 우리는 여기서 끝이라 해도 영화나 문학이나 예술에서 하는 모든 행동은 계속돼요. 영원히 남을 거예요. 제가 했던 모든 경험과 함께 했던 모든 사람은 말 그대로 영상에 담긴 사랑스러운 기억들입니다. 저한테는 이 영화가 돌아가서 살펴볼 수 있는, 제가 가질 수 있는 최고의 앨범이 될 거예요."

〈죽음의 성물〉뿐 아니라 〈해리 포터〉 시리즈 전체의 본 촬영 마지막 날은 2010년 6월 12일이었다. 이날은 당일 콜시트에 "한 시대의 끝"이라고 기록되었다.

마지막 촬영은 리브스덴의 H&I 스테이지에서 진행되었으며, 해리, 론, 헤르미온느가 마법 정부에서 약슬리(피터 멀런이 연기한)에게 쫓긴 끝에 탈출하는 장면을 담고 있었다. 세 배우는 그린 스크린을 배경으로 쌓아놓은 충격 방지용 매트에 뛰어내렸다. 세상에서 가장 신나는 장면은 아니었지만, 이 역사적인 순간을 보기 위해 모여든 대부분의 배우와 스태프에게는 폭풍 같은 눈물을 쏟게 만든 장면이었다.

"사실 저는 그 장면을 전혀 기대하지 않았습니다." 데이비드 예이츠는 말한다. "어려울 거라고는 생각했지만, 제 생각보다는 훨씬 쉬웠어요." 예이츠의 여행이 끝나려면 멀었다. 그는 아직 편집 작업과 씨름해야 했기 때문이다. "그러니 아직은 갑자기 열이 식을 때가 아니었죠. 너무 슬프지는 않았습니다. 그보다는 축하하는 기분에 가까웠어요."

워릭 데이비스는 10년 동안 작업해 온 시리즈의 영향을 온전히 느꼈다. "정말 이상한 기분이에요. 생각보다 더 속상하더군요. 분장은 그립지 않을 거예요. 그리운 건 친구가 된 사람들이겠죠. 그래서 무척 슬퍼요. 촬영 마지막 날에도 촬영을 한 건 짜릿한 일입니다. 지금은 배우들이 별로 없거든요. 그냥 자랑스러운 기분이에요."

촬영은 점심 시간에 끝나고, 이어서 모두를 위한 바비큐 파티가 열릴 예정이었다. 마리아치 악

위에서부터 에마 왓슨과 데이비드 예이츠(오른쪽)가 헤르미온느, 해리, 론이 마법 정부에 침입하기 전 폴리주스 마법약을 먹는 장면을 촬영하기 위해 준비 중이다. 에마, 대니얼, 루퍼트가 함께 촬영한 장면 가운데 대본이 있는 마지막 장면이었다./2010년 6월 12일 마지막 촬영 날 찍은 주요 장면으로, 악슬리 역의 피터 멀런이 마법 정부에서 탈출하려는 해리, 론, 헤르미온느를 쫓으면서 매트가 깔린 바닥 위로 몸을 날리고 있다./대니얼 래드클리프가 리브스덴 동료들에게 작별 인사를 하고 있다./모든 촬영이 끝난 뒤 배우들과 제작진이 〈해리 포터와 죽음의 성물 1부〉의 미공개 장면과, 배우들과 제작진이 매일매일의 촬영에서 황금색 슬레이트를 들고 있는 장면을 촬영한 제이미 크리스토퍼의 동영상, 리브스덴 스튜디오에 바치는 특별 고별작 등을 보고 있다.

단이 볼거리를 제공하고, 루퍼트 그린트가 미스터 휘피 아이스크림 트럭으로 아이스크림을 제공하기로 했다. 이 트럭은 루퍼트가 〈해리 포터〉 영화를 통해 번 돈으로 가장 먼저 구입한 물건 중 하나다.

마지막 장면이 마무리되자 그 자리에 있던 모든 사람이 수많은 모니터가 배치되어 있는 스튜디오를 가로질렀다. 그들은 손에 손을 잡고 이미 티슈를 축축하게 적신 채 자리를 잡았다. 그렇게 〈죽음의 성물 1부〉 트레일러가 처음으로 선보였다. 워릭 데이비스는 말한다. "그 트레일러는 우리 모두가 이곳에 와 있는 이유를…… 〈해리 포터〉 시리즈가 남긴 것을 떠올리게 했습니다."

이어서 이 기나긴 영화제작 과정에서 하루에 한 장면씩을 찍은 비공개 단편영화가 재생되었다. 매일의 슬레이트는 매번 다른 배우나 스태프나 손님이 들고 있었다. 이 영화의 길이는 3분도 채 되지 않았지만, 모여 있던 사람들에게는 너무 많은 것을 떠올리게 했다. 떠나간 친구들과 다시는 돌아오지 않을 흘러간 시간을……. 이 단편영화는 웃음과 환성을 자아냈다. 물론 눈물도.

단편영화가 끝날 때 사람들 사이에 있었던 대니얼 래드클리프, 루퍼트 그린트, 에마 왓슨은 서로의 팔짱을 끼고 눈이 빠지도록 울었다. 오직 그들만이 지나간 모든 일의 규모를 진정으로 이해한다는 것처럼.

"달콤쌉쌀한 순간이네요." 데이비드 헤이먼은 10년도 더 전에 그가 시작한 모험의 마지막 날 스튜디오를 둘러보며 그렇게 요약한다. "지난 10년 동안 우리는 작별 인사를 할 때마다 한 번 더 돌아오게 되리라는 걸 알고 있었습니다. 돌아와서 모두를 다시 보게 될 거라는 걸 알았어요. 이번에는 그렇지 않습니다. 끝났습니다. 모두가 탐내는 역할을 따냈다고 알려준 첫날 댄, 루퍼트, 에마가 제 사무실에 들어왔던 게 기억납니다. 이렇게 우리는 여기까지 왔습니다. 저는 이곳의 수많은 사람들이 친구가 됐고, 또 다른 곳에서 수많은 분들을 다시 보게 될 거라고 확신합니다. 하지만 이번 같은 일은 다시없을 겁니다. 마음속에서 독특한 슬픔이 느껴지네요. 우리가 그 많은 행동을 마지막으로 하고 있다는 걸 무척 잘 알고 있기 때문입니다."

트레일러와 단편영화가 상영된 다음에는 눈물이 잦아들었고, 즉흥 연설을 할 시간이 됐다. 데이비드 헤이먼은 근처 의자로 올라갔다.

"모두 고맙습니다. 여러분이 가족과 떨어져 지낸 그 모든 시간과 이 영화에 쏟아부은 모든 것에 감사드립니다. 〈해리 포터〉는 정말로 놀라운 성과이며, 우리 모두는 함께 이루어 낸 것에 굉장히 자랑스러워해야 마땅합니다. 이 촬영은 2000년 9월 29일에 시작됐습니다. 그리고 우리는 오늘, 영화 마지막 편 촬영 261일째에 이르렀습니다. 우리 모두에게 놀라운 여행이었습니다. 영화 한 편에 참여한 사람이든, 두 편 또는 여덟 편에 모두 참여한 사람이든 마찬가지입니다. 제게는 이 영화가 하나의 특권이었다고 분명히 말씀드립니다. 서로를 알고, 지난 기간 동안 함께 성장할 수 있었던 것은 모두의 특권이라고 생각합니다. 여러분과 함께 일한 것은 특권이었습니다. 여러분을 알게 된 것은 특권이었습니다. 모든 것에 감사드립니다. 응원해 주셔서 감사합니다. 서로를 보살펴 주신 것에 감사합니다. 여러분이 힘을 합쳐 노력했다는 사실과 여러분 모두가 치른 희생에 감사합니다. 그리고 무엇보다도, 여러분의 우정에 감사드립니다."

데이비드 배런과 데이비드 예이츠가 짧은 연설을 한 뒤에는 이 시리즈의 스타가 의자에 뛰어오를 시간이었다. 대니얼 래드클리프는 지난 10년 동안 집이라고 불렀던 곳을 둘러보고, 진심에서 우러난 몇 마디를 전했다.

"저는 이곳을 사랑한다고 말하려 합니다. 여기가 낡았다는 건 알고 있어요. 무너져 내리고 있죠. 제2차 세계대전 시대의 비행기에 아직도 남아 있는 파편 자국에서부터 매년 리브스덴 스튜디오의 해바라기를 키우려 했던 이상한 시도까지 전부 다요. 저는 그 모든 걸 빼놓지 않고 사랑합니다. 이곳은 제 인생이었어요. 이 영화가 끝나면 아마 우리 모두 이상한 기분이 들 거예요. 저는 여러분 없이, 여러분 모두가 없이 제 하루하루의 일상이 어떻게 굴러갈지 전혀 모르겠거든요. 훌륭했습니다. 저는 그냥, 이놈의 영화의 1분 1초를 모두 사랑했다고 말하고 싶어요. 여러분 모두에게 정말로, 정말로 감사드립니다."

위 대니얼 래드클리프(왼쪽)와 마이클 갬번이 해리가 죽은 뒤 덤블도어와 대화하는 장면을 촬영하고 있다.
아래 호그와트에서 온갖 역경을 이겨낸 론(루퍼트 그린트, 왼쪽), 헤르미온느(에마 왓슨, 가운데), 해리(대니얼 래드클리프)의 우정은 어느 때보다 강해졌다.

◇ PART II ◇

THE ART OF
Harry Potter

해리 포터의 미술

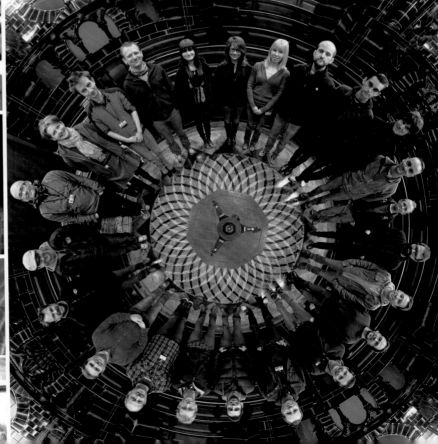

INTRODUCTION
- 들어가며 -

〈해리 포터와 마법사의 돌〉에서 해리 포터가 처음으로 만나는 화면상의 새로운 세상은 우리의 세상이면서 우리에게도 새로운 세상이다. 리키 콜드런의 뒷마당 벽돌 벽이 마법으로 열리자마자 다이애건 앨리가 모습을 드러내고, 마법사들의 세계는 갑자기 영화적 생명을 얻는다.

우리가 아는 세상을 만들어 내는 것은 예술가, 디자이너, 공예가 등 영화제작자들의 책임이다. 방금까지만 해도 존재하는 줄 몰랐던 세상을 만들어 내는 것도 마찬가지다. 엄청난 인기를 얻은 《해리 포터》 책 시리즈를 영화로 만드는 데는 다양한 기술과 세부 사항에 대한 나무랄 데 없는 관심, 이미 호그와트와 버로, 마법 정부를 여행해 본 독자들을 만족시키기 위한 깊은 열정이 필요했다. 《해리 포터》를 영화로 본다는 기대감은 천문학적인 수준이었고, 그 일을 '제대로' 해내는 건 필수 사항이었다. 영화가 거둔 성공은 《해리 포터》를 스크린에 옮겨온 재능 있는 사람들이 그 약속을 지켰다는 사실을 보여준다.

그래서, 고블린들이 운영하는 은행은 어떤 모습이어야 할까? 메타모르프마구스 오로에게는 어떤 옷을 입혀야 할까? 어둠의 마법 방어법 교수는 이 과목을 자신만의 방식으로 가르치기 위해 교실에 무엇을 갖다놔야 할까?

프로덕션 디자이너 스튜어트 크레이그와 그의 팀원들은 다양한 나라에서 왔으며, 10년이라는 세월이 흐르는 동안 이런 다양한 질문에 답해왔다. 미술 팀은 멋없는 프리빗가에서부터 버로라는 뒤죽박죽 건축물과 그리몰드가처럼 퇴색했지만 고급스러운 집에 이르기까지 다양한 집들을 설계하고 지었다. 숲과 호수는 히포그리프, 거대 거미, 세스트럴, 인페리우스 등 독특한 생명체들과 인간이 아닌 존재들로 가득 차게 되었다. 닉 더드먼과 특수분장효과 팀에서 이들에게 생명을 불어넣어 준 것이다. 공중에서 하는 경기, 퀴디치를 위한 경기장과 장비가 만들어졌다. 그리고 이 모든 것의 중심에는 호그와트가 있었다. 위대하고 존경받는 이 학교에는 움직이는 계단과, 관객들이 받은 일반적인 교육 과정과는 거리가 먼 과목들을 배우는 교실, 기념 행사가 열리는 대연회장이 있었다. 사람들은 이곳에서 싸웠고 승리했다.

세트 장식가 스테퍼니 맥밀런과 그녀의 팀원들은 교실에 교과서와 칠판을 채워 넣었을 뿐 아니라 이 모든 곳에 가구를 배치하고, 상점마다 지팡이나 솥단지나 사탕 등을 쌓아두었으며, 화려한 무도회가 열린 은색 신비의 나라를 만들어 냈다. 소품 제작자들과 그래픽 디자이너들은 신문과 교과서를 '펴냈고', 잔치 음식을 마련했으며, 해리가 마법사 세계를 구하는 데 꼭 필요했던 물건들을 만들어 냈다.

이 모든 배경에 살고 있는 존재들은 안경 쓴 열한 살짜리 고아부터 140살 먹은 교장과 남과 어울리기 좋아하는 거인 혼혈에 이르기까지 다양했다. 주디애나 매커브스키, 린디 헤밍, 자니 트밈과 의상 팀의 수백 명의 팀원들은 이들 모두에게 교복과 스포츠 유니폼, 파티복, 결혼식 의상, 불길한 세력과의 싸움에서 입을 옷을 디자인해 주었다. 분장사 어맨다 나이트와 에트네 페넬은 늑대인간과 분할된 피해자들을 분장시켰으며, 해리에게 그 상징적인 번개 흉터를 그려주었다.

이어지는 내용에서는 그 무엇보다 유명한 마법 세계에 새롭고 활력 넘치는 생명력을 불어넣어, 페이지에서 스크린으로 그 세상을 옮겨놓은 창의적인 과정을 보여준다.

CHARACTERS
Costuming
등장인물 : 의상

〈해리 포터〉 영화의 의상이 갖춘 미학은 현대적 패션을 역사 속 스타일과 결합하고 환상적인 솜씨를 결들이는 것이다. 〈마법사의 돌〉 의상 디자이너 주디애나 매커브스키는 현대의 관객들이 알아볼 수 있으면서도 이 이야기가 다른 시대를 배경으로 삼고 있다는 느낌을 주기를 원했다.

"저는 해리가 한 번도 상상하지 못했던 곳에 들어갈 때 느낀 경이로움을 관객도 경험하기를 바랐어요." 매커브스키는 말한다. "하지만 관객들이 이 세상이 극장 바깥에 있는 모든 것과 마찬가지로 현실적이라는 데 아무 의심을 품지 않기를 바라기도 했죠."

〈비밀의 방〉의 의상 디자이너 린디 헤밍도 매커브스키의 철학을 이어갔다. 〈아즈카반의 죄수〉에서 〈죽음의 성물〉까지의 의상 디자인을 맡았던 자미 트밈도 이런 생각을 고수하는 한편, 아이들이 자라면서 의상을 통해 자신의 개성을 표현하고 싶어 할 거라는 생각을 덧붙였다. "마법사 세계는 머글 세계와 평행 관계예요." 트밈은 말한다. "자기들만의 문화와 유명 디자이너들이 있죠. 하지만 이들은 우리 세상 바로 옆에 살고 있기도 해요. 그러니 긴 로브와 청바지를 둘 다 가지고 있어요."

의상 팀에서는 길거리 패션 말고도 재봉사와 구매 담당, 상황에 맞게 의상을 수선하는 디자이너, 의상 관리자, 맞춤 기술자, 재단사, 옷 입히기 담당, 염색공, 가죽공 들의 손을 빌려 정교하고 독특한 옷을 수없이 만들어 냈다.

234쪽 〈해리 포터와 불의 잔〉 트라이위저드 대회에서 볼 수 있는 다양한 마법사 패션. (가운데 줄, 왼쪽부터) 《예언자일보》 사진기자 보조(로버트 윌포트), 리타 스키터(미란다 리처드슨), 매드아이 무디(브렌던 글리슨). (아랫줄, 왼쪽부터) 세베루스 스네이프(앨런 릭먼), 미네르바 맥고나걸(매기 스미스), 알버스 덤블도어(마이클 갬번), 코닐리어스 퍼지(로버트 하디).

HARRY POTTER
해리 포터

해리 포터는 호그와트에 도착하고서야 더들리 더즐리에게서 물려받은 지나치게 큰 옷이 아닌 옷을 입을 수 있게 된다. 그건 바로 호그와트 교복이다. 대니얼 래드클리프는 〈마법사의 돌〉과 〈비밀의 방〉에서 입었던 로브가 엄청나게 편안한 잠옷 같은 느낌이라고 말했다. 늘 횃불이 타오르고 있는 대연회장에서 입고 촬영할 때는 약간 덥긴 했지만.

해리의 그 악명 높은 흉터는 매일 대니얼 이마의 고정된 위치에 스텐실로 붙여졌다. 메이크업 팀장 어맨다 나이트는 회상한다. "댄이 어렸을 때는 스튜디오 안 교실에 있을 때 흉터를 뜯곤 했어요. 흉터가 떨어져서 달랑거리는 채로 세트장에 돌아오곤 했죠." 해리가 볼드모트를 생각하거나 그자의 존재 탓에 고통을 겪고 있을 때는 흉터를 더 빨갛고 두드러지게 만들어야 했다.

〈아즈카반의 죄수〉에서 알폰소 쿠아론 감독은 학생들이 외모를 통해 자신을 표현하기를 원했으므로, 의상 디자이너 자니 트밈은 어린 캐릭터 한 명 한 명에게 개성적인 색상표와 스타일을 만들어 주었다. "처음 해리 포터를 떠올렸을 때, 저는 외톨이를 생각했어요." 트밈은 말한다. "해리는 어디에도 속하지 못한, 외로운 아이예요. 저는 제임스 딘을 염두에 두고 있었죠. 그래서 아주 약한 색깔을 줬어요. 회색, 흰색, 검은색, 나중에는 엷은 파란색 같은 색이었죠. 어디에도 속하지 못하고 자기 자신으로 존재하는 것이 편안하게 느껴지지 않으면 밝은 색을 입기 싫어지거든요."

236쪽 〈해리 포터와 죽음의 성물 2부〉 호그와트 전투 장면에서 서 있는 해리(대니얼 래드클리프)의 모습. **위** 대니얼 래드클리프가 몇 년에 걸쳐 성장한 모습. (왼쪽부터) 〈해리 포터와 비밀의 방〉, 〈해리 포터와 아즈카반의 죄수〉, 〈해리 포터와 불의 잔〉, 〈해리 포터와 불사조 기사단〉, 〈해리 포터와 죽음의 성물 2부〉. 대니얼 래드클리프가 영화 촬영 첫 해부터 촬영이 끝날 때까지 지녔던 소품은 안경뿐이다. **아래** 해리는 〈해리 포터와 불의 잔〉에서 처음으로 볼드모트와 대결한다.

위에서부터 시계방향으로 실제로는 촬영되지 않은 더멋 파워의 콘셉트 아트로 해리가 검은 호수 근처로 날아가는 장면./볼드모트 역의 랠프 파인스(왼쪽)와 해리 역의 대니얼 래드클리프가 〈해리 포터와 불의 잔〉의 극적인 한 장면을 촬영하고 있다./〈해리 포터와 비밀의 방〉에서 해리가 바실리스크에게 입은 상처의 콘셉트 아트로 더멋 파워가 그렸다./〈해리 포터와 불의 잔〉 첫 번째 과제를 통과한 해리(대니얼 래드클리프, 가운데)를 프레드와 조지 위즐리(제임스와 올리버 펠프스)가 들어 올리고 있다./아기 해리(손더스의 세쌍둥이 중 한 명이 연기)의 머리에 있는 유명한 흉터. 239쪽 해리와 헤드위그가 호수 건너편에서 호그와트를 바라보고 있는 더멋 파워의 콘셉트 아트.

RON WEASLEY
론 위즐리

론 위즐리는 자니 트밈이 가장 좋아하는 캐릭터였다. "모두가 론을 좋아해요. 약자이면서도 대단한 영웅이거든요. 론의 스타일은 빨리 정해졌기 때문에 론의 옷을 입히는 게 어려웠던 적은 한 번도 없어요." 처음부터 위즐리의 색상표는 서로 대비되는 녹색, 오렌지색, 빨간색을 중심으로 이루어졌다. 론의 어머니 몰리는 이 모든 색깔로 스웨터와 목도리를 뜨는 것을 좋아하고, 이 옷들을 가차 없이 자식들에게 입힌다. "처음에는 늘 엄마가 주는 걸 입게 되죠." 트밈은 웃는다. "하지만 엄마의 취향이 별로라면, 정말 운이 없는 거예요. 론한테 그런 일이 일어났죠. 론의

엄마는 취향이 정말 별로예요. 하지만 제 생각에 론은 그런 부담에도 아랑곳하지 않는 것 같아요. 론은 너무도 호감 가는 인물이어서 론이 입는 옷을 좋아해야 할지 말아야 할지 걱정할 필요가 없죠."

트밈은 론의 스타일을 '서투름'과 '어색함'의 혼합물이라고 말하지만, "그렇게까지 옷을 못 입는 건 오히려 멋진 일로" 느껴졌다고 한다. "게다가 루퍼트 그린트는 뭘 입어도 잘 어울려요. 100퍼센트의 진심으로 옷을 입거든요."

240쪽 〈해리 포터와 혼혈 왕자〉 촬영 때의 론 위즐리(루퍼트 그린트). **위** 루퍼트 그린트가 성장한 모습. (왼쪽부터) 〈해리 포터와 마법사의 돌〉, 〈해리 포터와 아즈카반의 죄수〉, 〈해리 포터와 불의 잔〉, 〈해리 포터와 불사조 기사단〉, 〈해리 포터와 죽음의 성물 2부〉. **아래** 론과 헤르미온느(에마 왓슨)는 〈해리 포터와 죽음의 성물 2부〉에서 첫 키스를 한다.

위에서부터 시계방향으로 〈해리 포터와 비밀의 방〉에서 론이 어머니가 보낸 하울러에 놀라는 모습의 콘셉트 아트. 애덤 브룩뱅크가 그렸다./ 〈해리 포터와 비밀의 방〉에서 민달팽이를 토하는 저주에 맞아 수난을 겪는 론의 콘셉트 아트. 롭 블리스가 그렸다./〈해리 포터와 마법사의 돌〉에서 론과 반려 쥐 스캐버스의 홍보용 스틸 사진./〈해리 포터와 아즈카반의 죄수〉에서 론이 잠자리에 들기 전 털실로 짠 '위즐리 모자'를 쓰고 있는 모습.
243쪽 〈해리 포터와 혼혈 왕자〉에서 그리핀도르 팀 파수꾼이 된 론이 퀴디치 유니폼을 입은 모습과 팔 보호대를 찬 모습.

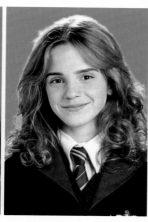

HERMIONE GRANGER 헤르미온느 그레인저

의상 디자이너 주디애나 매커브스키가 헤르미온느 그레인저의 외모에 대해서 낸 아이디어는 '정통 영국 스타일'을 유지하자는 것이었다. "저는 헤르미온느에게 주름치마와 무릎까지 오는 양말, 사랑스러운 페어아일식 스웨터를 입혔어요." 매커브스키는 1930~1940년대 영국 기숙학교 교복을 참조했고, 제2차 세계대전 시기의 옷까지도 조사했다. "헤르미온느에게는 이런 옷이 적절할 것 같았어요. 헤르미온느는 아주 단정하고, 학교에 적응하는 일에 크게 신경 쓰고 있으니까요."

헤르미온느가 나이를 먹었어도 그녀의 옷장에는 여전히 절제된 옷들이 들어 있었다. 단, 자니 트밈의 말에 따르면 그렇게 된 이유는 달랐다. "저는 헤르미온느를 자기가 가진 최고의 자산은 머리라고 생각하고 옷에는 별 신경을 쓰지 않는 소녀로 보고 옷을 입혔어요." 트밈은 설명한다. "헤르미온느는 공부하느라 아주 바쁘고, 옷을 입을 때는 무척 현실적이에요. 하지만 아주 실용적인 옷을 입어도 늘 사랑스러워 보이죠. 에마 왓슨이 아름다우니까요." 그리핀도르 로브를 걸치고 있지 않을 때 헤르미온느는 밝은 분홍색과 회색 옷을 선호했다. "헤르미온느는 론에게 호감을 느낀 다음에야 옷에 흥미를 보여요." 트밈은 웃는다.

헤르미온느는 숨 멎을 듯 아름다운 모습으로 크리스마스 무도회에 도착했을 때처럼, 세로 주름이 잔뜩 잡힌 대담한 진홍색 드레스를 입고 빌과 플뢰르의 결혼식에 나타났을 때도 위즐리 집안 어느 팬의 시선을 사로잡는다. "에마는 그 옷이 헤르미온느의 옷치고는 지나치게 대담하다고 생각했어요." 트밈은 회상한다. "하지만 헤르미온느에게는 그때가 정말로 론이 욕망하는 대상이 되기 시작한 순간이에요. 론은 갑자기 눈앞에 나타난 이 여성을 보게 되죠. 하지만 헤르미온느의 그렇게 화려한 모습을 보는 건 그때가 마지막이에요. 결혼식 도중에 죽음을 먹는 자들이 공격해 오고, 헤르미온느와 해리, 론은 도피 생활을 시작하니까요. 그 순간부터 헤르미온느는 청바지와 스웨터만 입어요. 마팔다 홉커크나 벨라트릭스의 옷을 입을 때만 빼고요."

244쪽 〈해리 포터와 비밀의 방〉에서 헤르미온느(에마 왓슨)가 폴리주스 마법약을 만들고 있다. 위 에마 왓슨은 〈해리 포터〉 시리즈를 촬영하는 동안 머리숱 많은 잘난 척하는 아이에서 아름다운 소녀로 변해갔다. 에마 왓슨이 성장한 모습. (왼쪽부터) 〈해리 포터와 마법사의 돌〉, 〈해리 포터와 비밀의 방〉, 〈해리 포터와 아즈카반의 죄수〉, 〈해리 포터와 불사조 기사단〉, 〈해리 포터와 혼혈 왕자〉. 아래 〈해리 포터와 아즈카반의 죄수〉에서 헤르미온느가 드레이코 말포이(톰 펠턴)에게 경고하고 있다.

위에서부터 시계방향으로 〈해리 포터와 비밀의 방〉에서 폴리주스 마법약 잔에 실수로 밀리선트 벌스트로드가 키우는 고양이 털을 넣은 뒤 변한 모습을 보여주는 애덤 브록뱅크의 콘셉트 아트./
〈해리 포터와 혼혈 왕자〉에서 새로운 마법약을 만드는 장면./〈해리 포터와 죽음의 성물 1부〉에서 헤르미온느(에마 왓슨)와 론(루퍼트 그린트)이 서로를 꼭 끌어안고 있다./〈해리 포터와 죽음의 성물
1부〉에서 헤르미온느가 해리, 론과 함께 도망치면서 방어 마법을 준비하고 있다. **247쪽** 〈해리 포터와 혼혈 왕자〉에서 헤르미온느가 새로운 마법을 부리는 장면을 그린 애덤 브록뱅크의 콘셉트 아트.

Albus
DUMBLEDORE 알버스
덤블도어

주디애나 매커브스키는 J.K. 롤링과 알버스 덤블도어에 대해 미리 이야기를 나누다가 그가 옷에 엄청나게 관심이 많은 사람이라는 사실을 알게 되었다. "그래서 우리는 정신 사납지 않은 선에서 덤블도어의 옷을 최대한 갈아입혔어요." 매커브스키는 말한다. "덤블도어의 의상이 아주 위엄 있어 보이기를 바라기도 했죠." 지나치게 기성품처럼 보이는 포목상의 소재를 사용하는 대신, 제작진은 엄청난 양의 벨벳에 실크스크린을 입히고 수작업으로 아플리케를 덧대어 독특한 모습을 만들어 냈다. 리처드 해리스가 입었던 가운 중 하나는 완전히 켈트식 디자인 아플리케를 덧댄 것인데, 이 작업에는 8주가 걸렸다.

〈아즈카반의 죄수〉 감독인 알폰소 쿠아론은 덤블도어에게 좀 더 현대적인 멋을 부여했다. 쿠아론은 덤블도어를 "지금도 세련되기는 하지만, 나이 든 히피족"으로 보았다. 자니 트밈은 마이클 갬번을 홀치기염색을 한 천으로 뒤덮을 기회를 놓치지 않았다. 트밈은 말한다. "지나치게 히피 같지는 않지만 아주 생생하죠. 약간 닳아빠지기는 했어도 말이

에요. 저는 덤블도어가 100년 넘게 살아오면서 엄청난 개성을 쌓았을 거라고 생각해요. 생기 넘치고, 변화무쌍하고, 늘 움직이는 사람이니까요." 이 말은 자신이 맡은 캐릭터가 계단을 뛰어 올라갈 만한 사람이라고 말했던 마이클 갬번의 주장을 반영한 것이다. 트밈은 납작하고 술이 달린 다양한 모자를 추가하고, 켈트식 디자인에서 영향받은 반지로 갬번의 손을 장식하기도 했다.

덤블도어의 상징적인 외모에는 흐르는 듯한 은색 턱수염도 포함된다. 책에서는 이 턱수염이 "허리띠에 집어넣을 수도 있을 만큼" 길다고 표현된다. 그 정도 길이의 진짜 같은 턱수염을 만들기 위해, 어맨다 나이트의 기억대로 "붙이는 데 매일 몇 시간씩 걸린" 분리된 형태의 수염을 여러 조각 만들어야 했다. 분장 팀은 〈혼혈 왕자〉에서 덤블도어의 죽음을 준비하면서 그를 더 약해 보이게 만들고 싶었다. 나이트는 말한다. "그래서 덤블도어의 턱수염을 희게 하고 훨씬 더 길게 만들었습니다. 좀 더 벌거 벗은 모습으로 보이도록 모자도 벗겼어요."

248쪽 알버스 덤블도어(마이클 갬번) 호그와트 교장이 〈해리 포터〉 시리즈에서 가장 잘 차려입은 모습 중 하나. 위 왼쪽부터 〈해리 포터와 마법사의 돌〉 덤블도어 역의 리처드 해리스./〈해리 포터와 혼혈 왕자〉에서 울 보육원에 있는 어린 톰 리들을 찾아가는 회상 장면 속 덤블도어 역의 마이클 갬번./〈해리 포터와 아즈카반의 죄수〉 덤블도어 역 마이클 갬번의 홍보용 스틸 사진. 아래 〈해리 포터와 불사조 기사단〉에서 덤블도어(마이클 갬번)가 마법 정부에 나타난 볼드모트와 싸우는 모습.

위 왼쪽과 가운데 〈해리 포터와 마법사의 돌〉에서 리처드 해리스가 입었던 의상으로 가운이 있는 것과 없는 것. 위 오른쪽 〈해리 포터와 불사조 기사단〉에서 마이클 갬번이 입었던 의상. 아래 왼쪽과 오른쪽 〈해리 포터와 불사조 기사단〉에서 마이클 갬번이 입은 로브에 수놓인 복잡한 무늬의 자수들. 251쪽 〈해리 포터와 비밀의 방〉에서 부활한 폭스에게서 재를 불어 날리는 덤블도어와 그 모습을 바라보는 해리의 콘셉트 아트로 애덤 브록뱅크가 그렸다.

LORD VOLDEMORT 볼드모트 경

볼드모트는 〈불의 잔〉의 한 장면에서 솥에서 나와 새로운 몸으로 들어가기 전까지는 완전한 모습을 드러내지 않는다. "제가 볼드모트에게 처음으로 입힌 의상은 얇은 비단 옷이었어요. 거의 세포막 같은 느낌을 주기 위해서였죠." 자니 트밈은 말한다. "우리는 몸이 잘 드러나고 단순하고 가벼운 소재를 찾았어요." 이는 벌거벗은 몸이 간신히 덮여 있다는 인상을 주기 위해서였다. 볼드모트가 점점 튼튼한 존재가 되어갈수록 그의 로브에도 실체감이 더해졌다. 다만 디자인은 일관성을 유지했다. "볼드모트에게는 갈수록 현장감이 생겨요. 그래서 새로운 힘을 얻을 때마다 비단을 한 겹씩 추가했죠." 〈해리 포터와 불사조 기사단〉에서 볼드모트와 덤블도어가 싸울 때쯤 랠프 파인스는 50미터나 되는 비단을 걸치고 있었다.

파인스의 인간적인 외형은 미묘하면서도 위협적으로 바뀌었다. 손톱과 발톱을 더 길게 늘린 것, 눈썹 위를 두툼하게 만든 것, 두피를 거의

반투명하게 보이도록 대머리에 대리석 무늬 같은 핏줄을 넣은 것, 뱀의 콧구멍처럼 가늘게 찢어진 코를 그린 것 등이 여기에 포함된다. 이런 수정이 더해진 덕분에 어둠의 왕의 모습이 완성되었다. 막판에 영화제작자들은 볼드모트의 눈을 소설에서와는 다르게 표현하기로 결정했다. 소설에 묘사된 것과 같은 붉은 눈은 감정 표현을 제약하고 관객들의 주의를 분산시킬 거라고 생각했기 때문이었다. 〈불의 잔〉 감독 마이크 뉴얼은 말한다. "인간적인 요소를 어느 정도 남겨두지 않으면 볼드모트 경에게 겁먹을 사람이 없을 겁니다."

호크룩스가 하나씩 파괴되어 가면서, 〈죽음의 성물〉에 나오는 볼드모트의 외모는 미묘하게 변한다. "볼드모트의 영혼은 우리가 지켜보는 가운데 약해져 갑니다." 특수분장효과 디자이너 닉 더드먼은 말한다. "눈이 점점 푹 꺼져가죠. 피부는 갈라지기 시작하고, 병적인 변화도 조금씩 나타납니다. 말 그대로 무너져 내리는 거예요."

252쪽 〈해리 포터와 죽음의 성물 1부〉에서 볼드모트 경(랠프 파인스)은 호크룩스가 파괴되면서 점점 약해진다. 위 톰 리들의 유년기부터 청소년기까지의 모습으로 히어로 파인스티핀(왼쪽), 프랭크 딜레인(가운데), 크리스티안 쿨슨(오른쪽)이 연기했다. 아래 〈해리 포터와 죽음의 성물 2부〉의 마지막 전투에서 볼드모트가 마법 덩굴로 해리를 위협하는 장면의 콘셉트 아트로 애덤 브록뱅크가 그렸다.

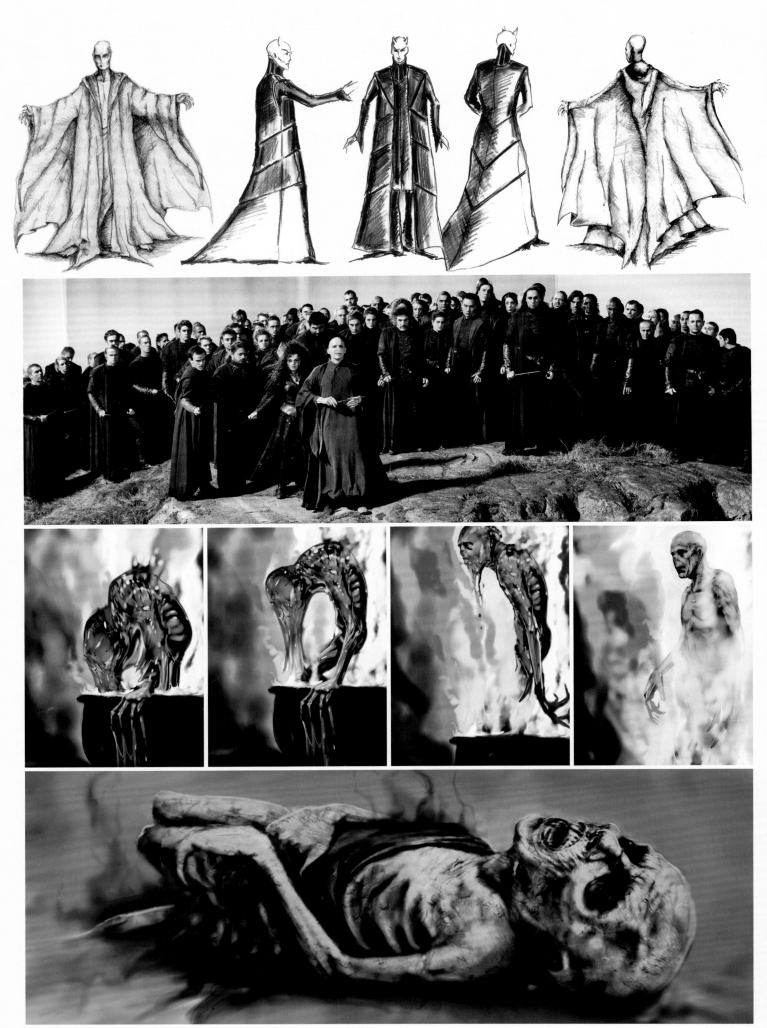

위에서부터 마우리시오 카네이로가 그린 볼드모트 의상 콘셉트 아트./〈해리 포터와 죽음의 성물 2부〉에서 자신의 군대 앞에 서 있는 볼드모트(랠프 파인스)./볼드모트가 육신을 되찾는 네 단계를 그린 폴 캐틀링의 콘셉트 아트./볼드모트가 해리에게 살해 저주를 날린 뒤 죽어가는 호크룩스를 묘사한 콘셉트 아트로 이 또한 폴 캐틀링이 그렸다. **255쪽** 〈해리 포터와 불의 잔〉에서 약한 모습의 볼드모트 콘셉트 아트로 폴 캐틀링이 그렸다.

Severus
SNAPE 세베루스 스네이프

주디애나 매커브스키가 보았던 초현실주의 그림을 토대로 한 세베루스 스네이프의 첫 의상 스케치에는 아주 긴 소매와 긴 옷자락이 달려 있었다. 매커브스키는 회상한다. "앨런 릭먼은 그 아이디어를 마음에 들어 했어요. 덕분에 입을 만한 옷이 생겼다고 했죠." 마법약 교수의 로브는 매우 검소하고, 스타일로는 빅토리아 시대 의상에 충실하며, 색은 매우 어둡다. 전통적으로 학사들의 로브에 활용되었던 소재를 이용해 만든 이 옷은 광택을 주고자 천을 묵직한 다리미로 다렸다. "약간 비틀어서 재미를 준 부분도 있어요." 매커브스키는 웃는다. "옷자락 뒤쪽에 갈라진 부분이 있어서, 스네이프가 걸어 다닐 때면 갈라진 뱀의 혀 같은 것이 뒤따라다니는 걸 보게 되죠. 스네이프는 말 그대로 뱀처럼 미끄러지듯 빠져나가요."

스네이프의 옷은 영화 전편에서 바뀌지 않은 몇 안 되는 의상 중 하나다. 자니 트밈은 이 의상을 '승자'라고 묘사한다. "굉장히 엄격하고 철저한 의상이에요. 모든 걸 자기 안에 감춰두는 옷 주인과 똑같죠!"

트밈은 로브를 걸친 배우를 무척 존경한다. "앨런 릭먼처럼 망토가 잘 어울리는 사람은 아무도 없어요. 앨런 릭먼이 어느 방에 걸어 들어가면 망토가 그의 등 뒤에서 완벽하게 펄럭이죠. 언젠가 앨런이 땅바닥에 넘어진다고 해도 망토는 앨런이 원하는 바로 그 자리에 떨어질 거예요."

왼쪽 스네이프 교수(앨런 릭먼)의 홍보용 스틸 사진. 위 〈해리 포터와 불사조 기사단〉에서 '도둑들'이 학창 시절의 스네이프를 놀리는 장면의 콘셉트 아트로 앤드루 윌리엄슨이 그렸다. 아래 〈해리 포터와 불사조 기사단〉에서 청소년 시절의 스네이프 역을 맡은 알렉 홉킨스. 257쪽 위 〈해리 포터와 죽음의 성물 2부〉에서 스네이프가 해리(대니얼 래드클리프)에게 기억을 전해주고 있다. 257쪽 아래 왼쪽 〈해리 포터와 불사조 기사단〉에서 스네이프가 해리에게 오클루먼시를 가르치고 있다. 257쪽 아래 오른쪽 〈해리 포터와 죽음의 성물 2부〉의 한 장면. 스네이프가 호크룩스의 저주에 당한 덤블도어의 손을 치료하려고 애쓰는 모습이 기억 속에서 떠오르고, 해리는 이것을 보게 된다.

RUBEUS HAGRID
루비우스 해그리드

책의 묘사에 근거한 해그리드의 첫 의상 디자인에는 두더지 가죽 코트가 필요했다. 일단, 의상 디자이너 주디애나 매커브스키는 작가가 면으로 만든 몰스킨 천을 말한 것인지, 진짜 두더지의 가죽을 말한 것인지 확인해야 했다. "롤링은 작은 두더지 여러 마리를 말한 거였어요." 매커브스키는 회상한다. "그래서 우리는 모조 모피를 두더지 모양의 천 조각으로 잘랐어요. 아주 자세히 보면, 그런 조각마다 작은 귀 모양과 옆구리와 꼬리가 달려 있어요." 〈아즈카반의 죄수〉에서 의상이 좀 더 현대적으로 변하자 해그리드의 옷도 따라서 바뀌었다. "저는 해그리드가 동물들을 돌보고 교정을 관리하는 만큼 좀 더 농부처럼 보여야 한다고 생각했어요." 자니 트밈은 말한다. "그래서 오래된 조끼와 닳아빠진 셔츠, 두꺼운 바지, 진흙탕도 걸어 다닐 수 있는 장화를 줬죠." 트밈은 벅빅의 재판 때 입을 수 있도록 해그리드에게 털이 확실히 많이 달린 정장을 주었다. 트밈은 이 옷을 만드는 일이 '악몽'이었다고 인정한다. "우리가 원하는 효과를 내려면 말 그대로 모헤어(앙고라 산양에서 얻은 모섬유—옮긴이) 조각들을 정장에 풀로 붙여야 했어요."

의상 디자이너 전원은 해그리드의 옷을 항상 두 벌씩 만들어야 하는 어려운 과제에 부닥쳤다. 하나는 로비 콜트레인이 입을 것이고, 다른 하나는 그의 대역인 마틴 베이필드가 입는 혼혈 거인용으로 25퍼센트 크게 만들어야 했다. 트밈은 말한다. "어떤 패턴이나 무늬는 아주 큰 사이즈에는 그냥 안 어울려요. 줄무늬 천을 사용하면 큰 옷에는 정말 두꺼운 줄무늬가 생기는데, 사진이 안 예쁘게 나오거든요."

258쪽 〈해리 포터와 마법사의 돌〉에서 로비 콜트레인과 팽(우노, 나폴리 마스티프가 연기한)의 홍보용 스틸 사진. **맨 위** 해그리드 피리의 콘셉트 아트. **중간** 〈해리 포터와 마법사의 돌〉에 나오는 해그리드의 초기 콘셉트 아트로 폴 캐틀링이 그렸다. **아래 왼쪽** 〈해리 포터와 마법사의 돌〉에 나오는 해그리드 역의 로비 콜트레인. **아래 가운데** 〈해리 포터와 마법사의 돌〉에서 금지된 숲에 들어갈 때 해그리드가 입었던 따뜻한 외투와 부츠. **아래 오른쪽** 〈해리 포터와 비밀의 방〉에 나오는 어린 시절의 해그리드 콘셉트 아트로 애덤 브록뱅크가 그렸다.

Minerva
MCGONAGALL 미네르바
맥고나걸

의상 디자이너 주디애나 매커브스키는 누구보다 먼저 매기 스미스가 미네르바 맥고나걸 교수의 외모에 영향을 끼쳤다고 인정할 것이다. "데임 매기는 자신만의 아이디어를 내놓았어요. 정말 훌륭한 아이디어였죠. 어딘가 스코틀랜드 느낌이 나는 것을 원하시더군요. 그래서 스코틀랜드식 태머샌터를 썼죠. 띠와 양털로 만든 전통 모자예요. 하지만 어쩌다 보니 그게 마법사의 모자가 되었죠. 맥고나걸 교수에게는 그녀만의 타탄무늬도 있어요. 물론, 색깔은 초록색이죠." 매커브스키는 말한다. 한 벌의 옷을 완성하기 위해 맥고나걸의 로브는 켈트 문양에서 영감을 받은 브로치와 핀으로 장식되었다.

위 왼쪽 맥고나걸 교수의 마법사 모자. **위 가운데** 〈해리 포터와 불의 잔〉에 나오는 맥고나걸 의상 스케치로 자니 트밈이 디자인하고 마우리시오 카네이로가 그렸다. **위 오른쪽** 맥고나걸이 잠잘 때 쓰는 모자. **아래 왼쪽** 〈해리 포터와 마법사의 돌〉에서 맥고나걸(매기 스미스, 오른쪽)이 덤블도어(리처드 해리스)와 함께 잠든 아기 해리를 보고 있다. **아래 오른쪽** 〈해리 포터와 마법사의 돌〉의 한 장면에서 맥고나걸이 헤르미온느(에마 왓슨)가 그리핀도르 기숙사에 배정되는 것을 보고 있다. **261쪽 위** 〈해리 포터와 혼혈 왕자〉에서 대연회장에 앉아 있는 맥고나걸. **261쪽 왼쪽 2컷** 〈해리 포터와 혼혈 왕자〉에 나오는 맥고나걸의 가운 고리와 의상 옷감. **261쪽 아래 오른쪽** 〈해리 포터와 혼혈 왕자〉에서 맥고나걸이 덤블도어의 죽음에 놀라고 있다.

QUIRINUS QUIRRELL

퀴리누스 퀴럴

퀴럴 교수에게 적절한 외모를 찾아주는 일은 모든 사람의 예상을 뛰어넘는 어려운 과제였다. "중동의 터번으로는 오해를 일으키지 않으면서 숨겨야 할 것을 숨길 수 없었어요." 주디애나 매커브스키는 설명한다. "실용성과 적절한 겉모습은 르네상스 시대의 터번으로 얻을 수 있었죠." 퀴럴이 어느 이상으로 관심이 끌리는 않아야 한다고 판단한 매커브스키는 "퀴럴을 너무 위엄 있게 만들고 싶지는 않았다"고 말한다. "크리스 콜럼버스는 퀴럴이 덤블도어나 스네이프처럼 위압적인 모습으로 보이길 바라지 않았어요. 그래서 퀴럴의 옷 색깔이나 소재를 덜 풍부하게 만들었죠."

위 퀴리누스 퀴럴(이언 하트, 오른쪽)이 〈해리 포터와 마법사의 돌〉에서 마법사의 돌을 찾는 법을 알아내려고 애쓰고 있다. **오른쪽** 이언 하트의 홍보용 스틸 사진. **아래** 퀴럴/볼드모트 머리 조각. 리처드 브레머가 연기한 볼드모트를 터번을 벗은 이언 하트의 머리에 디지털로 합성했다.

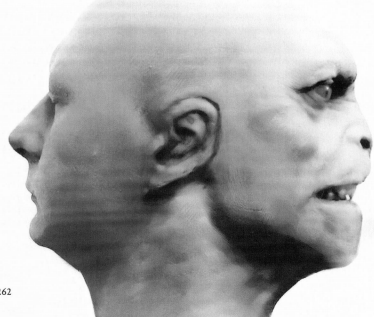

Sybill TRELAWNEY
시빌 트릴로니

에마 톰슨은 점술 교수 시빌 트릴로니의 초상화를 그려서 자니 트밈에 게 주었다. "저는 에마 톰슨의 접근 방법을 무척 높이 평가해요." 트밈은 말한다. "에마는 아주 많은 고민을 했고, 제가 보게 된 것은 그 이상 좋 을 수 없는 결과물이었어요. 저는 그 아이디어를 가져다가 제 아이디어 와 결합할 수 있었고 우리는 힘을 합쳐, 미쳤을지도 모르지만 미칠 만한 이유가 있는 어느 캐릭터를 만들어 냈어요." 트릴로니가 미래를 볼 수 있 지만 눈앞에 있는 것은 보지 못한다는 생각은 그녀의 외모에도 전해져, 두꺼운 안경과 인도의 전통 시샤 자수 기술로 조그만 장식용 거울들을 붙인 옷가지로 나타났다. 트릴로니는 그 외에도 다양한 원과 타원 무늬 로 인해 눈eyes으로 뒤덮인 것처럼 보인다.

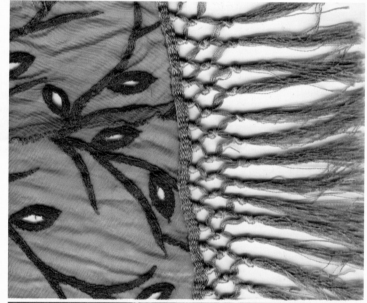

왼쪽 〈해리 포터와 불사조 기사단〉에서 호그와트에서 나가라는 얘기를 듣고 충격에 빠진 트릴로니 교수(에마 톰슨). **위와 아래** 〈해리 포터와 아즈카반의 죄수〉에 나오는 트릴로니 의상 세부. 아래 사진은 시샤 바느질로 모양이 다른 헝겊 아플리케를 붙인 모습이다.

GILDEROY LOCKHART 길더로이 록하트

의상 디자이너 린디 헤밍은 1920~1950년대의 영화배우들을 살펴보고 길더로이 록하트의 외모에 대한 영감을 얻었다. 늘 옷 입는 데 세심한 주의를 기울이는 록하트는 폭발하는 듯 호화로운 천과 색채로 몸을 감싸고 있다. 어쨌거나 그는 "자신을 위해서 멋들어진 가면을 만들어 낸, 대단히 허영심 강한 사람"이기 때문이다. 헤밍은 설명한다. "특히 학교에서 일을 시작했을 때 록하트는 알록달록한 가운을 입고 바닥을 쓸고 다니며 굉장히 화려한 인상을 남기죠." 헤밍은 록하트의 완벽한 모습을 만들어 내기 위해 "셔츠, 넥타이, 조끼, 조끼 단추, 안감을 비롯한 모든 의상을 처음부터 만들어 내야 했다"고 말을 잇는다.

록하트의 독특한 배지는 지팡이 결투 유니폼 패딩에 금실로 수놓여 있다. 전체가 황금색으로 이루어진 그의 정장 로브의 왕관 모양 커프 링크스(드레스 셔츠의 소매에 쓰이는 장식 단추―옮긴이)도 마찬가지다. 분장 팀에서는 케네스 브래나에게 과장된 가발을 씌우고(록하트가 도망치

려 할 때 이 가발을 짐 가방에 싸는 모습이 보인다), 록하트의 화려한 의상들을 보완하기 위해 완벽하게 하얀 가짜 치아도 붙여주었다.

길더로이 록하트가 쓴 책의 표지에는 다양한 이국적 장소들에 있는, 마법으로 움직이는 그의 사진들이 실려 있다. 완전히 날조된 것이기는 하지만, 록하트가 어둠의 생명체들과 만났던 놀라운 사건들을 엿보게 해준다. 이런 책 표지를 만들기 위해 그래픽디자이너 미라포라 미나와 에두아르도 리마는 배경으로 쓸 만한 장소들의 목록을 떠올린 다음, 록하트를 위해 작은 세트를 여러 개 지었다. 케네스 브래나는 적절한 옷을 입은 다음 록하트의 업적을 찬양하며 사진 또는 동영상을 찍었다. 미나는 이런 촬영을 무척 즐거워했다. "저는 이 작업이 다른 모든 전통적인 모습에서 한 발짝 떨어져 나오는 것이었다고 생각해요. 그리고 록하트가 사기꾼으로서 이룬 성취를 보여줄 기회가 되기도 했죠."

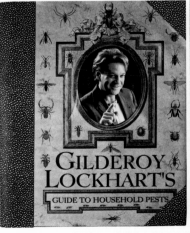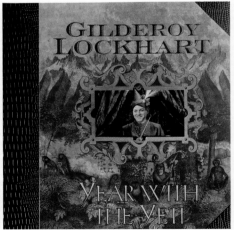

위 〈해리 포터와 비밀의 방〉에서 결투용 옷을 입은 록하트 교수(케네스 브래나)의 모습. **아래** 록하트 교수의 저서들로 그가 실제 경험하지 않은 모험을 자랑하는 내용이다. 미라포라 미나와 에두아르도 리마가 표지를 그렸다. **265쪽** 록하트 교수의 연구실은 그 자신의 액자 사진으로 가득하다. 대부분 그의 책 표지에 실린 것들이다.

Remus LUPIN 리머스 루핀

리머스 루핀의 비극적인 인생은 그의 옷에서도 드러난다. 루핀의 칙칙한 잿빛 정장은 그보다 더 칙칙한 로브에 간신히 가려진다. 로브는 소매가 짧은 데다가 극히 얇은(그리고 칙칙한) 면으로 만들어져 있다. 자니 트밈은 리머스 루핀을 "트위드 천을 걸친 교수"로 만들라는 과제를 받았다. 트밈은 말한다. "저는 루핀에게 '학계의 가운'이라고 할 만한 걸 줬어요. 조 롤링은 루핀의 옷이 여기저기 기워지고 더러워져 있다고 적었죠. 그래서 루핀의 가운을 그 자리를 거쳐 간 그 어떤 선생의 옷보다도 초라하게 만들었어요." 의상의 상태와는 관계없이 트밈은 언제든 마법사 세계에 어울리는 옷을 만들고자 노력했다. 그녀는 말한다. "저는 제가 디자인하는 모든 옷에 목깃이나 소매에 뭔가를 넣어서 전통적인 마법사의 특징이라고 할 만한 것을 강조하고자 노력해요."

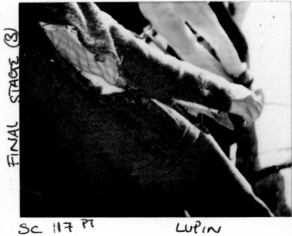

SC 117 PT   LUPIN

왼쪽 〈해리 포터와 아즈카반의 죄수〉에서 간소한 복장을 하고 있는 루핀 교수 (데이비드 슐리스). **위** 웨인 발로가 그린 매우 초창기의 콘셉트 아트로, 늑대 모습을 하고 있을 때도 인간 루핀의 얼굴이 뚜렷이 나타나 있다. 늑대인간의 최종 모습은 많이 달라졌지만 아이디어는 촬영이 진행되는 동안 계속 유지됐다. **아래** 루핀이 늑대인간으로 바뀌는 장면의 콘셉트 아트 폴라로이드 사진. 뒤에 만드는 의상도 똑같은 자리가 뜯기고 찢어지도록 하기 위해 찍어둔 것이다.

NYMPHADORA
TONKS 님파도라
통스

〈불사조 기사단〉에서 메타모르프마구스인 통스가 처음 등장할 때 그녀는 진중한 옷을 입은 오러의 모습이다. 통스는 후드 달린 운동복에 작업용 장화, 가죽 장갑, 체형이 잘 드러나는 재킷을 입고 있다. 그러나 이런 모습은 처음 통스에게 접근한 방식과는 거리가 멀었다. 통스를 연기한 나탈리아 테나의 말에 따르면, 처음에 통스는 "80년대 스타일의 화려한 인물로, 보라색 튀튀 치마에 야성적인 스타킹, 뾰족한 신발"을 신고 있었다. 의상 팀은 시리즈가 진행됨에 따라 통스의 외모를 좀 더 전투에 적합하도록 변형했는데, 베일의 방에서 벌어진 지팡이 전투에 적합하도록 단단한 부츠와 군대식 외투를 갖추어 주었다.

통스의 의상은 리머스 루핀과 결혼하면서 꽤 많이 변한다. 여전히 어느 정도 화려하기는 하지만, 좀 더 어두운 색과 뻣뻣한 소재가 사용된다. 그러다가 〈죽음의 성물〉에서는 마법사 임부복을 입어야 했다. 트림에게는 이 옷을 만드는 것이 가장 흥미로운 도전 과제 중 하나였다.

위 왼쪽 〈해리 포터와 불사조 기사단〉(왼쪽과 오른쪽)과 〈해리 포터와 혼혈 왕자〉(가운데)에서 통스는 자니 트밈이 디자인하고 마우리시오 카네이로가 그린, 개성 있는 다양한 앙상블을 입었다.
위 오른쪽 애덤 브록뱅크가 그린 통스의 콘셉트 아트로 80년대 펑크 스타일이다.
아래 통스(나탈리아 테나)가 성장하면서 의상도 크게 달라졌다. 〈해리 포터와 불사조 기사단〉(왼쪽 2컷), 〈해리 포터와 혼혈 왕자〉, 〈해리 포터와 죽음의 성물 1부〉에 나온 모습들이다.

BARTY CROUCH JR.
바티 크라우치 2세

바티 크라우치 2세가 폴리주스 마법약을 사용해 매드아이 무디로 변신하기 전 입고 있던 가죽 코트는 상황에 맞게 의상을 수선하는 일을 담당한 수석 디자이너 팀 섀너핸이 만든 것이다. 섀너핸은 외투를 낡아 보이게 만들기 위해 소재를 여러 번 구기고 긁었다. 자니 트밈이 이런 효과를 원한 이유는 캐릭터의 옷이 그 옷을 입는 캐릭터만큼이나 깊은 역사를 가지고 있어야 한다고 생각하기 때문이다. "저는 캐릭터의 옷에서 그들의 삶을 보고 싶어요. 옷은 사람을 그 사람답게 만들어 주죠. 새 옷은 누구 것이라고도 할 수 없지만, 탄 자국과 때가 묻은 외투는 살아 있어요." 바티 2세는 죽음을 먹는 자들의 재판에서 날렵한 줄무늬 정장과 정사각형 황금 단추가 달린 조끼를 입고 훨씬 더 화려한 모습을 드러낸다.

왼쪽 〈해리 포터와 불의 잔〉에서 폴리주스 마법약을 마시고 매드아이의 모습으로 변신하기 전의 바티 크라우치 2세(데이비드 테넌트).
아래 폴 캐틀링이 그린 콘셉트 아트로, 크라우치가 무디에서 원래 모습으로 돌아오는 장면이다.

MAD-EYE MOODY
매드아이 무디

자니 트밈은 매드아이 무디를 "코트를 집이자 침대로 삼는 전사"라고 표현한다. 그래서 〈불의 잔〉 의상 팀은 전쟁 시기의 해진 코트를 참조했다. "우리는 묵직한 면 능직으로 코트를 만들었어요." 의상 팀의 팀 섀너핸은 말한다. "일단은 우리가 원했던 카키색을 얻기 위해 천을 염색해야 했죠. 그런 다음 표백제와 페인트, 심지어 소형 발염 장치까지 사용해서 옷을 해지게 만들었어요. 섬유를 찢으려고 칼과 거친 붓도 사용했죠. 단추와 지퍼의 광택은 니스와 사포를 사용해서 모두 없앴습니다. 그 옷을 만드는 데 거의 80시간이 걸렸는데, 같은 작업을 몇 번 더 해야 했어요. 옷은 늘 한 벌 이상이 필요하니까요."

매드아이 무디의 '매드아이'는 애니메트로닉스 디자인 감독 크리스 바턴이 만든 특수효과다. 이 눈은 기본적으로 안에 자석이 달려 있어서 무전기를 통해 눈동자를 움직일 수 있는, 놋쇠 받침으로 둘러싸인 껍데기였다. 닉 더드먼은 회상한다. "가끔은 눈동자가 놋쇠 틀의 옆면에 부딪혀서 자석 연결이 끊어졌어요. 그러면 눈알이 휙 튕겨나갔죠!" 에트네 페넬의 분장 팀에서 무디의 눈 장치를 끼울 수 있는 판이 달린 특수 가발을 만들어 주었다. 페넬은 말한다. "가발 밑에는 엄청난 수의 전선이 들어 있어요. 그래서 머리카락을 부분부분 나누었죠. 눈 때문에 기계장치를 조정하거나 수리해야 하면, 머리카락 일부를 들어 올리고 고친 다음 머리카락을 다시 얹어놓을 수 있었어요."

위 웨인 발로가 그린 무디의 콘셉트 스케치.
오른쪽 매드아이 무디 역의 브렌던 글리슨이 홍보용 사진 촬영을 위해 포즈를 취한 모습.

Dolores
UMBRIDGE 덜로리스 엄브리지

배우 이멜다 스탠턴은 자신이 맡은 캐릭터인 덜로리스 엄브리지에 대해 아주 확실한 이미지를 갖고 있었다. 선명한 분홍색이 넘쳐나는 이미지였다. 자니 트밈은 말한다. "엉덩이가 두드러지면 좋겠다고 하더라고요. 그래서 엉덩이를 만들어 줬죠. 이멜다는 그 엉덩이를 착용하고 걷는 걸음걸이를 개발했어요. 그러자 의상의 나머지는 알아서 결정되더군요. 의상 앞면에는 패딩이 많이 들어갔어요. 이 모든 것이 엄브리지의 짧은 다리를 강조하죠." 엄브리지는 정부 공무원이므로 트밈은 그녀가 다른 교수와는 다른 모습이기를 바랐다. "게다가 엄브리지 자신도 선생처럼

보이고 싶어 하지 않아요. 그래서 굉장히 곧고, 각지고, 약간은 부르주아 느낌이 나는 옷을 디자인했어요. 엄브리지는 자신이 부드럽고 편안한 사람이라고 생각하지만요." 스탠턴은 엄브리지에게 어떤 '아우라'가 있었으면 좋겠다고 했다. 그래서 트밈은 앙고라나 다른 섬유로 이루어진 털을 활용해 엄브리지 주위에 후광이 비치는 듯한 모습을 만들어 냈다. 트밈은 말한다. "우린 무슨 일이든 했어요. 이 캐릭터의 모순을 드러내는 데 도움이 된다면요." 트밈은 스탠턴이 자기 캐릭터의 외모에 대해 강한 의견을 가지고 있었다고 말하며 웃는다. "다행히 저도 의견이 같았죠."

위 자니 트밈이 디자인하고 마우리시오 카네이로가 그린 엄브리지 교수의 복장. **중간** 엄브리지의 의상에 쓰인 원단. 칙칙한 것에서부터 아주 밝은 것까지 매우 다양한 분홍색이 쓰였다. **아래** 다양한 분홍색 의상을 걸친 엄브리지(이멜다 스탠턴). 엄브리지가 착용한 보석들에는 모두 고양이가 그려져 있다.

HORACE SLUGHORN 호러스 슬러그혼

마법약 교수 호러스 슬러그혼은 호그와트 6학년이 된 해리와 그의 친구들을 가르친다. 사람을 잘 조종하는 톰 리들을 가르친 이래 오랜 세월이 흐른 뒤다. 자니 트밈은 말한다. "슬러그혼의 옷들은 그 오래전에 마련한 것들이에요. 살면서 더 좋은 것들을 누릴 수 있었던 시절에 말이죠." 트밈은 배우 짐 브로드벤트에게 클래식한 느낌의 스리피스 맞춤 정장을 입혔다. 이 정장은 적갈색, 갈색, 베이지색으로 이루어진 호사스러운 무늬에 다양한 넥타이를 착용하는 것이 특징이다. "우리가 슬러그혼의 의상을 위해 마련한 것은 전부 부유하면서 동시에 전부 낡은 것이었어요. 슬러그혼은 오랫동안 일을 하지 않았으니까요." 트밈은 말한다. 팀 섀너핸은 이처럼 낡아빠진 효과를 낸 방법을 설명한다. "옷을 오래된 것처럼 보이게 만드는 한 가지 방법은 어깨, 소매, 주머니처럼 논리적으로 천이 닳을 만한 곳의 섬유를 그을려서 얇아지게 만드는 겁니다. 또 가루 세제로 옷을 세탁해서, 세제가 천에 남아 있도록 했어요. 오랜

세월에 걸쳐서 먼지가 쌓인 것처럼요. 부분부분 옷감의 색을 바래게 하거나 밝아지게 했고, 전반적으로 원래 소재가 가지고 있던 강한 색깔의 채도를 떨어뜨렸습니다." 이런 식으로 옷을 망가뜨리는 작업은 트밈의 표현대로 "안감 너머가 보일 때까지" 계속되었다. "그제서야 멈췄어요."

닳아빠졌을지는 몰라도, 슬러그혼은 온갖 종류의 옷을 가지고 있다. "슬러그혼은 옷을 여러 번 갈아입고, 늘 상황에 딱 맞게 입어요." 트밈은 말한다. 트밈은 인버네스(소매 없는 남성용 외투의 일종─옮긴이) 스타일 망토와 갈색 체크무늬 반코트, 호그스미드에 갈 때 입을 모피 코트까지 디자인했다. 교수 특유의 사각모를 쓴 슬러그혼의 옷은 '옥스브리지 스타일 학위복'을 모델로 삼은 것이다. 트밈은 설명한다. "슬러그혼한테는 무척 중요한 일이었어요. 자기가 학자라는 걸 무척 자랑스러워했으니까요."

위 자니 트밈이 디자인하고 마우리시오 카네이로가 그린 슬러그혼의 의상 콘셉트. **아래 왼쪽** 슬러그혼 의상 원단(위) 세부와 또 다른 의상의 나비넥타이(아래) 세부. **아래 오른쪽** 호러스 슬러그혼(짐 브로드벤트)은 〈해리 포터와 혼혈 왕자〉에서 낡았지만 고급스러운 복장으로 깊은 인상을 남겼다.

Rita SKEETER 리타 스키터

《예언자일보》의 기자 리타 스키터가 입은 의상은 늘 그녀가 보도하는 이야기에 어울리도록 디자인되었다. 자니 트밈은 말한다. "저는 황색신문의 기자들이 늘 상황에 어울리게 옷을 입는다는 걸 알게 됐어요. 애스컷 경마장에서는 중절모를 쓰고, 자동차 경기장에서는 가죽 재킷을 입는 식이죠." 영화에 처음 등장하는 순간 스키터는 '독기 어린 펜'을 날카롭게 벼려둔 상태다. 트밈은 그녀의 드레스도 같다고 설명한다. "녹색 비단은 스키터가 일할 때 드러나는 그 악독한 방식을 완벽하게 표현합니다." 트라이위저드 대회의 첫 과제에서 스키터는 몸에 딱 달라붙는 용 가죽 외투에 하이힐 부츠를 신는다. 두 번째 과제에서는 파란색 판초에 수중 식물 장식이 달린 정장을 입는다. 스키터는 젊은 시절 이고르 카르카로프의 법정에서도 강철 느낌이 나는 회색 줄무늬 정장에 망토를 걸치고 있다.

헤어스타일리스트 에트네 페넬도 자니 트밈의 주제의식을 이어받았다. "우리는 의상마다 다른 헤어스타일을 만들어 냈어요. 용을 표현하기 위해 뿔이 달린 머리띠를 준비했고, 호수 옆에서는 머리카락이 다른 때보다 더 흘러내리도록 했죠. 해리의 인터뷰 장면에서 리타 스키터를 처음으로 보게 될 때, 우리는 스키터의 머리카락이 방금까지 롤러로 말고 있었던 것처럼 보이기를 원했어요." 배우 미란다 리처드슨과 마이크 뉴얼 감독은 소설에 언급된 금니 대신 다이아몬드가 박힌 교정기를 선택했다.

위 리타 스키터 의상 콘셉트는 항상 그녀가 보도하는 이야기를 반영해서 디자인되었다. 자니 트밈이 디자인하고 마우리시오 카네이로가 그렸다. 아래 왼쪽 〈해리 포터와 불의 잔〉 홍보용 사진에 나오는 리타 스키터 역의 미란다 리처드슨. 아래 오른쪽 〈해리 포터와 불의 잔〉 펜시브 장면에 등장하는 마법 정부의 재판에서 리타 스키터가 취재하는 모습.

XENOPHILIUS LOVEGOOD 제노필리우스 러브굿

자니 트밈은 제노필리우스 러브굿의 의상을 디자인할 때 '미친 영국 귀족'을 모티프로 삼았다고 고백한다. 우리가 루나의 아버지를 처음으로 보게 되는 건 빌과 플뢰르의 결혼식에서다. 이곳에서 그는 노란색으로 맞춘 옷 한 벌을 입고 있는데, 이 옷은 바람개비 모양의 꽃들로 장식되어 있고, 딸의 드레스를 보완하는 18세기 크루얼 자수 스타일로 마무리한 것이다. 러브굿은 일상생활에서 자유로운 광기에 마음을 내주고 자기가 열정을 느끼는 대의명분을 위해 일하므로 고립될 수밖에 없다. "그래서 저는 제노필리우스에게 로브와 잠옷을 입혔어요. 그러면 안 될 이유도 없잖아요?" 로브 안에는 "루나가 아주 어렸을 때부터 수놓아 온 무늬들로 뒤덮인" 블라우스를 입었다. "제노필리우스는 퍼즐처럼 잇대어진 딸의 작품으로 가슴을 덮고 있어요. 아마 생일이나 크리스마스에 선물로 받은 것이겠죠. 자연에서 얻은 것이든, 두 사람이 함께 믿는 것이든 말이에요." (다른 마법사 로브와는 달리) 제노필리우스의 옷을 만들 때는 실을 팽팽하게 당겨서 끊는 대신 옷 가장자리에 늘어지도록 해서 옷을 무척 닳아 보이게 만들었다.

위 왼쪽부터 시계방향으로 제노필리우스 러브굿 역의 리스 이반스가 집에서 입는 가운을 입고 〈해리 포터와 죽음의 성물 1부〉 홍보용 사진 촬영을 하고 있다./자니 트밈이 디자인하고 마우리시오 카네이로가 그린 제노필리우스의 의상 스케치./〈해리 포터와 죽음의 성물 1부〉에서 제노필리우스(오른쪽)가 헤르미온느(에마 왓슨, 왼쪽 끝), 론(루퍼트 그린트, 왼쪽 두 번째), 해리(대니얼 래드클리프, 오른쪽 두 번째)에게 죽음의 성물 상징에 대해 설명하고 있다./제노필리우스가 입은 셔츠의 자수. 천 조각 각각에 수를 놓은 뒤 어린아이가 한 것처럼 삐뚤빼뚤 꿰매어 이어 붙였다.

Luna Lovegood 루나 러브굿

자니 트밈은 루나가 평범해 보이지 않기를 원했다. "그런 모습으로 사는 게 루나의 특징이에요." 트밈은 설명한다. "다른 아이들과 완전히 달라 보일 뿐 아니라, 입고 다니는 옷에 취미가 반영되도록 루나의 옷을 디자인하고 싶었어요. 루나의 취미로는 장신구 만들기와 그림 그리기가 있죠. 자연에도 흥미가 크고요. 그래서 루나는 나머지 아이들과는 조금 다른 옷을 입어요. 자기만의 취향이 있는데, 그 취향이 좀 별나죠."

루나의 긴 머리카락은 곤충이나 작은 동물처럼 생긴 클립을 활용해 고정했고, 트밈은 평범하지 않은 이 래번클로 학생을 위해 별과 달이 들어간 천을 골랐다. "어울리는 건 하나도 없어요." 트밈은 말한다. 그녀는 늘 루나를 "자신만의 홈메이드 세상에서 살아가는 사람"이라고 생각했다. "루나는 어느 누구도 보지 못하는 것들을 볼 수 있어요. 그래서 그 점을 반영하고 싶었습니다."

위 〈해리 포터와 혼혈 왕자〉, 〈해리 포터와 불사조 기사단〉에 나오는 루나의 의상 스케치로 자니 트밈이 디자인하고 마우리시오 카네이로가 그렸다. **아래 왼쪽부터 시계 방향으로** 심령 안경을 쓴 루나(이반나 린치)./자연에 대한 사랑을 드러내는 루나의 잠자리 모양 머리핀./무늬와 다채로운 색상을 좋아하는 루나의 성향을 보여주는 복장. **275쪽** 애덤 브록뱅크가 그린, 〈해리 포터와 혼혈 왕자〉에 나오는 루나의 사자 머리 모자 콘셉트 아트.

GINNY WEASLEY
지니 위즐리

아서와 몰리 위즐리의 외동딸인 지니는 오빠들의 옷을 물려받은 적이 한 번도 없었다. 하지만 몰리가 딸의 옷을 골라주었다고 해서 놀랄 사람은 아무도 없을 것이다. "영화에서는 아주 오랫동안 엄마가 딸에게 옷을 만들어 주었다는 걸 알 수 있어요." 자니 트밈은 말한다. "하지만 〈불의 잔〉에서 우리는 더 이상 안 되겠다고 생각했죠. 이제 지니는 자기 옷을 직접 골라서 사기로 했어요. 우리는 지니가 변화하기를 바랐죠." 하지만 트밈은 지니가 위즐리 가족이라는 걸 늘 마음에 새겼다. 지니의 색깔은 여전히 갈색과 초록색, 밝은 오렌지색이었다. 하지만 지니의 스타일은 집에서 만든 옷에서 조금 벗어났다. "그런 다음, 지니는 해리 포터의 마음을 사로잡는 젊은 여성이 되죠." 트밈은 말한다. "그런 만큼 지니의 옷장에도 자라나는 소녀의 섬세한 균형이 반영돼요." 지니가 오빠의 결혼식에서 입었던 들러리 옷(검은색 레이스와 흑옥 구슬로 장식한 칵테일드레스)은 지니의 성숙함을 궁극적으로 반영한다.

왼쪽 지니 위즐리(보니 라이트)가 오빠의 결혼식에서 입었던 들러리 의상. 시대를 초월하는 한발 앞선 유행이다. **위** 지니(보니 라이트)는 〈해리 포터와 비밀의 방〉(왼쪽)부터 〈해리 포터와 불의 잔〉(가운데)을 거쳐 〈해리 포터와 혼혈 왕자〉(오른쪽)에 출연하는 동안 크게 성장했다. **아래** 〈해리 포터와 혼혈 왕자〉의 버로 장면에서 해리(대니얼 래드클리프)와 지니는 서로 사랑하고 있음을 깨닫는다.

Neville Longbottom 네빌 롱보텀

네빌 롱보텀은 서툴고 어색하고 내성적일 뿐 아니라 땅딸막한 뻐드렁니에 큼직하고 튀어나온 귀를 가졌다. 하지만 이는 전부 착시다. 배우 매슈 루이스는 영화를 찍을 때마다 가짜 치아와 귀를 튀어나오게 만드는 플라스틱 소품을 활용해 신체를 변화시켰다. 몸을 뚱뚱해 보이게 하는 정장을 입기도 했다. 몇몇 배우들은 이 사실을 몰랐지만 말이다. 라벤더 브라운 역할의 제시 케이브는 한 의상 담당자가 말해주기 전까지 그 사실을 몰랐다. 루이스가 그냥 요동치는 몸무게로 고생하나 보다 생각했다는 것이다.

〈죽음의 성물〉에서 매슈는 마침내 패딩을 벗을 수 있었다. 네빌은 호그와트의 은신처에서 지내면서 해리가 돌아올 때까지 덤블도어의 군대를 이끌고 있었다. 영화제작자들은 네빌을 좀 더 날씬하게 만들어 그가 스트레스로, 또 제때 식사를 하지 못하는 상황에 영향을 받은 것처럼 보이게 했다.

위 〈해리 포터와 마법사의 돌〉(왼쪽), 〈해리 포터와 비밀의 방〉(가운데)에서 수줍음 많고 어설펐던 네빌 롱보텀(매슈 루이스)은 〈해리 포터와 죽음의 성물 2부〉에서 영웅으로 거듭난다. **중간** 〈해리 포터와 불의 잔〉에서 네빌이 크리스마스 무도회에 앞서 잠옷 바람으로 춤 연습을 하고 있다. **아래** 네빌이 달빛 아래에서 가운을 입고 춤 연습을 하는 장면의 콘셉트 아트로 앤드루 윌리엄슨이 그렸다. 실제로는 촬영되지 않았다. **오른쪽** 네빌은 〈해리 포터와 불사조 기사단〉에서 성격이 좀 더 적극적으로 변한다.

DRACO MALFOY
드레이코 말포이

학교에 입학하고 5년 동안 슬리데린 로브를 입고 다녔던 드레이코 말포이는 〈혼혈 왕자〉에서 교복을 벗고 볼드모트가 내린 위험한 임무를 반영하는 좀 더 성숙하고 어두운 옷을 걸친다. 자니 트밈은 말한다. "드레이코는 다른 어떤 이야기보다도 〈혼혈 왕자〉에서 자기 아버지의 아들처럼 굴어요. 우리는 드레이코에게 검은색 맞춤 정장을 입혔어요. 이미 학교를 졸업한 것처럼요. 드레이코가 학교를 떠나려 한다는 걸 정말로 보여주고 싶었거든요."

왼쪽 드레이코 말포이 역의 톰 펠턴. **맨 위** 〈해리 포터와 혼혈 왕자〉에서 드레이코가 어둠의 징표를 드러내면서 자신이 죽음을 먹는 자임을 밝히고 있다. **중간** 〈해리 포터와 비밀의 방〉에서 드레이코가 해리와의 결투를 준비하고 있다. **아래** 〈해리 포터와 죽음의 성물 2부〉에서 슬리데린의 그레고리 고일(조시 허드먼, 왼쪽)과 블레이즈 자비니(루이스 코디스, 오른쪽)가 드레이코의 양옆에서 필요의 방으로 들어가고 있다.

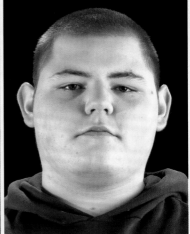

VINCENT CRABBE
AND GREGORY GOYLE

빈센트 크래브와 그레고리 고일

다른 세 기숙사의 학생들은 영화 내내 평상복을 입고 다니지만, 드레이코 말포이의 슬리데린 졸개인 크래브와 고일은 단 한 번도 교복을 벗지 않는다.

위 〈해리 포터와 아즈카반의 죄수〉에서 친구 크래브(제이미 웨일럿, 오른쪽), 고일(조시 허드먼)과 함께 있는 말포이(톰 펠턴, 가운데). **왼쪽** 〈해리 포터와 불사조 기사단〉에서 장학관 직속 선도부에 들어간 말포이, 크래브, 고일은 필치(데이비드 브래들리, 왼쪽 끝)와 함께 권력의 맛을 알게 된다. **아래** 웨일럿(왼쪽)과 허드먼이 〈해리 포터와 혼혈 왕자〉 때 찍은 사진.

CHO CHANG 초챙

초 챙은 뼛속까지 래번클로다. 크리스마스 무도회에서 입은 드레스를 제외하면, 그녀는 늘 파란 옷을 입는다. 기숙사 로브를 입지 않을 때면 분홍색이나 회색으로 가볍게 강조한 파스텔 톤의 파란색 옷을 입는다. 자니 트밈은 관객들이 각 캐릭터의 기숙사를 구분하는 것이 중요한 일이라고 생각하고, 학생들이 입는 평상복에까지 이 아이디어를 적용했다.

왼쪽 〈해리 포터와 불사조 기사단〉에서 초 챙 역의 케이티 렁.
위 덤블도어의 군대 모임에서 연습을 하면서 해리(대니얼 래드클리프, 왼쪽)에게 마법을 배우고 있다.

Cedric DIGGORY 세드릭 디고리

후플푸프의 미남 세드릭은 트라이위저드 대회의 세 과제에서 해리와 보완관계를 이루는 의상을 입었다. 세드릭은 후플푸프의 노란색과 검은색 옷을 입고 등장하고, 해리는 그리핀도르의 진홍색 옷을 입는다. 〈해리 포터와 불의 잔〉에서 학생들은 세드릭을 응원하는 뜻으로 '세드릭 디고리를 응원합니다/포터는 구려' 배지를 달고 있었지만, 세드릭 자신은 이 배지를 단 적이 한 번도 없다.

위 왼쪽과 오른쪽 미라포라 미나와 에두아르도 리마가 디자인한, 빛을 뿜는 '호그와트의 진정한 대표 선수 세드릭 디고리를 응원합니다/포터는 구려' 배지의 그래픽으로 〈해리 포터와 불의 잔〉에서 학생들이 달고 있었다. **위 가운데** 세드릭의 트라이위저드 유니폼 의상 스케치로 자니 트밈이 디자인하고 마우리시오 카네이로가 그렸다. **오른쪽** 세드릭 디고리 역의 로버트 패틴슨.

Lavender Brown 라벤더 브라운

자니 트윔은 라벤더 브라운의 외모가 낭만적인 속마음을 반영하기를 바랐다. "라벤더는 사랑에 빠지는 것 자체를 사랑해요. 사랑스러우면서도 요염하죠. 그래서 저는 라벤더가 아주 여성스럽고, 예쁜 색깔과 엄청나게 많은 패턴이 들어간 옷들을 입기를 원했어요." 라벤더는 아무리 짧게 등장하더라도 화면에 나올 때마다 매번 옷을 갈아입는다.

왼쪽 〈해리 포터와 혼혈 왕자〉에서 라벤더 브라운(제시 케이브, 왼쪽)이 좋아하는 론(루퍼트 그린트)과 함께 있는 모습. **위** 라벤더가 김 서린 호그와트 급행열차 창문에 그녀와 론의 이름 앞 글자를 쓰고 하트를 그리고 있다.

SEAMUS FINNEGAN AND DEAN THOMAS

셰이머스 피니건과 딘 토머스

해리 포터의 기숙사 친구들은 그리핀도르의 황금색과 진홍색으로 이루어진 옷을 자랑스럽게 입는다. 셰이머스 피니건은 남학생 중 가장 옷을 단정치 못하게 입는 아이로 보인다. 한 번도 넥타이를 똑바로 매거나 셔츠를 바지 속에 넣어 입지 않았기 때문이다. 책에서처럼 딘 토머스의 키를 론보다 크게 만드는 데는 특수효과가 필요 없었다. 배우 앨프리드 이넉은 가만히 놔둬도 원래 루퍼트 그린트보다 컸기 때문이다. 앨프리드는 〈불의 잔〉과 〈불사조 기사단〉 사이에 거의 30센티미터나 자랐다.

왼쪽 〈해리 포터와 마법사의 돌〉에서 그리핀도르 기숙사 휴게실에 있는 딘 토머스(앨프리드 이넉, 왼쪽)와 셰이머스 피니건(데번 머리). **가운데** 셰이머스 피니건 역 데번 머리의 〈해리 포터와 불사조 기사단〉 홍보용 사진. **오른쪽** 딘 토머스 역 앨프리드 이넉의 〈해리 포터와 불사조 기사단〉 홍보용 사진.

FRED AND GEORGE
WEASLEY 프레드와 조지 위즐리

호그와트 6학년이 될 때까지 위즐리 쌍둥이는 가족 중 가장 보수적인 옷을 입는 것으로 생각됐을지 모른다. 가끔 어머니 몰리가 만든 스웨터나 목도리를 걸칠 때를 제외하면, 프레드와 조지는 교복을 입거나 별로 이목을 끌지 않는 줄무늬 옷, 가끔 격자무늬 옷을 입었을 뿐이다. 이 모든 것은 둘이 학교를 떠나 다이애건 앨리에서 위즐리 형제의 위대하고 위험한 장난감 가게를 열면서 바뀐다. 자니 트밈은 말한다. "쌍둥이에게는 취향이 있어요. 화려한 사업가가 되고 싶어 하죠." 이들의 옷에서 드러나는 사업가로서의 새로운 멋은 가느다란 세로줄무늬가 들어간 맞춤 정장에서 두드러지게 드러난다. 이 정장은 마법사들의 보편적 정장이 그렇듯 어깨가 뾰족하고, 조끼와 셔츠 색깔은 대조를 이룬다. 프레드와 조지는 서로를 구분하기 위해 새로운 옷을 살 기회도 누렸다. "둘에게 똑같은 옷을 입히는 건 지나치게 쉬운 일이었을 거예요." 트밈은 말한다. "그래서 둘은 똑같은 스웨터를 입더라도 서로 다른 보색의 스웨터를 입었어요."

위 〈해리 포터와 불사조 기사단〉의 위즐리 쌍둥이 조지(올리버 펠프스, 왼쪽)와 프레드(제임스 펠프스, 오른쪽).
아래 왼쪽 〈해리 포터와 마법사의 돌〉 촬영 때 대연회장에서 찍은 쌍둥이의 폴라로이드 사진.
아래 가운데 〈해리 포터와 불의 잔〉의 프레드와 조지.
오른쪽 〈해리 포터와 혼혈 왕자〉에서 비즈니스맨으로 변신한 쌍둥이의 마법사 사업가 의상.

Bill WEASLEY 빌 위즐리

빌 위즐리의 의상은 약간 보수적이면서도 모험의 멋을 풍긴다. 빌은 플뢰르 들라쿠르와의 여름 결혼식에서 앞장서서 위즐리 가족에게도 패션 감각이 있다는 것을 보여주었다. 자니 트밈은 플뢰르가 약혼자의 옷에 대해서 뭔가 의견이 있으리라고 생각했다. 그래서 높은 목깃을 달아 빌의 와인색 정장을 맞춤 제작함으로써 프랑스의 영향을 보여주었다.

PERCY WEASLEY
퍼시 위즐리

반장 퍼시 위즐리는 호그와트에 다닐 때부터 미래의 원리원칙주의자 관료다. 퍼시의 정장 로브와 훗날 정부에서 입는 짙은 초록색 정장은 칙칙하긴 해도 늘 흠 하나 없다. 호그와트에서 전투가 벌어지는 동안에도 그는 정장에 넥타이를 매고 있다. 영화에서 퍼시는 몰리가 만든 옷을 입지 않고 등장하는 유일한 위즐리 가족이다.

위 왼쪽 〈해리 포터와 죽음의 성물 2부〉에 나온 빌 위즐리(도널 글리슨, 오른쪽)와 그의 아내 플뢰르 들라쿠르(클레망스 포에지). **위 오른쪽** 빌이 늑대인간 펜리르 그레이백과 마주쳤을 때 입은 상처.
아래 왼쪽 〈해리 포터와 불사조 기사단〉에서 덤블도어 군대가 둘러싼 가운데 퍼시(크리스 랭킨, 가운데)가 해리(대니얼 래드클리프, 왼쪽)와 초 챙(케이티 렁, 오른쪽)을 붙들고 있다.
아래 오른쪽 〈해리 포터와 죽음의 성물 2부〉 호그와트 전투 촬영 때 교정 세트장에서 세로줄무늬 정장을 입고 찍은 퍼시 위즐리 역 크리스 랭킨의 의상 착용 숏.

Arthur and Molly
WEASLEY
아서와 몰리 위즐리

위즐리 부부는 트위드와 모직 옷 덕분에 누가 뭐래도 눈에 띈다. 이런 옷은 둘의 형편이 넉넉하지 않다는 사실과 가족으로서 두 사람이 가진 자긍심을 둘 다 보여준다. 〈해리 포터와 비밀의 방〉의 보조 의상 디자이너 마이클 오코너는 말한다. "[프로덕션 디자이너] 스튜어트 크레이그와 의상 디자이너 린디 헤밍, 그리고 저는 부부의 가정생활에 대해서 의논했어요. 어쩌면 이들의 집이 가끔 추울지도 모르겠다는 생각이 들었죠. 또 몰리 위즐리가 다림질을 즐기지는 않지만, 뜨개질을 좋아한다는 생각도 했고요. 그래서 모직과 트위드를 사용하는 모험을 시작했습니다." 이들은 빈티지 모직 스웨터와 셔츠, 치마를 사서 조끼나 드레스로 고쳤다. 코바느질로 옷 가장자리를 장식한 경우도 많았다. 몰리 위즐리는 리크랙(지그재그 모양의 장식용 띠―옮긴이)이나 특이한 단추, 레이스 조각

등으로 장식된 밝은 색깔 드레스를 입기도 했다. 몰리를 위해 디자인된 모든 것은, 캐릭터에 몰리 특유의 모성적인 가슴과 몸집을 부여하기 위해 배우 줄리 월터스가 걸쳤던 폭넓은 패딩에 맞게 제작해야 했다. 처음에는 이 패딩 안에 새 모이를 채웠는데, 현지 촬영을 나갈 때 문제가 생겼기에 서둘러 합성 소재로 바꿨다. 몰리는 아들의 결혼식에서야 늘 입던 옷과 늘 사용하던 색상표를 버리고 밝은 청록색 패턴의 주름치마를 입을 수 있었다.

아서 위즐리는 공무원 스타일 복장을 한 모습으로 자주 그려진다. "1950년대의 옷을 참고했어요." 오코너는 말한다. "뾰족한 모자라는 마법사 요소를 덧붙였죠. 당시에는 그게 트릴비 중절모나 마찬가지였어요."

위 집에서 손으로 만든 느낌이 나는 몰리 위즐리의 의상 스케치. **아래 왼쪽** 몰리가 〈해리 포터와 불사조 기사단〉에서 착용한 찻주전자 모양의 귀걸이.
아래 오른쪽 몰리의 앞치마를 만들 때 사용한 옷감 중 하나.

위 왼쪽부터 시계방향으로 몰리 위즐리 역의 줄리 월터스가 〈해리 포터와 혼혈 왕자〉 촬영 때 찍은 사진./〈해리 포터와 비밀의 방〉에서 개학에 앞서 이집트로 빌을 찾아간 위즐리 가족./〈해리 포터와 마법사의 돌〉에서 몰리가 해리(대니얼 래드클리프, 가운데)에게 9와 4분의 3번 승강장의 위치를 가르쳐 주는 장면./〈해리 포터와 죽음의 성물 1부〉에 나오는 장면으로 론(루퍼트 그린트)이 머글 물건들을 앞에 둔 아버지 아서(마크 윌리엄스)에게 작별 인사를 하려 하고 있다./〈해리 포터와 불사조 기사단〉에서 내기니에게 물렸다가 회복한 아서가 몰리가 새로 짜준 털목도리를 두르고 있다./아서 위즐리 역의 마크 윌리엄스가 〈해리 포터와 혼혈 왕자〉 홍보용으로 찍은 사진.

The DURSLEYS 더즐리 가족

보수적인 더즐리 가족이 결코 원하지 않는 게 하나 있다면 그것은 남들과 다르게 보이는 것이다. 그래서 이들은 '정상적으로' 보이기 위해 엄청난 노력을 기울인다. "더즐리 부인은 자기가 상냥하고 정상적인 사람이라고 생각해요." 주디애나 매커브스키는 말한다. "더즐리 씨도 마찬가지죠. 하지만 이 말이 보기 싫은 의상으로 관객들을 무시해야 한다는 뜻은 아니에요." 매커브스키는 영국 중산층 가족이 입을 거라고 생각되는 옷을 그들에게 입혀서 이 가족의 겉모습에 생기를 더했다. 그 옷이란 꽃무늬 앞치마와 카디건, 트위드 정장, 스웨터 베스트, 교복에 밀짚모자였다.

더즐리 가족의 외모는 세월이 가도 변하지 않았지만, 이 가족의 뚱뚱한 아들 더들리를 연기한 해리 멜링은 〈죽음의 성물 1부〉 작별 인사 장면에 나오기 전에 25킬로그램 이상 살을 뺐다. 그 말은 닉 더드먼과 특수분장효과 팀이 그를 위해 완벽한 보디슈트bodysuit를 만들어야 했다는 뜻이다.

위 〈해리 포터와 불사조 기사단〉에 나오는 버넌과 피튜니아 더즐리의 독특한 여름 의상 스케치로 자니 트밈이 디자인하고 마우리시오 카네이로가 그렸다. **아래 왼쪽** 피튜니아 의상 원단의 무늬. **아래 오른쪽** 더들리 더즐리의 스멜팅스 교복으로 〈해리 포터와 비밀의 방〉에서 입었다.

SC. 22 pt.
UNCLE VERNON

SC 4
AUNT PETUNIA

SC. 22
D2
DUDLEY

SC 40A
D5
AUNT PETUNIA

위 왼쪽부터 시계방향으로 〈해리 포터와 마법사의 돌〉에서 피튜니아(피오나 쇼)와 버넌 더즐리 (리처드 그리피스)가 해그리드를 보고 놀라고 있다./〈해리 포터와 마법사의 돌〉에서 해리(대니얼 래드클리프, 왼쪽)를 못마땅해하는 버넌 이모부와 피튜니아 이모./〈해리 포터와 불사조 기사단〉에서 디멘터에 놀란 아들 더들리(해리 멜링) 곁에 있는 버넌과 피튜니아./리처드 그리피스(〈해리 포터와 마법사의 돌〉, 왼쪽)와 피오나 쇼(〈해리 포터와 비밀의 방〉, 오른쪽)의 폴라로이드 사진들./〈해리 포터와 마법사의 돌〉에서 해리의 호그와트 입학 통지서를 보고 놀라는 더들리 가족./해리 멜링 (〈해리 포터와 마법사의 돌〉, 왼쪽)과 피오나 쇼(〈해리 포터와 비밀의 방〉, 오른쪽)의 폴라로이드 사진./〈해리 포터와 마법사의 돌〉 홍보용 스틸 사진으로 스멜팅스 교복을 입은 더들리와 그를 자랑스러워하는 부모님.

JAMES AND LILY POTTER 제임스와 릴리 포터

소망의 거울에 처음 등장했을 때부터 금지된 숲에 나타나 해리를 안심시켜 줄 때까지 릴리와 제임스 포터는 아들을 너무도 사랑하는, 사랑스러운 옷을 입은 부부로 그려졌다. 해그리드가 해리에게 준 앨범 속 사진에서도 둘은 소박한 옷을 입고 있지만, 늘 당시의 패션을 따르고 있다. 민무늬 스웨터와 차분한 색상으로 이루어진 평소 스타일은 아들 해리의 취향이 반영된 것이 분명하다.

The MARAUDERS 도둑들

회상 장면에서 호그와트 시절의 제임스 포터를 비롯한 도둑들(리머스 루핀, 시리우스 블랙, 피터 페티그루)을 표현할 기회를 갖게 되었을 때 알폰소 쿠아론은 머글 세계에서 이들과 논리적으로 평행 관계를 이룰 만한 사례를 찾았다. 감독은 말한다. "저는 이들이 장난스러운 어린 시절을 보냈다는 점에서 60년대 말에서 70년대 초반까지 활동했던 또 다른 사총사, 비틀스와 비슷하다고 생각했습니다. 제임스는 폴 매카트니 같았어요. 잘생기고 자기 확신에 차 있었죠. 시리우스는 존 레넌과 비슷했고요. 약간은 무정부주의적인 말썽꾸러기였으니까요. 우리는 이들에게 구레나룻을 달아주고 작은 안경을 씌우고 긴 셔츠를 입혔습니다." 불사조 기사단이 모여 있는 사진도 이런 아이디어를 확장한 것으로, 네루 칼라와 나풀거리는 셔츠를 통해 이들이 계속 1960~1970년대 사랑과 평화 운동 분위기를 풍기도록 했다.

위 왼쪽 성인이 된 릴리 포터의 의상 스케치로 자니 트밈이 디자인하고 마우리시오 카네이로가 그렸다. **오른쪽 위** 〈해리 포터와 불사조 기사단〉에서 해리(대니얼 래드클리프)가 스네이프 교수의 기억에 나오는 청소년 시절의 부모님 제임스(로버트 자비스)와 릴리(수지 시너)를 보고 있다. **오른쪽 중간** 〈해리 포터와 죽음의 성물 2부〉에서 해리는 금지된 숲에서 부활의 돌을 사용해 루핀(데이비드 슐리스, 왼쪽), 제임스(에이드리언 롤린스, 가운데), 시리우스(게리 올드먼)를 본다. **아래 왼쪽** 〈해리 포터와 불사조 기사단〉에서 펜시브의 기억에 나타난, 호그와트 교복을 입은 도둑들.(왼쪽부터) 시리우스/패드풋(제임스 월터스), 제임스/프롱스(로버트 자비스), 리머스/무니(제임스 어트친, 가운데 뒤), 피터/웜테일(찰스 휴스).

SIRIUS
BLACK 시리우스 블랙

자니 트밈은 탈옥수 시리우스 블랙의 아즈카반 죄수복에 대한 상상력을 펼쳐나가는 과정에서 고전적인 죄수복 스타일, 즉 '더러운 줄무늬 옷'을 선택했다. 트밈은 시리우스의 단정치 못한 외모를 완성하기 위해 시리우스가 어떻게 도주 생활을 할지 고민하다가 "도망치고 있으니 어디선가 코트를 주워 입었겠다"고 생각했다.

블랙의 의상을 찾는 것은 쉬웠지만, 그의 헤어스타일을 만들어 내는 작업은 쉽지 않았다. 개리 올드먼에게 아주 짧은 머리, 아주 희어진 머리, 심지어 듬성듬성 빠진 머리까지 시험해 보았다. 턱수염을 달았다가 떼어보기도 했다. 결국 제작자들은 긴 머리에 턱수염을 잔뜩 기른 야성적인 모습을 선택했다. 알폰소 쿠아론 감독은 아즈카반 죄수들의 문신을 제안했다. 이 문신은 다양한 연금술 기호와 룬문자를 나타낸다.

〈불사조 기사단〉에서 시리우스는 깨끗이 목욕하고 조상들의 집인 그리몰드가 12번지에서 살게 된다. 트밈은 시리우스가 기회만 주어진다면 가장 좋았던 시절의 패션에 따라서 옷을 입을 거라고 생각했다. 그리고 그 시절이란 1970년대 후반, 도둑들과 함께 보낸 시간이다. "당시에 시리우스 블랙은 록스타였어요." 트밈은 말한다. "인기도 많았고 화려했죠. 저는 시리우스의 옷장에 여전히 그때의 멋진 의상들이 들어 있을 테고, 그가 이 의상들을 다시 입고 싶어 할 거라고 생각했어요. 시리우스는 그 옷들을 훌륭하게 소화했죠. 물론 그전엔 넝마를 입고 다녔으니 뭘 입어도 멋져 보였겠지만요!" 시리우스의 의상은 수십 년 동안 옷장에 들어 있었으므로, 제작진은 좀이 슬고 낡은 모습을 연출하는 데 신경을 썼다.

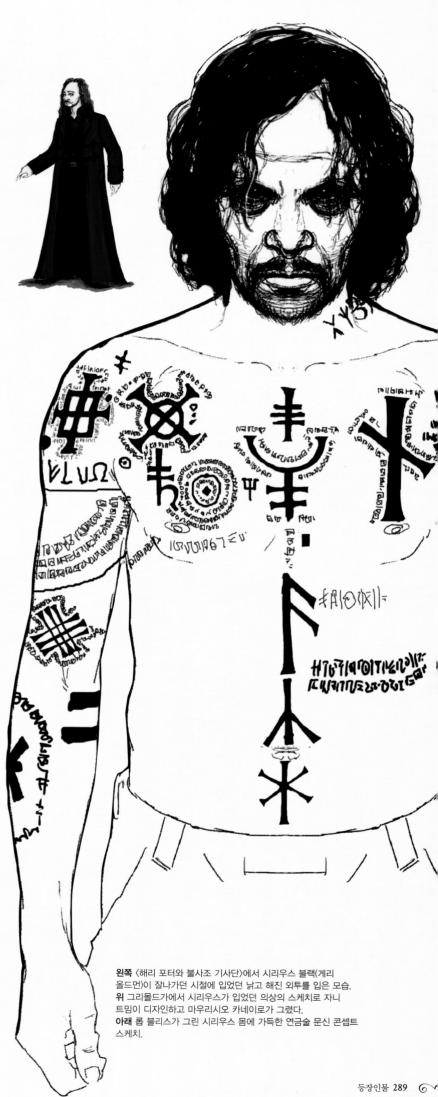

왼쪽 〈해리 포터와 불사조 기사단〉에서 시리우스 블랙(게리 올드먼)이 잘나가던 시절에 입었던 낡고 해진 외투를 입은 모습.
위 그리몰드가에서 시리우스가 입었던 의상의 스케치로 자니 트밈이 디자인하고 마우리시오 카네이로가 그렸다.
아래 롭 블리스가 그린 시리우스 몸에 가득한 연금술 문신 콘셉트 스케치.

Filius FLITWICK 필리우스 플리트윅

워릭 데이비스가 연기한 일반 마법 교수 필리우스 플리트윅의 첫 모습은 전통적인 마법사를 떠올리게 했다. 긴 로브에 흰 수염을 기르고 뾰족한 모자를 쓰고 있었기 때문이다. 플리트윅은 〈아즈카반의 죄수〉 최종 대본에서는 살아남지 못했으나, 제작진은 워릭 데이비스가 계속 이 영화에 참여하기를 바랐다. 그들은 데이비스에게 턱시도를 입은 합창단 지휘자 역할을 제안했다. 데이비스는 이 역할을 '마법 음악 교수'라고 부른다. 〈불의 잔〉에서 마이크 뉴얼 감독은 플리트윅에게 좀 더 가볍고 젊고 건강한 모습을 부여하는 것이 낫다고 판단했다. 이번에도 워릭 데이비스는 턱시도를 걸치고 호그와트 합창단을 지휘했다. 다만 이번에 그가 맡은 역할은 필리우스 플리트윅이었다.

ARGUS FILCH 아거스 필치

배우 데이비드 브래들리는 그가 맡은 캐릭터 아거스 필치의 외모를 "서부 시대의 정신 나간 영감과 중세의 소매치기"를 섞은 것이라고 설명한다. 어맨다 나이트와 헤어스타일리스트 에트네 페넬은 필치에게 제멋대로 자란 머리카락을 붙이고, 듬성듬성한 짧은 수염과 끔찍한 치아를 선사했다. 필치는 기름지고 형태를 알기 어려운 다양한 외투를 입고 투박하고 더러운 부츠도 신었다.

필치의 충성스러운 고양이 조수 노리스 부인은 필치의 품에 안겨 쉬거나 그의 어깨에 앉거나 그를 졸졸 따라다니도록 훈련받은 메인쿤 고양이 몇 마리가 연기했다. 이 고양이들은 촬영 도중 카메라를 보도록 훈련을 받았다. 덕분에 노리스 부인의 특징인 빨간 눈이 나중에 디지털로 삽입될 수 있었다. 후반부 영화에서는 빨간 눈을 뺐다. 고양이는 애니메트로닉스나 CGI의 산물이 아니라 완전한 진짜 고양이로 남았다.

위 왼쪽 〈해리 포터와 마법사의 돌〉에 나온 필리우스 플리트윅(워릭 데이비스)의 모습이 〈해리 포터와 아즈카반의 죄수〉에서 깔끔하고 단정한 외모로 바뀌면서, 분장 시간이 네 시간에서 세 시간 반으로 줄었다. 위 오른쪽 〈해리 포터와 불의 잔〉에 나오는 오케스트라 지휘자의 의상 스케치로 자니 트밈이 디자인하고 마우리시오 카네이로가 그렸다. 아래 왼쪽 노리스 부인을 안고 있는 아거스 필치(데이비드 브래들리)는 〈해리 포터와 죽음의 성물 2부〉에서도 여전히 호그와트 건물 관리인으로 나온다. 아래 오른쪽 〈해리 포터와 불사조 기사단〉에서 필치가 사용한, 룬문자가 새겨진 호루라기.

POMONA SPROUT
포모나 스프라우트

매우 적절하게도 약초학 교수 포모나 스프라우트의 옷은 흙빛을 띠고 있다. 그녀의 목깃과 소매는 식물 줄기와 덩굴로 장식되어 있거나 나뭇잎 형태의 모서리 장식이 달려 있으며, 마법사 모자는 뻣뻣한 삼베로 만들어져 있다. 스프라우트 교수는 늘 튼튼하지만 낡은 정원용 장갑을 낀 모습으로 등장한다. 손가락마다 노끈이 묶여 있어, 그녀가 맨드레이크와 여러 번 만났다는 사실을 증명한다.

Poppy Pomfrey 포피 폼프리

폼프리 선생은 치마에 뾰족한 캡을 쓰고 점퍼스커트를 입는다. 19세기까지 간호사들이 입었던 상징적인 간호사복에 근거한 복장이다. 폼프리 선생은 앞치마에 모래시계 핀을 꽂고 다닌다. 환자들의 맥박을 재기 위해 간호자들이 자주 달고 다니는 시계 핀의 마법사 버전이라고 할 수 있다.

위 왼쪽 〈해리 포터와 비밀의 방〉에서 자신이 키우는 맨드레이크들 사이에 있는 스프라우트 교수(미리엄 마골리스). **위 오른쪽** 〈해리 포터와 죽음의 성물 2부〉에 나오는, 식물을 닮은 스프라우트 교수의 겉옷과 모자 콘셉트 스케치로 자니 트밈이 디자인하고 마우리시오 카네이로가 그렸다. **아래 왼쪽** 호그와트 양호교사 폼프리 선생의 의상 스케치로 자니 트밈이 디자인하고 마우리시오 카네이로가 그렸다. **오른쪽** 포피 폼프리 역의 제마 존스.

Madame MAXIME 막심 교장

보바통 마법학교의 교장은 프랜시스 드 라 투르와 드 라 투르의 얼굴을 애니메트로닉스 인공 기관으로 만들어 착용한 적절한 키의 대역이 함께 연기했다. "키가 2미터 10센티미터나 되는 이언 화이트를 찾을 수 있어서 다행이었어요." 닉 더드먼은 말한다. "이언은 죽마를 타고(하이힐까지 신고) 서 있었죠. 덕분에 키가 2미터 50센티미터나 됐어요." 화이트가 입은 보디슈트는 마틴 베이필드가 해그리드 역할을 하기 위해 입었던 것보다 정교한 것이었다. 막심 교장은 몸에 딱 달라붙는 드레스를 몇 벌 입기 때문이다.

Fleur DELACOUR 플뢰르 들라쿠르

프랑스 출신인 의상 디자이너 자니 트밈은 보바통 여학생들에게 어떤 옷을 입히고 싶은지 정확히 알고 있었다. "제 생각에 프랑스 여자아이에게 일어날 수 있는 최악의 사태는 스코틀랜드에서 빗속에 갇히는 거예요." 트밈은 웃는다. "그래서 저는 그 아이들이 호그와트의 날씨에 전혀 맞지 않는 옷을 입은 모습을 보여주고 싶었어요." 트밈은 프랑스 교복 색깔이 하일랜드의 지배적인 색깔과 눈에 띄게 대조적이기를 바랐다. 하일랜드의 주된 색깔은 초록색, 갈색, 회색이 한데 섞여 있는 것이었다. "그런 만큼 보바통의 선명하고 밝은 푸른색 비단은 하늘하늘 두드러져 남자아이들의 시선을 끌겠죠."

위 왼쪽 막심 교장 역의 프랜시스 드 라 투르. 의상과 맞추기 위해 머리 염색을 자주 했다. **위 오른쪽** 〈해리 포터와 불의 잔〉에 나오는 막심 교장의 의상 스케치로 자니 트밈이 디자인하고 마우리시오 카네이로가 그렸다. **아래 왼쪽** 보바통 마법학교 여학생 의상 스케치로 자니 트밈이 디자인하고 마우리시오 카네이로가 그렸다. **아래 오른쪽** 보바통 대표 선수 플뢰르 들라쿠르 (클레망스 포에지).

IGOR
KARKAROFF 이고르 카르카로프

프레드라그 벨라츠가 연기한 이고르 카르카로프에게는 두 가지 상반된 모습이 있다. 처음에 우리는 그가 바닥에 끌리는 긴 모직 코트와 두꺼운 모직 옷을 입고 있는 것을 보게 된다. 이 모습은 북유럽의 마법학교인 덤스트랭의 교장이라는 역할을 반영한 것이다. 카르카로프의 지팡이 끝과 두꺼운 가죽 벨트의 죔쇠는 덤스트랭의 문장인 머리 2개 달린 독수리 모양으로 만들었다. 카르카로프는 위즌가모트 법정의 회상 장면에서도 등장한다. 이때 그는 죽음을 먹는 자였다는 혐의로 재판을 받고 있으며, 아즈카반 죄수의 낡아빠진 더러운 옷을 입고 있다. 벨라츠는 죄수 같은 인상을 강화하기 위해 가짜 치아와 턱수염도 달았다. 하지만 이 장면에 나오는 머리카락은 진짜다.

VIKTOR KRUM 빅토르 크룸

불가리아 퀴디치 국가대표인 빅토르 크룸은 팀 유니폼인 기다란 진홍색 로브를 입고 처음 등장한다. 검은색과 황금색으로 이루어진 팀의 문장은 '불가리아'라는 단어 뒤쪽에 골든 스니치가 그려진 모양이다.

보바통 학생들과 달리 '덤스트랭의 아들들'은 스코틀랜드의 추운 날씨를 견딜 수 있는 옷을 입었다. 이들의 옷은 목깃이 높은 모직 옷, 안에 모피가 들어간 모자와 코트로 이루어져 있다. 이들은 맨머리를 이 모자와 코트로 가려야 한다. 에트네 페넬은 "덤스트랭의 모든 남학생이 아주 짧은 머리를 유지하려고 매일 머리를 깎았다"고 기억한다.

위 왼쪽 〈해리 포터와 불의 잔〉에서 덤스트랭 교장 이고르 카르카로프의 의상 스케치로 자니 트밈이 디자인하고 마우리시오 카네이로가 그렸다. 위 오른쪽 〈해리 포터와 불의 잔〉에서 호그와트에 막 도착한 카르카로프(프레드라그 벨라츠). 아래 오른쪽 덤스트랭 마법학교 학생들의 입장 장면에 쓰려고 그린 군악대 콘셉트 아트로 애덤 브록뱅크가 그리고 에두아르도 리마가 그래픽디자인을 했다. 아래 왼쪽 크리스마스 무도회 복장을 한 덤스트랭 대표 선수 빅토르 크룸(스타니슬라브 이아네브스키). 야크 털이 달린 망토와 새 발톱 모양 단추가 달린 튜닉을 입고 있다.

Cornelius FUDGE 코닐리어스 퍼지

배우 로버트 하디는 마법 정부 총리가 책에서 쓰고 다니는 것과 같은 초록색 중산모를 쓰지 않게 되자 실망했다. 하지만 자니 트밈이 마련한 옷을 보더니 그에게 '능력'을 준 우아한 의상에 고마움을 느꼈다. 하디에게는 그 옷이 '고위 정치가'를 의미하는 것처럼 보였다. 하디는 캐릭터를 표현할 때 이 점을 활용할 수 있다는 걸 알고 있었다. 트밈은 머글 세상에서도 통할 수 있을 만큼 의상들을 섬세하게 짜 맞췄다. 여기에는 퍼지가 〈불의 잔〉에서 입었던 정장 겸 정장 로브 조합도 포함되는데, 이 옷은 무릎길이의 가는 세로줄무늬 두 줄 단추 코트만이 아니라 가는 세로줄무늬 정장 로브로도 이루어져 있다.

BARTY CROUCH SR.
바티 크라우치 1세

자니 트밈은 정부 직원들이 위즌가모트 법정이 열려 반드시 로브를 입어야 할 때가 아니면 머글 세상에도 섞여들 수 있기를 바랐다. 트밈은 크라우치 1세에게 아주 어두운 색의 '마법사' 버전 가는 세로줄무늬 정장을 입히고, 수수한 홈부르크 모자를 씌웠다.

위 왼쪽 마법 정부 총리 펜던트로 미라포라 미나가 디자인했다. **위 오른쪽** 〈해리 포터와 불사조 기사단〉에서 마법 정부 총리 코닐리어스 퍼지(로버트 하디)가 덤블도어가 사라진 것을 보고 놀라고 있다. **아래 왼쪽과 오른쪽** 국제 마법 협력부 장관 바티 크라우치 1세(로저 로이드팩)는 〈해리 포터와 불의 잔〉에서 트라이위저드 대회 심판으로 나온다.

KINGSLEY
SHACKLEBOLT 킹슬리 샤클볼트

자니 트밈은 정부 스타일 정장은 자신이 맡은 캐릭터 킹슬리 샤클볼트와 전혀 어울리지 않을 거라고 생각한 배우 조지 해리스와 상의한 끝에 그에게 전통 아프리카 애거바드 로브를 입혔다. 이 로브는 분명 샤클볼트의 캐릭터에 영향을 미쳤다. 조지 해리스는 샤클볼트가 소설에서 하고 다니는 귀고리에 다양한 구슬과 팔찌를 더해 이런 분위기를 더 강화했다. 샤클볼트가 애거바드 로브와 함께 쓰는 모자는 빛에 따라 파란색, 보라색, 혹은 검은색으로 보이는 숏 실크 소재로 만들었다.

RUFUS SCRIMGEOUR
루퍼스 스크림저

볼드모트가 돌아온 어둡고도 혹독한 시기에 마법 정부 총리가 된 루퍼스 스크림저는 그래도 폭이 넓은 파란색 줄무늬 넥타이와 당초무늬가 들어간 목도리로 약간의 패션 감각을 보여준다. 그의 로브는 떼었다 붙였다 할 수 있는 망토의 마법사 버전이다. 스크림저는 소설에서 사자 갈기 같은 머리카락을 가진 것으로 묘사되었는데, 배우 빌 나이는 이에 맞게 머리를 치렁치렁하게 늘어뜨렸다.

위 왼쪽 〈해리 포터와 불사조 기사단〉에서 오러 킹슬리 샤클볼트로 나온 조지 해리스의 홍보용 사진. **위 오른쪽** 샤클볼트의 모자와 손으로 수놓은 아프리카 문양들. **아래 왼쪽과 오른쪽** 〈해리 포터와 죽음의 성물 1부〉에서 무뚝뚝한 마법 정부 총리 루퍼스 스크림저 역으로 나온 빌 나이.

ABERFORTH
DUMBLEDORE 애버포스 덤블도어

우리가 알버스 덤블도어의 남동생인 애버포스 덤블도어를 처음으로 잠깐 보게 되는 것은 〈불사조 기사단〉에서다. 호그스 헤드의 주인인 그는 평범한 타탄무늬 킬트와 쥐 머리 모양 걸쇠가 달린 스포란(스코틀랜드 남성의 민속 전통 의상인 킬트 앞에 매다는 주머니-옮긴이)까지 갖춘 완전한 스코틀랜드식 옷을 입고 등장한다. 〈죽음의 성물 2부〉에서는 이전의 머리카락과 턱수염은 더 이상 보이지 않고, 형과 닮은 모습이 더 눈에 띈다. 하지만 닮은 점은 그게 전부다. 애버포스는 어두운 색의 거친 옷을 입는데, 이 모습은 패션에 관심이 많은 형과 선명하게 대조된다.

ARIANA
DUMBLEDORE 아리아나 덤블도어

바틸다 백숏의 사진 앨범에는 알버스의 가엾은 여동생 아리아나의 명함판 사진이 들어 있다. 이 사진에서 아리아나는 어깨가 뾰족하긴 해도 별 특징 없는 세기말의 자루 옷을 입고 있다. 이는 마법사 세계의 옷에는 마법사 같은 특징이 있어야 한다는 자니 트밈의 결정에 따른 것이다. 오빠인 애버포스가 애정을 담아 간직한 아리아나의 초상화 속 아리아나의 점퍼스커트에서 구조와 특징에 관한 트밈의 원칙이 또 한 번 드러난다. 아주 단순한 옷인데도 그렇다.

GELLERT
GRINDELWALD
겔러트 그린델왈드

그린델왈드는 덤스트랭에서 퇴학당한 뒤 덤블도어 가족의 고향인 고드릭 골짜기로 향한다. 그린델왈드는 〈불의 잔〉에 나왔던 덤스트랭 교복의 옛 버전을 입고 있다. 짧은 나팔 모양의 외투와 두 줄로 단추가 달린 조끼는 둘 다 짙은 회색으로, 군복 같은 느낌을 준다. 누멘가드에 갇힌 모습으로 등장할 때는 아즈카반 죄수복과 유사한 우중충한 옷을 입고 있다.

위 왼쪽 〈해리 포터와 죽음의 성물 2부〉에서 알버스 덤블도어의 동생 애버포스(키어런 하인즈)가 볼드모트 저항군을 돕고 있다. **위 오른쪽** 비극적인 삶을 살다가 일찍 죽은 덤블도어의 동생 아리아나(헤베 비어드샐). **아래** 야심 큰 젊은 시절의 그린델왈드. 제이미 캠벨 바워가 연기했다.

GRIPHOOK 그립훅

〈해리 포터와 마법사의 돌〉에서 처음 등장한 고블린 그립훅은 〈해리 포터와 죽음의 성물〉에 다시 출연한다. 닉 더드먼은 이 성질 나쁜 은행원에게 다시 생명을 불어넣을 기회를 갖게 되어 기뻤다. 더드먼의 기억에 따르면 첫 영화에서 그립훅을 만든 것은 '괜찮은 분장'이었다. "하지만 그건 우리가 하고 있던 일의 시작에 불과했습니다. 그때 이후로 인공 기관과 관련된 기술이 엄청나게 발전했죠. 그래서 저는 〈죽음의 성물〉 영화에서 고블린을 상대로 제가 언제나 하고 싶었던 일을 할 수 있었습니다." 더드먼은 워릭 데이비스와 다시 작업할 기회를 누리게 된 데도 특히 만족했다. 워릭 데이비스는 그립훅의 첫 등장 때 목소리 더빙을 하기는 했지만, 그립훅 연기를 하지는 않았다. 더드먼은 데이비스가 열한 살일 때 처음으로 그의 전신 주형을 떴다. 〈제다이의 귀환〉에서 그가 맡았던 이웍 위켓 역할에 쓰기 위해서였다. 그리고 이번 영화에서 자신이 직접 옛 친구의 분장을 맡기로 결정했다. 이런 분장에는 콘택트렌즈와 의치는 물론 데이비스의 머리를 덮고 목까지 내려오는 인공 기관도 포함됐다. 과한 분장에도 불구하고 데이비스는 악당 역할을 맡아 옛 친구와 가까운 곳에서 일할 기회를 누리게 된 것을 무척 기뻐했다.

OLLIVANDER 올리밴더

어맨다 나이트는 올리밴더가 "상당히 평범한" 모습이라는 사실을 인정한다. "그냥 약간 정신 사나운 흰머리가 났을 뿐이에요. 해리에게 마법 지팡이를 건네줄 때는 해리의 영혼을 들여다보는, 무시무시한 옅은 색 눈도 만들어 줬지만요." 전반적으로 나이트와 에트네 페넬은 긴 매부리코에 사마귀가 난 마법사 이미지에서 벗어나고 싶어 했다. "이 모든 마법사가 머글 세상에서도 그럭저럭 지낼 수 있어야 한다는 걸 기억해야 해요." 나이트는 말한다.

위 왼쪽 〈해리 포터와 죽음의 성물 2부〉에 나오는 고블린 그립훅 역의 워릭 데이비스.
위 오른쪽 〈해리 포터와 마법사의 돌〉에 나오는 그립훅의 초기 콘셉트로 폴 캐틀링이 그렸다.
아래 왼쪽 〈해리 포터와 죽음의 성물 2부〉에서 올리밴더(존 허트)가 볼드모트를 이길 수 있는 중요 단서를 제공하고 있다.

Lucius and Narcissa
MALFOY 루시우스와 나르시사 말포이

보조 의상 디자이너 마이클 오코너는 루시우스 말포이를 통해 지배계층을 떠올리게 할 생각이었다고 설명한다. "은행원들이나 돈이 무지무지 많은 사람, 엄청나게 긴 혈통과 족보가 있는 사람들 말이에요. 이 말은 몸에 딱 맞는 고품질 의상에 가는 세로줄무늬와 좋은 천을 사용해야 한다는 뜻이었죠."

놀랍지도 않지만 말포이 부부의 우아한 의상에는 루시우스의 망토 죔쇠부터 마법 지팡이wand가 숨겨져 있는 지팡이cane 끝, 나르시사의 벨트, 나르시사의 목깃과 소매를 휘감고 있는 자수에 이르기까지 뱀과 비슷한 상징물이 풍부하게 쓰였다. 이들은 오래된 마법사 가문이지만, 자니 트밈은 1950년대 의상에서 나르시사의 의상 힌트를 얻었다. 트밈은

말한다. "저는 그래도 나르시사의 옷에서 어느 정도 신비감이 느껴지기를 바랐어요. 조금 묘해 보였으면 좋겠다고 생각했죠. 그러면서도 나르시사와 루시우스가 입는 모든 것에 우아함이 있기를 바랐어요."

루시우스가 아즈카반에 수감되자 말포이 가족은 어려운 시기를 맞는다. 트밈은 말한다. "[하지만] 나르시사는 슬플 때조차 세련된 옷을 입어요. 저는 계속 광택이 있는 옷감을 사용했죠. 그러면 약간 묘한 느낌이 나는 웨이브가 생기거든요. 하지만 나르시사의 몸매는 아주 탄탄해요." 사실 〈혼혈 왕자〉에서 입은 나르시사의 첫 의상의 경우 어깨에 나무로 틀을 만들어 넣기까지 했다.

위 죽음을 먹는 자들 복장을 한 루시우스 말포이와 스타일리시한 복장의 나르시사의 의상 스케치로 자니 트밈이 디자인하고 마우리시오 카네이로가 그렸다. **아래 왼쪽** 루시우스 말포이의 죽음을 먹는 자들 가족 의상 세부. **아래 오른쪽** 뱀 비늘무늬를 바느질해 넣은 나르시사 말포이의 외투 세부. **299쪽, 위 왼쪽부터 시계방향으로** 뱀 머리 모양이 달린 마법 지팡이를 들고 있는 루시우스 말포이 역의 제이슨 아이작스./〈해리 포터와 죽음의 성물 2부〉에서 패배한 루시우스./루시우스의 뱀 모양 반지들./〈해리 포터와 죽음의 성물 2부〉에서 볼드모트는 나르시사 말포이(헬렌 매크로리, 오른쪽)에게 해리(대니얼 래드클리프)가 정말 죽었는지 확인하라고 명령한다./〈해리 포터와 혼혈 왕자〉에서 나르시사 말포이의 의상을 입은 헬렌 매크로리.

WORMTAIL 웜테일

피터 페티그루도 도둑들의 멤버였으므로, 그의 외모는 알폰소 쿠아론 감독이 이 패거리를 위해서 확립한 1970년대 패션을 기본으로 했다. 자니 트밈은 감독의 아이디어를 토대로 몇 가지 스케치를 그렸다. "하지만 저는 말 그대로 오랫동안 쥐였던 캐릭터에게 그 시대의 어떤 옷을 입혀야 어울릴지 고민했어요." 트밈은 말한다. 트밈은 높은 목깃에서부터 시작했다. 이런 목깃을 사용하면 배우 티모시 스폴의 목이 거의 사라지게 된다. 트밈은 쿠바 굽을 사용한 부츠도 웜테일의 뒷다리가 위로 솟아 있는 것처럼 보이게 만들 거라고 보았다. 웜테일의 재킷 뒤쪽에는 술이 달려 있어서 꼬리를 떠올리게 한다. 그의 외투는 은빛을 돌게 해서 모피 특유의 광택이 나는 것처럼 보이게 만들었다. 어맨다 나이트와 에트네 페널도 그의 외모에 쥐 같은 모습을 더해주었다. 페널은 회상한다. "우리는 가발의 질감과 색깔을 애니메트로닉스 스캐버스와 맞추려고 했어요. 또 머리가 벗어진 부분과 부스럼이 잔뜩 난 피부를 주었죠." 티모시 스폴은 가짜 송곳니도 달았다. 어맨다 나이트는 덧붙인다. "티모시 스폴이 캐릭터를 표현하기 위해 두 손을 사용했기 때문에, 작은 발톱처럼 보이는 고약한 손톱도 달아주었어요."

300쪽 웜테일이라고도 불리는 피터 페티그루 역의 티모시 스폴. 〈해리 포터와 죽음의 성물 2부〉의 홍보용 스틸 사진. **위** 〈해리 포터와 아즈카반의 죄수〉에 나오는 웜테일의 콘셉트 아트로 롭 블리스가 그렸다. **오른쪽** 롭 블리스가 그린, 쥐가 사람으로 변하는 다섯 단계의 콘셉트 아트.

DEATH EATER
MASKS and COSTUMES
죽음을 먹는 자들의 가면과 의상

자니 트밈이 처음으로 디자인한 죽음을 먹는 자의 의상은 단순한 형태에 뿌리를 두고 있었다. "죽음을 먹는 자들은 퀴디치 월드컵 습격 때 실루엣으로만 보이고 묘지에서는 안개 속에서 모습을 드러내죠. 그래서 저한테는 확실히 알아볼 수 있는 윤곽선이 필요했어요." 이들이 다음번에 출연할 때는 스파르타식 로브와 가죽 후드를 새롭게 떠올렸다. 소품 모델링 제작자인 피에르 보해나는 "죽음을 먹는 자들이 상당히 과시적인 미의식"을 갖고 있다는 것도 알게 되었다고 한다. 콘셉트 미술가인 롭 블리스가 이들의 은색 가면을 디자인했는데, 이 가면 중 상

당수에는 무굴제국 아라베스크 문양과 비슷한 디자인이 새겨져 있었다. 블리스는 설명한다. "〈불의 잔〉에서 죽음을 먹는 자들이 처음 등장할 때는 가면이 얼굴의 일부만 덮고 있습니다. 하지만 〈불사조 기사단〉에서는 얼굴 전체를 덮는 게 더 소름 끼치겠다는 생각이 들더군요. 제 생각은 이 집단 전체에 획일적인 모습을 부여하되 개별적으로 알아볼 수 있도록 각자에게 특정한 디자인이나 모티프를 주자는 것이었습니다." 그런 다음, 자니 트밈이 가면에 새겨진 무늬를 참조해 그들의 의상에 수놓인 패턴을 만들었다.

302쪽 〈해리 포터와 불의 잔〉에 나오는 죽음을 먹는 자들의 콘셉트 아트로 애덤 브록뱅크가 그렸다. **위** 폴 캐틀링이 그린 〈해리 포터와 불의 잔〉에 나오는 죽음을 먹는 자들의 콘셉트 스케치로 의상 디자이너 자니 트밈이 만든 검은색 실루엣을 띠고 있다. **아래** 〈해리 포터와 불의 잔〉에서 죽음을 먹는 자들이 퀴디치 월드컵 야영장을 공격하는 장면.

앞의 2쪽 〈해리 포터와 죽음의 성물 1부〉에 나오는 죽음을 먹는 자들의 가면 콘셉트 아트로 피터 매킨스트리가 그렸다. 위 〈해리 포터와 불사조 기사단〉의 죽음을 먹는 자들의 콘셉트 아트로 롭 블리스가 그렸다. 옆의 쪽 죽음을 먹는 자들의 가면들.

옆의 쪽 죽음을 먹는 자들 가면의 복잡한 세부 디자인. **왼쪽** 〈해리 포터와 불사조 기사단〉에 나오는 죽음을 먹는 자들의 참고용 의상 사진. **오른쪽 위** 〈해리 포터와 불사조 기사단〉에 나오는 벨라트릭스 레스트레인지의 죽음을 먹는 자의 옷감. 소용돌이무늬는 표면 질감을 다르게 하려고 다양한 굵기의 실로 수놓은 것이다. **오른쪽 아래** 몇몇 의상에는 가죽을 띠 모양과 사각형으로 잘라 금속 실로 고정하고 고리 등의 장식을 붙였다.

BELLATRIX LESTRANGE

벨라트릭스 레스트레인지

우리가 벨라트릭스 레스트레인지를 처음으로 보게 되는 것은 그녀가 아즈카반에 10년 넘게 갇혀 있다가 탈출한 직후다. 자니 트밈은 벨라트릭스 레스트레인지의 겉모습을 구상할 때 이토록 오랜 수감 기간을 염두에 두었다. "저는 벨라트릭스가 감옥에 들어가기 전에 입었던 옷을 입기를 바랐어요. 그러니 옷이 다 해졌겠죠. 심하게 망가져 있어야 했어요. 하지만 벨라트릭스는 아주 섹시한 마법사예요. 그러니 낡았지만 세련된 넝마를 만들어야 했어요." 배우 헬레나 보넘 카터는 '마귀할멈' 같은 모습을 피하고 벨라트릭스를 한때 아름다웠으나 슬프게도 전성기가 지나버린 여성으로 만들고 싶어 했다. 어맨다 나이트는 가짜 충치와 '길고 울퉁불퉁한' 손톱이 이처럼 쇠락해 가는 모습을 만드는 데 도움을 주었다고 말한다. 나이트는 보넘 카터가 눈 밑에 그늘을 그리고 사악해 보이려고 두 뺨을 푹 꺼지게 만들었던 일을 기억한다. "하지만 우리는 아

이섀도와 진한 립스틱, 엄청나게 많은 마스카라와 아이라이너를 사용해서 그 효과를 상쇄했어요. 벨라트릭스의 외모에는 서로 충돌하는 지점이 몇 가지 있어요. 하지만 그게 벨라트릭스에게는 더 어울리죠!" 〈혼혈 왕자〉에서 벨라트릭스는 전쟁에 참여하고 있다. "그래서 끈과 레이스 대신 더 많은 보호구를 옷에 붙여주었어요. 여전히 구불구불한 레이스 느낌은 나지만요." 트밈은 말한다.

의상 디자이너들이 맞닥뜨린 가장 큰 난관 중 하나는 〈죽음의 성물 2부〉에서 에마 왓슨과 헬레나 보넘 카터가 모두 입을 드레스를 만드는 것이었다. 트밈은 말한다. "이 옷은 전혀 다른 몸을 가진 두 사람이 입되, 그 옷을 입고 있는 몸에 맞춰서 만들어진 것처럼 보여야만 했어요. 그래서 헤르미온느가 입을 법한 선을 가진 코트를 맨 위에 입히고, 벨라트릭스의 평소 옷을 살짝 덜 닮은 모습으로 연출했죠."

310쪽 〈해리 포터와 혼혈 왕자〉에 나오는 벨라트릭스 레스트레인지 역의 헬레나 보넘 카터. **위** 벨라트릭스의 치렁치렁한 겉옷 스케치로 자니 트밈이 디자인하고 마우리시오 카네이로가 그렸다. **아래** 손으로 직접 무늬를 새긴 가죽 코르셋(오른쪽)으로 〈해리 포터와 죽음의 성물〉 촬영을 위해 만들었다. 벨라트릭스의 맹금류 발톱 모양 마법 지팡이를 장식하고 있는 새 머리 해골 장식(왼쪽)이 달려 있다.

Fenrir
GREYBACK 펜리르 그레이백

펜리르 그레이백의 외모는 인간이 늑대로 변해가는 전형적인 늑대인간 변신의 중간 지점에 머물러 있다. 상징적인 늑대인간 모습을 평범하지 않게 비튼 것이다. 닉 더드먼은 말한다. "우리는 멀리서 보면 '덩치 크고 위협적인 남자'라고 생각할 법하지만, 가까이서 보면 '이게 대체 무슨 일이야?'라는 생각이 들 만한 모습을 만들고 싶었어요." 디자이너들은 이처럼 뒤섞인 겉모습을 만들기 위해 인간과 늑대의 특성을 혼합하는 미묘한 방법들을 찾아냈다. 더드먼은 설명한다. "그레이백의 외모에는 머리를 살짝 매만진 것처럼 보이는 커다란 실리콘 분장이 포함돼요. 제가 원한 게 그거였죠. 그래서 그레이백은 분장을 엄청 많이 한 것처럼 보이지 않아요. 실제로는 분장을 뒤집어쓰고 있는데도 말이죠. 어디에서 인간의 머리카락이 시작되고, 어디서 이 가죽이 끝나는지 확신할 수가 없죠. 또 우리는 그레이백의 얼굴을 살짝 재구성해 눈썹을 없앴어요. 하지만 그걸 빼면 그레이백은 인간입니다."

그러나 〈죽음의 성물〉에서 그레이백은, 더드먼의 표현을 빌리면 "늑대성이 강화된" 모습으로 돌아온다. "1년이 지나서 그레이백은 더더욱 인간으로 돌아오기 어려워졌다는 생각이 들었어요. 늑대로 지내는 걸 너무 좋아하니까요."

왼쪽 늑대인간 펜리르 그레이백 역 데이브 르게노의 〈해리 포터와 혼혈 왕자〉 참고 의상 사진. **오른쪽** 롭 블리스가 그린 〈해리 포터와 혼혈 왕자〉에 나오는 그레이백의 초기 콘셉트 아트로 발톱과 가죽이 있다.

The
SNATCHERS 인간 사냥꾼들

인간 사냥꾼들은 마법 정부를 위해 일하는 용병이다. 이들의 의상은 지나치게 공식적으로 보이지는 않되, 일관성이 있어야 했다. 자니 트밈은 말한다. "저는 인간 사냥꾼들의 팔에 두를 빨갛고 더러운 스카프를 줬어요. 인간 사냥꾼들은 온갖 경력을 가지고 있죠. 어떤 사람들은 도시 출신이고, 숲에 숨어 있던 사람도 있어요. 이런 사람들은 더 거칠어 보이죠. 꼭 숲속에서 살아온 것처럼요."

트밈은 스캐비어라는 인간 사냥꾼의 정체를 꼭 집어 말하기가 어려웠다고 말한다. "스캐비어는 나쁜 마법사지만 섹시한 남자이기도 해요. 그래서 스캐비어의 두 가지 측면을 모두 담을 수 있는 뭔가를 찾아야 했죠. 더럽지만 잘생긴 듯한 모습요." 트밈은 배우 닉 모런이 첫 번째 옷을 입고 캐릭터 해석에 그 의상을 활용하는 것을 지켜보았다. "저는 스캐비어가 천천히, 조금씩 캐릭터를 만들어 간 끝에 정말로 멋진 존재가 되는 것을 볼 수 있었어요."

왼쪽과 위 〈해리 포터와 죽음의 성물 2부〉에서 추격대를 이끌기 전의 인간 사냥꾼 스캐비어 역의 닉 모런. **아래** 〈해리 포터와 죽음의 성물 1부〉에서 스캐비어와 동료 인간 사냥꾼(체이스 아미티지)이 해리, 론, 헤르미온느를 쫓고 있다.

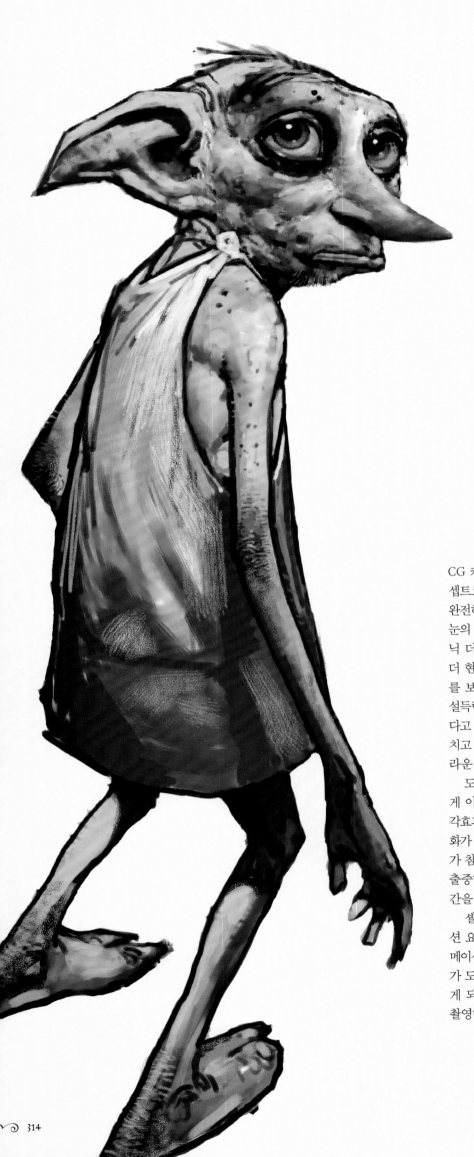

DOBBY 도비

CG 캐릭터를 만들려면 여러 단계를 거쳐야 한다. 이 과정은 하나의 콘셉트로 시작된다. 이 콘셉트는 3D 모형의 토대로 사용되고, 3D 모형은 완전히 채색되기까지 점차 세세한 부분이 덧붙여진다. 이런 세부에는 눈의 핏줄까지 포함된다. "기가 질리도록 손이 많이 가는 작업입니다." 닉 더드먼은 말한다. "하지만 이런 과정을 거쳤기에 결국 생명체가 좀 더 현실적으로 보이게 된다고 생각해요." 도비는 이런 형태의 사실주의를 보여주는 훌륭한 사례다. 더드먼은 이런 현실주의 덕분에 집요정의 설득력 있는 '전쟁 포로 같은 특징'이 주는 엄청난 감정을 전달할 수 있다고 말한다. "도비는 창백하고 해쓱하며 몸은 흙투성이에 넝마를 걸치고 있어요. 도비를 채색한 [조각가] 케이트 힐은 도비에게 대단히 놀라운 일을 해주었죠. CG 버전은 그 모습을 몹시 정확하게 담았고요."

도비는 마지막 출연을 위해 살짝 다르게 그려졌다. "사람들은 도비에게 이입하고, 도비가 죽을 때 도비에게 공감할 수 있어야 했습니다." 시각효과 감독 팀 버크는 말한다. "도비에게 영혼이 없는 것처럼 보이면 영화가 끝날 때 슬픔이 전혀 느껴지지 않을 테니까요. 토비 존스는 우리가 참조할 만한 뛰어난 연기를 보여주었고, 그다음에는 프레임스토어의 출중한 애니메이션 기술자들이 그야말로 아름답고 대단히 감동적인 순간을 만들어 냈습니다."

셸 코티지에서 도비가 죽는 장면에는 CG 모형에 이 장면의 실제 액션 요소를 결합하기 위해 대역과 인형들도 쓰였다. 도비의 대역은 애니메이션에 사용된 버전보다 조금 컸다. 영화제작자들은 영상을 검토하다가 도비가 옮겨질 때 대니얼 래드클리프의 몸을 거의 가린다는 것을 알게 되었다. 특수효과 팀은 참조용으로 해리의 재킷과 셔츠, 팔과 손을 촬영한 다음 디지털로 다시 만들어 틈을 메웠다.

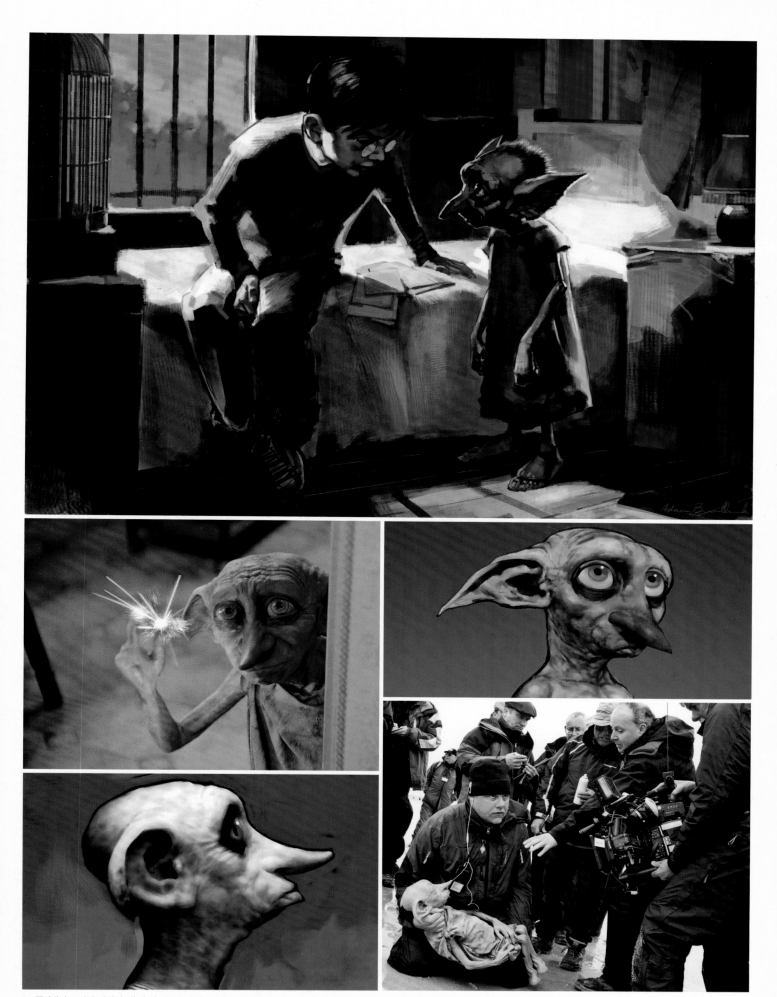

314쪽 〈해리 포터와 비밀의 방〉에 나오는 도비의 모습을 그린 롭 블리스의 콘셉트 아트. **위에서부터 시계방향으로** 애덤 브록뱅크가 그린 해리와 도비가 처음 만나는 장면의 콘셉트 아트./롭 블리스가 그린 도비의 초기 콘셉트 아트./〈해리 포터와 죽음의 성물 1부〉에서 제1조감독 제이미 크리스토퍼가 죽은 도비의 모형을 안고 있고 데이비드 예이츠 감독(오른쪽)이 제스처를 취하고 있다./롭 블리스가 그린 색상 참고 그림./디지털 도비가 비밀의 방에서 마법으로 케이크를 떨어뜨리고 있다.

316~317쪽 도비의 다양한 초기 콘셉트 아트로 〈해리 포터와
비밀의 방〉을 촬영하는 동안 미술 팀에서 만들었다. 이
그림들을 보면 도비의 최종 모습을 정하기까지 여러 단계를
거쳤음을 알 수 있다.

KREACHER 크리처

도비는 호감 가는 캐릭터지만 크리처는 정반대다. "크리처는 끔찍해요." 닉 더드먼은 웃는다. "크리처는 블랙 가문의 불만투성이 나이 든 집요 정입니다. 순수 혈통 마법사가 아닌 모든 사람을 싫어하죠. 어둠의 편에 충성하고 있고요. 그래서 크리처는 모든 면에서 역겹고 섬뜩해야 했습니다." 애니메이션 팀은 작업할 때 이런 의도를 더욱 살렸다. 그 작업은 늙고 증오를 뿜어내는 집요정에게 생기를 불어넣겠다는 평소의 본능을 거스르는 일이었다. 이들은 극히 적은 움직임과 특징적인 구부정한 자세로 크리처의 행동 방식을 만들어 냈다. 크리처 정도로 나이 든 캐릭터는 거의 움직일 수 없다는 생각에서였다. 이 점이 크리처의 매력을 더욱 떨어뜨릴 터였다.

위 롭 블리스가 그린 〈해리 포터와 불사조 기사단〉에 나오는 크리처의 콘셉트 아트.
아래 왼쪽 롭 블리스가 그린 크리처의 초기 콘셉트 아트. **아래 오른쪽** 〈해리 포터와 불사조 기사단〉에 나온 크리처.

GRAWP 그롭

키가 5미터에 이르는 해그리드의 거인 동생 그롭은 처음부터 CG로 만들어질 예정이었다. 콘셉트 디자이너 애덤 브록뱅크의 최초 디자인에 따라, 일정한 비율로 축소된 거인이 만들어졌다. 머리카락과 치아, 눈이 달린 실물 크기의 머리도 만들어서 스캔했다. "털을 확대하는 건 아주 어려운 일입니다." 닉 더드먼은 설명한다. "그렇게 커져도 털처럼 움직이는 무언가를 만들어 내야 했어요." 특수분장효과 팀에서는 그롭의 머리에 쓸 유압식 장치를 만들어 인형 조종사가 다룰 수 있도록 했다. 인형 조종사는 블루스크린 옷을 걸치고 공중 5미터 높이에서 디지털 팀이 참조할 만한 지점을 표시하고, 배우들이 눈높이를 맞출 수 있도록 했다. 그는 숲 세트장과 그롭의 비율을 보여줄 거인의 팔도 작동시켰다. 이런 장면과 배우 토니 모즐리의 모션캡처 영상을 참고 자료로 하여 이 거대하지만 장난스러운 생명체의 최종 행동 방식이 만들어졌다. 시각효과 팀은 그롭의 디지털 몸통에 긁힌 자국과 진흙이 튄 자국을 특히 주의하여 덧붙였다. 숲에서 생활하면서 얻게 된 흔적이었다.

애덤 브록뱅크가 그린 콘셉트 아트로, 〈해리 포터와 불사조 기사단〉에서 그롭이 헤르미온느에게 호감을 드러내는 장면(위)과 그롭의 의상 상세도(왼쪽).

The
HOGWARTS
GHOSTS 호그와트
유령들

호그와트에 사는 유령들은 다양한 시대를 넘나든다. 따라서 주디애나 매커브스키는 역사 속 스타일이지만 시대극에서 가져온 것처럼 보이지는 않는 의상을 만드는 어려운 과제를 맡게 되었다. 게다가 이들의 의상은 시각효과를 통해 투명하게 만들기 쉬운 소재로 제작해야 했다. "시각효과 감독인 로버트 레가토에게 통할 만한 적당한 소재를 찾는 건 아주 기나긴 과정이었어요." 매커브스키는 회상한다. "촬영 일정이 마무리될 때까지 유령이 나오는 장면을 찍지 않아도 된다는 게 다행이었죠." 매커브스키는 마침내 안에 구리 선이 들어 있어서 형태를 잡아줄 수 있는 망사 소재를 찾아냈다. 매커브스키는 말한다. "저는 호그와트 유령들이 다른 영화에 나오는 유령들처럼 사방에 휘날리는 단순한 소재로 이루어지지 않기를 바랐어요. 각자가 속한 역사 시대의 진짜 옷을 입었으면 했죠. 현실적인 질감이 나는 옷요." 매커브스키는 목이 달랑달랑한 닉 역할을 맡은 배우 존 클리스가 "그 의상을 제대로 써먹었다"고 인정한다. "작업하면서 그렇게 웃었던 적은 처음이에요!"

위 〈해리 포터와 비밀의 방〉에서 애덤 브록뱅크가 그린 목이 달랑달랑한 닉의 '사망일 파티' 콘셉트 아트로 실제로 촬영되지는 않았다. 천장 근처에서 피브스가 어슬렁거리고 있다.
중간 〈해리 포터와 마법사의 돌〉에서 목이 달랑달랑한 닉 역의 존 클리스.
오른쪽 〈해리 포터와 죽음의 성물 2부〉에 나오는 회색 숙녀(헬레나 래번클로) 역 켈리 맥도널드.

〈해리 포터와 마법사의 돌〉에 나오는 유령들의 의상 참고 사진. (윗줄 왼쪽부터) 뚱보 수도사(사이먼 피셔베커), 캐벌리어(폴 마크 데이비스). (아랫줄 왼쪽부터) 회색 숙녀(니나 영), 피투성이 남작
(테런스 베일러).

LOCATIONS
Set Design
장소 : 세트 디자인

실제로 존재할 것 같은 세상을 만들려면 캐릭터들이 살아가는 모든 공간이 그럴싸해야 했다. 이런 효과를 거두기 위해서는 세트장이 아무리 마법적인 것이어도 현실감 있게 느껴져야 했다.

프로덕션 디자이너 스튜어트 크레이그는 말한다. "늘 그렇지만, 설계는 그때그때 달라지거나 기괴한 것을 만들어 내는 게 아니라 알아볼 수 있는 무언가를 과장하는 겁니다. 마법이 실제로 펼쳐질 때 더 강한 힘을 발휘하는 건, 그게 알아볼 수 있는 무언가에서 탄생했기 때문입니다. 이렇게 하면 마침내 마법이 눈앞에 나타났을 때도 그 효과가 더욱 커지죠. 유령이든, 지팡이 효과든, 움직이는 계단이든 말입니다."

J.K. 롤링의 세계를 읽어낸 크레이그의 역동적인 상상력을 실현하려면 제작 과정 내내 긴밀히 협업할 수백 명의 팀원이 필요했다. 여기에는 스테퍼니 맥밀런이 수장을 맡은 세트 장식 외에도 소품 제작자, 그래픽디자이너, 콘셉트 미술가, 장면 미술가, 미술 감독, 화가, 석고 담당자, 직물 담당자, 제도사, 모형 제작가, 조각가, 금속공, 목수 등이 포함된다.

322쪽 앤드루 윌리엄슨이 그린 〈해리 포터와 불사조 기사단〉의 호그와트 성 콘셉트 아트.

HOGWARTS CASTLE

호그와트 성

호그와트 마법학교는 현실에 토대를 두어야 했다. 프로덕션 디자이너 스튜어트 크레이그는 설명한다. "생각나는 대로, 동화 속 성처럼 만들지 말자는 결정은 초기부터 내려졌습니다. 하지만 호그와트를 묵직하고 오래가는 현실적인 성으로 만들기 위해, 영국 공립학교[미국의 사립학교와 유사함]에 관한 이야기인 만큼 최대한 그와 유사하게 만들었습니다." 그래서 크레이그는 일단 "영국의 양대 명문 대학교인 옥스퍼드와 케임브리지"를 살펴보았다. "하지만 유럽의 대성당도 방문했습니다. 우리는 호그와트를 중세 고딕 양식으로 짓기를 바랐어요. 고딕 양식은 강하고도 역동적이죠. 그래서 대학에서 가장 좋은 것, 대성당에서 가장 좋은

것 하는 식으로 이곳저곳에서 좋은 점을 가져온 다음에 그것들을 모두 합쳤습니다."

모습도, 느낌도 오래가는 건물처럼 보이도록 설계됐지만, 호그와트는 여덟 편의 영화가 진행되는 동안 이야기의 필요에 따라 진화해야만 했다. "촬영을 시작했을 때부터 일곱 권을 전부 다 읽을 수 있었다면 좋았을 겁니다." 크레이그는 웃는다. "하지만 저는 이런 변화와 덧붙임이 영화에 어느 정도 흥미를 더해주었다고 생각해요. 우리는 물건을 이리저리 옮기고, 확장하고, 발전시키거나 아예 없애버렸습니다."

위 〈해리 포터와 불의 잔〉에서 나무들 사이로 보이는 호그와트 성을 그린 더멋 파워의 콘셉트 아트.
324쪽 〈해리 포터와 아즈카반의 죄수〉에 나오는 호그와트 성을 그린 앤드루 윌리엄슨의 콘셉트 아트.

맨 위 〈해리 포터와 불의 잔〉에 나오는 호그와트 급행열차를 그린 애덤 브록뱅크의 콘셉트 아트. **중간** 〈해리 포터와 혼혈 왕자〉에 나오는 호그와트 성의 탑들을 그린 앤드루 윌리엄슨의 콘셉트 아트. **아래** 〈해리 포터와 마법사의 돌〉에서 학생들이 보트를 타고 호그와트에 접근하는 장면의 스틸 사진.

맨 위 앤드루 윌리엄슨이 그린 〈해리 포터와 혼혈 왕자〉의 호그와트 성 콘셉트 아트. **중간** 〈해리 포터와 혼혈 왕자〉에서 멀리 보이는 호그와트 성을 그린 앤드루 윌리엄슨의 콘셉트 아트.
아래 〈해리 포터와 비밀의 방〉에서 포드 앵글리아가 호그와트에 날아서 도착하는 장면을 그린 더멋 파워의 콘셉트 아트.

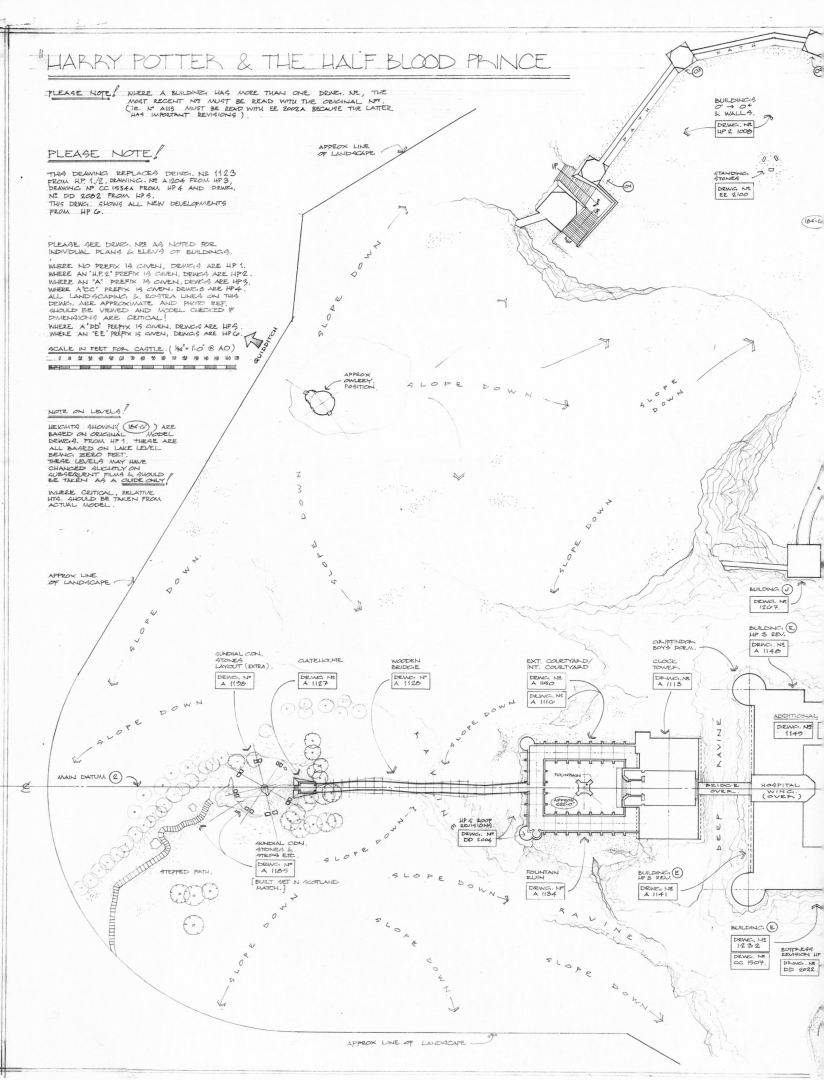

〈해리 포터와 혼혈 왕자〉 촬영에 사용된 호그와트 미니어처 평면도로 게리 톰킨스가 그렸다.

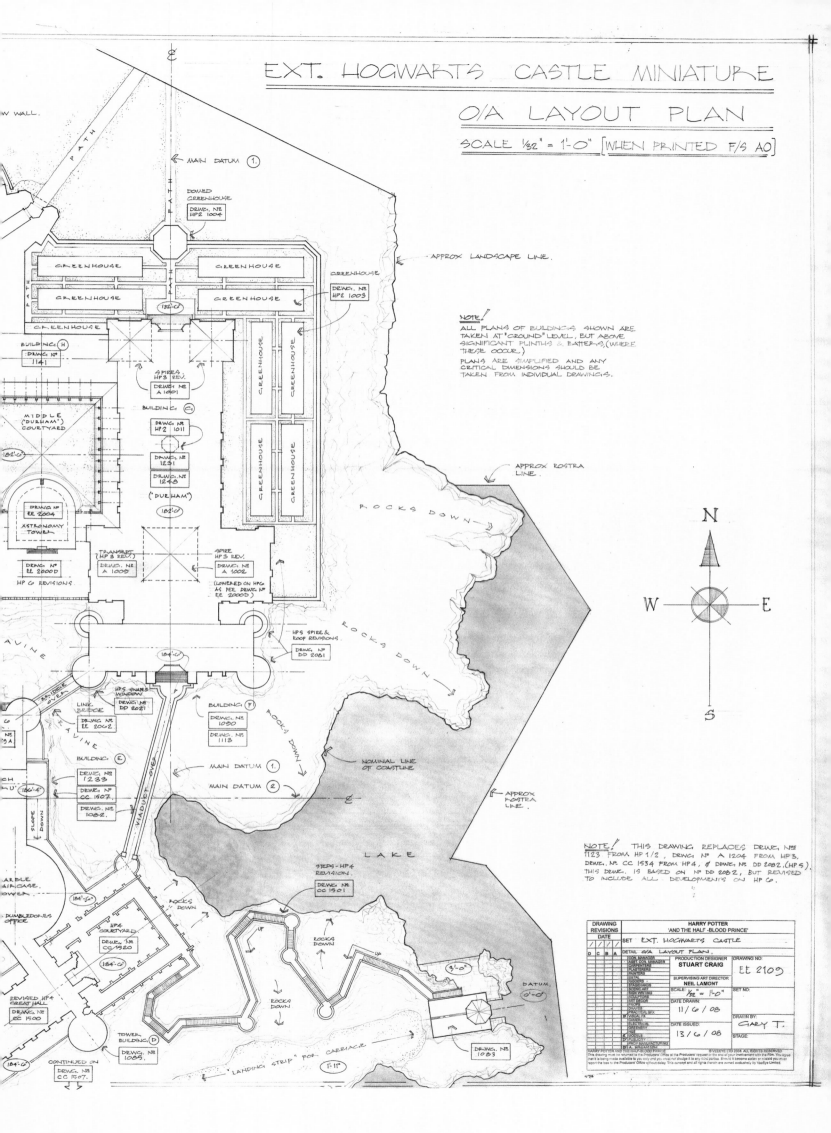

The
CLOCK TOWER
COURTYARD
시계탑 앞뜰

폐쇄된 성안 정원 및 그 정원에 인접한 시계탑은 〈해리 포터와 아즈카 반의 죄수〉에서 처음으로 모습을 드러낸다. 이 영화에서 탑은 호그와트 성의 4층을 볼 수 있는 중요한 전망 지점을 제공한다. 프로덕션 디자이 너 스튜어트 크레이그는 설명한다. "안뜰은 호그와트 뒤쪽에 있습니다. 시계탑을 통하면, 벅빅의 사형이 예정된 시간에 해그리드의 오두막까지 가는 길이 보이죠." 낡아빠진 분수와 고딕 스타일의 회랑 벽은 그대로 남았지만, 뜰은 〈해리 포터와 불의 잔〉에서 호그와트 입구로 옮겨졌다. 크레이그는 말한다. "시계는 성 뒤쪽에 남았습니다. 다만 시계추는 이리 저리 춤을 췄지요. 〈해리 포터와 불사조 기사단〉에서 시험 시간을 재는 장치로 사용됐습니다." 5편 때문에 앞뜰도 다시 움직여야 했다. "솔직히, 우린 염치도 없습니다." 크레이그는 인정한다.

위 오른쪽부터 시계방향으로 〈해리 포터와 아즈카반의 죄수〉에서 해그리드와 몇몇 사람들이 시리우스 블랙이 호그와트에 들어오는 것을 막으려고 시계탑 문을 닫는 장면의 콘셉트 아트로 애덤 브록뱅크가 그렸다./〈해리 포터와 불사조 기사단〉에 나오는 호그와트 교정./시계탑 안에서 내다보는 경관을 그린 앤드루 윌리엄슨의 콘셉트 아트./〈해리 포터와 아즈카반의 죄수〉에 등장하는 겨울 교정 콘셉트 아트로 앤드루 윌리엄슨이 그렸다.

The
OWLERY
부엉이장

스튜어트 크레이그는 〈불의 잔〉에서 처음 등장한 부엉이장을 일종의 조각상으로 여기고 접근했다. 크레이그는 말한다. "우리는 가장 좋은 실루엣을 찾았습니다. 그리고 그것을 희한한 모양의 바위 위에 두고, 그 바위를 떼었다 붙였다 할 수 있도록 절벽 맨 위에 배치했죠. 그렇게 부엉이장은 매우 극적인 곳에 위치해서 시선을 사로잡습니다. 부엉이장에는 여러 층과 층계참이 있고, 이곳에서 호그와트를 둘러볼 수 있습니다."

크레이그와 그의 팀은 동물 관리 감독 개리 게로와 긴밀하게 협력하여 부엉이장을 살아 있는 부엉이들의 요구를 충족할 수 있도록 설계했다. 크레이그는 설명한다. "부엉이들은 크기가 다양합니다. 하지만 우리는 부엉이들이 꽉 붙들 수 있도록 가장 적당한 형태의 햇대를 측정하고 설계했어요." 그러나 햇대는 절반가량이 비어 있거나 가짜 부엉이가 차지하고 있다. 세트장에 흩어져 있는 부엉이 똥도 가짜다. 스티로폼을 깎아서 만든 다음, 석고를 입히고 색칠한 것이다.

위 왼쪽 〈해리 포터와 불의 잔〉 촬영 중 부엉이장에서 동물 배우가 부엉이 조련사 데이비드 수사의 팔에 앉아 있다. 뒤에 대니얼 래드클리프가 보인다.
위 오른쪽 세트장에 놓인 올빼미 조각 장식. **중간 왼쪽, 중간 오른쪽, 아래** 〈해리 포터와 불의 잔〉에 나오는 부엉이장을 여러 방향에서 그린 콘셉트 아트로 앤드루 윌리엄슨이 그렸다.

The
BRIDGE
다리

호그와트의 지붕 있는 다리는 〈아즈카반의 죄수〉에 처음 등장한다. 이 다리는 시계탑 앞뜰에서 시작돼, 해그리드의 오두막으로 가는 길에 있는 환상 열석stone circle에서 끝난다. 다리의 고딕 스타일 디자인은 호그와트와 밀접하게 연관된 것으로, 학교의 배경을 이루고 있는 스코틀랜드 풍경과 잘 어울린다.

60미터가 넘는 다리 길이는 시각효과로 만든 것이지만, 다리의 실재하는 부분을 만들어 내는 것은 엄청난 작업이었다. "다리는 원래 스튜디오에서 만들어서 블루스크린을 배경으로 촬영한 다음, 나중에 배경을 합성할 예정이었습니다." 프로덕션 디자이너 스튜어트 크레이그는 기억한다. "하지만 알폰소 쿠아론 감독이 다리의 일부라도 스코틀랜드 현지에서 촬영할 수 있겠느냐고 묻더군요. 그러니까 저한테 도전장이 던져진 셈이죠." 15미터 길이의 다리 일부를 단단한 강철로 만들어서 가져온 다음, 바람 상황이 괜찮을 때 헬리콥터로 들어 올렸다. "저 위는 바람이 엄청나게 많이 붑니다." 크레이그는 덧붙인다. "말도 안 되게 바람이 불어요." 이런 조건은 사실상 흔들다리인 이 다리에서 촬영할 때도 까다롭게 작용했다. 크레이그는 회상한다. "일단 고정시키고 나니 좋아 보이더군요. 하지만 실제로는 바람이 불지 않는 날에만 작업할 수 있었습니다."

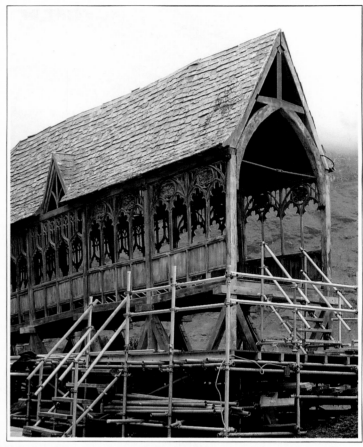

맨 위 〈해리 포터와 아즈카반의 죄수〉 촬영이 시작되기 한참 전에 진행된 지붕이 있는 다리 건설 과정. **중간과 아래** 〈해리 포터와 불사조 기사단〉의 각기 다른 장면에 나오는, 두 방향에서 본 다리의 콘셉트 아트로 앤드루 윌리엄슨이 그렸다.

STONE CIRCLE

환상 열석

〈해리 포터와 아즈카반의 죄수〉는 해그리드의 오두막을 성에서 더 먼 곳으로 이동시키며 호그와트의 풍경을 다시 그렸다. 새로 지은 다리와 숲지기의 집 사이에 있는 광활한 공간을 나누기 위해, 5개의 거석으로 이루어진 원을 풍경에 배치했다. 미술 감독 앨런 길모어는 말한다. "이 거석들은 스톤헨지나 에이브버리 같은 영국의 환상 열석들과 다르지 않습니다. 사실 스코틀랜드에는 이런 유적이 꽤 많죠." 이러한 환상 열석은 보통 청동기시대에 세워진 것으로, '헨지'라고도 불리며 그 목적은 다양하다. 길모어는 말한다. "우리가 세운 바위들은 해시계로 쓴 겁니다. 모든 환상 열석이 그렇듯 수수께끼 같고 마법적인 특징이 있죠." 글렌코의 언덕에 아주 커다란 구멍을 몇 개 판 다음, 헬리콥터로 리브스덴에서 만들어진 바위들을 가져와 적당한 자리에 떨어뜨렸다. 길모어는 회상한다. "아이들이 이 바위들을 보더니 알폰소에게 이 바위 때문에 이곳을 촬영지로 골랐느냐고 묻더군요. 사람들이 제 작품을 진짜로 오해할 때면 늘 흐뭇합니다!"

위와 아래 〈해리 포터와 아즈카반의 죄수〉에 나오는 돌기둥의 콘셉트 아트로 애덤 브록뱅크가 그렸다.

위 〈해리 포터와 아즈카반의 죄수〉에서 해리, 론, 헤르미온느가 해그리드의 오두막을 엿보는 장면의 콘셉트 아트로 앤드루 윌리엄슨이 그렸다.
아래 〈해리 포터와 아즈카반의 죄수〉에서 덤블도어, 코닐리어스 퍼지, 사형 집행인이 해그리드의 오두막에 도착하는 장면의 콘셉트 아트로 애덤 브록뱅크가 그렸다.

HAGRID'S HUT

해그리드의 오두막

프로덕션 디자이너 스튜어트 크레이그는 말한다. "본질적으로 해그리드는 숲지기이기 때문에 산장 같은 느낌을 주는 집이 필요합니다. 우리는 해그리드의 오두막이 동물들과 마법 생명체들로 가득하기를 바랐어요. 자세히 살펴보면, 수많은 동물 모티프의 장식물들을 볼 수 있습니다. 침대 밑이나 소파 뒤, 혹은 바닥 밑에 진짜 동물이 있을지도 모른다는 느낌까지 들지요!"

해그리드의 오두막 내부는 리브스덴의 세트장에서 촬영했지만, 〈해리 포터와 마법사의 돌〉과 〈해리 포터와 비밀의 방〉에 나온 오두막 외관은 원래 런던 외곽의 근처 촬영지에서 찍었다. 그러나 〈해리 포터와 아즈카반의 죄수〉에서는 오두막과 호박밭, 허수아비가 스코틀랜드 글렌코로 자리를 옮겼다. 크레이그는 전반적인 건물이 그곳에 더 잘 어울렸다고 생각한다. 크레이그는 말한다. "1~2편에서도 현지에 해그리드의 오두막을 짓긴 했지만, 장소가 런던 근처라 뒤에 소나무가 보입니다. 3편에서는 제가 처음 상상했던 대로의 오두막을 보실 수 있죠."

왼쪽 위 프로덕션 디자이너 스튜어트 크레이그가 그린 해그리드 오두막의 첫 스케치.
왼쪽 아래 집 밖에 나와 앉아 있는 해그리드 모습을 촬영한 〈해리 포터와 마법사의 돌〉 스틸 사진.

해그리드의 오두막 내부. 〈해리 포터와 마법사의 돌〉(맨 위 왼쪽), 〈해리 포터와 아즈카반의 죄수〉(맨 위 오른쪽과 아래), 〈해리 포터와 불사조 기사단〉(중간 왼쪽)의 장면들.

The WHOMPING WILLOW
후려치는 버드나무

후려치는 버드나무는 〈해리 포터와 비밀의 방〉에서 날아다니는 포드 앵글리아를 후려칠 때 처음 소개된다. "뻔하죠." 프로덕션 디자이너 스튜어트 크레이그는 이렇게 말하며 웃는다. "이 나무는 거대해야 했습니다." 버드나무를 만들려면 미술 팀과 시각효과 팀, 특수효과 팀이 긴밀히 협력해야 했다. 특수효과 감독 존 리처드슨은 말한다. "부딪쳐 떨어진 자동차가 얻어맞을 수 있는 나무라니 생각만 해도 너무 마법적이어서 저는 늘 그 장면을 컴퓨터그래픽으로 만들어야 한다고 생각했습니다. 하지만 부분부분 떼어서 만들긴 했어도 실제로 나무를 제작해서 이런 효과를 만들어 냈습니다. 이 나무를 전

부 조립하면 높이가 25미터나 돼요."

〈해리 포터와 아즈카반의 죄수〉에서 후려치는 버드나무는 학교가 아니라 호그와트 바깥의 언덕으로 옮겨져, 악쓰는 오두막으로 이어지는 비밀 통로의 입구를 가리게 된다.

전보다 더 울퉁불퉁하고 비틀린 모습이 된 버드나무는 호그와트에서 일어나는 계절의 변화를 나타내는 시각적 방법이 되었다. 봄의 새싹과 가을의 낙엽, 겨울의 눈이 영화가 진행되는 동안 서로 다른 시간에 이 나무를 뒤덮었다.

위에서부터 〈해리 포터와 아즈카반의 죄수〉에 나오는 후려치는 버드나무의 세 계절의 모습을 그린 애덤 브록뱅크의 콘셉트 아트.

The FORBIDDEN FOREST
금지된 숲

켄타우로스나 유니콘 같은 환상적 생물들이 가득한 곳이지만, 제작진은 〈해리 포터〉 영화를 위해 만든 다른 모든 세트장과 같은 방식으로 금지된 숲에 접근했다. 다시 말해, 그들은 금지된 숲도 현실적인 무언가를 기반으로 만들어야 한다고 생각했다. 프로덕션 디자이너 스튜어트 크레이그는 말한다. "겉에서 보기에 숲은 충분히 평범한 모습입니다. 하지만 안으로 깊이 들어갈수록 모든 것이 커지고 위협적으로 변합니다. 안개는 짙어지고 수수께끼는 자라죠."

〈해리 포터와 마법사의 돌〉에서는 이 숲이 현지 촬영과 스튜디오 촬영을 결합해 만들어졌다. 〈해리 포터와 비밀의 방〉에서는 숲 전체를 실내로 옮기고 거미 둥지를 만들었다. 과장된 나무와 나뭇가지가 잔뜩 얽혀 있는 모습이었다. 캐릭터들이 방문할수록 숲은 점점 커졌다. 크레이그는 말한다. "영화가 한 편 한 편 나올 때마다 금지된 숲의 새로운 부분이 등장했습니다. 우리는 숲을 계속 개발해야 한다는 데 어려움을 느꼈습니다." 크레이그는 〈해리 포터와 불사조 기사단〉에서 드러난 숲 깊은 곳에 대해 고민하다가 열대 맹그로브 나무에서 영감을 받아, 둘레가 3~4미터나 되는 세트장의 나무에 지면에 노출된 뿌리를 적용했다. 크레이그는 말한다. "전에는 한 번도 들어가 본 적 없는 숲 깊은 곳에 들어왔다는 걸 보여줄 수 있는 무언가를 만들어 냈다고 봅니다. 이 숲은 그룹이 사는 곳이고, 켄타우로스들이 엄브리지에게 마땅한 벌을 내리는 곳이기도 합니다." 장면 미술가들이 높이 180미터가 넘는 배경을 만들면서, 〈해리 포터와 죽음의 성물〉 영화가 촬영되는 동안에도 나무들은 내내 자랐다.

338쪽 〈해리 포터와 비밀의 방〉에서 금지된 숲에 있는 거대 거미줄의 콘셉트 아트로 더멋 파워가 그렸다. **위** 〈해리 포터와 아즈카반의 죄수〉에서 제작진이 해리가 디멘터들과 싸우는 금지된 숲 세트장을 만들고 있다. **아래** 〈해리 포터와 불사조 기사단〉에서 해그리드가 해리, 론, 헤르미온느를 금지된 숲에 있는 그룹에게 데려가는 장면의 콘셉트 아트로 앤드루 윌리엄슨이 그렸다.

위 〈해리 포터와 마법사의 돌〉에서 학생들이 종강을 맞아 환호하고 있다. **아래** 〈해리 포터와 아즈카반의 죄수〉에서 덤블도어(마이클 갬번)가 학생들에게 연설하고 있다. **341쪽 중간** 밤에 보이는 대연회장 천장 모습의 콘셉트 아트로 라비 밴설이 그렸다. **341쪽 아래** 슬리데린, 후플푸프, 그리핀도르, 래번클로 기숙사 점수를 나타내는 모래시계들. 제작진은 이 장치를 '기숙사 점수 계량기'라고 불렀다.

The
GREAT HALL
대연회장

폭 12미터, 길이 37미터의 대연회장은 모델이 되었던 옥스퍼드 대학교의 크라이스트 처치와 거의 같은 크기다. "하지만 크라이스트 처치의 창문은 실망감을 안겨주었습니다." 프로덕션 디자이너 스튜어트 크레이그는 말한다. "그래서 우리는 창문을 길게 늘리고 높이를 낮춰서, 창틀을 1미터 높이까지 내렸습니다. 그러면 밖을 내다볼 수 있죠. 게다가 크라이스트 처치의 지붕도 우리 욕심에 차지 않았습니다. 그래서 이 나라의 가장 훌륭한 중세 지붕이 있는 곳으로 갔죠. 제 생각에 그곳은 13세기에 지어진 웨스트민스터 성당의 외팔들보 지붕입니다."

대연회장에는 네 기숙사의 식탁이 마련되어 있는데, 각 식탁은 길이가 30미터에 이른다. 세트 장식가인 스테퍼니 맥밀런은 말한다. "소품은 만들거나 사는 겁니다. 이번 경우에는 확실히 만들어야 했어요. 다 합쳐서 120미터가 넘는 식탁이나 그 식탁에 어울리는 240미터짜리 의자를 어디에서 빌려야 할지 전혀 몰랐으니까요!"

자주 언급되지만 실제로는 한 번도 등장하지 않는, 기숙사가 1년 동안 얻거나 잃는 '점수'가 들어 있는 모래시계도 어쨌든 설계되어 대연회장 세트장에 배치되었다. 이 시계들은 심지어 실제로 작동할 수 있도록 제작되었다. 스튜어트 크레이그는 "처음 이 시계를 만들었을 때는 이 모래시계 안에 들어간 색깔 구슬 때문에 전국적으로 구슬 부족 현상이 일어났다"고 말하며 웃었다.

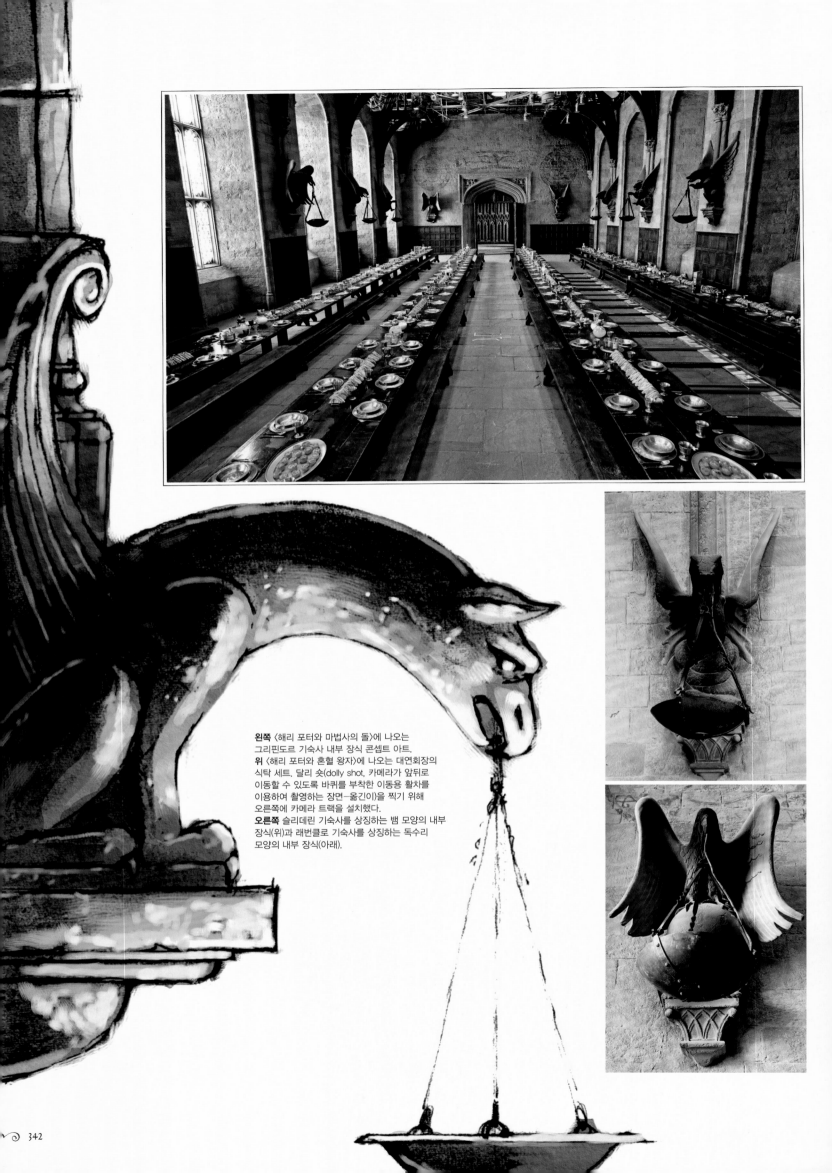

왼쪽 〈해리 포터와 마법사의 돌〉에 나오는
그리핀도르 기숙사 내부 장식 콘셉트 아트.
위 〈해리 포터와 혼혈 왕자〉에 나오는 대연회장의
식탁 세트. 달리 숏(dolly shot, 카메라가 앞뒤로
이동할 수 있도록 바퀴를 부착한 이동용 활차를
이용하여 촬영하는 장면─옮긴이)을 찍기 위해
오른쪽에 카메라 트랙을 설치했다.
오른쪽 슬리데린 기숙사를 상징하는 뱀 모양의 내부
장식(위)과 래번클로 기숙사를 상징하는 독수리
모양의 내부 장식(아래).

MOVING STAIRCASES
움직이는 계단

호그와트 성의 가장 상징적인 특징 중 하나는 움직이는 계단이다. "우리는 〈해리 포터와 마법사의 돌〉에서 쓸 진짜로 움직이는 계단을 만들었습니다." 특수효과 감독 존 리처드슨은 회상한다. "계단이 획획 움직이는 동안 배우들이 그 위를 걸어 다녔죠. 우리한테는 비교적 단순한 장치지만, CG 배경과 전경, 음향효과와 초상화 들을 집어넣으면 정말로 현지 촬영을 한 것처럼 보입니다."

호그와트 3층으로 이어지는 중앙 계단은 영화에 등장하는 몇몇 기억에 남는 장면의 배경이기도 하다. 원래 중앙 계단은 〈해리 포터와 마법사의 돌〉과 〈해리 포터와 비밀의 방〉에 쓰기 위해 옥스퍼드 대학교 크라이스트 처치에 직접 나가 촬영했다. 〈해리 포터와 아즈카반의 죄수〉에서는 계단을 리브스덴에서 다시 만들었다. 그런 다음 〈해리 포터와 죽음의 성물 2부〉의 중요한 장면을 촬영하기 위해 완전히 다시 설계됐다. "전장으로 달려 나갈 주요 통로가 필요했습니다. 구성 요소야 같죠. 난간, 계단을 따라 늘어서 있는 초상화 같은 것들 말입니다. 하지만 이제는 계단의 규모가 어마어마해져서, 그 위에서 실제로 전쟁을 벌일 수도 있을 정도입니다." 스튜어트 크레이그는 말한다.

맨 위와 중간 〈해리 포터와 마법사의 돌〉에 나오는 호그와트 성의 움직이는 계단 마분지 모형으로, 호그와트 계단참에 걸린 초상화들이 배치된 곳을 보여주는 장면에 사용됐다. **아래** 〈해리 포터와 아즈카반의 죄수〉에서 계단이 움직이는 장면의 스틸 사진.

The
GRYFFINDOR
COMMON ROOM
그리핀도르 휴게실

스튜어트 크레이그와 미술 팀은 그리핀도르 휴게실을 설계할 때 따뜻하고 아늑하며 안전한 공간으로 만들자는 구체적인 방향성을 따르고자 했다. "해리는 계단 밑 벽장에서 살아왔습니다." 세트 장식가 스테퍼니 맥밀런은 설명한다. "우리는 그런 불쾌한 환경과의 대조를 보여주고 싶었어요. 휴게실은 해리가 처음으로 편안한 가정을 경험할 수 있는 공간입니다. 거대한 벽난로가 있어서 말 그대로 따뜻하죠. 낡고 사용한 흔적이 있는 소파와 닳아빠진 카펫이 있습니다. 편안하고 안전한 공간이에요." 소파 쿠션은 스튜어트 크레이그가 디자인한 것이고, 벽에 걸려 있는 걸개는 프랑스 클뤼니 박물관의 중세 태피스트리인 〈여인과 일각수〉를 복제한 것이다. 이 태피스트리는 그리핀도르 기숙사의 빨간색과 금색에 잘 어울렸다. 휴게실은 세월이 가도 거의 변하지 않았지만, 〈아즈카반의 죄수〉에서는 과거 그리핀도르 학생 회장들의 새로운 초상화가 더해졌다. 퀴디치 경기를 그린 유화 및 영국의 판화가 호가스의 영향을 받은, 카드놀이를 하는 마법사 그림도 마찬가지다.

왼쪽 그리핀도르 기숙사 휴게실의 벽난로로 영화 시리즈 전체에서 계속 사용된 몇 안 되는 세트 중 하나다. 세트 장식가 스테퍼니 맥밀런은 호그와트에 새로 정착한 해리에게 따뜻하고 편안한 환경을 만들어 주길 바랐다.
위 그리핀도르 게시판.
아래 〈해리 포터와 혼혈 왕자〉에서 그리핀도르의 퀴디치 우승을 축하하는 장면을 찍은 휴게실 세트장.

The
GRYFFINDOR BOYS' DORMITORY

그리핀도르 남학생 침실

해리가 살 만한 안전하고 안락한 공간을 제공한다는 주제는 호그와트의 그리핀도르 남학생 침실까지 이어졌다. "이번에도 우리는 침실이 안전하고 편안하기를 바랐어요." 세트 장식가 스테퍼니 맥밀런은 말한다. "그래서 널찍한 기둥 4개짜리 침대를 선택했죠. 빨간색 커튼과 아무 무늬 없는 단단한 기둥으로 이루어진 이 침대들은 어떤 면에서 어머니의 자궁과 비슷하거든요." 기본적인 가구와 물건은 모든 아이에게 똑같이 주어졌지만, 그리핀도르 학생 각각의 성격에 맞게 맞춤 제작되었다. 프로덕션 디자이너 스튜어트 크레이그는 설명한다. "아이들의 침대 옆은 각자의 취미를 반영합니다. 론은 처들리 캐넌스 포스터를 걸어두었죠. 네빌은 늘 자연과 식물에 관한 책들을 많이 가져다 두었고요. 셰이머스는 토끼풀을 두었습니다. 아일랜드 퀴디치 국가대표팀을 응원하니까요. 퀴디치 월드컵 이후에는 셰이머스의 탁자에 기념품도 몇 가지 가져다 두었습니다."

위 남학생 침실의 사주식 침대를 에워싸고 있는 커튼. **아래** 〈해리 포터와 아즈카반의 죄수〉에서 론(루퍼트 그린트, 왼쪽), 해리(대니얼 래드클리프, 가운데), 셰이머스(데번 머리)가 그리핀도르 남학생 침실에서 농담을 주고받고 있다.

위 〈해리 포터와 혼혈 왕자〉에 나오는 해리의 침대와 침대 옆 탁자 모습. 론이 먹다 남긴 사랑의 마법약을 넣은 초콜릿이 침대 위에 널브러져 있다. **아래 왼쪽** 〈해리 포터와 혼혈 왕자〉에 나오는 론의 침대 옆 탁자와 물건들. 처들리 캐넌스 기념품들이 보인다. **아래 오른쪽** 〈해리 포터와 혼혈 왕자〉에 나오는 딘 토머스의 침대 탁자. 왼쪽에 웨스트햄 축구 팀 깃발이 보인다.

The
SLYTHERIN
COMMON ROOM
슬리데린 휴게실

슬리데린 휴게실의 분위기는 그리핀도르와 완전히 다르다. 프로덕션 디자이너 스튜어트 크레이그는 말한다. "슬리데린 휴게실은 호수 밑 지하 감옥에 있습니다. 말 그대로 물속에 있는 거죠. 우리는 노르만 양식 혹은 로마네스크 양식이라는 좀 더 이른 시기의 건축 양식을 선택했습니다. 이 건축 양식은 좀 더 두껍고 견고해서 훨씬 지하 감옥 같은 느낌을 주죠. 우리의 또 다른 전제는 이 방이 단단한 바위를 조각한 것처럼 보여야 한다는 것이었습니다. 요르단에 있는 도시 유적 페트라처럼요." 초록색과 은색이라는 슬리데린의 색깔이 근엄한 분위기에 기여했다. 크레이그가 말한다. "이 기숙사에는 훌륭한 검은색 가죽 소파들이 있습니다. 벽에 걸린 태피스트리의 색상표에서는 빨간색을 전부 빼버렸지요." 놀랍지도 않지만, 휴게실의 은색 붙박이 세간에는 뱀 머리 모티프가 잔뜩 쓰였다.

왼쪽 〈해리 포터와 비밀의 방〉에 나오는 슬리데린 휴게실. 기숙사를 상징하는 검은색과 녹색으로 실내가 장식돼 있다.
위 태피스트리가 보이는 휴게실의 다른 장면.
아래 왼쪽 슬리데린 휴게실 문손잡이 세부.
아래 오른쪽 자랑스러운 역사를 가진 슬리데린 기숙사의 역대 주장들 명단.

The
DEFENSE AGAINST
THE DARK ARTS
CLASSROOM
어둠의 마법 방어법 교실

프로덕션 디자이너 스튜어트 크레이그는 어둠의 마법 방어법 교실이 늘 친숙하게 느껴지되, 세부적인 부분에서는 현재 그 교실의 주인인 교수의 특성을 반영해야 한다는 사실을 알고 있었다. 크레이그의 머릿속에 있는 것은 단순한 구조물이었다. "이 교실을 설계할 때 역사적인 연결성이나 참고 문헌을 염두에 둔 것 같지는 않습니다. 저는 그냥 조형적으로 괜찮은 공간을 만들고자 했어요. 교실에 있는 방사형 지붕 트러스가 이런 요소를 반영한 것이죠." 이 교실에서 어둠의 마법 방어법 교수의 연구실로 이어지는 계단은 고딕 교회의 강단 설계와 비슷하다. "교수의 연구실은 사실상 다락방입니다. 사람이 위쪽 지붕에 사는 건데, 그러면 당연하게도 연구실 공간은 삼각형이 됩니다. 그러니 수직의 고딕 형태는 삼각형의 비스듬한 두 변을 멋지게 강조하게 되죠." 크레이그는 설명한다.

위 매드아이 무디의 책상에 있는 물건들로 〈해리 포터와 불의 잔〉에 나온다.
오른쪽 무디가 가르쳤던 어둠의 마법 방어법 교실 세트장.

QUIRRELL'S CLASSROOM
퀴럴의 교실

퀴럴 교수의 지하 감옥 같은 어둠의 마법 방어법 교실은 윌트셔의 라콕 수도원에서 현지 촬영했다. 라콕 수도원은 13세기까지 거슬러 올라가는 건물이다. 프로덕션 디자이너 스튜어트 크레이그는 말한다. "우리는 난방실이라고 알려진 방에서 촬영했습니다. 그곳은 수도원에서 유일하게 수녀들이 불을 피울 수 있는 곳이었습니다." 이 장면의 솥은 다른 곳에서 구해온 소품이 아니라 그곳에 있던 물건이다. 전설에 따르면 500년도 더 된 그 솥은 엘리자베스 1세를 위해 일하던 요리사들이 사용하던 것이라고 한다.

LOCKHART'S CLASSROOM
록하트의 교실

록하트 교수의 교실은 문자 그대로 그의 성격을 반영한다. "록하트는 말도 안 될 만큼 허영심 넘치고 자기중심적입니다." 세트 장식가 스테퍼니 맥밀런은 웃는다. "그래서 자기 사진과 그림을 잔뜩 걸어놓고 자기가 쓴 책들을 방 여기저기에 놔두었어요. 자기가 한 모험의 '기념품'과 함께 말이죠." 록하트가 자기 모습을 그리고 있는 초상화는 실물 크기다. 이 영화에서 만들어진 초상화 중 가장 큰 것에 속한다. 맥밀런은 회상한다. "처음에 우리가 한 생각은 이 초상화가 자기 초상화를 그리는 그의 모습을 묘사하는 거였어요. 그런 다음 시각효과로 록하트가 자기가 그리던 그림에서 걸어 나오게 하자는 것이었죠."

맨 위 〈해리 포터와 마법사의 돌〉에서 퀴럴 교수가 가르친 어둠의 마법 방어법 교실. **중간** 길더로이 록하트의 어둠의 마법 방어법 교실 콘셉트 아트로 앤드루 윌리엄슨이 그렸다. **아래** 록하트 교수의 교실 세트장으로 〈해리 포터와 비밀의 방〉에 나온다.

MOODY'S CLASSROOM
무디의 교실

스테퍼니 맥밀런은 어둠의 마법 방어법 교실이 매년 바뀐다는 설정이 재미있었다. 맥밀런은 교수마다의 취향을 포착하기 위해 애썼다. "매드 아이 무디는 독특한 눈을 가지고 있기 때문에, 우리는 렌즈를 토대로 한 테마를 발전시켰어요. 그래서 매드아이의 방에 있는 모든 것은 광학 장치와 연관되어 있죠. 우리는 근처 과학 박물관에 가서 영감을 얻었어요. 하지만 재미있는 부분은 늘 주제를 극한으로 끌고 가는 거였죠. 그래서 [모델 제작 감독] 피에르 보해나와 소품 팀에서는 거대한 걸이식 광학 장치를 만들었어요."

UMBRIDGE'S CLASSROOM
엄브리지의 교실

정부에서 승인받은 덜로리스 엄브리지의 교과과정은 사실 어둠의 마법을 다루지 않는다. 그래서 스튜어트 크레이그와 스테퍼니 맥밀런은 엄브리지의 어둠의 마법 방어법 교실 모습을 근본적으로 새롭게 만들기로 했다. "엄브리지는 수업을 할 때 필요한 자료가 없어요." 맥밀런은 말한다. "그래서 학생들의 책상과 엄브리지의 책상을 제외하면 교실을 완전히 비우기로 했죠. 그냥 책상과 칠판, 책이 있을 뿐이에요. 심지어 제대로 된 교과서도 아니고요."

맨 위 매드아이 무디(브렌던 글리슨)의 모습을 하고 있는 바티 크라우치 2세가 〈해리 포터와 불의 잔〉에서 어둠의 마법 방어법을 가르치고 있다. **중간** 덜로리스 엄브리지의 깃펜 콘셉트 아트로 미라포라 미나와 에두아르도 리마가 그렸다. "거짓말을 하지 않겠습니다"라는 반복되는 글귀 그래픽은 대니얼 래드클리프의 손 글씨를 바탕으로 애덤 브록뱅크가 그린 것이다. **아래** 〈해리 포터와 불사조 기사단〉에 나온 엄브리지의 어둠의 마법 방어법 교실 세트.

위 〈해리 포터와 아즈카반의 죄수〉에 나오는 루핀 교수의 어둠의 마법 방어법 교실 세트. **아래 왼쪽** 장난감 상자에서 튀어나오는 보가트의 콘셉트 아트로 롭 블리스가 그렸다. **아래 오른쪽** 〈해리 포터와 아즈카반의 죄수〉에 나오는, 장난감 상자에서 튀어나오는 보가트. **355쪽 위** 〈해리 포터와 아즈카반의 죄수〉에서 대리 교사 세베루스 스네이프가 가르친 어둠의 마법 방어법 교실 세트. **355쪽 중간** 보가트 옷장의 콘셉트 아트로 애덤 브록뱅크가 그렸다. **355쪽 아래** 스네이프의 프로젝터 콘셉트 아트로 더멋 파워가 그렸다.

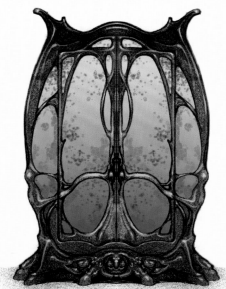

LUPIN'S CLASSROOM

루핀의 교실

스튜어트 크레이그는 루핀 교수의 연구실을 디자인하기 위해 피츠리버 박물관을 찾았다. 이 박물관에는 고고학적, 민속학적 소장품들이 전시되어 있다. "우리는 루핀에게 유리 돔을 씌운 두개골이나 다른 유물들을 줬습니다." 크레이그는 설명한다. "또 늑대인간의 모습을 보여주는 영사기를 만들었죠." 스네이프가 잠시 병이 난 루핀을 대신했을 때 보여준 슬라이드들은 역사적인 미술 작품에 근거를 둔 것으로, 이 중에는 다빈치의 〈비트루비우스 인체 비례도〉를 늑대인간 버전으로 만든 것도 있다. 연구실 한가운데를 차지하고 있는 것은 보가트가 들어 있는 옷장이다. 세트 장식가 스테퍼니 맥밀런은 말한다. "직접 제작한 가구예요. 아르누보식 선을 혼합한 것이죠. 좀 더 위협적인 느낌을 주려고 부피를 약간 늘렸지만요."

The
DIVINATION CLASSROOM
점술 교실

세트 장식가 스테퍼니 맥밀런은 호그와트 성 꼭대기 어딘가에 있는 시빌 트릴로니 교수의 교실을 만들기 위해 찻잔과 작은 원탁들, 원탁 위에 놓인 수정구슬 등의 점술 도구를 갖춘 찻집이라는 아이디어에서 출발했다. 맥밀런의 설명에 따르면 〈아즈카반의 죄수〉에서 처음 등장한 트릴로니의 교실 벽에는 "밝은 색깔의 이국적이고 《아라비안나이트》에서나 볼 법한 천들"이 걸려 있다. 〈불사조 기사단〉에서는 트릴로니라는 캐릭터에 접근하는 방법이 바뀐 것을 반영하여 이 교실이 다시 장식되었

다. 프로덕션 디자이너 스튜어트 크레이그는 말한다. "트릴로니는 아주 딱하고, 좀 더 불쌍한 인물이 됐어요. 그래서 색상표와 천의 질감을 바꿨습니다. 훨씬 투박하고 가라앉은 느낌이죠." 디자이너들은 이 교실이 더 작은 스튜디오 세트장에 들어가도록 크기를 조정하기도 했다. "트릴로니를 좀 더 압박받는, 초라한 처지로 보이도록 하고 싶었습니다." 맥밀런은 말한다.

위 왼쪽 트릴로니 교수의 점술 교실 세트장으로, 찻잔으로 탑을 쌓은 모습이 〈해리 포터와 아즈카반의 죄수〉에 등장한다. **위 오른쪽** 〈해리 포터와 아즈카반의 죄수〉의 한 장면으로, 해리의 찻잔 바닥에 있는 찻잎들이 죽음의 개의 모습을 하고 있다. **아래** 점술 교실의 콘셉트 아트로 앤드루 윌리엄슨이 그렸다.

The POTIONS CLASSROOM
마법약 교실

〈마법사의 돌〉에서는 스네이프 교수의 마법약 교실을 라콕 수도원의 성구 보관실에서 촬영했다. 〈불의 잔〉에서는 스튜디오 세트장이 활용되었다. 이때부터 교실은 좀 더 어둡고 북적거리는 공간이 되었고, 크기가 늘어나 스네이프의 연구실을 아우르게 되었다. 스네이프의 연구실은 〈비밀의 방〉에서 처음 등장한다. 스테퍼니 맥밀런은 이런 변화 덕분에 마법약 교실이 가르치기에 더 좋은 교실이 되었다고 느꼈다. "〈비밀의 방〉에서 우리는 슬리데린 휴게실에 있던 거대한 탁자를 이곳에 들여놓았습니다. 그게 스네이프의 책상이 됐죠. 그리고 사방의 벽을 유리병으로 가득 채웠어요. 아연을 칠한 탁자들도 넣어서 조명에 큰 도움이 됐고요. 우리는 이 교실을 바꿀 때마다 동일한 요소들을 사용합니다. 나무 책장, 궁륭 천장, 분젠 버너가 갖춰진 커다란 정사각형 책상들과 수많은 마법약 병이죠. 하지만 영화가 진행되면서 방의 크기는 커졌습니다." 미술 감독 해티 스토리는 호러스 슬러그혼이 마법약 교수 자리를 이어받자 "세트장은 다시 크기도 모양도 바뀌었다"고 말한다. "하지만 접근법은 비슷했어요." 학생들이 '살아 있는 죽음의 물약'을 만드는 과제를 할 수 있도록 새로운 솥들이 만들어졌고, 펠릭스 펠리시스 마법약을 위해 작은 쇠사가 달린 특별한 소형 솥도 만들어졌다.

위 왼쪽 마법약 교실 세트에 있는 슬러그혼 교수의 책상으로 〈해리 포터와 혼혈 왕자〉에 나온다. **위 오른쪽** 마법약 병들을 모아놓은 것으로 미라포라 미나와 에두아르도 리마가 라벨을 그렸다.
아래 〈해리 포터와 불사조 기사단〉에 나오는 스네이프 교수의 마법약 교실 세트.

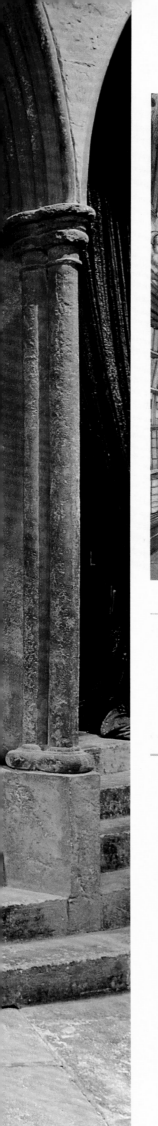

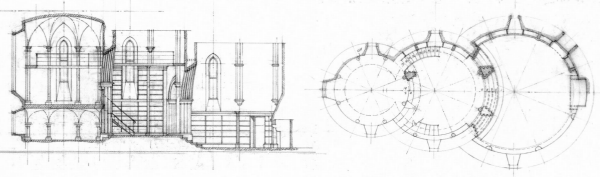

DUMBLEDORE'S OFFICE

덤블도어의 연구실

프로덕션 디자이너 스튜어트 크레이그와 그의 팀원들은 호그와트의 첫 평면도 초안을 잡을 때 설계에 '허용 가능한 공상'을 집어넣는 것은 봐주기로 했다. "구조적으로는 불가능한 큰 탑이나 작은 탑들이 있었습니다." 크레이그는 말한 다. "거의 건축물의 신빙성을 의심하게 할 정도였죠. 하지만 그 탑들은 매우 보기 좋은 실루엣을 이루었습니다. 교실을 비롯한 여러 장소를 배치하면서, 우리는 덤블도어의 연구실이 어디에 있을지 생각해야 했습니다. 당연한 말이지만, 가 장 멋진 장소는 이 모든 것을 내려다보는 높은 탑이었죠. 덤블도어의 연구실은 그 점에서부터 출발했습니다. 외관을 먼저 정하고 안으로 들어갔어요." 교장의 연구실은 실제로 하나의 방이 아니라 3개의 방이 연결된 형태다. 크레이그는 말한다. "그게 매력이라고 생각합니다. 서로 다른 공간들이 중첩되어 있다는 점 말입니다." 덤블도어의 연구실 세트는 비교적 규모가 작았으므로, 이동 가능한 벽과 앞면이 유리로 되어 있는 책꽂이들(영화제작 업계에서는 이를 '와일드 월 wild wall '이라고 부른다)을 만들어 카메라가 다양한 각도에서 촬영할 수 있도록 했다.

왼쪽 〈해리 포터와 불의 잔〉에 나오는 덤블도어의 교장실 세트장.
위 〈해리 포터와 비밀의 방〉에 나오는 덤블도어의 교장실 콘셉트 아트로 앤드루 윌리엄슨이 그렸다.
아래 리브스덴 스튜디오에 만든 덤블도어의 교장실 설계도.

Umbridge's Office 엄브리지의 연구실

덜로리스 엄브리지 교수의 어둠의 마법 방어법 교실이 풍기던 근엄한 분위기는 호그와트의 엄브리지 연구실에 쓰인, 놀랍도록 많은 프릴이나 레이스와 극적인 대조를 이룬다. 이것들은 대체로 분홍색이다. 프로덕션 디자이너 스튜어트 크레이그는 말한다. "분홍색이 끔찍할 정도로 많이 쓰였습니다. 그 세트장을 만들기 위해서 회의도, 준비도 엄청나게 많이 했다는 건 상상할 수 있을 겁니다." 돌벽과 묵직한 벨벳 걸개, 심지어 장식적인 오뷔송 스타일 카펫까지 모두가 분홍색이다. 세트 장식가 스테퍼니 맥밀런은 말한다. "전에는 프랑스식 가구를 쓴 적이 없습니다. 프랑스 가구는 뾰족뾰

족하고 상당히 공격적인 느낌을 주기 때문에 엄브리지의 성격과 잘 어울릴 거라고 생각했어요." 엄브리지의 책상에 놓인 루이 왕조 시대 의자는 엄브리지가 쓰기엔 좀 큰 것이다. "그래서 엄브리지의 다리는 공중에 떠서 바닥에 닿지 않아요." 맥밀런은 웃는다. "주변에 장식품이 잔뜩 있는데, 상당히 정돈되고 엄격한 방식으로 배치되어 있어요. 서랍장에는 작은 가위나 모자 고정용 핀 같은 것들을 모아두었죠. 이번에도 그 모든 레이스 도일리 밑에 뾰족뾰족하고 공격적인 것을 놔둔 거예요."

왼쪽부터 시계방향으로 덜로리스 엄브리지의 연구실 벽에 있는 2개의 고양이 접시로 해티 스토리가 디자인했다./연구실 세트에 있는 긴 의자./〈해리 포터와 불사조 기사단〉에서 엄브리지 연구실에서 벌어지는 일의 콘셉트 아트로 애덤 브록뱅크가 그렸다./연구실 세트장에 있는 의자./〈해리 포터와 불사조 기사단〉에서 책상 앞에 앉아 있는 엄브리지(이멜다 스탠턴). 후반 작업 때 뒤에 있는 접시 가운데의 그린스크린에 움직이는 고양이들의 영상을 입힌다.

SLUGHORN'S OFFICE
슬러그혼의 연구실

〈해리 포터와 혼혈 왕자〉에서 마법약 과목을 맡은 호러스 슬러그혼 교수는 과거 호그와트 교수였을 때 썼던 '화장실' 같은 방과는 거리가 먼 방을 갖게 된다. 스튜어트 크레이그는 회상한다. "슬러그혼 교수에게는 상당히 넓고 안락한 연구실이 필요했어요. 그래서 과거 필요의 방이었던 것을 개조해 빅토리아 양식이 두드러지는, 무척 젠체하는 방으로 만들었죠. 슬러그혼 자신이 그렇듯이 말입니다." 슬러그혼 교수의 새로운 연구실에는 커다란 갈색 가죽 체스터필드 소파와 거대한 벽난로, 그가 민달팽이 클럽과 함께할 때 사용하는 넉넉하고 둥근 식탁이 놓였다. 크레이그는 말한다. "슬러그혼 교수에게는 연극적인 면이 많습니다. 그의 연구실도 이런 점을 반영해야 했죠. 이 방은 남성적인 방식으로 호화로워요. 하지만 빛이 바랬고 약간 낡기도 했습니다. 슬러그혼 교수가 그렇듯이 말이죠."

맨 위 미라포라 미나가 그린 슬러그혼 모래시계의 콘셉트 아트(왼쪽)와 실제로 만든 소품(오른쪽). **중간** 슬러그혼 교수 연구실에 있는 식탁과 의자 세트로 민달팽이 클럽 회원들을 맞이하는 장소다. **아래** 슬러그혼 교수의 책상. 오른쪽의 그린스크린은 움직이는 사진으로 채워질 예정이다. **배경 그림** 어맨다 레가트가 그린 모래시계 소품 설계도.

The LIBRARY
도서관

〈해리 포터와 마법사의 돌〉에 나오는 호그와트의 도서관은 옥스퍼드 대학교 보들리 도서관에서 현지 촬영한 것이다. 이 도서관은 1602년부터 줄곧 사용돼 왔지만, 일부분은 1400년대까지 거슬러 올라간다. "아시겠지만, 거기서 촬영할 때는 불가피한 제약이 따릅니다." 프로덕션 디자이너 스튜어트 크레이그는 말한다. "엄청난 기회이기는 했지만 우리는 첫 번째 영화를 다 찍은 뒤 도서관 세트장을 만들어야 한다는 걸 알게 됐습니다. 하지만 그곳에서 촬영하는 동안에 유용한 시각적 힌트를 얻었어요. 도서관의 가장 오래된 책들은 책꽂이의 틀에 사슬로 연결되어 있습니다. 우리는 세트장을 지을 때 이런 점을 반영했어요." 세트 장식가 스테퍼니 맥밀런의 팀원들이 책꽂이를 채우는 일을 맡았다. 맥밀런은 말한다. "정말로 좋은 가죽 장정 책들로 구성했어요. 스티로폼처럼 가벼운 소재로 만든 책도 썼죠. 가끔은 아주 높이 쌓인 책 더미가 공중을 날아다녀야 했거든요!"

위 왼쪽 〈해리 포터와 마법사의 돌〉에서 해리(대니얼 래드클리프)가 도서관의 제한구역을 살펴보고 있다. **위 오른쪽** 〈해리 포터와 혼혈 왕자〉의 도서관 장면에서 대니얼 래드클리프(왼쪽)와 에마 왓슨이 슬러그혼 교수의 크리스마스 파티에 대해 의논하고 있다. 녹색 장갑을 낀 손은 책을 받아 드는 제작진의 손으로, 뒤에 디지털 작업으로 지웠다. 영화에서는 책이 저절로 책꽂이에 꽂히는 것으로 보인다. **아래** 〈해리 포터와 불의 잔〉에 나오는 도서관의 콘셉트 아트로 앤드루 윌리엄슨이 그렸다.

ASTRONOMY TOWER
천문탑

영화에 나오는 천문탑은 나중에야 추가되어 성의 지붕 선을 이루었다. "호그와트에서 가장 높은 탑입니다." 스튜어트 크레이그는 말한다. "하지만 호그와트에서 가장 좁은 탑이기도 하죠. 사실, 이 탑은 중앙 탑에서 외팔보로 연결된 작은 탑 여러 개를 합친 것입니다." 〈아즈카반의 죄수〉에서 루핀은 천문학 수업에만 쓰도록 되어 있는 교실에서 해리에게 패트로누스 마법을 가르친다. "하지만 덤블도어가 죽음을 맞은 이곳은 인상적인 모습이어야 했습니다." 크레이그는 설명

한다. "세트로서 엄청나게 큰 의미를 띠고 있는 만큼, 복잡하고 매우 정교한 건축물이 필요했습니다." 크레이그의 설계는 어떤 면에서 덤블도어의 연구실을 떠올리게 한다. "이 구조물은 원통형 공간 3개가 중첩된 형태입니다. 천문탑의 모든 것이 원을 기반으로 하는 건 적절한 일이죠." 세트장은 거울과 구체, 들어가 앉을 수 있을 만큼 커다란 망원경을 포함한 과학 도구들로 채워졌다.

맨 위 〈해리 포터와 혼혈 왕자〉에서 덤블도어(마이클 갬번, 왼쪽)와 해리(대니얼 래드클리프)는 호크룩스 동굴로 떠나기 전에 천문탑에서 만난다.
오른쪽 중간 덤블도어가 죽는 장면에서 해리(대니얼 래드클리프)는 아스트롤라베 밑에 숨는다. **왼쪽과 오른쪽 아래** 아스트롤라베 세부.

The ROOM OF REQUIREMENT
필요의 방

프로덕션 디자이너 스튜어트 크레이그는 〈불사조 기사단〉에서 처음 발견된 필요의 방이 "중립적인 상태"에서 시작했다고 말한다. "이 방은 거울 여러 개로 디자인했습니다. 거울은 사진상 흥미롭기도 하고, 제 생각에는 방 자체가 그 방에 들어온 사람과 그 사람의 욕구를 비춘다는 점에서도 적절한 선택이었거든요." 거울로 둘러싸인 방에 조명을 켠다는 것은 극도로 어려운 과제였다. 영화제작자들은 바닥 밑에 설치하는 조명 시스템을 개발해서 이 문제를 해결했다. 크레이그는 말한다. "이 조명 시스템은 말 그대로 학생들의 발밑에 있는 창살에서 켤 수 있었습니다. 다만 그렇게 하면 배우들의 발에도 불빛이 비치게 되죠." 이 문제는 어린 배우들의 신발 밑창을 검은색 벨벳으로 가려서 해결했다.

〈혼혈 왕자〉에서 이 방은 사라지는 캐비닛을 포함한 숨겨진 물건들을 보관하는 장소가 되었다. 크레이그의 최초 디자인에는 높은 궁륭 천장이 포함되어 있었는데, 그 천장이 새로 구성한 방의 지배적인 특징이 되는 것을 영화제작자들이 원하지 않았기에 이제는 문제가 되었다. "우리는 기둥 아래마다 유리 캐비닛을 설치했습니다." 크레이그는 설명한다. "기둥을 지탱하되, 나중에 엄청나게 많은 물건을 채워 넣어 그 물건들이 더 두드러져 보이게 할 수 있는 구조물을 만든 거죠." 예리한 안목을 가진 사람이라면 잡동사니 더미에서 이전 〈해리 포터〉 영화에 나왔던 소품들을 찾아볼 수 있다. 마법사의 돌을 지켰던 거대한 마법사 체스 세트와 슬러그혼의 크리스마스 파티에 쓰였던 등불들이 그중 하나다. 〈죽음의 성물〉에서는 이 방이 덤블도어의 군대에게 안전한 은신처를 제공해 주어야 했다. 그러므로 이 방은 비워져서 기둥에 걸린 해먹으로 다시 채워졌다.

위 필요의 방에 있는 새장 속의 해골 콘셉트 아트로 피터 매킨스트리가 그렸다. **아래** 〈해리 포터와 혼혈 왕자〉에 나오는 필요의 방 콘셉트 아트로 앤드루 윌리엄슨이 그렸다.

맨 위 왼쪽 〈해리 포터와 불사조 기사단〉에서 필요의 방에서의 훈련 장면에 나오는 죽음을 먹는 자들 모형 소품. **왼쪽 중간** 〈해리 포터와 죽음의 성물 2부〉에서 헤르미온느(에마 왓슨, 왼쪽)와 해리 (대니얼 래드클리프)가 필요의 방에 있는 장면. **위 오른쪽** 〈해리 포터와 죽음의 성물 2부〉에 사용된 스토리보드 패널로 짐 코니시가 만들었다. **아래** 〈해리 포터와 죽음의 성물 2부〉에 나오는 필요의 방 콘셉트 아트로 앤드루 윌리엄슨이 그렸다.

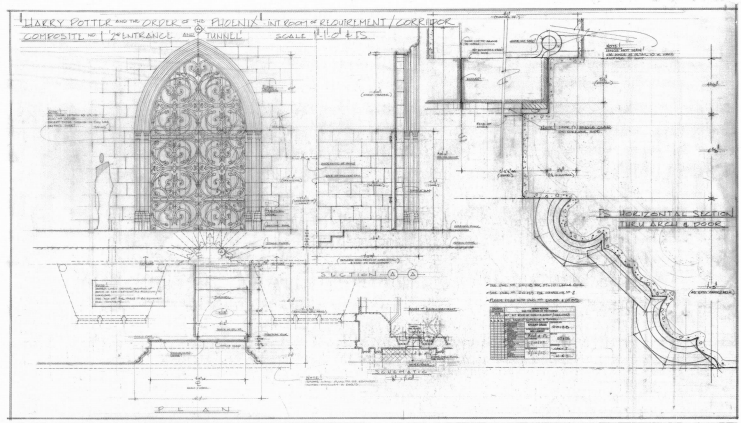

위 〈해리 포터와 불사조 기사단〉에 나오는 필요의 방 입구의 설계도로 게리 조플링이 그렸다. **아래 왼쪽** 〈해리 포터와 혼혈 왕자〉에 나오는 사라지는 캐비닛 콘셉트 아트로 앤드루 윌리엄슨이 그렸다. **아래 오른쪽** 〈해리 포터와 죽음의 성물 2부〉에 나오는 필요의 방 세트. **367쪽 위** 〈해리 포터와 죽음의 성물 2부〉에 나오는 필요의 방에 있는 해먹들. **367쪽 아래** 해리, 헤르미온느, 네빌이 필요의 방에 있는 〈해리 포터와 죽음의 성물 2부〉 장면의 콘셉트 아트로 앤드루 윌리엄슨이 그렸다.

The
PREFECTS' BATHROOM
반장 전용 욕실

〈해리 포터와 불의 잔〉에서 세드릭 디고리는 답례하는 의미로, 해리에게 첫 번째 과제를 하면서 얻은 황금 알을 반장 전용 욕실로 가져가 목욕을 해보라고 권한다. 해리는 세드릭의 조언을 받아들여 호화로운 욕조에 몸을 담그는데, 이곳에서 울보 머틀을 만난다. 수십 개의 청동 수도꼭지가 푹 꺼진 거대한 욕조에 다양한 색깔의 물을 흘려보낸다. 욕조 위에는 거품이 구름을 이루고 있다. 대리석으로 이루어진 이 욕실의 한쪽 끝에는 3개의 고딕 아치 형태의 스테인드글라스 창문이 있다. 이 스테인드글라스는 콘셉트 미술가인 애덤 브록뱅크가 디자인한 것으로, 아름다운 인어(호수에 사는 인어와는 다른)가 호그와트 앞 호수 바위에 앉아 있는 모습을 담고 있다.

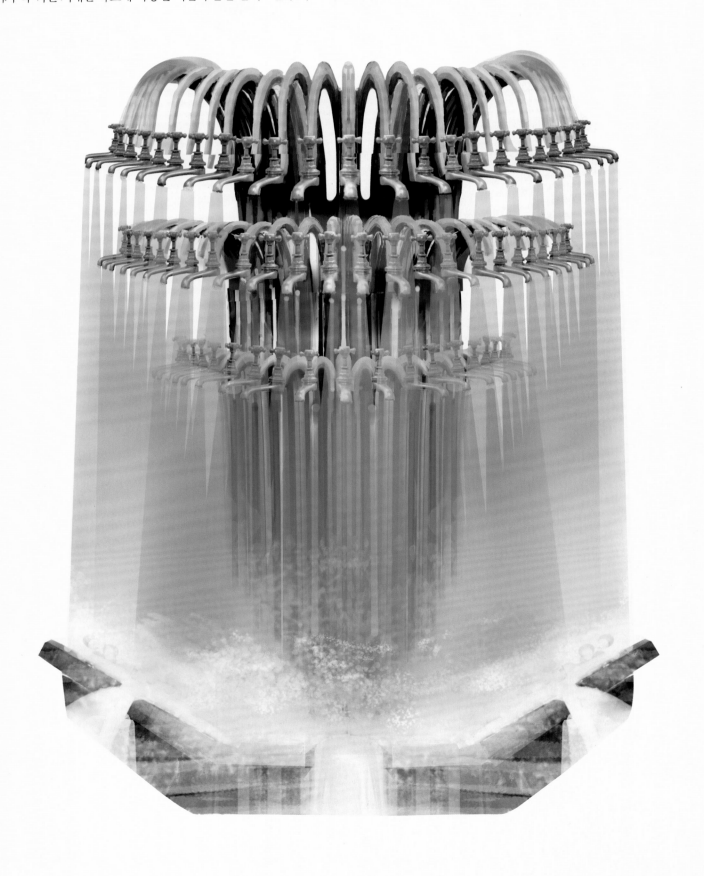

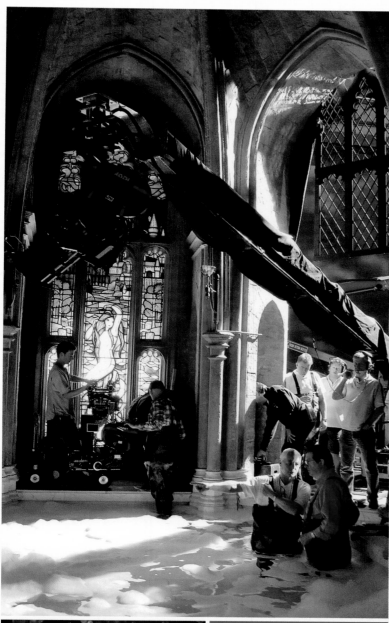

368쪽 반장 전용 욕실에 있는 강력한 수도꼭지들로 다양한 향기와 거품이 나온다. 벤 데네트의 콘셉트 아트. **오른쪽부터 시계방향으로** 반장 전용 욕실의 스테인드글라스 콘셉트 아트로 애덤 브록뱅크가 그렸다./셜리 핸더슨이 연기한 울보 머틀은 욕실에 자주 나타난다. 〈해리 포터와 불의 잔〉에서 해리 (대니얼 래드클리프)는 세드릭 디고리의 조언대로 헝가리 혼테일에게서 빼앗은 황금 알을 가지고 욕실에 들어간다./〈해리 포터와 불의 잔〉 감독 마이크 뉴얼 (오른쪽, 빨간 셔츠)과 제1조감독 크리스 카레라스가 욕실 장면을 논의하고 있다.

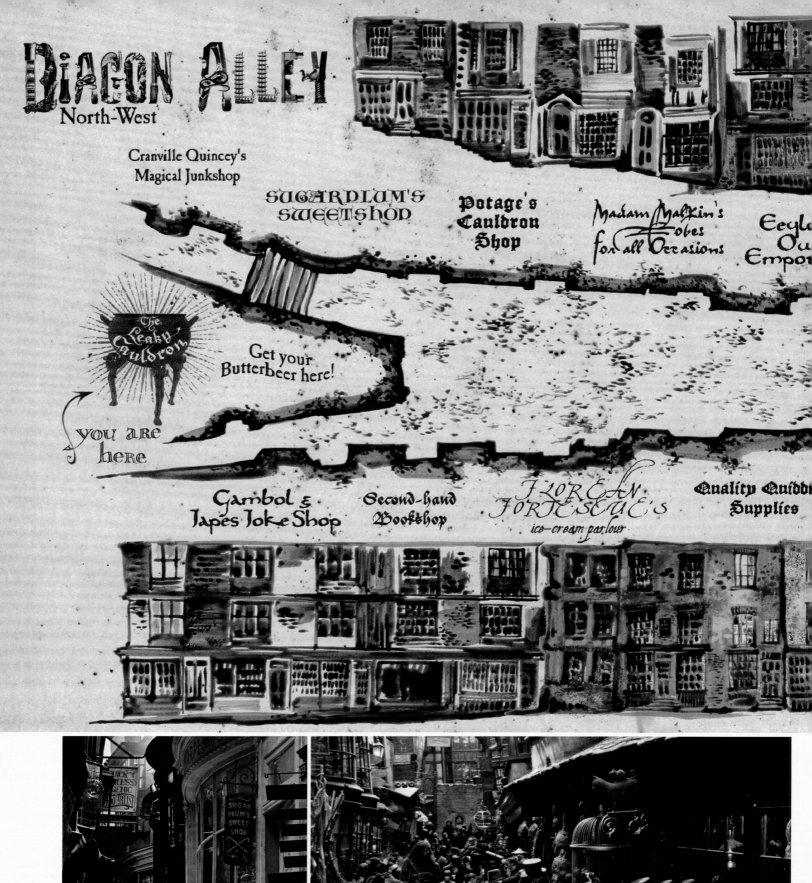

DiAGON ALLEY
North-West

Cranville Quincey's
Magical Junkshop

SUGARPLUM'S
SWEETSHOP

Potage's
Cauldron
Shop

Madam Malkin's
Robes
for all Occasions

Eeyl
Ou
Empor

The Leaky Cauldron

Get your
Butterbeer here!

you are here

Gambol &
Japes Joke Shop

Second-hand
Bookshop

FLOREAN
FORTESCUE'S
ice-cream parlour

Quality Quiddi
Supplies

위 미라포라 미나가 그린 다이애건 앨리의 상세 지도로 거리에 들어서 있는 상점들이 배치된 방식을 알 수 있다. **아래 왼쪽** 〈해리 포터와 마법사의 돌〉에 나오는 다이애건 앨리 세트장 모습.
아래 오른쪽 〈해리 포터와 마법사의 돌〉의 한 장면으로 다이애건 앨리 마법 동물원 근처에 쇼핑객들이 가득 차 있다.

Mr. MULPEPPER'S
APOTHECARY

Slug & Jigger's

The Magical Menagerie

RE'S WIZARDING QUIPMENT

Flourish & Blotts

Broomstix

ulus ing ents

GRINGOTTS

Gringotts Wizard Bank

For DIAGON ALLEY
North-East follow the cobbles...

DIAGON ALLEY 다이애건 앨리

다이애건 앨리에 있는 디킨스 분위기의 쇼핑 지역은 극도의 주의와 세심함을 통해 실현되었다. 세트 장식가 스테퍼니 맥밀런은 회상한다. "작업을 시작할 때 제가 가지고 있었던 한 가지 유리한 점은 《마법사의 돌》에 엄청나게 집착하는 조수가 있었다는 겁니다. 해리 포터에 푹 빠져 있는 사람이었죠. 그 사람은 다이애건 앨리를 만드는 작업을 군사 작전처럼 지휘했어요. 모든 것을 머릿속에 넣고 있더군요. 우리는 책에 나오는 모든 상점을 활용했습니다. 책에 언급된 상점의 내용물이 있다면 뭐든 가져다 썼죠. 그리고 여기에서부터 확장해 나갔습니다." 현실 세계의 벼룩시장과 싸구려 중고 시장, 경매장 들을 몇 주 동안 뒤진 끝에 다이애건 앨리의 상점들을 채울 적당한 물건을 찾을 수 있었다. 어려웠던 점은, 〈해리 포터〉 영화에 쓸 물건을 산다는 사실을 드러낼 수 없었다는 것이다. 어느 조수는 빗자루를 대량으로 사면서 상점 주인에게 쓸어야 할 게 많아서 그런다고 말하기도 했다! 맥밀런은 말한다. "최대한 많이 샀어요. 하지만 우리가 찾은 물건들을 복제하기도 했죠. 솔직히, 다이애건 앨리에는 물건이 엄청나게 많이 들어가거든요."

포타주의 솥단지 가게에는 온갖 모양과 크기의 솥들이 있는데, 그중 일부는 가게 정면을 타고 올라가듯 쌓여 있다. 아일롭스 부엉이 상점과 마법 동물원에는 올빼미만이 아니라 쥐, 박쥐, 고양이가 들어가는 우리들이 있다. 멀페퍼 씨의 약재상은 영화에서 이름을 붙인 가게로, 길이 3미터에 높이 7미터짜리 찬장을 갖추고 있다. 맥밀런은 회상한다. "한 번에 소품 팀원 한 사람만이 장식할 수 있었어요. 우리는 그 팀원이 선반에 유리병을 하나씩하나씩 저 위에까지 배치할 수 있도록 이동식 크레인을 사용해야 했죠."

다이애건 앨리는 〈혼혈 왕자〉에서 죽음을 먹는 자들에게 대부분 파괴되었다. 프로덕션 디자이너 스튜어트 크레이그는 말한다. "상점들은 창문에 널빤지를 치고 문을 닫았어요. 올리밴더의 지팡이 가게는 말 그대로 날아갔죠. 이처럼 참혹한 결과를 표현하려면 상당한 분위기 변화가 필요했고, 우리는 건물을 망가뜨리는 것 말고도 밝은 색을 모조리 빼고 조명을 바꾸는 것으로 그런 효과를 만들어 냈습니다."

The LEAKY CAULDRON
리키 콜드런

영화 전반에 쓰인 고딕 미학과 뚜렷한 대조를 이루는 리키 콜드런의 내부는 튜더 양식으로 설계되었다. 프로덕션 디자이너 스튜어트 크레이그는 이것이 "마법사 세계에 다양한 시대가 있음을" 나타내기 위해서라고 말한다. 해리가 묵는 방은 전통적인 세트장으로, 창밖에 그린스크린을 설치해 현대 런던의 풍경을 입혔다. 해리의 방 바깥 복도는 강제 원근법을 사용해 만들었다. 이 기법은 세트 장식에서 오래전부터 쓰여온 소중한 속임수다. "이 방법 덕분에 3~4미터 길이를 15미터짜리 복도로 보이게 할 수 있었습니다." 크레이그는 설명한다. 디지털로 효과를 낼 수도 있었지만 "이 방법이 훨씬 싸고 더 재미있었"다.

위 왼쪽부터 술집 리키 콜드런에 있는 그림./"리키 콜드런"('새는 솥단지'—옮긴이)./〈해리 포터와 아즈카반의 죄수〉에 나오는 술집 내부. **아래** 〈해리 포터와 아즈카반의 죄수〉에 나오는 리키 콜드런의 외관 콘셉트 아트로 앤드루 윌리엄슨이 그렸다.

OLLIVANDERS
올리밴더의 지팡이 가게

해리 포터가 올리밴더의 지팡이 가게에 들른 일은 다이애건 앨리에서 일어난 가장 기억에 남는 사건 중 하나다. 하지만 세트 장식가 스테퍼니 맥밀런은 이 장면을 위해 만들었던 지팡이 상자가 몇 개였는지 거의 기억하지 못한다. "17,000개쯤 된 것 같아요. 전부 외주 제작한 거죠. 일부에는 술 장식이 달려 있었고, 전부 이름표가 붙어 있었어요. 올리밴더의 로고를 손도장으로 찍었고요. 평범한 크기의 가게를 생각하신다면, 3미터 넘는 슬라이딩 사다리가 갖추어진 높이 5미터짜리 창고를 떠올려 보세요. 우리는 바로 그곳을 채워야 했어요."

해리의 지팡이가 그를 선택하는 마법적 순간을 만들어 내기 위해 영화제작자들은 보통 초당 24프레임의 촬영 속도를 초당 124프레임으로 늦추었다. 놀랍게도 제작진은 이런 시간 지연과 교묘한 조명, 연기 발생기와 선풍기만 가지고도 원하는 효과를 만들어 냈다.

위 다이애건 앨리 세트장에 있는 올리밴더의 가게 정문. **아래** 올리밴더의 지팡이 가게 내부로 〈해리 포터와 마법사의 돌〉에 나온다. 수천 개의 마법 지팡이 상자를 만들어 2미터 높이의 선반을 채웠다.

FLOURISH AND BLOTTS 플러리시 앤 블러츠 서점

호그와트 학생들이 교과서 대부분을 구매하는 서점, 플러리시 앤 블러츠는 〈비밀의 방〉에서 주목할 만한 행사를 열었다. 길더로이 록하트의 자서전 《마법 같은 나》의 팬 사인회를 연 것이다. 하지만 그래픽디자이너 미라포라 미나의 말에 따르면 "빅토리아 시대 혹은 고딕 시대에 가깝고 역사적 의미가 풍부한" 세계에서 "조 롤링은 록하트의 책이 그보다는 공항에서 사 볼 법한 쓰레기 소설과 더 비슷하다는 암시를 주었"다. "저는 '이 세상에 어떻게 그런 책을 끼워 넣지?'라고 생각했어요. 하

지만 그때 록하트가 완전히 사기꾼이니, 책도 가짜처럼 느껴져야 한다는 걸 깨달았죠. 그러자 록하트가 야생으로 여행을 떠났다는 점을 고려해서 조잡한 뱀 가죽과 끔찍한 도마뱀 가죽을 책 표지로 써야겠다는 생각이 저절로 떠올랐어요." 미나의 설명대로 책은 이상한 색깔과 돈을 새김한 황금색 글자, '얇은 종이'로 재현되었다. "종이가 비쳐 보이면 싸구려 책이니까요!"

위 〈해리 포터와 비밀의 방〉에서 길더로이 록하트의 책 사인회가 열린 플러리시 앤 블러츠 서점의 내부 콘셉트 아트로 앤드루 윌리엄슨이 그렸다. **아래** 완성된 플러리시 앤 블러츠 세트.

GRINGOTTS WIZARDING BANK

그린고츠 마법사 은행

〈해리 포터와 마법사의 돌〉에서는 삼각형의 그린고츠 은행을 런던 오스트레일리아 하우스에서 현지 촬영했다. 이곳에는 지름 3미터가 넘는 샹들리에들이 가득하다. 〈해리 포터와 죽음의 성물 2부〉에 나오는 그린고츠 탈출 장면을 찍으려면 은행을 부숴야 했으므로, 스튜디오에서 만든 버전의 그린고츠가 필요했다. 미술 감독 해티 스토리는 말한다. "〈해리 포터와 마법사의 돌〉에서 현지 촬영을 나가기 위해 은행원들의 책상을 만들어 놨습니다. 창고에서 그 책상들을 꺼내 약간 개조했어요. 고블린들이 밀고 다니던 보석과 돈이 가득한 손수레도 몇 대 가지고 있었죠. 원래는 이 손수레에 나무 바퀴가 달려 있었는데, 우리는 그걸 금속으로 다시 만들고 위에 작은 철창을 올려놓았어요. 저울 등 고블린들이 사용하는 은행 업무용 도구들도 〈마법사의 돌〉에서 쓰던 것을 재활용했지만, 말려 있는 깃펜은 새로 만들었고 금괴와 동전도 더 만들었습니다." 1편에서는 동전을 금속으로 만들었지만, 금속 동전들은 세트장에서 사라지곤 했으므로 이후에는 플라스틱으로 제작했다. 스튜디오 세트장의 샹들리에는 오스트레일리아 하우스에 있는 샹들리에를 본뜬 것으로, 틀에 넣고 떠낸 플라스틱 수정 수천 개를 걸어놓았다.

위 〈해리 포터와 죽음의 성물 2부〉에서 그린고츠 고블린 은행원들이 일하는 모습.
오른쪽 그린고츠 내부 홀의 콘셉트 아트로 앤드루 윌리엄슨이 그렸다.

The
LESTRANGES' VAULT
레스트레인지의 금고

그린고츠에 있는 레스트레인지 가문의 금고에는 호크룩스의 하나인 보물 후플푸프의 잔이 있다. 소품 모델링 제작 감독 피에르 보해나는 이 소품을 만들기 위해 후플푸프의 상징인 오소리가 들어간 미라포라 미나의 잔 디자인을 가져다가 섬세하고 무른 백랍으로 만든 다음 금색으로 칠했다. 〈죽음의 성물 2부〉의 금고 장면에서 쓸 수 있도록 이런 잔을 수천 개나 복제한다는 것은 불가능한 일이었으므로 보해나는 사출성형기를 활용해 고무로 된 잔을 대량 생산했다. 이 기술은 레스트레인지 가문의 금고 바닥에 흩어져 있는 다른 보물들에도 적용되었다. 미술 감독 해티 스토리는 설명한다. "우리는 아이들이 들어가서 뛰어노는 볼풀을 참고했어요. 온갖 보물과 금붙이로 가득 차 있다는 것만 빼면 비슷하니까요. 하지만 배우들이 그걸 헤치고 나아가야 하니까, 전부 부드러운 재질로 만들었죠."

위 〈해리 포터와 죽음의 성물 2부〉에서 해리(대니얼 래드클리프, 앞), 론(루퍼트 그린트, 왼쪽), 그립훅(워릭 데이비스, 가운데 왼쪽), 보그로드(존 케이), 헤르미온느(에마 왓슨)가 레스트레인지의 금고에 있는 모습. **아래** 애덤 브록뱅크가 그린 레스트레인지 금고 콘셉트 아트.

위 왼쪽부터 시계방향으로 레스트레인지 금고에 있는 손과 수정구슬./금고에 있는 갑옷과 무기 콘셉트 아트로 애덤 브록뱅크가 그렸다./레스트레인지 금고 입구./레스트레인지 금고에 있는 보석 박힌 해골. /후플푸프 컵 소품이 가득 쌓여 있는 레스트레인지 금고 세트./브린 코트가 제작한 그린고츠 동굴 모형으로 레스트레인지 금고로 이어지는 수레 궤도가 설치돼 있다.

WEASLEYS'
WIZARD WHEEZES

위즐리 형제의 위대하고 위험한 장난감 가게

〈혼혈 왕자〉에서 다이애건 앨리에 일어난 중요한 변화 중 하나는 위즐리 형제의 위대하고 위험한 장난감 가게가 추가되었다는 것이다. 이 상점이 다이애건 앨리에 등장하기 전까지는 모든 상점이 획일적이고 가라앉은 색상표를 따랐다. 프로덕션 디자이너 스튜어트 크레이그는 "이런 디자인은 빛과 형태의 조화를 만들기" 위한 것이었다고 설명한다. "위즐리 형제의 장난감 가게에 대해서는 그런 관례를 깨고 일부러 야단스럽고 지나친 오렌지색을 썼습니다." 밝고 생기 넘치는 색채는 가게 안에서도 계속된다. 벽과 가구만이 아니라 제품도 마찬가지다. 해티 스토리는 말한다. "위즐리 스타일은 매우 독창적이지만, 동시에 약간 싸구려 느낌이 나기도 해요. 우리는 미국과 일본의 장난감들을 살펴봤습니다. 특히 50년대, 60년대, 70년대의 양철로 만들어진 것들을요." 콘셉트 미술가인 애덤 브록뱅크가 위즐리 형제의 가게에 있는 수많은 소품들을 디자인했다. "10초 여드름 치료제를 광고하기 위해 여드름이 나타났다가 다시 사라지는 머리가 필요했어요. 피에르 보해나가 그걸 만들어 주더군요!" 그는 기억한다. "구토 캔디 기계도 마찬가지였어요. 우리는 이 기계를 우스꽝스러우면서도 역겹게 만들고 싶었거든요. 그래서 1950년대의 목제 자선 모금함을 토대로 한 아이디어를 떠올렸죠. 약간은 조악하게 만들어진 2미터짜리 소녀가 구토 캔디를 양동이에 쏟아 넣는 모습이었어요. 아이들은 컵을 집어넣어서 쏟아지는 캔디로 채울 수 있었죠."

378쪽 위즐리 형제의 위대하고 위험한 장난감 가게의 외관 콘셉트 아트로 애덤 브록뱅크가 그렸다. 그림의 모델이 프레드인지 조지인지는 밝혀지지 않았다. **맨 위** 〈해리 포터와 혼혈 왕자〉에 나오는 위즐리 형제의 위대하고 위험한 장난감 가게. **중간** 〈해리 포터와 혼혈 왕자〉에서 헤르미온느(에마 왓슨, 왼쪽)와 지니(보니 라이트)가 상점 안에 전시된 사랑의 묘약을 살펴보고 있다. **아래** 〈해리 포터와 혼혈 왕자〉에 나오는 장면으로 상점에 손님이 가득하다.

HOGSMEADE
호그스미드

프로덕션 디자이너 스튜어트 크레이그는 호그스미드 마을이 "확실히 스코틀랜드적"이라고 설명한다. "호그스미드의 건물들은 호그와트 근처 산에서 보이는 화강암으로 만들어졌습니다. 지붕 경사가 가파르고 굴뚝은 길고 좁죠. 스코틀랜드 전역에서 보이는 모습입니다." 지붕은 '박공단'이라고도 부르는 계단식 박공으로 마감되어 있는데, 이는 전통 스코틀랜드 건축물에서 매우 흔하고도 두드러지게 보이는 특징이다.

디자이너들은 호그스미드가 수목한계선보다 위쪽에 있다고 판단했다. 그러므로 땅에는 늘 눈이 깔려 있다. "하지만 저는 호그스미드가 꽤 쾌활한 곳이라고 생각합니다." 크레이그는 말한다. "겉보기에는 춥고 바위투성이지만, 모든 가게의 창문은 따뜻하고 들어가고 싶게 생겼어요. 마법 물건들과 버터맥주, 그리고 허니듀크스의 훌륭한 과자들로 가득하죠. 크리스마스 느낌이 납니다." 최초의 호그스미드 세트장은 사실 최초의 다이애건 앨리 세트장을 대대적으로 다시 디자인한 다음 디지털 매트페인팅으로 합성한 것이다.

380쪽 〈해리 포터와 아즈카반의 죄수〉에서 학생들이 눈 내리는 호그스미드를 방문하는 장면의 콘셉트 아트로 앤드루 윌리엄슨이 그렸다. **맨 위** 〈해리 포터와 아즈카반의 죄수〉에서 눈 내리는 호그스미드 거리 콘셉트 아트로 앤드루 윌리엄슨이 그렸다. **중간** 프로덕션 디자이너 스튜어트 크레이그가 그린 호그스미드의 초기 콘셉트 아트. **아래** 〈해리 포터와 불사조 기사단〉에서 공중에서 바라본 호그스미드 전경 콘셉트 아트로 앤드루 윌리엄슨이 그렸다.

HONEYDUKES
허니듀크스

허니듀크스의 장식은 이 과자 가게의 제품들을 반영해, 보색 관계인 페퍼민트의 녹색과 풍선껌의 분홍색을 색상표의 기본으로 삼고 있다. 버티 보트의 모든 맛이 나는 강낭콩 젤리, 개구리 초콜릿, 민달팽이 젤리가 들어 있는 유리병 사이에는 〈아즈카반의 죄수〉 감독 알폰소 쿠아론이 추가한, 정교하게 장식된 설탕 해골을 포함해 멕시코 전통 과자들이 자리 잡고 있다.

〈해리 포터와 아즈카반의 죄수〉 촬영에 사용된 환상적인 허니듀크스 과자 가게 세트 사진들.

The HOG'S HEAD

호그스 헤드

호그스 헤드는 일반적인 런던 선술집을 과장한 곳으로, 묵직한 참나무 기둥과 비스듬한 벽체, 벌레 먹은 울퉁불퉁한 바닥으로 꾸며졌다. 이 술집에서 가장 눈에 띄는 특징은 가게 이름과 같다. 벽 뒤의 스태프가 애니메트로닉스로 구현한 돼지 머리hog's head를 작동하고 있는 것이다. "돼지 머리는 눈도, 콧구멍도 움직입니다. 침을 질질 흘려대죠." 특수분장효과 팀 감독 닉 더드먼은 말한다. "소소한 개그 차원에서 넣은 장식이지만, 털을 한 가닥 한 가닥 개별적으로 심었습니다. 이 머리를 만들기 위해 몇 사람이 오랫동안 작업해야 했어요. 하지만 이런 기술은 다른 방식으로는 얻을 수 없는 현실적인 느낌을 줍니다."

위 왼쪽 호그스 헤드 술집 벽에 걸려 있는 생생한 멧돼지 머리 콘셉트 아트로 롭 블리스가 그렸다. **위 오른쪽** 〈해리 포터와 불사조 기사단〉에 나오는 호그스 헤드 세트장. **아래** 바텐더의 시각으로 바라본 호그스 헤드 실내 콘셉트 아트로 앤드루 윌리엄슨이 그렸다.

The SHRIEKING SHACK
악쓰는 오두막

〈아즈카반의 죄수〉를 위해 만들어진 세트 중 가장 마지막에 만들어진 복잡한 세트 중 하나가 악쓰는 오두막이다. 이 오두막 세트는 세트장 전체를 앞으로 기울일 수 있도록 한, 구조물 안의 구조물이었다. 프로덕션 디자이너 스튜어트 크레이그는 말한다. "처음에는 미니어처를 만들었습니다. 움직임을 결정하기 위해서였죠. 실물 크기의 세트장을 만들 때는 유압식 장치로 이리저리 밀 수 있는 거대한 강철 틀을 만들었습니다. 말 그대로 그 틀에 매달릴 수 있는 세트장을 지었죠." 크레이그가 상상한 악쓰는 오두막은 그 집에 주로 거주했던 사람의 영향을 받았다. 크레이그는 말한다. "악쓰는 오두막은 리머스 루핀이 고통스럽게 늑대인간으로 변한 동안 머물 장소로 만들어진 곳입니다. 아마 도둑들은 호그와트에서 찾을 수 있는 물건들로 이 오두막을 채웠을 거예요. 그래서 루핀에게는 한때 훌륭했지만 이제는 완전히 망가지고 낡아빠진 침대가 생겼죠. 이 공간은 루핀의 끔찍한 고통과 그가 이곳에 가한 손상을 보여주기 위해 디자인되었습니다." 이 세트장에 쓰인 어마어마한 먼지는 악쓰는 오두막의 역사를 보여주는 흔적 중 하나로 영화제작자들에게는 어려운 과제가 되었다. 한 장면을 찍을 때마다 이전 촬영에서 배우들의 움직임이 남긴 흔적을 감추기 위해 오두막을 먼지로 다시 뒤덮어야 했다.

위 스튜어트 크레이그가 그린 악쓰는 오두막의 예비 스케치. 아래 악쓰는 오두막의 거실 세트로 〈해리 포터와 아즈카반의 죄수〉에 나온다. 385쪽 위 〈해리 포터와 아즈카반의 죄수〉에서 헤르미온느와 론이 악쓰는 오두막을 바라보는 장면의 콘셉트 아트로 애덤 브록뱅크가 그렸다. 385쪽 아래 〈해리 포터와 아즈카반의 죄수〉에 나오는 악쓰는 오두막 모형 사진들.

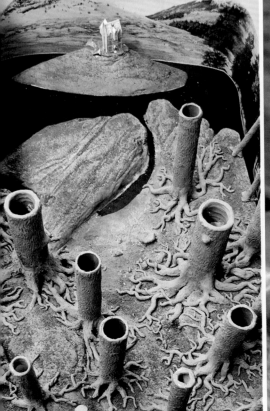

HOGSMEADE STATION
호그스미드역

호그스미드역은 인기 있는 옛 기차 노선인 노스요크셔 무어 레일웨이의 고슬랜드 마을 정거장에서 현지 촬영했다. 1865년에 지어진 이 역을 마법사 세계로 들여오는 데는, 표지판을 몇 개 붙이는 것 말고 별다른 변화가 필요하지 않았다. 1937년의 5972번 기관차 올튼 홀을 두드러지는 고동색으로 색칠해(그레이트 웨스턴 레일웨이의 기차들의 색깔은 보통 브런즈윅 그린이다) 호그와트 급행열차로 바꾸어 놓았다.

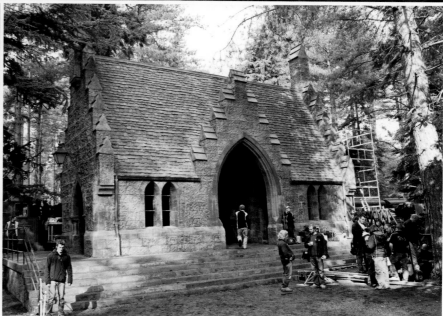

386쪽 호그와트 급행열차가 호그스미드역에 도착하는 〈해리 포터와 불사조 기사단〉 초반 장면과 저 멀리 호그와트 성이 보이는 장면을 그린 앤드루 윌리엄스의 콘셉트 아트. **맨 위** 〈해리 포터와 불사조 기사단〉에서 해리(대니얼 래드클리프, 왼쪽), 론(루퍼트 그린트, 가운데). 헤르미온느(에마 왓슨)가 호그스미드역에 도착하고 있다. **중간** 〈해리 포터와 혼혈 왕자〉에서 호그와트 급행열차가 호그스미드역에 도착하는 장면의 콘셉트 아트로 앤드루 윌리엄슨이 그렸다. **아래 왼쪽** 호그스미드역 간판으로, 버킹엄셔 블랙파크에 있는 기차역을 〈해리 포터와 불사조 기사단〉의 마법 세계 현지 촬영장으로 바꾸는 역할을 했다. **아래 오른쪽** 〈해리 포터와 불사조 기사단〉 촬영 중 버킹엄셔 블랙파크에서 제작진이 촬영 장비를 설치하고 있다.

The
MINISTRY OF
MAGIC
마법 정부

해리는 처음에 방문자 전용 입구인 빨간색 공중전화 부스를 통해 지하 깊은 곳에 자리한 마법 정부에 접근한다. "마법 정부의 내부를 디자인할 때 우리는 20세기 초반으로 거슬러 올라가는 런던 지하철 교통망에 쓰인 건축물에서 영감을 받았습니다." 프로덕션 디자이너 스튜어트 크레이그는 회상한다. "중심부는 역의 중앙 홀과 비슷하죠. 이곳이 마법사들의 교통수단인 플루 네트워크가 아침마다 그들을 데려다주는 곳이니까요. 마법사들은 이 거대한 통로를 지나 중앙 홀로 들어갑니다. 그 홀에는 마법 형제의 분수가 있고요."

기본적으로 정부는 터널로 연결된 일련의 지하 원통형 구조물로 이루어져 있다. "중앙 홀은 이 모든 관료들이 일하는 여러 사무실의 출발점입니다. 사무실이 수도 없이 늘어서 있죠. 수천 개의 사무실이 사실상 무한히 뻗어가는 겁니다." 세트 장식가 스테퍼니 맥밀런은 이 거대한 단지를 채우기 위해 책상, 의자, 서류 가방 등 엄청난 수의 사무용품을 구해야 했다. 《예언자일보》를 파는 신문 가판대도 있고, 평범한 회사 사무실 로비와 유사하도록 '미니스트리 먼치스Ministry Munchies'라는 카페도 두었다.

위 마법 정부 엘리베이터(맨 위 오른쪽)에 있는 특수 이동 다이얼(왼쪽과 중간)의 콘셉트 아트로 애덤 브록뱅크가 그렸다. **아래** 〈해리 포터와 불사조 기사단〉 촬영 중 장면 사이에 중앙 홀 세트에 모여 있는 제작진과 엑스트라 배우들. **389쪽 위 왼쪽부터 시계방향으로** 애덤 브록뱅크가 그린 마법 정부 바닥 청소기 콘셉트 아트로 실제 영화에 등장하진 않았다./중앙 홀 세트에 있는 마법 정부 먹거리 가판대 앞에 엑스트라 배우들이 모여 있다./엑스트라 배우들이 2층 높이의 중앙 홀 세트 앞에서 쉬고 있다. 각 층의 모습은 컴퓨터그래픽으로 만들어 낸 것이다./중앙 홀 세트에 있는 문으로 마법 정부의 겹친 M자 로고가 보인다.

ATRIUM STATUES
중앙 홀의 조각상

〈해리 포터와 불사조 기사단〉에 처음 등장하는 마법 정부 내부에는, 남녀 마법사와 켄타우로스, 고블린, 집요정이 조화롭게 어울린 모습을 묘사하는 '마법 형제의 분수'라는 도금한 거대 분수가 보인다. 프로덕션 디자이너 스튜어트 크레이그는 말한다. "이상화된 인물들의 모음집이라고 할 수 있습니다. 당시 마법 정부에서 벌어지고 있던 일의 진실을 호도하는 조각상이죠."

〈해리 포터와 죽음의 성물 1부〉에서는 이 조각상이 1930년대 소련에서 영감을 받은 거대한 조각상으로 바뀐다. 이 조각상에는 "마법은 힘이다"라는 문구가 새겨져 있는데, 이는 마법사들이 머글 세상을 지배할 권리를 가지고 있다는 의미다. "줄리언 머리가 인물 하나하나, 조각상 하나하나를 새겼습니다." 닉 더드먼은 말한다. 줄리언 머리는 인생 경험을 토대로, 의기양양한 남녀 마법사가 서 있는 커다란 벽돌을 등에 진 머글 60명이 서로 뒤엉켜 있는 모습을 만들어 냈다.

390쪽 〈해리 포터와 불사조 기사단〉에 나오는 마법 형제의 분수 콘셉트 아트로 앤드루 윌리엄슨이 그렸다. **위 왼쪽부터 시계방향으로** 스튜어트 크레이그가 그린 분수 마법사 조각상 스케치./〈해리 포터와 불사조 기사단〉에 나오는 중앙 홀 세트장 분수가 완성된 모습./분수의 여자 마법사를 조각하고 있는 브린 코트./〈해리 포터와 죽음의 성물 1부〉에서 죽음을 먹는 자들이 장악한 마법 정부가 세운 새 조각상으로, 줄리언 머리가 디자인했다.

The
TRIAL CHAMBER
법정

프로덕션 디자이너 스튜어트 크레이그의 설명에 따르면 〈불의 잔〉에서 처음으로 등장하는 휑뎅그렁한 법정은 "비잔틴 성당의 영향을 가장 크게 받았지만, 이런저런 형태를 뒤섞은 것"이다. 하지만 〈불의 잔〉 감독인 마이크 뉴얼은 이 공간이 법의 심판이 이루어지는 곳이라는 점을 잊지 않기를 바랐다. 크레이그는 말한다. "이고르 카르카로프가 [바티 크라우치 2세의 정체를 밝힌] 재판을 받는 동안 갇혀 있던 '방'은 중세의 고문 도구를 떠올리게 합니다. 이 공간의 조명은 전부 움푹 꺼진 곳에 위치하고 있습니다. 그때까지 우리가 지었던 어떤 세트장보다도 위압적이고 어둡죠." 황금 잎사귀로 뒤덮인 대리석 벽과 기둥은 불빛을 반사하고, 사료를 참조하고 마법사와 관련된 주제로 재구성한 벽화들과 상징

들이 벽을 뒤덮고 있다. 작아 보이는 모습은 속임수일 뿐이고, 사실 이 방에는 200명까지 앉을 수 있다. 위에서 내려다보면 16층 깊이를 내려다볼 수 있다. 거의 50미터에 달한다.

스튜어트 크레이그의 말대로라면, 〈불사조 기사단〉에서 해리가 재판을 받을 때는 이 법정이 "말 그대로 두 배로 커졌"다. "이 방은 팔각형이었습니다. 우리는 원래의 방을 둘러싸는 팔각형 구조물을 하나 더 지었죠." 〈죽음의 성물 1부〉에서 덜로리스 엄브리지가 머글 태생 등록 위원회를 지휘하는 법정은 과거보다 더 차갑고 황량한 모습이다. 법정의 아래쪽 절반은 원래의 모습을 유지했지만, 황금 잎사귀와 벽화, 불은 제거하고 보랏빛이 도는 타일로 바꾸었다.

위와 392쪽 아래 법정의 콘셉트 아트로 앤드루 윌리엄슨이 그렸다. 위 그림은 〈해리 포터와 불사조 기사단〉에서 재판을 받는 해리의 모습을 그린 것이고, 392쪽 그림은 〈해리 포터와 불의 잔〉에서 해리가 펜시브를 통해 법정에 들어갈 때 보이는 장면이다.

The
HALL OF
PROPHECY
예언의 방

영화제작자들은 셀 수도 없을 만큼 많은 구슬이 있는 예언의 방의 유리 세트를 주로 CG로 만들어야 한다는 걸 알고 있었다. 시각효과 팀에서는 '흔들림', '넘어짐', '부스러짐', '박살 남'을 포함한 구체 애니메이션 라이브러리를 만들었다. 제작자들은 이런 가상의 움직임을 소품 제작자들이 이미 만들어 둔 실제 구체와 결합할 수 있기를 바랐다. 하지만 최종적으로는 모든 것을 CG로 처리해야 한다는 결정이 내려졌다. 그래서 실물 유리구슬들은 시각효과 팀이 참고할 수 있도록 스캔되었을 뿐이다. 할 수 있으면 언제나 재활용할 기회를 찾는 세트 장식가 스테퍼니 맥밀런이지만, 엄청나게 쌓인 유리구슬을 보고는 어찌할 바를 몰랐다. "그중에서 큰 구슬들은 제가 설치한 '미니스트리 먼치스' 가판대의 음료수 자판기로 쓰기로 했어요." 맥밀런은 말한다.

맨 위 〈해리 포터와 불사조 기사단〉에 나오는 예언의 방에 예언 구슬들이 먼지가 쌓인 채 놓여 있는 장면의 콘셉트 아트로 앤드루 윌리엄슨이 그렸다. **중간** 세트 장식가 스테퍼니 맥밀런이 참고용으로 모은 각종 유리구슬들. **아래** 예언들이 선반에서 떨어지면서 내용들이 풀려나기 시작하는 장면을 그린 콘셉트 아트로 앤드루 윌리엄슨이 그렸다.

The VEIL ROOM
베일의 방

〈불사조 기사단〉에서, 마법 정부에서의 첫 전투는 베일의 방에서 벌어진다. 이곳은 드넓은 원형극장으로, 프로덕션 디자이너 스튜어트 크레이그가 구상했던 마법 정부의 전반적인 '런던 지하철 디자인' 접근법을 이어간다. CG로 만든 베일은 실사 촬영된, 바람에 날리는 헝겊을 참고해서 만들었다. 그런 다음, 디지털 조작을 통해 좀 더 투명하고 보다 가볍게 움직이는 것처럼 처리했다. 제작진은 베일이 너무 불투명하거나 구름처럼 보이지 않게 하려고 주의했다. 디지털 효과는 베일의 피해자인 시리우스 블랙에게도 적용됐다. 시리우스가 베일 너머로 넘어질 때, 시각효과 기술자들은 그의 얼굴에서 색을 빨아들이고 눈에는 구름 같은 그림자를 추가했다. 시각효과 팀은 시리우스가 화면에 등장하는 마지막 순간을 위해 베일이 수의처럼 그의 몸을 감싸도록 했다.

베일의 방 장면에는 불꽃과 관련된 기술, 연기, 마법 지팡이 주문 등을 포함해 950개의 시각효과가 적용됐는데, 이는 〈해리 포터〉 영화 시리즈에서 가장 많은 사용 기록이다. 비교를 위해 말하자면, 〈마법사의 돌〉은 영화 전체를 통틀어 시각효과가 750가지밖에 사용되지 않았다.

위 베일의 방 세트장에서 대니얼 래드클리프, 에마 왓슨, 보니 라이트, 루퍼트 그린트, 매슈 루이스, 이반나 린치가 리허설을 하고 있다. **아래** 〈해리 포터와 불사조 기사단〉에 나오는 베일의 방 전투 장면의 콘셉트 아트로 앤드루 윌리엄슨이 그렸다.

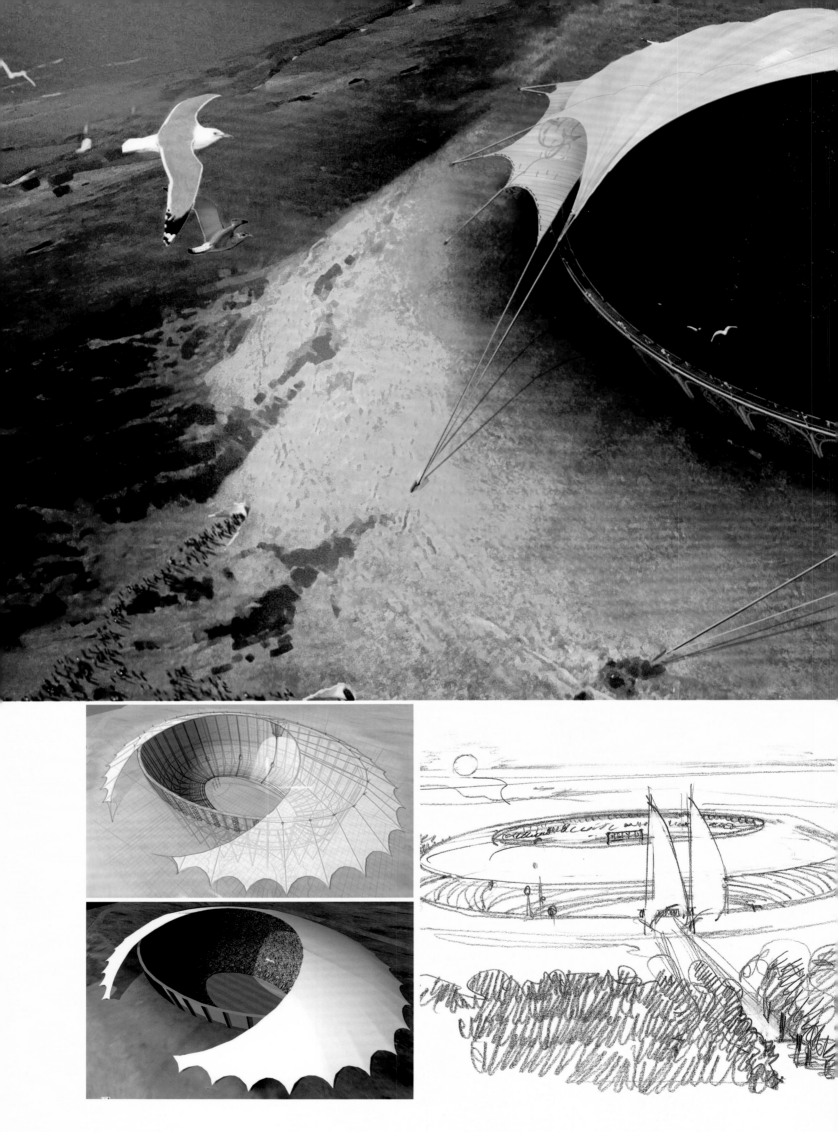

The
QUIDDITCH WORLD CUP
퀴디치 월드컵

퀴디치 월드컵은 머글 세상에는 보이지 않는 장소에서 열려야 했다. 프로덕션 디자이너 스튜어트 크레이그는 말한다. "우린 결국 이스트본 근처의 비치 곶을 선택했습니다. 그곳에는 근사한 절벽이 있거든요. 위로 치솟아 올라가는 푸른 목초지도 아주 넓고요." 실제 절벽에는 떨어지는 곳이 연속으로 두 곳 있고, 둘 사이에는 고원이 있다. "거기에 야영장을 지으면 됩니다. 우리는 비탈길이 가장 높은 곳까지 올라가는 지점에 터널 입구를 여럿 설치했습니다. 그 터널들을 지나면 퀴디치 경기장 관중석으로 나올 수 있습니다." 관중석으로 이어지는 이런 언덕배기 입구 중 하나는 말포이 가족이 계단에서 자기 자리를 찾아가던 위즐리 가족을 만나는 곳이다. 경기장 중 스튜디오에 지은 곳은 일부에 불과하다. 코닐리어스 퍼지가 경기 개막을 알린 단상과 관객이 앉아 있던 작은 구역,

해리와 친구들이 경기를 지켜본 또 다른 단상 등이다.

월드컵 야영장을 만들기 위해 현지 촬영용으로 인도 델리에서 400개에 가까운 텐트를 만들었다. 이것이 디지털 작업을 통해 언덕에 펼쳐진 25,000개의 텐트로 확대된 것이다. 일부 텐트는 전통적으로 보이지만 어떤 텐트는 분명 마법적인 건물이다. 위즐리 가족의 텐트에는 식사 공간과 바닥에 떠 있는 침대가 있었다. 위즐리 가족의 전형적인 갈색과 오렌지색을 띤 낡아빠진 가구는 근처 경매장에서 구입한 것을 그대로 사용했다. 덕분에 텐트 안은 버로처럼 복고적인 분위기가 났다. 경기가 끝난 뒤 죽음을 먹는 자들은 야영장을 불태운다. 스튜어트 크레이그는 말한다. "우리는 실제로 400개의 텐트를 불태웠습니다. 남은 25,000개를 불태운 건 시각효과 감독 지미 미첼이고요!"

위와 396쪽 왼쪽 〈해리 포터와 불의 잔〉에 나오는 퀴디치 월드컵 경기장 콘셉트 아트로 앤드루 윌리엄슨이 그렸다. **396쪽 오른쪽** 스튜어트 크레이그가 그린 퀴디치 월드컵 경기장 초기 스케치.

398~399쪽 앤드루 윌리엄슨이 그린 퀴디치 월드컵 경기 콘셉트 아트로, 시합 장면(398쪽 위)과 불가리아 수색꾼 빅토르 크룸(맨 위). 아일랜드와 불가리아의 마스코트(중간), 수비 대형을 펼친 아일랜드 퀴디치 국가대표 팀(왼쪽). 월드컵 장면을 촬영할 때 디지털 영상을 입히기 위해 블루스크린을 많이 사용했다(아래). 크룸이 빗자루를 탄 장면과 청중 장면을 제외하면 대부분 컴퓨터그래픽으로 처리했다.

MAP of CAMPSITE

QUIDDITCH TRILLENIUM STADIUM

ENTRANCE

Spell Totes

Merchandise

Spell Aid

Found & Lost

Wand Repairs

Information

위와 오른쪽 아래 〈해리 포터와 불의 잔〉에 나오는 퀴디치 월드컵 야영장의 위즐리 가족 텐트. **왼쪽 아래** 퀴디치 월드컵 야영장 지도로 미라포라 미나와 에두아르도 리마가 그렸다. **401쪽 맨 위** 퀴디치 월드컵 관람객 텐트가 모여 있는 장면의 콘셉트 아트로 앤드루 윌리엄슨이 그렸다. **401쪽 중간** 죽음을 먹는 자들이 파괴한 텐트들의 콘셉트 아트로 앤드루 윌리엄슨이 그렸다. **401쪽 아래** 죽음을 먹는 자들의 공격으로 파괴된 실제 영화 장면 속 텐트들.

PRIVET DRIVE
프리빗가

스튜어트 크레이그는 프리빗가의 모습에 대해 J.K. 롤링과 상의했다. 롤링은 크레이그에게 프리빗가가 소박한 교외에 있다고 설명했다. 도시를 감싼 "띠처럼 생긴 개발구역" 비슷한 곳 말이다. 크리스 콜럼버스 감독은 이 아이디어를 제2차 세계대전 이후 미국에 형성된 끝없는 교외 지역과 결합하고 싶어 했다. 크레이그는 회상한다. "그래서 현대식 공영 주택지를 찾아봤죠. 그러다가 브랙널에서 모형과 일치하는 집이 4~5채 연달아 있는 곳을 발견했습니다. 그다음에는 이 구역을 컴퓨터로 무한히 늘릴 수 있었어요. 그건 크리스[콜럼버스]의 아이디어였습니다. 지평선이 있는 곳까지 구불구불 이어지는, 1970년대에서 1980년대 초반 스타일의 교외 지역 말이죠." 현지 촬영은 지역 주민에게 불편을 일으켰으므로, 2편에서는 프리빗가를 스튜디오에서 촬영했다. 그러나 3편에서는 알폰소 쿠아론이 상상한 특정 장면에 나오는 주변 지역을 카메라에 포착할 때 좀 더 유연하게 접근하고 싶어 했으므로 제작진은 리브스덴 스튜디오 바로 맞은편의 한 동네를 찾아냈다. 해리가 프리빗가에서 걸어 나오자마자 나이트 버스를 타는 장면이 이곳에서 촬영되었다. 4편에서는

프리빗가가 한 번 더 리브스덴 스튜디오의 옥외 촬영지로 돌아갔는데, 영화 시리즈가 모두 끝날 때까지 그곳에 남아 있었다.

스튜어트 크레이그가 "훌륭한 취향"을 가졌다며 칭찬하는 세트장 장식가 스테퍼니 맥밀런은 "세상에서 가장 끔찍한 가구"로 집을 채우는 임무를 받았다. 맥밀런은 회상한다. "우리는 최대한 못생긴 소파를 찾았어요. 부엌에 붙일 타일도 최대한 못생긴 것으로 구했죠. 아주 반짝거리는, 정말로 끔찍한 벽난로도 구했고요. 모든 것에 허세가 배어 있어야 했어요. 내부를 몇 차례 새로 꾸몄지만 디자인 감성은 변하지 않았어요."

그래픽 팀은 중요한 소품을 제공하는 역할을 받았다. 그건 바로 자랑스럽게 전시되어 있는, 더들리 더즐리의 수많은 성취를 기념하는 상장이었다. "수영장의 4분의 1을 헤엄쳐 갔다는 이유로 스멜팅스에서 받은 상이 있어요. 뛰어오르는 연어가 그려져 있죠." 맥밀런은 웃는다. "조이스 해덕(해덕은 대구와 비슷한 바다 물고기—옮긴이)이라는 사람이 준 거예요." 다른 상장으로는 "테이블 감독으로서의 능력"과 "늘 점심을 다 먹는 더들리 더즐리에게 주는" 교장 상 등이 있다.

위 〈해리 포터와 불사조 기사단〉에 나오는 더즐리 가족이 사는 프리빗가 콘셉트 아트로 앤드루 윌리엄슨이 그렸다. **아래 왼쪽** 〈해리 포터와 아즈카반의 죄수〉에서 나이트 버스를 기다리는 해리의 콘셉트 아트로 애덤 브록뱅크가 그렸다. **아래 오른쪽** 〈해리 포터와 마법사의 돌〉에서 계단 아래 창고에 있는 해리(대니얼 래드클리프).

ST. GROGORY'S PRIMARY SCHOOL
Headteacher's Award
Presented to
Dudley Dursley
for
always eating up his lunch

22nd June 2001
Date
C. Raummele
Signed

Certificate
Awarded to
Dudley Dursley
as
TABLE MONITOR

This certificate is awarded to
DUDLEY DURSLEY
for successfully completing
**THE PITCH AND PUTT
TRAINING COURSE**
Signed *E. Heuman*
Director

Distance Award
5 Metres
Awarded for Achievement
to Dudley Dursley
Date 13th May 2002
Examiner Ms Joyce Haddock

스테퍼니 맥밀런은 부르주아 가구(중간과 아래 왼쪽)와 다소 천박한 느낌의 커튼(아래 오른쪽), 더들리의 '업적'을 과시하는 상장(맨 위) 등으로 더즐리네 집을 꾸몄다.

The
BURROW
버로

프로덕션 디자이너 스튜어트 크레이그는 버로를 '기이한 탑'이라고 생각한다. "아서 위즐리는 집을 수평이 아니라 수직으로 짓고, 좋게 말해 '건축적 인양물'이라고 부를 만한 것들로 집 안팎을 채웠습니다. 집 지붕은 다른 데서 가져온 목재로 만들었고, 아서가 구해올 수 있었던 슬레이트와 타일과 나무 지붕널로 덮여 있죠. 계단에 깔린 카펫은 세 단마다 바뀝니다. 오래된 스테인드글라스 창문과 이상한 문들도 있습니다. 대단히 개성적인, 말 그대로 홈메이드인 주택이죠."

세트 장식가 스테퍼니 맥밀런은 위즐리의 집을 한 번이 아니라 두 번 장식해야 했다. 〈혼혈 왕자〉에서 죽음을 먹는 자들이 버로에 불을 지르기 때문이었다. "우리는 가구를 완전히 바꾸고, 주방을 새로 지었어요. 피아노도 갖다놨죠. 무쇠로 된 벽난로는 그대로 두었어요. 그 벽난로는 불이 나도 살아남을 만한 것이었으니까요. 하지만 다른 것들은 모두 교체했어요." 맥밀런과 그녀의 팀원들은 짝이 맞지 않는 도자기와 의자들, 닳아빠진 가구들을 벼룩시장이나 개인 창고에서 열린 중고 장터에서 구매했지만 좀 더 현대적인 물건들을 찾아 몰리 위즐리가 집 안 장식물을 새것으로 바꿀 기회를 찾고 있었다는 것을 추측할 수 있도록 했다. 색깔이 칠해지지 않기는 했지만 한 번 더 모습을 드러낼 수 있게 된 한 가지 물건은, 시간은 물론 위즐리 가족 각자의 위치를 보여주는 시계다.

404쪽 〈해리 포터와 비밀의 방〉에 나오는 낮 동안의 버로(위)와 〈해리 포터와 혼혈 왕자〉에 나오는 밤의 버로(아래) 콘셉트 아트로 앤드루 윌리엄슨이 그렸다. **405쪽** 버로 내부는 〈해리 포터와 혼혈 왕자〉 전까지 부엌(아래) 등의 1층의 실내 세트만 있었으며 집 외부 모습은 전부 컴퓨터그래픽으로 처리했다. 〈해리 포터와 혼혈 왕자〉 때는 나이절 스톤 촬영감독이 몇 가지 모형을 만들어 촬영했는데, 리브스덴의 야외 촬영장에 미니어처 세트(맨 위)와 실물 크기 세트(중간)를 만들었다.

맨 위 블랙 가계도 태피스트리로 미라포라 미나가 J.K. 롤링의 스케치를 바탕으로 디자인했다. 검게 탄 자리는 가문에서 쫓겨난 사람의 이름을 지운 것이다. 크기를 가늠할 수 있도록 게리 올드먼의 사진을 삽입했다. **중간** 〈해리 포터와 죽음의 성물 1부〉에서 헤르미온느(에마 왓슨, 왼쪽), 론(루퍼트 그린트, 가운데), 해리(대니얼 래드클리프)는 볼드모트를 피해 그리몰드가 12번지를 임시 도피처로 사용한다. **아래** 그리몰드가 거리 모습 콘셉트 아트로 앤드루 윌리엄슨이 그렸다.

GRIMMAULD PLACE
그리몰드가

불사조 기사단의 본부는 하수관 뒤에서 나타난다. "처음에 그리몰드 가는 1차원입니다." 프로덕션 디자이너 스튜어트 크레이그는 설명한다. "그런 다음 2차원으로 발전했다가, 현관 계단이 앞으로 튀어나오고 창문이 뒤로 움푹 꺼지면서 3차원이 되죠." 리브스덴 스튜디오에서는 여섯 주택의 정면 모습이 만들어졌다. 이 집들은 창문, 문, 발코니, 커튼까지 갖춘 완전한 모습이다. 그러나 12번지의 외관은 사실 컴퓨터로 조합했다. 시각효과 기술자들은 건물에서 쏟아지는 디지털 먼지는 물론 질감이 느껴지는 벽돌과 펄럭이는 커튼, 옆집에서 흔들거리는 화분까지 추가했다.

안에 들어가면, 이 집은 크레이그가 디자인 원칙으로 삼았던 주제인 '폐쇄'의 느낌을 준다. "스튜어트는 그런 효과를 주기 위해서 거울 창문을 사용해 세트장을 디자인했어요." 스테퍼니 맥밀런은 말한다. "바깥을 볼 수 없죠. 어두운 색깔을 선택해서 그런 느낌을 강화했고요." 침실과 주방의 수많은 가구들은 경매장에서 사 온 것이지만, 6미터짜리 거대한 식탁은 맞춤 제작한 것이다. 큼지막한 찬장은 '와일드 월'의 일종으로, 카메라맨이 접근할 수 있도록 이동이 가능했다.

중간 매우 좁게 만들어진 그리몰드가 12번지 부엌 세트. **아래 왼쪽** 그리몰드가 건물 외관 콘셉트 아트로 앤드루 윌리엄슨이 그렸다. **아래 오른쪽** 선임 미술감독 앤드루 애클랜드스노가 그린 그리몰드가 주택 외관 장식 설계도.

The LOVEGOOD HOUSE
러브굿네 집

"다른 사람들에게는 잘 보이지 않는 이 마법 같은 집들은 황량한 풍경에 무척 잘 어울립니다." 프로덕션 디자이너 스튜어트 크레이그는 러브굿네 집과 버로에 대해 이렇게 말한다. "그래서 우리는 제노필리우스와 루나의 집이 있을 만한, 풍경이 아름답고 적당히 외진 장소로 요크셔에 있는 그래싱턴 무어를 선택했습니다. 버로는 도싯에 있지만, 어쨌든 둘은 잘 어울립니다. 언덕 하나만 넘으면 다른 집이 보일 거라고 생각할 수 있죠." 체스를 무척 좋아하는 론 위즐리는 러브굿의 집을 룩 모양이라고 표현한다. 스튜어트 크레이그는 똑바로 서 있는 성castle 대신, "위로 갈수록 좁아지는, 비스듬한 왜곡된 원통"을 선택했다. 내부는 원형이기 때문에 벽에 닿는 가구 또한 모두 비슷하게 구부려야 했다.

《이러쿵저러쿵》은 집에서 제작되기 때문에 인쇄기가 필요했다. 크레이그는 말한다. "1800년대 후반에 미국에서 쓰던 것을 토대로 삼았습니다. 그리고 특수효과 팀의 도움을 받아 좀 더 기계화했죠. 종이가 컨베이어벨트에 놓여 있고, 롤러가 천장을 따라서 벽 위아래로, 단두대처럼 생긴 이 인쇄기 속으로 빠르게 종이를 밀어 넣어주길 바랐거든요. 그편이 더 역동적이고 재미있었습니다. 마지막에 폭발시킬 것도 많았고요."

408쪽 러브굿네 집 콘셉트 아트로 앤드루 윌리엄슨이 그렸다. **위 왼쪽** 러브굿네 집 세트장의 19세기 인쇄기. 제노필리우스 러브굿이 《이러쿵저러쿵》을 인쇄할 때 사용하는 것으로 나온다. **오른쪽 위** 러브굿네 부엌 세트. **오른쪽 아래** 헤르미온느, 해리, 론이 러브굿네 집 문을 두드리는 장면의 콘셉트 아트로 애덤 브록뱅크가 그렸다. **맨 밑** 애덤 브록뱅크는 실내 세트용으로 루나가 그린 것으로 추정되는 벽화를 디자인했으나 실제 촬영은 이뤄지지 않았다.

WOOL'S ORPHANAGE
울 보육원

프로덕션 디자이너 스튜어트 크레이그는 스피너스가에 있는 스네이프 가족의 집으로 쓸 만한 촬영지를 물색하던 중 울 보육원에 영감을 줄 만한 장소를 우연히 마주쳤다. 크레이그는 기억한다. "순전히 운이었습니다만, 우리는 리버풀의 낡고 사용되지 않는 부둣가에서 놀라운 빅토리아식 벽돌 건물을 보게 됐습니다. 그래서 사진을 찍어두었죠. 가운데에 돌기둥처럼 생긴 탑이 있었는데, 저는 그게 건축학적으로 봤을 때 정말 신기한 건물이라고 생각했습니다. 그 탑이 보육원의 외양을 결정할 때 영감이 되어줬죠. 울 보육원은 주변의 모든 것을 압도하는 거대한 붉은 벽돌 건물입니다."

울 보육원은 런던 시내에 배치되었다. "우리는 리브스덴 옥외 촬영지에 그리몰드가를 배치하기 위해 런던 시내 일부를 이미 지어두었습니다. 그래서 그 거리를 고쳐서 보육원 건물의 정면을 지었죠." 크레이그는 말한다. 건물 내부는 빅토리아식 구운 타일로 이루어져 있다. "이 타일은 수명이 길고 청소가 쉽기 때문에 빅토리아 시대의 여러 시설과 병원에 흔히 쓰였습니다. 우리는 이곳에 위압적이고 침울한 느낌도 주었습니다. 꽤 높은 복도와 기나긴 계단, 매우 황량하고 검소한 모습을 연출했죠. 행복한 곳에 살면서 볼드모트 경이 될 수는 없었을 테니까요."

오른쪽 위에서부터 시계방향으로 리브스덴 스튜디오에 있는 보육원 세트 정면./톰 리들의 침실 세트./울 보육원으로 가는 거리 모습의 콘셉트 아트로 앤드루 윌리엄슨이 그렸다.

SPINNER'S END

스피너스가

영국에서 섬유 산업이 발달한 지역으로는, 방적 공장으로 유명한 랭커셔와 모직물 공장으로 유명한 요크셔가 있다. 스튜어트 크레이그와 그의 팀은 스피너스가에 어울리는 촬영지를 탐색하던 중 이 두 지역을 모두 방문했다. 그들은 스네이프의 집이 될 만한, 완벽하게 보존된 노동자들의 연립주택을 찾고 싶었다. 크레이그는 기억한다. "우리는 뒤쪽이 맞닿아 있는 이 작은 집들을 살펴보았습니다. 무척 수수했죠. 2층에 작은 침실 2개가 있고, 1층에는 방 2개와 뒤뜰이 있었습니다. 19세기에 그랬듯 지금도 집 밖에 화장실이 있고, 뒷문 양옆에는 쓰레기통들이 놓여 있었습니다." 하지만 결국 이 모든 선택지는 너무 현대적인 것으로 여겨졌다. "사람들은 건물을 확장하거나 플라스틱 창문을 달아놓았습니다.

이질적인 요소가 너무 많았어요. 늘 그렇듯, 답은 리브스덴에 스피너스가를 짓는 것이었습니다."

스피너스가 내부의 장식은 그곳에 사는 사람의 성격을 반영하도록 디자인되었다. "정말로 어두운 갈색과 파란색으로 톤을 잡았어요." 장식가 스테퍼니 맥밀런은 말한다. "그리고 빛을 흡수해서 방을 더 어둡게 만드는 검은색 책으로 집 안을 가득 채웠죠. 회색 풍경과 검은 실루엣이 담긴 그림들도 배치했어요. 앨런 릭먼은 세트장을 한번 살펴보더니 당장 그 그림들을 떼어버려야겠다고 하더군요." 맥밀런은 그 말에 따랐다. "스네이프는 자신을 내세우지 않는 캐릭터이므로, 집에도 비슷한 느낌이 반영되어야 한다"는 배우의 의견에 동의했던 것이다.

위 나르시사 말포이와 벨라트릭스 레스트레인지가 스피너스가가 있는 제재소 마을로 가는 장면의 콘셉트 아트로 실제로는 촬영되지 않았다. 앤드루 윌리엄슨이 그렸다. **아래** 〈해리 포터와 혼혈 왕자〉에서 스네이프 가족의 집이 있는, 그을음으로 칙칙한 스피너스가의 콘셉트 아트로 앤드루 윌리엄슨이 그렸다.

Little
HANGLETON GRAVEYARD
리틀 행글턴 묘지

〈해리 포터와 불의 잔〉에서, 트라이위저드 대회의 정점은 대회가 끝난 다음에야 등장한다. 이때 해리와 세드릭 디고리는 예상치 못하게 포트 키를 통해 리들 가족의 마지막 안식처로 옮겨진다. 프로덕션 디자이너 스튜어트 크레이그는 이 목적지의 의미를 즉시 깨달았다. 다만 그때까지 선택했던 〈해리 포터〉 시리즈의 촬영지와는 전혀 다른 방식으로 그곳의 디자인에 접근했다. 크레이그는 말한다. "그곳이 피날레입니다. 중

요한 세트예요. 그때까지 우리가 지었던 것 중에서 가장 큰 세트장이었습니다. 저는 늘 흥미로운 건물을 설계하는 데 관심을 둡니다만, 이 묘지를 디자인할 때 중요한 건 형태가 아니었어요. 본질적으로는 부패와 버려진 느낌이 중요했죠. 우리가 영감을 끌어온 곳은 북런던에 있는 하이게이트 묘지였습니다. 자연이 되찾아간 공간이죠."

위 앤드루 윌리엄슨이 그린 리틀 행글턴 묘지 콘셉트 아트. **아래 왼쪽** 묘지 세트 마분지 모형. **아래 오른쪽** 〈해리 포터와 불의 잔〉 묘지 장면에서 피터 페티그루(티모시 스폴, 오른쪽)가 해리 포터(대니얼 래드클리프)를 공격하고 있다.

스튜어트 크레이그가 그린 초기 스케치(중간)가 세트 최종
모습의 바탕이 됐다(맨 위와 왼쪽 아래). **아래 오른쪽** 톰 리들
시니어의 무덤에 있는 조각상의 축소 모형으로 브린 코트가
만들었다.

MALFOY MANOR
말포이 저택

말포이 저택은 영화에 등장하는 다른 어떤 건축 환경과도 구분된다. "차이를 위해서 차이를 만들어 낸 경우입니다." 프로덕션 디자이너 스튜어트 크레이그는 인정한다. 이 저택은 16세기 더비셔에 지어진 엘리자베스 시대의 저택 하드윅 홀을 토대로 했다. "하드윅 홀은 건물이 지어진 당시의 양식을 잘 보여줄 뿐 아니라, 거대한 창문이 있다는 점에서도 독특합니다. 당시에는 큰 창문을 다는 것이 부의 상징이었죠." 크레이그는 말한다. "우리는 눈이 먼 것처럼 창문을 검게 칠한 장소를 상상하며 콘셉트 일러스트를 준비했습니다." 실존하는 저택에 마법의 느낌을 주기 위해 첨탑을 덧붙였다. 크레이그는 말한다. "붙여놓으면 건물이 마법 세계로 들어가게 되는 요소가 몇 가지 있습니다. 아주 뾰족하고 가파른 지붕은 왠지 다른 세상에 속한 것처럼 보이죠."

대연회장 세트장과는 달리, 말포이 저택의 내부에는 천장이 있다. 방 위쪽에서 몇 가지 스턴트 연기가 펼쳐지므로 천장이 필요했던 것이다. 볼드모트가 채리티 버비지 교수를 허공에 매달아 놓는 장면과 샹들리에가 떨어지는 장면이다. 미술 감독 해티 스토리는 설명한다. "샹들리에는 스튜어트와 스테퍼니가 참조했던 샹들리에 네다섯 개를 조합한 겁니다. 우리는 그 샹들리에가 사악해 보이기를 바랐어요. 그래서 샹들리에 안의 모든 것이 어둡습니다. 대본에는 샹들리에에 유리가 들어 있어야 한다고도 구체적으로 언급되어 있었어요. 그래야 박살 날 수 있으니까요. 그래서 샹들리에 자체는 금속이었지만, 아래쪽에 유리구슬들을 매달고 유리로 만든 바람막이를 덧붙였습니다."

맨 위 〈해리 포터와 죽음의 성물 1부〉에서 스네이프가 말포이 저택에 도착하는 장면의 콘셉트 아트로 앤드루 윌리엄슨이 그렸다. **중간** 〈해리 포터와 죽음의 성물 1부〉에서 볼드모트(랠프 파인스, 가운데)는 죽음을 먹는 자들을 말포이 저택으로 불러 모은다. **아래** 〈해리 포터와 죽음의 성물 1부〉에서 (왼쪽부터) 그립훅(워릭 데이비스), 올리밴더(존 허트), 루나(이반나 린치), 론(루퍼트 그린트)은 말포이 저택에 감금된다.

맨 위 왼쪽부터 시계방향으로 저택에 있는 안락의자 설계도로 해티 스토리가 그렸다./루시우스 말포이(제이슨 아이작스)가 완성된 의자에 앉아 있다./〈해리 포터와 죽음의 성물 1부〉에서 세베루스 스네이프가 죽음을 먹는 자들 모임에 도착하는 장면의 콘셉트 아트로 채리티 버비지 교수가 천장에 매달려 있다./줄리아 디호프가 그린 말포이 저택의 커다란 샹들리에의 설계도와 실제로 완성되어 설치된 샹들리에.

GODRIC'S HOLLOW
고드릭 골짜기

스튜어트 크레이그는 〈해리 포터〉 시리즈 전체에서 가장 의미심장한 장면의 배경이 되는 고드릭 골짜기를 위해, 정말이지 풍경을 극적으로 바꾸고 싶었다. 크레이그는 말한다. "우리는 래버넘의 영향을 받았습니다. 부유한 서편 지역 마을 중에서도 가장 보기 좋고 아름다운 곳이죠. 그 마을의 중심부는 대부분 튜더 양식으로 지은, 반쯤 목조로 된 집들입니다. 이건 영화에서 본 적이 없는 풍경이었죠. 스코틀랜드와는 확실히 관계가 없었고요. 정말이지 잉글랜드 시골 지방의 모습입니다." 세트장은 파인우드 스튜디오의 옥외 촬영지에 건설되었다. 이곳이 선택된 이유는 자체 정원이 있기 때문이었다. 크레이그는 설명한다. "파인우드에는 아주 멋진 삼나무가 있습니다. 저는 그 나무를 묘지의 중심점으로 활용하고 싶었어요. 우리는 커다란 세트장을 지었습니다. 거리 두 곳, 선술집 하나, 교회 하나, 교회 정원과 묘지들, 묘지로 들어가는 지붕 달린 문, 바틸다 백숏과 포터 가족이 예전에 살던 오두막이 만들어졌죠."

촬영된 외관은 래버넘의 나머지 모습을 활용해 디지털로 확장했다. 다만 인조 눈 40톤은 실제로 마을 전체에 뿌렸다. "그 바람에 잔디밭이 완전히 망가졌습니다." 크레이그는 인정한다. "하지만 영화계 사람들은 촬영에 무엇이 필요한지 알고 있습니다. 거래에는 정원을 교체하고 다시 멋진 모습으로 만들어 놓는다는 내용이 포함돼 있었죠."

맨 위 파인우드 스튜디오에 있는 고드릭 골짜기 묘지 세트장. **중간** 〈해리 포터와 죽음의 성물 1부〉에서 헤르미온느(에마 왓슨)와 해리(대니얼 래드클리프)는 해리 부모님의 무덤을 찾는다. **아래** 에두아르도 리마가 디자인한 묘비를 만드는 모습.

SHELL COTTAGE

셸 코티지

프로덕션 디자이너 스튜어트 크레이그는 셸 코티지가 훌륭한 모습이 되리라는 건 알았지만, 이 건물을 현실에 뿌리내리도록 하고 싶었다. 〈해리 포터〉 영화에서 그가 개발한 모든 촬영지가 그랬듯이. 크레이그는 설명한다. "우리는 셸 코티지를 최대한 현실에 있을 법한 건물로 만들려고 노력했습니다. 완전히 제멋대로 만드는 게 아니라요. 그런 건물을 만드는 건 많은 경우 위험한 일입니다." 벽은 굴 껍데기로 만들었다. 크레이그는 말한다. "단, 거대한 굴 껍데기였죠. 여태 본 적이 없을 만큼 커다란 것이었습니다. 쓸 만한 건축자재로 보여야 했어요. 거대한 가리비 껍데기는 아주 좋은 지붕 소재입니다. 물이 꽤 효율적으로 빠지거든요. 마지막으로는 맛조개 껍데기로 기와를 만들었습니다. 상상 속 건물이지만, 이렇게 지어도 되겠다는 생각이 들죠. 이런 집에서라면 외부 환경으로부터 몸을 피할 수 있겠다고 말입니다. 꿈같은 건물이면서도 진짜 같은 느낌이 들어요."

집 전체는 리브스덴에서 미리 만든 다음 웨일스 서부 펨브룩셔의 담수 해안에 있는 사구로 옮겨졌다. "바람이 엄청나게 불더군요. 그 바닷가가 지구에서 바람이 가장 많이 부는 곳일지도 모르겠어요." 크레이그는 말한다. 제작진은 강한 바람에 저항하기 위해 거대한 물탱크를 지어 건물에 무게를 더했다.

위 완성된 셸 코티지 겉모습. 이 건물은 완성된 뒤 현지 촬영이 진행된 펨브룩셔 비치로 옮겨졌다. **아래** 스튜어트 크레이그가 그린 셸 코티지의 예비 스케치.

The

HORCRUX CAVE
호크룩스 동굴

로켓 호크룩스가 보관되어 있는 동굴을 설계할 때는 두 가지 핵심적인 질문이 떠올랐다. 이 동굴은 무엇으로 만들어져야 하며, 얼마나 커야 할까? 프로덕션 디자이너 스튜어트 크레이그는 말한다. "조사를 해봤습니다. 석순과 종유석 들을 살펴보고, 그런 것들이 있는 석회암 동굴을 살펴봤죠. 하지만 이런 동굴은 전에도 다른 사람들이 살펴봤을 만한 영역이라는 느낌이 들었습니다." 크레이그는 "동굴이라는 개념의 자물쇠를 풀어줄" 다른 방향을 추구하기로 하고 스스로에게 되물었다. '특별해야 할까? 위압적이거나 두려워야 할까?' "무엇보다도 이 동굴은 현실에 있을 법한 동굴로 여겨져야 했습니다." 크레이그는 힘주어 말했다.

크레이그는 멕시코에서 거대한 수정 동굴 사진을 보았던 것을 떠올렸다. "그래서 스위스에 있는 석영 수정 동굴을 보러 갔습니다. 아름다웠죠." 그런 다음 크레이그와 그의 팀원들은 20,000킬로미터 넘는 거리를 날아가 독일 프랑크푸르트의 소금 광산을 찾아갔다. 그들이 발견한 소금 결정이 "자물쇠를 열어줄 열쇠"였다. "투명하고 빛을 반사하는 것은 무엇이든 사진에 흥미롭게 찍힐 뿐만 아니라 마법적인 특징을 가지고 있다"는 점을 알고 있었던 크레이그는 소금 결정으로 내부를 장식하면 동굴의 입구로 선택한 모허 절벽의 지질학적 특징과도 잘 어울린다고 생각했다.

동굴 크기에 관한 질문은 답하기가 더 쉬웠다. "클수록 좋았죠. 우리 팀은 보통 그렇게 대답합니다." 크레이그는 웃는다. 최종 동굴 디자인은 길이가 600미터에 달했는데, 그 말은 동굴 대부분을 디지털로 만들어야 한다는 뜻이었다. 시각효과 스케치와 조각, 모형 들이 수십 가지 그럴싸한 수정의 형태를 표현했다. 하지만 실제 세트장에서 쓸 수정을 만들려면 더 많은 조사가 필요했다. 공사 팀 관리자 폴 J. 헤이스는 설명한다. "반투명한 섬유 유리와 투명한 합성수지를 섞기로 했습니다. 어려웠던 점은 이 혼합물을 붓는 과정에서 수정이 불투명해질 가능성이 늘 있었다는 겁니다. 혼합물을 단계적으로 부을 수도 없었고요." 이들이 만든 수정 중 하나는 750킬로그램이나 나간다. 다행히 이 수정은 단번에 부어 만드는 데 성공했다.

418쪽 해리가 인페리우스의 공격에서 덤블도어를 지키는 장면의 콘셉트 아트로 애덤 브록뱅크가 그렸다. 맨 **밑에서부터 시계방향으로** 대니얼 래드클리프(왼쪽)와 마이클 갬번이 〈해리 포터와 혼혈 왕자〉 동굴 장면을 촬영하는 모습을 찍은 사진 2컷./앤드루 윌리엄슨이 그린 동굴 콘셉트 아트./앤드루 윌리엄슨이 그린 동굴 밖 해안 절벽 콘셉트 아트./미라포라 미나가 그린 수정 잔 소품 콘셉트 아트.

CREATURES

Special Makeup and Digital Effects

마법 생명체 : 특수분장과 디지털 효과

세스트럴, 디멘터를 비롯해 〈해리 포터〉 세계에 사는 수많은 마법 생명체들은 독창적으로 탄생한 것이지만, 고블린이나 켄타우로스, 용을 비롯한 생명체들은 풍요로운 판타지 전통의 일부다.

이러한 두 종류의 마법 생명체는 영화 〈해리 포터〉 제작진에게 서로 다른 도전 과제를 안겨주었다. 완전히 새로운 생명체를 만들 때는 J.K. 롤링의 소설에 나오는 묘사를 토대로 확장해 나가야 했다. 하지만 전통적인 생명체를 만들 때는, 알아볼 수는 있으나 신선하고도 흥미로운 버전을 만들어야 했다. 놀랍도록 현실감 넘치는 이 마법 생명체들은 콘셉트 미술가, 조각가, 모형 제작자, 화가, 애니메트로닉스 설계 전문가, 디지털 기술자 등 재능 있는 사람들이 개발한 집단 상상력의 일부다.

420쪽 〈해리 포터와 불사조 기사단〉에 나오는 켄타우로스의 콘셉트 아트로 애덤 브록뱅크가 그렸다. **오른쪽** 〈해리 포터와 아즈카반의 죄수〉에서 시리우스, 헤르미온느, 해리가 벅빅을 타고 있는 장면의 콘셉트 아트로 더멋 파워가 그렸다.

FAWKES
폭스

콘셉트 디자이너 애덤 브록뱅크는 덤블도어 교수의 불사조인 폭스를 디자인할 때 고전 신화에 나오는 불사조에 관한 묘사를 읽고 진짜 새를 관찰해 영감을 얻었다.

"폭스의 날개 크기와 길이, 두 날개를 모두 펼쳤을 때의 폭은 흰꼬리수리와 독수리를 합친 것을 근거로 삼았습니다." 브록뱅크는 설명한다. "비율을 보면 약간 늘어난 모양입니다. 머리에는 길고 과장된, 약간 극락조 꽃과 비슷한 벗이 달려 있죠. 아주아주 늙어서 다시 태어나기 전에는 좀 더 독수리 같은 모습이 됩니다. 목이 길어지고, 깃털이 꽤 많이 빠지죠."

폭스의 색깔을 고르는 건 쉬웠다. 브록뱅크는 말한다. "폭스가 불의 색깔을 띠어야 한다는 건 처음부터 주어진 조건이었습니다. 폭스의 머리는 대체로 타오르는 듯한 오렌지색과 짙은 빨간색이고, 배 부분은 황금빛이 주조를 이룹니다." 브록뱅크가 이어서 설명한 바에 따르면, 삶의 마지막 단계에 이른 "폭스는 다 타버린 성냥 색깔을 띤다. 밝은 빛의 마지막 깜부기불만이 눈가에 어려 있"다.

422쪽과 위 왼쪽, 중간, 아래 밝은 색 깃털을 가진 한창때의 폭스 모습 콘셉트 아트로 애덤 브록뱅크가 그렸다. **위 오른쪽** 롭 블리스가 한창때의 폭스 모습을 상상해서 그린 폭스의 옆얼굴 스케치.

Behind the Scenes

FAWKES—A MODEL TO LIVE BY

장면 너머 : 폭스—본받을 모형

날아다니는 폭스는 디지털로 만들었지만, 덤블도어의 연구실에 있는 폭스는 100퍼센트 애니메트로닉스로 만든 것이다. 특수분장효과 팀 감독 닉 더드먼은 제작자들이 이런 접근 방법을 선택한 이유를 다음과 같이 설명한다. "컴퓨터로 만들어 낸 효과는 물리적으로 할 수 없는 일을 하게 해주지만, 실물로 만든 것은 실제로 대상과 교감하는 느낌을 줍니다. CG로는 구현하지 못할 수도 있는 느낌이죠."

정교한 폭스 모형을 만들기 위해, 애덤 브록뱅크는 더드먼의 팀에게 여러 가지 배경에서 다양한 캐릭터와 교감하는 불사조 그림을 제공했다. 애덤 브록뱅크는 말한다. "제가 그린 폭스의 자세가 전부 화면에 나오는 것은 아니지만, 날개를 접고 앉아 있는 폭스를 보면 디지털 모형과 애니메트로닉스 모형을 만드는 데 필요한 실질적인 정보를 얻을 수 있습니다."

이런 참고 자료를 염두에 둔 더드먼과 그의 팀원들은, 날개를 펼치고 다른 캐릭터들에게 반응하며, 실제로 횃대를 따라 미끄러지듯 움직일 수 있는 새를 만들었다. '진짜' 눈물까지 흘릴 수 있는 이 복잡한 생명체를 '운전하기' 위해서는 10개의 조종기가 필요했다.

닉 더드먼은 폭스 모형 덕분에 그와 팀원들이 받았던 가장 큰 칭찬을 기억한다. "언젠가 리처드 해리스가 저와 폭스 조종 담당인 크리스 바턴에게 오더니 새를 어떻게 그렇게 잘 훈련시켰느냐면서 놀랐다고 했어요. 저는 리처드에게 폭스가 사실 인형이라고 말했지만, 리처드는 믿지 않더군요. 그래서 조종 버튼을 눌러 폭스를 움직이게 했어요. 리처드는 그야말로 멍해지더군요. 그보다 큰 칭찬을 받을 수 있을지 모르겠네요."

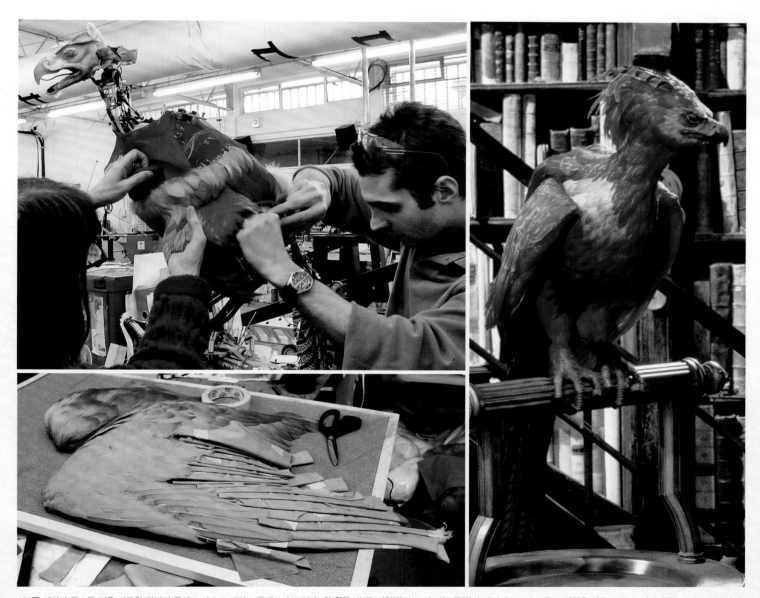

424쪽 해리가 폭스를 처음 마주친 장면의 콘셉트 아트로 애덤 브록뱅크가 그렸다. **위 왼쪽** 밸 존스(왼쪽)와 조시 리(오른쪽)가 애니메트로닉스 폭스 인형을 만들고 있다. **아래 왼쪽** 제작 테이블에서 만들어지고 있는 날개. **오른쪽** 〈해리 포터와 비밀의 방〉 촬영 때 덤블도어 연구실에 있었던 완성된 애니메트로닉스.

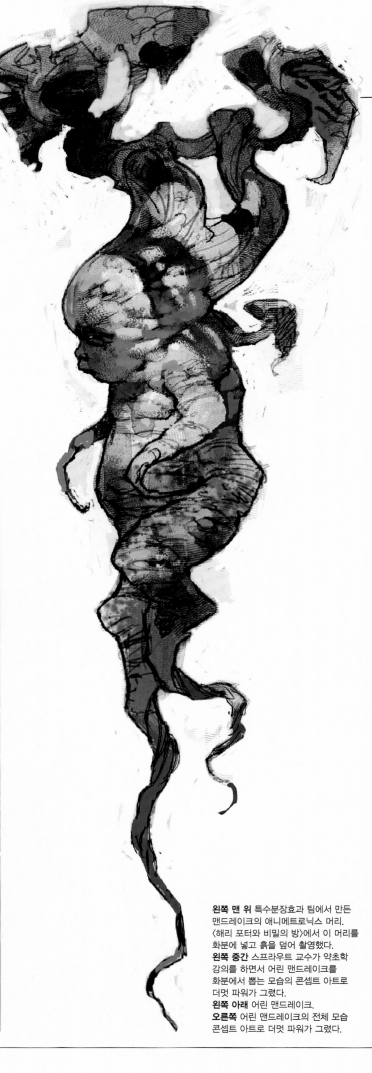

The MANDRAKES
맨드레이크

닉 더드먼은 〈비밀의 방〉에 나오는 맨드레이크가 사실상 아기이긴 하지만 "너무나 사랑스럽지 않은 요소들을 가지고 있어야 한다"고 말한다. "안아주고 싶은 곰 인형이 되면 안 됐죠. 결국은 이 맨드레이크를 찧어서 마법약으로 만들어야 하니까요. 그래서 우리는 맨드레이크를 시끄럽게 비명을 지르고 몸을 비틀어 대는 존재로 만들었습니다."

특수분장효과 팀과 분장 팀은 화분 크기의 절반을 차지하는 애니메트로닉스 맨드레이크를 50개 이상 만들었다. "화분 하나하나 안에 기계장치가 들어 있었어요." 더드먼은 말한다. "탁자 밑에서 작동시키는 거였죠. 스위치를 켜면, 맨드레이크는 정해진 주기에 따라 움찔거리고 몸을 비틉니다. 맨드레이크를 조종하는 사람은 그 속도를 높이거나 늦출 수 있고요." 약초학 수업 시간에 화분에서 뽑혀 나와 분갈이를 당한 몇몇 맨드레이크들은 몸체 안에 기계장치가 들어 있어서 무전 송신기로 조종했다.

왼쪽 맨 위 특수분장효과 팀에서 만든 맨드레이크의 애니메트로닉스 머리. 〈해리 포터와 비밀의 방〉에서 이 머리를 화분에 넣고 흙을 덮어 촬영했다.
왼쪽 중간 스프라우트 교수가 약초학 강의를 하면서 어린 맨드레이크를 화분에서 뽑는 모습의 콘셉트 아트로 더멋 파워가 그렸다.
왼쪽 아래 어린 맨드레이크.
오른쪽 어린 맨드레이크의 전체 모습 콘셉트 아트로 더멋 파워가 그렸다.

ARACOG
아라고그

처음에 제작자들은 거대 거미 아라고그를 디지털로 만들어야 한다고 생각했다. 하지만 닉 더드먼은 〈비밀의 방〉 대본을 읽고 생각했다. '뭐, 이 녀석이 하는 거라고는 구멍에서 기어 나와 말을 거는 것밖에 없잖아. 그건 만들 수 있지. 나무를 빠르게 오르내리는 거미들이야 완전히 디지털로 만들어야겠지만. 아라고그는 다른 문제야.'

하지만 더드먼과 그의 팀원들은 애니메트로닉스 모형을 만드는 대신 더드먼이 '아쿠아트로닉' 아라고그라고 부르는 것을 만들었다. "기름 대신 에어 래머로 물을 펌프질해 넣어 가지고 유선으로 조종하는 거예요." 더드먼은 설명한다. "물을 쓰면 좀 더 우아하고 느린, 꽤 자연스러운 움직임을 만들 수 있거든요. 우리는 물을 이용해서 거미들의 그 끔찍하고도 조용한 움직임을 흉내 낼 수 있었습니다. 거미들은 그 많은 잔털로 공기를 느끼며 느리고 섬세하게 움직이죠."

거대 거미 모형의 입은 줄리언 글로버의 녹음된 음성을 재생하는 컴퓨터 시스템에 연결되었다. 입속에 있는 다양한 서버 덕분에 입은 말소리에 맞춰 움직였다. 이 장치 덕분에 영화제작자들은 모형과 대니얼 래드클리프가 한 프레임에 담긴 장면을 연속해서 찍을 수 있었고, 따라서 화면상의 거미에게도 진정한 물리적 존재감이 생겼다. "말 그대로 아라고그가 대사를 한 다음 일시정지 버튼을 눌러서 댄이 대사를 하도록 할 수 있었어요." 더드먼은 말한다.

세트장에서 대니얼은 이 모형의 현실감에 깊은 인상을 받았다. 대니얼은 회상한다. "금지된 숲에서 첫 촬영을 했던 게 기억나요. 루퍼트랑 제가 어떤 바위를 넘어갔는데, 갑자기 거대한 거미가 우리를 기다리고 있었어요. 너무 현실적이어서 진짜로 겁을 먹었다니까요!"

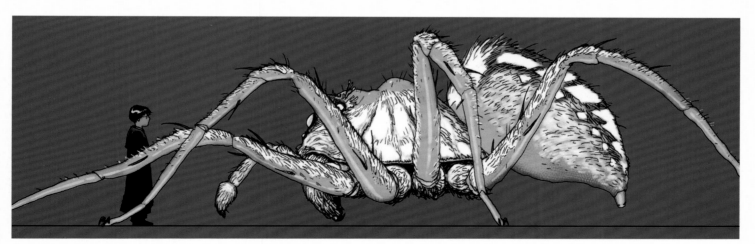

위 〈해리 포터와 비밀의 방〉에서 해리와 론이 아라고그와 마주치는 장면의 콘셉트 아트로 애덤 브록뱅크가 그렸다. **아래** 해리와 아라고그가 마주치는 장면에서 크기 비교를 위해 그린 애덤 브록뱅크의 그림.

THE DEATH OF ARAGOG

장면 너머 : 아라고그의 죽음

〈해리 포터와 혼혈 왕자〉에서 아라고그가 다시 등장했을 때, 닉 더드먼과 그의 팀원들은 새로운 거대 거미를 하나 더 만들어야 한다는 사실을 금세 깨달았다. 이번에는 뒤집어진, 움직이지 않는 아라고그였다. 그들은 이번 기회에 모형의 겉모습을 바꿔, 죽은 거미들이 띠는 반투명한 느낌을 주기로 했다. "우리는 단단한 폴리우레탄으로 이뤄진 겉껍질을 만들어서 그 효과를 냈습니다." 더드먼은 말한다. "빛이 아라고그의 다리 너머에서 비추면, 아라고그의 하부 구조가 보여요."

최초의 디자인을 활용한 조각과 주형 작업이 끝난 뒤에는 에어브러시로 적절한 색깔을 입히고 미세한 털들을 박아 넣었다. 더드먼은 회상한다. "거미 전체에 한 번에 한 가닥씩 바늘로 커다란 거미 털을 박아 넣는 팀이 있었어요. 일이 엄청나게 많았죠."

대본에는 해그리드가 아라고그의 시신을 언덕 옆 무덤에 밀어 넣는 것으로 나왔으므로, 거대한 모형은 안전 케이블이 달린 궤도에 연결되었다. 이 모형은 무덤으로 미끄러져 들어갈 때 적절한 효과를 낼 만큼 무거워야 했다. 더드먼은 말한다. "지금보다 가벼웠다면 다리가 사방으로 움직였을 테고 뭔가 부적절해 보였을 거예요. 하중을 엄청나게 실어야 했어요." 아라고그의 최종 무게는 대략 750킬로그램에 이르렀다. 더드먼은 말한다. "무거울 줄은 알았죠. 하지만 제 예상보다 더 무거웠다는 건 인정할 수밖에 없네요."

슬러그혼 교수와 해리가 죽은 아라고그를 내려다보고 있는 장면의 콘셉트 아트로 앤드루 윌리엄슨이 작업했다.

위 특수분장효과 팀 조각가 케이트 힐이 〈해리 포터와 혼혈 왕자〉에 사용된 아라고그 실제 크기 실물 모형에 페인트를 뿌려 마무리하고 있다. **아래** 짐 브로드벤트(호러스 슬러그혼, 왼쪽), 대니얼 래드클리프(해리 포터, 가운데), 팽이 제작진이 아라고그가 죽는 장면을 준비하는 모습을 바라보고 있다.

MERPEOPLE
인어

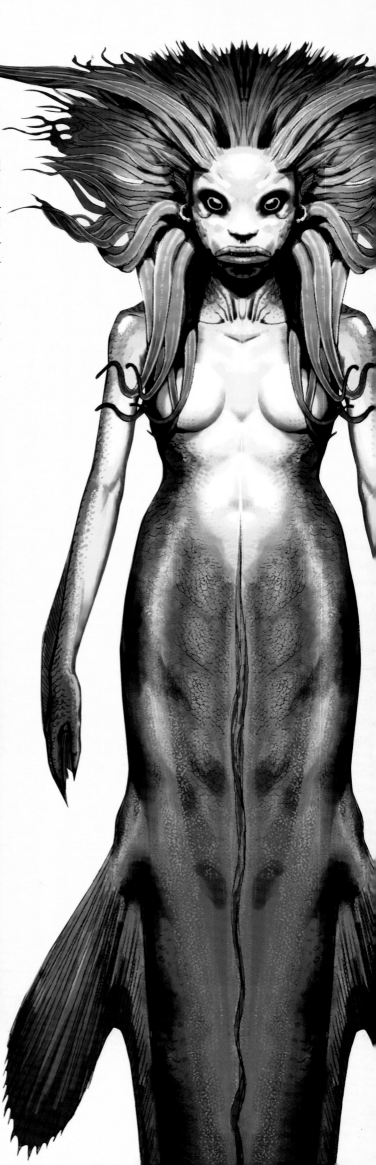

해리 포터가 트라이위저드 대회의 두 번째 과제에서 마주할 CG 물속 세계를 만드는 일은 시각효과 감독 지미 미첼과 그의 팀원들에게 맡겨졌다. 미첼은 말한다. "해리 주변의 모든 것을 만들어야 했어요. 절벽과 균열과 수초와 마법 생명체 전부를 말이죠. 바로 그게 신나는 겁니다. 오직 종이를 통해서만 표현할 수 있는 세계인데, 우리가 시각화해서 보여드릴 수 있었으니까요." 이상화된 모습의 전통적인 아름다운 인어와 달리, 영화에 나오는 인어는 인상적이고 위협적이다. "[프로덕션 디자이너] 스튜어트 [크레이그]와 저는 인어의 꼬리를 위아래가 아닌 양옆으로 움직이도록 디자인했습니다. 물고기 꼬리가 위아래로 움직이는 건 사람이 인어 옷을 입었을 때 벌어지는 일이거든요." 미첼은 설명한다. "그런 다음 인간에게는 불가능할 만큼 인어의 몸길이를 늘이고, 해파리 촉수로 이루어진 머리카락을 달았습니다." 이런 작업은 묘한 매력이 있으면서도 위협적인 최종 모습을 만드는 데 도움을 주었다.

콘셉트 디자이너 애덤 브록뱅크는 설명한다. "전통적으로는 물고기인 부분과 인간인 부분 사이에 구분이 있습니다. 하지만 우리는 사실주의와 신빙성의 원칙을 따르는 마법 생명체를 만들고 싶었고, 그런 구분을 두지 않기로 했어요. '물고기성'은 비늘의 연속성을 따라 모든 인어의 인간 부위에까지 이어집니다. 물고기 같은 큰 눈과 입도 그렇죠. 말미잘 촉수를 닮은 반투명한 머리카락도 그렇고요."

430쪽 〈해리 포터와 불의 잔〉에 나오는 인어의 콘셉트 아트로 애덤 브록뱅크가 그렸다. **위** 트라이위저드 대회 두 번째 과제에서 해리가 론 외에 다른 사람들까지 구하려 하자 인어 하나가 으르렁거리며 방해한다. 〈해리 포터와 불의 잔〉의 한 장면. **아래** 약해 보이는 인어가 어깨 너머로 바라보는 덜 공격적인 느낌의 콘셉트 아트로 애덤 브록뱅크가 그렸다. **오른쪽** 애덤 브록뱅크가 그린 인어의 초기 디자인.

GRINDYLOWS
그린딜로

그린딜로는 유독 성미가 고약한 것으로 알려진 호수 생물로, 트라이위저드 대회의 두 번째 과제 도중 해리와 동료 대표 선수들을 괴롭힌다. "전 그린딜로가 아주 불쾌한, 콘월 픽시의 먼 사촌이라고 생각해요!" 미첼은 이 사악한 생명체들에 대해 이렇게 말한다. 처음에는 그린딜로가 어떤 모습이어야 할지 아무도 몰랐기에, 디자이너들은 이 녀석들이 신체적으로 어떤 행동을 해야 할지 묻는 데서부터 출발했다.

그린딜로들은 결국 시각효과를 통해 만들어졌지만, 애덤 브록뱅크는 디자인에 필요한 실질적인 조건들을 고민했고 조각가 크리스 피츠제럴드는 그의 작품을 3차원 축소 모형으로 바꾸어 놓았다. 실제 크기의 그린딜로가 실리콘으로 만들어진 다음 채색되어, 시각효과 팀원들이 완성된 생명체의 물리적 재현물을 볼 수 있었다. 여기에서 영감을 얻어 세부적인 색깔이 들어간 섬유 유리 모형이 만들어졌고, 이후 이 모형을 스캔하여 CG 환경에 집어넣었다.

432쪽 그림들과 433쪽 아래 〈해리 포터와 불의 잔〉에 나오는 그린딜로의 콘셉트 아트로 폴 캐틀링이 그렸다. **위** 해리 포터(대니얼 래드클리프)가 두 번째 과제를 수행하면서 그린딜로 무리를 향해 인센디오 주문을 외치고 있다.

CORNISH PIXIES
콘월 픽시

픽시는 파란색이라는 색깔이 그렇듯 콘월 지방의 전통 생명체다. 〈해리 포터와 비밀의 방〉에 나오는 콘월 픽시를 디자인할 때 미술 팀은 자연스럽게 파란색 계열에 끌렸고, 하늘색 톤을 광범위하게 탐구했다. 제작진은 콘월 픽시 최종 디자인의 밝은 금속성 파란색 축소 모형을 만든 뒤 디지털 기술자들이 활용할 수 있도록 스캔했고, 그들은 완성된 픽시를 영화에 집어넣었다.

434쪽 악의 가득한 웃음을 띤 콘월 픽시들의 콘셉트 아트로 롭 블리스가 그렸다.
위 〈해리 포터와 비밀의 방〉 미술 팀이 그린 다양한 모습의 콘월 픽시.
오른쪽 웃고 있는 콘월 픽시. 〈해리 포터와 비밀의 방〉의 한 장면.

The
BASILISK
바실리스크

바실리스크도 처음에는 100퍼센트 컴퓨터그래픽으로 만들려고 했던 마법 생명체 중 하나다. 그러다가 영화제작자들은 〈비밀의 방〉에서 대니얼 래드클리프가 그리핀도르의 검으로 이 뱀의 입천장을 찌를 때 상대할 만한 단단한 무언가가 필요하다는 것을 알게 되었다.

"처음에는 입만 만들어 주면 CG로 주변을 감싸겠다고 하더군요." 닉 더드먼은 회상한다. "하지만 저는 이빨과 입속을 만들 거라면 차라리 머리 전체를 만드는 게 낫다고 봤어요. 그러면 영화제작자들이 CG 장면을 하나 줄일 수 있으니까요. 그러자 목의 일부를 만들어 달라는 요청이 따라오더군요. 그다음에는 더 많은 요청이 이어졌고요. '입이 벌어지게 만들 수 있을까?' 뭐, 기계장치를 쓰면 할 수 있죠. '그럼 칼에 찔렸을 때 코가 움찔거리는 게 좋지 않을까?' 네. '멀어버린 눈이 움직일 수 있을까? 아, 그리고 입도 벌렸다 다물었다 할 수 있어야 해.' 우리는 갑자기

달리 트랙dolly track(영화 촬영 시 카메라를 이동하기 위한 레일─옮긴이)에 놓인 7.5미터짜리 바실리스크를 갖게 됐어요!"

더드먼은 목을 만들 때 "필요한 것은 측지 모형"이라는 것을 알게 되었다. "이 모형은 측면이 긴 알루미늄으로 되어 있는 육각형이되, 표면 안쪽에는 일정한 간격을 두고 버팀대가 있어야 했"다. 이런 모형을 만드는 데는 상당히 까다로운 기계 작업이 필요할 테고, 시간도 엄청나게 많이 들 것이었다. "그때 우리 팀원 중 한 명이 그러더군요. 처음에는 그 사람이 농담을 하는 줄 알았어요. '그냥 사다리를 쓰면 어때요?' 사실상 우리한테 필요한 형태가 바로 사다리였거든요. 그래서 사다리를 썼죠. 알루미늄 사다리를 사서 고친 다음 바실리스크의 목을 만드는 데 사용했습니다."

436쪽 〈해리 포터와 비밀의 방〉에 나오는 바실리스크의 콘셉트 아트로 롭 블리스가 그렸다. 위 〈해리 포터와 죽음의 성물 2부〉에서 론과 헤르미온느가 바실리스크 해골을 살펴보는 장면의 콘셉트 아트로 애덤 브록뱅크가 그렸다. 아래 바실리스크 머리 스케치(왼쪽)와 완성된 바실리스크의 모습(오른쪽). 머리가 더 길어지고 뿔이 사라졌다. 롭 블리스 그림.

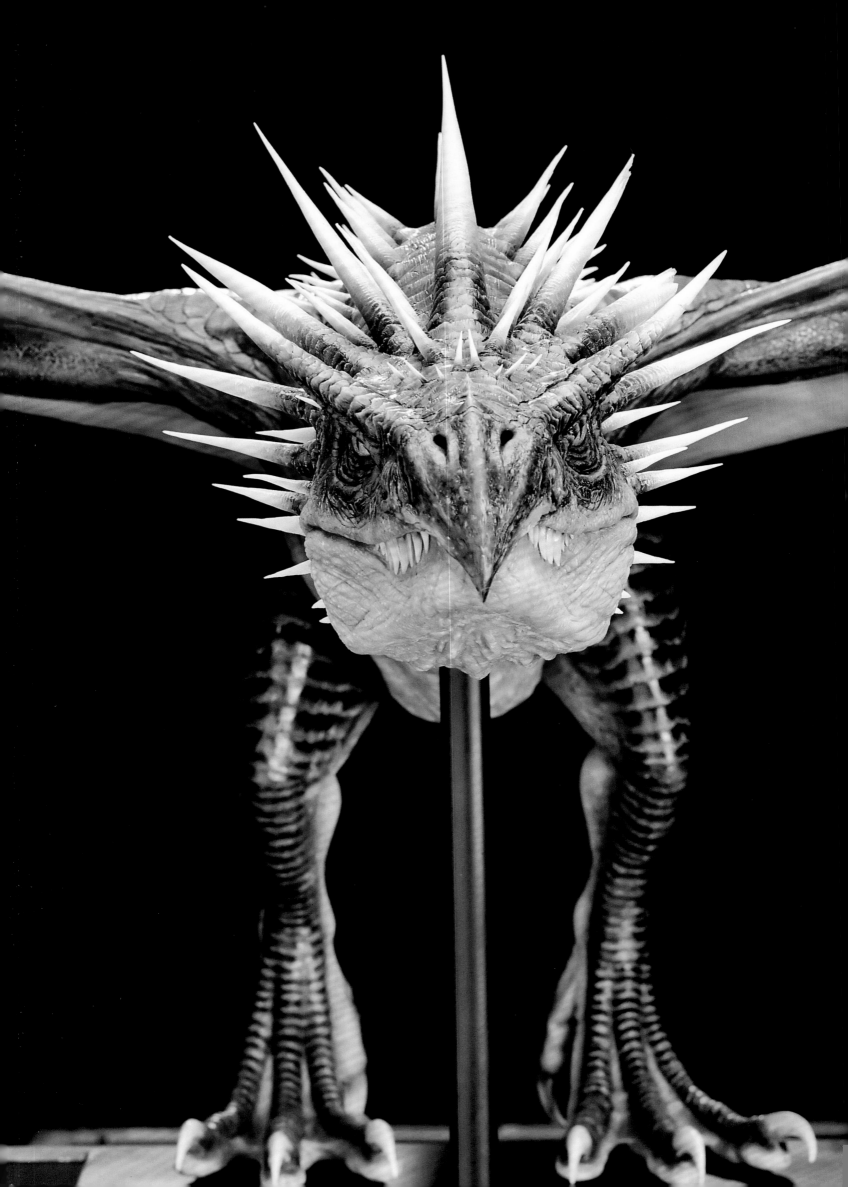

HUNGARIAN HORNTAIL

헝가리 혼테일

특수효과 감독 지미 미첼의 말에 따르면, 영화 〈불의 잔〉에서는 "용과의 추격전을 책에서 나오는 것보다 훨씬 큰 규모로" 만들어야 했다. "우리는 혼테일이 해리를 경기장 밖까지 쫓아와서 산과 구름다리, 지붕, 교정 전체를 가로지르는 모습을 통해 빗자루를 다루는 해리의 뛰어난 솜씨를 보여주고 싶었어요."

스튜어트 크레이그와 미첼은 이처럼 끔찍한 장면을 만들기 위해 일단 서로 힘을 합쳐 해리의 사나운 적을 디자인해야 했다. "스튜어트와 저는 혼테일의 디자인을 오랫동안 고민했어요." 미첼은 털어놓는다. "네 발로 만들어야 하나, 두 발에 날개가 달린 것으로 해야 하나? 용은 공룡과 무척 가깝게 연결되어 있기 때문에, 박쥐 날개가 달린 파충류 같은 몸을 주기로 했죠. 그런 다음에는 세월의 흔적을 남기고 날개를 찢어, 혼테일이 아주 오랫동안 살아온 생명체라는 느낌을 주도록 했어요."

마법 생명체 디자이너 폴 캐틀링은 다양한 형태의 뿔과 머리가 달린 몇 가지 버전의 용을 초안했다. 이런 뿔과 머리의 일부는 알아볼 수 있는 실제 동물에 근거한 것이다. 마지막 버전은 거의 매처럼 생겼으며, 머리부터 아주 살벌한 꼬리까지 온몸이 가시로 덮여 있다.

438쪽 〈해리 포터와 불의 잔〉의 헝가리 혼테일 모형을 봉 위에 세워놓은 모습.
439쪽 그림들 헝가리 혼테일의 초기 스케치로 웨인 발로가 그렸다.

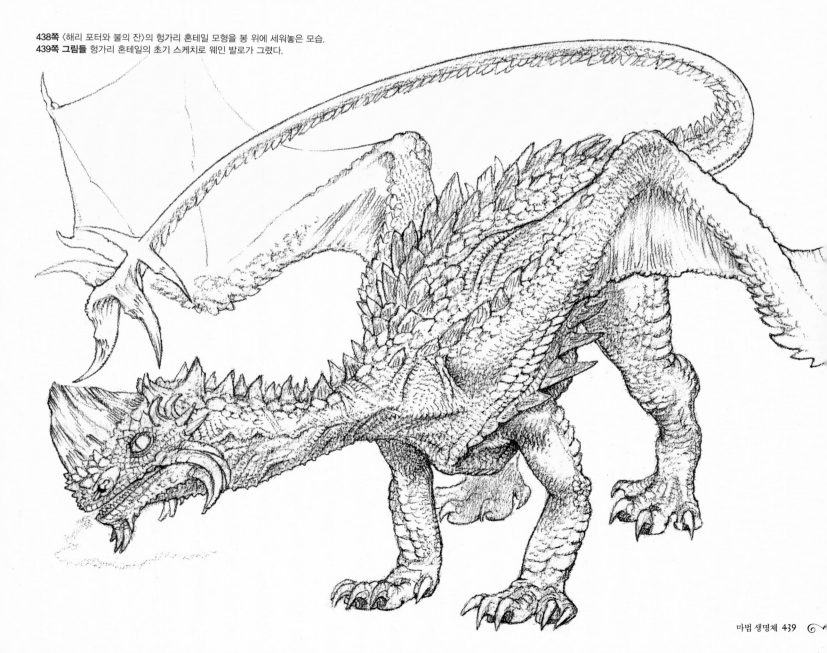

앞의 2쪽 〈해리 포터와 불의 잔〉에서 해리가 웅크린 헝가리 혼테일에게서 황금 알을 빼앗으려는 장면을 묘사한
콘셉트 아트로 폴 캐틀링이 그렸다. 441~444쪽 헝가리 혼테일의 몸체, 머리, 꼬리, 날개 디자인의 각기 다른 접근
방식을 보여주는 폴 캐틀링의 그림들. 오른쪽 끝의 스케치는 꼬리가 단순해진 모습이다.

혼테일의 디자인이 통과되자 조각가 케이트 힐은 시각효과 팀에서 스캔용 모델로 사용할 용의 축소 모형을 만들었다. 더 큰 모형을 만들어 달라는 요청을 받은 닉 더드먼은 실제 크기의 머리를 만드는 것이 최선의 방법이라고 생각했다. "실제 크기의 모형은 조각가들이 정말로 세세한 부분까지 넣을 수 있도록 해줍니다. 세트로 가지고 가서 조명 관련 참고 자료로 사용할 수도 있고요."

〈해리 포터와 불의 잔〉의 첫 번째 과제에서 용은 계속 CG 처리된 상태였지만, 더드먼과 그의 팀원들은 이후 해리가 경기장에서 용과 대면하기 전 금지된 숲에서 엿보는 장면을 위해 한 단계 더, 적어도 12미터를 더 진행해 달라는 요청을 받았다. 제작자들은 이미 실물 크기의 머리 모형이 있으므로 마법 생명체 제작소에서 용의 나머지 몸통과 꼬리를 만들 수 있을 거라고 생각했다. 그 나머지 부분은 우리 안에서 실루엣으로 보이게 될 예정이었다. "용을 만들 기회를 거절해서는 안 되죠!"

더드먼은 웃는다. "우리는 바실리스크의 일부를 가져다가 아주아주 단순한 인형을 만들었습니다. 우리 팀 사람들이 날개 밑에 숨어서 날개를 퍼덕거렸고, 또 다른 사람들은 덜그럭거리며 철창을 움직였어요. 하지만 저한테 가장 놀라웠던 건 특수효과 감독 존 리처드슨이 용의 머리 안에 화염방사기를 설치했을 때였죠." 이 말은 새로운 혼테일 머리를 섬유 유리로 다시 만들고, 주둥이를 방화 기능이 있는 노멕스로 만들어야 했다는 뜻이다. 용의 입속에 들어 있는 화염방사기는 10미터 가까이 불을 뿜을 수 있었으며, 동작을 정확하게 반복할 수 있도록 컴퓨터 제어 시스템으로 조종됐다. 불꽃이 닿는 부분인 용의 입은 강철로 만들어졌는데 불이 뿜어질 때마다 빨갛게 달아올랐다. 예상하지는 못했지만, 운 좋게 얻은 효과였다.

446쪽 하늘을 날며 불을 내뿜는 헝가리 혼테일의 콘셉트 아트로 폴 캐틀링이 그렸다. **위** 케이트 힐이 헝가리 혼테일 실물 모형의 머리를 마무리하고 있다. **아래 왼쪽** 헝가리 혼테일이 앞에 있는 마법사 두 명을 향해 불을 내뿜는 모습의 콘셉트 아트로 폴 캐틀링이 그렸다. **아래 오른쪽** 으르렁거리는 헝가리 혼테일 모형으로 케이트 힐이 만들었다. 이것을 시각효과 팀에서 스캔해 애니메이션 작업에 사용했다.

GRINGOTTS DRAGON
그린고츠의 용

그린고츠에 있는 레스트레인지 가문의 금고를 지키는 용은 고생스러운 나날을 보내고 있다. 몸이 너덜너덜해진 이 나이 든 용은 지하에 갇혀 있다. 색깔도 이미 바랬다. 이 용에게는 고블린 간수들이 가한 학대의 흔적도 남아 있다. 시각효과 팀 감독 팀 버크는 말한다. "전에 본 것과는 다른 용입니다. 평생 어두운 동굴에 갇혀 지낸 학대당한 용이에요. 이 녀석은 많이 쇠약해져 있습니다. 눈도 약간 멀었고요. 아주아주 위험합니다."

최종적으로 영화에 등장한 그린고츠의 용은 컴퓨터그래픽으로 만든 마법 생명체다. 하지만 등장인물들은 이 용의 등 위에 올라타야 했다. 그 말은, 용의 몸 일부가 배우들이 올라타서 연기할 수 있는 크기로 만들어져야 했다는 뜻이다. 마법 생명체 제작소에서는 용의 등 일부를 만든 다음, 그것을 동작 기반 전동

짐벌에 얹었다. CG 용의 날개가 펄럭일 때마다 그에 맞게 움직이는, 관절을 전부 갖춘 어깨를 만든 것이다. 시각효과 제작자 에마 노턴은 설명한다. "우리는 이 토대가 용의 애니메이션을 따라가도록 프로그램을 짰습니다. 덕분에, 모형 위에 블루스크린을 배경으로 앉아 있는 배우들을 CG 애니메이션 추적 장치와 결합하면 둘이 어우러져 박자를 맞춰서 움직이게 됐죠."

위 〈해리 포터와 죽음의 성물 2부〉에서 해리, 론, 헤르미온느가 그린고츠를 탈출할 때 타고 나온 용 위에서 뛰어내리는 장면의 콘셉트 아트로 애덤 브록뱅크가 그렸다.
아래 위에서 바라본 날개를 활짝 편 그린고츠 용의 콘셉트 아트로 폴 캐틀링이 그렸다. **449쪽** 그린고츠 용의 몸체, 머리, 꼬리, 날개를 그린 폴 캐틀링의 초기 콘셉트 아트. 입마개를 한 용(중간)과 해리, 론, 헤르미온느가 용을 탄 모습(아래). **450~451쪽** 해리, 론, 헤르미온느가 그린고츠에서 극적으로 탈출하는 장면의 콘셉트 아트로 앤드루 윌리엄슨이 그렸다.

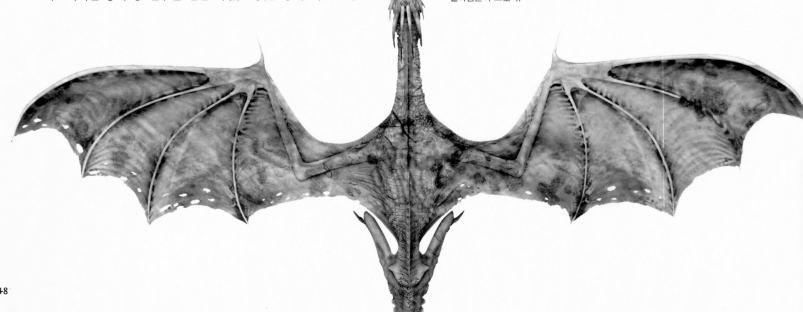

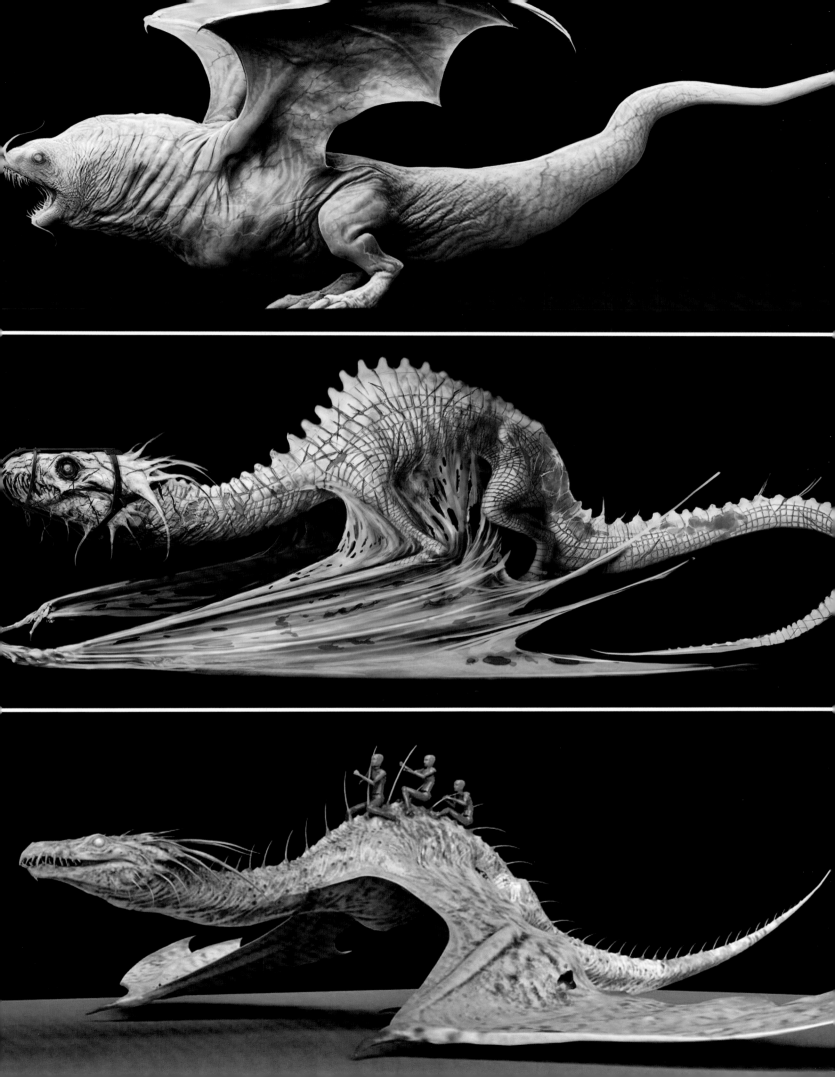

The
CENTAURS
켄타우로스

켄타우로스는 일부는 사람, 일부는 말의 모습을 하고 있는 신화 속 생명체다. 켄타우로스를 그린 초기 그리스 미술 작품은 말의 뒷다리가 달린 사람들을 보여준다. 이후에 나온 작품에서는 인간의 상체가 말의 목이 있을 법한 곳에 붙어 있다. 시각효과 감독 팀 버크는 설명한다. "켄타우로스는 단순히 인간과 말을 반반씩 합쳐놓은 존재가 아닙니다. 그 자체로 독특한 존재죠."

콘셉트 디자이너 애덤 브룩뱅크가 말을 잇는다. "우리의 켄타우로스에는 애니메이션이 적용되어야 했습니다. 그래서 늘 그렇듯 사실주의적 원칙을 구현할 방법을 찾았어요. 그냥 말 위에 사람을 얹어놓을 수는 없었습니다." 켄타우로스에게는 말처럼 생긴 이목구비를 갖춘 긴 얼굴이 주어졌다. 이 얼굴은 광대부터 턱까지가 평평했으며, 미간이 멀고 이마가 넓었다. "말을 인간화하는 대신 인간을 동물화하는 것이 더 적절했습니다." 브룩뱅크는 이렇게 결론짓는다.

452쪽 롭 블리스가 그린 〈해리 포터와 불사조 기사단〉에 나오는 켄타우로스 콘셉트 아트로 말과 인간 부분의 경계가 뚜렷한 전통적인 관점을 따르고 있다.
453쪽 그림들 폴 캐틀링이 〈해리 포터와 마법사의 돌〉에 쓰기 위해 그린 초기 콘셉트 아트로 말과 인간의 연속성이 훨씬 강조되어 있다.

FLOCKING THE CENTAURS
장면 너머 : 켄타우로스 털 심기

〈해리 포터〉영화에서 컴퓨터 시각효과로 구현한 수많은 마법 생명체가 그렇듯, 애니메이션으로 구현된 켄타우로스도 미술 팀에서 일하는 미술가들이 그리고 상상한 다음에 축소 모형으로 제작하고, 특수분장 효과 팀에서 실물 크기의 모형으로 만들었다. 닉 더드먼은 이런 모형을 만드는 것이 엄청난 작업이었다고 말한다. 더드먼의 팀은 "애덤이 그린 독창적인 그림의 맛을 표면의 세부 사항에 이르기까지 전부 살리고 싶어" 했다. 따라서 "조각을 만드는 데 6주가 걸렸고, 주형을 뜨는 작업에 또 6주가 걸렸"다.

하지만 가장 어려운 요소는 털가죽이었다. 켄타우로스의 털은 모형에 전류를 흘려서 부착했다. 처음에 접착제를 모형에 듬뿍 바른 다음, 반대 전류로 충전된 털을 모형에 쏜 것이다. 전극이 서로 반대였기 때문에 모형에 붙은 털은 전부 곤두서게 되었다. 팀원들은 풀이 굳기 정확히 40분 전에 달려가 모든 털을 빗어서 자리 잡게 해야 했다. 더드먼은 말한다. "실수로 제때 작업을 끝내지 못하면 처음부터 다시 시작해야 했습니다. 여섯 명이 이 작업을 하느라 몇 달씩 연습했어요."

켄타우로스에게 기본 가죽을 '씌우는' 첫 번째 난관을 통과하면, 더 긴 털을 한 번에 한 가닥씩 붙였다. 이 단계에는 네 명의 작업자가 더 필요했고, 시간도 2~3주 더 걸렸다. 마지막으로 에어브러시를 가지고 세부 사항을 덧칠한 다음 모형에 장식품과 무기를 갖추었다. 더드먼은 회상한다. "그래서 실물 크기의 축소 모형은 주요 켄타우로스인 베인과 마고리언 것만 만들었지만, 이 일에는 40~45명이 약 8개월간 매달려야 했습니다."

위 왼쪽 흙으로 만든 켄타우로스 모형. **위 오른쪽** 털이 잔뜩 난 켄타우로스의 등 부분. **아래** 〈해리 포터와 불사조 기사단〉 장면 촬영에 앞서 숀 해리슨(오른쪽)이 배우 마이클 와일드먼에게 추적 표시를 붙이고 있다. 파란색 옷과 추적 표시는 시각효과 팀에서 켄타우로스의 동물적인 모습을 덧붙이기 위한 것이다. **455쪽** 금지된 숲에 사는 털 달린 켄타우로스의 실물 크기 모형. 마고리언(왼쪽)과 베인(오른쪽). 마고리언의 뒷다리와 무기는 아직 완성되지 않은 상태다.

BUCKBEAK
벅빅

더멋 파워를 비롯한 몇몇 디자이너들은 생리학자와 수의사를 찾아가는 것을 포함해 동물과 관련된 광범위한 참고 자료를 조사한 다음, 히포그리프가 어떻게 생겼을지를 탐구하는 콘셉트 미술을 초안했다. 최종 디자인은 스캔을 위한 개략적인 모형을 만드는 참고 자료로 사용되었다. 시각효과 팀은 이 모형을 걸고 날아다니는 벅빅의 디지털 움직임을 구현하는 토대로 삼았다. 이런 초기의 CG 연구는 마법 생명체 제작소에서 히포그리프의 팔다리 비율을 조절해 걸을 때 발을 헛디디거나 사람을 싣고 갈 때 쓰러지지 않도록 하는 데 도움이 됐다.

애니메이션 기술자들은 벅빅의 물리역학적 특성과 씨름하는 외에도 벅빅의 움직임을 고민할 때 생명체의 성격을 염두에 두었다. "우리는 영화 작업을 시작하기 전에 아주 많은 시험을 거칩니다." 시각효과 감독 로저 가이엣은 말한다. "'벅빅은 어떤 동물인가? 쉽게 흥분하나? 슬퍼하나? 한 장면 안에 그런 성격을 어떻게 반영할 수 있을까?' 같은 질문을 던지죠." 벅빅의 초기 애니메이션은 벅빅을 팔짝팔짝 뛰고 장난도 잘 치는, 강아지 비슷한 모습으로 움직이게 했다. 하지만 〈아즈카반의 죄수〉 감독인 알폰소 쿠아론은 시각효과 팀이 벅빅의 나이를 높이기를 바랐다. 벅빅이 "단정치 못한 10대 청소년"과 비슷해야 한다는 것이었다.

시각효과 기술자들은 히포그리프가 등장하는 각 장면의 액션을 계획하고자 스토리보드 및 예비 시각화 애니메틱스 작업을 진행했다. 한편, 특수분장효과 팀에서는 히포그리프의 모습을 세부적으로 다듬는 작업에 파고들어, 몇몇 장면에서 활용될 실물 크기의 모형을 만들었다. 말 몸통 부분에 털을 붙이고 에어브러시 채색을 했지만, 닉 더드먼은 "새인 부분과 비교하면 그건 아무것도 아니었다"고 말한다. "깃털 하나하나를 개별적으로 심고 풀로 붙여야 했어요." 깃털 전문가인 밸 존스까지 참여했지만, 특수분장효과 팀은 세트장에서 벅빅의 모형을 쓰는 첫날 아침까지도 깃털을 붙이고 있었다.

위 〈해리 포터와 아즈카반의 죄수〉에서 해리가 타고 있는 히포그리프 벅빅의 초기 콘셉트 아트로 더멋 파워가 그렸다. **아래** 위에서 내려다본 날개를 쫙 편 벅빅 그림으로 더멋 파워가 그렸다. **457쪽 위** 해그리드(가운데)가 겁먹은 해리(오른쪽)를 벅빅에게 인사시키는 장면의 초기 콘셉트 아트로 더멋 파워가 그렸다. **457쪽 아래** 깃털을 붙여 독수리 모습에 가까워진 벅빅의 머리. 더멋 파워 그림.

BUCKBEAK TAKES FLIGHT

장면 너머 : 벅빅, 날아오르다

〈해리 포터와 아즈카반의 죄수〉에 나오는 벅빅은 모두 네 마리다. 그중 셋은 특정한 장면이나 목적을 위해 만들어진 실물 크기의 모형이다. 닉 더드먼은 설명한다. "호박밭에서 쓰기 위해 만든 엎드린 히포그리프가 있었습니다. 전경 장면에서 이 마법 생명체를 조종할 수 있도록 평형추에 올려놓은, 서 있는 히포그리프도 있었고요. 마지막으로 조종 장치가 달리지 않은 채 자유롭게 서 있는 히포그리프가 있었습니다. 덕분에 디지털 기술을 사용해 조종 장치를 장면에서 지울 필요가 없었죠."

네 번째 벅빅은 컴퓨터그래픽으로 만든 것이다. 이 버전의 히포그리프는 벅빅이 날거나 걸어 다닐 때마다 등장한다. 벅빅이 움직이는 장면을 만들기 위해 일단 히포그리프의 행동을 애니메이션으로 제작한 뒤, 그에 해당하는 실사 장면을 촬영했다. 시각효과 감독 팀 버크는 설명한 다. "댄이 벅빅과 연기하는 장면에서는 댄이 건드릴 수 있는 소품이 있었습니다. 예를 들어서 막대기 끝에 부리를 달아놓는 식이었죠. 그런 다음에는 이 도구를 CG 히포그리프로 대체했습니다." 해리와 벅빅이 날아오르는 장면을 촬영하기 위해 대니얼 래드클리프는 실물 크기 히포그리프 모형의 몸통에 올라탔다. 이 몸통은 미리 프로그래밍해 둔 애니메이션 장면과 일치하도록 보조 장치에 연결되었다. 대니얼은 블루스크린을 배경으로 촬영했고, 이후 히포그리프를 '타는' 그의 모습이 담긴 영상이 연결되어 애니메이션으로 만들어졌다.

위 왼쪽 〈해리 포터와 아즈카반의 죄수〉에서 해리(대니얼 래드클리프)가 손을 뻗어 벅빅의 머리를 쓰다듬고 있다.
위 오른쪽 색칠이 끝나고 깃털도 모두 붙여서 완성된 벅빅의 실물 크기 머리.
아래 날고 있는 벅빅의 초기 콘셉트 아트로 더멋 파워가 그렸다.

맨 위 해리와 헤르미온느를 등에 태우고 밤하늘을 날고 있는 벅빅의 콘셉트 아트로 더멋 파워가 그렸다. **중간** 케이트 힐이 만든 벅빅 모형. 오른쪽은 웅크리고 자는 벅빅의 모습으로, 〈해리 포터와 아즈카반의 죄수〉 감독 알폰소 쿠아론이 벅빅이 개처럼 행동하도록 하자고 제안해서 만든 것이다. **아래** 〈해리 포터와 아즈카반의 죄수〉에서 벅빅이 해그리드의 오두막 앞 호박들이 쌓여 있는 곳에 앉아 있다.

THESTRALS
세스트럴

콘셉트 미술가 롭 블리스가 세스트럴의 외모를 디자인했다. 세스트럴은 죽음을 목격한 사람만이 볼 수 있는 마법 생명체다. J.K. 롤링의 책에 실려 있는 세스트럴 묘사("파충류처럼 생긴 머리"와 "길고 검은 갈기")와 세스트럴은 위엄 있는 생명체여야 한다는 〈불사조 기사단〉 감독 데이비드 예이츠의 요청에 따라, 블리스의 최종 콘셉트는 위풍당당하고도 불안감을 일으키는 생명체가 되었다.

세스트럴 전체는 컴퓨터그래픽으로 만들어야 했지만, 마법 생명체 제작소에서는 블리스의 작품을 토대로 일단 축소 모형을 만들어 스캔했다. 축소 모형의 색깔은 콘셉트 작품과 달랐다. 세스트럴은 본질적으로 검은색이지만, 단순한 그림자나 실루엣으로만 존재할 수는 없었다. 닉 더드먼은 설명한다. "검은색이나 검은색과 거의 비슷한 색깔은 2차원 미술에서 아름답게 보입니다. 하지만 콘셉트 작품을 그냥 흉내 냈다면 사진으로 찍었을 때 검은색으로 나왔을 겁니다. 그냥 검은색으로만요." 더드먼은 좀 더 색깔이 옅은 생명체에 쓸 화면상의 색상 배치를 만들어 냈다. 세스트럴 배 밑의 얼룩덜룩함과 날개의 반투명함이 화면에서도 보존되도록 한 것이다. 더드먼은 말한다. "그런 식으로 컴퓨터에서 채색하면 디지털 기술을 활용해 얼마든지 세스트럴을 필요한 대로 조작할 수 있습니다."

위 롭 블리스가 그린 세스트럴의 최종 콘셉트 아트. **오른쪽 위** 〈해리 포터와 불사조 기사단〉에서 해리와 루나 러브굿이 세스트럴들에 둘러싸여 있는 장면의 콘셉트 아트로 롭 블리스가 그렸다. **오른쪽 아래** 〈해리 포터와 불사조 기사단〉에서 세스트럴과 기수들이 런던 하늘을 날고 있는 장면을 그린 롭 블리스의 콘셉트 아트.

THESTRALS IN MOTION

장면 너머 : 움직이는 세스트럴

디지털 기술을 활용해 마법 생명체를 3차원으로 구현하려면, 시각효과 감독 팀 버크의 말대로 "그 생명체가 어떻게 움직이고 행동하는지 생각해야" 한다. "그래서 우리는 현실 세계의 동물들을 참조하는 데서 출발했습니다. 세스트럴을 만들 때는 말을 관찰하는 것부터 시작했죠. 날아다니는 모습을 구현하기 위해 박쥐와 독수리도 살펴보았습니다. 우리는 이 모든 것을 혼합하고 실제 생명체들이 어떻게 행동하는지 분석한 다음, 우리가 만들고 싶었던 생명체가 될 혼종을 만들어 냈습니다." 버크는 말을 잇는다. "판타지 세상이 배경인 영화를 만들 때는 믿기 어려운 존재를 만드는 방향으로 벗어나기 쉽습니다. 우리는 사람들이 이런 생명체들을 믿기를 바랍니다. 사람들이 숲을 가로질러 가는 세스트럴을 보고 진짜라고 생각한다면 우리는 할 일을 다한 겁니다."

〈해리 포터와 불사조 기사단〉 대본에는 세스트럴 중 가장 작은 녀석이 허리를 구부려 루나 러브굿이 던져주는 고깃덩어리를 먹는 장면이 있었다. "하지만 세스트럴은 다리가 너무 길었어요." 시각효과 제작자 에마 노턴은 회상한다. "목은 너무 짧아서 머리가 땅에 닿지 않아요. 입으로 고기를 집으려면 기린처럼 다리를 넓게 벌려야 합니다."

세스트럴이 사람을 태우고 날아가는 방법을 생각하던 중, 무거운 무게를 버티려면 세스트럴의 날개폭이 더 길어져야 한다는 사실이 곧 분명해졌다. 하지만 이 신비한 동물들이 〈해리 포터와 불사조 기사단〉에 등장한 뒤에도 디자인은 계속해서 변했다. 세스트럴의 형태와 관련해서 요구가 계속 이어졌기 때문이다. 〈해리 포터와 죽음의 성물 1부〉의 프리빗가 탈출 장면에서는 세스트럴의 등이 두 사람이 올라탈 수 있을 만큼 길어졌다.

462쪽 날개를 편 세스트럴의 콘셉트 아트로 롭 블리스가 그렸다. **위** 〈해리 포터와 불사조 기사단〉 현지 촬영 중 이반나 린치(루나 러브굿, 왼쪽)와 데이비드 예이츠 감독(가운데)이 손을 뻗어 세스트럴 머리 모형을 쓰다듬고 있다. 머리 모형을 잡고 있는 사람은 시각효과 감독 팀 버크다.

The DEMENTORS
디멘터

눈에 보이는 얼굴도 없고 사실적인 해부학적 구조도 없는 디멘터들은 형체와 움직이는 방식을 특징으로 삼아 구현해야 했다. 콘셉트 미술가들이 팔이나 다리가 없는, 장막 같은 것이 몸을 감싸고 있는 존재의 이미지를 만들었다. 그런 다음 마법 생명체 제작소에서 의상 팀과 긴밀히 협력해 디멘터들에게 생명을 불어넣었다. 의상 디자이너 자니 트밈은 말한다. "새의 모양에 근거해 로브를 만들겠다는 아이디어를 떠올렸어요. 새의 날개와 날개에 들어 있는 뼈 말이에요. 우리는 옷자락이 둥둥 떠가는 효과를 잘 표현하기 위해서 생각나는 모든 천을 사용해 봤어요. 실리콘과 나일론도 써봤고요." 트밈은 알맞은 디자인을 찾자마자 그게 정답이라는 사실을 알았다. "어느 날 아침 작업실에 일찍 도착했는데, 안에 들어갔을 때 눈앞에 웬 시커먼 게 서 있는 걸 보고 깜짝 놀랐어요. 그래서 이 방법이면 통하겠다는 걸 알았죠." 트밈은 웃는다.

464쪽 〈해리 포터와 아즈카반의 죄수〉에서 디멘터를 바라보는 해리, 론, 헤르미온느의 초기 콘셉트 아트로 롭 블리스가 그렸다. **465쪽 그림들** 롭 블리스가 〈해리 포터와 아즈카반의 죄수〉 때 그린 디멘터 초기 콘셉트 아트들.

Behind the Scenes
METAPHYSICAL MOVEMENT
장면 너머 : 형이상학적 움직임

〈해리 포터와 아즈카반의 죄수〉 감독인 알폰소 쿠아론은 신비하고 다른 세상에 속한 것처럼 움직이는 디멘터를 상상했고, 디지털 애니메이션이 아니라 실제적인 효과를 통해 그 상상을 실현하고 싶어 했다. 초기의 실험에 실망감을 느낀 쿠아론은 국제적으로 유명한 인형사 배질 트위스트를 리브스덴에 초청해 이 생명체의 움직임을 결정했다. 트위스트는 물속에서 인형을 움직이는 기술로 유명하며, 이런 기술의 일부를 디멘터에 적용했다. 결과는 대만족이었지만, 이런 식으로 디멘터를 만드는 과정은 비효율적이었다.

결국 디멘터들은 CG로 만든 마법 생명체가 되었다. 하지만 최초의 움직임 연구도 쓸모없는 것은 아니었다. 시각효과 팀이 그 연구 결과를 참고 자료로 활용했기 때문이다. 시각효과 감독 팀 버크는 말한다. "초기의 실험이 디멘터를 만드는 방향을 제시했습니다. 알폰소는 만질 수 있는 것이 아니라 뭔가 형이상학적인 것을 원했어요. 물속 실험이 그런 느낌을 주었죠."

반면 데이비드 예이츠 감독은 디멘터들이 〈해리 포터와 불사조 기사단〉에 등장했을 때 훨씬 더 물리적인 존재감을 갖기를 원했다. 5편의 애니메이션 기술자들은 디멘터들의 로브를 뒤로 '젖혀' 그들의 두개골과 가슴을 드러내고, 해리 포터를 벽에 떠밀거나 그의 목덜미를 잡을 때 사용할 '팔'이 달린 모습으로 다시 만들었다.

466쪽 위 〈해리 포터와 아즈카반의 죄수〉에서 퀴디치 경기를 방해하는 디멘터들의 초기 콘셉트 아트로 애덤 브록뱅크가 그렸다. **466쪽 아래** 해리(대니얼 래드클리프)가 패트로누스 주문으로 시리우스(게리 올드먼)를 덮치는 디멘터들을 막는 〈해리 포터와 아즈카반의 죄수〉의 한 장면. **위** 〈해리 포터와 불사조 기사단〉에서 해리와 더들리가 고속도로 밑 통로에서 마주친 디멘터를 해리의 패트로누스인 수사슴이 막는 장면의 콘셉트 아트로 앤드루 윌리엄슨이 그렸다. **오른쪽** 실물 크기의 디멘터 모형이 전시대에 걸려 있다.

WEREWOLVES
늑대인간

〈해리 포터와 아즈카반의 죄수〉의 비주얼 개발 미술가들은 리머스 루핀을 인간에서 늑대인간으로 변신시키기 위해, 익숙한 영화 캐릭터인 이 마법 생명체에게 새로운 모습을 만들어 주어야 했다. 알폰소 쿠아론 감독은 늑대인간이라는 상태를 동물적 힘이나 공격성의 표현이라기보다는 질병과 고통으로 다시 생각하도록 했다. 늑대인간이 된 루핀은 가냘프고 피부병에 걸린 듯 보이며, 긁히고 다쳐서 일그러진 모습이다. 슬픔과 수치심으로 가득한 가엾은 생명체인 것이다. 분장 디자인 팀장 어맨다 나이트는 회상한다. "색다른 늑대인간이었어요. 클리셰인 이빨이 없는 늑대인간이었죠. 우리는 눈과 피부에 집중했어요."

고민해야 할 또 한 가지 중요한 문제는 늑대인간의 '무서움' 정도였다. 이 생명체의 무서움은 늑대인간이 중요한 캐릭터로 등장하기도 한다는 점과 균형을 이루어야 했기 때문이다. 닉 더드먼은 말한다. "우리는 아이들이 영화를 보러 온다는 사실을 늘 염두에 둡니다. 문제는 생명체의 겉모습만이 아니에요. 그 생명체를 어떻게 바라볼 것인가 하는 문제도 있죠. 어떤 분위기에서 등장하고, 어떤 행동이 이루어지는지 같은 문제 말입니다. 우리는 이 늑대인간을 위협적이고 무섭게 만들고 싶었지만, 그보다 중요한 건 루핀을 보존하고 싶었다는 겁니다."

468쪽 롭 블리스가 〈해리 포터와 혼혈 왕자〉 때 그린 펜리르 그레이백의 콘셉트 아트로 〈해리 포터〉 영화 시리즈에서 마주치는 두 늑대인간 중 하나다. **위** 애덤 브록뱅크의 늑대인간 콘셉트 아트로 〈해리 포터와 아즈카반의 죄수〉에서 리머스 루핀이 변신한 늑대인간이 나오는 실제 장면을 묘사하기 위해 쇠약하고 병든 모습으로 그렸다. **아래** 리머스 루핀 교수가 늑대인간으로 변신하는 장면의 초기 스케치로 웨인 발로가 그렸다.

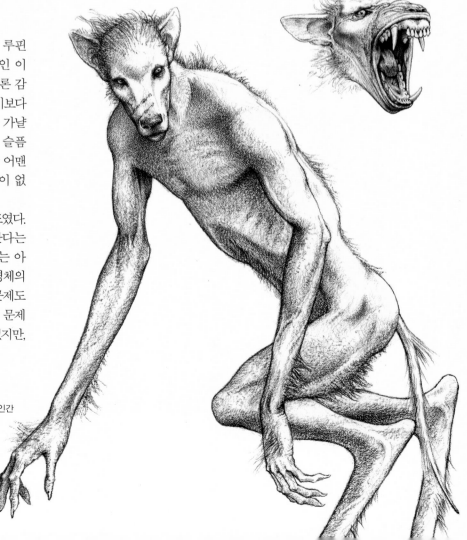

THE TRANSFORMATION
OF REMUS LUPIN

장면 너머 : 리머스 루핀의 변신

루핀 교수를 늑대인간으로 변신시키는 과정은 그 자체로 몇 차례 변화를 거쳤다. 영화제작자들은 CG 애니메이션을 결정하기 전에 인공 기관을 활용한 분장과 애니메트로닉스 등 보다 전통적인 방법으로 이 생명체를 살려낼 방법이 있는지 확인하고 싶었다.

댄서 한 명과 킥복서 한 명이 고용되어 1미터 길이의 역방향 죽마에 올라 걷도록 훈련받았다. 이 죽마 덕분에 늑대인간 디자인의 위압적인 키를 표현할 수 있었지만, 몇 달을 훈련했어도 후려치는 버드나무 주변의 풀로 뒤덮인 울퉁불퉁한 땅은 죽마를 타고 돌아다니기가 너무 어려웠다. "도저히 안 되더라고요." 닉 더드먼은 말했다. 늑대인간은 CG로 만들어야 했다.

루핀의 변신은 실사 효과와 CG 장면을 혼합해 만들어졌다. 루핀이 완전한 늑대의 형체를 갖추는 순간까지 이어지는 단계들은 전통적인 분장을 통해 극화했다. 여기에는 배우 데이비드 슐리스에게 부착된 인공 기관들도 포함된다. 그런 다음에는 CG 장면을 더해 늑대인간의 움직임을 구현했다. 실사 효과에서부터 컴퓨터 효과까지 현실성을 유지하기 위해 두 팀이 협력하여 늑대인간의 움직임을 결정했다. 시각효과 감독 로저 가이엇은 말한다. "우리는 늑대인간이 두 다리가 아니라 네 다리를 모두 사용해서 걸으면 어떤 일이 일어날지 자문해 봤습니다. 늑대인간의 체격과 근육을 하나하나 상세히 이해해야 했어요."

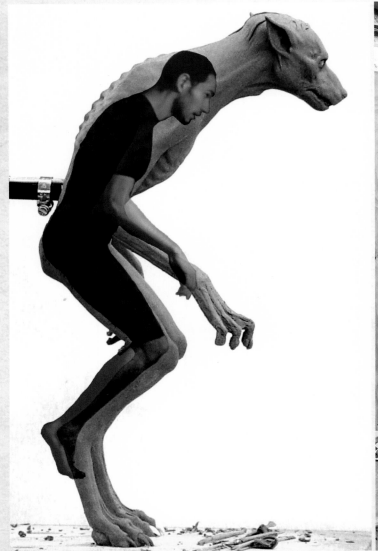 

왼쪽 늑대인간 속 배우의 자세를 상정한 롭 블리스의 초기 그림. **오른쪽** 특수분장효과 팀은 정교하게 만든 커다란 늑대인간 소품에 인간 배우가 어떻게 배치될 수 있는지를 알아보기 위해 석고상을 만들었다. 〈해리 포터와 아즈카반의 죄수〉에 등장하는 늑대인간은 특수분장효과 팀과 시각효과 팀이 함께 만든 것이다. **471쪽** 리머스 루핀 교수가 마법사에서 늑대인간으로 변신하는 장면을 보여주는 설명을 담은 콘셉트 아트로 애덤 브록뱅크가 그렸다.

1.

Stage one.
Straight make-up
Camera pulls out
of eye. (Lens 01)
Loss of face
colour.
Scars livid.
(C.G enhanced?)

2.

He screams revealing
normal teeth.
Colour is pale

3.

Camera travels down and round
past hand that is changing...
Glove 01.Shortening fingers.
W/R - Possible rig for actors hand
into costume front.

Pumping veins(prosthetic)
C.G enhanced colour?

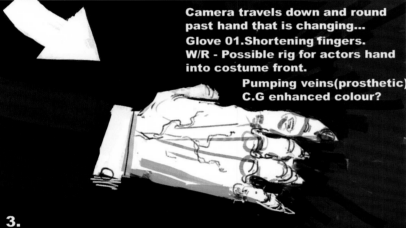

4.

Back up to face

Loose hair?

He screams again
revealing blackened gums
and first teeth change. Teeth 01.Teeth palmed

1. Camera pulls out of eye....
First contact lense.

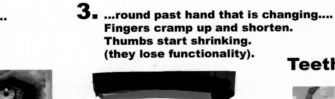

2. Colour is pale.
Scars look
active.

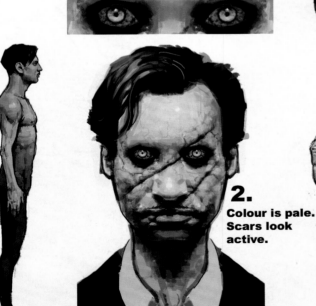

3. ...round past hand that is changing....
Fingers cramp up and shorten.
Thumbs start shrinking.
(they lose functionality).

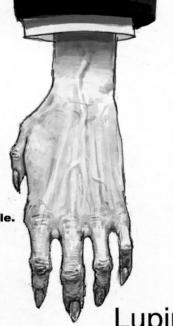

Teeth 01

4. He screams again....
The incisors shorten
canines stay same.
gums turn black (or at
least turn very dark).

Lupin trans first stage

The
INFERI
인페리우스

〈해리 포터와 혼혈 왕자〉의 인페리우스는 끔찍하면서도 가엾은 존재로 만들어졌다. 닉 더드먼은 설명한다. "인페리우스는 위협적입니다. 하지만 그들을 가엾게 여길 수도 있죠. 어쩌다 그런 처지가 됐는지 모르니까요. 볼드모트가 그들에게 뭔가 끔찍한 짓을 저질렀다는 건 알고 있습니다. 인페리우스들은 볼드모트의 피해자들입니다."

콘셉트 미술가들과 조각가들은 여러 형태를 시험해 보고 물에 가라앉은 시신 사진을 비롯한 수많은 사진을 참조했다. 이들은 또한 단테의 《인페르노》 한 장면을 새긴 귀스타브 도레의 상징적 작품과 중세의 목판화 같은 고전 미술 작품에서도 영감을 얻었다. 더드먼은 회상한다. "우리 팀 핵심 조각가인 줄리언 머리는 창의적인 참고 자료가 될 만한 것을 찾아 개인적으로 순례를 떠났습니다. 지옥과 유사한 장소에 있는 생명체들을 묘사한 작품이라면 뭐든 상관없었어요." 더드먼은 줄리언 머리가 "마음속에서 정서를 끌어내는 솜씨가 무척 뛰어나다"라고 말한다. "줄리언은 자기가 만드는 생명체의 영혼을, 페이소스를 포착합니다. 인페리우스를 만들 때 필요한 게 바로 그런 것이었죠."

472쪽 〈해리 포터와 혼혈 왕자〉에서 물속의 인페리우스들이 해리(가운데)를 붙잡고 있는 장면의 콘셉트 아트로 롭 블리스가 그렸다. **위** 부패하고 있는 인페리우스의 콘셉트 아트로 애덤 브록뱅크가 그렸다. **아래** 롭 블리스가 그린 인페리우스 콘셉트 아트.

NAGINI
내기니

마법 생명체 제작소에서 내기니 모형을 디자인하고 만들었다. 그런 다음 이 모형은 스캔되어 〈불의 잔〉에 처음으로 등장했다. 〈죽음의 성물 1부〉에서 내기니의 역할이 점점 커지자 디자이너들은 이를 스케치북으로 돌아가 내기니에게 더 큰 존재감을 줄 기회로 보았다. 시각효과 감독 팀 버크는 말한다. "정말로 그럴싸하고 두려운 캐릭터를 만드는 건 매우 중요한 일이었습니다. 내기니는 볼드모트의 부하이기도 하지만, 그 자체로도 무척 사악한 생명체입니다. 이 영화에서 우리는 내기니의 특징을 조금 더 발전시켜 더욱 사실적으로 만들고, 아이들에게 겁을 줄 기회를 아주 많이 늘렸죠."

최초의 내기니는 비단뱀과 아나콘다를 섞어놓은 모습으로 주둥이에서 꼬리까지의 길이가 6미터에 이르렀다. 버크는 새로 만든 내기니가 좀더 비단뱀에 가깝고 위험한 모습이 되기를 바랐다. 그는 미술가들의 상상력을 북돋기 위해 전문 뱀 사육사를 리브스덴으로 데려와, 참조할 만한 진짜 비단뱀을 사진과 동영상에 담았다. 내기니의 최종 디자인은 비단뱀에 가깝지만, 다른 뱀의 특성을 몇 가지 빌려오기도 했다. 독사의 눈이나 코브라의 움직임 같은 것들이 그것이다. 이런 특징은 내기니를 더욱 위협적으로 만든다.

내기니가 바틸다 백숏의 살갗을 뚫고 나와 해리에게 모습을 드러내는 고드릭 골짜기 장면을 찍을 때, 배우 대니얼 래드클리프가 뱀에게 옥죄는 것처럼 느끼게 해줄 것이라고는 소품과 그린스크린 장갑을 낀 스태프 몇 명밖에 없었다. 동영상을 온라인 시각효과 환경에 들여온 다음, 스태프들은 디지털 작업으로 삭제되고 대신 디지털 뱀이 들어갔다.

위 〈해리 포터와 불의 잔〉에서 약해진 볼드모트가 뱀 내기니의 젖을 먹는 장면의 콘셉트 아트로 폴 캐틀링이 그렸다. 영화에는 나오지 않는 장면이다. **475쪽 위** 〈해리 포터와 죽음의 성물 1부〉에서 바틸다 백숏의 입에서 내기니가 튀어나오는 장면의 콘셉트 아트로 폴 캐틀링이 그렸다. **475쪽 아래** 내기니가 바틸다 백숏의 몸을 뚫고 나오는 모습을 단계별로 그린 폴 캐틀링의 그림.

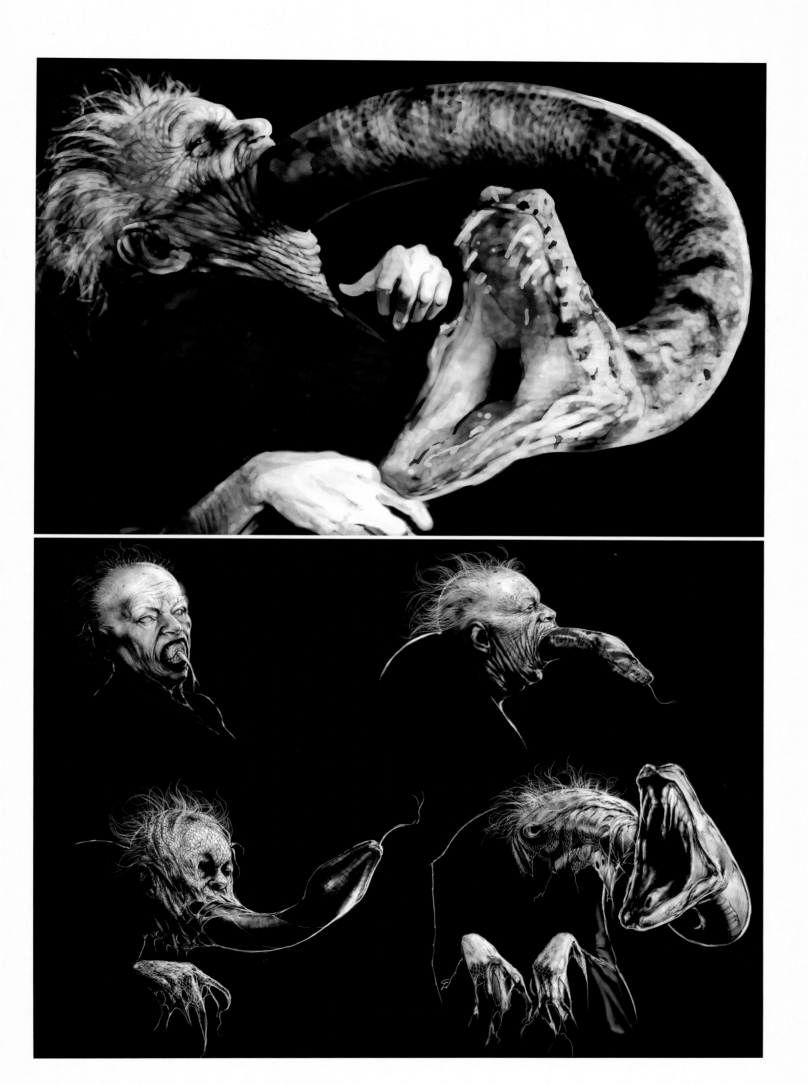

TROLLS
트롤

호그와트 1학년 시절 여자 화장실에서 헤르미온느를 위협한 트롤은 사실 이 난폭한 생명체의 여러 부분을 묘사한 세 가지 촬영 기법을 창의적으로 조합한 결과다. "처음에는 전통적인 카메라를 사용해 트롤 연기를 하는 배우를 촬영했습니다." 시각효과 감독 로버트 레가토는 회상한다. "아직 모션캡처 기술이 나오기 전이었어요. 그런 다음에는 트롤의 신체 부분들을 가지고 촬영한 속임수 장면들이 있죠. 우리는 에마 왓슨이 연기할 수 있도록 트롤의 손과 하체 전체를 만들었어요. 이런 장비는 마틴 베이필드[거인 해그리드의 대역을 맡기도 한]가 착용하고 있었죠." 마지막으로 유압식 장치가 해리를 트롤의 어깨에 '매달고' 이리저리 휘둘렀다.

이런 장면들은 컴퓨터에 입력되어, 다른 실제적인 시각 속임수(거대한 곤봉이 세면대를 후려치는 장면 등), 배우들의 3D 모형, 디지털 트롤과 결합되었다. 이때는 시간 순서를 크게 고려하지 않았다. 그런 다음 배우가 촬영한 실사 장면의 순서에 맞게 이 장면들의 타이밍을 잡

았다. 레가토는 설명한다. "촬영하기 전 그 장면을 미리 시각화하는 좀 더 일반적인 과정과는 반대입니다. 우리는 마음에 드는 것을 먼저 만든 다음, 장면을 그에 맞게 오려 붙였어요."

트롤들은 이후 〈해리 포터〉 시리즈에서 '움직이는' 태피스트리로 다시 나타난다. 닉 더드먼은 말한다. "바보 같은 바너버스가 트롤들에게 발레를 가르치는 장면을 묘사한 태피스트리가 있습니다. 댄서 두 명이 거대한 트롤 옷 위에 튀튀를 걸치고 분홍색 발레 신발을 신은 채 블루스크린을 몇 차례 지나가는 장면을 촬영했습니다. 댄서들은 네 가지 트롤 발레 안무를 했죠. 트롤 여덟 마리가 함께 춤추는 모습을 볼 수 있도록요." 불행하게도 이 춤은 화면에 등장하지 않았다. 하지만 예리한 안목을 가진 사람들은 필요의 방 근처 복도에 얼어붙은 듯 서 있는 춤추는 트롤의 모습을 발견할 수 있을 것이다.

476쪽 〈해리 포터와 마법사의 돌〉에 나오는 트롤의 초기 스케치로 롭 블리스가 그렸다. **위** 트롤의 신체 비례와 색깔을 정하기 위해 그린 좀 더 진전된 콘셉트 아트로 이 또한 롭 블리스가 그렸다. **아래** 〈해리 포터와 마법사의 돌〉에서 트롤이 해리 포터(대니얼 래드클리프, 가운데)를 거꾸로 들고 있는 것을 론 위즐리(루퍼트 그린트, 왼쪽)가 놀라서 지켜보고 있고 헤르미온느는 세면대 밑에 숨어 있다.

ARTIFACTS

◇ *Prop Making* ◇

아이템 : 소품 만들기

기숙사 배정 모자에서 마법 지팡이, 퀴디치 장비와 호크룩스에 이르기까지 〈해리 포터〉 시리즈에서 일한 소품 제작자들과 그래픽디자이너들은 마법사 세계를 채울 엄청나게 많은 물건들을 만들어 내야 했다.

이런 작업에는 빗자루 제작, 보석 세공, 표지판 캘리그래피, 가죽 공예, 스테인드글라스 제작, 초상화 그리기, 심지어 종이 제작에 이르는 다양한 미술 분야가 필요했다. 특수효과 팀이나 의상 팀과 협조해서 만든 아이템도 많았다.

소품 모델링 제작 감독 피에르 보해나는 말한다. "미술 팀에서는 아주 넓은 범위의 기술을 끌어다 쓸 수 있었습니다. 영화가 한 편 나올 때마다 디자인하고 만들어야 할 물건들이 더 많이 등장했죠. 이런 아이템 덕분에 〈해리 포터〉의 세상은 믿을 수 없이 풍요로워졌습니다."

◆◇◆

478쪽 도둑 지도 위에 놓인 해리의 마법 지팡이와 안경.
오른쪽 고드릭 그리핀도르의 이름이 새겨져 있는 그리핀도르의 검.

The WANDS
마법 지팡이

〈해리 포터〉 영화에 나오는 마법 지팡이는 모두 가상의 주인을 염두에 두고 만들어졌다. "배우들에게는 멋진 순간이었을 겁니다." 콘셉트 디자이너 애덤 브록뱅크는 말한다. "처음으로 의상을 걸치고 지팡이를 휘두르는 그 시간이 말이죠. 마법 지팡이들은 그들의 캐릭터를 가장 순수하게 표현하는 사물이었습니다."

스네이프의 지팡이는 가늘고, 아무 장식 없이 검소하다. 반면 벨라트릭스 레스트레인지의 지팡이는 거의 맹금의 발톱처럼 구부러져 있다. 덜로리스 엄브리지의 지팡이에 박혀 있는 보석은, 당연하게도 분홍색이다. 미술 감독 해티 스토리는 지적한다. "호러스 슬러그혼의 지팡이 손잡이에는 2개의 작은 더듬이가 달려 있어요. 민달팽이나 달팽이의 더듬이 같은 것 말이죠." 브록뱅크는 나르시사 말포이의 지팡이가 그녀의 남편인 루시우스의 지팡이를 연상시키도록 디자인했다. 브록뱅크는 말한다. "루시우스의 지팡이에 쓰인 것과 같은 검은색 나무를 사용했습니다. 은색 징도 박았죠. 사실상 루시우스의 지팡이를 좀 더 여성적인 형태로 만든 겁니다."

브록뱅크는 볼드모트의 지팡이도 디자인했다. "저는 볼드모트의 지팡이가 뼈와 비슷한 모양으로 만들어졌다는 아이디어를 떠올렸습니다. 인간의 뼈일 수도 있고요. 이 지팡이는 끝부분이 점점 가늘어지다가 두꺼운 부분으로 이어지는데, 그 부분에서는 벌집 모양의 골수가 보입니다. 그게 '손마디 관절'이 되고, 그 끝에는 발톱 모양의 고리가 달려 있습니다. 랠프 파인스가 실제로 이 부분에 새끼손가락을 끼워 넣었죠. 꽤 사악해 보이는 형태입니다."

첫 디자인이 그대로 굳어진 지팡이들도 있었지만, 영화가 진행되면서 점차 발전한 지팡이들도 있었다. 그런 지팡이 중 하나가 해리 포터의 지팡이였다. 알폰소 쿠아론은 〈아즈카반의 죄수〉를 감독하면서 어린 주연 배우들에게 새로운 지팡이들을 건네며 고르라고 했다. 미술 감독 해티 스토리는 대니얼이 고른 '나무줄기' 모양 손잡이가 달린 지팡이를 마음에 들어 했다. 스토리는 말한다. "좋은 지팡이는 자연물을 닮은 모습일 거라고 생각해요. 뿌리나 나뭇가지에서 꺾어 온 것처럼요. 저한테는 그런 지팡이가 더 신비롭고 마법적으로 보이거든요."

반면, 해티 스토리는 죽음을 먹는 자들의 지팡이가 "과시의 미학"을 보여준다고 말한다. "죽음을 먹는 자들의 가면은 선 세공이 들어간 은으로 만들어져 있어요. 의상도 꽤 복잡하고요. 그래서 이들이 지팡이로도 과시하려 할 거라는 생각이 들었죠."

지팡이 하나하나의 모양을 결정한 다음에는 기본 모델이 제작되었다. 이런 기본 지팡이를 만들 때는 특수 소재를 찾아야 하는 경우가 많았다. "우리는 표면이 꺼끌꺼끌하거나 흥미로운 모양을 가진 귀한 목재들을 찾아다녔어요." 소품 모델링 감독 피에르 보해나는 말한다. "그런 다음 주형을 떠서, 그 나무를 합성수지로 복제했죠. 지팡이가 부러질 때를 대비해서 다른 복제품들도 만들었어요. 스턴트 작업에 쓸 고무 지팡이도 만들었고요."

하지만 모든 지팡이가 주인에게 맞춤 제작된 것은 아니다. 예컨대 〈혼혈 왕자〉에서 덤블도어가 죽고 난 뒤 교정에 사람들이 모여드는 장면에서는 지팡이가 150개 더 필요했는데, 스토리가 인정하듯 이때는 일반적인 지팡이를 사용했다. 해티 스토리는 회상한다. "피에르가 세 가지 손잡이와 막대기를 다양한 색깔과 소재로 만들었어요."

480쪽 나르시사 말포이의 마법 지팡이로, 481쪽 아래 콘셉트 아트를 바탕으로 만든 것이다. **위** 애덤 브록뱅크가 그린 세 가지 색깔의 호러스 슬러그혼 마법 지팡이로 특별히 민달팽이 모양을 하고 있다. **아래** 은으로 만든 손잡이와 장식이 달린 나르시사 말포이의 흑단 마법 지팡이 콘셉트 아트로 애덤 브록뱅크가 그렸다.

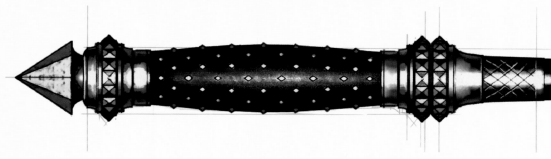

The Carrows
캐로 남매

Beauxbatons Student
보바통 학생

Igor Karkaroff
이고르 카르카로프

Dolores Umbridge
덜로리스 엄브리지

왼쪽부터 〈해리 포터와 혼혈 왕자〉에
나오는 캐로 남매의 마법 지팡이로 롭
블리스가 디자인했다./벤 데넷이 디자인한
보바통 마법학교 학생의 마법 지팡이./
이고르 카르카로프의 마법 지팡이. 벤
데넷 디자인./미라포라 미나가 디자인한
덜로리스 엄브리지의 마법 지팡이.

Bellatrix Lestrange

벨라트릭스 레스트레인지

위 벨라트릭스 레스트레인지의 마법 지팡이로 맹금류의 발톱 모양을 하고 있다. **아래** 〈해리 포터와 죽음의 성물 1부〉에서 벨라트릭스 레스트레인지(헬레나 보넘 카터)가 마법 지팡이를 겨누고 있다.

WAND HOLSTERS
마법 지팡이 집

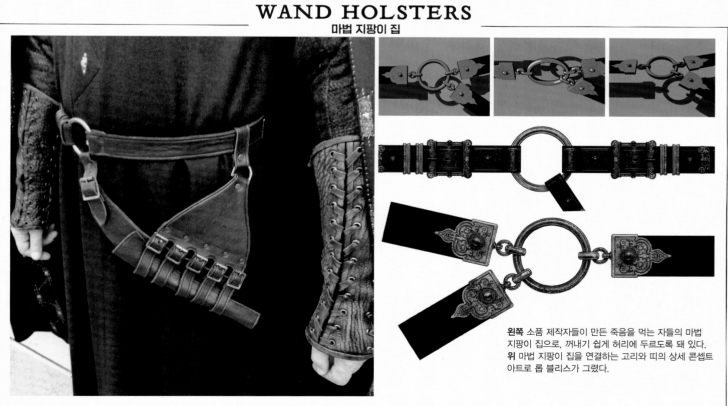

왼쪽 소품 제작자들이 만든 죽음을 먹는 자들의 마법 지팡이 집으로, 꺼내기 쉽게 허리에 두르도록 돼 있다.
위 마법 지팡이 집을 연결하는 고리와 띠의 상세 콘셉트 아트로 롭 블리스가 그렸다.

벨라트릭스 레스트레인지

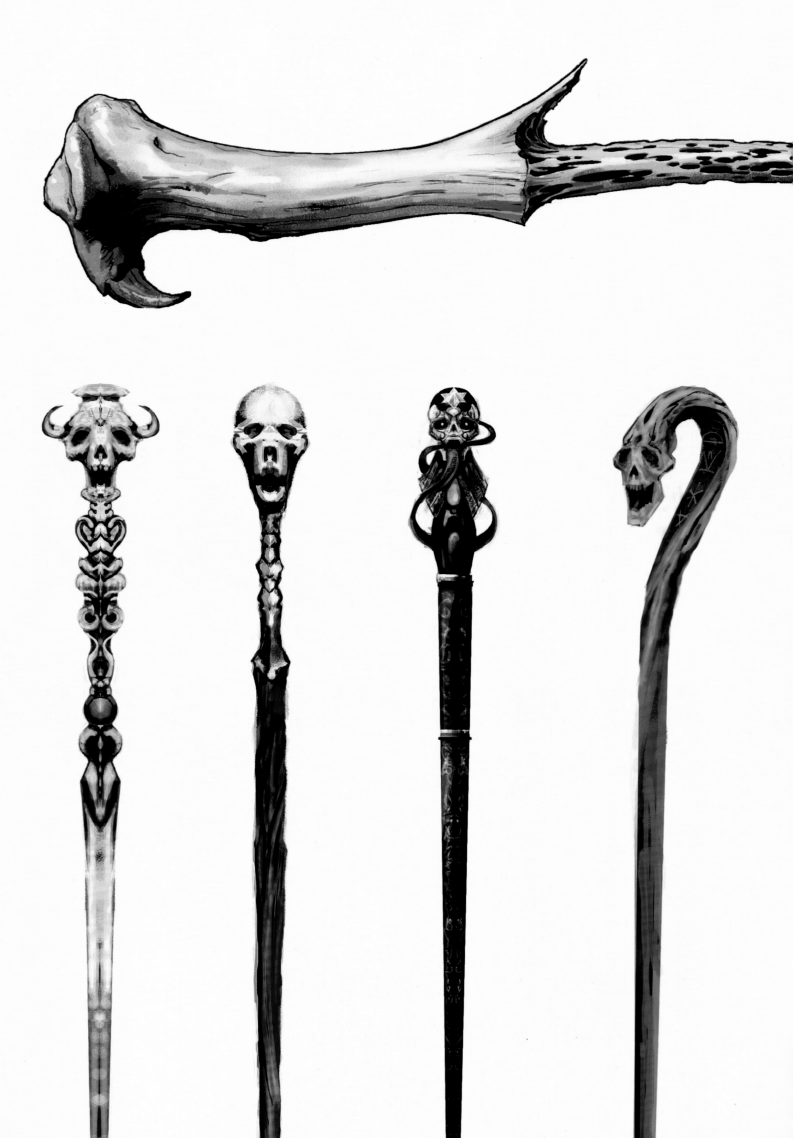

위 애덤 브룩뱅크가 그린 볼드모트 경의 마법 지팡이 콘셉트 아트.
아래 죽음을 먹는 자들의 마법 지팡이로 벤 데넷이 만들었다.

The
SORTING HAT

기숙사 배정 모자

원래 기숙사 배정 모자는 인형을 가지고 표현하려 했다. 하지만 영화제
작자들이 카메라 테스트를 해보니, 그야말로 어린아이 머리에 인형을
씌워놓은 것처럼 보였다. 그래서 화면상의 기숙사 배정 모자는 의상 디
자이너 주디애나 매커브스키가 디자인한 가죽 모자를 토대로 디지털
로 만들어졌다. 가죽 모자는 물에 흠뻑 적시고 원뿔 모양으로 짓누른
다음 하룻밤 동안 말리고, 안감에 바느질해 대어놓은 철사로 형태를 잡
았다. 매커브스키가 처음 이 모자를 세트장으로 가져왔을 때 시각효과
감독 로버트 레가토는 물었다. "말은 어떻게 하죠?" 크리스 콜럼버스 감
독은 레가토를 보며 말했다. "주디애나가 모자를 만들어 왔으니, 말하게
하는 건 당신이 하세요."

맨 위 〈해리 포터와 마법사의 돌〉 때 사전 제작한 기숙사 배정 모자의 여러 모습.
중간 완성본 기숙사 배정 모자. **아래** 디자인 팀원 스티브 킬이 촬영을 위해 기숙사 배정 모자
소품들을 손보고 있다.

The HOWLER
하울러

그래픽디자이너 미라포라 미나는 〈해리 포터와 비밀의 방〉에 나오는 하울러가 종이접기 작품처럼 보이기를 바랐다. "이 작업에 활용할 수 있는 디자인이 아주 많다고 생각했어요." 미나는 설명한다. "예를 들어서, 편지를 감고 있는 리본은 혓바닥으로 변할 수 있죠. 안에 있는 흰 종이는 빨간 입속의 흰 이빨로 변할 수 있고요. 디지털로 편지에 얼굴을 만들어 붙이고 싶지는 않았어요. 편지가 자신만의 이야기를 전하기를 바랐으니까요." 말하는 하울러를 애니메이션화하는 과정에서는 실제 입이 말을 하는 다양한 모습을 담은 라이브러리가 만들어졌다.

맨 위 애덤 브록뱅크가 그린 하울러 그림들로 얌전히 봉인된 봉투부터 침 뱉는 편지, 소리 지르는 편지, 히스테리를 부리는 편지 등 다양하다.
중간 왼쪽 애덤 브록뱅크가 디자인한 위즐리 밀랍 봉인으로 론이 받은 하울러에 찍혀 있다. **중간 오른쪽** 몰리의 편지글이 적힌 종이가 하울러 모형에 포함돼 있다. **아래** 하울러 애니메이션용으로 만든 말하는 입 모양들.

| A | CH | EE | F | L | M | O | R |

The "MEMORY CABINET" and the PENSIEVE
'기억을 보관하는 캐비닛'과 펜시브

덤블도어의 연구실에 있는, 기억의 병들이 들어 있는 캐비닛은 대체로 '와일드 월'이었다. 카메라가 배치될 수 있도록 움직일 수 있게 만들어 놓았다는 뜻이다. 고딕 양식의 캐비닛에는 온갖 크기의 유리병이 가득 채워져 있어서 아주 조심스럽게 옮겨야 했다. 소품 제작자들은 모든 병에 손 글씨로 적은 이름표를 붙였다.

〈해리 포터와 불의 잔〉에 나오는 펜시브는 표면이 수면과 같아서 사물을 반사하는데, 이런 효과는 디지털 기술자들이 만든 것이다. 여기에는 사실적인 "물결을 생성하고", 얕은 대야 안에서 휘돌다가 녹아서 기억이 되고 보는 사람을 끌어당기는 은색 액체 가닥들이 포함되었다. 〈해리 포터와 혼혈 왕자〉에서 영화제작자들은 펜시브를 푹 꺼진 탁자에서 옮겨 공중에 매달아 놓기로 했다.

위 젊은 시절의 톰 리들에 관한 덤블도어의 기억이 담겨 있는 유리병. **오른쪽** 덤블도어의 '기억을 보관하는 캐비닛'. **489쪽 위에서부터 시계방향으로** 〈해리 포터와 혼혈 왕자〉에서 펜시브를 사용하는 덤블도어와 해리를 그린 롭 블리스의 콘셉트 아트./마이클 갬번(덤블도어, 왼쪽)과 대니얼 래드클리프(해리)가 후반 작업에서 최종 형태가 만들어지는 시각효과 처리용 펜시브로 촬영을 하고 있다./영화에 나온 소품의 참고용 사진.

Tom Riddle's DIARY
톰 리들의 일기장

볼드모트 경이 된 톰 마볼로 리들의 비밀 일기장은 그의 호크룩스 중 하나가 되었다. 소품 팀은 가죽으로 만든 의상들과 소도구들을 긁고 두들기고 적시고 얼룩지게 했듯이 이 평범한 가죽 장정 공책도 망가뜨렸다. 바실리스크 송곳니 소품은 용도에 따라 다양한 소재로 만들어졌다. 각 송곳니는 바실리스크가 살아 있는 동안에도 분명히 일어났을 손상과 마모를 반영하도록 닳은 것처럼 만들었다.

오른쪽 〈해리 포터와 비밀의 방〉에서 리들의 일기장을 읽는 장면(위)과 파괴하려는 장면(아래). **아래** 〈해리 포터와 혼혈 왕자〉에 나오는 일기장 소품의 앞면과 뒷면 근접 사진.

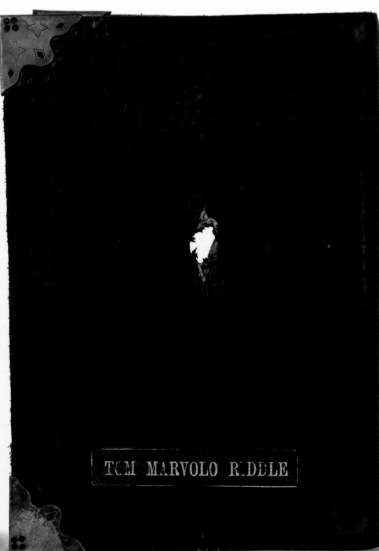

TOM MARVOLO RIDDLE

SALAZAR
SLYTHERIN'S
LOCKET

살라자르 슬리데린의 로켓

〈해리 포터와 죽음의 성물 2부〉에 나오는 살라자르 슬리데린의 로켓 호크룩스 소품 정면에는 'S' 자가 찍혀 있다. 이 'S'는 초록색 보석을 사용해 뱀 껍질 무늬로 새긴 것이다. 이 'S'를 감싸고 있는 것은 점성술에서 쓰이는 상징들과 기호들로, 별점을 칠 때 사용하는 각 행성 간의 상대적 각도를 나타낸다. 기호들이 이루고 있는 원 안에는 다른 글자들이 새겨져 있고, 뒷면에는 글자들이 더 길게 새겨져 있다. 로켓의 구불구불한 사슬 고리도 뱀이라는 테마를 이어간다.

위에서부터 시계방향으로 실제 사용된 살라자르 슬리데린의 로켓 호크룩스의 앞면, 옆면, 뒷면의 콘셉트 아트로 미라포라 미나가 그렸다./슬리데린 로켓 호크룩스를 장식하는 상징문자 'S'를 여러 형태로 그려본 초기 그림들./로켓 호크룩스 소품./로켓 안에 있는 호크룩스가 파괴된 뒤의 부서진 로켓의 두 가지 모습.

The HUFFLEPUFF CUP
후플푸프의 잔

미술 감독 해티 스토리의 말에 따르면, 미라포라 미나가 후플푸프의 잔을 디자인할 때 참고했던 자료 중에는 "아주 작은 황금 잔과 엉겅퀴 모양의 컵"도 포함되어 있었다. 소품 자체는 얇은 백랍을 실물 크기로 조각된 주형에 대고 두드려서 만들었다. 이 틀에는 헬가 후플푸프의 기숙사를 상징하는 오소리가 얕은 돋을새김으로 새겨져 있었다. 그런 다음 소품 모델링 감독 피에르 보해나가 황금색 페인트로 칠했다. 이 잔은 〈해리 포터와 혼혈 왕자〉에 쓰기 위해 만들어져 필요의 방에 놓였지만 사실 〈죽음의 성물 2부〉에 나오기 전까지는 별로 등장하지 않는다.

왼쪽 헬가 후플푸프의 잔으로 후플푸프의 상징인 오소리가 옆면에 새겨져 있다. **오른쪽** 미라포라 미나가 그린 헬가 후플푸프의 잔 콘셉트 아트로 볼드모트 경이 호크룩스 중 하나로 만든다. **배경 그림** 해티 스토리가 그린 후플푸프 잔 설계도로 어떻게 최종 소품으로 구현할지에 대한 설명이 쓰여 있다.

The RAVENCLAW DIADEM

래번클로의 보관

래번클로의 보관은 래번클로 기숙사의 상징인 독수리 모양으로 만들어졌다. 금속 독수리의 두 날개에는 투명한 보석이 박혀 있으며, 몸통과 '꼬리 깃'은 3개의 밝은 파란색 보석으로 만들어져 있다. 로워너 래번클로의 신조인 "헤아릴 수 없는 재치는 인간의 가장 위대한 보물이다"가 맹금의 날개 아래쪽에 새겨져 있다.

왼쪽 애덤 브록뱅크가 그린 보관을 쓰고 있는 로워너 래번클로 조각상의 콘셉트 아트로 영화에선 구현되지 않았다. **아래** 〈해리 포터와 죽음의 성물 2부〉에서 해리(대니얼 래드클리프)가 보관 호크룩스를 파괴하고 있다. **맨 아래** 실제로 사용한 보관 소품.

The
BROOMS
빗자루

〈해리 포터와 마법사의 돌〉, 〈해리 포터와 비밀의 방〉에서 각각 님부스 2000과 파이어볼트가 처음 등장한 이후 빗자루는 주인의 성격에 어울리도록 만들어졌다. 〈해리 포터와 아즈카반의 죄수〉에서는 수많은 빗자루 디자인에 중요한 요소가 하나 추가되었다. 그건 바로 발판이었다. 몇몇 빗자루에는 안장도 추가되었다.

아서 위즐리의 빗자루에는 머글 자전거에서 떼어 온 페달과 안장이 달려 있다. 불행히도 이처럼 개별적으로 맞춤 제작한 부속물들은 등장인물이 사용하는 동안 망토나 교복에 가려져 화면에서 보이지 않는 경우가 많았다.

매드아이 무디의 빗자루는 거의 오토바이나 다름없다. 콘셉트 디자이너 애덤 브록뱅크는 회상한다. "저는 무디가 탈 〈이지 라이더Easy Rider〉 스타일 빗자루 아이디어를 가지고 스튜어트 크레이그를 찾아갔

습니다. 무디가 개조된 오토바이를 탈 때처럼 다리를 앞으로 하고 탈 수 있는 오토바이였죠. 그랬더니 스튜어트가 그 그림을 다듬어서 다시 가져왔더군요. 스튜어트는 아주 멋지고 유려한 형태를 찾아냈습니다. 우리는 몇 번 더 의견을 주고받은 뒤, 제 생각에는 정말로 색다르고 멋진 빗자루를 만들게 되었습니다."

빅토르 크룸의 빗자루는 퀴디치 월드컵 선수라는 그의 역할을 염두에 두고 만들어졌다. 브록뱅크는 말한다. "우리는 크룸을 위해 특별한 빗자루를 디자인했습니다. 퀴디치라는 스포츠가 아주 빠르게 진행되는 만큼 화면에서는 못 볼 수도 있지만요." 브록뱅크가 덧붙인 말대로, 불가리아 퀴디치 국가대표팀 수색꾼은 윗부분이 납작하고 털이 알록달록하며 "최적의 속도를 내기 위해 유선형으로 만들어진" 빗자루를 타고 다닌다.

494쪽 호그와트 계단에 기대어 있는 해리의 파이어볼트. 위 해리의 첫 마법 빗자루 님부스 2000의 콘셉트 아트로 거트 스티븐스가 그렸다. 오른쪽 더멋 파워가 해리가 빗자루 어느 부분에 올라타는지 알기 위해 그려본 해리의 파이어볼트 초기 콘셉트 아트. 아래 빅토르 크룸의 빗자루 콘셉트 아트로 애덤 브록뱅크가 그렸다. 맨 아래 미라포라 미나가 그린 아서 위즐리의 빗자루.

맨 위 왼쪽 빗자루를 타고 있는 님파도라 통스의 초기 콘셉트 아트로 애덤 브록뱅크가 그렸다. 중간 애덤 브록뱅크가 그린 빗자루를 타고 있는 킹슬리 샤클볼트. 아래 왼쪽 해리(오른쪽)와 드레이코 말포이(왼쪽)가 함께 빗자루를 타고 악마의 불에서 도망치는 필요의 방 장면으로 애덤 브록뱅크가 그렸다. 위 〈해리 포터와 죽음의 성물 2부〉에서 론이 필요의 방에서 학생 한 명을 옮기는 장면의 콘셉트 아트로 앤드루 윌리엄슨이 그렸다. 영화에서 론은 블레이즈 자비니를 구한다. 아래 애덤 브록뱅크가 그린 빗자루를 탄 리머스 루핀.

496쪽 '매드아이' 앨러스터 무디의 빗자루에 새겨져 있는 음각 무늬. **위** 앉을 자리가 있는
매드아이 무디의 빗자루를 옆에서 본 모습과 위에서 본 모습의 초기 콘셉트 아트로 애덤
브록뱅크가 그렸다.

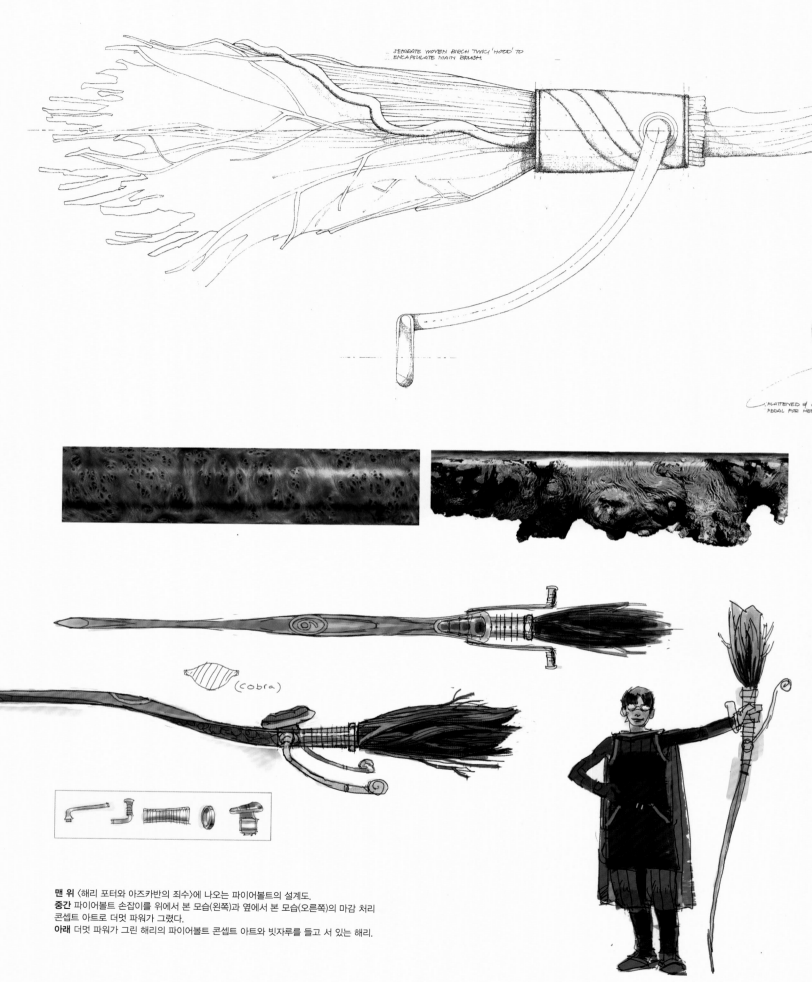

"HARRY POTTER & THE PRISONER OF AZKABAN"
HARRY'S BROOM : FIREBOLT
FULL SIZE

SEPARATE WOVEN BIRCH TWIG 'HOOD' TO
ENCAPSULATE MAIN BRUSH.

FLATTENED & GRI
PEDAL FOR HEEL

(cobra)

맨 위 〈해리 포터와 아즈카반의 죄수〉에 나오는 파이어볼트의 설계도.
중간 파이어볼트 손잡이를 위에서 본 모습(왼쪽)과 옆에서 본 모습(오른쪽)의 마감 처리
콘셉트 아트로 더멋 파워가 그렸다.
아래 더멋 파워가 그린 해리의 파이어볼트 콘셉트 아트와 빗자루를 들고 서 있는 해리.

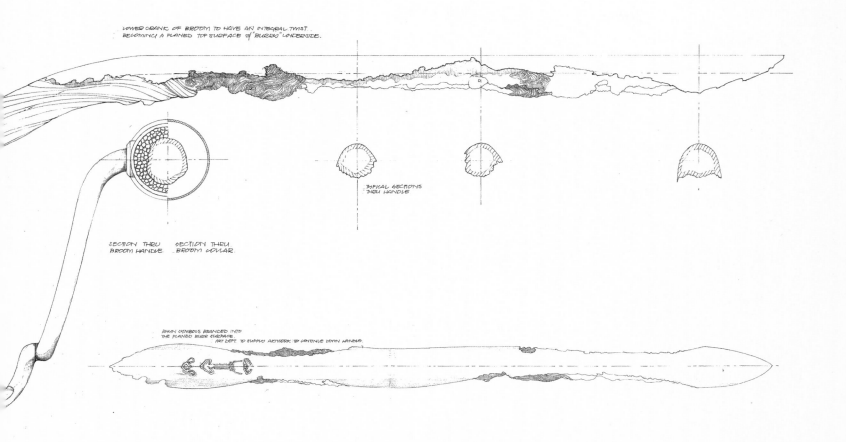

아래 〈해리 포터와 아즈카반의 죄수〉에서 해리(대니얼 래드클리프, 가운데 왼쪽)가 부엉이 우편으로 파이어볼트(대부 시리우스 블랙이 보낸 선물)를 받는 장면.

The MARAUDER'S MAP

도둑 지도

호그와트의 다층 구조가 상징적인 도둑 지도에 물리적 영감을 주었다. 그래픽디자이너인 미라포라 미나와 에두아르도 리마는 귀퉁이가 그을 린 두루마리식 보물지도보다는 접어서 갖고 다니는 지도를 원했다. "그래야 지도를 펼칠 때마다 학교의 다른 층으로 올라가거나 내려가는 느낌이 들거든요." 미나는 말한다.

지도에 표시된 구역들과 사물들은 제도사가 그린 선이 아니라 글자로 표시되어 있다.

여러 장의 사본을 만들어야 했기에 지도는 복사하기 쉽도록 디자인되었다. 모든 사본은 흰 종이에 인쇄한 다음 진하게 탄 커피로 '숙성하여' 양피지 같은 느낌을 주었다.

위 일부가 접혀 있는 도둑 지도로 호그와트 각 층의 방들이 보인다. 미라포라 미나와 에두아르도 리마가 그렸다. **배경 그림** 지도 일부를 확대한 것.

The TIME-TURNER
타임 터너

위 헤르미온느 그레인저의 타임 터너 펜던트 모양을 그린 더멋 파워의 스케치들과 모래시계 모티프를 반영한 최종 소품(맨 위 오른쪽). 미라포라 미나가 디자인했으며, 쇠로 된 동심원에 모래시계를 합친 모양으로 시간을 재는 방식이 아스트롤라베를 연상시킨다. **아래** 〈해리 포터와 아즈카반의 죄수〉에서 헤르미온느 그레인저(엠마 왓슨)와 해리 포터(대니얼 래드클리프)가 타임 터너를 이용해 과거로 돌아가려고 하고 있다.

미라포라 미나는 헤르미온느가 〈아즈카반의 죄수〉에서 사용하는 타임 터너가 그리 대단해 보이지는 않아도 쓸모 있는 물건이라고 느꼈다. "저는 타임 터너를 평범한 디자인으로 만들었어요." 미나는 말한다. "하지만 타임 터너 안에 움직이는 요소가 일부 포함되었으면 좋겠다고 생각했죠. 그러니까 타임 터너는 사실 열려서 회전하는 원 안의 또 다른 원이에요." 디자인 팀은 이 소품에 새길 문구를 생각했다. "나는 매일의 시간을 표시한다, 그러나 태양을 앞지른 적은 없다"라는 말이 바깥쪽 원에 새겨져 있고, 안쪽 원에는 "나의 쓸모와 가치는 네가 무엇을 해야 하는지에 달려 있다"라고 쓰여 있다. 사슬은 2개의 고리를 사용해서 해리와 헤르미온느 두 사람을 모두 감을 수 있지만, 헤르미온느가 혼자 걸고 다닐 때는 길이를 줄일 수 있게 만들었다.

Lauenzoo's

ANCIENT RUNES MADE EASY

The Ultimate RUNEfinder

merga publications

RUNE DICTIONARY

merga

2nd EDITION

LANATUS DOMAGES

ADVANCED POTION MAKING

A Beginners Guide to Transfiguration

GRAMMATICA

ABCD EFGH IJKL MOP SIUQ XYZ

GRAMMATICA

merga publications

M. CARNEIRO

DARK ARTS DEFENCE
Basics for Beginners

DARK ARTS DEFENCE
Basics for Beginners

D.A.D.A. 572   MINISTRY ISSUE VOLUME ONE

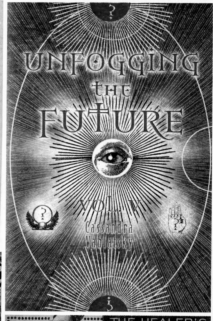

UNFOGGING THE FUTURE
VOL. V
Cassandra
Vablatsky

Phyllis

10
Ma
Herbs & F

THE STANDARD BOOK OF SPEL

GRADE 5

MIRANDA GOSHAWK

merga publications

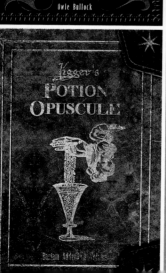

SECRETS of the DARKEST ART

Owle Bullock

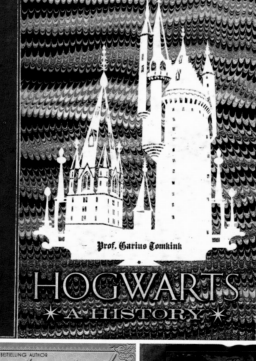

Prof. Garius Tomkink

HOGWARTS
✦ A HISTORY ✦

THE HEALER'S
HELP MATE

COMPILED BY
H. Pollinglonious

THE TALES OF

BEEDLE THE BA

WITH ORIGINAL ILLUSTRATIONS BY LUXO KARI

Lassen's
POTION OPUSCULE

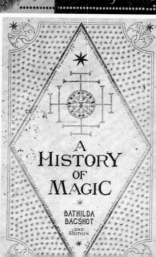

FROM BESTSELLING AUTHOR

Rita Skeeter

THE LIFE & LIES of
ALBUS DUMBLEDORE

Bantam Addendum Perhaps

DARK FORCES

A HISTORY OF MAGIC

BATHILDA BAGSHOT
2ND EDITION

BOOKS
책

〈해리 포터〉 영화에는 엄청나게 많은 책이 등장한다. 그래픽디자이너인 미라포라 미나와 에두아르도 리마, 그리고 둘의 조수인 로런 웨이크필드는 책 표지를 디자인했을 뿐 아니라 모든 책을 한 권 한 권 인쇄해 손으로 장정했다. 심지어 어떤 경우에는 다양한 크기로 여러 권의 사본을 만들기도 했다. 에두아르도 리마는 설명한다. "학생들이 사용하는 보통 크기의 책들이 있습니다. 하지만 카메라로 클로즈업해서 책을 읽어야 하는 경우에는 25~30퍼센트 정도 큰 책을 만들었어요. 《고급 마법약 제조》처럼 손 글씨가 눈에 보여야 하는 경우에는 이 작업이 특히 중요했죠."

배우가 책을 읽거나 페이지를 넘겨야 하는 경우에는 책의 내부를 20페이지 정도 만든 다음 적당한 두께가 될 때까지 여러 번 인쇄했다.

〈해리 포터와 불사조 기사단〉에서 그래픽 팀은 엄브리지가 사용하는, 매우 제한적이고 통제가 심한 정부 승인 교과과정의 특징을 표현할 수 있는 교과서 디자인을 만들고 싶었다. 이런 디자인을 위해 디자이너들은 1950년대와 1960년대의 교과서에서 영감을 구했다. 그 시대의 교육용 인쇄물 디자인이 함축하고 있는 의미가 메시지를 전달할 수 있기를 기대한 것이다. 미라포라 미나는 말한다. "이 책들은 화면에 매우 짧은 시간만 등장합니다. 하지만 가르치는 내용이 거의 초등학교 수준으로 떨어졌다는 메시지를 전해야 했어요."

504쪽 〈해리 포터〉 영화를 위해 디자인한 책 표지들로, 호그와트가 생긴 이래 사용돼 온 귀중한 교재들도 포함돼 있다. **위** 《스펠먼의 룬문자 읽기》 책이 펼쳐져 있는 모습으로 헤르미온느가 고대 룬문자를 공부할 때 사용했으며 볼드모트의 호크룩스를 찾아다닐 때도 갖고 있었다. 각 소품은 책의 주제에 관련된 내용으로 채워진 것처럼 보이도록 디자인되었다. **아래** 〈해리 포터와 아즈카반의 죄수〉에 나오는 《괴물들에 관한 괴물 책》 콘셉트 아트로 미라포라 미나가 그렸다. 두 그림(왼쪽과 가운데)에 미나의 동료 그래픽디자이너 에두아르도 리마의 이름을 변형한 '에드아르두스 리마'가 저자로 표기돼 있다.

The DAILY PROPHET
《예언자일보》

미라포라 미나, 에두아르도 리마, 로런 웨이크필드는 지금은 하나의 상징이 된 《예언자일보》의 모습에 생명을 불어넣었다. 처음 시작했을 때 이들은 일부 판본에 움직이는 사진이 디지털로 삽입되리라는 것을 알고 있었다. "하지만 글자까지 움직이는 건지는 확신이 서지 않았어요." 리마는 회상한다. "그래서 소용돌이무늬를 집어넣고 이상한 글씨체를 활용해" 신문의 글자 부분이 화면에서는 움직이지 않더라도 페이지상의 유동성과 움직임이 유지될 수 있도록 했다.

영화가 여러 편 진행되는 동안 그래픽 팀은 마법사 세계에서 펼쳐지는 상황들을 다루기 위해 로고와 폰트를 수정하고 디자인도 바꾸었다. 예컨대 〈해리 포터와 불사조 기사단〉에서 마법 정부가 주도권을 잡자 "[감독] 데이비드 예이츠는 디자이너들에게 소련의 그래픽을 살펴보라고 주문했"다. 미나는 회상한다. "우리는 1940년대의 신문들도 살펴봤어요."

미라포라 미나, 에두아르도 리마, 로런 웨이크필드는 영화에 쓰일 책을 만들었을 때처럼 《예언자일보》를 여러 부씩 디자인하고 인쇄하고 끼워 맞췄다. 〈해리 포터와 죽음의 성물 2부〉가 끝날 때쯤에는 마법사 세계의 신문을 40호 이상 만든 상태였다. "카메라에 보이지 않는 내지 일부는 재활용한 거예요." 미나는 고백한다. 《예언자일보》는 특별히 혼합한 희석된 커피에 담가서 '숙성'했다. 그런 다음 바닥에 펴서 말리고, 마지막으로 다리미로 다려 어쩔 수 없이 생긴 구겨진 자국 중 특히 심하게 구겨진 부분을 폈다.

위 미네르바 맥고나걸 교수(매기 스미스)가 볼드모트 경이 돌아왔다는 소식을 알리는 《예언자일보》 최신 호를 읽고 있는 〈해리 포터와 불사조 기사단〉의 한 장면. **오른쪽** 몇 년 동안 《예언자일보》에 실린 센세이셔널한 제목들과 기사들. 영화 촬영이 진행되면서 《예언자일보》도 처음의 고딕 느낌(오른쪽 끝)이 사라지고 요즘 책에서 가져온 더욱 눈에 잘 띄는 디자인으로 바뀌었다. 《예언자일보》의 신조("마법으로 구슬리고 주문으로 마법을 걸며 마법으로 예언한다 bewitch beguile spellbind conjure enchant divinate")가 1면 맨 위에 적혀 있다. 날짜 대신 행성의 위치와 천문학 상징으로 발행 호수를 표시하고 있다. 위 맨 왼쪽에 있는 신문은 실물 소품으로, 영화에서 최종적으로 시각효과가 추가된다. 다른 신문들은 그래픽 파일이다.

The DAILY PROPHET
✦ THE WIZARD WORLD'S BEGUILING BROADSHEET OF CHOICE ✦

ON POTTER'S HEAD — SEE INSIDE FOR FULL DETAILS PG 3

NATIONAL WEATHER
SOUTH - SUNNY PERIOD - 12C
NORTH - CLOUDY & RAIN - 28C
EAST - CLOUDY & RAIN - 5C
WEST - CLOUDY & RAIN - 5C

ZODIAC ★ ASPECTS
TODAY ♌ in ARIES

FIRST-SECOND EDITION
N° 26.9/1965 - London - UK
Letters or orbes to the Editor should be sent only "by owl post" and with a clear mind to The Daily Prophet - UK

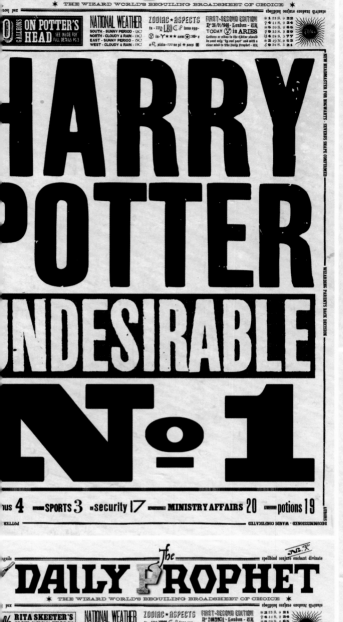

HARRY POTTER
UNDESIRABLE
№ 1

4 — SPORTS 3 — security 17 — MINISTRY AFFAIRS 20 — potions 19

The Evening Prophet
£1/4d

Flying Ford Anglia Mystifies Muggles

Women Flock to Lockhart Signing

Egyptian Branch of Gringotts Bank Sphinxed

Department of Magical Maintenance Reshuffle

Gringotts 'Overdraft' Troll Sacked

Daily Prophet Crossword

Across   Down

The DAILY PROPHET
✦ THE WIZARD WORLD'S BEGUILING BROADSHEET OF CHOICE ✦

OFFICIAL GUIDES TO ELEMENTARY HOME & PERSONAL DEFENCE WILL BE DELIVERED TO ALL WIZARDING HOMES — more details page 5

National Weather
south - cloudy & rain 5c
north - cloudy & rain 7c
central - cloudy & rain 6c
London - cloudy & rain 9c

Zodiac ★ Aspects
TODAY ♍ in Virgo

FIRST-SECOND EDITION
N° 98301S - London - UK
Letters or orbes to the Editor should be sent only "by owl post" and with a clear mind to The Daily Prophet - UK

SPECIAL EDITION
HE WHO MUST NOT BE NAMED RETURNS

HE WHO MUST NOT BE NAMED HAS RETURNED TO THIS COUNTRY AND IS ONCE MORE ACTIVE

— spells 2 — M. OF MAGIC AFFAIRS 3 — potions 6 — health 7 — BAD NEWS 9

The DAILY PROPHET
✦ THE WIZARD WORLD'S BEGUILING BROADSHEET OF CHOICE ✦

RITA SKEETER'S HIT SENSATION

NATIONAL WEATHER
SOUTH - SUNNY PERIOD - 12C
NORTH - CLOUDY & RAIN - 09C
EAST - SUNNY PERIOD - 10C
WEST - CLOUDY & RAIN - 14C

ZODIAC ★ ASPECTS
TODAY ♌ in PISCES

FIRST-SECOND EDITION
N° 262757 - London - UK
Letters or orbes to the Editor should be sent only "by owl post" and with a clear mind to The Daily Prophet - UK

DUMBLEDORE'S DARK SECRETS REVEALED

EXCLUSIVE
RITA SKEETER INTERVIEWED BY BETTY BRAITHWAITE

RITA SKEETER LAUNCHES NEW BOOK

TURN TO PAGE 13 FOR MORE...

Daily Prophet READERS OFFERS

TRUTH AT LAST?

DUMBLEDORE REMEMBERED
BY ELPHIAS DOGE

PAGES 8/9

DEATH EATERS ON THE RISE

Full Report page 3

PAGES 8/9

Full Report page 6

RS KILLED BY MYSTERIOUS POISONING

6 — SPORTS 8 — security 10 — MINISTRY AFFAIRS 18 — potions 20

MINISTRY PROPAGANDA

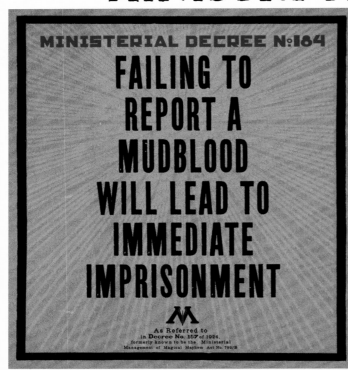

MINISTERIAL DECREE N° 164

FAILING TO REPORT A MUDBLOOD WILL LEAD TO IMMEDIATE IMPRISONMENT

As Referred to
in Decree No. 157 of 1924,
formerly known to be the Ministerial
Management of Magical Mayhem Act No. 792/B

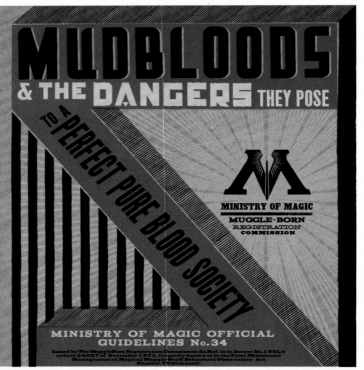

MUDBLOODS
& THE DANGERS THEY POSE

A PERFECT PURE BLOOD SOCIETY

MINISTRY OF MAGIC
MUGGLE-BORN
REGISTRATION
COMMISSION

MINISTRY OF MAGIC OFFICIAL
GUIDELINES No. 34

Issued by The Muggle-Born Registration Commission As Ref. to in Decree No. 150LS article 24027 of November 1975, formerly known to be the First Ministerial Management of Magical Muggle-Born Behavioral Observation Act Number 792himself.

PROCLAMATION.

EDUCATIONAL DECREE
☞ No. 30

NO MUSIC IS TO BE PLAYED DURING Study Hours

As Referred to
in Decree No. 157 of 1924,
formerly known to be the Ministerial
Management of Magical Mayhem Act No. 792/B
& subject to Approval by The Very Important Members of Section M.I.Trx

PROCLAMATION.

EDUCATIONAL DECREE
☞ No. 98

THOSE WISHING TO JOIN THE INQUISITORIAL SQUAD
for EXTRA CREDIT
May sign up in the
High Inquisitor's
OFFICE

As Referred to
in Decree No. 157 of 1924,
formerly known to be the Ministerial
Management of Magical Mayhem Act No. 792/B
& subject to Approval by The Very Important Members of Section M.I.Trx

위 그래픽 팀이 만든 선전물 소품 "머드블러드와 그들이 야기하는 위험(Mudbloods and the Dangers They Pose)"은 순수 혈통을 강조하는 내용이다. **아래** 〈해리 포터와 불사조 기사단〉에서 교장이 된 덜로리스 엄브리지가 발표한 여러 법령 가운데 교육 법령 30조와 98조.

WANTED POSTERS

WANTED
BY THE MINISTRY OF MAGIC

AMYCUS CARROW

AMYCUS CARROW IS A SUSPECTED DEATH EATER.
KNOWN ASSOCIATE OF HE-WHO-MUST-NOT-BE-NAMED.

★ APPROACH WITH EXTREME CAUTION! ★

IF YOU HAVE ANY INFORMATION CONCERNING
THIS PERSON, PLEASE CONTACT YOUR
NEAREST AUROR OFFICE.

MINISTRY OF MAGIC
AUROR OFFICE

☞ REWARD ☜
THE MINISTRY OF MAGIC IS OFFERING A REWARD OF 1,000 GALLEONS
FOR INFORMATION LEADING DIRECTLY TO THE ARREST OF AMYCUS CARROW.

UNDESIRABLE Nº 1

HARRY POTTER

MINISTRY OF MAGIC

☞ REWARD ☜
10,000 GALLEONS

WANTED
BY THE MINISTRY OF MAGIC

FENRIR GREYBACK

FENRIR GREYBACK IS A SAVAGE WEREWOLF.
CONVICTED MURDERER. SUSPECTED DEATH EATER.

★ APPROACH WITH EXTREME CAUTION! ★

IF YOU HAVE ANY INFORMATION CONCERNING
THIS PERSON, PLEASE CONTACT YOUR
NEAREST AUROR OFFICE.

MINISTRY OF MAGIC

☞ REWARD ☜
THE MINISTRY OF MAGIC IS OFFERING A REWARD OF 1,000 GALLEONS
FOR INFORMATION LEADING DIRECTLY TO THE ARREST OF FENRIR GREYBACK.

CAUGHT
BY THE MINISTRY OF MAGIC

LUCIUS MALFOY

CONSTANT VIGILANCE!

DEATH EATERS ARE AMONG US!

★ REMEMBER: NEGLIGENCE COSTS LIVES ★

IF YOU HAVE ANY INFORMATION CONCERNING
DEATH EATERS, PLEASE CONTACT YOUR
NEAREST AUROR OFFICE.

MINISTRY OF MAGIC
AUROR OFFICE

☞ REWARD ☜
THE MINISTRY OF MAGIC IS OFFERING A REWARD OF 1,000 GALLEONS
FOR INFORMATION LEADING DIRECTLY TO THE ARREST OF ANY DEATH EATER

WANTED
BY THE MINISTRY OF MAGIC

BELLATRIX LESTRANGE

BELLATRIX LESTRANGE IS A KNOWN DEATH EATER.
CONVICTED MURDERER. FUGITIVE FROM AZKABAN.

★ APPROACH WITH EXTREME CAUTION! ★

아즈카반 감옥에서 탈출한 사람들(과 아무 죄도 없는 해리 포터)을 수배하는 현상수배 전단 그래픽 파일로, 영화 전체 시리즈에서 자주 등장했다. 영화에서 포스터에 실린 얼굴들은 다양한 표정들이 담긴 동영상이 된다. 소품으로 낡은 종이를 사용해서 훨씬 더 낡고 해진 느낌을 주었다.

The QUIBBLER
《이러쿵저러쿵》

《해리 포터》 소설에는 《예언자일보》나 《이러쿵저러쿵》 같은 마법사 세계의 간행물 기사가 여러 번 인용된다. 하지만 신문이나 잡지 한 부를 모두 채울 만큼의 참고 자료는 책에 나오지 않았다. 이런 간행물을 화면에 표현할 때는 그래픽 팀이 간행물의 생김새를 디자인해야 했을 뿐 아니라, 그대로 놔두었다면 빈 공간이 됐을 곳을 채울 내용도 떠올려야 했다.

《이러쿵저러쿵》은 《예언자일보》에 비해 덜 '숙성'되었으며, 잡지 형태로 장정되었다. 심령 안경 특별 호에는 두꺼운 종이로 만들어진 부록이 들어 있었다. 그 종이에 심령 안경을 인쇄해, 떼어낼 수 있도록 한 것이다.

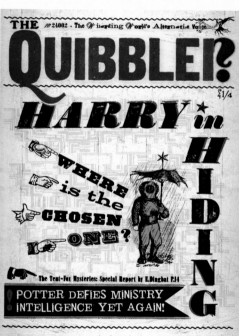
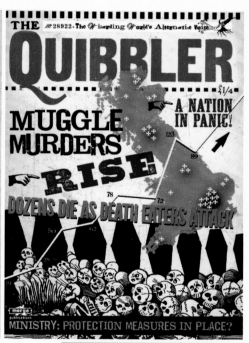

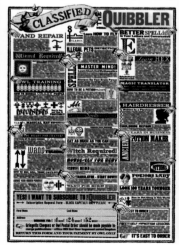
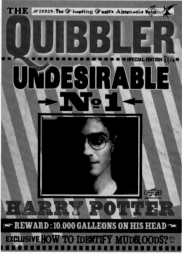

510쪽 그래픽 팀은 1,000부가 넘는 《이러쿵저러쿵》을 디자인하고 인쇄했다. 《이러쿵저러쿵》은 루나 러브굿의 아버지 제노필리우스 러브굿이 발행하는 대중지다. 미라포라 미나, 에두아르도 리마, 로런 웨이크필드가 디자인했다. 위 해티 스토리, 스테퍼니 맥밀런, 자니 트밈, 에두아르도 리마가 함께 만든 심령 안경으로 《이러쿵저러쿵》의 부록이다. 《해리 포터와 혼혈 왕자》에서 루나 러브굿이 쓰고 나왔다. 아래 갈수록 권력층에 좌지우지되는 《예언자일보》와는 반대로 대안적 성향을 드러내는 《이러쿵저러쿵》의 기사들.

WEASLEYS'
WIZARD WHEEZES
위즐리 형제의 위대하고 위험한 장난감

미라포라 미나의 말에 따르면, 그래픽디자이너들은 다이애건 앨리에 있는 프레드와 조지 위즐리의 위즐리 형제의 위대하고 위험한 장난감 가게에 놓을 알록달록한 제품들과 포장지를 디자인하기 위해 "두 10대 소년의 머릿속에 들어가야만 했"다.

그래픽디자이너들이 초안한 제품들을 검토한 프로덕션 디자이너 스튜어트 크레이그는 그들에게 상품을 "좀 더 싼 티 나게" 만들어 달라고 요청했다. "그래서 우리는 불꽃놀이와 폭죽의 포장지를 꽤 많이 살펴봤어요." 미라포라 미나는 회상한다. "이런 포장지들은 정말로 값이 싸고 일회용인 데다가, 글자도 항상 잘못 인쇄돼 있거든요." 팀원들은 위즐리 형제의 포장지를 싸구려 종이에 인쇄한 다음 기념품 가게에서 볼품없는 깡통을 비롯한 여러 가지 용기를 사다가 위즐리 형제의 로고와 솜씨에 맞춰 재활용했다. "분명히 요정들이 우리를 도와준 것 같아요." 미나는 웃는다.

'W'가 2개 겹친 위즐리의 로고는 원래 〈해리 포터와 불사조 기사단〉에서 꾀병 과자 세트에 쓰려고 만든 것인데, 쌍둥이가 공식적으로 사업을 시작하면서 새로 만들었다. 놀라운 일도 아니지만, 가게의 주된 색깔은 선명한 오렌지색과 빨간색이다.

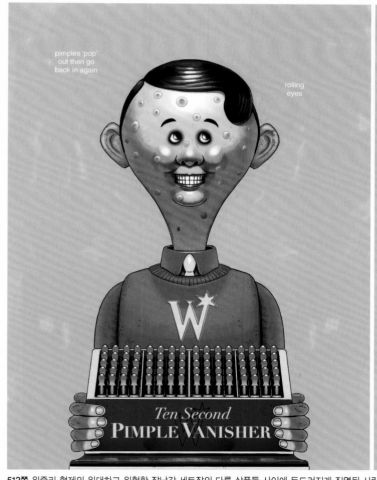

512쪽 위즐리 형제의 위대하고 위험한 장난감 세트장의 다른 상품들 사이에 두드러지게 진열된 사랑의 묘약. **위** 애덤 브록뱅크가 그린 10초 만에 여드름을 없애주는 마법약 콘셉트 아트로 미술 팀이 위즐리 형제의 위대하고 위험한 장난감 가게 선반에 진열하기 위해 디자인한 제품 중 하나다.

맨 위 위즐리 형제의 위대하고 위험한 장난감 가게에 있는 날씨 관련 상품들의 사진으로 그 밑의 콘셉트 아트를 바탕으로 만든 소품이다. **중간** 〈해리 포터와 혼혈 왕자〉에 나오는 위즐리 형제의 위대하고 위험한 장난감 가게 소품 중 하나인, 각종 날씨를 소재로 한 상품들의 콘셉트 아트. 애덤 브록뱅크가 그렸다. **아래** 빗자루를 "돋보이게 만들어 준다"는 '브룸 브룸 키트(Broom Broom kit)'. 미라포라 미나, 에두아르도 리마, 로런 웨이크필드가 디자인했다.

위 속 뒤집어지는 사탕 기계의 옆면과 앞면 콘셉트 아트로 애덤 브록뱅크가 그렸다. **아래 왼쪽** 아픈 느낌이 나는 녹색으로 칠하기 전의 속 뒤집어지는 사탕 기계 모형. **아래 오른쪽** 〈해리 포터와 혼혈 왕자〉의 한 장면으로, 프레드와 조지 위즐리(제임스와 올리버 펠프스)가 어린 고객에게 속 뒤집어지는 사탕을 선전하는 와중 기계의 입에서 사탕이 쏟아지고 있다.

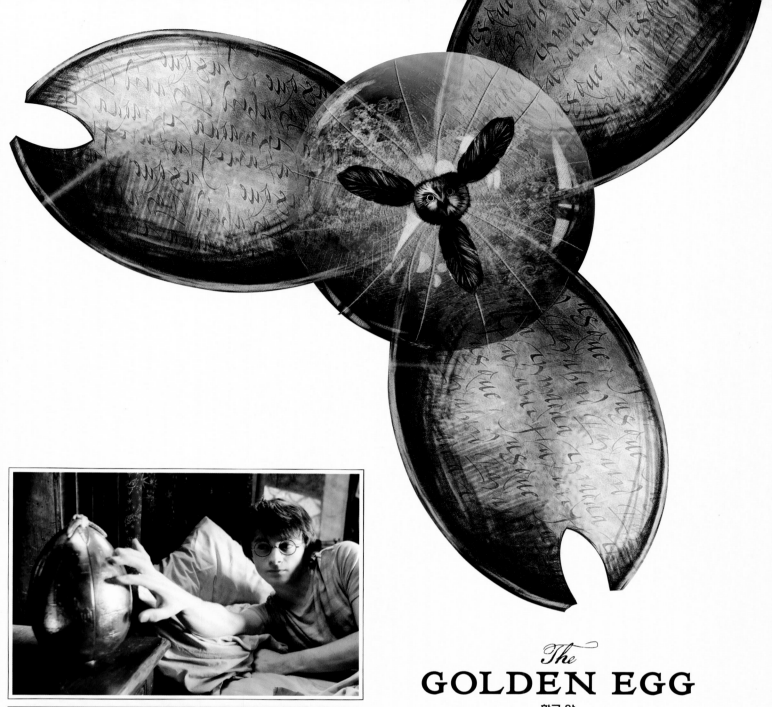

The
GOLDEN EGG
황금 알

그래픽디자이너 미라포라 미나는 말한다. "제가 영화의 소품들을 만들면서 강조했던 흥미로운 주제 중 하나는 발견이라는 아이디어였어요." 특히 〈해리 포터와 불의 잔〉에 나오는 황금 알이 좋은 사례다. 해리가 알을 열어서 트라이위저드 대회의 두 번째 과제에 대한 단서에 접근하려면, 미나의 말대로 "안에 뭔가가 더 있는지 알기 어려운 곳으로 한 층 내려가야" 한다.

알의 가장 겉에 있는 올빼미를 돌리면 황금색 알 껍데기가 세 부분으로 나뉘어 펼쳐지게 된다. 그 안에는 소품 모형 제작 팀장 에이드리언 게틀리가 액화 합성수지와 수정구슬을 활용해서 만든 반투명한 물방울 구조물이 있다. 알의 겉부분에 새겨진 스카이라인은 역사 속 도시를 그린 것으로, 이는 아마 인어들의 도시일 것이다.

516쪽 〈해리 포터와 불의 잔〉에서 해리가 트라이위저드 대회의 첫 과제로 헝가리 혼테일에게서 빼앗은 황금 알의 콘셉트 아트. 미라포라 미나가 그렸다. **맨 위** 알이 열린 모습을 위에서 본 그림으로 미라포라 미나가 그렸다. 알이 열리면서 두 번째 과제에 대한 단서가 나왔다. **왼쪽 위** 세드릭 디고리가 힌트를 주기 전까지 해리 포터(대니얼 래드클리프)는 알을 열었을 때 끔찍한 소리 이외에 그 어떤 소리도 들을 수가 없었다. **왼쪽 아래** 실제 영화 촬영에 사용된 소품으로 껍질을 열면 반투명한 내용물이 나온다.

The
GOBLET OF FIRE
불의 잔

"기본적으로 불의 잔은 고딕 모티프로 장식된 잔입니다. 반쯤은 인위적이고 반쯤은 자연스러운 모습이긴 하지만요." 프로덕션 디자이너 스튜어트 크레이그는 말한다. 이 잔을 디자인한 미라포라 미나는 설명한다. "아랫부분은 나무로 되어 있어서, 불의 잔이 완성된 것인지 아직도 만들어지는 과정인지가 불분명하죠." 크레이그는 잔에 오래된 느낌을 주기 위해 "꺼끌꺼끌한 표면과 구부러진 부분, 옹이와 갈라진 틈이 있는 것 중에서 가장 좋은 목재"로 나무 부분을 깎았다고 설명한다. 그런 다음 미나는 그녀의 표현대로 룬문자와 "마법사가 쓸 만한 아이콘"으로 잔을 장식해 마법적인 느낌을 주었다.

ring of vapour dances
around perimeter
of markings on floor
which glow like
blue embers

왼쪽 거대 불의 잔 소품. **오른쪽 위** 〈해리 포터와 불의 잔〉에서 트라이위저드 대회 심판인 덤블도어 교수(마이클 갬번, 오른쪽)와 바티 크라우치 1세(로저 로이드팩, 왼쪽)가 대회 참가자 선발 과정에 대해 설명하고 있다. **오른쪽 아래** 17세 미만 학생이 트라이위저드 대회에 참가하지 못하도록 잔 주위에 그린 나이 제한선에 대한 설명을 담은 콘셉트 아트로 애덤 브록뱅크가 그렸다. 그럼에도 해리 포터는 참가하게 된다.

The TRIWIZARD CUP
트라이위저드 우승컵

미라포라 미나는 트라이위저드 우승컵의 세 마리 용 디자인을 역사 속 유물과 성배 디자인을 토대로 만들었다. 조각이 들어간 금속 판에는 양치식물 무늬와 불꽃이 표현되어 있다.

이 우승컵은 해리와 세드릭이 대회가 끝날 때 꽉 붙드는 포트키 역할을 할 뿐만 아니라 묘지를 가로질러 날아가기도 하므로, 이런 여러 가지 기능을 충족하기 위해 여러 개의 복제품을 만들어야 했다. 미라포라 미나는 설명한다. "어떤 건 금속으로 떠냈어요. 라텍스나 고무로 만든 것도 있고요. 컵 하나하나를 떠낸 주형이 있어서, 조각해 두었다가 나중에 필요한 소재로 복제할 수 있었어요."

위 (왼쪽부터) 바티 크라우치 1세(로저 로이드팩), 이고르 카르카로프(프레드라그 벨라츠), 필리우스 플리트윅(워릭 데이비스), '매드아이' 앨러스터 무디(브렌던 글리슨), 세베루스 스네이프(앨런 릭먼)가 트라이위저드 우승컵 주위에 서 있는 〈해리 포터와 불의 잔〉의 한 장면. **오른쪽** 영화에 사용된 트라이위저드 우승컵 소품.

The
SNEAKOSCOPE
스니코스코프

수상한 마법이나 어둠의 마법을 탐지하는 데 쓰는 스니코스코프는
〈해리 포터와 아즈카반의 죄수〉에서 론과 헤르미온느가 호그스미드로
첫 외출을 떠났다 돌아온 직후의 장면에 쓰기 위해 만들어졌다. 해리
가 함께 갈 수 없었던 것을 안타깝게 여긴 론이 그에게 종코의 장난감
가게에서 산 스니코스코프를 준다. 불행하게도 이 장면은 결국 편집되
고 말았다.

'click' button top could conceal light to
illuminate wafers and could be used to
switch sneakascope off

delicate gold wafers
rotate around spindle,
and rotate individually
on arms

rotor,
axle and
point made from
heavy soft metal

더멋 파워가 여러 가지 모양으로 그려본 스니코스코프 그림과 실제 영화에 사용된
소품(맨 위 오른쪽). 바로 위의 그림에는 소품을 만드는 재료와 작동법에 대한
설명이 적혀 있다.

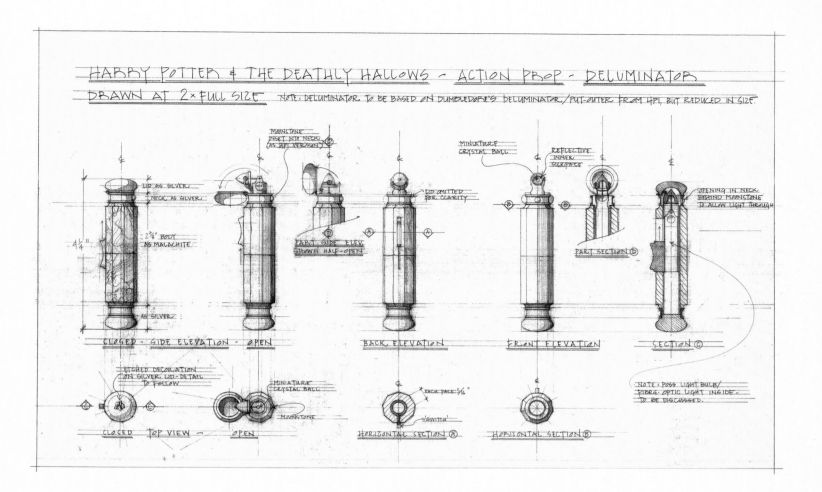

HARRY POTTER & THE DEATHLY HALLOWS - ACTION PROP - DELUMINATOR
DRAWN AT 2 × FULL SIZE   NOTE: DELUMINATOR TO BE BASED ON DUMBLEDORE'S DELUMINATOR/PUT-OUTER FROM HP1, BUT REDUCED IN SIZE.

The DELUMINATOR
딜루미네이터

딜루미네이터, 혹은 다른 이름으로 '불 끄는 도구'는 덤블도어가 〈해리 포터와 마법사의 돌〉에서 프리빗가의 가로등 불빛을 끌어모으기 위해 처음으로 사용한 물건이다. 덤블도어가 유언으로 론에게 딜루미네이터를 전달한 뒤에야 이 장치에 일종의 길 찾기 기능이 있다는 사실이 밝혀진다.

위 주위의 빛을 흡수해 소유자가 빛을 내보낼 때까지 붙잡아 두고 있는 장치인 딜루미네이터의 설계도로 해티 스토리가 그렸다. **오른쪽** 피터 매킨스트리가 그린 딜루미네이터의 예비 콘셉트 아트. **아래** 완성된 딜루미네이터 소품으로 〈해리 포터와 죽음의 성물〉에 나온다.

THE
DEATHLY HALLOWS
죽음의 성물

죽음의 성물(소유자를 '죽음의 지배자'로 만들어 줄 수 있는 전설의 마법 물건 세 가지)을 나타내는 상징은 세로 선으로 나뉜 원이 삼각형에 들어 있는 모양이다. 원은 부활의 돌을 의미하는데, 이 돌로 죽은 자의 영혼을 불러올 수 있다. 삼각형은 투명 망토를 나타낸다. 세 번째 죽음의 성물은 딱총나무 지팡이로, 가운데에 있는 선이 그 상징이다.

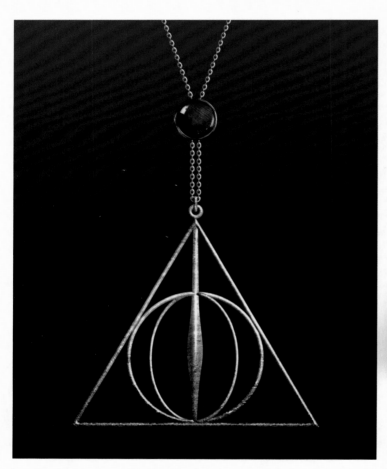

왼쪽 제노필리우스 러브굿이 걸고 있는 죽음의 성물 상징 목걸이의 콘셉트 아트. **위** 해리가 아버지에게서 물려받은 투명 망토. **아래** 미라포라 미나가 디자인한 덤블도어의 마법 지팡이로 나중에 딱총나무 지팡이라는 사실이 밝혀진다.

THE ELDER WAND
딱총나무 지팡이

소품 제작자들은 시리즈 초창기에 덤블도어의 지팡이를 디자인할 때 이 지팡이가 죽음의 성물 중 하나이며 현존하는 가장 강력한 지팡이인 딱총나무 지팡이가 되리라는 사실을 전혀 몰랐다. 다행히 처음의 디자인은 매우 특징적으로, 유럽갈참나무로 만든 가느다란 지팡이에 룬문자가 새겨진 뼈가 상감되어 있다. 소품 모델링 감독 피에르 보해나는 말한다. "하지만 이 지팡이를 매우 특별하게 만드는 것은 2~3인치마다 두드러진 혹입니다. 그걸 제외하면 아주 단순한 지팡이예요. 하지만 세트장에서 쓰인 지팡이 중 가장 큰 무기라는 건 분명하죠. 지팡이 자체로는 다른 모든 마법 지팡이를 이길 수 있는 지팡이예요."

THE INVISIBILITY CLOAK
투명 망토

투명 망토는 별, 달, 켈트족의 매듭 상징이 인쇄된 두꺼운 벨벳 염색 소재로 만들어졌다. 여러 벌의 망토가 제작됐는데, 그중 몇 벌에는 안감에 그린스크린 소재를 덧대어서 시각효과를 사용해 그 망토를 걸친 사람을 배경과 섞이게 할 수 있었다. 대니얼 래드클리프는 사라지고 싶으면 그린스크린 소재를 댄 면이 노출되도록 망토를 뒤집어씀으로써, 완성된 화면상에서 사라질 수 있었다.

위 골든 스니치 소품으로, 사실 그 안에는 부활의 돌이 들어 있다. **오른쪽 위** 애덤 브록뱅크가 그린 반지 디자인 초기 콘셉트 아트(위)와 미라포라 미나가 그린 최종 디자인(중간), 실제 사용된 소품(아래). **오른쪽 아래** 골든 스니치가 열리면서 부활이 돌이 나타나는 장면을 설명하는 디지털 그림.

THE RESURRECTION STONE
부활의 돌

미술 감독 해티 스토리는 미술 팀에서 〈해리 포터와 혼혈 왕자〉에 쓰기 위해 만들고 있던 반지가 영화 마지막 편에서 알고 보니 부활의 돌이 들어 있는 반지였다는 사실을 알게 됐던 순간을 기억한다. "다행히 7권은 우리가 그 소품의 디자인을 마치기 전에 나왔어요. 그때까지만 해도 우리는 반지에 죽음의 성물 상징이 새겨져 있어야 한다는 걸 몰랐거든요. 그 상징조차 아직 개발 중이었고요." 스토리는 회상한다.

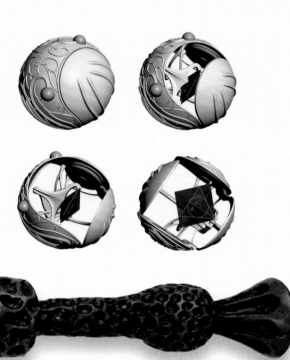

The
GOLDEN SNITCH
골든 스니치

골든 스니치가 날 수 있게 된 건 디지털 기술을 활용했기 때문이지만, 그 공기역학적 특성을 가다듬기 위해 수많은 디자인 연구가 이루어졌다. 결국 돛처럼 생긴, 갈비뼈가 달린 얇은 날개가 호두 크기의 금속 공에 붙여졌다. 이 공은 아르누보식 형태와 산업 디자인이 결합된 모습이었다. 프로덕션 디자이너 스튜어트 크레이그는 말한다. "이론적으로 날개는 구체에 파인 홈에 들어갈 수 있습니다. 그러니까 그냥 공의 모습으로 돌아갈 수 있는 거지요." 골든 스니치 소품 자체는 구리로 전기주조한 다음 금을 씌운 것이다.

〈해리 포터와 마법사의 돌〉에 나오는 골든 스니치가 어떤 모습일지 그려본 거트 스티븐스의 콘셉트 아트로 각각 다른 날개가 달린 세 가지 디자인(왼쪽)과 지느러미 모양의 방향타가 달린 디자인(오른쪽).

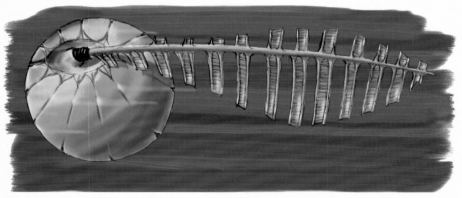

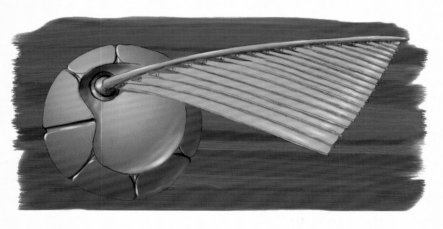

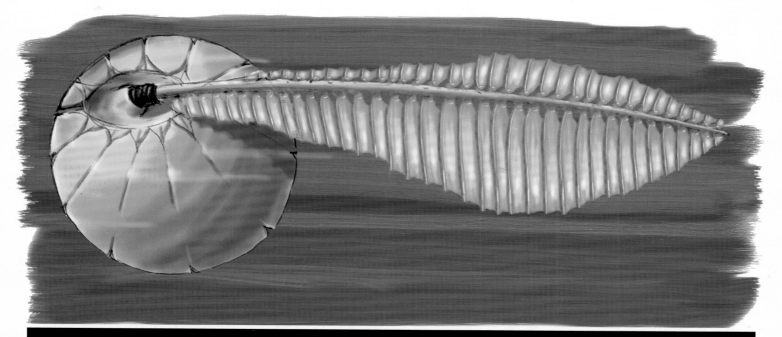

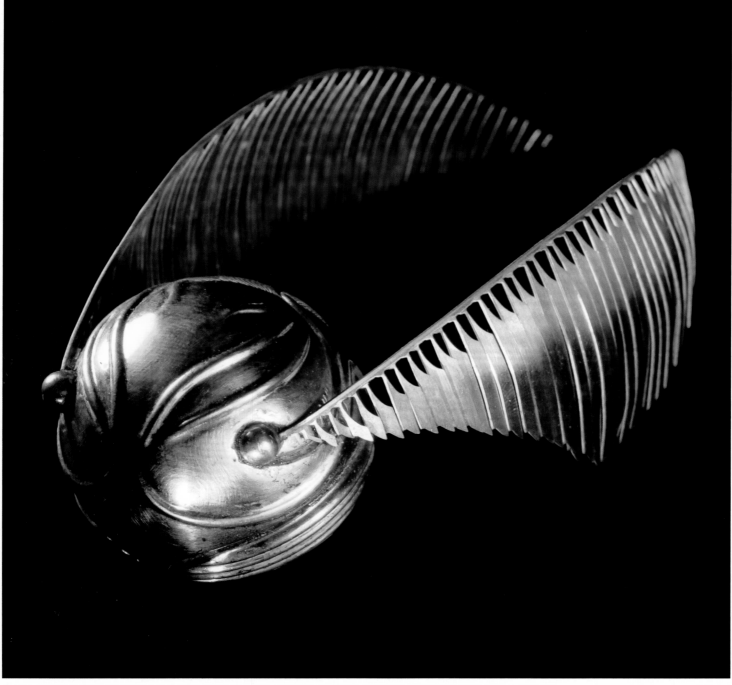

위 골든 스니치의 또 다른 날개 모양으로 실제 사용된 것에 가깝다. 거트 스티븐스가 디자인했다. **아래** 양쪽 날개가 완전히 펼쳐진 골든 스니치 소품.

HARRY POTTER

SHOOT DAY

123, 124 + 125

OF 247

HARRY POTTER

SHOOT LAY

59

OF 247

HARRY POTTER

SHOOT DAY

241

OF 247

HARRY POTTER
SHOOT DAY
20
OF 247

HARRY POTTER
SHOOT DAY
1
OF 247

"EXTRA TIME"
SCENE 136 SLATE V183 TAKE 1
DIR: DAVID YATES
CAM: EDUARDO SERRA ASC AFC CAM ROLL: #2 D
DATE 31st MARCH 2009 NIGHT INT

◆ PART III ◆

EPILOGUE

에필로그

HARRY POTTER
SHOOT DAYs
159, 160, 161, 162, 163, 164...
165, 166...OF 247

HARRY POTTER
SHOOT DAY
184, 185, 186, 187
188 189, 190 OF 247

The
GOLDEN BOARDS
- 골든 보드 -

영화 〈해리 포터〉 마지막 편의 최종 촬영일에는 연설과 아이스크림, 작별의 포옹에 앞서, 조감독 제이미 크리스토퍼가 만든 단편영화가 배우와 스태프들 앞에서 상영되었다. 이 영화는 다양한 출연진과 스태프들이 황금색 슬레이트를 들고 있는 일련의 장면으로 이루어져 있었다. 이 슬레이트는 〈죽음의 성물〉 1부와 2부는 물론 이 역사적인 시리즈 전체의 촬영 마지막 나날을 표시한 것이었다.

"제이미가 이런 아이디어를 떠올린 건 우리가 이 일을 하는 것도 그때가 마지막이었기 때문입니다." 데이비드 헤이먼은 기억한다. "촬영 7일째든, 207일째든 우리는 보조 스태프에서 분장 팀, 촬영 조수와 전기 기술자, 세트장을 방문한 가족이나 친구들에 이르는 누군가가 골든 보드를 들고 있는 장면을 찍었어요. 한번은 데이비드 예이츠, 데이비드 배런, 그리고 제가 골든 보드를 들었죠. 제 아들과 스튜어트 크레이그는 생일이 같아서, 그날 함께 골든 보드를 들었습니다. 조 롤링도 세트장에 왔을 때 참여했습니다. 모든 배우가 각자의 촬영 마지막 날에 골든 보드를 들었고요. 그날 촬영 중에 뭔가 특별하거나 특이한 일이 일어나면, 그 장면에 등장한 사람이 골든 보드를 잡았습니다."

마지막 골든 보드를 촬영한 뒤로는 세트 제작 팀 보조 개러스 루이스가 설정한 단일 시점에서 연속적으로 촬영이 이루어졌다. 루이스는 현장을 길게 쭉 훑으며 각자의 자리에서 손을 흔들어 작별 인사를 하는 스태프들을 찍었다. 마지막 순간에는 자동차를 타고 떠나는 데이비드 예이츠가 담겼다.

헤이먼은 회상한다. "울지 않는 사람이 한 명도 없었어요. 이 영화에 참여한 모든 사람에게 정말로 축하할 일이었고, 이 놀라운 경험이 마무리되어 가고 있다는 것을 인정하고 표현하는 근사한 순간이었습니다."

526~527쪽 조감독 제이미 크리스토퍼가 〈해리 포터와 죽음의 성물〉 두 편을 촬영할 때 함께 찍은 동영상의 장면들로 배우들과 제작진, 방문객들이 촬영한 날짜 수가 적힌 황금 슬레이트를 들고 있다. 첫날(527쪽 맨 위 오른쪽) 다이애건 앨리 세트에 있는 크리스토퍼(왼쪽), 제작자 데이비드 헤이먼(가운데 왼쪽)과 데이비드 배런(오른쪽), 감독 데이비드 예이츠. 20일째(527쪽 맨 위 왼쪽)는 〈해리 포터와 죽음의 성물 1부〉에서 해리, 론, 헤르미온느가 도망치면서 사용한 텐트 안에서 촬영한 날 중 하루였다. 〈해리 포터와 혼혈 왕자〉의 촬영감독(브루노 델보넬, 왼쪽)과 〈해리 포터와 죽음의 성물 1부〉의 촬영감독(에두아르도 세라)이 앞쪽에 있다. 59일째(526쪽 중간 왼쪽) 크리스토퍼(오른쪽)와 의상 담당 윌리엄 스티글. 124~125일째(526쪽 위)에는 '일곱 명의 포터' 장면을 촬영했다. 159~166일째(527쪽 중간 오른쪽) 해리 역의 대니얼 래드클리프(앞)가 부활의 돌의 도움을 받아 에이드리언 롤린스(제임스 포터 역, 왼쪽), 게리 올드먼(시리우스 블랙 역, 가운데), 데이비드 슐리스(리머스 루핀 역)와 함께하는 장면을 촬영했다. 241일째(526쪽 중간 오른쪽)는 프로덕션 디자이너 스튜어트 크레이그(오른쪽)와 데이비드 헤이먼의 아들 하퍼의 생일이었다. 황금색 슬레이트는 촬영 날짜를 기념하기 위해 사용했지만 각 장면 촬영 시 사용한 슬레이트를 기억하게 해주기도 한다. 〈해리 포터와 죽음의 성물 1부〉 촬영 시 비밀 유지를 위해 모든 슬레이트에 '여분의 시간(Extra Time)'이라는 가짜 제목을 적었다(526쪽 아래, 527쪽 중간 왼쪽). 526쪽 아래 사진은 〈해리 포터와 죽음의 성물 1부〉의 야영 장면 일부를 촬영하기 위해 스코틀랜드에 간 제2제작진의 모습을 담은 것이다. 527쪽 아래 사진은 2009년 크리스마스 전 마지막 촬영일에 찍은 것으로 파인우드 스튜디오에 있던 제작진 모두가 〈해리 포터와 죽음의 성물 2부〉에서 (전투로 부서진) 대리석 계단에 모여 있는 모습이다. **528쪽** 에마 왓슨과 대니얼 래드클리프가 러브굿네 집 세트에서 커다란 슬레이트를 들고 있다. 뒤에 리스 이반스(제노필리우스 러브굿)가 있고 루퍼트 그린트가 오른쪽에 있다.

LOOKING AHEAD:
THE LEGACY
of the
HARRY POTTER FILMS

- 앞을 바라보다 : 영화 〈해리 포터〉가 남긴 것 -

by Monique Peterson
모니크 피터슨

19 97년, 제작자 데이비드 헤이먼이 당시만 해도 잘 알려지지 않았던 해리라는 어린 마법사를 주인공으로 한 J.K. 롤링의 이야기를 읽기 시작했을 때는 그 누구도 이 천재 소년이 전 세계적인 인기를 얻게 될 줄 몰랐다.

그러나 〈해리 포터〉 시리즈 8편의 마지막 장면이 촬영되고 한참이 지난 뒤에도 이 매혹적인 세계는 끊임없이 확장되고 있다.

530쪽 〈해리 포터와 혼혈 왕자〉에서 호크룩스 동굴 세트에 있는 대니얼 래드클리프와 마이클 갬번. **왼쪽** 〈해리 포터와 죽음의 성물 2부〉에서 대니얼 래드클리프와 마이클 갬번이 두 사람의 마지막 장면을 촬영하고 있다. **오른쪽** 〈해리 포터와 혼혈 왕자〉에 나오는 다이애건 앨리 세트에 있는 영화제작자들.

WARNER BROS. STUDIO TOUR LONDON–
THE MAKING OF HARRY POTTER

런던 해리 포터 스튜디오

런던 중심가 바로 외곽에 있는 워너브라더스사의 리브스덴 스튜디오에는 〈해리 포터〉 시리즈의 마법이 영원히 숨 쉬고 있다. 800제곱미터가 넘는 이 스튜디오 단지는 그 자체가 변화의 세계로, 그 시작은 1939년까지 거슬러 올라간다. 당시 건설되기 시작한 리브스덴 비행장은 국방부가 모스키토 항공사진 촬영 정찰기와 핼리팩스 폭격기 등 전략적으로 중요한 비행기를 만들기 위해 세운 공장이었다. 제2차 세계대전이 끝날 때쯤에는 세계에서 가장 큰 공장이 되었다.

전쟁 후 롤스로이스 제조나 개인 비행기 동호회에 사용되던 리브스덴 비행장은 거대한 격납고를 갖추고 있었기에 영화 스튜디오가 들어설 최적의 장소가 되었고, 〈007 골든아이〉, 〈스타워즈 에피소드 1: 보이지 않는 위험〉, 팀 버튼의 〈슬리피 할로우〉 같은 영화들의 고향이 되었다. 2000년경 워너브라더스는 리브스덴 전체를 임대했고, 리브스덴 스튜디오는 그 이후 10년 동안 〈해리 포터〉 영화 전편의 제작 기지로 활용되었다.

2010년, 워너브라더스사는 이 스튜디오를 매입할 계획을 발표했다. 회사에서는 부지를 재개발하고 몇몇 사운드 스테이지를 업그레이드했으며, 리브스덴을 유럽 최대의 최신식 영화 제작 시설로 변신시켰다.

〈해리 포터〉 영화의 마지막 편인 〈해리 포터와 죽음의 성물 2부〉가 마무리되자 리브스덴 스튜디오는 소품, 세트, 의상, 마법 생명체 등 특별한 집이 필요한 존재들로 이루어진 보물 창고를 갖게 됐다. 그렇게 2012년 런던 해리 포터 스튜디오가 탄생했다.

이 스튜디오는 팬들이 해리 포터의 '진짜' 세상에 최대한 가깝고 친밀하게 다가가도록 해준다. 화면상에 실제로 마법이 펼쳐지도록 해주었던 '스크린 너머의 영화제작 비밀'을 엿볼 수 있기 때문이다.

영화에 나왔던 세트장은 한창때의 모습 그대로 보존되어 있다. 30미터 길이의 식탁들과 손으로 만든 소품이며 의상 들이 늘어서 있는 대연회장이 한 예다. 이곳을 찾은 방문객들은 인도 유리구슬을 너무 많이 사용하는 바람에 국가적 부족 사태를 초래했던 각 기숙사별 모래시계도 볼 수 있다.

촬영장을 구경하다 보면 상징적인 세트들이 여러 곳 모습을 드러낸다. 이곳에는 앨런 릭먼이 입었던 스네이프 교수의 로브와 루퍼트 그린트가 입었던, 론 위즐리의 낡아빠진 손뜨개 'R' 스웨터를 포함한 진짜 의상들도 보관되어 있다.

마법약 교실을 구경하든, 알버스 덤블도어의 연구실에 있는 수백 개의 기억 유리병이나 심지어 엄브리지 교수가 아끼던 아기 고양이 접시들을 구경하든, 방문객들은 수공예로 만들어진 귀중한 마법 물건들을 즐길 수 있다.

성 내부를 구경하는 것에 더해, 방문객들은 〈해리 포터와 죽음의 성물 2부〉에 사용하기 위해 사운드 스테이지에 설치된 9와 4분의 3 승강장에서 호그와트 급행열차를 타볼 수 있다. 스튜디오의 다이애건 앨리는 꼭 J.K. 롤링의 머릿속에서 그대로 가져온 듯 순수한 상상력이 생명을 얻은 모습이다. 이곳에는 플러리시 앤 블러츠 서점이나 그린고츠 마법사 은행 같은 기우뚱한 상점들과 지난 세기의 회사들이 모두 갖춰져 있다. 물론, 올리밴더의 유명한 지팡이 가게도 있다.

왼쪽부터 시계방향으로 대연회장 세트에는 호그와트 학생과 교수의 의상도 진열돼 있다./잠자는 교장들 초상화 48점이 덤블도어 연구실 벽에 걸려 있다./9와 4분의 3 승강장에서 일어난 대부분의 장면은 런던의 킹스크로스역에서 현지 촬영했지만 일부는 승강장 일부와 철로, 기차를 리브스덴 스튜디오에 만들어서 촬영했다./영화 촬영이 진행되는 동안 계속 바뀐 다이애건 앨리 세트.

이곳에서 확인할 수 있는 정말로 신기한 것들 중에는 영화 속 마법을 만들어 낸 특수효과와 디지털 효과가 있다. 위즐리 가족의 주방에서는 위즐리 부인의 '마법' 가사 도구를 볼 수 있다. 알아서 설거지되는 냄비 같은 특수효과 아이템들은 수상 경력이 있는 특수효과 감독 존 리처드슨이 만든 것이다.

방문객들은 해리의 투명 망토 같은 의상들에서 엔지니어들이 그린 스크린 기술을 어떻게 활용했는지 볼 수 있다. 더욱 짜릿한 일은 빗자루를 타고 런던 위를 날아가는 것이다. 배우들이 끝내주는 퀴디치 경기와 마법사 전투에서 그랬던 것처럼 말이다.

금지된 숲에서는 마법 생명체 효과를 온전히 확인할 수 있다. 이곳은 거대 거미 아라고그의 집으로, 아라고그는 다리 길이만 5미터가 넘는 마법 생명체다. 이 소름 끼치는 거미 둥지에는 진짜로 살아 있는 것처럼 보이는 새끼 거미들이 기어 다니고 있다. 〈해리 포터와 비밀의 방〉에 나온 장면 그대로다.

촬영장 투어를 통해 켄타우로스, 디멘터, 콘월 픽시, 헝가리 혼테일 등을 가까이서 살펴보는 일도 가능하다. 그중에서도 더욱 환상적인 볼거리는 해그리드가 돌보는 히포크리프 벅빅을 실물 크기의 애니메트로닉스로 만들어 놓은 것이다. 특수분장효과 팀은 이 마법 생명체에 생명을 불어넣기 위해 수의사 및 생리학자 들과 협업하여 사실적인 몸 비율을 만들어 냈다.

〈해리 포터와 비밀의 방〉에 나오는 바실리스크는 원래 완전히 디지털로 만들 예정이었지만, 제작자들은 배우 대니얼 래드클리프에게 실제 전투 경험을 제공하고 싶어 했다. 닉 더드먼이 말하듯 "거대한 뱀을 만

들 기회는 절대 거절해선 안 되는 법"이다. 그래서 마법 생명체 제작소의 전문가들은 기어 다닐 수 있고, 뱀의 시각을 보여줄 수 있도록 카메라까지 내장되어 있는 말도 안 되게 거대한 모형을 만들었다.

런던 해리 포터 스튜디오에서 볼 수 있는 가장 큰 기적은 24분의 1 크기의 호그와트 성 모형이다. 울퉁불퉁한 스코틀랜드 하일랜드에서 예감을 얻어 만든 이 성 주변 풍경에는 살아 있는 듯한 식물들이 있고, 성 안에 켜져 있는 2,500개 이상의 광섬유 조명은 학생들이 복도를 돌아다니고 있는 것만 같은 착각을 불러일으킨다. 이 모형을 만드는 일에는 너무도 섬세한 전문가의 손길이 필요해서, 한 사람이 이 작업을 마치려 했다면 74년 이상이 걸렸을 것이다.

위에서부터 시계방향으로 금지된 숲 스튜디오의 입구로, 관람객들은 집에 들어가 있는 아라고그를 볼 수 있다./1:24로 축소한 호그와트 성 모형./벅빅의 실물 크기 모형이 금지된 숲 세트 전시돼 있다. 특수분장효과 팀에서 벅빅의 깃털을 하나하나 꽂아서 붙였다.

THE WIZARDING WORLD OF HARRY POTTER
IMMERSIVE THEMED LANDS
해리 포터의 마법 세계 : 실감 나는 테마파크

해리 포터의 마법 세계는 유니버설 올랜도 리조트, 유니버설 스튜디오 재팬, 유니버설 스튜디오 할리우드에서 새 생명을 얻었다. 호그스미드 마을과 호그와트를 대규모로 재현한 이런 장소들은 영화와 책의 분위기를 그대로 간직하고 있다. 예비 마법사들은 상까지 받은 획기적 놀이기구인 '해리 포터 앤 더 포비든 저니Harry Potter and the Forbidden Journey'를 타고 호그와트의 드넓은 복도와 통로 들을 돌아다닐 수 있다. 학생들에게 인기 만점인 장소와 교실을 살펴볼 수 있는 것은 물론이다. 화장실에서는 울보 머틀이 우는 소리까지 들린다.

올랜도 리조트 방문객들은 호그와트 급행열차를 타고 다이애건 앨리로 여행을 떠날 수도 있다. 다이애건 앨리는 몰입감이 좋은 두 번째 테마파크다. 최근에 추가된 이 테마파크의 그린고츠 은행 건물 위에는 거

대한 불 뿜는 용이 있다. 용의 불꽃은 온도가 1,900도까지 올라간다. 이 짐승은 고블린들이 운영하는 악명 높은 마법사 은행을 지킨다. 대담한 사람들이라면 또 하나의 획기적인 놀이기구인 '해리 포터 앤 더 이스케이프 프롬 그린고츠Harry Potter and the Escape from Gringotts'를 경험할 수 있다.

올랜도, 오사카, 할리우드에 있는 이런 테마파크는 방문객 모두가 마법사로서 하루를 보내게 해주고, 온갖 종류의 마법사 의상과 도구, 버터맥주와 위즐리 형제의 위대하고 위험한 장난감 가게에서 파는 재치 넘치는 장난감 등 영화와 소설에 나오는 최고의 즐길 거리를 제공한다. 어린이 마법사들은 테마파크의 여러 장소에서 휘두를 수 있는 마법 지팡이를 찾아 주문을 걸 수도 있다. 이런 마법 지팡이는 워낙 인기가 많아서, 세 테마파크 전체의 방문객 숫자를 높이는 데 한몫하고 있다.

534쪽 상까지 받은 명소, 해리 포터 앤 더 포비든 저니를 체험할 수 있는 호그와트 성. **위 왼쪽부터 시계방향으로** 관광객들은 호그스미드 스리 브룸스틱스에서 식사를 할 수 있다./플로리다 유니버설 스튜디오에 있는 다이애건 앨리./올랜도에 있는 9와 4분의 3 승강장에서 관광객들이 호그와트 급행열차를 타기 위해 기다리고 있다.

NEW WIZARDING FILMS...

새로운 마법사 영화

2016년 11월 18일에 개봉한 〈신비한 동물사전〉은 J.K. 롤링의 마법사 세계를 다룬 영화의 새 시대를 열었다.

데이비드 예이츠의 감독 아래, 워너브라더스의 스튜디오 리브스덴은 또 다른 시리즈의 고향이 되었다. 이 이야기는 해리 포터가 태어나기 수십 년 전을 배경으로 한다. 아카데미상을 받은 배우 에디 레드메인이 마법 동물학자 뉴트 스캐맨더 역할을 맡았다. 뉴트 스캐맨더는 1926년에 마법 생명체 관련 조사를 하려고 뉴욕시에 도착한다. 이 시리즈에서는 주드 로가 젊은 알버스 덤블도어 역할을 맡았으며, 조니 뎁이 강력한 어둠의 마법사인 겔러트 그린델왈드를 연기했다.

영화제작자들은 처음에 3부작을 만들 생각이었다. 그러나 J.K. 롤링은 2016년에 〈신비한 동물사전〉 영화 시리즈를 총 5부로 계획했다고 밝혔다. 이 영화의 두 번째 편인 〈신비한 동물사전: 그린델왈드의 범죄〉는 2018년 11월 16일에 개봉했다. 이후 세 편의 영화는 2년에 한 번씩 2020년, 2022년, 2024년에 개봉될 예정이었다.

해리 포터의 세계에서 한 가지 진실을 찾을 수 있다면, 그건 해리 포터의 마법이 실제로 확장 능력을 지니고 있다는 것이다. 그 세계는 우리의 상상력 속으로, 현실 세계의 경험 속으로, 우리의 마음속으로 점점 영역을 넓힌다. 전설적인 프로덕션 디자이너 스튜어트 크레이그가 제법 잘 표현했듯 "J.K. 롤링의 판타지는 선물이다. 환상적인 선물".

위 〈신비한 동물사전〉에 나오는 보우트러클 피켓의 콘셉트 아트로 아르노 발레트가 그렸다. **중간** 〈신비한 동물사전〉 홍보용 사진. **아래** (왼쪽부터) 〈신비한 동물사전〉 세트장의 캐서린 워터스턴(티나 골드스틴), 댄 포글러(제이콥 코왈스키), J.K. 롤링, 앨리슨 수돌(퀴니 골드스틴), 에디 레드메인(뉴트 스캐맨더). **537쪽 위 왼쪽부터 시계방향으로** 〈신비한 동물사전〉의 마지막 장면에서 아쉬운 이별을 한 뉴트 스캐맨더와 티나 골드스틴은 시리즈 두 번째 영화에서 재회했다./〈신비한 동물들과 그린델왈드의 범죄〉에 나오는 어둠의 마법사 겔러트 그린델왈드 역 조니 뎁이 파리 거리에 서 있는 장면./에디 레드메인과 주드 로(알버스 덤블도어)가 세트에서 쉬고 있다./덤블도어 교수의 어둠의 마법 방어법 수업이 마법 정부 사람들의 방해로 중단된 장면.

ACKNOWLEDGMENTS
and
COLOPHON
감사의 말 등

작가 소개

밥 매케이브는 주목받는 작가이자 영화평론가, 방송인 겸 시나리오 작가다. 높은 평가를 받는 《몬티 파이튼이 쓴 몬티 파이튼 자서전》, 《꿈과 악몽: 테리 길리엄, 그림 형제, 그리고 할리우드의 또 다른 교훈적 이야기》, 《개략적인 코미디 영화 가이드》 등 20권이 넘는 책을 썼다. 《엠파이어》, 《사이트 앤 사운드》, 《선데이 타임스》 등 영국 정기간행물에 수많은 글을 기고해 왔으며, BBC 영화 관련 라디오 방송에 여러 차례 출연했다. 〈퀴센 베르보텐, 바게른 에를라우트〉, 〈동반자〉 등의 시나리오를 썼으며, 현재 런던에 살고 있다.

작가가 전하는 감사의 말

나는 세 명의 데이비드에게 신세를 지고 있다. 첫 번째는 내가 이전에 쓴 책을 몇 권 읽는 모험을 하고 내가 이 일을 맡을 적합한 사람이라고 말해준 데이비드 헤이먼과 데이비드 배런이다. 그다음은 너무도 너그럽고 관대한 마음으로 내가 세트장과 그의 세상에 쳐들어가도록 해준 데이비드 예이츠다. 그런 신뢰의 행동에 전적으로 감사드린다. 지금 그들이 손에 들고 있는 책을 즐겁게 보기를 바랄 뿐이다.

엘로이즈 케이는 이미 10년 전에 이 프로젝트에 참여했던 배우 및 스태프 들과 협상하여, 지금이 다시 한번 입을 열 시간이라고 느끼게 만들었다. 작지 않은 업적을 일궈낸, 따라갈 자 없는 여성이다. 허트포드셔에서 가장 분홍색인 곳에 함께 머물러 준 다른 여성분들께도 감사드린다.

그리고 보니 해리 포터의 배우와 스태프 들을 언급하기에 좋은 시간인 것 같다. 살아남은 아이에서부터 피클을 가지고 다닌 사람까지, 이 책을 만들 수 있도록 개방적인 태도와 격려로 나를 대해준 세트장의 모든 분께 이루 말할 수 없는 고마움을 전한다.

지구 반대편을 돌아보면, 나는 인사이트 에디션의 편집 팀이 감당한 그 모든 노고에 큰 빚을 졌다. 특히 제이크 게를리와 루시 키에게. 4만 단어로 시작한 것이 거대한 작품이 됐으며, 언쟁을 통해 기본으로 돌아온 이 책에 인내심을 보여준 두 사람에게는 아무리 고마움을 전해도 모자랄 것이다. 두 사람의 작업과 그 과정에서의 인내심은 모범적이다.

늘 그렇듯, 나는 출판인이자 편집자인 트레버 돌비에게 신세를 지고 있다. 그는 나를 응원해 주었을 뿐 아니라, 그 사실을 증명하기 위해 처음으로 나를 응원 경쟁에 던져 넣었다.

그리고 새로운 세상에서 개인적으로 나를 지켜주고, 실제 세상에서의 금전적인 지원, 사랑과 그 모든 것에 대해 쿤단 클레한, 압디 모하메드, 이시스 싱클레어, 피터 니컬러스에게 감사드린다. 모든 비용을 대고 스키 여행을 떠나게 해준 패디 호건에게도!

마지막으로, 나는 이 책을 제시와 잭에게 바친다. 두 사람은 합리적인 가격으로 제공된 진짜 마법이다. 모든 사랑과, 모든 미안함을 전한다.

— 밥 매케이브

인사이트 에디션

펴낸이 라울 고프
미술 감독 제이슨 배블러
디자이너 크리스틴 크와스닉, 다그마 트로자넥, 제넬 와그너
기획 제이크 게를리 / 기획 편집 루시 키
편집 조디 리벤슨 / 제작 편집 잰 휴스
제작 책임 애너 완, 리나 팔머
제작 감독 제이콥 프링크

인사이트 에디션이 전하는 감사의 말

인사이트 에디션은 데이비드 헤이먼, 스튜어트 크레이그, 데이비드 배런, 대니얼 래드클리프, 루퍼트 그린트, 에마 왓슨, 엘로이즈 케이, 니키 저드, 조디 잭먼, 빅토리아 실로버, 멜라니 스워츠, 일레인 피츠스키, 제시 메사, 애슐리 볼, 모이라 스콰이어, 조칠 루이즈, 미라포라 미나, 에두아르도 리마, 로런 웨이크필드, 바네사 데이비스, 알렉스 클라인, 스티브 메이츠, 리사 세인트 애먼드, 샌디 이, 리스 애덤스, 니나 스미스, 리사 재니, 새러 매케나, 올리버 그리섬, 게리 톰킨스, 마타 스쿨러, 시그네 베르그슈트롬, 아이리스 시, 재니나 맥, 브라이언 시블리, 미카일라 부차트, 조애너 키, 셀리나 투시그난트, 안드레아 산토로, 스티븐 티스, 마르얀 스미스, 앤마리 로스, 저스틴 앨런, 빌 로이터, 빈 H. 매슈스, 노아 팟킨, 마크 유, 마사르 존스턴, 미션 프로덕션, 매슈 포가, 애슐리 니콜라우스, 찰스 게를리에게 고마움을 전한다. 물론, 이 특별한 영화를 만든 〈해리 포터〉 제작진의 모든 배우와 스태프에게도 특별한 감사를 표한다.

워너브라더스 글로벌 출판부가 전하는 감사의 말

워너브라더스 글로벌 출판부는 애슐리 볼, 조칠 루이즈, 리사 세인트 애먼드, 모이라 스콰이어, 샌디 이, 데이비드 헤이먼, 엘로이즈 케이, 니키 저드, 멜라니 스워츠, 일레인 피츠스키, 제시 메사, 조지 발데비에즈, 케빈 모리스, 태미 올슨, 닐 블레어, 캣 마헤르, 에마 슐레징어, J.K. 롤링에게 고마움을 전한다.

538쪽 호그와트 성 세트장에 있는 〈해리 포터〉 주연 배우 세 사람을 위한 감독 의자들.

〈해리 포터와 혼혈 왕자〉에서 폭스가 호그와트에서 날아가는 장면의 콘셉트 아트로 앤드루 윌리엄슨이 그렸다.

스크린으로 옮겨진 마법의 세계
영화 〈해리 포터〉의 모든 것

초판 1쇄 인쇄 2021년 7월 9일
초판 1쇄 발행 2021년 12월 1일

지은이 | 밥 매케이브
옮긴이 | 강동혁
발행인 | 강봉자, 김은경
펴낸곳 | (주)문학수첩
주소 | 경기도 파주시 회동길 503-1(문발동 633-4) 출판문화단지
전화 | 031-955-9088(마케팅부), 9532(편집부)
팩스 | 031-955-9066
등록 | 1991년 11월 27일 제16-482호
홈페이지 | www.moonhak.co.kr
블로그 | blog.naver.com/moonhak91
이메일 | moonhak@moonhak.co.kr

ISBN 978-89-8392-865-8 03840

＊ 파본은 구매처에서 바꾸어 드립니다.

PHOTO CREDITS

All images courtesy Warner Bros. with the exception of: page 23, photo courtesy of Steve Kloves; page 25 (top), photo courtesy of David Heyman; page 26 (top), photo courtesy of Oli Greetham; page 31 (top), photo by Leif Erik Nygards/Contour by Getty Images; page 35 (top right), photo courtesy of David Heyman; page 37, photo courtesy of David Heyman; page 38, photo courtesy of David Heyman; page 40 (bottom), photo by Hugo Philpott/AFP/Getty Images; page 41, photo courtesy of David Heyman; page 47 (bottom), photo courtesy of David Heyman; page 115, photos courtesy of Gary Tomkins; pages 116–117, photos courtesy of Gary Tomkins; page 176 (top left), photo courtesy of Sarah McKenna; page 214 (bottom), photo courtesy of Sarah McKenna; page 405 (top), photo courtesy Gary Tomkins; page 426 (bottom left) © Global Experience Specialists, Inc.; page 458 (top right) © Global Experience Specialists, Inc.

COVER IMAGE *Daniel Radcliffe and Michael Gambon on set,* Harry Potter and the Deathly Hallows – Part 2. FRONT ENDPAPERS *In a scene from* Half-Blood Prince, *Ron (Rupert Grint, left), Hermione (Emma Watson, center), and Harry (Daniel Radcliffe) stand on the Astronomy Tower after Dumbledore has died and discuss their plans to find and destroy Voldemort's Horcruxes.* ◊ PAGE 1 *Michael Gambon as Albus Dumbledore in* Harry Potter and the Order of the Phoenix. ◊ PAGES 2–3 *Concept art by Andrew Williamson of Hogwarts castle.* ◊ PAGES 4–5 *Harry (Daniel Radcliffe) about to view Snape's memories in* Deathly Hallows – Part 2. ◊ PAGE 6 *Daniel Radcliffe filming on the Lestranges' vault*